イルストラード

ミゲル・シフーコ　中野学而［訳］

白水社
ExLibris

イルストラード

親愛なるきょうだい、J、C、M、C、それにJに捧げる。
そしてもちろん、イーディスに。

この本の執筆調査中に受けた種々の脅迫に対し、著者は、本書の登場人物と実在の人物（生死を問わない）との間に見られるあらゆる類似は、単なる偶然でなければ、読者自身の罪悪感に基づくひねこびた神経の生ぜしめたるものであることを、ここに明確に記す。

——クリスピン・サルバドール、『燃える橋』の現存するタイトルページより

装幀　緒方修一
装画　三井ヤスシ

プロローグ

影のうちに生きた豹が、ついにその国外放浪に終始符を打ち、永遠の眠りのために帰国する。いかにもクリスピン・サルバドールにふさわしいと言うべきか、本人の希望により、墓にはその名前のみが刻まれることとなった。

——書き手不明の死亡広告より、二〇〇二年二月十二日付、『フィリピン・サン』

何の変哲もないある二月の朝、文学と亡命とに明け暮れたある男の人生が突然の終わりを迎えた。男は、長い間出版が心待ちにされていたある問題作をもう少しで書き終えるところだった。

死体は、ハドソン川に浮かんでいるところを中国系の漁師の釣針にかかった。ひどい打撲を受けた腕が、明け初めた空に向かって大きく開かれていた。さるフィリピンのブログでは「キリストさながらに」などと皮肉交じりに囁かれた。ウエストのゴムがボロボロになったトランクスとエルメネジルド・ゼニアのダブルニットのズボンがくるぶしのところに引っかかっていた。靴は両足ともなかった。バールのようなもので殴られたせいか、あるいは港の支柱部分か凍った川に浮かぶ流氷かにぶつかったせいか、広い額は血で染まっていた。

その日の午後、肌を刺す冷気の中、僕はウェスト・ヴィレッジにある師のアパートの前に呆然と立っていた。エントランス周辺には黄色いテープが張り巡らされており、既にあたりは事件の噂でもちきりだった。ニューヨーク市警が調査に入った時、部屋は荒れ放題だったという。私服警官たちはバッグに大量の証拠品を詰めて持ち帰った。近隣の住人は夜通し人が争う声を聞いていた。隣の部屋に住む小柄な老婦人は、そのせいで猫がベッドから出て来ようとしなかったと証言した。それが黒猫であることを彼女はしきりに強調した。

警察は他殺の証拠なしと断定した。当時のニュースを覚えている者もいるだろう。もっとも、二〇〇一年九月十一日の事件の後だったせいもあり、話題はすぐに立ち消えとなった。そういうわけで、どんなに短い形であれ、彼のことが欧米のメディアで取りあげられたのはそれからだいぶ経ってからのことだった――『ニューヨーク・タイムズ』紙の書評欄の短い特集、[1]『ル・モンド』紙のパリにゆかりのある亡命中の反植民地主義知識人についての記事、[2]『ヴィレッジ・ヴォイス』の自殺した有名人についての記事のおわり近くの短い言及[3]などがそれである。

しかし祖国フィリピンでは、諸陣営を巻き込む形でサルバドールの突然死についての議論が巻き起こった。『フィリピン・ガゼット』紙と『サン』紙は、サルバドール自身が寄稿者となっていた『マニラ・タイムズ』紙と激しい論争を繰り広げた。『タイムズ』紙は、当然ながら、死んでしまったその専属コラムニストをフィリピン文学のルネサンスの希望の星であったと断言した。『ガゼット』紙は、サルバドールは「真の意味におけるフィリピン人作家」ではないと論じ去った。英語で書いていたこと、また「大衆を照らす太陽」のもとで生活していなかったことなどがその理由として挙げられた。『サン』紙は、サルバドールはあまりにも凡庸に過ぎて殺すにも値しないとした。三紙とも、その死因を自殺と結論づけていた点では同じであった。

だが、執筆途中の原稿がなくなっているというニュースが公表されるや、あらゆる陣営が再び色めき立った。未完の本の噂は二十年以上にわたって囁かれており、その原稿の消失劇は執筆者の死それ自体よりも関係者たちに大きな衝撃を与えた。ブロガーたちの間では、その行方についての憶測が乱れ飛んだ。知識人たち、とりわけプロのジャーナリストと呼ばれるものたちでさえもが客観性に乏しい推測を重ねた。その原稿の存在自体を疑うものも大勢いたし、存在を認める少数も、それはむしろ社会的かつ道徳的害悪である、としてその価値を認めようとはしなかった。だがほとんど全てのものの間で、その原稿の行方こそがクリスピンのうやむやな最期についての手がかりとなるに違いないということでは意見が一致していた。そういうわけで、捜査中に洗い出された様々な細かい情報がにわかに価値を帯びてきた。作家のコミュニティ内では、サルバドールのパイプには家宅捜索当時まだ火が付いていたという噂が飛ぶように広がった。ずっと昔に一人子供を持ったがそのあと捨ててしまい、それ以来罪の意識で頭がおかしくなってしまったのだと言うものもあった。ある評判のブログでは、「ただれた肛門」というタイトルのもと、死体の直腸からエクストラ・バージンのオリーブオイルが漏れていたと主張された。別のブログでは、そもそも彼は死んでなどいないのだとさえ言われた。「死んでいようが生きていようが」——とPlaridel3000は書く——「誰が真相を知りえる？」。サルバドールの同僚や知人たちには、自殺の線を疑うものはいなかった。こうして二週間ほどあれやこれやとあやふやな推測遊戯に熱を浮かせたのち、みな示し合わせたように全てを忘れて日常の生活に戻っていった。

だが、僕は納得できなかった。僕しか知らないことがあったのだ。華々しい復活の計画は突然頓挫し、

（1）ナタリア・ディアス、「フィリピノ・フットノート」『ニューヨーク・タイムズ』、二〇〇二年五月六日。
（2）カーラ・レンゲレ、「パリのゲリラ——ホー・チ・ミンとポル・ポト」『ル・モンド』、二〇〇二年七月二十二日。
（3）アントン・エステバン、「グランド・セントラル・ターミナル」『ヴィレッジ・ヴォイス』、二〇〇二年八月十五日。

それとともに、作者を文学の殿堂に連れ戻すだろうと期待された作品は忽然と消えてしまった。それについて戦わされた議論も、やがて死体が棺に入れられるとともに闇に埋もれた。埋もれずに確実に残ったことと言えば、あとに遺されたものが行うべき儀礼的な物品の処分作業だけ——ファイルを箱に詰め、その他もろもろのものをいくつもの箱に仕分けして詰める。彼の一生分の仕事の残骸——まさか月曜の朝のゴミとして出されることなど予想もしなかった、彼の全人生の残骸である。僕は、血眼になって『燃える橋』の原稿を探した。確かにそれは存在したのだ。僕は彼が机でその原稿をタイプしている姿を見たのだから。彼はよくその小説についていたずらっぽく話してくれたものだった。モットストリートの地下のレストランで初めて彼と話をしたあの時も、チキンの骨をテーブルの上に吐き出しながら、彼はこう言った——「私は長い間亡命者として生きてきた。それは、『燃える橋』のような本を書くために本当の意味で自由にならなければいけなかったからだ」「いずれ誰かが言わなければならないことがある。そうは思わないか？　奴らは、気が遠くなるほどの長い間途方もない悪事に手を染めておきながら、それを隠し通してきた。いいかい、私は、その薄汚いヴェールを全て剝ぎ取ってやりたい。神殿の階段の上で、全てを白日のもとに晒してやりたいのだよ。真に責任があるものどものことだ。人気取りのために助成金をバラまく古株議員ども。エアコンの効いた部屋で涼しげに収まっているフォーブス・パークの上流階級ども。身の程を忘れた野心まみれの泥棒政治家ども。クソッタレの聖職者ども。ろくでもない説教を垂れたがる教会の連中。もっとも、君や私だって、結局はそこに含まれるのだがね。さあ、続きはこいつを片づけてからとしよう」。だが、残された原稿はカスばかりだった——タイトルページ、それから『ロジェ同義語辞典』に挟まれた二、三枚のルーズリーフの箇条書きのみ。二十年間の努力の結晶——山肌をゆっくりと滑り落ちる氷河のように徐々に積み重なったもの——は、彼のアパートのどこにも見当たらなかった。何世代にもわたってフィリピンの支配階級を蝕んできた血族登用、樹木の不法伐採、ギャンブル、誘拐、汚職、その他ありとあらゆる悪徳がその中で見事にすっぱ抜かれているはずの原稿。テーブルにピラミッドのように重ねられたチキンの骨の山の頂上に更に骨を吐き出しながら、クリスピンはさらにこう言ったのだった――「人類の罪状は、程度の差こそあれ全てが窃盗だよ」。

僕には、大事な証拠がどうしても見当たらないことのほうが、主のいない部屋の雑然とした雰囲気よりもいっそう奇妙に思えた。オッカムの鋭利な論理のかみそりの刃は、そのどこかが決定的に欠けているに違いなかった。クリスピンが自殺するなど、考えただけでも体中の骨という骨が拒否反応を起こしそうだった。僕は彼の部屋の中を歩き回りながら、机の上の深緑色のタイプライターにはインクの弾薬が詰められ、撃鉄が起こされ、まっさらの紙が言葉の刻印を待って軸に巻かれたままでいることに気がついた。机上のもの全てが進行中の執筆作業を思わせた。いやしくも一人の作家が、このような状態のまま玄関のヴェネチアン・ミラーの前を通り過ぎ、そこにはっきりと映る後ろめたさを振り切って決然と川に向かうことなどできるものだろうか？

サルバドールは自殺する勇気など持っていなかったし、また自殺してしまえるほど卑怯でもなかった。だから唯一可能な説明は、フィリピン文学の豹が、最大の獲物に飛びかかろうと宙を舞ったまさにその瞬間に誰かの手によって殺されてしまった、というものしかありえなかった。だが、血のりのついたカンデラなどどこからも発見されなかったし、手がかりと言えば、残されたノートにいくつか曖昧な書き込みがあるのみだった。二ページにわたるその書き込みの中には次のような名前があった――旧友の事業家ディンドン・チャンコ・ジュニア、文芸批評家マルセル・アベラネーダ、野党初のイスラム系指導者ヌレディン・バンサモロ、カリスマ的聖職者マーティン師、それからドゥルシネア。

*

読者はおそらく彼の名前を覚えてはいないだろう。彼が落ちていった忘却の谷の深さも分かろうというものだ。だがその執筆活動の絶頂期にあたる二十年あまりの間、彼の作品は、現実世界との関連を断ち切ろうともがくその作風にもかかわらず、まさに「国民文学」と呼ばれるにふさわしいものだった。その作品群はフィリピンの文学界を奮い立たせ、煌々と燃えさかる一つの松明を世界の檜舞台へと運び込んだのだ。『ガーディアン』紙のルイス・ジョーンズはかつてこう言った――「サルバドール氏の文章は、その『ロココ調』とでも評すべきリリシズムとデカダンスにもかかわらず、フィリピン国家の心理・社会的残虐性、つまり祖国の物理的暴力や傲慢さを、痛ましいまでのリアリティをもってえぐり出す。その主要作は時代を超えて輝き続けることだろう（中略）」[4]。

最盛期のサルバドールは、その発想の天才的なひらめきや傲岸な振る舞い、偶像破壊的傾向などを世に深く印象づけつつ、混迷の時代においてもなお飽くことなく真実を追い求めた。そして、結局は死ぬまで「あいつは今にすごいものを書く」と言われ続けた。「私は若い時から『君には才能がある』と言われたものだった」と彼は回想録『自己剽窃者』[5]に書く。「それ以降の人生において、私は常にその期待にこたえるべく努めた。他人が定めた基準においても、自分自身が定めた基準においても、である」

そのような世間からの強い期待、そして書くに値する人生を送らなければならないという強い信念との二つに背中を押されるように、波瀾万丈のその人生において彼はいくつもの役割をこなすこととなった。回想録はあたかも芸術界や政界の指導的人物たちの紳士録さながらであり、何も知らない読者であればフィクションかと見まがうほどのものだった。「私は普通の人生の何倍かを生きた」と彼は言う。のちに小説のエピソードに組み込まれることになるものも数多くあり、そのような場合には脚色もふんだんに加えられた。フィリピンのサトウキビ農園主の息子としての出自、ヨーロッパで磨かれた感性、ポルフィリオ・ルビローザとつるんだ地中海での女あさり、ローレンス・ダレルと飲んだズバニア、見習いジャーナリストとして彗星のようにデビューを飾った一大スクープ、ルソン島での共産主義ゲリラとの戦闘訓練、マラカニヤン宮殿の晩餐会でのマルコス夫妻との激しい舌戦――仲間と共同で作ったチンコス・ブラボスと名乗る前衛アーティスト集団は、名実ともにフィリピンの芸術界を席巻した。文壇での激しいゴシップ戦のおかげで、彼の人生はほとんど常人ならざるものの次元まで持ち上げられた。批評家マルセル・アベラネーダの顔にバタフライナイフで傷を負わせたとか、イースト・ハンプトンでのジョージ・プリンプトンの園遊会において、酒に酔った勢いでシーフード・チャウダーの鍋に激しく嘔吐したがついに誰も気づかなかったとか、ヤドゥー村でジャーメイン・グリア、バージィ・モレノ、あげくの果てには仕立て屋の使うキャスター付きのマネキンとさえ（これらは証言者によって変わったのだが）裸のムーンライト・タンゴを踊ったとか、ガルニエ宮殿でジョルジオ・ソルティを公然と侮辱した（その巨匠との握手の後、鷹揚な口調で「ラフマニノフの第二番第二楽章の冒頭、ちょっとズレましたね」と言ったとされる。筆者追記――実際にソルティがガルニエ宮殿でラフマニノフを演奏したことがあったのかどうかは確認が取れなかった）とか、そういった噂がまことしやかに囁かれたのだ。

　サルバドールの初期作品には――これには多くが同意することだろうが――類まれなる倫理性が秘められている。一九六三年にヨーロッパから帰国してすぐ、彼は貧民層についてのルポルタージュでその名を広く知られ始めたが、それらの反政府的な短編群は、父の政治哲学である「最大多数の最大幸福のための迎合主義」の対極をいくものとして大いに物議を醸した。一九六八年、彼は処女小説『赤い土《ルパン・プラ》』(6)によって世界文学の舞台に名乗りを上げた。これは一九四六年から一九五四年のフク団による共産主義ゲリラ活動のカリスマ的指導者であった農民マニュエル・サムソンを描いたもので、国内でそれなりの評価を得た後に、キューバやソ連でも翻訳された（その三年前にアメリカで発表された彼の真の処女作『啓蒙者たち』(7)は、出版前にい

（4）ルイス・ジョーンズ、「フィリピン文学のサルバドール」『ガーディアン』、一九九〇年九月二十一日。
（5）クリスピン・サルバドール、『自己剽窃者』（マニラ、パスパトゥ出版、一九九四年）。
（6）『ルパン・プラ』（マニラ、人民出版、一九六八年）。
（7）『啓蒙者たち』（ニューヨーク、ファラー・ストロース＆クダヒー、一九六五年）。

くつもの賞を得ていたにもかかわらず予想されたほどの売り上げを残すことはできなかった。一八九六年のフィリピン革命とその後のアメリカの介入に対する抵抗運動での彼の祖父の活躍を描いたものだが、この作品のことには彼自身触れて欲しくないと考えていたという。後に僕に語ったところでは、自らの祖父を描き出すことは、当時の彼には「荷が重すぎた」)。

キュラティンガンの虐殺における警察の暴力行為をすっぱ抜いた際には満場一致で栄誉あるマニラ・プレス・クラブのマンゴー・デ・オロ賞を受け、一九六九年九月の『フィリピン・フリー・プレス』誌に掲載された記念碑的エッセイ「フェミニストを愛するのは難しい」では、フィリピン言論界を二分する大論争を巻き起こすこととなった。これをきっかけとしたメディアへの露出で一気にフィリピンのカウンター・カルチャーの寵児に祭り上げられたことには、彼自身が驚きを隠せなかった。ラジオのトークショーでは、のちに彼のトレードマークとなる、興奮すると音程が上がり輪郭がぼやけて聞こえる独特の気取った声が全国に響いた。テレビのスクリーンには、片足を尻の下に敷き、ポマードできつく分けた髪を光らせ、弱腰の学者や太った女性活動家などのパネル・ディスカッション参加者たちに向かって傲然と人差し指を向けている姿が映し出された。特にフェミニストたちとの論争は激烈をきわめ、時には罵詈雑言がエスカレートして司会者に止めに入ってもらわなければならないような場合もあった。彼は、自分の作品は「男性中心主義的《ヒズ・ストーリー》」などではなく、フィリピンという貧国には、その番組の収録の少し前に行われた「男の歴史を女のものに《ハー・ストーリー》」なるシンポジウムで提起された諸問題などよりもはるかに重大な問題が山積みである、というだけのことであって、自分は「より現実的」な問題を提起しているだけである、と主張した。また、一九六九年十月の同誌に掲載された論文「どうして慈愛溢るる神は我々におならをさせ給うのか？」では教会の激しい怒りを買い、その悪名はさらに高まった。

一九七二年、マルコスが戒厳令を敷くことになった日の前日、サルバドールはマニラを脱出した。だが亡命先のニューヨークでは、成功の女神は期待したほど——彼がそれまで母国で慣れ親しんでいたほど

――簡単に微笑んではくれなかった。ヘルズ・キッチンの「あまりにみじめで窓の外のブンブンうるさいネオンサインさえそのうち消えてしまうかと思うほどだった」と自ら評したアパートに住み、グリニッジ・ヴィレッジのプチ&スウィート・ベーカリーでアルバイトをして日銭を稼いだ。夜には短編を書き、そのうちのいくつかは『行け、同志たちよ!』や『平凡・難問』などのミニコミ誌に掲載された。次の転機は、一九七三年三月十二日の『ニューヨーカー』誌に掲載された短編「マタドール」(8)だった。噂によれば、この作品は編集者のウィリアム・ショーンには「あまり好かれていなかった」のだが、当時進行中のベトナム戦争との関係で白羽の矢が立ったという。端的に言って、これはネオコロニアリズムによる搾取状況のアレゴリーである。つまり、若い時分にバルセロナで闘牛士の助手をした経験に着想を得て、アメリカを闘牛士に、そしてフィリピンを最後に殺されるピトイ・ギガンテという勇敢な雄牛に擬したものだった。これでついに成功への重い扉が開かれたと彼には思われた。だがエージェントや出版社に出した売り込みの手紙への返事は遅く、仮に来たとしても、どれも「長編を読ませてほしい」と言外に拒絶をほのめかしたようなものだった。やがて彼は別の原稿に取りかかった。孤独というものの存在論的生体解剖を目指したその本は、実際に起こった親友の不可解な溺死と、それがサルバドール家にもたらした影響とに基づくフィクションとなる予定であった。

一九七三年の五月、彼は、当時流行の派手なライフスタイルで名を馳せていたベラルーシ出身の女性、ダンサーでありディスコ・クイーンでもあったアニータ・イリイチと嵐のような恋に落ちた。ザ・ロフトでのパーティが終わった後の土砂降りの秋の夜更けのこと、ブロードウェイのデイヴィッド・マンクーゾ

(8) この短編は、フィリピン人のものとしては一九四四年九月二日版に載ったカルロス・ブローサンの「戦争の終わり」以来初めての同誌掲載作品である。マルセル・アベラネーダは「マタドール」を「真面目《アーネスト》に過ぎるヘミングウェイもどき」であり、「『日はまた昇る』を巧妙に編集したもの」であると書く。

のマンションの前で二人は嫉妬に端を発する大喧嘩をした。知人の証言によれば、その時二人はギムレットとクエールードの摂取過多だったという。これも「いつもの些細な言い争いのひとつだと思った」と彼は『自己剽窃者』に書いている。だが、頭を冷やすために少しあたりを散歩してアパートに帰って来ると、彼の持ち物のほとんど全てが雨に濡れた舗道に投げ捨てられていた。ほぼ完成していた彼の新作原稿は水を吸い、裏が透けてぐちゃぐちゃに破れていた。

　その日の午後のうちに、彼は学生時代を過ごしたパリへと再び旅立った。金輪際、文学とも女とも一切縁を切るつもりで、すきま風の入るマレのシャンブル・ド・ボンに落ち着き、菓子屋のシェフの見習いとして働き始めた。女の肌のぬくもりを永遠に絶つという誓いのほうはすぐに破られたが、ふたたび文学の世界へ戻るのには丸二年の月日を要した。結局、貧困と焦燥感とにせき立てられた一九七五年の夏に彼は作家としての再起を図ることとなり、『マニラ・タイムズ』紙と『インターナショナル・ヘラルド・トリビューン』紙にフリーランスのライターとして寄稿し始めるかたわら、後にいわゆる『エウロパ四重奏』（『昼《ジュール》』『夜《ナイト》』『人生《ヴィダ》』『愛《アモーレ》』）[9]として結実する物語群の執筆に取り掛かった。一九七六年から七八年にかけて着実に一つずつ書き進められたこの四部作は、一九五〇年代のパリ、ロンドン、バルセロナ、そしてフィレンツェでの若く恋多きメスティーソの人生を描き、主婦層を中心に三か国でヒットした。

　その勢いに乗じるように、これ以降サルバドールはたびたび調査のためにフィリピンに戻り、パネル・ディスカッションや選挙応援演説のプログラムにも名を連ね、他の芸術家たちとも旺盛に仕事をした。一九七八年、息の長い連載となる『マニラ・タイムズ』紙の週刊コラム『戦争と放尿』に着手。近年絶版となってしまった旅行ガイド『わがフィリピン群島（八十のカラー写真とともに）』[10]は、そのあられもないほどに独断的な解説にもかかわらず、『パブリッシャーズ・ウィークリー』誌に「フィリピン国諸島（ママ）に関する決定版。楽しく読ませる中にも野心的試みが光る。ネイティヴならではの歴史感覚に貫かれた本書は、フィリピン人独特の意識に映ったリアリティを簡潔にして要を得た逸話で紹介していく。……同国を世界的な文脈中に定位しなおすことで、本書は、しばしばこの熱帯の国が餌食となってきた淫らなエキゾチシズムに対して警鐘を鳴らす」と絶賛された。一九八二年、彼は風刺的旅行ガイド『フィリピンって、どこにある?』(11)を著し、「アジアの玄関」としての、またアメリカの植民地としての輝かしき栄光の高みから「節操のない専制君主」の支配する金権政治の泥沼へと転落したフィリピンの恥辱の歴史を辿ってみせた。マルコス政権下のフィリピンではこの本は発禁となったが、それが国外ではまずまずの売り上げを見せる要因ともなった。

グローバル株式市場の貪欲な展開、ビーハイブ・ヘアでジェーン・フォンダ式フィットネスクラブに群がる主婦たち、コラソン・アキノのピープル・パワー革命——一九八〇年代はフィリピンにとって新しい時代の幕開けであった。そのような精神的二極分化の時代の息吹の中、彼は念願の高い文学的評価と尊敬とをついに勝ち得ることとなり、幅広い層の読者に対してペンをふるい始める。彼の作家活動の頂点は一九八七年出版の『ダヒル・サヨ(君がいればこそ)』(12)である。これはマルコス独裁政権に関する一大叙事詩であり、ディンドン・チャンコ・ジュニアに代表される、マルコス夫妻の栄枯盛衰の鍵を握った日和見主義者たちを厳しく弾劾する目的で執筆された。(13)サルバドールは新聞の切り抜きやラジオやテレビのコ

(9)『昼』、『夜』、『人生』、『愛』(ニューヨーク、グローヴ・プレス、一九七七〜八一年)。
(10)『わがフィリピン群島(八十のカラー写真とともに)』(ニューヨーク、マクミラン、一九八〇年)。
(11)『フィリピンって、どこにある?』(ロンドン、フェーバー・アンド・フェーバー、一九八二年)。
(12)『君がいればこそ』(ニューヨーク、ランダム・ハウス、一九八七年)。
(13)ディンドン・チャンコ・ジュニアは名誉棄損で訴訟を起こした。サルバドールが法廷で次のような証言を残したことは有名である——「私のフィクションの中でどういう真実が書いてあるとしても、それは普遍的に正しい」。本書が発禁になった時、フィリピン国内での売り上げはわずか九百二十八部であった。

メントからの引用、アレゴリーや神話、また手紙やそれぞれの人物の視点から描かれる虚実入り混じった逸話など様々なジャンルを織り交ぜ、フィリピンのあらゆる階層の人々の暮らしを包括しつつその激動の時代を再構成した。これは『ニューヨーク・タイムズ』紙のベストセラーリストの最後尾に二週間とどまり、三版を重ね、十二か国語に翻訳された。海外での評価は高く、それに伴ってフィリピン国内での評価も高まり、一九八八年のノーベル文学賞のロングリストにも名前があがった（のちに彼は「私は、ノーベル賞というちっぽけな賞の受賞候補になった最初にして唯一のフィリピン人作家である」と言った[14]）。結局、賞はナギーブ・マフフーズに贈られたのだが。

　関心の射程が長い多作の作家にはよくあることだが、彼はしばしばそういう種類の幻滅を味わった。主題も多岐にわたるため、その作品の中には識者が才能を疑いたくなるようなものも数多くあった。批評家たちは一貫して特に出来の悪いものばかりをあげつらい、「息切れしている」「救世主気取り」「二番煎じ」などと酷評した（アベラネーダは彼の作品を「ゆるい糞便が浮かんだ薄汚い便器」と評した――「しかもそれは、客観的に言ってアメーバ状赤痢を引き起こす恐れのある糞便である」）。これら、比較的完成度の低いサルバドール作品群の中から強いてめぼしいものをリストアップすると、以下のようになるだろう――四万三千九百五十語の中でフィリピンの人種、習慣、そして美しい女たちの多様性を描き出そうとしたエッセイ『タオ（人民）』[15]。野心的かつ個性溢れるフィリピン文学の概観『フィリピニアーナ』[16]。英語によるこのアンソロジーにはサルバドールの短編作品がほとんど収録してある一方、その他の作家のものはそれぞれ一作ずつしか載っていない。それから、マゼランの統計地図係であり通訳でもあったアントニオ・ピガフェッタに関する一冊の叙事詩『知の略奪者』[17]。これについては一九八二年に『世界一周』と題するディスコ・オペラへの翻案という救済措置も行われたが、結局は失敗に終わり、手がけた出版社は倒産にまで追い込まれた。

　サルバドールを最も怒らせたのは――アベラネーダが彼の国外生活について「忘却の果てに迎える死のメタファーである」と言った時よりもさらにひどく――批評家たちがこぞって『君がいればこそ』を彼

の「遺作」と評した時のことである。その頃、一九八〇年代初頭より構想が練られていたある叙事詩的作品についての噂が立ち始めた。『燃える橋』のことである。その一方、次の作品の大ヒットで一躍人気作家となって国民を大いに驚かせ、彼を「軽薄」と呼ぶ批評家たちに自らお墨付きを与える格好ともなった。『マニラ・ノワール』[18]は、彼の手になるいくつかの犯罪小説のうち最もよく売れたものである。ミステリー作家から転じたアントニオ・アスティグなる私立探偵が、スラム街で起こった切り裂きジャックばりの美女殺人事件（モデルとなった事件は実際に一九八六年と八七年のマニラで起こった。この事件に関する警察の捜査はほぼ完全に見かけ倒しのものであったことが知られている。犯人は自称「独身貴族」のさる高名な政治家であるとの噂だった）の調査に乗り出す物語である。一五〇〇年代のフィリピンに舞台が設定された五百ページの海洋冒険小説『血染めの海』[19]は、狡猾な中国人海賊リマホンと颯爽たるスペイン人船長ファン・デ・サルチェドの対決をスリリングに描き出したもので、自国フィリピンとイギリスとで爆発的に売れた（この本は続編あるいは前編出版の噂が渦巻く中、パトリック・オブライアンから公に酷評された。もっとも、サルバドール自身はそれを大いに楽しんでいたのだが）。若者向けの作品としては、『カプトル（きょうだい）』三部作[20]がある。これは魔術的雰囲気に満ちたフランクリン・W・ディクソ

---

(14) クリントン・パランカによるインタビュー、『パリス・レヴュー』一九九一年秋号。
(15)『タオ（人民）』（マニラ、パスパトゥ出版、一九八八年）。
(16)『フィリピニアーナ』（ケソン・シティ、マニラ・アテネオ大学出版局、一九九〇年）。
(17)『知の略奪者』（マニラ、アーツ・ポエティカ、一九八一年）。
(18)『マニラ・ノワール』（ケソン・シティ、フィリピン大学出版局、一九九〇年）。
(19)『血染めの海』（ロンドン、チャト&ウィンダス、一九九二年）。
(20)『カパティッド』、『QCの夜』、『アイ・ナク！《どういうことだ》』（マニラ、アダルナ・ハウス、一九八七～九〇年）。

ンのYAノベルの系譜に連なるものである。戒厳令下のケソン・シティに暮らす少年グループのリーダー格であるお転婆娘ドゥルセの冒険と成長とを追うこの三部作は、新世代の読者を多数獲得し、彼の全作品中最もよく読まれたものの一つとなった。

この時期の彼は極めて多作だったが、主題的な重さの点では今一つ物足りないものがほとんどだった。やがて彼は深い鬱状態に陥り、あらゆるものに牙を向け始めた。もっとも、論争に勝とうが負けようが、彼の行状はすでに批評家たちの格好の嘲りの対象となっていた。その収集癖のせいで「隠れブルジョア」と揶揄された。悪名高い紫のインクを使い、大仰な筆記体で手紙を書いた。Eメールは登場と同時に驚くべき早さで細かい使用法までマスターし、様々な新聞社に――自らコラムを担当する『マニラ・タイムズ』紙の編集者たちが止めるのを振り切って――膨大な檄文を送りつけた。その鋭い舌鋒は、フィリピン文化の貪欲な精神について、あるいは国籍離脱者は国のためになることをするべきだという持論について、あるいはレストラン・アリストクラットのサービス悪化に最もよく象徴される真の上流階級の終焉についてなど、極めて多岐にわたる主題に及んだ。雑誌はそのような書状の掲載を断ったため、彼はそれらの文章を集めて単行本『新聞には載せられない全てのニュース』[21]を自費出版した。一種の潔癖症のせいでホモセクシャル疑惑もしばしば起こったが、同時に度しがたい女好きとも言われ、「破門された聖職者ばかりの好色エネルギーの爆発」などと揶揄するものもいた。ある意味では、結局彼は一九九一年に出演したあるTVコマーシャルでの映像のイメージ――ぎっしりと本が並んだ書斎で目の前の食べ物に醬油をかけた後、おもむろにカメラに向かって眉毛を吊り上げ、もはや伝説となった「醬油はスワン、教養人の選択」というあのいかがわしい決め台詞を呟く――を生涯拭い去ることができなかったと言える。

一九九四年六月二日、サルバドールはマニラのラ・ソリダリダード書店である本の出版イベントを行った。関係者のみを対象に行われた秘密裡のパーティであったため、参加者たちはみな『燃える橋』の発表を期待したが、実際に発表されたものは『自己剽窃者』――自費出版による回想録――であった。第二次世界大戦の始まりから二十世紀の終わりまでのフィリピンの歴史を自らの人生に重ねて描き出すこの二千五百七十二ページの大作は、彼の全作品中で最も野心的かつ最も私的なものである。しかし、この作品もまた言論界の大いなる怒りを買った。あるフィリピンの批評家は言った――「この本の出版によるエディプス的欲望の充足はさぞかし甘美なものだったろう。（サルバドールは）父を凌辱し、母を殺したのだから」。またあるものは、「こんな本を出版するぐらいならば、その金でスモーキー・マウンテン（ゴミ捨て場）の大掃除でもしたほうがよほど国のためになったのではないか？」と酷評した。エージェントも海外の出版社への売り込みに失敗し、結局彼との仕事そのものから手を引いた。最悪なことには、このあけすけな回想録の出版により、すでに危ういものとなっていたフィリピン在住の家族や友人たちとの関係も完全に崩壊してしまった。突然、彼は真の意味で祖国を失ってしまったのだ。「君のご両親は既に亡くなっている。よかったじゃないか」と彼はいつか僕に言ったものだった。「作家の肉親というものは」と言いながら彼は自分のビショップを動かし、僕のクイーンを取った。「作品の中に描き出された自分たちの悪い部分だけを見る。それこそ真実の持つ強さなのであり、また人間の弱さでもある。愛と真実は、決して両立しない。真の誠実さを求めるのなら、作家は故郷を捨てなければならない。完全に孤独にならなければならないのだ」

そのようにして彼はニューヨークを永住の地に選ぶと同時に、しばらくの間完全な沈黙を余儀なくされた。コラムの連載をやめ、書くことそのものをやめてしまうのである。やがて彼は教師として名を馳せることになるのだが、これなどはまさに「フィリピン的」とでも言うほかない環境適応能力を示して余りあるエピソードだろう。彼自身『戦争と放尿』で何度となく繰り返している言い方を借りるならば、「もし

(21) クリスピン・サルバドール、『新聞には載せられない全てのニュース』（マニラ、パスパトゥ出版、一九九三年）。

も人生が君にレモンしか与えてくれないとすれば、女中を呼んでレモネードを作らせればよい」のである。

彼の人生は、そのほとんどが伝説の影に彩られていた。だとすれば、次に記す事件もまたそういう類のものであったのかもしれない。ある日のこと、サルバドールは『自己剽窃者』についての最後の酷評記事を切り抜いてスクラップブックに入れると、ハドソン川の岸辺に向かい、日記とともにそれをごみ箱に突っ込んで火を放った。夏の黄昏時のことだった。パトロール中の警察官がたまたま通りかかった時、彼は燃え盛る炎に小便をかけようとしているところだった。彼は「火を消そうとしていた」と抗弁したが、ダウンタウンの署に連行され、泥酔と公衆排泄のかどで逮捕された。事件はマニラの新聞でも報道され、彼のことをわずかながらでも覚えているものの間でお定まりの冷笑を買った。

だが後に彼が僕に語ったところによると、破壊行動に大いなる慰めが伴うこと、自らの怒りに身を任せることにえも言われぬ甘美な喜びが伴うことを彼が再確認したのも、まさにその火を見ている間のことだったという。次の日の朝、彼は鬼気せまる気勢で机に向かっていた。鍵のかかった引き出しからは、『燃える橋』の未完草稿を入れた三つの黒い段ボール箱が取り出されていた。

＊

人生最後となる年の二月、その最初の週末にサルバドールは故郷へと旅立った。長い間離れていた故郷の地を久しぶりに踏むこの旅の目的は、ディンドン・チャンコ・シニア文学功労賞、いわゆるＤＣＳＭＬＬＲ賞の受賞式に出席することだった。昼過ぎにマニラに到着すると、レストラン・アリストクラットで昼食を取り、トイレで礼服に着替えた。鏡の前でフォーマルのバロンタガログの襟を直し、スピーチの練習をした。激しい雨の中、彼はタクシーを拾ってＣＣＰ（フィリピン・カルチャー・センター）へと向かった。聴衆は古株ばかりで、そのほとんどはＰＡＬＳ（フィリピン文芸協会）の会員であった。全員がプラスチック製の椅子に深く腰掛け、余裕の冷笑を浮かべたその顔という顔には、まるで待ち望んだ葬式に出席してでもいるかのような落ち着きと満足とが溢れていた（ＤＣＳＭＮＬＬＲ賞は、通常作家生活の最後に贈られる）。サルバドールは階段を駆け登ってステージに上がり、プレゼンターと握手を交わし、カメラの前でＰＡＬＳの副会長代理フリオ・アルモンドと並んでポーズを取ると、演壇へ向かった。美しい装飾が施されたスターリングシルバーの金メダルを眩しそうに眺め、グラスに水を注いで一気に飲み干す。しばらくの沈黙の後、やっと彼は口を開いた。「文学は」と彼は強い調子で言った。「倫理的な跳躍です。ある種の重大な道徳的判断です。絶え間ない失敗の連続に耐えるための訓練です。文学には、恨みごとや不平不満を並べたて続ける義務がある。この世界は、まさにそのような情念で溢れかえっているからです。正直に言わせてもらいたい。なぜなら、ここにいるのは皆仲間なのだから。諸君、私に対して諸君が腹を立てているのは、全て私が作家として失敗したからである。だが、私が失敗したのは、単に、諸君が恐れて足を踏み入れようとしなかったところに私があえて足を踏み入れたからに過ぎない」。ここでブーイングや嘲りの怒声が沸き起こった。まるでキリストの磔刑を前にして荒ぶる民衆のように、会場の興奮は頂点に達した。「私は、この賞を謹んで受け取りたい」――サルバドールは怒号に声がかき消されないよう叫び続けた――「これから書こうとしているものに先んじて。来年、私は、諸君が長い間待ちに待ち続けた本をついに出版する。その時、諸君も結局は私と同罪であることが白日のもとに晒されることになるだろう」。ブーイングや嘲りは、やがて大きな笑い声に変わった。「歴史は、真実を叫ぶ殉教者の声によってのみ作られ――」。ここでマイクロフォンのコードが抜き取られた。

作家は聴衆の間を逃げるようにしてすり抜けると、ＣＣＰビルの外へ出た。自分を見ているものが誰もいないのを確かめ、土砂降りの雨の中を走り出した。ちょうど、市街の大部分を水没させてしまうほどの超大型台風がフィリピンに接近中だった。季節外れのその台風と入れ替わるようにして、その夜のフライトで彼はフィリピンを後にし、成田、デトロイト、ニューアークを経由してニューヨークに辿り着いた。その朝、僕は到着したばかりの彼に会った。ヴァレンタインデーの前日だった。留守の間休講になっていたクラスのレポートがぎっちり詰まったフォルダを届けるという口実で、僕は彼のアパートへと急いだ。少し疲れているようには見えたが、彼は書斎の椅子に座って凄まじい勢いでタイプライターを叩いていた。まるでマシンガンの連射のようだった。くしゃくしゃになったバロンタガログを脱ぐ時間も惜しい、という様子だった。彼の隣には前日付の『フィリピン・サン』紙があった。死亡誕生欄のところが開いていた。後にサン社のウェブサイトは、事前に用意されていた幾人分かの死亡広告用のストックの中から、ある見習い編集者がクリスピン用のものを誤って新聞に掲載したことを詫びる訂正謝罪広告を出した。まるで、記事を見て溜飲を下げている者たちの笑い声が貿易風に乗って聞こえてくるかのようだった。この一連の出来事を彼がどのように受け止めているのか測りかねた僕は、フライトはどうだったか、なぜそんなに取りつかれたようにタイプを打っているのか、などとあたりさわりのない事を尋ねた。するとクリスピンはいかにも晴れやかに笑って言った——「私はマニラで死んだんだとさ」。彼は言ったのだ、「もう失うものは何もない、というところだな」。

その後、僕が彼に会ったのはただ一度だけである。

彼は沈黙を最も嫌うタイプの人間だった。そのような人間を、やがて死という絶対の沈黙が襲う。人は孤独のうちに死んで二度と誰にも思い出されないことを最も恐れるものだとすれば、時間の残虐は、いかなる大河の暗き水流よりも確実に僕たちの生の痕跡を流し去っていく。したがってこの本は、ある男の失われてしまった生の断片を材料としつつ、誰かの死がいつも僕たちに突きつけてくる様々なあり得べき人生の解釈という究極の困難を引き受けるものとなる。細切れにされた事実を目の前に、割れた鏡の破片を一つずつ丹念に拾って元に戻していくような思慮深き読者諸氏の審判を希う。

——二〇〇二年十二月一日、マニラへ向かう機内にて、ミゲル・シフーコ

1

ベッドルームには傷んで象嵌の剝げてしまった木製タンスがあった。扉の鍵はさんざん探したあげく、机の一番下の引き出しの中から見つかった。その中身——最近の日記（オレンジのスウェードのブックカバーは使い込まれて滑らかなキャラメル色になっている。中身は翻訳、なぞなぞ、ジョーク、詩、覚書、その他いろいろ）、著作の初版本（『自己剽窃者』、『赤い土』、『傑作選』、『啓蒙者たち』、その他いろいろ）、ぼろぼろの小旅行用トランク（白のベークライトの取っ手、ずいぶん前につぶれてしまったホテルのステッカーが貼ってある）。鍵がないのでテーブルナイフでこじ開けると、鉛筆の削りかすと糊のにおいが漂い出す。写真の束がある。縁がよれよれになっている。ぼろぼろの輪ゴムでまとめてある彼の姉の日記帳が何冊か、分厚いマニラ封筒（中身は翻訳、新聞の切り抜き、朱の入った短編の草稿、公文書——期限切れのパスポート、出生証明書、予防接種の記録票など）、それからキャンバス地の書類カバンがある。カバンの中には鉛筆、グラファイト、インクで描かれたスケッチ（馬の絵、建物の正面、人の肖像）、刃物、ぼろぼろになった一セットの入れ子式ロシア人形（一番小さいものだけが欠けている）など。トランクにはその他、細々としたもの（パーカー・ヴァキューマティックの万年筆、サルバドール家に伝わる第二次大戦時の勲章、一房の琥珀色の髪の毛など）が入っている。

僕の師でもあり、また友人でもあったあの男は、少なくともその前夜まではまだ完全に生きていた。その時わずかに開けられたドアの向こうから鼻と目だけが見えていた。「すまない」と彼は言った。「すまない」。青いドアが、カチッと申し訳なさそうな音を立てて閉まった。そして、静かにかんぬきがかかる音がした。今から思えば、あれはいかにもある種の最後を告げる音だった。僕は建物を出ると、一人でベーコンチーズバーガーを食べに行った。彼らしくないぶっきらぼうな振る舞いに軽い苛立ちを覚えたが、毎晩のようにスランプと戦っているせいだろうと考えてやり過ごした。

あの時僕は、彼に何と言えばよかったのだろう？　ドアを無理矢理にでもこじ開けるべきだったのか？　そして往復びんたでも二回ほどくらわせて詰め寄るべきだったのか？　何日、何週間も細かい事実をあれこれつなぎ合わせてみようと努めてはみたが、どうしても納得がいかなかった。全てに現実味が感じられなかったのだ。時々僕は、マディソンを起こして不機嫌にしてしまわないようにそっとベッドから抜け出し、ソファに座って、空がライラック色に染まり始めるまでじっと考えた。自殺であろうと他殺であろうと、まさに全てがゴールデンタイムのメロドラマにでもおあつらえ向きの状況のように思えた。今になってみると、そういう風に考えたのは精神衛生上良いことだったと思う。紋切り型は、自分が孤独ではないということ、他にもたくさんの人が同じような経験をしているのだということを実感させてくれるものである。しかしこの事件に限っては、僕には世間のように安易に処理してしまうことはできなかった。単純な事件として解釈し去り、家に帰ってからそれとは比べ物にならないほど複雑なプロットのテレビドラマを見る。僕らの世代に共通の問題だ。

＊

クリスピンの死から四週間ほど経ったある日、彼の姉から電話があり（声はまるで糸のようにか細くかすれていた）、彼の持ち物を整理するよう頼まれた。僕はまるで地下霊廟にでも入るかのように彼のアパートに潜入した。

四か月後、ついに眠れなくなった。ベッドの上に起き直ってマディソンの寝息を聞きながら、なぜだか分からないが、深く知ることのかなわなかった僕の両親のことを思い、またいかに自分がクリスピンに会いたがっているか、いかに自分が人を食ったようなあのフェドーラ帽とその頑なな性格を恋しく思っているかを思い知った。

六か月後、僕はクリスピンの伝記を書き始め、図書館で長い時間を過ごすようになった。彼の人生について書くことが自分の人生の謎を解く手がかりになると考えることで、なんとか正気を保っておくことができたのだ。

八か月と一週間後、マディソンが僕のもとを永遠に去った。もう一度電話してくるだろうと思ったが、電話はなかった。

二〇〇二年十一月十五日、つまりクリスピンが死んでちょうど九か月目の夜遅く、僕はマディソンからのメールを待ってメールボックスをぼんやりと眺めていた。すると受信音が鳴り、三通のメールが一度に届いた。最初のものはBaako.Ainsworth@excite.com.というアドレスからのものだった。その一部分――「あなたの愛の刃をとがらすルバダブ・サウンデス。より長く、より激しい快感を！」。二つ目はtrancejfq22@skaza.wz.cz.からのもの。その一部分――「卒業証書を今すぐゲット！（正式の単位は認定できないが）ネクスト・ステージへ行きたい人は、これで抜け出せ！」。うんざりして三つ目のメールもそのままゴミ箱行きにしようとした時、送信者の名前が目に入った。文面を引用する――「親愛なる旦那様、奥様（中略）当方の顧問弁護士クルペア・ルブラから電話がありました。彼の言うには、私の父――当時彼は政府の告発者でもあり、また一族の遺産の筆頭相続人でもあったのですが――が彼のところに電話をかけてきて、アパートに彼を呼び寄せ、三つの黒い段ボール箱を見せた、ということでした。ご存じのように、それから父は謎の死を遂げました。政府は目下私たちの後を追い回し、嫌がらせをし、見張りを付け、銀行口座を凍結させています。父の残したものを継承し、下劣な殺人犯どもを一網打尽にするためにも、ぜひとも皆様の勇敢なご助力が必要です。詳細については、ＴＢＡ《「燃える橋」》をお読み下さい」。送信者はcrispin1037@elsalvador.gob.sv.とあった。僕はすぐさまメッセージ作成ボックスを開いて「クリスピン?」と書き込んだ。点滅するカーソルは、まるで僕にウインクを送っているかのようだった。僕は「送信」のボタンを押し、反応を待った。

次の日の朝、僕は飛行機のチケットを買った。

*

少年が飛行機に乗り込もうとしている。彼はもう子供ではないが、せいぜい子供っぽい男といったところである。彼自身、自分のことをそう表現することだろう。列の真ん中の席に座り、ノートを開き、手にはペンを持っている。マニラへと出発するところである（もう少しで「帰郷」と書いてしまうところだった、と彼は微笑する）。空の旅は好きではない。機内でのことも、また予想される到着時の雰囲気も。ここで彼はノートに書きつける――「文明の二つの前哨地点の間で宙吊りになった辺土《リンボ》」。

機体がバックしている途中、彼は残して行く人たちのことを考える。失った友人であり師でもあった男のこと。男はタイプライターの前に座っている。まずアルファベット、それが単語となり、やがて文が生まれる。それはまるで、歩きながら道にぽつりぽつりとこぼされたパン屑が、徐々にゆるやかな線を描きながらゆっくりと組み立てられて像を結んでいくパズルのようである。

少年は失望、傷心してここに帰って来ることになるだろう。三人の兄弟と二人の姉妹は全て故郷を離れ、外国で暮らしている。サンフランシスコの丘の上で世界を見下ろしているもの、あるいはバンクーバーの広い空の光に心を洗われているもの、あるいはニューヨークの心地良い雑音の洪水に囲まれて暮らしているもの。両親のことは思い出せない。墓にも行ったことはない。それに、実際にはその墓の下に埋葬されているわけではないということも彼は知っている。マニラには親代わりに誠心誠意自分たちを育ててくれた祖父母がいるが、彼らとは、最後の別れの時に受けたある種の精神的暴力のせいで、それ以来連絡を絶っている。彼はこれから故郷に帰る。だが、それを自分では認めたくない。空っぽの家というものがどういうものであるのか、見慣れない風景にぽつんと放り出された時に記憶が一体どのようないたずらを仕掛けてくるものなのか、彼はよく知っている。

機内で過ごす長い間、彼は両親の死に関する事情を努めて考えまいとする——つまり、結局そのことについてばかり考えることになる。フィリピンの新聞を何かに取りつかれたようにめくる。覚書や切り抜き、書きかけの原稿が入ったフォルダを整理する。死んだ友人の持ち物の中から拝借してきた万年筆のボディを回してキャップを取る。彼は今、死んだ友人の伝記『八回目の生』のプロローグを書き始めようとしている。もぞもぞと体の位置を変えてみる。考える。周りの乗客たちを眺める。あれこれと品定めをする。これは、自分も他人もほぼ同様な不安を抱いているはずとの前提に立つ、フィリピン人特有の振る舞いである。しばらく手元の資料を読み直し、どうしても自分のものと完全には感じられたことのないこの世界の中で、何か手がかりとなるようなものを探す。自らに向かって何かを説明しようとするかのように、また言葉を書き加える。そして、アステリスクを打つ。

*

サルバドールは、バコロドにあるマザー・オブ・パーペチュアル・ヘルプ病院の個室で、レオノーラ・フィデリア・サルバドールを母として生まれた。そこにいたのは、八歳になる姉マグダレナ（レーナと呼ばれた）、六歳になる兄ナルシソ三世（略してナルシシート）、そして彼女らの乳母となるウルシー（彼女の本名は記録に残っていない）であった。彼らの父ナルシソ・ルーパス・サルバドール二世——家族や友人の間ではジュニアと呼ばれていた——は、その時デ・ラ・ラマ蒸気船会社のモーター式船舶ドン・エステバン号でマニラから故郷バコロドに向かう途上にあった。彼はマニラのフィリピン独立準備政府議会に議席を持っていた。

サルバドール家のこの新参者は、三代にわたるベンチャービジネスやサトウキビ栽培、政治献金、そして悪名高き一族の吝嗇癖を通して蓄積された莫大な富を背負ってこの世に生を享けた。日本軍が侵攻してくる前の四年間の暮らしは、彼の人格形成に決定的な影響を及ぼした。その生涯を通し、ヴィサヤ諸島の故郷は彼にとっていつも明るく純粋な何かを体現する場所だった。

——執筆中の伝記、ミゲル・シフーコ、『クリスピン・サルバドール——八回目の生』より

＊

……目撃者の証言では、爆発は三十秒をおいて二回起こった。両方ともマカティ地区のマッキンレー・プラザ・モールの三階だった。ルーパス地所の広報の発表によれば、死者はゼロとのことである。関与を認めている団体はいまのところ……

——*Philippine-Gazette.com. ph.* 二〇〇二年十一月十九日付の記事より

＊

インタビュアー　あなたは、一九六〇年代後半にこう書いていらっしゃる——「フィリピンの文学は、権力にいつも見張られているという恐怖を克服し、真に自立した個人のものとならなければならない」。今でもそう思われますか？

CS（サルバドール・クリスピン）　かつて私は、真の文学的描写は自分自身の言葉でもってのみなされるべきである、つまり、経験という自己の真空空間——それは個人のものであっても国民全体のものであってもよいのですが——の中から、あくまでも自律した断片のようなものとして立ち現れねばならな

い、と考えていました。これは無論、知的あるいは美的な意味で完全に他から自律した「私」なるものの存在を無条件に前提しています。しかしやがて、そういう知的孤立主義は格好がいいだけのエゴの肥大化なのであって、文学賞を取るのに多少なりとも役立つようなものに過ぎない、ということが分かってきました。そういうやり方では、真の意味では何の変化ももたらしはしないのです。だってそうでしょう？　私は私なりに精いっぱいやった。でも、結局は何も変わりはしなかった。我々は一体、何の種をせっせと蒔いていたのでしょうか？　私は、実際に変えることだって可能なはずの社会問題に対して手をこまねいているだけの状況に本当にうんざりし、積極的に社会参加を望むようになりました。つまり、作品を通して読者を変えようとしたのです。一世紀前にホセ・リサールの本が対スペイン革命運動に与えた影響のことを考えます。一九七〇年代にペンを銃と交換し、ジャングルの中で共産主義者たちとともに戦死したエマン・ラカバの詩のことを考えます。「荒野を進む裸足の戦士たちよ」、彼の詩は同志たちにそう語りかけます。エピグラフが素晴らしい。ホー・チ・ミンです。「詩人は、戦場の指揮術をも学ばねばならない」

インタビュアー　そのような意味で指揮を執ることを決意するに至ったきっかけは、何だったのですか？

CS　プライドの高さ、でしょうか。それから、死への恐怖です。本当のことですよ。笑っていらっしゃるが、冗談ではない。大真面目な話です。

インタビュアー　あなたが政治的発言を再び積極的に始めたことに対してよく批判の声が上がりますが、あなたは……

CS　そう、二歩遅れている、というのでしょう？　無論それは間違いです。ずっとずっと遠くへ行くと、人はいつしか振り出しに戻っていることに気づく時がある。しかし、一見最初と同じに見えても、そのとき責任はずっと重くなっており、踏んではならない地雷も多くなっている――そうして得られた結論をよく見ると、やはり最初よりも正しいものが多いのです。こういうことをやっているともちろん、

「あいつは理想主義者だ」とか、もっとひどい場合には――いや、むしろずっと良いことなのかもしれませんが――「救世主気取りだ」とか言われます。いいですか、たとえば「野心」と「志」とは同じことを別様に言ったものに過ぎない。実際、批評家はいつも、芸術家が――もちろん「真の」芸術家のことを言っているのですが――物事に見えざる因果関係を見出そうとする時、その欲望にケチをつけるものなのです。

――『パリス・レヴュー』一九九一年のインタビューより

＊

あと三時間で着陸。マニラに到着である。もう少しで「故郷に到着」と言うところだった。

大体、空の旅というものはいやなものである。出発して辿り着くまでの間に起こること、人間が暮らし得る大地と大地の中間で宙吊りにされること、それら全てが不愉快だ。昔、飛行機旅行といえば楽しいものだった。おもちゃの飛行機の翼。スチュワーデスたちが優しく微笑みながら巨大なコックピットのありかを教えてくれた。だが今は、貴重品をセンサーに通すために専用のボックスに入れ、ものものしいセキュリティ・ゲートを通過し、靴を脱いだまま所在のない心持ちで検査の結果を待たなければいけない。静脈血栓症の話も怖い。まるで家畜のように客室に詰め込まれ、鎮静剤のようなキアヌ・リーヴスの映像を目の前のスクリーンで見せられ、なんとも落ち着かない麻痺状態へとゆっくり誘導される。眠ったかと思えば起こされる。いまだにマルクス主義を信じているものがいるとすれば、それはきっとこのエコノミークラスの列中央席に詰め込まれる長旅の悲惨を知らないせいだろう。

この金属の缶詰の中、周りは全て同乗者たちで埋め尽くされている。僕たちはいわば従順な顔をした無意識の反乱軍だ。歴史上何度も同じような脱出と帰還を繰り返してきたため、まさに僕たちのようなものを特に指すようになった言葉がフィリピンにはある――「バリクバヤン」。不在の期間の重みを背負い込み、僕たちは肩を落とす。数え切れないほどの親類縁者のための数え切れないほどの土産物を、機内持ち込み手荷物のバッグにありったけ詰め込む――そう、まるで異国で過ごした時間が全くの無駄ではなかったことのアリバイ証明のように。

これが僕の祖国の人々である（クリスピンは以前この人々を評して「寛容な扁平足の連中」と言った）。僕の横には、アシッド・ウォッシュのデニムジャケットを着た体格の良い男がアイマスクを目からずり落として眠っている。頭を大きく後ろに反らせたせいで、ますますいびきの音が大きくなっている。おそらく建設工事人夫か何かだろう。夢に急かされるように世界に散らばった何百万人を超える人々の一人。彼の横には二人の老婦人。顔立ちからいって姉妹のようである。二人はそわそわと備え付けの機内雑誌を読み始めるが、これで十六回目になる。首の周りに装着した空気枕が、こう言ってよければ、まるで水牛の首につけられたくびきを思わせる。一人は一方の手にロザリオを巻いている。もう片方の手で大きな写真が出ている所へとページをめくる。もう一人が早すぎると文句を言う。通路の向こう側には、テキサス出身といった感じの大男の肩に、小柄なフィリピン女がブロンドに染めあげた頭を載せている。男は山脈のように盛り上がった鼻に低く眼鏡を載せ、読書灯をつけてデール・カーネギーを読んでいる。上腕には蛇と短剣のタトゥーが見える。その後ろには何かと落ち着きのない初老の白人。白髪である。ラフなスウェットのジャケットと軍服は、まるで怖いもの知らずのイエズス会の修道士か、そうでなければ休暇旅行中の小児性愛者といった感じでくしゃくしゃになっている。彼の横には延々と噂話を続けている家事手伝いの二人組。もう九時間もしゃべりっぱなしである。アイマスクで髪の毛を留めたその頭は、世界中の大都市に何千となく散らばるフィリピン出身の女中たちが一斉に休みを取る日曜日、公園の舗道でせわしなく米粒をついばんでいるハトのようだ。どちらかが大げさな話を振っては、一斉に二人で飛びつく。これまで、ミンダがリンダにしたひどい仕打ちについて少なくとも二回、ドティがエディルベルトにぶつけた恐ろしい言葉――僕には何度聞いても身の毛がよだつものだったが――について少なくとも三回はしゃべっている。僕はメモを取りながら軽く笑った。その時、一人がこう言う――「それであの女、私の悪口を平然と言い始めたわけ。陰でこそこそ言うならまだしも、いい度胸してると思わない?」。大げさでぶっきらぼうな物言いが、長年の忍従生活や人生に関する根拠の薄い自信、昔はしっかりとしがみついていたはずのものから遠く離れてしまった距離感などと相まって、今や固い結晶のように彼女たちの存在を支配している。

自分にとってクリスピンがどういう意味を持つ存在になっていたのか、彼が実際に死ぬまで分からなかった。僕自身の祖父《ロロ》グレイプスとの間には、祖父との関係がたいていそうであるようにいつも距離があった。少なくともそれは、父の死によって生じた僕の心の空白を埋めることはできなかった。自宅にある事務室のガラス張りの扉の向こう側で、彼はいつも夕飯の時間になるまで手紙を書いたり、ファックスされてくる文書を読んだりしていた。その姿はほとんど亡霊そのものだった。夕飯の時間になると、よく彼は食堂にやって来て僕にちょっかいを出した。その冗談にはいつもどこか無理があるように思えた。僕はよく笑ったが、それは心から笑いたいといつも願っていたからに過ぎなかった。僕は誰かとつながっていたかったのだ。誰のせいでもない、と僕は自分に言い聞かせた。彼らは既に子育ての義務を一度果たし終えているのだ、と。ある筋から聞いた話では、祖父母は自らの子供たちとの関係においてもすでに失敗していた。それがいきなり、さらに六人もの子供たちの面倒を見なければならなくなったのだ。マニラで孤児となってしまった孫たちは、祖父母のいるバンクーバーにひと固まりとなって送られてきた。少し早かった祖父の政界引退後、ささやかな余生を夫婦でようやく楽しむことができるようになったと思った矢先のことだった。

おそらく僕たちのフィリピン訛りの英語や、それぞれどこかが父に似たその容貌を見て、祖父は戒厳令で政界追放の憂き目に遭う前、自らのキャリアが絶頂にあった頃のにぎやかな暮らしを思い出したに違いない。その政変ではむろん祖母も女中の大群や麻雀パーティに囲まれた安逸の日々を奪われることとなり、気づけば二人とも、セーフウェイのスープ／シリアル／ベーキング・コーナーの通路をよろよろと目尻を上げて歩く老夫婦となり果てていた。きょうだい六人そろってバンクーバーに到着した時、僕は五歳だった。祖父母は僕たちの生活の便宜をはかろうと最大限の努力をしてくれた。自分たちで建てた手狭な家を売り払い、醜い巨大マンションに移り住んで乳母を一人雇った。放り込まれた人種のるつぼにきちんと適応できるように、彼らは僕たち全員をカナダ人化しようとした。英語をきちんと使いこなせるようになるように、タガログ語の使用を禁じた。自分たちを呼ばせる時も、それまでのフィリピンの伝統的な呼び名ではなく、まだ赤ん坊だった弟が英語の単語をごちゃまぜにして使い始めた「グランプス」と「グランマム」とに変えた。こうしてフィリピンでは僕らが「ロロ」と呼び慣れていた男の名は「グレイプス」となった（「酸っぱいんだぞ」と彼はよく言った）し、「ロラ《祖母》」は「グランマ」となった（「カストロ率いる反乱軍兵士たちを乗せたボートみたいだろう？」）。やがて僕たちの完全なカナダ人化は不可能であると全員が悟って以降、家族の絆はより強まった。学校帰りにグランマと僕はよくセント・トマス教会に立ち寄ったものだったが、ある日いつものように僕たちはそこに入り、毎日やっているようにグランマが過去、現在、未来の全ての人々のために祈りながらろうそくに火を灯した。すると席に座っていた男が急に立ち上がって、「さっさと帰れ、この東洋野郎どもが！」と叫んだ。きっと酒に酔っていたか気が違っていたかだったのだろう（当時はその違いなど分からなかったのだが）。グランマが言い返すことのできたのは「私たちは東洋人ではありません、フィリピン人です」という言葉だけだった。帰る途中、車の中でグランマは僕の質問に何も答えず、ただ黙ったままだった。まるで僕が何か悪いことでもしたかのようだった。

　また別のことを僕は思い出す。教会での事件から何年か経った時のこと、僕たちきょうだい六人は祖父母とテレビの前に座っていた。食卓の上の夕食はもうすっかり冷めてしまっていた。画面に映っていたのは、フィリピンのエドサ大通りが黄色いTシャツを着た人の群れで溢れかえっている映像だった。ある者は祈りを捧げ、またある者は歌をうたい、修道女たちは腕を組んで装甲車の流れをふさぎ、一人の女の子が兵士の銃口に一輪の花を挿そうとしていた。その兵士は微笑みを見せまいとあえて表情を険しくしているようだった。ＣＢＳのアナウンサーは言った、「今回の事件は、事によるとバスティーユ牢獄事件の二十世紀版になってしまっていたかもしれません。しかし驚くべきことに、結果的に暴力はほとんど行使されなかったのです」。眼鏡をかけた小柄な女性が群衆に向かって語りかけている映像が流れた。「ごらん、あれがコリー・アキノだよ」。グレイプスが僕らに話しかけた。アナウンサーは続けた、「我々アメリカ人は、フィリピンに民主主義を教えたのは自分たちなのだと考えたがります。しかし今夜の出来事は、今やフィリピン人こそが世界に範を示す番となったことを雄弁に物語るでしょう」。ヘリコプターが着陸し、兵士たちが群衆の歌に加わった。すべての人の顔に笑顔が溢れていた。それからグランマは目に涙を浮かべながらこう言った――「これで国に帰れる」。

その時も、その言葉の文字通りの意味はもちろん分かっていた。だが今、僕にはその時の祖母の言葉の本当の重みが分かり始めている。隣の座席からイロンゴ語の抑揚のない音が聞こえる。その甘ったるいアクセントはグランマの物言いを思い出させる。通路向こうの方からイロカノ語、隔壁の横からはビコール語の強い母音が聞こえてくる。スチュワーデスがタガログ語で年配の男性に話しかけている。祖父と同じくらいの年齢の男性だ。彼女は自分が行ったことのある土地の名前を列挙している。新たな地名が出るたび、まるで自分もそこに行ったことがあるかのように彼はうなずく。きっと彼らは「故郷に錦」を飾りに帰るのだろう。僕も、ある意味ではそうなのかもしれない。

隣の席の男は、まるで外国人を見るかのように僕のほうをちらりと見る。僕はこのような場合、必要になるぎりぎりの瞬間までタガログ語を使わないことにしている。適切な時が来たら使ってみせ、実は同じフィリピン人だったということに驚かせてやるのだ。彼らの話すアクセントの強い不完全な英語は、昔の僕自身を思い出させる。コロンビア大学での最初の授業の時、「歴史年鑑《アナルズ・オブ・ヒストリー》」を「歴史肛門《エイナルズ・オブ・ヒストリー》」と発音してしまったのだ。気づくやいなや、そのまま教室から飛び出してしまいたい――と思ったのは僕だけで、特に誰も気にしている様子はなかった。僕は、祖国の人々がスチュワーデスに話しかける時におそるおそる使う英語、長年の欧米暮らしにもかかわらず決して完璧なものにはならなかったその英語に聞き耳を立てる。Ｆはいまだによく P で代用され、母音は角が取れ、時制は入り交じり、音節はカットされる――確信を持って発話されるのは、よく使う日常の決まり文句だけ。そんな日常のフレーズそのもののように、僕たちはまさに紋切り型の寄せ集めである。裸の個別性の上に、まるで制服のように便利な〈型〉をまとうのだ。人間を〈光の場〉と考えたあの哲学的奇想よりもっとリアルに、人間は〈汗の場〉であるとでも言うべきだろう。僕たちの勤勉さ、僕たちの安い労働力、つまり僕たちの国の二つの代表的なイメージは、より良き生活への国民全体の憧れの具象化である。おい、あまり深遠になるのも考えものだぜ、という警告だろうか、後ろの乗客が僕の座席の背を蹴ってくる。

もうずいぶん前に、左側の席の男と肘かけのスペースの所有権をめぐって静かなる争いがあった（僕は腕を先に載せるために、非常に微妙な動きを何度かフェイントとして繰り出していた。もっとも、彼のほうは特に気にもしていないようだったが）。そのせいで左の肘の運動圏は十分に確保されている。スチュワーデスに食事の選択を告げる時、彼は何気なく僕の様子を窺う。自分の番が来ると、僕のものとは違うもの――つまり二つの選択肢のもう一方――を注文する。食事のトレイが運ばれ、めいめいに手渡される。僕は包みを開けるやいなや、隣の男のようにチキンにすれば良かったと後悔する。アルコールの殺菌剤が入ったジェルを手につける。隣の男が僕を見て微笑む。手に持ったジェルのボトルを彼に渡すと、彼も同じように手の消毒を行う。それから彼は、何気なくそのボトルを自分のシャツのポケットに入れる。まるで肘が体の側面に溶接されて固定されてでもいるかのような姿勢のまま、長方形の領域内にきっちりと並べられた食事の開始である。僕は深く考え込んでいるふりをしつつ、目の前のテレビの何も映っていないスクリーンを覗き込んでいる。

今回の旅のアジェンダ――まず、クリスピンの子供時代の家を訪ねること。

彼の姉とおばに会って話を聞くこと。

彼のノートに記されていた人物について調べること——チャンコ。マーティン師。バンサモロ。アベラネーダ。ドゥルシネア。

彼が燃やした橋の灰をよくふるいにかけてみること。

彼のいくつもの人生をつなぎ合わせること。

マニラに到着するやいなや、乗客たちはきっとパイロットの着陸テクニックに一斉に賞賛の拍手を送ることだろう。そうかと思うと、まだ機体は徐行を続けているのに皆飛び上がるように席を立ち、競うように頭上の荷物入れから荷物を取り出そうとするだろう。機内アナウンスが彼らを制止しようとし、毎度のことに苛立ったスチュワーデスたちが彼らの腕という腕をぴしゃりとやって荷物入れの扉を閉め直させようとするだろう。いつものことだ。素敵じゃないか、そうだろう？　同乗のわが友人たちは、世界中のどの国の人間よりも何千マイルも多く飛行機に乗り、抱き合って再会の挨拶を交わしたかと思えばあっという間に別れのハグ、というしきたりを幾度となく繰り返し、あくせく働いては金を貯めて給料日に故郷に送金し、郵送料を節約するため玉ねぎの皮で作った紙に「やっと帰れる」としたためる。飛行機がついに故郷に到着する。すると、不在の間に大きくなって顔さえ分からなくなった子供たちが出迎える。彼らは彼らで、一体どれが自分の親なのか分からない。おのおのの配偶者と、まるで誰かからの借りを返そうとでもするかのように儀礼的なキスをする。クリスピンもよく引用したあのオヴィディウスの一節が思い出される——「すべては変わる、しかし、ひとつも終わることなどはない」。

僕には帰るべき故郷などない。そう考えたほうがずっと楽である。

＊

彼は、一体何を頼めばしっくりくるのかが分からない。飲み物のカートを押して現れたスチュワーデスが美人だったので、本当はジンジャーエールに気持ちが動いていたところ、思わずスコッチのトリプルを注文してしまう。そう、国際線では飲み物は全て無料だ。彼は、目の前の座席の背部に一人ひとつずつあてがわれて埋め込まれているオンデマンド式のテレビスクリーンに子供のように喜び、この機会にキアヌ・リーヴスの最新映画を観ておこうと眠い目をこする。観終わると、彼は流れるエンドクレジットの前で呆然としながら、二時間という貴重な時間を無残にも踏みにじられてしまった時のあの独特の後悔の念に苛まれる。まるで巡礼者のように何度も通路の最後部へ赴いては、ドリンクバーでアイスクリームと袋菓子の束を取って持ち帰る。隣の乗客が起きないよう気をつけながら読書灯をつける。機内雑誌を読む。バリ島の記事がある。太陽の光にビキニを輝かせながら、ユーラシア大陸の少女たちが白い砂浜の上で三角形の絹製の枕に寝そべっている。それを見て、彼は隠しようもないほど身体的に興奮する。彼はシートベルトをつけたまま体をよじらせ、戦略的に雑誌を持つ位置を変えながら、これではまるで二十六歳の男じゃなく十三歳のガキみたいじゃないか、とバカバカしくなる。周りを見渡す。搭乗時、荷物を頭上のコンパートメントに入れるのを手伝ってやりたいと思ったセクシーな香港出身と思しき中国人の女の子が、彼の二、三席後ろにいる。その時はどうしても声をかける勇気を出せず、結局通路に突っ立ったまま彼女が荷物を積み終わるのを待ちつつ、彼女の尻と、伸び上がってシャツが引き上げられる度に露わになる尻の上の魅力的な窪みをちらちら盗み見ただけだった。今、彼は首を回してその女の子のほうを見る。彼は思う——客室内の気圧のせいか、飛行機に乗ると必ず性欲が高まる。あるいはそれは、単にあまりに長い間手持ち無沙汰の状態を強要されるせいかもしれない。エロティシズムというものは、詰まるところ人生の退屈を破るためにこそある。もしも——彼はそう考える——彼女が自分と同じような気分でいたら？もしも今、僕がつかつかと彼女の座席のそばに歩いて行って、何も言わずに彼女の手を引いてトイレに連れて行こうとしたらどうなる？　悪く言っても「いやよ」と断られるだけだ。彼女の姿はここからはよく見えない。だが、尻の下に敷かれた足の裏が肘かけの下から突き出しているのが見える。まるでウサギの足のようだ。その美しさに彼は見とれる。マディソンは、まるで男のような足をしていた。ずいぶん長い間誰の体にも触れていないことに気がつく。マディソンとのセックスのいいところは、彼を抱きしめる時のその抱き方だった。抱き合っていると、彼はよく温かい湯でゆっくり両手を洗ってもらっているような気持ちになった。彼の体をしっかりと包み込む完全無欠のその抱き方は、ずっと彼女に隠し続けていたある秘密のことさえ忘れさせてくれたものだった。

　無精髭の生えたあごをまるでサイレント映画の悪役が深く考え込む時のようにゆっくりとさすると、腕時計の表面で光が反射し、壁を、座席の後ろを、そして隣でまどろむ乗客の顔の上を走り抜ける。彼は腕を隠す。近くのものが王冠のロゴマークを見て、旺角《モンコク》仕込みの模造品であることに気づくのではないかと不安になる。ゆっくりと光に照らしてよく見てみる。二十一歳の時に祖父から贈られたものである。その時は既に家族そろってフィリピンに戻っていた。いろいろなことがダメになり始めてから、もうずいぶんと経っていた。祖父は再び政界に復帰し、妾たちとの遊蕩生活がまた始まっていた。シミひとつない金属製、真珠光沢、ブルーの表示板のオイスター・パーペチュアル・デイトジャスト。祖父もまさにこれと同じ型のものを持っている。いや、ほぼ同じ、と言うべきか。彼自身のものはイミテーションではあるが、立派なプレミアものである。表面がフラットではなくて面取りがしてある本物のクリスタル・パースペックスで、仕掛けはラドーだ。祖父が、通菜街《トンチヨイ》から折れた狭く薄気味悪い路地の中、爪楊枝をくわえた買人——まるでシュッと舌を出したトカゲみたいだったな、と祖父は言った——の後をついて歩き、足場の悪い階段を三階まで上ったところにある部屋で二百ドル払って手に入れた最高級のイミテーション品である。祖父は孫への言葉をその表面に彫らせた。少年はその時計をこれまでずっと大事にしている——それは、彫ってある言葉のせいだけではない。家族そろっての夕食の光景、祖父と孫とがそれぞれ腕から自分の時計を外し、お互いに比べ合っては模造技術の精巧さに驚嘆する甘美な記憶。少年は長い間その時計を本物と偽ってきたし、普段は自分でもその事情を忘れ、友人たちと同じようにそれを本物と考えている。

彼は真珠のグリップのミッドナイト・スペシャルを手にし、爆弾が炸裂したかのようにドアを蹴破って部屋に侵入する。「俺だ」と彼は言う。「アントニオ・アスティグだ。手を上げろ！」。だが、部屋は既にもぬけの殻である。窓は開け放たれたまま、彼を嘲るかのようにゆっくりと揺れている。彼はまるで腹を空かせて檻から放された凶暴な虎のように部屋を素早く横切り、窓のところへ向かう。外はエスパーニャ通りである。ドミナドールの禿げ頭が水面上に浮き沈みしているのが眼下に見える。洪水の大通りを泳いで渡り、今まさに停車中のトラックの後部に辿り着こうとしているところだ。怒濤の奔流に必死で抗いながら腕をひとかきするたび、漂流物が容赦なくぶつかってくる。その時アントニオは、背後から男たちの叫び声と階段を駆け上がってくるたくさんの靴音を聞く。警察だ！　アントニオは間髪を入れずに窓から階下の濁流の中へ飛び込む。水は、ドミナドールが引き裂いた犠牲の処女の涙の味がする。水面に上がってきた時に見えるのは、ドミナドールがトラックの荷台の上に乗り、銀のバタフライナイフで防水布を縛り付けているロープを切断しようとしている姿。今まで彼のいた階上の部屋の窓には警察の姿が入り乱れ、そのうち何人かが銃口を彼のほうに向けているのが見える。彼は水中に潜り、サメのように泳ぐ。薄暗い水の中、まるで魚雷のように警察の銃弾が彼の横をすり抜けて行く。再び水面に出ると、ちょうどドミナドールがトラックの荷台から黄色と赤のジェットスキーを水際まで運び終わったところである。エンジンがハイイログマのように唸り、徐々にスピードを上げながら座礁した車やジプニーの間をすり抜けて行く。アントニオはトラックの荷台にジェットスキーがもう一台積んであるのを見つけ、そこまで泳いで行く。弾丸が彼のすぐ横をすり抜け、ポンポンという音を立てながら水に突き刺さる。トラックまで来ると、アントニオは荷台によじ登る。一息にジェットスキーを進水させてエンジンをかける。氾濫する水の上をジェットスキーは飛ぶように走る。風が頬に心地良い。通り沿いの店の曇ったガラス越しに人々が一連の騒動を眺めている。その前を通り過ぎる時、アントニオは群衆に向かって最高に素敵な笑みを投げてよこす。

——クリスピン・サルバドール、『マニラ・ノワール』（五十三ページ）より

＊

僕からクリスピンへのEメール——まったくなんてことなんだろう！　いえ、マディソンのことなんですけどね。彼女に境界性人格障害の診断を下したあのセラピスト、あいつに払った額の半分でもいいから、むしろ僕のほうに払うべきなのに……などと考えずにはいられません。まったく、最近は誰も彼も、自分の頭のおかしさをもっともらしい理論で正当化しないとおさまらないのですからね。祖父は最近「フロイト的ナルシシズム」という診断を受けました。一体それがどういうものなのか後でネットで秘書に調べさせていたけど、案の定、悪い情報については素通りして——むしろそっちのほうこそしっかりと頭に叩き込むべきだったんでしょうが——良い情報だけに目を留めていましたよ。彼は興奮して祖母にこう言ったものです、「偉大なる指導者の器を持つものはすべからくナルシストである、と書いてある」。こういうわけで彼は、むしろ「どうすればナルシシズムを克服できるか？」あるいは「いかにナルシシズムが周りに暮らしている人々に多大な悪影響を及ぼすか？」などについての本をありったけ買い込むべきだったところ、ただ一冊『ナルシストたちよ永遠なれ』——ネロ帝やナポレオン、ヒトラーやサダム・フセインの性格のうち良い点をこまごまと解析してくれる本です——なるものを買い込んできて、おまけにエストレーガン大統領にその本を一冊クリスマスプレゼントとして贈ってしまいさえしたんですからね。まったくもってひどい話ですよ！　大統領も、一体どんな顔でそれを受け取ったというんでしょうかね。ところで、いつものベーコンチーズバーガーの店、少し遅れます。故郷での流血騒ぎとCCPでのスピーチの話、ゆっくり聞かせてください。早く聞きたい！

＊

「その性格にふさわしく、私の父の名はナルシソといった」――サルバドールは『自己剽窃者』にそう書いている。「その名前は、彼に与えられる前にも、家系のどこかでその響きに全くそぐわない謙虚な人物に付けられる悲劇的な皮肉を経験したことがあるに違いない。だが、私の父に与えられた時には、そのような運命の陰影は完全にこぼれ落ちていた。まるでその名は彼のために用意されたかのようであり、彼を『ナルシソ』と名づけたその行為は、いわばその存在の本質に応じて名を授ける聖餐式のパロディとさえ解釈され得るだろう。つまり、彼の性質のうちの最高の部分ではなく、一生涯にわたって人々に記憶されることになるその最悪の部分に準じて名前が付けられた格好となったのだ。それのみならず、不名誉なニックネームを好んで人に加えるあの恥知らずなフィリピン式の慣習に乗っ取って付け加えられた『ジュニア』という部分によって、彼の名はさらに貶められることになった。それはまるでマクベスの魔女の預言だった――どんなに頑張ったところで、所詮彼は生涯チビのナルシスとして運命づけられていたのだ」

――執筆中の伝記、ミゲル・シフーコ、『クリスピン・サルバドール――八回目の生』より

＊

グレイプスはよくこう言ったものだ――「お前は子供たちの中で一番ハンサムだ」。そういう時、僕は何と答えればよいのか分からず、皆の注目を突然浴びた時に子供がよくやるように曖昧な笑顔を作った。もちろん僕は彼の言葉を信じてなどいなかった。信じるのが怖かったのだ。

「なんて言ったって、お前が一番私に似ているからな」。それから必ずこう言った――「大きくなったら何になりたい？」。

「軍隊の軍曹さん」

グレイプスは面白がって際限なく笑う。「フィリピン共和国大統領じゃないのか?」

「どっちでも、偉いほうになる」

「私が大統領になるから」と彼は言う。「そしたらお前を軍曹に任命してやろう」

彼は大げさなうめき声を上げながら、僕を抱きかかえてベッドまで連れて行く。その時祖父からはオールド・スパイスのポマードとパイプタバコの匂いがしたと記憶しているが、今思えばその記憶は、そうあって欲しいという願いとともに、僕が都合良くどこかから借りてきてでっちあげたものだろうと思う。でも実際、祖父からはまさにそういう匂いがしたのだ。

「さあ軍曹」とシーツをたくし込みながら祖父が言う。それは彼が僕に対して用いる一種の愛称だった。祖父は子供たちのそれぞれに自分だけの愛称をつけていた。ヘスは「グルーヴィ」、クレアは「レイナ」、マリオは「スマイリー」、カーラは「白雪姫」、ジェラルドは「プラム」。僕は「軍曹」だった。「だった」ではなく「である」と言うべきだろうか。どうなのだろう、よく分からない。

それから随分経ってからのこと、マディソンはよく僕のことを「ビューティ」と呼んだ。彼女はよくベッドの中で僕を見つめては、まるで壊れものでも扱うかのように指の腹で僕の顔を優しく触り、「あなたって、ほんとにきれいな顔してる」と言った。もちろん、僕は彼女の言葉を信じていた。怖くて疑うことなどできなかったのだ。

マディソンと僕は、ほとんど毎晩のようにシーツの下でお互いの足をぴったりとくっつけて眠った。いつもお互いの体に触れ合っていたいと思ってはいたのだが、首の骨の矯正枕のせいで僕はいつも仰向けになって眠らなければならなかった。そうでないと次の朝には必ず首を痛めることになるからだった。夜中じゅう足をくっつけあって眠ることには、一番暗い時を二人支え合って乗り越えて行くのだ、という切なる願いが込められていた。

「愛してる」と僕は言う。

「私も」

「僕が君を愛してるより、愛してる?」

「もちろん」

「よかった」と僕は言う、眠りの淵に引き込まれそうになりながら。

「おやすみ」と僕は言う。「夢で待ってる」

「おやすみなさい」と彼女も言う。「じゃあ、夢の中で」

彼女には結局話すことはなかったが、僕はこれまで夢というものを見たことがないし、見たかどうかを思い出すこともできない。

*

マルセル・アベラネーダのブログ『漫談・放談』、二〇〇二年二月十四日付の記事より——

みなさん、ヴァレンタインおめでとう! だが、今はさっそく本題に移ろう。サルバドールの図太い神経のことだ。フィリピン人が犯すことのできるあらゆる罪のうちで最も重いものは、何といっても傲慢の罪である。そう、読者諸兄の中には、我々の以前の戦友でもあり同志でもあったクリスピン・サルバドールの帰国にまつわる文壇ゴシップを既に耳にされている方もおられるだろう。先週のフィリピン・カルチャー・センターにおける授賞式は、あの男の破廉恥なスピーチのおかげで台無しとなった。スピーチの中で、彼は我が国の文学全般を口汚くののしったあげく、いずれ「我々の首をはね飛ばすようなもの」を出版してやる、などと恫喝めいた予告さえ行った。これまで我々は、彼はいずれ円熟してこの国に戻って来るに違いないと切に期待していたのだが、その期待は見事に裏切られたというわけだ。私は彼が、異国での体験に学び、少しは謙虚さを身につけてフィリピンに帰って来ることを本心から願っていた。物事には時と場合がある。我が友クリスピンよ、まだそれが分からないのか? 関心のある人は、Plaridel3000の文壇ネタ満載ブログの中に問題のスピーチが全文アップしてあるので、ココをクリックして欲しい。

以下は、掲示板への書き込みからの抜粋である――

――なんて恥さらしだろう、あのサルバドールって奴は！　そこまで言うのなら、『燃える橋』とやらがどんなものか見てやろうじゃないか。特にルーパス家、チャンコ家、アロヨ家、シフーコ家、エストレーガン家をターゲットにしている、と聞いているが。(Bethloggins2010@getasia.com.ph)

――サルバドールのような人が傲慢の罪に陥ってしまうなんて、本当に悲しいことです。文学には、現状批判よりも他にやるべきことがあるのでは？　このままでは、結局彼には答えはないということが明らかになるだけだと思います。(kts@ateneo.edu.ph)

――ハハハハ！　アベラネーダさん、応援してます、頑張ってください！　あんなサヨク野郎の首なんか早くちょん切っちゃって！　私見では、あの男はイスラムと関係してますね。(Miracle@Lourdes.ph)

――kts@ateneo さん、まさにあなたのおっしゃる通りだと思います。しかし、一体「答え」を持ってる人なんているのか？　(halabira@pldt.ph)

――あのスピーチのビデオ、最高。オモシロすぎでしょ。バロンの腋の下が黄色くなってんのなんか、爆笑！　(fashionista@dlsu.edu.ph)

――ああいう腋のシミ、どうやったら取り除けるのかご存じの方、教えてもらえません？　いま付き合ってる人もああいうシミがいつもできて困るんです。(edith@werbel.com)

――コーヒースプーン一杯の酢をコップ一杯の水で薄めて、泡立て器でかき混ぜるとできあがり。よく効くはずですよ。お礼は不要！　(doiturself@preview.ph)

――halabira さん、私がその「答え」をお教えしましょう。カネモチどもを皆殺しにし、体制を再起動することですヨ。(gundamlover@hotmail.com)

——Gundamlover さん、そのやり方の無効性はすでに歴史が証明済みです。en.wikipedia.org/Khmer_Rouge. を参照のこと。(theburleyraconteur@avellaneda.com)

＊

隣の席の男を盗み見る。うつらうつらとだらしなく席の向こう側に頭が下がっている。僕のジェルのボトルがシャツのポケットから覗いている。僕はそれを抜き取ろうとゆっくり手を伸ばそうとするが、思い直して眠ろうとする。マディソンのことを考えないようにしながら。

クリスピンが死ぬ前の数か月、マディソンとの暮らしは、まるでサボテン園を目隠ししたまま裸足で歩いているようなものに感じられた。僕がクリスピンのアパートで長い時間過ごすようになったせいで、彼女は僕たちの仲を疑い始めた。こうして、ホモセクシャル疑惑と文学に対する僕の誠実さへの疑惑とが交互に爆発するようになった。「何で同じ年の人と付き合わないの、ミゲル？」。顔は美しくても胸にはあまり恵まれなかった女の子独特の、トゲのある頑なな口調で彼女は僕を問いただした。彼の作品への興味や、彼が死んだ後の伝記執筆の夢のことを話すと、そんなの、ソール・ベロウのチャーリー・シトリンのナイーブな少年版みたいじゃない、と彼女は言った。それはマディソンと僕の恋愛遊戯のひとつであり、僕たちなりの東海岸風インテリ気取りの表れだった。まるでそこから何かを学ぶことができる実在の人物のように小説のキャラクターを引き合いに出し、あれこれとコメントを加えるのだ。まるで実在の人物のほうがつかみどころがなく、その意味においてより非現実的で理解しがたいとでも言うかのようだった。僕たちは、ここではないどこかにもうひとつ別のより良き世界、人々の切なる願いによって生み出されたキャラクターたちしか住むことを許されない世界が存在し、人々が独自の法を持ち、自らの才能を存分に発揮しつつ素晴らしい暮らしを営んでいる、と考えるのが好きだった。歴史に名を残すほど偉大で、しかしどこか人格に欠陥を抱えてもいた歴史上の大人物たちも結局死後はそこに行くのだ、と考えた。僕たちにとってホールデン・コールフィールドはジュリアス・シーザーと同様にリアルだったし、イスカリオテのユダはポル・ポトと同じくらい生き生きと存在していた。マディソンはその頃『フンボルトの贈り物』を読み終えたばかりだった。彼女によれば、僕はまるでその主人公シトリンのように、死んだ友人の作家との関係を際限なく正当化しようとしているというのだった。彼女は「結局は、死んだ人の分も私たちが生きなきゃならないんだから」と言った。ベロウの本の結末がどうだったかは覚えていないが、クリスピンに関して言えば、死者に借りがあるのはむしろ僕たちのほうだと僕は信じていた。僕たちフィリピン人はよく言う、我々は心の中の死者に対して大きな借りがある、と。僕の書くクリスピンの伝記は祖国への糾弾となり、時間への、また忘れっぽく利己的なフィリピン人全体への鋭い批判となるだろう。マディソンが次のように言うのが聞こえてくるようだ――「まったく、あなたって人は大層なロマンチストね。結局自分のことにしか興味がないんだから」。

＊

靴直し職人の守護聖人にあやかって「クリスピン」と名付けられた八ポンド二オンスの赤ん坊は、三日後、病院からスワニーの屋敷へと鳴り物入りで連れて来られた。手製の横断幕が門のところに張り渡された。何十人という農作業員が麦わら帽を取り、それを恭しく胸に押し当てながら砂利道の両側に並び、少しでもその赤ん坊の姿を目にしようと首を大きく傾げ、銀のパッカードのフロントガラスの内側に向かって目を凝らしていた。何人かはネッカチーフを外し、即席の旗のようにして振っていた。車の動きとともに上がっては静まった。帽子がいくつも宙を舞った。車が二階建ての母屋に横づけされ、クリーム色のユニフォームを着て、執事の妻から厩務員まで位階順に整列した屋敷の使用人たち全員が盛大な拍手喝采で出迎えた。車から外に降り立つと、レオノーラは振り返って車の中に手を差し入れ、ウルシーからクリスピンを受け取ると、誇らしげに高く掲げてみせた。ピンク色の頬を触られ、鼻を何度もつままれ、既にかなり生え揃っていた細いブロンドの髪はくしゃくしゃになった。彼らは皆そのハシバミ色の目をうっとりと見つめた。三歳になるまで、つまり髪の毛の色が濃い茶色になってから二年後のことだが――その頃は戦争が始まってまだほんのひと月だった――、使用人たちの間でのサルバドールの渾名は「ゴールデン」だった。だが、そう呼んでいたものたちが全て故郷に帰るか戦争の犠牲になるかしていなくなると、その渾名はいつか完全に忘れ去られてしまい、サルバドール自身も成人するまでその事実を知らずにいた。

――執筆中の伝記、ミゲル・シフーコ、『クリスピン・サルバドール――八回目の生』より

＊

僕は、クリスピンの机の上にあった唯一の写真立てから写真を一枚拝借してきていた。縦五インチ横四インチのセピア色の写真。バコロドのスワニー農園内にある代々続くサルバドール家の屋敷の前で写されたものである。左から（全員太陽に目を細めて写っている）、背が低くてずんぐりとした乳母のウルシー。学校の制服を着た痩せっぽちのレーナ。おもちゃのグライダーを手に持ち、髪の毛をくしゃくしゃにしたナルシシート。年格好にはすでに不釣り合いの歩行器をしっかりつかんで立っているクリスピン。きちんとした服装に身を包んでいるのは子供たち全ての家庭教師、ボストン出身のモーティアー・J・グラッドストン。後ろのバラの茂みの横、麦わら帽子の影に隠れて顔が半分見えないのは、日本人庭師の弥太郎である。

＊

「私たちが交わした言葉、忘れないでいてくださる？　クリストバル、聞いているの？」

彼は答えない。机の上から懐中時計を拾い上げ、時間を見る。「バルセロナ行きが四十五分後に出る」

と彼は言う。目いっぱいにねじを巻く。鎖を付けなおそうとする。なかなかうまくいかない。ようやく鎖が付いて、彼はベストのポケットに時計をしまう。

イシアールはベッドから起き上がる。シルクの部屋着を床から拾い上げて体にまとう。クリストは、ブラインドを通して入ってくる細い板のような朝の光の中、彼女の体が床に長い影を落とすのを見る。光と影がまるで彼女を、いや部屋の全てを切り裂くかのようである。

彼女ははだしで部屋を横切り、彼のつま先を踏むようにしてすぐ目の前に立つ。彼の腰に両腕をからませる。二人は軽くワルツのステップを踏む。

「絶対に忘れないさ」と彼は言う。

「ボートに乗ったら、まず私を思い出してね」

「ポートサイドに着いたら、まず手紙を送らせる。香港での乗り換えの時も。もちろん、マニラに到着した時もだ」

「あなたのふるさとはここよ。あそこではなく」

「そうだとも」と彼は言う。

彼女は彼の顔を見る。そしてどこか後ろめたそうな顔をする。うつむいた顔を再び上げると、もう微笑みに変わっている。彼女は彼のネクタイの向きを整える。「急いでお戻りにならないといけないのはよく分かっています。病院にはお母様やお姉様がいらっしゃるんですもの。それがあなたの義務だということも」。彼女は伸び上がって彼のあごにキスをする。「今なら、一八九五年の始まりにも間に合うでしょう。私のこと、忘れないで。去られる側が去る側に頼めることは、忘れないでいてくれるようにお願いすることだけですもの。私はあなたのことを決して忘れないわ、ドン・クリストバル・ナルシソ・パトリシオ・サルバドール」。名前が長くて、ここで彼女はつい笑ってしまう。「クリスト」と彼女は言う。「とても一児の父には見えないわ」。彼女は彼の鼻をつまんでみせる。「なりたてのほやほやだとしても」

「きっと戻って来る」
「行く前に、ひとつだけ聞いて」。彼女は伸び上がって耳元で囁く。かすかになにかが聞こえる、というほどの優しい囁きである。「私、あなたに黙っていたことがあるの」

――クリスピン・サルバドール、『啓蒙者たち』(五十二ページ)より

＊

隣の男がついに、僕の『フィリピン・ガゼット』を見せてくれないかと言ってくる。今まで何時間もチラチラとこちらを盗み見ていたのだ。僕は『ガゼット』を座席のシートポケットから取り出して彼に手渡す。彼はそれを広げ、紙面をめくり始める。舌打ちをし、頭を振る。僕の肘を肘かけから落とすほどの勢いでつつき、ある記事を指さす。今朝だけでさらに二回の自爆テロ。南のミンダナオ島での出来事である。ジェネラル・サントス・シティ市役所前のロト売り場での一回目の爆発で六人死亡、十二人負傷。負傷者のほとんどは、もらったばかりの給料を賭けにつぎ込もうとしていた市役所の職員たちだった。二回目の爆発はルーパス地所のコタバト・プラザ・モールにあるマクドナルドの子供用パーティルームで起こり、誕生会の最中の九人の小学生が死亡、六人が負傷。声明文はまだどこからも出されていない。エストレーガン政府はいくつかの犯行グループを想定している。ミンダナオのアブ・サヤフ、モロ・イスラム解放戦線、インドネシアに根拠を置くジェマ・イスラミア、それから中東のアル・カイーダ。一連の自爆テロは、多国籍軍指揮のもとに行われたアフガニスタン侵攻への報復ではないかと言われている。われらが大統領フェルナンド・バルデス・エストレーガンはアフガニスタン侵攻を支持していた。僕は隣の男を見て、その記事に関して首を振ってみせる。それから眠ったふりをする。

一分後、彼のくすくす笑いが聞こえる。片方の目を閉じたままちらりと見てみると、彼は「世紀の裁判」についての記事を読んでいるところである。その事件のことはインターネットのニュース記事で僕

も知っている。被告のフィリピン系中国人の夫婦に下された無罪の判決には驚いたものだった。彼らは住み込みの女中にクロロックスのスプリング・フラワーという漂白剤を無理矢理飲ませた。息子が入浴中にバスタブの中で溺死し、世話役の彼女に責任を取らせたということだった。彼女は携帯メールでメッセージを打ちながら子供を風呂に入れていたのだ。その時僕は、その記事をもう少しで読み飛ばしてしまうところだった。低俗なタブロイド記事のセンセーショナリズムにはいつも閉口させられている。だが、その夫妻の名前がチャンコであると知って、リンクをクリックしてみる気になった。他でもない、『燃える橋』の主要登場人物のうちの一人ディンドン・チャンコ・ジュニアと何か関係があるのではないかと考えたからだった。結果としては、夫妻はディンドンとは何の関係もないことが分かった。もし関係があったとしたら、そもそもこんなに問題がこじれることなどなかっただろう。

「世紀の裁判」事件はどんどん大きく取り沙汰されるようになり、ついにメディアはそれを「千年に一《ミレニ》度《アム》の裁判」と呼ぶようにさえなった。それ以降何週間かの間に、夫妻が裁判長に多額の賄賂を与えていたことが明るみに出てきた。彼らは、確かに裁判長は賄賂を受け取ったと主張した。もちろん裁判長のほうではそれを否認したが、それを受けてチャンコ夫妻は裁判長を起訴すると脅迫した。調査の結果、確かに夫婦が二百万ペソという多額の金を引き出していることは確かめられたが、裁判長自身の口座には怪しい金は一センターボも確認されなかった。記者会見でチャンコ氏は「私たちは二百万ペソをそっくり騙し取られたのです」と言ったが、様々なブログでその言い方に対する揶揄のエントリーが飛び交った。目が悪そうな顔つきのチャンコ夫人は次のように続けたという――「そして、息子は帰って来ません」。

その後、事件はほとんど神話的とさえ呼び得るオーラを帯び始める。裁判の後、死んだ女中のボーイフレンドであったウィグベルト・ラカンデュラという名の青年――彼はチャンコ家にボディガードとして雇われていた――が、夫妻に対する復讐を宣言したのだ。翌日夫妻が帰宅してみると、コンテストで入賞したこともある三匹の血統書付きのチワワの首が居間の床にごろりと転がっていた。表門には鍵がかかっていた。この愛と復讐の物語はこうして国民の間で急激に関心が高まり、ラカンは一躍予期せぬスターとなった。さらに、ラカンが以前、恋人のためにギターで歌った自作のバラードで知られる歌手でもあった事実をメディアがかぎつけて大々的に喧伝してからというもの、彼はいわば全国民の憧れのアイドルとなった。新聞社や雑誌社は、彼の写真を法外な額で競い合うようにして買い占めた。新聞に載ったある写真には、高校の卒業式のガウンを着た彼が写っている。満面の笑みをたたえ、濃い黒髪を覆い隠すように制帽を斜めにかぶっている。写真の下のキャプションによれば、彼は現在「法の手から逃れて逃亡中」である。

＊

どうしても眠れず、自分のノートをめくってみる。彼の筆跡でジョークがいくつも書かれている覚書が何枚か挟まれている。僕の筆跡のものも何枚かある。クリスピンはフィリピンの口承伝説に偏執狂的と言えるほどの興味を抱いていたが、フィリピン的ユーモアの英語への翻訳にはさらなる情熱を燃やしていた。彼はそのようなジョークの類を「我らが真の遺産」、あるいは「我らが甘美にして鋭利な批評眼」と呼んでいた。

「ジョークを訳すのは本当に難しい」と彼は言った。「どうしてもうまくポイントが伝えられないことがよくある。たとえば、他人をおちょくっているように見える時にも、実は自分自身をおちょくっているに過ぎない、などという種類のジョークなんかは特にそうだ」

「そうですか?」と僕は言い返す。「フィリピン人は単に性格が悪いだけだと思いますけどね」

「違う。そうではないんだよ。われわれのジョークは人と人とを切り離すものではない。おなじみのオチを聞く、しかる後、そのつまらなさにうんざりしたような呻き声が続く――このプロセスは、むしろ人間同士を結びつける方向に働くのだ。諺などとほぼ同じような鎮静効果があるのだよ」と彼はよく言った。

「こういう種類のジョークがもしも存在しなかったら、われわれはそもそもお互いを理解することさえできないのだ」

そういうわけで、フィリピン人なら誰でも知っている次のような類のジョークを僕たちはよく交換し合った。特に僕たちの母校についてのものが多かった。それは、まるで次に会う約束を交わす愛のメッセージのようだった。

「シュー・マート・メガモールの周辺を三人の男子学生がぶらぶらしている。一人は超名門、アテネオ・デ・マニラ大学の学生。もうひとりはそのライバル校、デ・ラサール大学の学生。最後のひとりはアーニン・イシップといい、より庶民的なAMAコンピュータ・カレッジの学生である。三人はとても美しい色白の女の子を見かけ、順番で彼女に声をかけようということになる。まずアテネオの学生が言う、『ねえ、今、運転手にメールしてこっちまでBMWで来てもらうから、これから一緒にポロ・クラブにジンダーラでも飲みに行かない?』。次はラサール生の番。『ねえ君、すごい美人だね! ほんと、すごくいい感じだよ。ね、お腹すいてない? 俺のCRVでさ、デンチオのバー・アンド・グリルでリブレチキンとキューバ・リブレでもどう?』。さて、われらがAMAコンピュータ・カレッジのアーニン・イシップの番である。彼はおずおずと彼女に近づき、こう言う。『すみません、あの、お願いです。サインしてもらえませんか?』」

＊

窓からはマニラが見える。窓ガラスを雨が横ざまに流れていく。突然、機体が高度を下げる。胃が喉のところまでせり上がってくるような感じがする。乗客たちは叫び声をあげ、上体を折るようにして構えの姿勢を取り、肘かけをきつく握りしめる。多くのものがシートベルトを確認する。何人かはロザリオを取り出し、その前で唇の動きに合わせるように指を動かし始める。クソッ、水面不時着だけは勘弁してくれよ。パイロットの機内アナウンス――「乗務員は定位置に戻るように」。やがて機体が安定し、機内が暗くなる。ＰＡシステムからミューザックのスタンダード・ナンバーが流れてくる。『ゴッド・ファーザー』のテーマのきらびやかなピアノ・バージョンだ。落ち着いているのは僕の隣の乗客だけである。彼は例の殺菌剤のボトルを取り出し、ソックスを脱ぎ、ボトルを歯の間に挟んで、両の手の指全てを使って足の指の間に殺菌剤を塗りたくり始める。涎が垂れないように啜る音がする。僕のアルコール・ジェルのボトルは、こうして全てが使い尽くされる。また機体が揺れる。

僕は目を閉じる。『ゴッド・ファーザー』のテーマを聞きながら、シルクのストッキングを履いたギャングたちが、鏡ばりのダンスフロアを滑らかに踊りながら通り過ぎて行く様子を思い浮かべる。台座に載ったピアノの前にはリヴェラーチェが座っている。全てが粉々に砕け散る最後の運命の瞬間を待っているようだ。

いつも帰国の際には、グランマの差し金で、税関のチェックから荷物の受け取り、さらには自宅への車の運転までの全てを引き受けてくれる見も知らぬ赤の他人が出口ゲート付近で僕を待ち受けていたものだった。だが、今回はその類の男と道中くだらない世間話をする必要など一切ない。祖父に挨拶する必要がないということ――これは無上の喜びだ。僕はまた、マディソンのいない身の自由を心地よく感じてもいた。無事着いたよ、などとわざわざ電話して知らせる必要がないのだから。いつもそう告げる度に彼女は泣いて喜び、こちらもこちらでそれほど必要とされていることにしみじみと感じ入りもするのだが、同時にそれを負担にも感じる。自分ひとりで立つというのはよいものだ。本当に。

しかし、僕はマディソンとふたりで初めてブルックリンに居を構えた時のことを覚えている――初めての真の独立の味。グレイプス所有のマンションに無断でマディソンを住まわせていることに良心が耐えられなくなったのだ。マニラに電話をし、マンションを出るという決断を伝えようとした時のことをよく覚えている。「それはいいが」とグレイプスは言った。「とにかくすぐにでも貸しに出せるように、床をしっかり磨いておくことだ」。その無関心ぶりに、つまり何が何でもそこに住み続けろというようなことを何も言わないことに驚きはしたが、同時に、それほど簡単に約束を取り付けられたことに予想外の安堵を感じもした。マディソンと僕はそのようにして、狭くて小汚く、だからこそ自由で素晴らしい二人だけの部屋にお互いの荷物を運び込んだ。Uホールから借りたレンタカーのトラックを返却しに行く途中、まるで風を受けながら新しいヨットを颯爽と操縦し、ビキニのバタフライ水着のダイビング・インストラクターがいて、真ん中にバーまであるようなオシャレなプールなどが全て揃ったアイランド・リゾートにでも繰り出そうとしているかのような、なんとも言えない素敵な気分になったものだ。

だが、次の月に突然祖父母がやって来た。何日かの間、自分たちだけであれば決して行かない、しかし行けば行ったで結構楽しめるブロードウェイのショーに彼らを連れて行ったり、一緒に夕食を食べたりした。夕食の際には会話も自然に弾み、僕たちにとっても良い気分転換になった。そのような事情もあって、マディソンは、僕が彼女にことあるごとにこぼして聞かせてきた彼らへの不満は大いなる誇張に違いないと考えたようだったし、僕自身、本当のところはそうだったのではないかと思い始めさえしていた。おそらく自立したことでついに僕のことを一人前と認めてくれたのだろう、などと考えもした。ニューヨーク滞在の最後の夜、僕一人と話がある、と彼らは言った。次の日に彼らは、事業用の特別に繁殖力の強い鶏のことで人に会うためにテル・アヴィヴへと出発する予定だった。

グレイプスはホリデー・インのテーブルのそばに立っていた。なんとも見すぼらしい部屋で、僕は悲しくなってきた。腹が立ちさえした。彼は、僕の小さい頃から、蓄財とはいかに無駄を切り詰めることから始めるものなのかを身をもって僕に教えようとしたものだった。その濃い白髪には櫛があてられておらず、着ているものはボクサーショーツとアンダーシャツのみだった。おまけにアンダーシャツは裏返しだった。スーツケースから何かを取り出そうとして向こうを向いた時、シャツのタグにフェルトのペンの女中の字で「旦那様」と書いてあるのが見えた。以前、僕のものにも全て同じ字体で「ミグ」と書いてあったものだった。彼は振り返ってテーブルについた。テーブルの上に一週間分の錠剤が入ったケースを置き、火曜日の分のふたを開け、錠剤やカプセルを取り出して並べ始めた。それはまるでキャンディのようだった。僕が部屋に入ってきてから、彼はまだ一度も僕と目を合わせていなかった。グランマは部屋の隅に座って両手をじっと見つめていた。グレイプスは溜息をついた。非情な、全てをなぎ倒すかのような溜息だった。まるでギリシャ神話の風の神アイオロスのように、それは僕が自らの新しい生活に関して築いてきた自信と自尊心の壁を、いとも簡単に吹き飛ばしたのだ。「なぜ嘘をついていたか、言ったらどうなんだ？」。彼はまた溜息をついた。「あの娘のためだとでも言うのだろう？」。溜息。「人生を棒に振るつもりなのか？」。溜息。「アイビー・リーグにまで行かせたというのに？」。溜息。「あんな雑誌社で、お前は一体何をやってるんだ？　お前はコロンビアに行ったんだぞ？　編集長くらいで当然だろう。何なら、私が行って話をつけてやろうか？」。溜息、溜息、溜息。

「グレイプス、いい仕事なんですよ」

「ほう。発行人欄を見てみたよ。お前は編集者なのか？　ここを見てみろ。編集長、ブリジッド・ヒューズ、とある。お前はいつからブリジッド・ヒューズになった？　ベン・ライダー・ハウ、副編集長。お前はベン・ライダー・ハウとでも言うのか？」

「おじいちゃん、僕はアシスタント・エディターなんですよ。一生懸命働けば、いつかは正規の編集者になれるんです」

「ほう。それじゃあ、他の名前も見てみようじゃないか。副編集長、オリヴァー・ブラウディ。お前の名前はオリヴァー・ブラウディか？　編集者、ジョージ・プリンプトン。お前はジョージ・プリンプトンとでもいうのか？　お前の名前は一体どこにあるんだ、ミゲリート？」

「僕はまだ新人だから」と僕は小さな声で言う。「それに、まだ発行人欄を新しいバージョンに変えてないんです」

「ほら、また嘘をつく。いつも同じだ。違うか？」

「本当です」

「お前の見解から見た真実、とでも言うのだろう？　お前、本当はビルの管理人か何かじゃないのか？」

僕はグランマを見た。彼女は部屋の隅に静かに座って自分の手を眺めているばかりだった。懸命に目配せをしてみたが、一体誰のためにそんなことをしたのか、今となってはよく分からない。手が痛み出して初めて、あまりにも強く拳を握りしめていたせいで手の皮が破れそうになっていることにやっと気がついた。

僕は大声を出した。声が震えているのが自分でも分かった。「グレイプス」と僕は言ったのだった。「あんたは何も分かってない」。それがいかに子供っぽく聞こえるかは僕にも分かっていた。僕は声を強めた。「僕の短編のことでしょう？　雑誌なんか見せるんじゃなかった。いつもこうなるんだ。あんた、一体いつまで親父気どりでいるつもりなんです？」

「なぜきちんとした物語を書かないのか、それが私には分からんと言っているんだ。おばあちゃんも喜んで、他の人にも見せられるようなものをだ」

「グランマ。グレイプスが言ってるのはそういうことなの？」

グランマが声を荒げた。驚くほど怒気を含んだ声だった。「なぜ素敵な、立派な話を書けないの？」

それから少し調子を柔らかくして、「人様がお前の話を読んで、フィリピンに来てみたくなるとでも思う？」。

「作家は、誰にも語られずに済まされてきたことを語らなければいけないんです」

グレイプスは、薬ケースをテーブルの上に叩きつけた。「グランマと文学論を戦わせて一体どうするんだ」と彼は言った。「グランマの言う通りだ。お前はいつも、人を驚かせようとばかりしている。恐ろしいことばかりが書いてある。クリスチャンにあるまじきことだし、だいいち国を愛するものの仕事とも思えん。何よりも、お前は自分の言葉で語っていない」

「書かれて困るようなことなら、初めからやらなければよかったんです。そうじゃないですか、グレイプス？　少しでも高潔な心があれば……」

「聞いたようなことを言うな！　誰に向かってものを言っている？　お前には、責任を負うということの意味がまるで分かっていない。達者なのは口ばかりだ。あの女子大生とオママゴトを続けるのを黙って援助してきたのは一体誰だと思うんだ？　私だぞ。それがどうなった？　それでも、私たちはお前を援助し続けた。これからもずっと援助し続ける。お前を愛しているからこそだ。恩を仇で返すつもりか？」

「愛は、感謝の気持ちに基づくものではないはずです。借りがあるから尊敬するのでもない。だいいち、僕はあなたの選挙民ではない」

「何を言っている？　お前は、いつも自分のことばかりだった。六人のうちで一番そうだった」

「僕ら子供は、今まで一度もあなたに面と向かってものを言ったことはなかった。だからついに、僕が今ここでこうしてそれを言っているんです。六人のうちの一人が、ですよ。僕がどういう人間かお話しして差し上げましょうか」。彼は何か言いたそうにしていたが、何も言わなかった。よし。僕は続けた。「あなたは、僕が自立するのがいやなんでしょう？　僕をコントロールできなくなるのがいやなんだ。僕が、あなたや父さんのように政治の世界に行かなくなってしまうことが……」

「そうして欲しいとは思ったが、それは命令などではなく、あくまでもアドヴァイスだった。だいたい、お前の作家コースの授業料を払ってやっていたのはこの私だ」

「いや、あなたはよく言ったものです。お前がヘミングウェイごっこをやめたら、とか、いつになったら戻って来て政治を始めるんだ、とか。あなたはいつもそればかり口にしていた。でも、一体自分がその『政治』とやらのせいでどうなったか、一度自分で鏡を見てみればいいんだ！」

「分かっている」とグレイプスは言った。「そのなれの果てがこの私だと言いたいのだろう？」

僕は一瞬ひるんだ。彼をなんとか懲らしめてやりたいと思ってはいたが、こういう風に傷つけるつもりはなかった。人には自分の過去を変えることはできない。年を取ると、人間がすがりつくものはもう命しかないのだ。僕は急いでこう付け加えた。「父さんがどうなったかを考えてみて下さい。あれは、殉死ですよ。僕が何も知らないとでも思っているのですか?」

「私はただ」とグレイプスは言った。「お前に私を越えて行ってほしいだけだ。お前の父さんも越えて」。グランマが甲高い声で加わった。「私たち、お前を愛しているのよ」

「もし僕が政治家になったら、きっと賄賂を断れずに汚職になるか、あるいは理想のために銃で撃たれるか、そのどちらかでしょうね」

「お前は、いつも最後には捨てゼリフを吐いて逃げてきた。違うか?」

言うべきことが頭に浮かんだが、結局それを言うとまさに捨てゼリフということになるのだろう、と考えてやめた。誰も予期しなかったような、凄まじい沈黙が訪れた。

小さな声でグランマがこう言った。「もう、お家に帰りなさい」

信じられないような言葉だった。僕は、これが実際に顔を見る最後となるかもしれないグレイプスのほうを見た。改めてよく見ると、彼はめっきり老け込んでいた。僕はドアを開け、廊下に出た。グランマが見送りに来て、くしゃくしゃに丸めた百ドル札を何枚か両のポケットから取り出し、僕の手の中に押し込もうとした。僕は手を固く握りしめたままだった。「駄目だよ、グランマ。あの人のお金は、もう受け取るわけにはいかない」

「お願いだから」と彼女は言った。目には涙が溢れていた。「受け取りなさい。これは私のものだから。私のために受け取ってちょうだい」。彼女はそれを僕のジーンズのポケットに押し込んだ。僕はされるがままにした。そして彼女を抱きしめた。

「私たちと一緒にマニラに帰らない?」と彼女は言った。「あの娘のことはもういいでしょう? 抜き差しならない事態になったわけでもないんだから」

「マニラで一体何をするって言うの？」

「さあ、どうするかしらね」と彼女は弱々しく言った。「政治の世界にでも入る？」。その声はか細く、どこか捨て鉢な感じがあった。「援助はするわ」と彼女は言った。「お前のことは全部私たちで面倒見るから」。僕は彼女をもう一度しっかりと抱きしめ、愛してる、と言った。そして、エレベーターに向かった。僕は決然とボタンを押した。そして僕らは二人、そこにただ突っ立っていた。グランマはクリネックスを取り出し、封を開けようとした。僕はもう一度ボタンを押した。彼女は顔をそむけて涙を拭いた。僕はさらにもう一度ボタンを押した。彼女が鼻をかむ音が聞こえ、エレベーターがやっと来た。ドアが開くと誰も乗っていなくてほっとした。中に入り、振り返って閉まろうとするドアのほうを見たが、彼女はもうそこにはいなかった。エレベーターは下に降り、ずっとずっと降りて、ついに止まった。ドアが開き、レスリングの試合のために都会にやって来た中西部の若者たち、という感じの集団とすれ違った。「おい」と一人が囁く。「見てみろよ。あいつ、泣いてるぜ」

機体は安定を取り戻し、少し横に傾いて着陸態勢に入る。「ご搭乗のみなさま、ご到着が遅れており、大変申し訳ありません。現地空港の状況に、ええ、多少の問題がございました」

隣の席の男がついに英語で尋ねてくる。「ご旅行ですか？」僕はうなずく。「私は」と彼は微笑みながら言う。「帰国なんです。永久帰国」。ウエストバッグのポケットから太いアメリカドルの札束を取り出し、まるでブックレットか何かのように誇らしげにぱらぱらとめくって見せる。「全貯金です。昔、たくさん働きました。働いて送金したんです。これからは変わります」。僕はうなずく。束の真ん中から札がごそっと滑って彼の膝の上にこぼれ落ちる。僕と一緒に札を拾いながら、彼は笑う。僕は集めた金を彼に渡す。札からは、手の汗と焼いたパンのにおいがする。これを手にして故郷へ戻る彼の気持ちを考えると、何だかえも言われぬような嬉しい気分になる。それと同時に、つい先ほど彼に対して不快を感じたことがに繰り返して言う。「昔のことです。今は、子供たちのために帰国です」

「遠くで、働きました」。彼はまるで、僕には彼の今の言葉が理解できなかったとでも思っているかのよう

後ろめたく感じる。さらに、そのような栄誉ある状況ではない我が身のことが情けないように思えてくる。

到着ロビーでの家族の様子は、手に取るように分かる。人波でごった返す混沌のタペストリーの中にさ

さやかに織り込まれた、ほんの一筋の喜びの糸である。もしも君がフィリピンに旅をするなら、ニノイ・アキノ国際空港こそがその玄関にふさわしい。武装した兵士があちこちに見える。免税の酒やタバコ、土壇場で間に合わせようとするもののための土産物などを売っているきらびやかな店にふらふらと入りたくなる。人の流れに押されるようにして、君はまるで戦場のように熱気のこもった空間へと出てくる――乾燥し、薄汚れた、空調が効きすぎの到着ロビー。すり減ったリノリウムの床、きしんだ音を立てながら動くベルト・コンベヤー。盲目のカルテットが「ラ・クカラチャ」や「レット・イット・ビー」の演奏で皆を迎える。実物よりもずいぶん大きいフェルナンド・V・エストレーガン大統領が、壁いっぱいのポスターの中で薄笑いを浮かべながら君の到着を祝っている。ある広告に「ようこそフィリピン、アジアで最もクリスチャンらしい人々の国へ！」と謳われているが、その真下には「すりに注意」の警告が見える。持ち物をしっかりと握りしめ、君は税関通過の列に並ぶ。特に君を歓迎しているようにも見えない無愛想な係員が、寡黙に、そして徹底的に検査を行う。そこを通り抜けると、じりじりと肌に浸み込む三十五度の熱気と湿気である。家族の帰りを待つ人々の肌が織りなす褐色の渦の中へ、君は一人ぽつんと放り出される。皆が一斉に首を回して自分のほうを見つめているような気持ちになってくる。太陽は大抵曇り空に隠れているが、まるで水道の蛇口のように腋の下から汗が滴り落ちるのを感じるほどの暑さである。通りに出ると、カーニバルの開催中かと見まがうほどの化粧を施したタクシーが、君に向かってクラクションを鳴らす。運転手たちは、二十セントのチップを目当てに君の荷物を争って預かろうとする。タクシーの中は、三種類の異なるフルーツの香りの芳香剤とラードをしぼり取ったあとの豚肉の残りかすの匂い、そ

してスパイスのきいた酢の匂いが混じり合っている。気を利かせてエアコンをキンキンにかけ、ステレオのボリュームを君だけのためにぐいと上げてくれる。ビー・ジーズの透き通った水晶のようなハイトーン・ボイスが頭のすぐ後ろのスピーカーから流れてくる。少し音が割れている。煤まみれの顔をした交通警官たちが、悪名高き猛獣のようなフィリピンの交通事情になけなしの秩序を与えようと奮闘しているが、耳をつんざく笛の音がかえってカオス――それこそが我々のコスモスなのだが――を悪化させてしまっている。どこへ行くにも最低二時間はかかるから、目的地に着いた時にはもう帰るべき時刻が迫っている。

さあ、ようこそ、わが祖国、わが第三世界へと君をご招待することとしよう。

＊

戦争で祖国は激変した。戦前の子供時代の事は、今思い返しても現実とは思えない。実際に体験した出来事なのか、あるいはどこかで聞いた話、つまりサルバドール家の言い伝えのようなものの中にたまたま私も多少関係していたというだけの話なのか、どうにも判然としないのである。中でも一番際立ったイメージは、オディセオ伯父の農場にあった檻の中の動物たちについてのものだ。ある寂しい夕暮れ時のこと、レーナとナルシシートと私は農場にいくつか据え付けてある檻の間を抜き足差し足でゆっくりと歩いていた。恐ろしく大きな前足のジャガーがいた。聖ペテロと聖パウロと名づけられたつがいのツチブタがいた。パラワン・ビンツロング。ワオキツネザル。黄褐色の顔のテナガザル。ボニファシオという名のフィリピンワシ。赤ちゃんのキリン――やがてそれは成獣の高さに達する前に死んでしまうのだが、その時はまだ生きていた。放し飼いの足の遅いヒクイドリの周りをつかず離れずしながら、私は兄や姉と一緒に走り回った。訪ねてくる親戚たちを家族ぐるみでもてなす日曜など、オディセオ伯父は三頭のガゼルを檻から出し、庭に放した。彼らは農園自体が巨大な脱出不能の檻であるということなど露も知らず、そこら中を走り回った。あるいは、私たちが追い回すから走らざるを得なかっただけなのかもしれない。あるいは、単に走り回れるということがうれしくて走っていたのかもしれない。少なくとも、私たちが彼らのあとを追い回したのはまさにそういう理由からだったことはよく覚えている。誰かがあの時の様子を写真に撮っておけばよかったのに、と残念に思う。動物たちを背景に、親戚一同が勢揃いした写真。親戚が全て揃ったのは、あれが最後だった。何代と住み続けてきた土地を本当に自分たちのものだと言うことができた最後の時。死んでしまった先祖たちの亡霊が、まだあたりの木々の陰に漂っていた。

戦争が始まって動物たちは、腹をすかせた農民たちに、闇に乗じてあっという間に一頭、また一頭と盗まれていった。伯父は護衛にあたったが、ある夜、ふと眠った隙に何者かに滅多打ちにされた。

——クリスピン・サルバドール、『自己剽窃者』（百八十八ページ）より

＊

窓からマニラが見える。窓ガラスの表面を雨が横ざまに吹き流れていく。突然機体が急激に少し降下する。こんな時、彼はふと遠く荒涼とした気分になる。彼は目を閉じ、神などあてにするものかと思う。

＊

飛行機が低空飛行を始める。上空から見ると、街はいまだに美しい。海岸沿いの茶色に濁った水の上を越え、まるで色盲の人間がモンドリアンの絵でも見ているかのように思える幾何学模様をした養魚場の上を越えて行く。入江の向こうに日没が見える。この場所の日没は、他では見られないほど美しい。もっとも皮肉屋ならば、そのあまりに見事な空の色は大気汚染のせいであると言うだろう。あちらに広がるのが首都圏である。わずか二百四十平方キロの土地に、千百万の人間が灰色に重なり合ってひしめいている——十四の市と三つの自治体、高層ビルとスラムとが、道路元標から始まり、あらゆるフィリピン人の心の核を含みつつ外へ外へと広がっている。その名を都市圏に与えている当の市、これがすなわちマニラで

ある。

首都圏中のそれぞれの主要市域名は、口にすると、何となくドラムやシンバルやゴングなどで伴奏を付けられた山岳地帯の音楽のように聞こえてくる――パラニャーケ、マンダルヨン、マカティ、パサイ、ナボトス、サンファン、クバオ、ケソン・シティ、カルーカン、タギグ、マラボン、パシグ、ラス・ピニャス、マリキナ、モンティンルパ。それらをつなぐ一般・高速道路網――エドサ、ロクサス、アウロラ、タフト――まるで道路にバンドエイドが貼られたように見える歩道橋、無数の広告板、ありとあらゆる国籍の外資系レストラン、ブルガリやシュー・マート、スターバックス、ナイキ他、思いつく限りのブランドショップがひしめく巨大なショッピングモール。欲しいと思うものは何でもマニラで手に入る――小売店でのみならずタブロイド新聞の広告を通して、あるいは薄暗い路地裏や重役会議室での裏取引を通して。ほら、あそこに飛行機の影が映っている。革命の夢が潰えてから百年を記念したリサールの銅像が立つ、ルネタ公園の近くである。今、機体はさらなる低空飛行に入っている。窓からは入り組んだ道路に沿ってジプニーやバスで帰宅途中のフィリピン人同胞たちの姿が見える。幟をたくさん掲げたあのあたりの人ごみは、毎週悲壮な覚悟で開かれるエル・オヒムの祈禱集会に赴く人の群れである。そこではキリストが、解答不能のプール代数問題への答えを求める人々の切なる願いを一身に集めている。目を凝らすと、マーティン師が派手な格子縞のスーツとメタリックに光るネクタイを身に着けてステージに立っているのが見える。彼はいわば神の象徴であると同時に人民の象徴でもあり、また貧しい者から税金を絞り取るようにして成り上がった新興成金の象徴でもある――集会を終えると、彼は厳重なセキュリティ体制の敷かれた大邸宅に帰って行くのだ。

現代のマニラ――以前は「東洋の真珠」の美名を全世界に轟かせたこの大都市も、今はさしずめ干からびた未亡人といったところだ。背中にはこぶや腱膜瘤ができている。完璧に模倣されたキング・オリヴァー風のメロディに合わせて踊ったあのチャールストンも、今やはるか遠い昔の思い出である。薄い唇の上にけばけばしく口紅が塗りたくられたような現在のマニラには、もはや往時の面影すら感じることはできない。東西両陣営から寵愛されたこの世間知らずの箱入り娘の美貌も、自称「解放者」たち――自軍の死傷者に関してだけは非常に敏感な――の絨毯爆撃によって無残にも破壊された。その惨禍は広島やスターリングラード、ワルシャワなどと肩を並べるとさえ言われている。空から見れば平和そのものに見えるこの都市も、地上では様々な善意と残虐なまでの生の欲望とが激しく絡み合っている。神の御心を信じつつ、防水用のダクトテープをふんだんに用いたフィリピン的創意工夫の生活が送られているのだ。五百年前、スペインの征服者たちは木製の船の帆をなびかせながらこの東洋一美しいと言われた湾に押し寄せて来て、歴史家たちが「神と金と火器」と表現するその使命完遂のプロセスの口火を切った。当時のスペイン人たちが持ち込んだ宗教やその血統とともに、彼らの手になる高壁の要塞が今も残っている。金だけは本国のスペイン人たちが全て持ち出したのか、少数のこの地の総督たちの間で分けたのか、いずれにしても全く残らなかった。それ以降、マニラは変わった。しかし、ほとんど変わっていないとも言える。歩く方向さえ誤らなければ、ここは世界で最も刺激的な街である。

飛行機の車輪が地面にふれる。乗客たちが拍手喝采で到着を祝う。

＊

熱心な見物人が多数集まっている。交差点では立ち往生した車が重なって道を塞いでいる。アントニオはスピードを緩め、獲物を追う鷹のようにドミナドールを探す。あそこだ！　ジェットスキーを乗り捨てたドミナドールは、歩道橋の階段を駆け上がっているところである。「サンタ・バナナ」とアントニオは呟いた。「あの歩道橋を渡ればショッピングアーケードだ。このままだと、きっと人混みにまぎれてしまう」。アントニオはジェットスキーのエンジンを激しくふかす。バスの間、タクシーの間の水面をスキーは飛ぶように走り、人々は目を丸くする。アントニオはぐんぐんとスピードを上げる。黒のレザージャケットがまるでケープのように背中で風にはためく。スキーを急激に右に寄せ、半分沈没しかかっている車のほうをめがけて一直線に走る。猛スピードで車のボンネットとフロントガラスを踏み台にして、ジェットスキーは空中に舞い上がる。アントニオは前傾姿勢でスキーのハンドルにしっかりとつかまっている。彼を乗せたマシンは高く、さらに高く弧を描いて宙を横切っていく。エンジンがまるでバンシーのように激しい鳴き声を上げ、彼はマシンと一体となって歩道橋の上に着陸する。アスファルトにこすれて、マシンの腹部が火花を散らす。逃げるドミナドールは後ろを振り返る。目を見開いたあの馬鹿面が、よく見えるぜ。ジェットスキーが近づく。アントニオは飛ぶように走るガゼルのごとくハンドルの上を飛び越えて、ドミナドールの足にタックルをかます。「すまないが」と、絡まりあって前に転がりながらアントニオは敵の耳元に囁いた。「上に乗るほうが好みでね」

——クリスピン・サルバドール、『マニラ・ノワール』（五十七ページ）より

＊

機体後方で女性の叫び声がして拍手の音が静まった。あちこちでシートベルトを外す音がし、乗客たちは右側の窓へと殺到した。目の前の乗客の頭越しに見ると、きらりと光る新築のターミナルの向こう側に暗い雨雲が垂れこめていた。さらに遠くのほうには黒煙が二本、まるでずしりと重い不吉な曇り空を支えるかのように立ちのぼっていた。

2

この本のテーマは、大まかに言って次のようなものである――謎、夢、神話、人の不在が人に及ぼす圧倒的な影響、言語の限界、干からびてしまった記憶、始まりとしての終わり。

――クリスピン・サルバドール、『自己剽窃者』（百八十八ページ）より

＊

隣の乗客の落とした札についての話、あれは真実ではなかった。現実はあのようにはならなかったのだ。最後に彼が「子供のために帰国するのです」と話すところ、あれも嘘である。もしも僕が彼に話しかけていたら彼はきっとそう答えていただろう、ということに過ぎない。ある意味で、僕はあの部分を彼のために書いたのだ。いつの間にか、僕にとって彼はただの「苛立たしい隣の乗客」ではなくなっていた。僕は「彼がそう言った」と書いたが、きっと状況がそうなりさえすれば彼は本当にそう言っただろう。しかし、実際には僕は彼と話などしなかった。彼が僕に話しかけてきた時、僕は目を閉じて眠っているふりをしたのだ。

ここから先は、本当のことだけを書くことを誓う。

クリスピンが死ぬ前の何か月かの間、僕たちの関係は僕が予想していたよりもはるかに親密なものになった。僕は、彼の目の前でちょっとした悪態をつくことさえできるようになったのだ。きっかけは、リス・ハリスと共同で、ある授業の課題としてクリスピンのプロフィールを作ることになったことだった。そういうわけで、クリスピンと僕は、しばしばどこかのコーヒーショップかレストランの椅子に座り、しゃちこばって顔を向かい合わせることとなった。テープレコーダーが僕たちを隔てる有刺鉄線のような音を立てて回っていた。たいていの場合、インタビューはブロードウェイのトムズ・レストラン――『となりのサインフェルド』のロケでよく使われた場所である――で行われた。やがて学期も終わり、僕は無事プロフィールを提出した。彼はそれを読みたそうにしていたが、あえてそのことに触れようとはしなかった。だから僕もあえて申し出なかった。最後にインタビューを行って二、三週間経った時、僕はついに彼のオフィスに招かれてラプサン・スーチョンとマドレーヌをふるまわれた。テープレコーダーに見張られているという感覚から解放され、彼は明らかにくつろいでいた。僕たちは腰を落ち着けて茶菓子を食べ、様々なことについて語り合った。何を話したのかはもう覚えていない。いずれ、本のことや物を書くということについてだったと思う。アーガイルのセーターの胸のところに茶菓子の屑がくっついていて、次の日顔を合わせた時にもそれがまだ残っていたことをよく覚えている。

*

その必要があったからなのか、あるいは僕を好ましく思っていたからなのか、彼はよく僕を連れて外を出歩くようになった。誰が見ても孤独だと一目で分かるような人間と初めて付き合う時には誰でもそういうものだろうが、初めのうちは僕もなんとも気まずい思いばかりだった。クリスピンは学生で溢れるキャンパスになくてはならぬ存在、誰の目にも留まる母校の象徴の銅像のようなものだった。朝と昼、彼はフィロソフィー・ホールにある自分のオフィスからバトラー・ライブラリーの階段を降りては昇った。表情はいつもどこかに悲しみをたたえ、終身職の散策者《フラヌール》とでもいった風の服装をしていた。僕はむしろ東京の人間がカウボーイ・ハットをかぶったかのようなどこかちぐはぐな図をなぜか想像したものだったが、茶のツイードの上下とあの緑の羽根飾りのついた柔らかい赤のフェドーラ帽が全体に粋な感じを醸し出してもいた。天候のいかんにかかわらずいつもその服装が基本で、時折そこに少し違ったヴァリエーションが加わった。常にオレンジのノートを肘の下に挟み、僕が見かける時にはたいてい本を覗き込むようにして歩いていた。何かにつまずいて転ぶのではないか、サッカーボールかフリスビーか何かが頭を目がけて飛んでくるのではないかなどと、すこし意地悪な期待とともに、僕はそのような彼を心配しながら見つめたものだった。

　しかし、インタビューとなると彼の話は常に明晰かつシリアスだった。「人の生きざまに関わる代表的な芸術、その代表的な記録の様式」としての文学の重要性。フィクションとノンフィクションとの境界の曖昧さ。フィリピン文学の弱体化の現状。語りの構造にブリコラージュを用いる際の難点——僕はクリスピンからたくさんのことを学んだ。彼が骨を折って説明してくれた数々の細かなディテールの多くを、僕はもう思い出すことができない。だが彼は、世界には、自分がそれについていまだ誤解を抱くことすらできていないほど何も知らない領域が山ほどある、ということを、その身に浸み入るように弟子に気づかせることのできる類まれな教師だった。

　彼の頭の中では、日常の些細なことが常に学問上の重要問題と同程度の重みを持って拮抗していた。自分が口にしたほんの一言や一つのイメージ、あるいは個人的な思いつきなどによってインスピレーションの炎が突然燃え上がるや、彼の話はどの方向に向かうのか全く予測がつかないものとなった。そういう彼の話を聞いていると、自分も人類の真の精神世界の片隅でそれなりの生を営んでいるような気になったし、全宇宙や幾時代もの時の広がりについて思いを馳せずにはいられなくなった。たとえばある時など——これは本当の話だ——フラクタル理論についての話がそのままフィリピンのとあるスラング表現の錯綜した語源の話につながり、いつの間にかそれがスタインベックの日記に記されている真正の自己疑念の苦しみについての議論となり、次にヘロドトスの人生の熱っぽい叙事詩的分析、そして「言語の卑猥なコルセット」を現実に適用することの孕む諸問題の検討へと飛んだかと思えば、返す刀でルソーの「高貴なる野蛮人」概念の欠点の指摘が行われ、それがすぐにリサールについての議論、つまりいかにリサールが侮蔑的ニュアンスを含む「インディオ」というスペイン語の単語の意味をむしろプライドの証明――「ロス・インディオス・ブラヴォス」などの用法に見られるように――へと反転させたかについての考察となり、そのような意図的な定義転覆の試みがいかにアフリカ系アメリカ人の「ニガー」という言葉に関する経験――その侮蔑語をむしろ共同体における肯定的価値を確認する共通語として白人から奪還したこと――と共通しているかについての議論となった。それからクリスピンは、オーストラリアのアボリジニとその点描絵画を「現代絵画の最後のフロンティア」であると言い、先史時代から脈々とテラ・アウストラリス・インコグニタに存在し続けている地質学上の様々な驚異について概観した。ハリモグラ、カモノハシやその他の珍獣たちの話題は、やがてもっと大きな動物たちがいかに創造的な衝動を持っているか――たとえばネコやゾウなどが描く絵に代表されるが――についての話となった。それから彼はベルニーニのバロック式の大理石像の醸し出す柔らかさの感覚において芸術の官能性は極まると述べ、それはペルセポネのふっくらとした太ももに襲いかかるレイプ犯プルートのごつごつした指の手触りや、アポロから逃げながら最初は徐々に、しかし最後には驚くほどの速さで月桂樹の木へと変身していくダフネの身のこなしとも同根なのである、とも言った。最後に、彼はホセ・オノラート・ロザノの『文字と形《レトラス・イ・フィグラス》』絵画シリーズの魅力を情熱的に語った。クリスピンによれば、彼の作品群は風景画と静物画と活版印刷法と主題画を全て組み合わせ、全体として十九世紀マニラの社交界の虚栄を芸術的に容認するメッセージへと昇華させたものである、ということだった。これら全てを、その直前に注文したチーズバーガーがテーブルに運ばれて来るまでのわずかの間に、チポトレ・ナチョスを食べながら彼は論じ去ったのだった。

クリスピンの話す言葉はそのように加速していった。今や伝説と化した彼の比較文学の講義には、その情熱的な話しぶり、暴力的なまでの脱線、そしてそのあとでまるで魔法のようにまた元の話題に必ず戻って来る論理の強靭さを求め、学生が教室から溢れ出るほど集まった。だが授業を受けながら、僕にはいつも凝固した自己中心性の醸し出す孤独のにおいが感じられてならなかった。僕と出会ってしばらくの間、何気ない会話の中でも彼は常に言葉を選んで話した。何回かインタビューを重ねるうち、やっと彼の意識が自分の外へと向き始めた。もちろん、彼が僕に気を配るようになったということではない。そのようなことは全くなかった。それは僕の存在を軽々と飛び越え、彼が真に興味を持つ問題、つまり、現世よりも高次の〈もうひとつの世界〉に関する驚異的事象についての話へと発展したのだ。覚えている限りでも少なくとも二回以上、彼は好みのパッセージを朗読するために突然目の前に積まれたいくつもの本の山の移動に取り掛かり、それぞれの山の一番上の何冊かをあたりに放り散らしながら目的の本を見つけ出したことがあった。好みのページをめくり、記憶を辿りながら目を閉じて、言葉を静かに味わいつつ朗読を始める。そんな時、僕はしばしば必死で耳を澄まさなければならなかった――シド・ハメテ・ベネンヘリ、ジュリアン・カラックス、ジョン・シェイド、ランドルフ・ヘンリー・アッシュ。やがて彼は朗読をやめて沈黙し、その余韻を楽しむ。週末はどうだったか、などの類の質問をされた覚えはないし、僕の過ちを正すこと以外の目的で僕に意見を求めてくるようなこともなかった。

クリスピンがそうやって熱弁をふるう時、僕はその途中で意識を軽く遠のかせ、激しく動く彼の両の手をぼんやりと見つめることがあった。どちらの手にも奇妙な傷跡があった。手のひらと手の甲の中央部分の皮膚の組織が五セント硬貨大に盛り上がり、光沢を持っていた。まるで聖痕のようだった。そのような秘密のにおいに、僕は大いに興味をそそられた。

時々会話がやむを得ず途切れる時など、僕たちは静かに座ったまま机の上に貼ってある大きなポスターを眺めた。フアン・ルナの暗い色調の傑作寓話画《スポラリウム》だった。戦いで死んだローマの剣闘士たちがコロッセウムの控えの間の床の上を引きずられていく。周りを取り囲む観衆の中には、悲しんでいるもの、ショックを受けているもの、無関心なもの、ゴシック小説風に現場の血なまぐさい情景に魅了されているものなど、様々なものがいた。そんな時僕は、まるで高価なアフターシェーブローションを付けたばかりのヤギのようなにおいのする小さな研究室で、安っぽい椅子に疲れた顔で背を丸めてちょこんと収まっているクリスピンのほうをそっと盗み見ては、一体この人物はいかなる人生の軌跡を経たあげくにここに辿りついたのだろう、などと考えるのだった。

＊

その夜、ＡＭＡコンピュータ・カレッジのアーニン・イシップは、アテネオ大学とラサール大学の学生二人と街をぶらついている。彼らは酒を飲み、マカティの赤線地帯のパドレブルゴス近くのビアガーデンで、ピュアフーズ対シェルのバスケットボールの試合をテレビ観戦している。アテネオ大の学生は、将来最高裁判事になる夢を二人の友人に語って聞かせる。ラサールの学生はいずれ一大輸送会社を経営するつもりだと言う。アーニンは授業料を滞納していることを話す。際立って醜い女の子が超ミニのデニムスカートで前を通り過ぎる。マフィンのような腹部をこれ見よがしに露出させたホールター、尻のすぐ上までかかった黒髪、エキゾチック系のダンサーたちがよく履いている不安定な針のようなプレクシグラスのハイヒール。

アテネオが言う、「まさに、バビロンの売春婦だ！」。

ラサールが言う、「おお！　とんでもない売女！」。

アーニン・イシップがその女性をしばらく見つめ、そして言う――「あっ！　僕のＨＴＭＬイントロダクションのクラスメートだよ！」。

＊

「もう一年にもなるじゃないの」とグランマは言う。「もういい加減、仲直りをしたらどう？」。

「まだ八か月だよ」

「こっちでクリスマスを一緒に過ごしましょうよ」

「グレイプス、どうしてる？」と僕は聞いた。電波の具合が悪く、お互いの声が届くのに少しの時間差があった。

「今ももちろん、あなたのグレイプスのままよ」とグランマは言った。車のクラクションと、曲がる合図のランプが点滅する音が聞こえた。「ここじゃなくて」と彼女が運転手に何か指示しているのが聞こえる。「タマリンド・ストリートの入口で曲がって」

「ニューヨークはきれいだよ、グランマ。まだ十二月でもないのに、五番街なんかもうクリスマス用にライトアップされてて。それで、知事の暮らしはどうなの？」

「もしもし、聞こえる？　電波が悪いみたいだけど」

「グランマ？　もしもし？」。僕は言った。「知事の暮らしはどうなの？」

「ああ、うん、それがね、素晴らしいのよ。あなただって、きっとそう思っただろうと思うわ。そういうことになっていれば、きっとグレイプスもお喜びになったでしょうに」

「あの、グランマさ……」

「あなたもお父さんの後を継いで政治家になるんだと思えば、天国のお父さんもきっと誇らしく思ったでしょうに」

「グランマ、頼むからさ、やめてくれるかな……」

「でも本当にね、全てが充実してるのよ。ものすごく忙しいけれど、それがかえっていいのね。特にこの時期なんて、誰も彼もが何か言ってくるから」

「大統領のこないだのスキャンダルの話、聞いたよ」

「どのスキャンダルのこと？」

「爆破事件関連のやつ」

「ああ、あんなもの、すぐにおさまるわ」

「他にもあるの？」

「どれもこれも同じことね。あの人たち、いつだってなんとか大統領の尻尾をつかもうと躍起になってるんだから。窮地に立ったら戒厳令を出せばいいと思ってる、なんて疑ってるのよ」

「じゃあ、スキャンダルも、本当じゃないの？」

「『本当』って、何？」

「だからさ、大統領はいつも、いざとなれば……」

「だから、一体『本当』ってどういうことなのか聞いてるの」

「ねえグランマさ、どうにかできないの？　国会には、なんかさ、なんとかしてやろうって考えている人はいないの？　……よく分からないけどさ、グランマみたいな人だよ」

「そうできればいいけど……誰にもどうにもできないのよ。それが人生ってものよ。あなた、本当に、誰かがどうにかできると思っているの？　世界を変えられる、とでも？」

「僕一人では無理だけど、みんなで動けば何かができると思う」

「それで、何を変えたいの？」

「全部だよ」

「そうすれば、具体的には何が変わるの？」

「分からないけど、とにかく状況が良くなる」

「私はね、変えられることなんて何一つないと思っています。世界はあまりに複雑で難しいから」

「グランマ、本気？　お願いだからそんなこと言わないでよ。そう信じないと生きていけないよ。お願いだからそんなこと言わないで」

「とにかく、もう家に着くわ。グレイプスもう家に帰ってらっしゃる。電話しているところを見られちゃまずいでしょ」

「相手が僕だって言わなきゃいいんじゃない？」

「いえ、切ったほうがいいわ。そっちは今何時？　遅いんじゃないの？　もう寝たほうがいいわ」

「それじゃあね、グランマ」

「愛してるわよ、ミゲリート」

「僕も」

＊

しかし、ドミナドールはまるで雄牛のようだった。彼はアントニオを力強い腕で押しのけると、バタフライナイフを取り出し、素早くひと振りして刃を広げた。「お前のドテっ腹にこいつをお見舞いしてやるぜ。水道の蛇口みてえに、血が噴き出てくるかもしれねえな」。彼はそう言ってうなった。アントニオは手を伸ばして威力抜群の銃を腰から引き抜こうとするが、考え直す。だめだ、それはフェアじゃない。ドミナドールは薄笑いを浮かべる。「銃はどうした？」。アントニオは微笑む。「パンツの中だよ、パンツの」と彼は答える。「お前のような薄汚いブタのために、わざわざ銃を抜くまでもあるまい」。彼はカンフーの構えを取り、そのままドミナドールに手まねきをする。敵は近づく。ナイフが空を切る。

――クリスピン・サルバドール、『マニラ・ノワール』（五十七ページ）より

＊

空港そばの安ペンションに泊まる。バコロド行きのフライトは明日の早朝。

渋滞がひどく、ここから先へはどうしても進めなかった。道の片側では、何ブロックも続く掘立小屋を燃え盛る火の壁が包み込んでいた。ロードコーンで仕切られた道路に沿ってじりじりと進んでゆくタクシーの後部座席に、僕は長いこと缶詰になっていた。のたうつ黄や赤やオレンジの色を背景に、人と重機の織りなす黒い影が動いては揺れていた。所々で鮮やかな青の尖塔がゆらめいては踊り、軌道を描いて地面に落ちては変色して様々な色をあたりにばらまいていた。運転手と僕は熱を帯びた車のガラス窓に顔を押しつけて、その光景に釘づけになった。「情報によりますと、爆発はさらに二回起こったとのことです」とボンボ・レディオのアナウンサーがタガログ語でまくしたてる。「場所はニノイ・アキノ空港そばの免税店です。爆発によって起きた火事が近隣の住居地域へと広がった模様。みなさん、今夜の危険な仕事に立ち向かう勇敢な消防士たちのために、恵みの雨による天のご加護を祈りましょう」

クリスピンはしばしば自分の亡命状況を英雄的なものとして語ったが、そのたびに僕はなんだか不思議な気持ちになった。彼がマニラに帰らない本当の理由は何なのか？　そのことを直接聞いてみたことがある。すると彼は、海外で暮らすほうが実際問題としてはるかに困難だからだ、と言った。国際的な作家になるためには並はずれた集中力が必要だ、と。だが、その時の彼の声にはどこか気持ちのぶれのようなものが感じられた。何か言いたくないことがある、という感じだった。世界中のどの場所とも違う強力な磁力を持つこのマニラという都市で暮らすには性格が丸くなり過ぎた、というようなことが実情だったとしたら？　この都市では必要性が全てを支配する。その中では善と悪の境界は曖昧になり、いつ起こるとも知れない暴力の匂いが湿気と一緒に背中にはりついてくる。西洋世界とは完全に異なった世界観のもと、無秩序が無数の映画やテレビ番組の網の目を通過するうちに独自の秩序を形作り、新聞の特集記事やパネル・ディスカッション、辛うじて辻褄だけは合うようにリンクの施されたネット上の解説などを通し、人々の共通理解の中に組み込まれていく。エマ・ボヴァリーがロマンスを愛し過ぎたように、クリスピンは自らの亡命状況についての神話を愛し過ぎてしまったのか？　クレジットカードと電話だけを持って部屋に引きこもった隠者のように、クリスピンはその部屋で椅子に深ぶかと腰掛け、ドアの外で起こっている出来事は全て見ないことに決めたのだ。「物乞いの顔ぶれは変わっても、振り下ろされるムチの性質自体は何も変わらない」と彼は言った。「安楽椅子に座ったままのゲリラどもが、サイバースペースのジャングルに深く潜行している。あらゆるものがハリウッド映画を模倣する。いまや、地球は完全に一方に傾いてしまった。自転するのも当然だろうよ」

僕はそのような考えには反対だった。僕は彼よりも若く、またポスト・ポストコロニアル状況というものがどういうものか知ってもいたから、たとえ地球が一方に傾いてしまっているのだとしても、やはり地球は一つしかないということが分かってもいた。チリで蝶が一匹羽ばたきをする時、チャドでは少年兵が生まれて初めての殺人を犯しているかもしれないし、また別の場所で、アマゾン・ドット・コムでの注文確定から二日と経たないうちに世界の外側を埋め尽くす緊急事態をすっぱ抜いた本が自宅に届いたりしているのかもしれない。マニラからニューヨークへと移り住むことで僕は、全世界のグローバル・ヴィレッジ化によって、皮肉なことに僕や友人たちのようなフィリピンからの移住者も安穏と毎日を過ごすことができるようになったことを知った。中国製の iPod で外界を遮断する。どんどん買い物をして経済を活性化せよ、という暗黙のメッセージに従う。就職市場の激しい競争や奨学金の返済プランが、まるで初々しき令嬢をしっかりと見張る年配の付き添い人のように僕たちの心に重くのしかかる。だから、あくまでも単位を落とさない範囲内で政治集会に出かける。しかし僕たちは、しっかりとガムテープとビニールテープで窓ガラスの隙間を封じられた安全な家の中からではあったが、様々なブログをにぎわせる記事に対して断固たるスタンスで臨んだ。敵の偽善を把握すべく、フォックス・ニュースを見続けた。様々な事件に憤慨することである種の優越感をひそかに担保したかと思えば、チャンネルを変えてはテレビタレントに自らの将来にふさわしい人格のモデルを探し求めた。確かに、フィリピンを捨てた僕たちはいまやマンハッタンに住み、漠とした不安の向こう側の将来を先取りするかのように祝福しつつ、人気のない裏通りをわが物顔でうろつき回った。そう、気づかぬうちに何か大事なものを見過ごしてしまうのではないか、孤独のうちに野垂れ死んでしまうのではないか、あるいは何もできずに単に老いぼれて行くだけなのではないか、という恐怖に背中を押されながら、僕たちはいつでもどこかをうろついていたのだ。ジュークボックスの音楽とタバコの煙が充満するアルファベット・シティのバーでPBRビールを飲みながら、僕たちは夜を徹していまだ自分たちにグリーンカードを与えてくれないこの国のセキュリティ問題と人権問題について議論を戦わせた。それから千鳥足で、欲求不満にへとへとに打ちのめされながら、すでに希望らしい希望などは打ち砕かれてしまっていることにも気づかないまま家に帰った。それでも、少なくとも僕たちは必死で何かを探し求めていたのだ。

そのころフィリピンは西欧諸国からテロリストの温床として槍玉に挙げられていたが、フィリピン人の目から見れば、その偏執狂的に誇張された物言いはお笑い草以外の何ものでもなかった。ほんのひと握りのイスラム過激派がホロ島の南部で政府とイタチごっこを繰り返している――それだけの理由で一貧国の生命線たる観光産業を窒息死に追い込むなど、まるでアラバマのＫＫＫ団を理由にフロリダのディズニーランドを営業停止処分にするようなものだった。クリスピンはそのようなエセ警告の類を軽い嘲りのもとに一蹴したものだが、それのみならず、僕たち情報通を自認するものの間で焦眉の問題と考えられていたクーデターの噂や、法の外で暗躍するいくつもの殺人事件をも一笑に付した。

僕は、そのような彼を赦した。海外に住むことで自国の状況から逃げているのだ、と非難めいたことも考えはしたが、それでも僕が彼を赦したのは、彼にはそれまで数多くの――おそらくは多すぎるくらいの――場面で自らの政治的立場を明確にしてきた経緯があるからだった。次は自分たちの番だ、と僕は考えていた。あるいは僕は、彼はそれまで戦ってきた地平よりも高次の段階へと歩を進めたのだ、という風に考えることで、むしろ彼に対する尊敬の念を新たにしていたのかもしれない。自らの作品について語る時、クリスピンは、知識と経験によって研ぎ澄まされた批評眼の刃で人生の諸相を鋭利に斬ってみせつつ、現代世界の日々の動きについて行くだけでは全く十分ではない、それどころか幼稚でさえある、という確固たる信念を固守した。それはまるで、朝刊の記事などは結局酒場のフィッシュ・アンド・チップスの包み紙としてごみ箱行きになるのがオチだが、『百年の孤独』や、そう、『自己剽窃者』などの本は、どれだけ経っても本棚から繰り返し取り出されて読まれることになる、と語っているかのようだった。手に傷を負った職人の真価は、結局のところ実際の仕事でしか測れないのだと。

そう、そのことを僕は素直に認める。実際、『燃える橋』のような本は、僕のような自称「進歩的」な青二才が千人束になっても届かないほどの射程を持っていた。しかし、爆弾が街を襲っているような時、故郷の親戚が買い物に外出することさえできなくなっているような時、クリスピンの無関心は僕をいつも失望させた。僕たちのような若い者は、年配の者が示す寛容さにいつも苛立つ。あと少ししか生きることができないと分かっている時に、どうしてそんなに落ち着いていられる？　僕は、ある朝鏡を覗きながらクリスピンがこう呟くことを心から願っていた――この老いぼれ野郎、お前は一体何をしている？　そう言って彼は、人生最後の大舞台へと返り咲くのだ。しかし、実際に僕がそのような亡命生活の卑怯さについて問いただした時、彼はちょっと言葉を置いてからこう言った――じゃあ君に聞くがね、一体私に何ができる？

宿を取ったペンションの部屋では、やかましい運転音を立てるエアコンの通風口を通して火のにおいが漂ってくる。それを楽しんでいる自分に気がつく。家が燃えるにおい――フレオンで冷却された煙は、バンクーバーでのキャンプ時に食べたスモアやキャンプファイアーでのおしゃべりを思い起こさせるような冬のにおいがする。なかなか眠れない。向こうの壁で二匹のゴキブリが触覚を互いに近づけ、しきりに動かしている。階下のスナックから、ヴィタ・ノヴァのラブソングをカラオケで歌う酔っぱらいの締まりのないテナーが聞こえる。僕はベッドの上に起き直ってノートを取り出し、明日クリスピンの姉レーナにインタビューを行う際に聞くべきことを再確認する。やがてスナックも閉店となり、物音が静まるにしたがって遠くのサイレンの音が再び明瞭に聞こえてくる。雷鳴が轟き、一瞬で周りの全ての物音を引き裂く。激しい雨が板すだれの屋根を打ち、まるでどこかで暴動が起こっているかのように思えてくる。

やがて眠りが訪れる。

僕は場所の判然としない孤島に一人取り残されている。小さな家の中には埃が積り続けている。僕は家の表面に、そして様々な物の上に埃が積っていくのを見る。赤いフェドーラ帽。蓄音機。初めての聖体拝領に臨んでいる女の子と両親のフレーム入り写真。砂浜に出た僕は、ボートのエンジン音を聞き分けようと耳を澄ませる。波が押し黙ったまま激しく打ち寄せる。どうしてこんなに美しい海のそばにいながら泳ぎを覚えずにいられたのだろう？　突然タイプライターのキーを叩く音が窓越しに勢いよく鳴り響いてくる。僕は走って小屋の中に戻る。緑のアンダーウッドに紙が入れられている。家の中をもう一度捜索し始めるが、すでに確認したところを何度も通り過ぎるたびに焦りが募る。そう、すでに四日が経過している。うとうとしたかと思うと目が覚める。なかなか眠れず、どうにか正気を保とうと必死になる。まるで呼気そのものがゆっくりと蒸発してでもいるかのように、空気を吸うのが段々困難になってくる。必死で上体を起こし、キッチンに据え付けてある大きな飲料水タンクの蛇口に口をつけようとするが、どうしても飲むことができない。苛立ってタンクを叩くと、まるで水の中でベルを鳴らしたような音がする。再び横になるが、吐き気を催して外に飛び出す。再び戻って来て横になるが、今度は下痢を催して外へ駆けだす。ベッドのほうによろめき、心臓の鼓動に合わせて頭に激痛が走るのを感じる。膵臓の痛みをじかに感じることさえできるような気がする。人は時々奇妙なことを想像するものだ。血に含まれる酸の度合いが強まっているのが、なぜか分かる。血液量減少によるショック。テレビの医療ドラマで覚えた言葉だ。血が体中の組織から、そして脳からも水分を抜き取っているのだ。だが何が起こっているのか分かったとしても、それを止めることはできない。ベッドのシーツは氷のように冷たい。幻覚がいくつも心の表面をぐらぐらと揺れながら通り過ぎていく。僕は嬰児を持ち上げ、宙に放り投げている。その女児は楽しそうに笑う。車の窓から身を乗り出して空を仰ぐと、花火が上がっては消えるのが見える。美術館の外で列に並び、観光客の馬鹿げた会話にうんざりする。お祖父さんが老人ホームに入れられる前の晩、マディソンが彼の衣服に名前を縫い付けるのを僕が手伝っている。僕はよく見慣れた番号が記された古い紙きれを手のひらの上に載せ、受話器を頬にあてたまま呼び出し音を聞いている。島の向こうから朝日が昇るのを見ると、喉の奥が締めつけられるような気持ちになる。スーパーマーケットで母親の姿がどこにも見えなくなったことに気づいた子供のように、僕はある意味で死を実感する。

僕は目を覚ます。死にゆく夜が、この一瞬、雄鶏が目を覚ます前のこのほんの一瞬の間に朝を迎える準備をしている。夢を覚えていたことがいまだに信じられない。ベッドに横たわったまま、それが記憶から消え去ってしまう前によく思い出しておこうとする。いずれ、すべては時差ぼけのせいだろう。朝がゆっくりとやって来て、あたりがだんだんと騒がしくなってくる。賢明なゴキブリはいつの間にか消えてしまった。

*

その少年には、いわば自らの善意と自信とに翻弄される小説の一登場人物としての素養があった。そのような意味で、彼はおそらくわれわれにとって興味深い存在となる。

そういうわけで、これ以降は彼がこの物語の主人公ということになるだろう。人気のない地下鉄の駅の構内で、同級生に囲まれた学校の教室で、午前の部のＭｏＭＡの入場者の列の中で、ひとり黙ったまま体をもぞもぞと動かしている彼の様子を捉えるカメラアングル――そのようなショットから物語は始まる。

顔を見れば、その少年が何かを必死で探し求めていることが分かるだろう。自分を苛立たせ劣等感を抱かせるものをなんとか振り払おうと、彼は自分自身を現代の啓蒙者《イルストラード》たちの一人とみなし、その一種の奇想のうちに慰めを見出す。現代の国籍離脱のフィリピン人は、潜在的な意味では誰もがその十九世紀後半の優れた先達たちに自分を重ねているのだ。ありし日の、若きフィリピンの菩薩たち――彼らは共通の志を持ってヨーロッパから颯爽と帰国し、香水のついた体と華麗な言い回し、ラテン語で展開される思想、それからヨーロッパ式教育をフィリピンで実践することへの情熱をもって、みなが共通の目的に人生の全てを捧げた。その目的とは、革命であった。多くは銃弾に倒れ、あるものは不可解な客死を遂げ、その他のものは組織に組み込まれて円熟したのちに忘れ去られ、さらに少なからぬものたちが、驚くべき適応力で不自由な人生と妥協して生きる術を覚えていった。彼らのような存在と、この少年やその他現在国外で暮らす多くのものとの間にもし違いがあるとすれば、それはこの少年たちはまだ祖国に帰還していない、というだけのことだ。太く巻かれ大事に胸の奥に仕舞い込んである彼の将来設計図は、いつか魔法のようにはためく旗となり、国旗の横で燦然と輝くことだろう。だから彼は辛抱づよく待った。彼らがそうだったように、高潔な志を失わぬよう気を落ち着け、故郷の岸辺が再び自分を呼び戻してくれる日を静かに待った。

そして今われわれは、颯爽と帰国したにもかかわらず、いっこうに歓迎のファンファーレが聞こえてこないことに当惑の色を隠せない彼の姿を見ている。

＊

家にいる時、たいていクリストは自身でデザインした膝机で仕事をした。それは特注の品であり、いかなる交通手段においても仕事ができるようバネと当てもので調節が利くようになっていた。そうでない時は、ともすれば脳裏に甦ってきて彼を容赦なく責め立てる、殺された父、体を切り刻まれた母、凌辱された妹の生々しい思い出と戦いながら、じっと座ったまま海を見つめた。この海は、そうする価値のある者の心を癒してくれると言われている――彼はそう考えて勇ましく笑ってみせる。そう、いつかきっと。よく目を凝らすと、水平線の向こうに陸地が見える。だが、一瞬のまばたきとともにそれは消える。望むほど近くに見えたためしはなかった。

――クリスピン・サルバドール、『啓蒙者たち』（九十二ページ）より

＊

どうやら、僕が彼の唯一の友人ということになるらしかった。驚いたことにある真夜中のこと、レーナが電話をかけてきたのだ。マディソンが派手な口論の末に部屋を出て行った何時間か後のことだった。だから、その時僕はもちろんマディソンの声――一日泣き暮らしたせいですっかりがらがらに枯れてしまった声――を予想していた。僕は厳粛な声で電話に出た。その声にレーナは動揺したようで、電話中何度も同じことを繰り返して話した。用件は、クリスピンの持ち物を仕分けすることだった――大事な物は箱詰めにしてフィリピンに送り、残ったものの中にもしも必要なものがあれば僕がもらってもよい、さらに残ったものは寄付するか捨てるか判断して欲しい、ということだった。僕は何も口をはさむことができなかった。

その仕事のことを考えると気持ちが塞いだ。だいいち、物が多かった。しかし慣れるにつれ、次第にその仕事も楽しくなってきた。今や彼の物を自由に自分の手に取って眺めることも、ゆっくりと椅子にもたれてくつろいでみることも、また断りなしにお茶をいれてみることだってできる。引き出しや暗い部屋の隅、あるいは本棚の本のページの間や閉じられた扉の向こうに隠されていた秘密を、すべて白日のもとに晒すことができるのである。その結果色々と興味深いものが出てきて、僕はなんだか好奇心をくすぐられたような腹立たしいような、また憂鬱とも言えるような気分になった。それはマディソンと喧嘩をした

あと、彼女のいなくなった部屋のベッドの真ん中にぽつんとヒトデみたいに横たわる時の気分に似ていた。だがそういう時は、少なくとも朝になれば彼女が戻って来ることだけは分かっていた。

アパートには何百冊という本があった。壁という壁が本棚だった。うず高く積まれた雑誌は天井に届かんばかりだった。読みかけの雑誌が、まるでこれから全てが燃やされるところだとでも言わんばかりに、ベッドと読書椅子のそばに開かれたまま捨ておかれていた。彼はよく自分の書庫を「アーカーシック」と呼んでいた。サンスクリット語で全宇宙の情報を永遠に集め続ける図書館のことだ、と彼は教えてくれた。オレンジのスウェードのブックカバーをつけられたノートが専用の棚に何十冊と並んでいた。アルノー川沿いの道から少し入った路地にある作業場から特注で取り寄せたブックカバーだった。リビングの棚の一番下の段にはかなりの数のレコードのコレクションがあった。何枚か調べてみた後、静寂を紛らせようと大音量でチャック・ベリーをかけた。クラブ・ニッティ・グリッティへ行こうぜ、と彼は歌っていた。

僕は、クリスピンの書斎の中をまるで美術館を歩くようにしてゆっくりと歩いた。机の上にあったものは、まずタイプライター。キーは叩き過ぎで表面がすり減り、いくつかアルファベットが判別しにくくなっている。それから、水がいっぱい入ったボヘミアガラスのデカンタ。横にはそろいのグラスが一つ（すでにショウジョウバエが一匹表面に浮かんでいる）。葉の詰まった海泡石製のパイプがチェリー・キャベンディッシュのにおいを発しながら寂しそうに横たわっている。

『燃える橋』の原稿を探したのはその時だった。それらしきものは何も見つからなかったが、フィリピンのハンドレッド諸島そばの郵便局の私書箱に宛てられた大型の包みの受取証が見つかった。日付は死亡推定日の前日の朝となっていた。

部屋の隅にあるテーブルの上にはクリスピンのチェスのセットがあった。僕との最後のゲームの最後の場面がそのままになっていた。僕の番だった。僕は駒を動かした――ルークをキングの４へ。チェック。

少年は目の前を通り過ぎて行く景色を見つめる。バラックの家々はどれも全焼していた。まるでそうなることが当然の運命であったかのように、今や全てがすっかり濃い黒の炭と化していた。放心したような顔つきの男たち、女や子供たちが、生気のない手つきで水びたしの瓦礫の山の中を調べている。われらが主人公はタクシーの外に出て手伝ってやりたい気持ちに駆られる。だが、何と言えばいい？　邪魔になるだけだろう？　渋滞の列を見ると、長髪の兵士たちが装甲車の後部座席で寝そべっているのが見える。特に周囲に関心を払っている様子はない。自分たちのやるべきことは全て分かっている、という風である。

＊

昨夜泊ったペンションの裏で起こったことを書き忘れていた。

＊

雨の中、僕は疲れ切ったままスーツケースとラップトップパソコンと安眠枕が入ったキャリーバッグを引きずってペンションの入口まで歩いて来た。あいにく正面玄関のドアには鍵がかかっていたので、裏手にある寂しい駐車スペースのほうに回った。暗闇で声がし、やがて制服を着た若い警官が見えた。彼は二人の小さなストリート・チルドレンを向かい合わせるようにして立たせ、両方の子供を激しく小突いていた。子供たちの意識は朦朧としているようだった。片方の子供が握っているものが状況を全て物語っていた――「ラグビー」印の接着剤にまみれた段ボールのかけら、ナショナル・ブックストアのビニール袋。子供たちはどちらもその夜の売れ残りのサンパギータ・レイを首の周りに巻き付けていた。警官は繰り返し二人をけしかけては突き飛ばし、まるで二つの手を打ち合わせて拍手でもするかのようにして二人の体をぶつけ合わせていた。どちらかが倒れるとパンツの腰の部分を荒々しく摑んで引き上げて立たせ、また戦わせる。彼は僕の見ている目の前でも苛立ちを募らせているようだった。二人のポケットをまさぐっては、今夜の稼ぎを奪おうとしていた。

言うべきことを素早く考えながら、僕は荷物と枕を地面に下ろした。自分の姓を名乗り、祖父が誰であるか彼に告げてやるつもりだった。彼はきっとその行為をやめるだろう――口をあんぐりと開け、ぶつぶつと罵りの言葉を呟きながらも、少なくとも子供を戦わせることをやめはするだろう。名前と管区を問いただし、バンサモロ上院議員に通告するぞ、と脅すのだ。

だが、そんなことをして一体何の意味がある？ このような子供はいっそ生まれてこなかったほうがよほど良かったのではないだろうか？ この世界の複雑なシステムの中では、時としてただそのように考えること以外何もできないことがある。ストリート・チルドレンを恐喝してそのなけなしの金を強奪するような警官であれば、僕のような人間を一瞬のうちに射殺してしまうことなど何とも思わないだろう。

注意深く枕と荷物を再び地面から持ち上げると、僕は逃げるようにペンションの裏口から中に入った。ペンション内部には壁掛けの電気扇風機のきしむ運転音が鈍く響いていた。

以上のことを書き忘れていたのだ。

*

インタビュアー　それでは、次の言葉の真意は何ですか？「翻訳はあるものを殺し、またあるものを生かす。マニラは翻訳不可能な都市である」。この問題について、あなたご自身で何らかの解答を考えていらっしゃったのですか？ もしそうならば、それはどのようなものだったのでしょうか？
CS　これまで文学のテーマとして扱われたことのない場所を生き生きと小説に描こうとする場合、その場所の持つ本質的な何かが失われざるを得ない――そういうことを言おうとしていたのだと思います。マニラはゆりかごであり、記憶であり、墓場です。メッカであり、教会であり、売春宿です。ショッピングモールであり、小便器でもあり、ディスコでもあります。譬え話などではない、本当のことです。

世界中のあらゆる都市の中でも最も変幻自在な都市、それがマニラです。一体どうすれば、その全貌をすっかり描き出せるというのでしょうか？　もしもその熱帯地域特有のロジックや一族への忠誠、スペインの植民地支配の暗い影などについて書こうとすれば、すぐに亜流マジック・リアリストとでも思われて読み捨てられるのがオチでしょう。だからまたあるものは、金権政治の腐敗や獲物を待ち構えるパパラッチたち、給料をピンはねされ続ける軍人などについて書く。金や新聞記者バッジやライフル銃の醸し出す権力の雰囲気を描き出す。良くも悪くもない、ただ、腹を空かせて危険なだけのものとして描く。すると読者は考える――これはアフリカの話だったろうか？　とね。一体我々は、いつになったら誰かから借りてきた窮屈なお仕着せを脱ぎ捨てることができるのでしょう？　いまだに我々にはそれができていない。しかし、いつかはそうしなければならない。そのためには、どうすれば我々自身を翻訳することができるのか、その方策を練らなければならないでしょう。それは必ずできることです。

――『パリス・レヴュー』一九八八年のインタビューより

*

バコロド行きの飛行機があと五十五分で離陸するというのに、依然として渋滞から抜け出せない。タクシーの運転手は、瓦礫の山のほうを振り返っては火事の噂話ばかりしている。彼によれば、死体がすっかり片づけられてしまうまであたりには子豚の丸焼きのようなにおいが立ち込めており、それがあまりにも食欲をそそるものだったために気絶するほど吐いた、ということだった。信号は赤のまま凍りついてしまったかのようだった。人員輸送用装甲車の開け放たれた後部座席に、十二人の兵士が座っていた。モスグリーンの戦闘服に身を包み、一人を除いてその全員が肩のあたりまで黒髪を伸ばしている。気だるそうに前屈みになって、浅黒く引き締まった腕をだらりと後ろに投げ出し、もう片方の肘をトラックの手すりに載せて体を支えている。膝の間に挟まれた自動ライフルが、まるでニューギニアの戦士たちがつけるペニスケースのように見える。

この兵士たちは、マニラ近郊の基地から定期的に移送されてくる覆面軍隊の兵士とは一味違う。制服のみならず、身のこなしそのものが違うのだ。彼らは特殊作戦部隊であり、常に戦闘準備態勢にある。その存在感は強烈で、また忍耐強い。タバコを吸いながら、すでにきつく鋭い朝の太陽の光から肌を守るために首の周りにTシャツを巻きつけている。軍曹らしき男が新聞を読んでいる。タブロイド紙の見出しが二行にわたって疑問文を繰り出している——「フィリピン・ファースト・コーポレーション——英雄？　それとも悪党？」。見出しの下には、パシグ川沿いに建つその会社の花火火薬庫を対岸から撮った写真が見える。水位線の上に見える多数の大きなパイプから、どろどろとした灰色の汚泥が光のスペクトルの色をなしながら吐き出されている。

兵士の一人は僕がじっと彼らを見ていることに気づき、座席の隣の兵士を肘でそっと突く。全員がこちらを振り返る。軍曹が新聞を持つ手を下げて僕を見つめる。僕は目をそらし、運転手のヘッドレストに縫い込んであるプレイボーイのマークを見つめる。兵士たちは笑う。

＊

もらったばかりのAMAコンピュータ・カレッジの卒業証書を手にして、アーニン・イシップはいとこのボビーをカリフォルニアのデーリー・シティに訪ねた。シリコン・ヴァレーまではバスで行ける距離だった。ボビーはある病院の看護師で、毎日そこに出勤していた。はじめのうち彼はアーニンのためにコーンフレークを一箱用意し、さらにアーニンの下手な英語が少しでも上達するようにとテレビをつけたままにして家を出た。一週間が経ち、アーニンはいとこにこう言った。「ピンサン・サワン・サワ・ナコ・サ・コーンプレイクス（ねえ、もうコーンフレークは飽きたよ）」。それでボビーは彼に近くの安レストランの場所を教え、ウェイトレスに「アップルパイとコーヒー」を頼む時の言い方を教えた。アーニンはそれを何度も繰り返して覚えた。「アフルファイ・ほ・コピー」。その日も彼は起きてからずっとそれを練習した。「アフルファイ・ほ・コピー」「アフルファイ・ほ・コピー」

その日の午後、アーニンは勇ましい足どりでそのレストランへ出かけて行った。ウェイトレスが彼のテーブルに近づいて来た。「何にするの？」と彼女は尋ねた。動揺して言葉を失い、アーニンはもごもごとこう言った――「アフルファイ・ほ・コピー」。ウェイトレスはテーブルを離れ、彼は驚きと安堵の気持ちに満たされた。一分後、彼女はひと切れのアップルパイとコーヒーを持ってきてくれた。アーニンは成功の気分に酔いしれた。

それから毎日そのレストランに通い、ウェイトレスに「何にするの？」と声をかけられてはアップルパイとコーヒーを頼む、ということを儀式のように一週間続け、アーニンはすっかりコスモポリタンな気分になった。ボビーの出勤前に彼は言った、「ピンサン・サワン・サワ・ナコ・サ・アフルファイ・エンド・コピー（ねえ、アップルパイとコーヒーはもう飽きたよ）」。するとボビーは「チーズバーガーをミディアム・レアで、あとコーラのLを氷なしで」注文する仕方を教えてくれた。氷を頼んではいけない、ということを彼はしつこく強調した。できるだけコーラを多くするためだった。アーニンは鏡の前でふざけながらその新しい英語のフレーズを練習した。「チソブーグー・お・ミジアンレーえ、そえほ・コーファの・エう・お・コーリナシえ」。彼は朝起きてからそれをずっと繰り返し練習した。「チソブーグー・お・ミジアンレーえ、そえほ・コーファの・エう・お・コーリナシえ」「チソブーグー・お・ミジアンレーえ、そえほ・コーファの・エう・お・コーリナシえ」。昼食の時間になり、そのフレーズを呪文のように唱えながら彼はまた同じレストランに向かった。

ウェイトレスがこちらに向かって来る。彼は息をとめた。「また来てくれたのね、うれしいわ」。思いがけずウェイトレスはそう言った。「何にしましょうか？」

アーニンは噴き出すようにこう言った――「アフルファイ・ほ・コピー！　アフルファイ・ほ・コ

ピー！」。

書斎のチェスのセットの横には大きな金属の書類棚がある。引き出しをこじ開ける時、危うく指を切りそうになる。中にあったもの――写真アルバム、何台かのカメラ、ネガや密着陰画の入ったバインダー、白黒写真や露出過多のカラー写真（凝った構図のヌード写真、市場や夜の街の風景、木材と石のみでできた伝統的なヴィサヤ諸島風の荘園屋敷、チンコス・ブラボス時代の旧友たちと煙の立ちこめるバーでクリスピンが議論している様子、パンパンガ地方で毎年行われる鞭打ちと磔刑の祭の模様を写した一連のくっきりしたダブルトーン写真）の入った箱がいくつか。

＊

国民よ、我々はよく考えなければならない。大統領の任期延長の試みにはそれなりの理由がある。つまるところ、彼は我々国民のためにその円満なる引退を見送ることにしたのだ。一九九八年、彼がもう一期分の大統領候補として出馬するのを最高裁が認可した時（それは「副大統領から大統領への移行は私の意志に反して押しつけられたものである」との彼の主張を支持するものだった。「本意ではないが、やれと言われるのならやる覚悟はある」と彼が言ったことを思い出してほしい）、国民からの抗議の声は法的にも無効とされ、その結果安定した政権が何年も続いた。今回もほとんど同じことだ。だが、それでも野党は民主主義の旗を振りかざして一歩も動こうとしない。いかなる大統領の政権にも非難の一斉射撃はつきものである（やがて人は死ぬし政権はぐらつく。捕まるぎりぎりのところまで盗人は盗みを続ける）が、街路議会の存在は立憲共和国としての土台を揺るがす。彼のモットーにもこうあるではないか――「途中で馬を変えてはならぬ！」。しばしば、全速力でそのまま突っ走ることこそが最も勇敢な策となりうる。

たとえそれが完璧なものとは言い難いものだとしても。民主主義政体においては、「完全」というものはありえないのだから。

——『フィリピン・サン』二〇〇二年十二月二日付の社説より

＊

サルバドールの祖父は、エストレマドゥーラ地方のバダホス郡アルブケルケからフィリピンに移住した駐屯軍将校クリストバル・サルバドール・デ・ベラクルス大尉の息子だった。エストレマドゥーラは数多の偉大な探検家を輩出した地である——ヘルナン・コルテス、フランシスコ・ピサロ、ペドロ・デ・アルバラード、ペドロ・デ・バルディビーヤ（大尉自身の父は同じエストレマドゥーラ出身の有名な闘牛士、エル・ナルシソ・スプレンディードである。彼は一八四六年、ロンダで猛牛の角に突かれて死亡している）。フィリピン諸島に向かう船の途中で肺炎に冒されて生死の境をさまよったことで、当時二十五歳の大尉は船での長旅に対する極度の恐怖症にかかり、その後結局一度も故郷に帰ることはなかった。

イントラムロス——マニラ地区にある城壁都市——にあるサンチアゴ要塞で少しの間過ごしたのち、彼はネグロス島での任務についた。そこは農地で育った彼のような一兵士にとってサンチアゴ要塞よりも望ましい仕事場だった。一八六五年、乗馬中の事故による腰の怪我により前線部隊から退いた後、彼は土地の美しいメスティーソの女性セベリーニャ（「スティービー」）・モレノと知り合い結婚した。彼女の母親は、一八四九年に世界中に事業を展開するカタルーニャ地方出身のビサヤ人運送業者マルキトス・モレノ・デ・ジャルケと結婚し、マサチューセッツ州ブルックリンからビサヤ諸島へと移住してきたアメリカ人であった。

大尉と花嫁は、フィリピンでのスペイン人地主階級としての安逸な暮らしに難なく落ち着いた。一八六八年には子供が生まれ、それぞれの父親にあやかってクリストバル・ナルシソ・パトリシオと名づけられた。ニックネームは「クリスト」。続いて娘が生まれ、パス・イザベルと命名された。倹約家の大尉は、貯めてあった金と毎年支給される将校年金を織物工場と家畜農場に投資し、そのどちらもがそれなりの収入を生んだ。一八七〇年代にマンチェスター産の綿織物が市場に流入して以降、それまで隆盛を誇ってきた織物産業はその息の根を止められたのだが、それでも大尉は織物業に固執し、一八七四年に機織り機を手放すことになるまで投資をやめようとしなかった。以降、彼はギマラス海峡を越えた向こう側にある小さな土地の管理と、種牛にするための最高級の雄牛の飼育に全精力を注いだ。

若きクリストが同階級の子弟の例にもれず高等教育を受けるためにマドリッドへと旅立った後、一八九四年、父の大尉は雇いの牛追いの集団の反乱で叩き殺され、歴史書の注釈の闇に葬り去られた。何か月かのあと、彼の妻と娘もその時受けた傷による病で斃れた。三人は近くのサン・セバスチャン教会の墓地に埋葬された（それは彼らの寄付によって建設されたばかりのサンゴ石でできた教会だった）。クリストはスペインから駆けつけたが、葬式には間に合わなかった。三人の死によって彼は土地と、一族に対する民衆の畏敬の念のみを手にすることとなった。つまり彼は、誰省みることのない天涯孤独の身となったのである――土地の上流階級に属する者なら誰でもその内実を知っている、一族の過去に関するある暗い秘密のことを除けば。

――執筆中の伝記、ミゲル・シフーコ、『クリスピン・サルバドール――八回目の生』より

＊

ドミナドールは恐ろしい表情になった。先のとがった歯のせいで、まるでオオカミのようである。アントニオはドミナドールの後方を指差してこう言う、「おい馬鹿野郎、後ろを見てみな！」。ドミナドールはにやりと笑う。「三文小説じゃあるめえし、その手に乗るかよ探偵さん」と彼は言う。それに応えて「お前、この小説がどういうものなのか、まったく分かっちゃいないようだな」と言うと、アントニオは歩道

橋の上から下の川へと飛び込む。水面に浮上してくると、アントニオには五人の警官がドミナドールを追いかけて走っていくのが見える。だが宿敵は、その巨大な体に比して動きが素早い。「次の章で必ず捕まえるさ」。警官に見つからないよう再び水中に潜る一瞬前、アントニオはそう呟くのだった。

――クリスピン・サルバドール、『マニラ・ノワール』（五十八ページ）より

＊

マディソンがいなくなって最も寂しく思い出されるのは、僕たちが共有していたある情熱についてのことである。

僕たちは、毎日の新聞をまるで宗教的儀式でもあるかのように一緒に読んだ。政治を論じ、資源リサイクルをした。冷たい舗道で物乞いをしているホームレスのためにいつもささやかな施しもの――グレイのパパイヤ・ホットドッグやジョーのコーヒーなど――を買っておくことも忘れなかった。中国に対してボイコットを行ったのも、知人グループの中では僕たちが最初だった。激論の末、僕たちは九十九セントショップでは一切買い物をしないことに決めた。正しいことをするには――マディソンは実際にそう言ったのだ――それなりの代償が必要なの。僕らは、北京オリンピックのテレビ放映も見ないことになっていた。何年も前から彼女が計画を温めていたのだ。ただ、彼女が開会式や閉会式まで見ないと言い出した時には、心底うんざりした。コマーシャルの間テレビを消してオリンピックのスポンサー国に対してボイコットする、というだけで十分ではないのか？　一生懸命頑張っているアスリートたちに一体何の罪がある？　もちろん僕自身、中国でビジネスをやっている友人たちや仕事の同僚たちに対して怒りを爆発させることもあった。そんな時マディソンは基本的に黙って僕がしゃべるにまかせていたが、一度だけあるパーティで僕が彼女の昔の恋人の中国系アメリカ人――今は上海に拠点を置くディベロッパーである――の名前をうっかり出してしまった時には、その家のゲスト用バスルームに僕を引っ張り込んで烈火のごと

く怒った。そういう意見の相違はあっても、僕たちは、いつの間にかＣＮＮが中国を「共産主義国家」と呼ばなくなったこと——中国でのアメリカ人労働者の大量馘首や消費者の安全性に関する問題が起きた時以外、ではあったが——を、共に大変由々しき問題だと考えていた。天安門事件はどうなる？　法輪功は？　メディア検閲の問題は？　あやしげな薬の材料として乱獲されている絶滅危惧種の問題は？　部屋の反対側で僕は言う——「チベットは絶対解放されるべきだよ」「使えるうちにＩＯＣはその影響力を行使する義務がある」「パンチェン・ラマは悲劇的人物だ」「中国のビルマの軍事政権支持について僕に語らせたら、時間がいくらあっても足りない」。

僕たち二人は実に様々なこと——それは結局のところ全く恣意的な組み合わせだった——に憤慨していたのだが、中国問題はあくまでもそのひとつに過ぎなかった。そのリストには、四輪駆動車の所有者やチェック機能を失った新自由主義体制、毛皮製品愛用者、歩道に唾を吐く者、パレスチナ人の苦難などが含まれていた。それらはいつしか強いオブセッションとなって、いわば私的なルサンチマンに彩られた高貴なる否定の相乗スパイラルの中で僕らを強く結びつけていた。

＊

二人の女の子が空港の荷物受取所の前に並び、ゴルフバッグの到着を待っている。

「ホントに彼、すごくハンサムなんだって」と大きく髪をふくらませた背の低い女の子が言った。

「あいつらの言うことなんて信じるもんか！」。グッチの模造品で全身をかためた背の高い女の子が言う。

「ホントにホント、まるでマチネーのアイドルみたいだって。若い頃のフェルナンド・Ｖ・エストレーガンみたいだって。彼のほうがずっと気合い入ってるけどね。そんなガードマン、いてくれたらステキじゃない！」

「噂では『現代の海賊』だって言うじゃない？　でもロビン・フッドのほうが合ってる感じしない？

彼が一連の爆破事件の真犯人だなんて、私そんなの絶対信じないから！　彼はただチャンコ夫妻に復讐したいだけなのよ」

「知ってるわよ、そんなの！　ステキよね、愛が激しすぎて頭がおかしくなっちゃったんだ！」

グッチの女の子は派手な色合いのフィリピンのゴシップ雑誌を取り出して広げる。表紙には、青い警備員の制服を着た、肌の浅黒いハンサムな男のぼやけた上半身の写真が載っている。そのたたずまいには、何か鋭い威厳のようなものが感じられる。肩章の上に担がれたショットガン、誇り高き光を放つまでに磨きこまれた腕章、お仕着せに支給された制帽などはね飛ばすかのように力強くうねる黒髪の束――自分自身の器に不釣合いな夢を追いかけてしまったものに特有の傲慢なまなざしで、彼はカメラをじっと見つめている。

「ねえちょっと！」とグッチの女の子が言う。「彼のこのおいしそうな顔、見てみなさいよ」

「それに、なんといっても名前が高貴な感じでステキ！　ウィグベルト・ラカンデュラよ！」

＊

詮索好きのわれらが主人公は、飛行機がバコロドへ向けて離陸したところで目を閉じる。エンジン音の作る心地よいリズムの中、時差ぼけのせいか軽い眠りに落ち、うなだれる。夢の中で、彼は何やら文章をタイプしている。あるいは誰か他の者がタイプしているのを見ているだけなのかもしれない。どちらなのか、彼には分からない。彼に見えるのはタイプを続けるその手だけである。文字が集まり文章を形作る――「決断の時だ。決断するのだ。難しい判断だ。どちらかに決めなければいけない。中立の立場はありえない。中立など、逃避に過ぎない。どんな人間も孤島ではない、地峡ではない、環礁でもなければ半島でも大陸でもない。お前は西洋の人間、そして彼らは東洋の人間だ。彼らが何を言おうと、お前の物語はお前自身のものだ。お前には、その物語に対する責任がある。ちょうど父が子に対して責任を持つように。

お前を悪く言う者のことなど、傷ついた顔をする家族のことなど、放っておけ。自分たちが登場するからといって、お前からそれらのことを書く責任を奪うことはできない。そんな権利は彼らにはないのだ。彼らはすでに彼らの人生を生きている。もう遅い！　サイは投げられたのだ。お前のものはお前のもの、彼らのものは彼らのもの。どうしようもない。なあ、ポッゾ〔サミュエル・ベケットの戯曲『ゴドーを待ちながら』の登場人物〕よ！　死ぬのをただ黙って待つのは得策ではない。なぜならば、死人には絶対の敬意を表さねばならないからだ。実際、一体どんな大がかりなエピファニーが訪れれば本当の決心がつくというのだ？　一攫千金の大成功？　花火？　大洪水？　暴動？　川面を一面に染める炎？　さらなる犠牲者？　お前は、とにかく決断をしなければならない。独立か責任かだ。愛か自由かだ。哀れなお金持ちのお坊ちゃんよ、子の成長の全ては父の功績だが、子は何をしようと、父に対してそんな大それた責任を負うことは不可能なのだ」。

＊

実はクリストは天涯孤独の身などではなかった。父の大尉は敬虔なカトリック教徒だったが、一八六〇年代の初頭、庶子を一人もうけていたのだ。それを証明する書類は存在しなかったが、一族に語り継がれていた言い伝えによれば、それは事実だった。大尉の非嫡出子は――クリストの異母兄弟ということになるが――成長して聖アウグスティーノ修道会の托鉢修道士フレイ・アウグスティーノ・サルバドールとなったのだが、彼は彼で――そういう噂があったということだが――告解室において十四歳の少女シタ・レイエスを孕ませた。彼女は、豊かなバリトンの歌声を美しく響かせながらバコロドの路地から路地へと砥ぎ石を担いで回ることで有名だった、流浪の包丁研ぎ職人ホセリートの娘だった。シタは勘当され、ホスピスで子を産んだ。噂によれば、産んだばかりの子がイロイロ州のサン・ラザロ孤児院でもぎ取られるように尼僧たちの手に渡された時、彼女は完全に気がふれてしまった。彼女は生き別れとなった息子を求めてバコロドの街をあてもなく彷徨った。リサールの本の登場人物のように、親子連れとすれ違った際に少しでも親が子から目を離すと、すかさず彼女はそれを自分の子であると主張して親に詰め寄ったという。伝説によれば、シタの息子はやがて成長してレスペト・レイエス――大尉の正統な孫であるジュニアと二十世紀を通じて真っ向から対立する宿敵となった有能な政治家――となる。レイエス自身も、真のヴィサヤ諸島出身の愛国者としてのカルト的な人格を作り上げるために積極的にこの伝説を利用した――人民のための政治家、スペイン直系の覇権構造反対派、そしてアメリカの保護からの脱却推進派として。ただしサルバドール家の人々の間ではその話はタブーとされ、少しでも言及される際には必ず顔をしかめた温情主義の微笑とともに語られるのが常だった。だが、ジュニアだけはその話題に激しく抗議した。その噂が言及されると、決まって彼はこう言い放ったものだった――「サルバドール家のものが、庶子など残すはずはない」。

――執筆中の伝記、ミゲル・シフーコ、『クリスピン・サルバドール――八回目の生』より

＊

機内での会話――

「もちろん、そのせいで奴らは大変な目に遭ってるってわけさ」と一人の男が僕の後ろで言う。「環境問題ってやつは、地域レベルに留まっている限りは隠蔽工作もできる。しかしいったん国際メディアにとりあげられたら、政府はもう針のむしろだな」

「海軍の奴らに言ってやれ！」ともう一人の男が言う。「無論、どうにもなりゃせんだろうがね。覚えてるかい、奴らがアスベスト工場を爆破した時のことを？　無罪放免さ！　裁判所は結局、保険会社に金を払わせさえしたじゃないか」

「しかし、この期に及んで、なぜいまだに何の声も出てこないなんてことがありえるのかね？　アジア版『タイム』で巻頭特集が組まれたんだぜ。それから、あの環境保護団体の『世界の番人《ワールド・ウオーデン》』たちだってず

いぶん騒いでいるっていうのにさ」

「どうにもなりゃせんだろうさ。九一年のことを思い出してみるがいい。フィリピン・ファースト・ティンバーズの不法伐採のせいでオルモックで地滑りが起きた年だ。二千人以上の死者が出たというのに、何か抗議の声でも上がったか？　皆無だよ！　しかも、あろうことかチャンコの一人勝ち、ボロもうけの格好にさえなったわけだ。エリート・クラブの会合であいつが言ってたように……」

「おれはその会には出てないんだよ。たしか香港出張だったからな。いや、あれは全くすげえ美人だったぜ。身長はほとんど六フィート、ロシア系のブロンドだ。ピンクの乳首だぜ、ジェイク！　ピンクだよ、しかもせいぜい一ペソ硬貨くらいの……」

「エリート・クラブで、ディンドンの野郎、聴衆に向かってこう言い放ったのさ――漢字では、危機と好機は同じ文字を使って表す――」

「おれ、中国語分かんない」

「まあいい、とにかくそのこと自体は正しい。だからおれはあいつに言ってやったよ、『D・D、それはそうかもしれんが、フィリピンには成功を表す言葉はたったの一つしかない。それは〈現金〉だ』ってな。あの時は二人で大笑いしたね。二千人以上が海の藻屑と消えたって時にだぜ。それでD・Dはどうなった？　フィリピン・ファースト葬儀社のところにたんまりと……」

「ははは！」

「フィリピン・ファースト建設があのパステルカラーの団地を建てる、フィリピン・ファースト・ホームズがそれを売る。そういうわけでフィリピン・ファースト・ホールディングスが四半期利益の記録を軽く更新する。そして今度は、死体の山だったところにフィリピン・ファースト・スーパーモールズができる……って、そういうわけさ」

「なにせ会社のスローガン、〈進歩あるのみ〉だもんな」

「行け、持ち株を売りまくれ！　全てはいずれおれのところに入って来る！ってな。D・Dはエストレーガンをバックにつけてやがるからな」

「むしろ、あいつの金玉を握ってるってとこだろう。だけど、バンサモロがエストレーガンの首を獲っちまったら一体どうなる？　その時はフィリピン・ファーストも一巻の終わりだな」

「よし！　タガイタイ・ハイランズの週末のパーティを賭けよう。お前が勝てば、おれのところの城に泊って週末はゴルフ三昧。二ラウンドは回れるな。夜は神戸牛ステーキ。ペトリュスも開けてやるさ」

「もしお前が勝ったら？」

「お前の自家用ヘリで、お前んとこの浜辺のコテージへでも招待してもらうさ。女の子はお前のほうで適当に見つくろってくれ。ただ、あの染めたブロンドの娘だけは勘弁してくれ。あれより、あの可愛らしいのがよかったな、あのコンピュータ・サイエンスの学生。授業料ぐらいおれが面倒見てやる」

＊

ラ・ペルル・ド・バコロド・シティで昼食。人気のないインターネットカフェに寄る。まだcrispin1037@elsalvador.gob.sv.からの返信は来ていない。迷惑メール用ボックスのほうも調べてみたが、典型的なスパムメールしか入っていない。それからパブリック・プラザの木陰に座って『ロンリー・プラネット』の地図を開く。

クリスピンの初期の小説に出てくる町の名前がすぐに目につく。見事な枝ぶりのアカシアの古木の森、壮麗な司教邸宅とサン・セバスチャン教会、モーツァルトやベートーヴェン、ハイドンへの斜角仕上げの献辞が添えられている尖塔付きの石造りのあずまや――これらの建物は、排気ガスを猛烈に吐き出しながら走る車やFUBUのノースリーブを着て道端に唾を吐きながら歩く者、携帯電話から申し込み可能のクレジットの広告、テクノのビートに合わせてリミックスされた甘ったるいヒット曲やルーパス地所株式会社が建てたバコロド・プラザ・モールの放つけばけばしい光などの一切の間でも決して埋もれることなく、その古くからの姿を悠然と保っている。新古典主義風のファサードと重厚かつ威厳のある柱のある州議会議事堂がある。今は砂糖美術館になっているが、この建物の階段の上部で、昔クリスピンは乗馬ブーツと乗馬キャップを身にまとった運転手ゴリオに見守られつつ、父が出てくるのを待って遊んだものだった。現在、ここには古来から伝わる玩具と植民地農園時代の工芸品が集められ、収蔵されている。

レーナとの会見までの時間、この国の美術館を訪れる時にはしばしばそうなるのだが、懐かしいような、同時にまた何ともやりきれないような悲しみに苛まれながら、僕はこの建物の所蔵展示物の間をゆっくりと歩いた。タイプされた展示物の説明書きは今やボロボロで、剝げかけたセロハンテープで留めてあり、おまけにスペルミスもある。古い絵画や写真はゆっくりと、しかし確実に湿気にやられており、風景のジオラマや生物の剝製は大方カビに覆われてしまっている。プレクシグラス製の募金箱に入っているものと言えば、最小単位の硬貨とプラスチックのストロー、それからジューシー・フルーツガムの包み紙のみだ。年老いたキュレーターが一組の体臭の強いブロンドのバックパッカーたちに館内ツアーの説明をしているのが聞こえてきた。彼の英語は標準的でいかにも植民地風、まるで自分しかこれらの物品の由来を説明できるものはいないとでもいうかのような熱心さだった。バックパッカーたちは英語を聞き取るのに苦労しているようだった。

さて、タクシーでスワニー、つまりサルバドール家の農園まで行く間にはいくつもの大農場があり、そこに続く道は両側とも道を覆い尽くさんばかりにサトウキビが繁茂している。ところどころで海の雰囲気を感じられるところがあり、僕は首を曲げ、長く続く緑の回廊の奥にある上下二つの微妙に異なった色合いの青が織りなす層を、見えなくなるまで追いかける。

＊

クリストが全く不意に新年のパーティに現れたため、知人の間にはちょっとした騒動が起こった。何人かはダンスをやめて彼のほうに近づいて来て、握手を求めた。既に数年——正確には五年——の歳月が過ぎていたが、驚いたことに友人たちは口髭やあご髭、そして洋服などが最新のヨーロッパの流行スタイルに変わっているのみだった。友人たちがあるいは仲間たちのところに戻り、あるいはうち捨ててきたパートナーのところに謝りに戻りなどして彼の帰国の騒ぎがようやく収まると、クリストはポーチに出た。月はもう頭上にあった。四十日の間、毎晩のように彼は船のデッキから月が満ちては欠けていくのを眺めてきた。そして今はまたほぼ満月——それはマドリッドで見た満月よりもずっと大きくて丸かった。この空気は、まるで張りめぐらされた壁や道路がすっかり昼間の熱気を封じ込めているかのような、あるいは到着後にここかしこで耳にした革命の噂の熱にうなされているかのような首都マニラに比べると、ずっと涼しい。故郷バコロドでは、夜それ自体が他の場所よりも自由に呼吸しているような気がする。あるいは——彼は微笑しながら考える——おれは単に帰郷のノスタルジアに酔っ払っているだけかもしれない。彼はパイプに火を付ける。

火の付きがいいと思うや、バルコニーに誰かいることに気づく。隅のほうの鉢植えの植物の横で三つの人影が集まって、ひそひそと、しかし熱心に何かを話し合っている。連中が自分に気づく前に中に戻ろうと思ったその時、その人影は突然話を止めてまず一人、それから二人と向き直り、彼の名を嬉しそうに呼ぶ。陰謀者たちは一丸となって満面の笑みで暗闇を飛び出してきて、彼の帰還と幸多き一八九五年とをともに祝いながらその背中を叩く。次々に彼の手を取って強く握りしめる。愛しき旧友たち、アニセト・ラクソン、フアン・アラネータ、そしてマーティン・クラパロルス。三人は、虚を突かれたものがよくやるように大きく笑った。まるで何か不名誉なことを隠そうとでもしているかのように。

——クリスピン・サルバドール、『啓蒙者たち』（百二十二ページ）より予定されたあらゆる運命には、誰もいまだ経験したことのないような複雑なドラマが待ち受けているものである。我々は全て、運命によってあらかじめ定められた困難を背負って生まれてくる。（中略）物質的な豊かさによって自由が得られると、心に空洞が生まれる。いわゆる「四番目の飢餓感」である。このせいで人はあるいは機に乗じようとしてみたり、あるいは倦怠に身を任せてみようとしたり、あるいは気晴らし、信仰、成功、神経症や仕事上または家庭内の機能不全、もしくはそれらを様々に組み合わせたものによってその飢餓感の埋め合わせをしようとする。（中略）エリートたちを哀れむ必要はない。しかし彼らを必要以上に責めてみてもまた仕方がない。そんなことをしても、君のような進歩的な市民にとっては何の益するところもないだろう。中傷は、定義上敵意と闘争を生みださずにはいない。敵と味方とに人間を二分するこの種の思考のもとでは、結局全ては無意味なバトル・ロワイヤルと化す。毎日様々な場所で繰り広げられている戦闘。その結果、凄まじい量の恐怖や怒り、後ろめたさや恥辱が再生産される。そのような圧倒的な感情――どこに行っても、結局同じことの繰り返しではないか！　プロレタリアートが権力を打ち倒し、今度は自身が権力の座に居座る。それもまた結局は次の座をねらう権力予備軍たちによって転覆されるが、その体制も決して長くは続かない。この目もくらむようなサイクルを繰り返しつつ、人類は既に千年前に失ってしまっている自らの尻尾をいまだに追い続けているのだ。（中略）もしも現在、エリートたちが疎外の憂き目にさらされているとすれば、それは政治的なことが非政治的な領域に及ぼす影響のせいである。そしてそれは、どうあがいても堕ち続けるしかない人間の運命を前にして金権政治の担い手たちが感じるような、極めて人間的で同情にすら値するある種の挫折感と深い関係がある。

――クリスピン・サルバドール、一九七六年のエッセイ「不満なソクラテス」より

＊

サルバドールの祖父母クリスト・パトリシオ・サルバドールとマリア・クララ・ルーパスによってスワニーと名づけられたその農園は、北西のネグロス・オクシデンタル郡、南東のネグロス・オリエンタル郡とによって分断された島の中心都市バコロドから十二キロ離れた地点に位置し、タリセイとサイレイの間にすっぽりと収まるかたちでマンダラガン山へと通じる最初の丘の麓にあった。スワニーは三世代もの間、未舗装の道が時折使えなくなることや、水牛の引く荷車やサトウキビを積んだトラックが頻繁に往来していたことなどが相まって、現在よりもずっと孤立した場所だった。屋敷の正面玄関からまっすぐに続く小道の向こう、馬か自転車で行けばそう遠くはない距離に砂浜があった。サルバドール家の子供たちは、そこで全くの別世界を経験した。打ち寄せる波が岩まじりの砂浜に緩やかな曲線を描いてゆく。夏には水が澄みわたり、水生生物はまるで空中で命を停止したまま浮遊しているように見える――ウニの銀河、アネモネの虹、魚群の雲。雨季の間は岩肌も露わの山々や丘の表面を流れる排水のせいで水が濁り、海の風景に神秘さと不吉さとが入り混じることとなった。スワニー内のあらゆる場所では、ハバガットの吹く月などは特に、海の匂いを嗅ぐことができた。アミハンが吹いてくる時、海はオルノ・メオール砂糖工場から漂うシロップの匂いで満ちた。

*

スワニーは、一八九〇年の一月にゴベルナドルチージョ・ベルナルディーノ・デ・ロス・サントスによって底値で老サルバドールに売却された後、続く一族の成員がそれぞれ独自に時間をかけて築いていった五つのサトウキビ農園の真ん中に位置した。それぞれの農園――一九〇五年の元日にそれぞれスワニー、キッシミー、マミー、クレメンタイン、そしてスザンナと名づけられた――は老サルバドールの五人の息子たちにそれぞれ与えられたのだが、そのうち二つはサルバドールが成人する頃には既にルーパス家系の親戚が買い取っていた。すべての農園を見下ろす丘の上に、ココナッツ材のみを使ってクリストが建てた荘園屋敷がある。中庭にはスペイン支配時代からの塔があり、ある時は灯台として、またある時は教区の鐘楼や隠遁所、たまには狙撃手用の望楼として用いられることもあった。サルバドールの子供時代を通じ、その場所は祖父だけの場所だった。白髪のクリストはそこを本や星座図、ライフル、鳥籠、それから光輝く真鍮製の望遠鏡などで埋め尽くした。一九二五年に妻を亡くして以来、そのサルバドール家の当主はしばしばその場所に何時間も居座り、大きな望遠鏡の接眼レンズに目をあて、自らの経営する砂糖工場や息子たちの工場の作業の様子を眺め、それぞれ家族がどこかに出かけて行っては戻って来るさま、あるいはそれぞれ独特の遊びに興じている姿などを観察しては、伝書バトを使って仕事に関しての頼まれもしない指示やアドバイスを送り届けたものだった。死の床にあってもなおクリストは全体の仕事の采配に気を配り続け、屈強な四人の使用人（彼は彼らのことを「棺担ぎ人夫連中」と呼んでいたが）たちに言いつけては、毎月曜には担架で自らを工場へと運ばせた。

——執筆中の伝記、ミゲル・シフーコ、『クリスピン・サルバドール——八回目の生』より

＊

今から思えば、調査アシスタントになってくれとクリスピンに依頼された時も、特に驚きはなかった。しばらく付き合う間に、僕たちの関係は徐々に変化していた。彼は僕のことをフィリピン風の親しみを込めて「パレ」——僕も故郷の古い友人を呼ぶ時によく使う呼称だ——と呼び始めていた。時々彼はそこに独特の遊びを加え、休暇中のアメリカのGI風にその言葉の優しい響きを「パー・レ」へと変形させ、子音を固く、最後の音節を大げさに引き伸ばして「ペア・レー」と発音した。突然このように気さくな呼ばれ方をするようになったことには、もちろん大きな意味があった。

その頃、マディソンと僕はアフリカへ移住する計画について真剣に話し合っていた。ジミー・カーターの「ハビタット・フォー・ヒューマニティ」が行っている家屋建設計画を手伝う、あるいはタンザニアの

平和部隊で働く、という計画だった。それはもともと彼女の考えだった。そういう経験は自分がコロンビアの国際関係学科に修士号のアプライをする際にも役立つだろうし、また僕が作家になるためにも「本当の苦しみ」——彼女はそう言ったのだ——を見ておくことは役に立つはずであると確信していたのだ。まるで僕がフィリピン育ちではないかのような、祖父の選挙カーでスラム街や荒れ果てた農地を巡った経験などないかのような言い方だった。だがいずれにせよ、アフリカ行きは本当に大きな賭けだった。ニューヨークでの暮らしを全て捨てて彼女について行ったあげく、ワーグナーのアリアを歌いながら巨大なスコップをふるうドイツ人の考古学者か何かに彼女を奪われ、広大なサハラ以南のアフリカのど真ん中に一人取り残される——そんな筋書きは想像するだにぞっとしなかった。

その頃クリスピンが『燃える橋』に取り掛かっていることは知っていたので、僕は彼の助けになりたかった。だから僕は彼との会話の中で、自分が今緊急に仕事を必要としていること、もしも見つからなければニューヨークを離れなければならないこと、などをそれとなくほのめかし、祖国のために働くことが一番望ましいと思っていることをはっきり述べた。クリスピンは、物書きとしての自分の仕事は全て祖国のためであると考えていたからだ。すると彼は、とても鷹揚に僕に仕事を申し出てくれた。そういうわけで、一も二もなく僕は承諾した。だが同時に、僕らの関係の進展についての漠とした不安が自分の中で突然のように頭をもたげ始めていることにも気がついていた。友達のいないダンディーな男。家族とは縁遠く、子供もいない。それが、僕にだけはなぜか親身に心を砕いてくれる。露骨に分かるようなことではなかった。だが、それではそもそもなぜ特に僕だけに興味を持ったのだろう？　そのような疑問は、彼のそのリベラルで几帳面な振る舞いに対する僕の理解の質を問題化すると同時に、僕自身の能力や人格についての不安をもよく物語っていた。いずれにせよ、残念なことに彼は『燃える橋』の執筆に僕を関わらせようとはしてくれなかった。その代わり、僕を講義のアシスタントとして雇ってくれることになった。

クリスピンとの関係がある一線を越えてしまうことをおそれ、僕はよくマディソンの話をした。いかに彼女がアフリカ行きを取りやめてしまったことに憤慨していたか。好機をむざむざと取り逃がすことになるメールを送信した後、彼女がどういう態度を取るようになったか。闇の奥への旅の出発予定日となっていた日が近づき、やがて過ぎ去っていった。そのお詫びとして、僕は彼女のために家でロマンティックなトーファーキー〔七面鳥の丸焼きに見た目と味を似せて加工した豆腐〕・ディナーを作ることになった。僕たちはそれを黙って食べた。食事が終わった後、古いビデオデッキで僕が彼女のために録画しておいたシーズン最終回の『サヴァイヴァー』を見ている時、彼女は突然キレた。クリスピンはそういう話を優しく聞いていたが、求められても特に助言をしようとはしなかった。

　結局僕は、彼は僕に性的な興味を持っているのではなく、むしろ僕を甥か何かのように思ってくれているのだという結論に達した。時々彼は、僕に対して父親のように振る舞う時があった。僕はそのことを哀れに思い、またはっきりとそう言いもした。彼はきっとよい父親になっていただろうと思う。少なくとも僕にはそう思われる。彼は、僕が自分自身でいまだに理解すらできていないような何か曖昧なものに対する激しい渇望をよく理解してくれていた。何か大きな意味で僕が本当に必要としているものを。僕にはもちろんグレイプスがいた。しかし、彼はいつも細々とした行為の結果や世間的認知などを問題にした。クリスピンは一度人を信頼すると決めるやいなやとても優しく寛容になる、ということに気づいた時にはとても驚いたものだ。彼には、基本的に自己中心的な人間のみが持ち得るある種の優しさがあった。そのまま採用されることは滅多になかったとはいえ、親密になるにつれて彼は僕の意見をどんどん求めてくるようにもなった。彼の使い走りをすること——それは時々彼のお気に入りのウィングチップを磨くことや、盆栽の剪定などまでも含んでいたのだが——はそう難しいことではなかった。

＊

スワニー荘園へ向かう途中、サトウキビ畑がまばらになるにつれて、僕の心は母の思い出のほうへと抜け出してゆく。彼女はこのあたりで生まれた。僕もまたそうだった。ある意味で、僕はまるで産卵のために故郷に帰って来たサケのようだった。ただし故郷とはいっても、あまりにも見慣れていないためにむしろ出生証明書のほうが信じられなくなるような場所ではあった。しかし、彼女の暮らしがどのようなものであったか、僕にはすぐにでも想像することができる。バコロドはいつも変わらない。ここで生まれて死ぬものにとって、きっとそのことはとても心強いことであるに違いない。

僕の人生でいつも変わらないものがあるとすれば、それはただひとつ、母と父に関するある種の心象風景のようなものだけである。僕はそれを、また聞きの話から自分で作り上げた。それは、まるで骨董屋で売られている古いポストカードのようにきちんと僕の心のファイルの中に整理されてある。お前のところに帰れれば素晴らしいのに――古臭い筆記体で書かれた裏のメッセージが、まるで本当に僕にそう語りかけてくるようにさえ思えた。祖母の小さなグランド・ピアノの上に置いてあったミラーフレームの写真立てに飾られた、実際には見たことのないいくつかの光景――僕はそれを自らのルーツと考えている。ヴェニスでの母。水上バスの手すりにつかまりながらタバコを吸っている。その旅行で母は、アンティークの仮面を買い過ぎたことが原因で父と口論になった。父は言い過ぎたことを反省し、後で店に戻ると、そこで一番高価な仮面を買って母にプレゼントした。大群衆の前に立っている父。アメリカの開発庁から寄付された何台かの粗末なトラクターのうちの一台の上に登って立ち、フィリピン大学にある奉納の彫像のように頭を反らし、腕を大きく広げている。彼の初めての選挙戦勝利の前日、まさに夢のとば口に立つ若者の姿である。この島のどこかの古い屋敷の庭で行われた結婚式でワルツを踊っている両親。父が母の耳元に何かを囁き、母は観衆が一心に見守る中、彼を自分の体に引き寄せながら笑っている――この風景の中の父母を思い浮かべるのが、僕は一番好きである。

この場所はまた、クリスピンのいくつかの人生の重大事件のうちの二つが起こった場所でもある。最初は誕生。そして二番目は、家族からの自立だった。時は一九七五年、金持ち連中にはどうしても信じられないような、しかし貧しい者たちにとっては本当に有難い、そして中産階級にとってはメロドラマのワンシーンとして後ろめたさとともにただ見守るだけだったような、あるロマンティックな悲劇が起こった。バコロドの家々はどこも崖っぷちでよろめき、動物の死体をめぐってやり合うハイエナのように争ったかと思うと突然神への信心を思い出したり、まるで雨を希《こいねが》う踊り子たちのように市場の安定化だけをひたすら待ち望んだ。

非常に興味をそそる場面である。まるでおびただしい金粉の山のように浴槽や舞踏室、車庫、ハイアライ〔スペインや中南米で行われるハンドボールの一種〕用のコートを砂糖の粉が埋め尽くしている。ジュニアが正面玄関に立ち、彼の犯した結婚生活上の過ちに関して、何をどう話しても結局レオノーラを傷つけることになるだけだと叫んでいる。クリスピンはその光景に背を向け、スーツケースを床から持ち上げて肩に担ぐと、スワニーから外へと続く埃っぽい道のほうに出て行く。ジュニアは使用人が彼を町まで送って行こうとするのを制止する。窓ガラスにはプラスチックのヒイラギが飾られてあり、屋根の上には色が塗られたベニヤ板製のサンタクロースとトナカイのルドルフが載せられている。その様子を、二階の窓のところに隠れたナルシシートとレーナが子供がやるようにこっそりと見つめている。その顔は自分たちの無力さに対する歯がゆさでゆがみ、涙で濡れている。黄色い帽子が揺れ、クリスピンの姿はだんだん遠くなる。最後に姉と兄の姿を、その子供時代の楽園を、砂糖がいっぱいに流し込まれたスイミングプールを、そして今そこを飛び出してくる時にも誰も見送りに立ってくれなかった人気のない玄関を、もう一度しっかりと見納めておこうとするかのように、彼は振り返る。

家族の崩壊は、そのようにして始まった。

3

マルセル・アベラネーダのブログ『漫談・放談』、二〇〇二年十二月二日付の記事より——

最新ニュース。昨日大統領はフォート・ボニファシオで連合軍に対して演説を行ったが、途中激しい争議が勃発し、二十六名が中傷と騒擾罪の嫌疑で逮捕される事態となった。容疑者たちは構内執務室に連行される際に暴徒にもみくちゃにされたが、幸い大怪我を負ったものはいなかった。詳細はリカルド・ロクサス四世のブログ「マイ・デイリー・ビタミン」を参照のこと（ココをクリック）。

さらなるニュース。計画されていた大統領の「国民一致パレード」は季節外れの暴風雨により再び中止となった。雨が止むのを待っている間、政治屋たちや政府高官連中があくびをしたり、携帯メールを打ったり、歯の間にはさまった食べ物の残りかすをほじったり、ぼんやりと空を眺めたりしているところが写真に撮られている。今回で中止は十二回目である。国民一致党側にどれだけの追従者や取り巻き連中がいるとしても、神や母なる大自然はもっぱらＧＬＯＯ《グローリアス・オポジション》党（名誉野党）のメンバーと運命を分かち合う考えのようであるとの噂。

そういえば、ＧＬＯＯ党からたくさんのコメントが寄せられている。とりわけヌレディン・バンサモロ上院議員は、国民一致党側は口さがない噂をばらまき、近々にクーデターが起こる可能性をほのめかしつつ何も知らない国民を扇動していると強く批判している。既に自身が大統領となったかのような確信に満ちた口調で、彼は「万一クーデターがあるとすれば、政府が反政府側を攪乱する目的でカムフラージュとして行うもの以外あり得ない」と断言する。彼はまた「分かれたる家は、精神病患者である」、あるいは「武装勢力との抗争が続くと、イケアやその他重要な外資系投資家の誘致が妨げられる」などとも言っている。これが九〇年代に多発した誘拐事件の黒幕として莫大な富を成したものの言い草なのだから、相当なものだ。内部事情についてはセセ・セブのブログ「シュトゥキル」を参照。バヤニアコのバヤン・バヤニには、政治家連中の未検閲の笑える写真が多数掲載。

　以下はいくつかの掲示板への書き込み――

――そのネタ、オモシロすぎでしょ！　（derridalover@skycable.ph）

――ケータイ買うならCellShocked.com.phで！　全てロック解除済。本物そっくりの模造ルイ・ヴィトン携帯ケースがもれなくついてくる。（Paulojavier@cellshocked.com.ph）

――エストレーガンって、見かけより賢そうだよね。（radiohead@destiny.ph）

――逮捕された二十六人がどんなヤジを飛ばしたのか知ってる人、ぜひ聞かせて欲しい。（joey@excite.com）

――ヌレディン・バンサモロってさ、なんかコワすぎじゃない？　イスラム教徒だっていうし、ミンダナオ島の爆破事件とも何か関係あるんじゃないの？　（Miracle@Lourdes.ph）

――Miracleさん、バンサモロは政治に宗教を持ち込まないことで有名なんですよ。そんなことも知らないのですか？　「私にとって信仰と政治とは、今後も常に別の領域に属する。対立するのでも、共闘するのでもない」という発言がよく知られていますが、彼の履歴はまさにそのことを証明していると思います。（theburleyraconteur@avellaneda.com）

――つーか、こんなクソのこと誰も気にしてねえし。あんたらのバカな書き込み読まされるの、全く時間のムダ。（cutiepie.gomez@philfirstcorp.ph）

――ケータイ買うならCellShocked.com.phで！　全てロック解除済。本物そっくりの模造ルイ・ヴィトン携帯ケースがもれなくついてくる。（Paulojavier@cellshocked.com.ph）

――ケータイ買うならCellShocked.com.phで！　全てロック解除済。本物そっくりの模造ルイ・ヴィトン携帯ケースがもれなくついてくる。（Paulojavier@cellshocked.com.ph）

――マルセル、お前さんのブログは一体どうなってるんだ？　レスをくれ、スパムメールフィルターの設置法を教えてやる。（Linuxlover@me.com.ph）

――ありがとうLinuxlover、フィルターの設置は完了。これでうまくいくはず。（theburleyraconteur@avellaneda.com）

――ひどい話だ、CellShockedでケータイ買わないように！　完全なボッタクリ。ヴィトンのケースなんていってプラスチックみたいな安物だし、ロゴだってすぐはげちゃうし。とにかく要注意ネ。（gundamlover@hotmail.com）

――新人女優ヴィタ・ノヴァが何て言ってるのか知ってる人、います？　今朝携帯メールにメッセージが飛び込んできて、彼女がエストレーガンの顔に泥を塗った、とかなんとか。何でも、セックス・テープのことらしいんですけど。（chis-miss@pldt.ph）

――ケータイ買うならCellShocked.com.phで！　全てロック解除済。本物そっくりの模造ルイ・ヴィトン携帯ケースがもれなくついてくる。（Paulojavier@cellshocked.com.ph）

*

サルバドールの子供時代について何らかの確言を行うことは不可能である。自伝の記述と彼の父の回想録――『ある政治家の回想――ナルシソ・「ジュニア」・サルバドールの真の人生』と題され、一九九三年には『フィリピン・ガゼット』紙に連載された後、「フィリピンファーストTVチャンネル」のミニシリーズとしてテレビドラマ化もされた――の記述とがしばしば食い違うことはよく知られている。

『自己剽窃者』やその他の筋からの情報によれば、クリスピン・サルバドールの子供時代はほぼ完全な父親不在によって特徴づけられる。しかしそれはまた、父の政治活動に強く影響されたものでもあった。結局彼はジュニア・サルバドールの秘蔵っ子であり、言葉をしゃべることができるようになる前から、あるいはよちよち歩きができるようになる前から、「来るべき国の来るべき大統領」と呼ばれる存在だった。米比戦争と第二次世界大戦との間に挟まれた時代、そのような熱烈な愛国心の表明は特に珍しいものではなかった。この時期、それまでも常に存在していた国際関係におけるフィリピンの地位や影響力に対する相応の配慮を各国に要請する動きに加えて、多くの派閥において独立を切に求める声が高まってきていた。その間、幼いサルバドール家の子供たちは父の姿をほとんど見ずに過ごした。二院制立法議会に議席を持つ父はマニラに常駐している必要があった。タカ派の国粋主義者レスペト・レイエスとの確執が本格化するにつれ、父はますますマニラで種々の画策に奔走するようになった。

家族と離れたマニラでの暮らしは、生来むら気なジュニアにとってむしろ都合が良かった。一九三〇年代のマニラ――そこはエネルギーと陰謀の匂いにむせ返る大都市であり、グローバルな味付けがされたスパイシーなシチューそのものだった。独立のためにロビイスト活動をしていれば、たとえ妥協を余儀なくされたとしても、有識者サークルからは崇高なる忠節の戦いの結果であると評価された。

それはまさに、世界有数の美しい都市が精華の頂を極めた時代だった。人々の山っ気と歴史のダイナミズムとが街路という街路でぶつかり合い、お互いの身を激しく震わせていた。額に汗を浮かべて飛び回るいかにもな連中――企業家やイカサマ師、その他とにかく一攫千金を狙う有象無象――が世界中から集まり、ビジネスの世界でしのぎを削った。ヨーロッパを逃れたユダヤ人、ガラス工場経営のドイツ人、マカオから来たポルトガル人ギャンブラー、福建省出身の苦力《クーリー》、日本人労働者、インドの金貸し、豊かなあご髭をたくわえたモロ族のイマーム、見事なリネンのスーツに身を固めた南米の産業資本家、植民地生まれの、あるいは本国生まれのスペイン人、オランダ商人——中には、ほんの二年しか続かなかったイギリス支配の間にインドから渡って来たセポイ反乱軍兵士の末裔さえいた。移民の中でも特に性急に事を進めようとしたのはアメリカ人だった。ウィリアム・マッキンレーの「善意の同化政策」に鼓舞された彼ら——中にはあからさまに横柄なものもいたが——は、多くの場合まさに善意の塊であった。役人、宣教師、教師、兵士、ビジネスマン、そしてそれらの妻たち——こうして、文字通り惑星の端から最新の習慣やファッションが輸入されて来ては、現地人の異様なほどのイミテーションの技術とセンスとによって見事にパロディ化された。その間、ジュニアは持ち前の語学力で自らの地歩を着実に固めていく。人は真新しい帽子を粋にかぶった彼がポロ・クラブや陸海軍クラブにいるところをよく見かけたものだし、またマッカーサー元帥のような要人との会合が写真に撮られたこともあった。彼はよく贈り物を持って滞在中のマッカーサーをマニラホテルに訪ねた。

　しかし、クリスピンを身籠った時、妻レオノーラはついに夫ジュニアに最後通告を出した。彼女の言うには、未成熟なフィリピン映画界の片隅に寄生している三流女優などとは一刻も早く縁を切り、少しでも長く家族とバコロドで過ごすこと、さもなければ子供を連れて出て行く、とのことだった。愛の衝動からか、はたまた単になるだけスキャンダルを避けたがるその政治家としての性《さが》からか、いずれにせよその後ジュニアはバコロドに長く滞在するようになり、妻が妊娠七か月に入った頃からはマニラ行きも妻同伴で行われるようになった。その結果、誕生してからというものサルバドールはまさに「かすがい」となり、両親が家にいる時ともなれば、糊のきき過ぎたお下がりのセーラーカラーの上下を着せられて二人からのうんざりするほどの注目を浴びた。両親の不在時にはきょうだいみな揃って、家庭教師やお気に入りの庭師を相手に自由奔放に羽を伸ばして遊んだ。ジュニアは基本的に子供に対していつも距離を置いていたが、それはレオノーラに影響されたものでもあった。彼女は生来母としての温かさや注意深さに乏しく、その罪滅ぼしのためもあってか、夫が近くにいる時はいつも子供たちを異常なほどに可愛いがった。それはいつも突発的かつ断続的なもので、子供たちはかえって取り残されるような思いを抱くこととなり、むしろ母のそのような行動の動機を疑う性向を幼い心に植え付ける結果となった。実際、クリスピンの最初の記憶は「猿回し」に関することだった。『自己剽窃者』の中で彼は、「父に命じられ、聖者の石像でもあるかのように不動で椅子に座らせられ、地獄のようにくだらないABCの暗誦を強要させられた後、今度は母のために聖クリスピンへのお祈りを暗誦させられた」時のことを書いている。「そういった折、私が一つでも間違いを犯そうものなら両親は幻滅し、当然家庭教師や乳母、きょうだいたちも連帯責任により叱られた――私への教育を怠ったという理由で」

しかし、その次に記憶される出来事の起こった頃から、皆でなんとか死守したこの楽園にも亀裂が入り始める。季節は乾季、記憶に残る限り最も暑い日が続いた週のある夜のことだった。サルバドール家の子供たちが寝静まった頃、クリスピンの姉レーナは寝室のドアが開く音で目を覚ました。玄関の灯りで出来た影は父のものだった。弟が後に語るところによれば、彼女はその時「母親の泣き叫ぶ声がその寝室から漏れてくるのを聞いた。ドアノブがガチャガチャと絶望的な音を立てていた」。サルバドールは書く、「レーナは、父の荒い息遣い――それは忘れられないほど凶暴な息遣いだった――を聞いた。ジンの臭いがつんとした」。サルバドールは、ゆっくりと彼女を通り越して眠っているナルシシートのベッドの前に立つ父を、そして事なきを得た安堵と恐怖とを二つ感じながら父の背中を見つめているレーナの姿を描き出す。廊下の向こうの部屋から、母がドアを激しく叩きながら泣き叫んでいるのが聞こえる。それからレーナは、父が籐製の乗馬ムチを高く頭の上まで振り上げて何度も打ち下ろす音を聞いた。ナルシシートは哀れっぽく助けを求めて泣き叫んでいたが、やがて弱々しくべそをかく音だけが静かに聞こえるようになった。

――執筆中の伝記、ミゲル・シフーコ、『クリスピン・サルバドール――八回目の生』より

＊

両親が死んでから、僕たちきょうだいは、その悲劇によってすっかり穢れたようになってしまったマニラから平和で新鮮なバンクーバーの空気のもとへ、つまり到着ロビーで僕たちを待っている祖父母のもとへと連れて来られた。彼らと会うのはその時が初めてだった。初めて飛行機に乗った時に僕たちが感じた恐怖のことは、今でもかすかに覚えている。子供ながら、こんなに重いものなら落ちる可能性も高いとはっきり思った。両親のためにももっと鮮烈にその時の状況を覚えていてしかるべきなのだろうが、十七時間のフライトの間故郷を離れる悲しみに浸っていたことに関しては、今となってはもううっすらとしか覚えていない。その代わりに現在の僕の記憶の大半を占めることになるのは、その後の幸せな思い出ばかりである。僕たち全員が住めるように祖父母が買ってくれたマンションの塗りたてのペンキの匂い。電話線の上に集まるカラスの列が見える大きな窓のそばのキッチンで取る朝食。眠る時にグランマはよく、グレイプスの政治への大きな夢や政治集会での興奮、長い選挙運動、もう一度必ず訪れるだろう栄光の瞬間のことなどを話してくれた。長い夜――フィリピンでは昼にあたった――を起きておくために昼の間は寝ておく、というグレイプスの習慣。フィリピンのことは、いくら自分たちの故郷であると教えられても、まるで目には見えない別の世界のようだった。だんだんと僕たちはフィリピンを故郷とは思わなくなっていった。

一緒に過ごすことができなかった時間を出来るだけ早く埋め合わせようと、祖父母は僕たち全員を自分たちの寝室の床の上に並んで寝かせた。それはまるで、家族全員でキャンプでもしているかのようだった。必要以上に学校を休ませもしてくれた。僕は太陽を完全に遮断されて真っ暗になった寝室の中を、ベッドのグレイプスのいびきの音とグランマの匂い――それはオイル・オブ・オレイのクリームとタバコの匂い

だった——だけを頼りに、どこにもぶつからないよう歩くコツを覚えた。グレイプスが起きると、嬉しくてベッドの中にもぐり込み、うつぶせになったその背中の上を歩いてみたり、ベトコンの追跡を避ける兵士のつもりで彼と一緒にシーツの下に身を隠したりした。夜には車庫で弾丸を作った。銅の筒を嵌める時の機械の音、鉛の棒の匂い、弾丸の鋳型の神秘、鉛の弾を込める時の快感。グランマとはよく一緒に大きく声を出して本を読んだが、たいていは彼女のほうが僕の横で先に寝てしまった。グランマがタバコを吸うのが嫌で、ケースの中のものをひそかに全部折っておいたこともある。グランマが祖父と言い争っている時など、僕が突然癇癪を起こしたらどうなるだろうかと考えたりした。グランマは、約束の不履行、お互いの夢の根本的な相違——グランマは平和で穏やかな暮らしを心から望み、一方祖父は亡命生活のうちに静かに朽ち果ててしまうことを何よりも恐れた——について祖父を責めたてた。そういう時僕はその彼女の精一杯の心の叫びをかき消してしまうほどの勢いで、泣き叫ぶのだ。でも結局、実際にそうする勇気は出なかった。当時僕はまだ、一つのエネルギーがもう一つのエネルギーの前に屈服させられることでもたらされる精神的ダメージについて何も知らなかった。だが、孫は祖母が泣いているところを見るべきではない、ということくらいは誰に言われるまでもなく分かっていた。

やがて僕たちは、温かい家から悲しく濡れそぼるバンクーバー空港へと車で連れて行かれた。祖父母がたくさんの荷物を預けながらカウンターでチェックインの手続きをしていた。何か月かの旅行にも十分な荷物だった。その後、旅をするたびにその期間は延びていった。マルコス亡命後のフィリピンの政情はどうなっているのか、再び政治の世界に返り咲くことができるのか、ジッパー業界の動向はどうなっているのか、などを調査するための旅だった。グレイプスは遠からず知事選へと出馬するつもりだった。それはいつも同じ光景だった。大きくて冷たいガラス窓から、僕たちは後ろ向きに動く飛行機のほうに手を振る。グレイプスとグランマには僕たちが見えているのだろうか。飛行機が離陸するまで、そしてやがて大空の小さな一点となるまで僕たちは手を振り続ける。そのあとも、念のためにもう少し。

それからスクウェア・ストリートの家に帰る。観光バスが目の前に停まる家だった。純金製のブッダの横臥像がいくつもあった。研磨剤の匂いに包まれた黒檀製の家具、ゼロックスとテレックス、グレイプスのスーツ専用の部屋、ランニングマシーンとマッサージチェア、血行と姿勢を良くするために体を載せて逆さにするあの器具――彼の存在は、むしろその不在のために家の中のあらゆる場所においていっそう際立ったものとなった。彼のことを寂しがるあまり、僕たちはいつか父のことを全く思い出さなくなっていた。

こうして、僕のきょうだいたちが僕の親代わりとなった。

イヌイットのモカシンを履いてエレキギターをかき鳴らす最年長の兄ジェスは、「クール」とはどういうものなのかをその身で示してくれた。僕は彼から、本に書いてある以外の世界の存在を教わった。彼と一緒に裏庭にテントを張り、山に登り、リモコンの飛行機を組み立てた。自転車の補助輪を初めて外した日、一人で前へと飛び出すことができるようにサドルの後ろと僕の体をしっかり支えてくれていたのも彼だった。

最年長の姉クレアは生まれついての母親役だった。皆のお気に入りになることに慣れていて、いつもそうであるべきことを確信していた。僕はよく化粧台に座る彼女の隣でその姿を眺めたものだった。時折、彼女はふざけて僕の目の周りに青あざの化粧を施してくれたりした。彼女がキッチンの電話でボーイフレンドと話しながら嬉しそうに声を抑えてくすくす笑っている時、僕たちは、まだ幼い自分たちもいつか恋をすることがあるのだろうか、と胸を高ぶらせた。

ジェスの次の兄マリオは、よく僕とジェラルドと一緒にプロレスごっこをしてくれた。いくつになっても不平一つ言わずにアンドレ・ザ・ジャイアントとアイアン・シークごっこにつき合ってくれたマリオ。彼はよく内線二番でアイリーン・キャラに扮して電話をかけてきては僕を恥ずかしがらせ、しまいに僕は泣き出してしまったものだった。僕はよく彼の部屋に抜き足差し足で忍び込んでは、散らかしてある靴下やティッシュペーパーやテニスボールの間をすりぬけて彼を起こし、学校に連れて行ってくれるようせがんだ。僕の首根っこを捉まえて、バス停までほとんど持ち運ぶようにしてくれた彼の指の頼もしい感触をよく覚えている。

その次の姉は、何かと問題の多かったシャーロッテ。ひどいヘアスタイルで、高校の選抜バレーチームのジャケットを着ていた。彼女はよく僕とジェラルドをバスキン・ロビンスにパイナップルサンデーを食べに連れて行ってくれたが、それは祖母から付き合うのを禁止されていたボーイフレンドと会うための口実だった。そうすることでほんの十分でも彼に会うことができたのだ。彼女から、僕は自分のために生きることの尊さを教えてもらった。

そしてもちろん、小さな弟ジェラルドがいた。僕たちは、僕が十代にさしかかる頃までお互いをいつも必要とする関係だった。ある時、彼は学校でもらったクッキーを僕のために持って帰ってきてくれたが、僕は食べなかった。ピエロの顔でアイシングがしてあるもので、どうにも子供っぽく思えたのだ。それでも、僕たちはそれからも大の仲良しだった。

そして、僕たちきょうだい全てにとっての親代わりとして祖父母がフィリピンから呼び寄せて常時雇っていた、一連の乳母たち。むろん最初はフィリピンの田舎者としてカナダにやって来るわけだが、徐々に西洋風のやり方を覚え、それぞれやがては僕たちの家での勤めを終え、故郷では夢に見ることさえできなかった暮らしを始めていった。僕たち全てを育ててくれたスーラ、僕が引きつけを起こした時に雪の中を裸足で救急病棟まで運んでくれたスーラ。彼女が結婚した時、僕は本当に悲しかった。痩せていて厳しいけれど、とても優雅だったエステリータ。子供の上手な遊ばせ方は最後まで完全には分からないままだったが、それでも僕たちを根気よく世話してくれた。まだ自分自身子供に毛の生えたようだったファニータは、よく僕たちと一緒にゲームをしたり歌を一緒に歌ってくれたりした。彼女のフィリピン訛りや異国風の歌のリズムを僕たちはよくからかったものだった。ビンとニンの姉妹は、二人とも同じように辛抱強く、また同じように愛に溢れていたのだが、どちらにも僕たちはあまり感謝の気持ちを表さずじまいだった。

僕の子供時代――灰色の空、ライオンズ・ゲート・ブリッジをわたるドライブ。バックシートに座って窓をおろし、音量を42まで上げたステレオからCFOXを通してヒューイ・ルイスやスティーヴ・ウィンウッドが流れてくる。オピーチのホッケー・カード。「グローリー・ビー」を一回、そして「ヘイル・メアリー」を十回繰り返す「最後の苦しみの神秘」の祈りのせいで燃えるようにひりひりする膝。紫色のスクールセーターとネクタイ。ニュー・ブルンズウィックやオンタリオの住宅地域の学校の少年たちに性的ないたずらをしているという噂の修道僧たち。ひどくシャイな性格のせいで言い出せず、ある選手壮行会で小便をもらしてしまったこと（後で、誰かがこぼしたものの上に座ってしまったと僕は主張した）。スケートの授業で転んでしまった時、心臓の音だけを激しく鼓膜に感じつつ、目の前に広がる大きな空の下で、僕の名前を呼ぶ体育の先生の声が聞こえないふりをしてそのままリンクに寝そべっていたこと。それから思春期、初めて陰毛が生え始めていることに気づいた時のこと。不可解な深みからやって来る疼き、呵責なき膨らみ。壁に向かって押し付けたり、あるいは段ボールでできたトイレットペーパーロールに包んだりして行う絶望的な実験。マリオのレモン・フレッシュ・ライトガード・デオドラントで腋の下の毛をなでつけて整えたこと。ジェスがベッドの下に隠している『ヘヴィメタル』誌のマンガの完璧なボディのヨーロッパ系の女の子を、息遣いと目の力だけで犯そうとしたこと。それから、グレイプスがレイジーボーイのソファの隣に電源プラグを差し込んだままにしてあったマッサージチェアのおかげで偶然知ることとなった、驚くべき射精の事実。マッチミュージックでマドンナやアランナ・マイルズのビデオが流れている間、しかるべきタイミングを見計らってヒタチのマジック・ワンドを局部にあてがうことで至上の快感が得られることに気づいたこと。声変わりの事実に気がついた時のこと。初めてつけるコンタクトレンズがきちんとはまっているのを確かめたこと。アルセニオ・ホールの番組を毎晩見て、ニュー・キッズ・オン・ザ・ブロックを「イカす」と評することを覚え、モックタートルネックセーターを着てズボンの裾をピンで留め、ヘアスプレーで髪の毛をビンビンに立て、ダンシング・マンやロジャー・ラビットを踊り、ショッピング・モールを友達とぶらつき、やがてニュー・キッズ・オン・ザ・ブロックを「イカサマ野郎ども」と呼ぶようになったこと。学校のダンスパーティで「天国への階段」の前半部分が静かに流れるあいだ相手の女の子の尻の上にゆっくりと手を這わせていたのに、やがてジミー・ペイジとロバート・プラント、ジョン・ポール・ジョーンズ、ジョン・ボーナムが激しくロックし始めるとしぶしぶ体を離さざるを得なかったこと。あの時は、もう一度見つめ合ったと思う間もなく再びまばゆい照明がついたのだった。

さあ、これからが人生の本番だ――僕がまさにそのように思い始めた頃、グレイプスとグランマは僕たち六人の子供を全て目の前に座らせ、真剣な口ぶりでこう言う。「さあ、そろそろ」とグレイプスは言うのだ、「みんなでフィリピンに戻るぞ」。

＊

一九九〇年の短編「高貴なる義務《ノブレス・オブリージ》」においてクリスピンは次のように書く――「エフレン・デル・パイースは善意の農園主である」。デル・パイースは、進んで――熱心に、というほどではなかったが――CARPと呼ばれる法律に従う。それは、地主の大規模な私有地を接収して実際の農作業に携わる小作人たちに分配することを目的とする、いろいろと問題の多い土地改革法である。ほとんどの地主たちはその改革に抵抗する――しばしばそれは暴力を伴う。彼らは民兵隊を組織し、貧しい農民たちや地元の政治家たちを脅迫する。頭の回る地主たちはすでに法の抜け穴を見つけ、与えられた土地を維持することのできない貧しい農民たちから再び土地を買い上げている。しかし、デル・パイースは自ら良き模範を示そうと心に決める。この初老の農園主は、イエズス会の教えに従い、またロックやトマス・モアなどの啓蒙主義者たちから学んだことを範とし、自分や子供たちの生まれ育った先祖代々の屋敷のみを残し、周辺に広がる土地を全て進んで差し出す。妻は死んでもういない。息子たちは皆ロンドンに行ってしまった。娘たちもすべてそれなりのところに片付いた。デル・パイースは、こうして彼の土地を引き継いだ小作人たち――その多くは彼が生まれた時からの顔見知りである――に「神の御心に基づく条件」のもとで穏健な経営のアドヴァイスを与え、貸付けを行い、そこに大きな喜びを見出す。デル・パイースは「人生も残り少なくなった今、自分の魂の行方を見つめつつ、神と人の世の法に信を置くのである」。

僕がこの物語をよく覚えているのには二つの理由がある。ひとつには、この物語が最もよくその土地での生活の雰囲気を伝えている（庭の入口にある二本のバレテの木。「スカートをはいた女性にはその上を歩くこともはばかられてしまうほど」入念に磨き上げられたナラ製の床。レリーフ状の彫り物が施された食堂の天井。「湿気のせいでびっしりとカビが生えた」ペルシャ絨毯。彼の母がホストとなってビッグ・トゥーのゲームが催される際に使用されたという、「プレイヤーたちがついた肘、苦しみ抜いた思案のほど、彼らの期待やそのうちの幾人かに訪れた幸運などによって表面にいくつもの深い畝がついてしまった」トランプ・テーブルなど）と思われること。またもうひとつには、ある行動規範の根本が変化するということの意味をこの物語が実にうまく捉えており、また新たなる封建体制のもとでの厳しい現実における倫理的な難問を典型的に示していると考えられるからでもある。物語は、デル・パイースがあれほどの決意によって進んで投げ出した土地が、接収された土地を再買収したばかりの近隣の地主たちによって全て買い占められてしまうところで幕を閉じる。デル・パイースには先祖代々の屋敷と限られた資産からの利子のみが残される。「彼の父の父が得た土地は失われ、屋敷の四方は、以前は彼と同等の地位だったが、今ではある点においては彼よりも上位に、しかしその他の様々な点においては彼よりもずっと下位に堕ちてしまった欲深き者どもの土地によって、ぎりぎりのところまで囲まれてしまう」。ラストシーンは、庭に出て、まるで「それが燃え盛る炎に包まれてしまってでもいるかのように」屋敷を見つめている老人の姿である。

＊

若さに溌剌としたわれらが主人公は、目の前に現れたレーナの姿に驚く。彼はのちにノートにこう書きつけることになる——「その姿は、いわばぼろ着をまとったクリスピンそのものだった。チンツ綿布のムームーを着たできそこないの案山子、とでも言おうか」。そして目の前のスワニー農園の様子に失望を覚える。なるほど、いまだ青々と緑に覆われてはいる。芝生はまるでパッティング用グリーンのようになめらかに広がっているし、大砲射撃によって破壊され、今では携帯電話用の電波塔となっている例の高い石塔もある。だが肝心の屋敷がなんともみすぼらしく、今にも壊れそうで、修繕のあとも痛々しい——エアコン設備は滴る水滴で錆びつき、二枚貝の殻をあしらった木製の窓の外扉は割れているか、あるいはそれ自体が外れてしまっているかであり、タイルがはがれて穴が空いた屋根のいくつかの部分は金属のGーシートで覆われている。質問者と回答者は一緒に戸外の椅子に座る。その場の状況全てに、クリスピンの姉その人の存在に、彼は言い知れない失望を感じている。彼女は神経質そうに杖をいじくり回している。弟の葬式ではウォルト・ホイットマンの詩を朗読したと語る。全てに神性が宿ると信じていた無神論者にふさわしい選択だったと思います、と言う。

＊

「どこ?」とドゥルセは聞いた。

「あれさ」とガーデナーは言った。「あそこにあるあれだよ。あの根っこが枝の代わりをしてるやつだ。私たちも、気をつけていないと、まだピンピンしているうちにあの中に戻って行っちまうことになるのさ」

太い枝は強靭な蔓を幹の回りに巻きつけるようにして垂れ下がり、地中へともぐり込んでいる。その枝ぶりを見てドゥルセは巨大なカーテンを連想し、またその根からガーデナーの節だらけの足のつま先を連想した。学校の先生は彼女に、付近に自生する様々な木の外国名のみならず現地名――ナラ、バカワン、アルマシガ、カマゴング、モラヴェー――も教えてくれた。この木はバレテ、あるいはモラセアエといったが、一般には「締めあげの木」と呼ばれていた。その名前を思い浮かべるだけで、ドゥルセには寒気がした。

「あの木の根元でひと眠りすると」とガーデナーは言った。「いつの間にか根が体中に巻きついてきて、真っ暗闇の中で目を覚ますことになる。一度なんか、夜の間に絡まり合った枝が二つに分かれて、中から光り輝く扉が見えたこともある」

「扉の中はどうなってたの?」とドゥルセは言う。

「私たちの来し方行く末への鍵、だな」

ドゥルセはなんだか疑わしく思った。「お継父さんは、私たちはもともとスペインから来たんだって言ってたよ」と彼女は言った。

ガーデナーは、それは違うとばかりに土に唾を吐いた。「私が知っていることは」と彼は言った。「私たちは結局あの木の中に戻って行く、ということだけだ」

――クリスピン・サルバドール、『カパティィッド』(『カプトル』三部作第一巻)より

＊

祖父に対する僕の尊敬の念は、ある教会の内部において崩壊し始めた。それはマニラに戻って何年も経った時のことで、マルセロ伯父の葬式の日だった。あるいは、それはその時よりもずっと前に始まっていたことだったのかもしれない。今となっては知りようもないことである。結局マルセロ伯父の葬式は、僕と祖父との関係において、単なる形式上の「別れの始まり」以上を意味するものではなかったと思う。

あるいは、僕と祖父との関係がいずれ辿り着くことになる深い谷底へと続く最後の下り坂の始まり、とでも言ったところだろうか。

グレイプスは、葬式で自分が読むための弔辞を僕に書かせた。言われた通り文案を練りながら、僕はやってはいけないことをやっているような気がしてならなかった。僕には関係のない、何か大きな個人的な問題に誤って巻き込まれてしまったような感じだった。いまだになぜそうなってしまったのかよく分からない。そう、確かに僕たちは、マルセロ伯父が最高の教育を授けられながらも売れない芸術家になり下がり、仕事をしながらでもスケッチをしたり書きものをしたりできるという理由で、こともあろうにビルの警備員――それは僕たち家族の間では社会の最低辺の職業の一つということになっていた――になってしまった、という話をグレイプスからさんざん聞かされて育った（グランマは、伯父は家名を汚したと言った）。あるいは、マルセロ伯父がナショナル・アーティスト〔フィリピンにおいて、芸術界で目覚ましい業績を残した人物に与えられる称号〕の手になるグランマの肖像画――キャンバスだけでも相当の額の値打ちがあったとされる――を自分で描いたその模写品とこっそりすり替えて持ち出し、二束三文で売り飛ばしてしまった話（この話をする時には決まってグランマは、まだ小さかった伯父が帰省の際に寄宿舎から友人の持ち物を盗んできてしまった話を付け加えた）。それから、伯父がグレイプスとグランマをわざわざ中傷するような小説を書いた話。それはミズーリ州セントルイスの万博でアメリカ人がまるで動物を並べるかのように展示したイゴロット人についての物語だった（グランマはその展示の企画者たちが自分たちをモデルにしていると言ってきかなかった）。さらに、五年前にひょっこり伯父が家に戻って来た際、直腸ガンのケモセラピー用の金が必要だと言うので仕方なくそれを用立ててやったのだが、結局はギャンブルと女遊びとに使い込まれてしまっただけだったという話（その詐欺事件についてグレイプスは「あいつはいつか必ず報いを受ける」と言った）。マルセロ伯父が直腸ガンで亡くなったのは本当の話だったのだが、そのような話ばかり聞いて育った僕たちは必然的に、一緒に暮らしたこともないような伯父や伯母たちよりも祖父母のほうをずっと好ましく思うようになっていた。そのような僕が今、想像でなんとか埋め合わせるしかない「完璧な父親の愛」を込めた哀悼の言葉を伯父に対してひねり出さなければならなくなったのだった。

グレイプスは祭壇のそばで僕の書いたものを読んだ。まるで、食事の約束に釣られるように腹をすかせて集まって来た有権者の群れに向かって演説をぶっているかのようだった。それは、グレイプスが自分の息子の死に際して感じているに違いないだろうと僕なりの想像を働かせて書いたものだった。おそらく、僕には分からないような深い喪失感のせいで何の言葉も出て来ない、というのが真実だったのだろう。あるいは、お気に入りの息子だった僕の父の最期を先に看取った後、どうにも手なずけられなかったその弟をも自らが看取ることになってしまった運命の残酷にどうしても耐えることができなかったのかもしれない。真実など、誰が分かろう？　だから僕は、そのような彼のために必死で良いスピーチを書こうと努めた。重厚な雰囲気を出すために、『リア王』からの引用もいくつか行った。私たちの運命を司っているのは星である、というような一節だった。それから、生まれた時に赤ん坊が泣くのは、この大いなる道化の世界に生まれてきたことがどうにも悲しいからである、というような一節も加えた。それはもちろん、僕がグレイプスとリアとを人間として同列に見ていたからではない。今から思えば、その類推はおそらくグレイプスと怒りの感情との間の悲劇的親和性のせいだったろう。いずれにせよ、そういった文句を僕は引用句集から拝借した。溢れる言葉が自然と連ねられていてしかるべき追悼の文章の余白を埋めてそれなりの形をでっちあげる方法と言えば、もはやそれしか考えられなかったのだ。その後、伯父の娘が自作の美しい歌を歌った。彼女が歌い終わって僕らは拍手しようとしたが、グランマが僕と弟の手を強くつかんだ。

通夜の間の不寝番のために突然のようにやって来ていた全国守衛組合所属の儀仗兵たち——その組織は伯父とは金がらみで仲違いしていたのだが——が棺の横に陣取って、彼らの収入役を長く務めていた男の棺側葬送者となった。「あなたたちも行って！」とグランマが僕たち兄弟を促した。僕たちは走り、彼らを肘で押しのけて棺の取っ手に手をかけた。

墓地では、最後にもう一度だけ棺の蓋が開けられた。ナッティ伯母――マルセロ伯父の三人目の妻――は伯父の手を握り、空に向かって慟哭した。僕はもう一方の手を握り、生きている間は感じることのできなかった伯父とのつながりを感じようと努めた。死んだ人間に触れるのはそれが初めてだった。それ以降もまだない。

葬式後の親族会には出席しなかった。グレイプスが誇らしげに僕の背中を叩きながら、弔辞を書いたのは僕だと皆に吹聴することを恐れたからだった。

家に帰ると、グランマが泣いている声が聞こえた。

＊

アーニンは技術者としての自らの技能に見合った仕事をなかなか得ることができない。アメリカ人は外国で取得された資格に警戒を示すからである。だから彼は新聞の広告欄をあたり、そこに出ている一つに目星をつける。「求む、ポーチのペンキ塗り」。アーニンは興奮して、こう呟く――おお、すごいぞこれは！　フィリピンではずいぶん色々な物にペンキを塗ってきたからな。うちの壁、おじさんのところの鶏小屋、姪の自転車。これなら「資格あり」といっていいだろう！

それでアーニンはそこに応募し、雇い主の家に意気込んで現れる。いかつい金髪のアメリカ人が彼に仕事の説明をする。過度にゆっくりとした口調、あからさまに上からの目線――「よし、あんちゃん、一日でポーチにペンキを塗ってくれ。まず、塗ってあるペンキを全部底まではがす。それから下塗り剤を塗る。それが乾いたら、このピンクのペンキを二回塗りつける。分かったか？」。

変な話だ、とアーニンは思う。ピンクなんてどう考えてもまともな色じゃない。でもアーニンは思い直す。ここはカリフォルニアだ。それに、そもそもアメリカ人を理解しようなどと思うこと自体が間違いなのだ。金持ちのアメリカ人と来ればなおさらだろう。「はい、分かりました」とアーニンはやる気満々で言う。「私ペンキはがせます、それからペンキ塗れます大丈夫です、どうもありがとう」。「よし、あんちゃん」とアメリカ人は言う。「それなら雇ってやろう。ペンキやなんかの道具は、全部車のトランクからおろしてあるからな」

ほんの二時間後、そのアメリカ人は正面玄関の扉をノックする音を聞く。開けてみると、そこにはアーニンが体中にピンクのペンキの飛沫を浴びた姿で得意げに立っている。「旦那さま、仕事ぜんぶ終わりました」。「ほんとか？　すごいじゃないか！」とアメリカ人は言う。「まだ二時間しか経ってないぞ！　本当に、一番下の層までペンキをはがしたってのかい？」

「はい旦那さま、間違いないよ！」

「その後は、きちんと乾かした？」

アーニンはうなずく。

「それから二回、ピンクのペンキを塗った？」

「神にかけて、そうしました」。彼はアメリカ人を驚かせたことですっかり得意になる。そしてこう考える――フィリピン人の働きっぷりにこんなにも驚くのだったら、払いのいい技術者の仕事くらいおれにもすぐ見つかるな。アメリカ人は心底感心している。「すごいぜあんちゃん、こりゃボーナスものだ。もう五十ドルやるから取っときな」

アーニンは喜ぶ。「旦那さま、ありがとございます！」。優秀な働き手として正当に評価された嬉しさを噛みしめながら、彼はこう言う――「でも旦那さま、あまりこの手のことご存じないようなので教えますが、あの車、あれポーチでないです。あれフェラーリです」。

＊

ラテン語、スペイン語、古典ギリシア語、それからフランス語に加えて、若きサルバドールは初歩的な日本語も習得した。それは庭師の弥太郎から学んだものだった。サルバドールが言うには、弥太郎は「ほとんど『写真恐怖症』と言ってよいほどの写真嫌い」だった。弥太郎から習い覚えた日本語は、後の戦争時に大いに役立つこととなる。戦争までの長い間、弥太郎は屋敷の美観管理の最高責任者だった。サルバドールによれば彼は大変な博識で、自分の仕事ぶりを幼い彼に見せながら忍耐の美徳を辛抱強く説いて聞かせたというのだが、結果的にそれは幼いサルバドールにとって盆栽の世界への手ほどきとなっていたのだった。弥太郎はサルバドールに芭蕉、蕪村や一茶などの俳句を暗誦させ、最終的に彼がうまくできるようになると大きな声で笑って喜んだ。軍隊式の身のこなしと着実な仕事ぶりで家族全員から一目置かれ、三人のヴィサヤ人の庭師の監督を任されていた。いくつも庭の美観に関する改善策を提示した功績を認められ、彼はしばしば長い休暇を与えられては愛機のライカⅢを肩から下げてフィリピン中を旅して回った。帰郷の際には必ず子供たちに地方のちょっとした土産物や特産物を買ってきて与えた。ロンブロンの大理石の乳鉢と乳棒、ボホールの「ココナツの皮に密封されたべたつく餅菓子」、曲がりくねった刃のミンダナオ島のクリス、レイテ島独特のカタツムリ、イロコス・ノルテの豊饒の女神の木彫りの人形。サルバドールは言う、「この国に存在する様々な島々の文化の広範さ、奥深さを私に教えてくれたのは弥太郎だった。その時はまだ、彼が私を教育するだけでなく、のちに私の命まで救うことになろうなどとは夢にも思わなかった」。

——執筆中の伝記、ミゲル・シフーコ、『クリスピン・サルバドール——八回目の生』より

＊

レーナは、ぼろ着を纏ったクリスピンその人のようだった。できそこないの案山子とでもいった格好である。声は細いが、老人特有の声の震えはない。握手をすると驚くほど力が強い。タルカムパウダーとプロヴァンス・ラヴェンダーのきつい匂いがする。髪の色はどぎつい茶で、ほとんどオレンジと言ったほ

うが近いくらいである。頭の上できつく一つに束ねてある様子は、まさに柑橘系の何かの果実を思わせた。七色のチンツ綿布製ムームーを着て革のサンダルを履き、模造ダイヤをちりばめたサングラスをしていた。腕を動かすたび、両の手首につけたたくさんのバングルがじゃらじゃらと鳴った。

僕たちは日陰のベランダの椅子に座った。テーブルには紅茶とスライスされたグアヴァ、パパイヤ、マンゴーが皿に載せられて並べてあった。まるでルドルフ・ヴァレンチノ主演の映画のようにどこからともなくミントグリーンのお仕着せの女中が現れ、大きな藁の団扇で僕たちに風を送ってくれていた。屋内からいくぶん甲高い「ミスティ」のセレナーデが聞こえてくる。ボリュームを上げ過ぎのようである。僕が母屋の方角に気を取られているのを見て取ったレーナは、女中にCDのジャケットを持ってくるように命じた。「素晴らしいでしょう？　私、とっても好きなんですの。リチャード・クレイダーマンなんかよりもずっと」女中が戻って来た。レーナはまるでフリスビーでも投げるような仕草で僕のほうを示した。僕はそのCDをさも興味を持っているかのように見つめねばならなかった。「オーボエのロマンス」というタイトルだった。

ホイットマンを暗誦しながら、彼女はよく弟がそうしていたように目を閉じた。

「女たちや子供たちは、一体どうなってしまった？　きっとどこかで元気に暮らしているのだ。あらゆる木々の芽は、何ものも本当に死んでしまうことはない、と私たちに教えてくれる。もし死が存在するとしても、それは生を先へ進めてくれるものでこそあれ、終わりの場所で生を待ち受け、その息の根を止めてしまうようなものではない。生が終わりを告げた時にこそ、本当の生が始まる。すべては前へ前へと進む。倒れてしまうものなど何もない。死は普通に考えられているようなものではなく、もっと素晴らしいものなのだ」

僕はノートとペンを取り出し、インタビューを始めるべく弟の死《デス》の原因について尋ねた。

「彼のベストのことなんか、何も知らないわよ」

「いえ、あの、僕がお聞きしたのは……つまり、あの人はどうやって死んだのだとお考えですか？」

「彼はどんなことを気にするとお考えですか、ですって？」

「いえ、すみません、あの……質問のリストを出しますね……ええと、あの人がニューヨークにいる間、お二人の間に手紙のやり取りはあったのですか？」

「いいえ。ニューヨークには結局行けなかったわね。行きたかったけど、どうしてもだめだったの」

「手紙もお書きになった、ということですか？」

「ごめんなさい、もう少し大きな声でしゃべっていただけませんこと？」

僕は声を大きくした。「あの人に手紙をよくお書きになりましたか？」

「ええ、毎週のように。キング・ジョージ五世校で教育を受けるために香港に送られた一九五〇年代の頃からずっと。でも十年くらい前にそれもやめてしまった。まるでタバコをやめたみたいにね。毎週のように送られてきていた彼の週刊レポートを受け取らなくなる日が来るだなんて。でも、私はとにかく怒っていましたから」

「どうしてです？」

「ごめんなさい、なんとおっしゃって？」

「どうして怒っていらっしゃったのですか？」

「彼が書いた回想録のせいですわ」

「どういうことです？」

「いや、実際、あれはひどかったのです。あれはお金目当てのものでした。確かに、ママが死ぬまではきちんと待ったのかもしれない。でも、私たち残された者のことはどうだっていうの？　クリスピンはこう言い放ったのです、『それが芸術の使命というものだよ。みんな本当のことじゃないか！』ってね。それですべてが赦される、とでも言わんばかりに。この国の人たちにとって、一体芸術が何だって言うの？

半分以上は自分の名前だってロクに書けもしないような連中なのに。それでも選挙権はあるのですからね。もう半分の人たちに関しては、彼の書いた本のおかげで私たち一族の事が分かってしまう。どっちにしたっていいことはないようになっているんです。私は、弟のナルシシートが発狂したのはあの本のせいだとずっと思っていたものよ。それなのに私ったら、昔、執筆の参考のために小さい頃の日記をあの人にあげさえしたのですからね。本当のことを書くための参考に、なんて」

「特に、どのような点が一番お気に障ったのですか？」

「あら、お分かりでしょうに」

女中は団扇を片方の手からもう片方の手に移し替え、再び僕たちに風を送り始めた。疲れた方の手を前に出して軽く振った。

「ナルシシートさんとお父様のことについての部分ですか？」

「教会について書いたところですよ」

「それがナルシシートさんのこととどういう関係にあるのですか？」

「クリスピンはまた、うちの一族とあのファシストのレスペト・レイエスとの関係についても色々とおぞましいことを書いたのです。あるいは、父が私たちに体罰を与えていたとほのめかしたりね。あの当時はみんなやっていたことですのに。母が病気だった時に父が関係を持った女たちのことについても同じです。いいですか、父は男だったのです。他に何か慰めがあるとでも？　それのみならず、クリスピンは、父の政治活動に関する個人的な事柄についても公にしてしまったのですから」

「彼の言ったことは真実ではないのですか？　それとも……」

「真実などではありません。父は……パパは、なるだけ多くの人たちを救おうとしたのです。でも、クリスピンの回想によれば、父には良心というものが欠けていたことになってしまっている。父には当然良心の呵責がありました。それも、うんとたくさん。ただ、そのことと政治とは切り離して考えていた。良心に邪魔されてしまうようでは、治者としては失格でしょう。誰でも知っていることですわ」

「お母様のことについてはいかがでしょう？」

「ナルシシートは、父の期待に応えようと最善を尽くしていましたわ」

「いえ、その、お母様のことについてはどうだったのか、とお尋ねしたのですが」

「ああ。きっと、墓の中で目が回るくらい恨んでいることでしょうね。天使たちのご加護あれ。クリスピーは母のことをまるで哀れむべき人であったかのように書いていますがね」

「それは嘘《ライズ》だったのですか？」

「もちろん、他の男《ガイズ》などいるはずがありません！」。レーナは僕をぎろりと見た。「母は貞淑の見本のような人でしたから」

「いえ、僕のお聞きしたのは、クリスピンさんはお母様について嘘を言っていたのか、ということです」

「分かりました。お声が小さくていらっしゃるから。あなた、神学校の学生さん？　ええ、まあ嘘とは言えないとは思います。でも、少なくとも私たちの取る見方ではない、ということです。母がまだ生きていたら、もう少し敬意を示したと思いますわ」

「クリスピンさんはあの本をある種の賛辞として書いたのではないか、という風に思われますか？　つまり、そうでもしなければ失われてしまうような家族の真実に対する賛辞、ということですが？」

「それは考えすぎね。弟を褒めすぎです。あの人はあの頃、ほとんど絶望的に世間から忘れられかけていた。だからあの本で再起を図っただけです。でもそのやり方といったらどう？　愛する恩人たちの顔という顔を土足で踏みにじって。しばらく私は、あの馬鹿な女、セイディ・バクスターのことも恨んでいました。カンザス州トピカ出身の大学院生。彼の半分以下の年齢だったでしょう？　かわいそうに、彼のおかげで堕落するってみんな同情していましたけどね。無理もないですわ、あの娘は典型的なブロンドの、いかにも純粋っていう感じの娘だったんですもの。でもふたを開けてみればなんのことはない、『堕落』したのはむしろ彼のほうだったというわけです。人を堕落させるのは、年季よりもむしろ若さのほうなのね。それに、あの娘はユダヤ人だった。パパはそのことを気にしていましたわ。お金目当てなんじゃないかって。あの娘の家族は一度改名をしているんですの。それまではバックマンだかバックスタインだか、そんな名前だったらしいのですけれど、脛に傷のない人間がどうして改名なんぞするもんですか。ええ、クリスピンはあの娘にうつつを抜かして、まるで頭が変になってしまったみたいでした。あんなにおかしくなったのは、あのムーチャ・ディマタヒミクとの恋愛沙汰以来のことでしたわ」

「それはいつのことです？　そのようなことは読んだ記憶がないのですが」

「六〇年代後半です。永遠なる恥辱的な愛、とでも言うのかしらね。ずいぶん長く続いた関係でしたのよ。彼に与えた影響も、それは甚大なものがありました。そのせいで結局チンコス・ブラボスもばらばらになってしまったわけですしね。そのことについて書けないのもむべなるかな、というものです。結局悪いのは彼だったのですから。同じように、セイディとの関係のせいで、今度は最愛のドゥルシネアとの関係が切れてしまった。彼の人生を考えれば、そのことこそが最大の悲劇的失敗という……」

「ちょっと待ってください、それはどういう意味なのですか？　その名前、僕のインタビューリストにもありますが」

「あの華奢なセイディ・バクスターが弟の心に青臭い、馬鹿な妄想を植え付けて、一瞬でそれを全身にはびこらせてしまったということね。それからというもの、彼は自分勝手で怖いもの知らずのわがまま男になってしまった。多分、彼女がいつもあのカメラで彼を撮影していたからでしょう。突然、毎朝のようにトチバニンジンやマオウ、犀の角なんぞを煎じて飲むようになった。信じられますか⁉　あまりに馬鹿げていて泣きたくなりますわ。ただ、私はそうやって嘲笑しますけど、あくまでも愛ゆえのことです。弟は馬鹿な男でした。今では、私はあの頃、彼女を憎むことでなんとか弟への愛を保とうとしていたのだ、ということも分かっています。でも、あの娘を憎んだせいで、弟は私のことを憎むようになってしまった。

一体どうすればよかったというのです？　人は皆、何かを誰かのせいにしないと生きてはいけないものでしょう？」

「あの、ドゥルシネアのことについてお聞かせ願えませんか……？」

「それ、弟の万年筆ですの？」

「え？　ああ、そうです。いつかあなたに持っていていいとおっしゃっていただいたので……」

「持っていてくださいな。大丈夫です」

「これを持っていると、何かが違うんです。今、あの人の伝記をこの万年筆で書いているんですが、この万年筆はまさにそれにふさわしい……」

「大丈夫ですわ、本当に。他の人が使っているのを見て、少し不思議に思っただけですから。クリスピンが使い始めるまで、それは父のものだったのよ。すみません、さっき、私、何を話していたのかしら？ああそうだわ、あの回想録の出版が失敗に終わったと判明するやいなや、セイディ・バクスターは彼を捨てたのよ」

「でも、彼が僕に話したところでは……」

「それが真実です」

団扇の女中が、一方の腰と太ももからもう片方へと体重を移した。

「でも、『自己剽窃者』の献辞は彼女に捧げられていますよね？」

「知っているわ。一応あの馬鹿女の名誉のためにも一言だけ言っておけば、あの時期の弟と付き合うのがどれくらい大変なことだったかは、私にだってよく分かっているのです。彼は結局、自分の失敗を自分で認めることができなかった。だから、あれは彼女のせいなどではなかった。彼女はまだ若かった。希望があった。さらに、何と言っても彼女は、私たちとは違っていた。ユダヤ人だったという問題などではなくて、西洋人だった、ということです。彼らには、私たちにとって家族というものがいかに大事なものであるのかが、どうしても分からない。西洋では、十八歳になったら子供は一人になる。かわいそうに、あの女はその後、モナコでの自転車レース中の事故で死んでしまった。そんな人生になってしまったのも、全て洗礼を受けなかったからに決まっていますわ」

「すみません、もう一度、率直にお伺いします。弟さんの死は自殺だったとお思いですか？」

レーナは溜息をつき、眉間にしわを寄せた。そしてしばらく考えてからこう言った、「結論はただひとつ、『いいえ』です。直接的な意味ではね。まず、それは宗教道徳上の罪ですし、それに私には、死ぬ前、彼にはおそらく何か明るい希望のようなものが見えていたと考える確かな根拠があります。第二に、彼はそういうことをする柄ではありません。確かにちょっとおかしくはなっていた。それは認めます。でも、あの人は自殺なんてする人でしょうか？」

「おかしくなっていた、とは？」

「母が死の床についた時からのことです。あれが全ての始まりだった。心根の腐敗、とでも言うべきかしらね。私は彼に言いました——試されているのよ、アブラハムになりなさい、とね。アブラハムが神に試されて、最愛のイサクをいけにえに捧げる話があるでしょう？　でも、母が亡くなってから、彼は本当にどうしようもなくなってしまった。母が亡くなった日、あの人はニューヨークから飛行機で飛んで帰って来て、お昼頃にこちらに到着しましたの。すぐに病院に駆けつけたけれど、父は、面と向かって母にお別れを言いたがった彼をどうしても病室に入れようとはしなかった。それは母のためでした。父は、何と言うのかしら、母を本当に愛していたのです。だから父は、その時もまだお祈りの力で母のガンと闘うつもりでいました。わざわざヴァチカンにまで出向いて多額の寄付までしていましたから。法王の前でひざまずき、恵み深き主のとりなしを希ったわけね。でも、母は苦しんでいた。さぞ苦しかったことでしょう！　クリスピンはそれまで何週間にもわたって、そろそろママを解放してあげたらどうだい、とかなんとか、事あるごとに言い放っていました。マンハッタンかどこかのバーでマティーニのグラスなんぞを傾けながらだったら、そんなことでも簡単に言えるのでしょうね。だから、彼が到着した時も父は彼を病室に入れようとしなかったのです。父は、母がお前の顔を見たくないと言っている、と彼に言いました。さすがにあれは良くなかったのではないかと思います。その後、クリスピンはニューヨークに帰ってあの回想録を書いたのです。お通夜にも、お葬式にも顔を出さなかった。それで、『自己剽窃者』が出た時、父は裏切られたと思ったのです。出版のためのお金を援助したのは父だったのですからね。一種の和解のしるしとして、それまでも父はクリスピンにいつも金銭的な援助を与えていました。だから父は烈火のごとく怒りました。しかも例によって、彼はその怒りを哀れなナルシシートにぶちまけたのです。父はあの子を、近所の飼い犬以下のように扱いましたわ。ナルシシートは、父に人生のすべてを捧げました。でも、まさにそのせいで、彼はついに父に認めてもらうことができなかったのです。ある日、私がフレッシュ・スタート・リハビリセンターの一室に彼を見舞ってから帰途についたその直後、彼は首を吊って死んでしまいました。いつも考えてしまいます、もしも私がもう少し長くあそこにいてあげていれば……あるいは、あの日私が彼を訪問などしなければ……」

レーナは静かに座っている。まるで自分の肖像画を誰かに描いてもらってでもいるかのように、顔を横に向けたままでいる。僕は彼女を見つめ、待つ。やがて彼女はハンカチで涙をぬぐう。表情にゆっくりと落ち着きが戻り、笑みがこぼれる。

「まさに、典型的なお金持ち一家のくだらない崩壊劇でしょう?」

団扇の女中が家のほうを見る。彼女は中にいる誰かに向かって舌を出し、鼻のあたりをしかめて見せては、しきりに珍妙なまばたきのような動作を繰り返す。

「一体、クリスピンさんには何が起こったのでしょう?」

「年を取るごとにはっきりしてくることは、誰かを憎いと思えば思うほど、心のある部分ではなんとかしてその人を赦したいと思っている、ということです。でも、本当にその人を赦してあげたいと思っているからなのか、あるいはただ単に、憎み続けることには大変なエネルギーがいるので、そこから早く解放されて楽になりたいと思うからなのか、それは分かりません。いまだに私には、赦しという行為がそもそも優しさのあらわれなのかそれとも利己的な行為に過ぎないのか、よく分からない。きっとその両方なのでしょうね。若い頃のあの人は、それはすごい才能の持ち主だった。茶目っ気に溢れていて。でも、大人になってからは、あまりにも大きな怒りに身をまかせ過ぎてしまった。怒りというのは便利なものです。なにより、単純ですしね」

「煙が目にしみる」のエンディングのオーボエの響きがフェイドアウトしてゆく。CDは最初に戻り、また「ミスティ」が空間を埋める。

「それで、以降、あの人と和解はなさらなかったのですか?」

「死ぬちょっと前、彼が最後にマニラに来た時――ほら、二月のカルチャー・センターでの大失敗の時のことです――のことでした。あのスピーチのちょっと前のことですけれど、弟がここを訪ねて来ましたの。本当に、ひょっこり。女中たちがしきりにお客様がお見えだと言うから、今私たちが座っているここに出て来ましたら、弟がスーツケースを横に置いて、パナマ帽で自分を扇ぎながら立っているじゃないですか。幽霊に違いないと思いましたよ。十字を切りさえしたと思います。あの人は顔を上げて、例の、人を苛立たせるようなあの憎たらしい微笑を浮かべるから、私も言ってやったんですの――『今さら帰って来たりして、誰も喜びはしないわよ』ってね。でも、同時に全然そんな風に思ってなどいないということにも気がついて、自分でも驚きましたけれども」

「ここに来たのですか? 『燃える橋』のこと、何か言っていませんでしたか?」

「作品のことについては何もしゃべりませんでした」

「どのくらいここ《ヒア》に?」

「別に何も怖《フィア》いことなんかありませんでしたわ。痩せても枯れても、あの人は私の弟なのですから」

「いえ、彼はここにどのくらいいたのですか？」

「なんですって？」

「彼はここに、どのくらい滞在していらしたのかしら？」。我慢できず、僕はそう言ってしまう。

「ああ、一週間足らずよ」

「そんなに長くですか？」。僕は努めて平静を装う。

「あなた、本当に彼のお友達？」

「そうですよ、確かにそうでした。いえ、すみません、もちろん今もそうだということですが」。なんだか後ろめたい気がする。「でも、僕もしばらくニューヨークを離れていましたから。ガールフレンドと一緒に、コスタリカで井戸の建設を手伝っていたんです。つまり、その当時のガールフレンド、といいますか」

「なぜフィリピンにいらっしゃらなかったの？　コスタリカなんて、そんなに困っている国でもないと思うけど」

「ええ、実際に行ってみるまでよく分からなかったんです。とにかくですね、僕がお尋ねしたいのは、クリスピンさんはここで何か仕事のようなものをしていたのかどうかということなんです。たとえば、何かノートを取っていたりなどしていませんでしたか？　あるいは……」

「仕事は全くしていなかったわね。あれは、見ていてすがすがしいほどだった。それに、私もあえて聞かなかった。お分かりになるかしら？　また会えただけでも素晴らしかったのだから、変なことを聞いて台無しにしたくなかったのね。なんだか、ずいぶん老けこんでしまったように見えましたわ。ここにいる間、ずっと裸足で庭を歩き回っていました。そしてよく食べた。一緒に、子供の時によく泳いだ砂浜まで歩いたの。いい思い出のことばかり話したわ。全てがあまりにも素晴らし過ぎる瞬間の連続だったから、あれが最後になるという事にどこかで気づいてもよかったのでしょうけれど。彼は、毎晩何か読んで聞かせてくれました。よく子供の時には皆でそうしたものでしたわ、とくに戦争中なんかね。子供たちでお互いに読みあいこをするのです。彼の朗読がいつも一番素敵だった。声色を変えたりして。あらゆる種類の巻き舌のRやなんかを駆使して、彼は『大鴉』を読んでくれたものでした。あの時、あんなに素晴らしい時を過ごしていながら、それが最後だと気づかないなんてね」。レーナは話すのをやめた。目の端をまた注意深くハンカチでぬぐった。

「ごめんなさい。なんだかね……私たち、子供だけで育ったでしょう？　父はいつもいなかったし、母も、本当の意味では私たちのそばにはいなかった。クリスピンの回想録では少し違う風に書かれているけれども、母は、自分自身の持つ愛情と折り合いがつかなかったのね。父のせいで、母は絵や盆栽なんかの世界に引きこもるようになってしまった。私は、彼女が笑っているところをほとんど見たことがありません。親友のミス・フロレンティーナといる時だけは別だったけれどもね。彼女にもインタビューするんでしょう？　違うの？　それはしなきゃだめね。あの人は、それは驚くべき女性ですよ。今も一人で暮らしているの。大天使様たちが守ってくださっているのね。それ以外、誰の助けも借りようとしない。かつては、ほとんど伝説的と言っていいほどの美女だったのよ、あの人。私なんかとは大違い」

「いいえ」と僕はぎこちなく言った。「あの、そんなことはないと思います」

団扇を持った女中が不信げな顔をする。スカートの縁のミントグリーンの繊維がほつれているところをいじくっている。

「ミス・フロレンティーナのことは、スペインの王宮でもよく噂になったものでした。山ほど求婚者があったのよ。実際に聞いてみなさるといいでしょう。彼女もきっと喜ぶわ。みんな彼女にぞっこんだった。何十人の中からお気に入りの誰かを選ぶことだってできた。でも、彼女は結局のところ、何かに縛られて満足できるような女じゃなかったのね。会話においてもそうだったわ。気をつけなさいね、彼女の上に立とうとしても、結局はバカにされているのに気づくのがオチだから」

「どういうご親戚なのですか？」

「実際の血のつながりはないのですが、あの人はいわば、一番近しいおばさんです。最初は叔父のハーキュリオの友人だったの。ご存じ？　父は、叔父の葬式に出なかったのよ。血を分けた弟なのに。ハーキュリオ叔父は……なんというか、独身貴族だった。あの頃は、まだそういうことは許されることではなかったですからね。いつもとびきり上等の服を着ていました。上海までも知れ渡ったガスパチョ作りの名人でしたのよ。ごめんなさい、何を話していたんでしたっけ？」

「クリスピンさんの最後の滞在の時のことです。何か変わったことはありましたか？」

「そう言えば、驚いたことがありましたわ。私はちょうどあの頃、ある子供の集団と関わりを持っておりましてね。アサンプション高校に通っていた頃のクラスメートにシャーリー・ヌーンズという尼僧、まあ聖人みたいな人ね、そういう女性がいるんですが、彼女がアンティーク郡の二つの町の子供たちの勉強を見てあげていましたの。私はクリスピンに、帰って来る時期が悪かったわ、まさに今からそこに行くところなの、と告げました。毎年二月の恒例行事でしたから。暑さが耐えがたくなる前のね。私は子供が大好きなんですの。とにかく、私がそう言うと、あの人、おれも行くよ、なんて言うじゃないですか。私は、へえ！　でも、きっと夕暮れになる前に音を上げるわよ、と言いましたけれどもね。とにかく、そういうわけで彼もついて来たのです。結局、二日間と一晩、一緒に過ごしましたわ。私が出資しているコテージ産業のプロジェクトの進み具合を見るのです。彼らはそこでカゴやなんかを作ったりしているんですわ。あとで手製の腰蓑をお土産にあげますから、お帰りの際には忘れずに言ってちょうだい。テーブルランナーとして使うと最高よ。それはいいんですけれども、子供たちは私たちを見て、それは嬉しがっていました。親のいない子がほとんどで、ある年齢に達すると、なんと言いますか、目に光がなくなってくるんですの。なんですって？　ああ、親たちはたいてい海岸沿いの入江にある魚の養殖場に働きに行っているの。ミルクフィッシュの養殖よ。あるいは、マニラで家事手伝いをしていたり、工事現場で働いたりしている人も大勢いるし、時にはブルネイやサウジアラビアにまで行くのです。大変なのよ。シャーリーだってもう相当の年なのに、あそこの人ったらどんどん子供ばかり作るんですからね。以前シャーリーがあの人たちにコンドームの存在を教えてやろうとしたことがあったけど、それは私がやめさせましたわ。お分かりになる⁉『それはいけない！　寄付はやめるわよ！　教区長にも言うから！』ってね。あそこの人たちには自制心ってものがないのね。私の人生なんて、まさに自制のひと言に尽きたものですけどね。あれでは動物のようなものだわ。それでも、神様は平等にお恵みをくださるのですから有難いことですけれども。シャーリーは、子供は働き手になるからだと言うけれど、それは私のようなものにはよく分かりません。変な風に取らないでね。見てみれば分かるけど、あそこの子供たちは、それはまるで奇跡のようなものなのよ。ひとりひとりがね」

「それで、不思議だったことというのは、そこを離れる日、シャーリーと二人の子供が車でフェリーの出る海沿いの町まで私たちを送ってくれることになっていたんですけれども、車に乗る時、クリスピーはその他の子供たちがみんな泣いていることに気づいたのです。そのうちの何人かは、車に乗ることになった二人に何か意地悪なことをしさえしていました。それで弟はシャーリーに、一体どういうことなのかと尋ねたのです。彼女は、毎年成績がトップの二人だけが海を見に連れて行ってもらえるのだ、と説明しました。二人だけに限ったのは、とても彼女の給料では全員分の交通費を賄えないからですわ。車でならたった三時間ほどの距離なのに、ほとんどの子供たちは海を見たことはありません。その二つの町はとても辺鄙なところにありましたし、おまけにテレビもありません。だから海がどういうものなのか誰も知らないのね。シャーリーは私に言ったものです、『行ってきた子が友達に必死で海の様子を説明しようとしている姿、あなたにも見せたいわね。どうしたってできないのよ。私も助け舟を出すんだけれど、そうすると、それがどのくらい難しいことなのかよく分かるの』ってね。さて、クリスピーはそれを聞いてすっかり不機嫌になってしまいました。腹が立ったのですね、いかにも彼らしく。やがて彼は財布を取り出してシャーリーに渡しました。一番近い町からジプニーを何台か手配するよう言いつけたのです。彼は座ったまま腕組みして、シャーリーの帰りをじっと待っていましたわ。まるで草を咀嚼中のラバみたいにね。ほぼ二時間、口もきかずにです。きっとバツが悪かったのでしょうね、なにせ彼は子供嫌いを公言していましたから。私がそのことを冷やかすとでも思ったのでしょう。キング・ジョージ五世での校訓は『名誉より誠実』でしたもの。サルバドール家の男たちが信じ続けたようなくだらない価値とは大違いですわね。私は、その最後の旅でやっとクリスピーは改心したのだ、と考えるようにしています。聖アウグスティヌスのように」

家の中の電気仕掛けの鳩時計が四回鳴く。ピンクの制服の女中が外に出て来る。今までミントグリーンの制服の女中が立っていた場所につき、受け取った団扇を掲げて、僕たちに上から優しく風を送り始める。勤務を終えたほうの女中は母屋に向かう。扉の数ヤード手前で少し速度をゆるめて、手を横に振ったり大げさな身ぶりを作ったり、玄関の陰にいる誰かに向かって何やらおどけてみせている。

「そういうわけで、子供たち全員が海に行くことになったのです。三十七人、全員がですよ。あの時の事は絶対に忘れません。かなりの数の子供が――そのほとんどは年長の子供でしたけれど――水を怖がっていました。でも、二、三人、勇気のある子供たちが先陣を切って海に飛び込んだのです。まだほんの小さな子供がよ、信じられます？　もっと大きな勇気自慢の子供たちでさえ、波が向かって来るたびに走って逃げ帰って来ているのにね。そうこうしているうち、結局全員が海に入りましたわ。転がったり水を撥ねかけ合ったりしている子も大勢いました。あんなにたくさんの笑い声を聞いたのは、あれ以来絶えてないわ。本当に。クリスピーは、ただそこにじっと立っていました。子供のただなかでポケットに手を突っ込んで、捲りあげたズボンの裾の下を膝を取り囲むように潮が満ちては引いていました。あの人は、私が物心ついてからというもの、ずっと人を小馬鹿にしたような口笛の吹き方をする人でした。まるで自分以外に興味がないかのような、あるいは人よりも自分のほうがずっと上であることをあえてアピールしてでもいるかのような。ナルシシートと私はずっとそれが嫌でたまらなかったものです。でも、あの日だけは、全く特別でした」

「でも、その後でひとつ手違いがあったのです。フェリーの上であの人と並んで手すりにもたれながら、多分少し感傷的になっていたのでしょう、残してきた子供たちのことが気になるんでしょう、なんて彼に話しかけてしまったの。あの子供たちのせいで私も少し気持ちが乱れていたんでしょうね。するとあの人、憤然とどこかに行ってしまいましたわ。車で家に帰る途中も、ひと言も口をきいてくれませんでした。そうして家に帰り着くとすぐに寝てしまい、次の日にはもういなくなっていたのです」

＊

マディソンがいなくても、本当のところは別にどうということもない。後悔はない。全てのことにはいずれ終わりが来る。もうひとつ確かなことは、物事がひとつ終わると、人はどうしてもそれになんらかの意味を与えずにはいられないということである。突然そうでなくなった時まで、彼女は僕の最愛の恋人だった。

理解不能のマディソン・リーブリング。僕はまず、その人を喰ったような名前に恋をした。彼女は環境科学専攻の学生で、地元の社交界では多少名の知られたリンカーンシャー・リーブリング一族のうちの「ボール・ベアリング男爵」の娘だった。ほとんど感情を表に出すことのなかった父は、デイヴィッド・ニューソンの任期中をマニラのアメリカ大使館で過ごした後、そのような地位にある男としては珍しく「友人のフィリピン婦人」を妻として祖国に連れて帰り、大いに物議を醸した。マディソンは乗馬スーツがよく似合い、「ミス・マナーズ」のコラムで紹介されてもおかしくないほどに馬上での身のこなしが板についていた。信じられないほど細い腰をしており、目の色は片方がブルー、もう片方が茶色だった（完璧な形の鼻をまたぐようにそばかすが散らばっていた）。僕たちはまさに「運命の出会い」と呼べるようなぴったりの関係だったのだが、それでもいくつかの食い違いがあった。一体なぜお互いの特徴をあのようにきつく責め合うようなことになってしまったのか、今となってはどう考えてもよく分からない。ピューリタンの祖先を持つ混血の彼女は、中年に差し掛かった両親が東洋思想や水晶の癒しの力にかぶれた時期と重なるようにして多感な少女時代を過ごした。十代は広く世界を回ることに費やされ、アッパーイーストサイドとセブン・シスターズでの暮らしの中で類まれな洗練を身につけていく――そういうコスモポリタンな育ちにもかかわらず、彼女は僕たちに共通の故郷が意味することの微妙なニュアンスを分析することも、また理解することもできなかった。彼女にしてみれば、わざわざアイデンティティなどという抽象的な問題に頭を悩ませるほうがどうかしていたのだ。僕たちは同じ言葉を話したが、話している世界が微妙に――言葉ではその差異をつかむことができないほど微妙に――違っていた。時が経つにつれて、根本的な問題は言葉にされないままに残され、やがて些細な意見のすれ違いとして生活の表面に噴出してくるようになった。昔はむしろ愛おしく思った彼女の小さな欠点が、今やどうしても許せない契約違反のようなものに思えてならなくなってきた。たとえば、卒業論文でトイレのエア・ハンド・ドライヤーとティッシュペーパーそれぞれが環境に与える影響の比較を行っておきながら、アパートを出る時には常に全ての照明をつけっぱなしにしておかないと気がすまない、といったこと。あるいは、たとえ隣の部屋で僕が仕事をしていようともおかまいなしに『ゴールデン・ガール』をボリューム最大で観ること。僕が美学的な見地からの反対意見をしばしば強く表明してきたにもかかわらず、ある写真――地球が月の地平線から顔を出して上にのぼっていく例のやつだ――を拡大してフレームに入れ、二人で暮らしているウィリアムズバーグのアパートのマントルピースの上に置いたこと。それは宇宙飛行士ジェイムズ・ロウエルがアポロ8計画の任務遂行中に撮ったものだった。僕たちはよくソファに座り、ボングを交互に回し吸いしながらそれをぼんやりと見つめた。マディソンはその写真がとても好きだった。遠くからなら全てが美しく見えるんだわ、と言った。人もいなければ国もない、国境もない――僕にはそういう物言いがどうにも甘ったるく、でもオゾンホールだけはばっちり見えるようだけど、と言っては彼女を怒らせた。普通は、僕たちはただだまって煙を吸い込みながら座っているだけだった。

＊

結婚生活を、そして父としての生活を再びしばらく送ってみるのはいいことだろう、と仲間とも意見が一致して故郷に帰って来た身ではあったが、クリストはどうしても恐怖を拭い去ることができなかった。噂話や関係者の筋からいずれ素性が知れてしまうのではないか？　それは実際に異端審問の席で糾弾されているも同然であった。いったん裁判になると、無罪が確定するまで世間はしばしば「有罪」のほうを信じてしまうものである。

その日の夜遅く、客人たちも帰り、妻や子供も寝てずいぶん経ってから、彼は日記に次のように書く――「マニラ周辺のいくつかの郡での最近の動きを見ていると、ここでも何か大変なことが起こるのではないかと恐ろしくなる。しかし同時に、むしろそうなって欲しいと願う気持ちが高まってもくるのだ。これこそ私たちが長年必死に追い求めてきたものなのだ！　だが、いざそこに実際に手が届きそうになると、やはり恐怖で息がつまりそうになる。夜、私は泣きながら目を覚ます。部屋には誰もいない。突然あたりの空間が荒涼と広がり、どこか見知らぬ原野にでも立たされているかのように感じる。遠くに動いているのは、修道士、戦士、または裏切り者たちの影だ。もう少しで姿が見えそうなのに、木々の下草の陰に隠れながらあちこち動いているのでどうしても見えない。私のようなものにとってさえこれほど恐ろしい夜が続くというのなら、あの哀れなホセ（・リサール）の最後の晩は一体どういう感じだったのだろうか？　マリア・クララの部屋に入り、彼女と子供たちの寝息を聞いて初めて、私は自分だけが助かろうとする気持ちを払いのける勇気を奮い起こすことができる。彼らの立てる音に耳を澄ますことで、革命運動の成功を信じる気持ちが再び強まってくるのだ。スペイン本国はいずれ必ず譲歩する、という確信。もしかすると議会に議席も認められるかもしれない。至極穏当な要求のはずだが、この種の要求をいくつか突きつけたせいであのホセが銃殺隊の前に引きずり出されてから、まだ一年と経っていない。マドリッドで若き日の彼と私とが同じ未来を夢見ていたのがまるで昨日のことのように思われる。夜明けがやって来る。かわいそうなマリア・クララは、私の疲れた様子を、自分との関係のせいで引き起こされた鬱状態であると勘違いしている。彼女を泣かせたくはない。だが、これは私ひとりが背負うべき十字架である。息子たちのためにも。そう、彼らはまさに私のプライドそのものだ！　あたりかまわず走りまわるナルシソ・ジュニアを見ていると、将来何をしでかしてくれるものか恐ろしく思えてくる。リトル・アキロはやっと首が座り始めたところだ。そして三番目の子が今マリア・クララの腹の中にいる。朝、人生への約束に満ち溢れたような彼らに朗らかに挨拶をされると、私は英雄的な考えを全て拭い去る。だが、こんな夜にはまた熱い思いが錯綜するのだ。アニセト、ファン、それにマーティンが夕食にやって来る。私たちの様々な思惑、社会が本当に変わる可能性、焦りを含んだ疑いの念——パイプやシガーから立ちのぼる煙と混ざり合って、それらがあたり一面に濃く漂う。そうして私の頭にまたもや火がつき、眠れぬ夜がやって来る。それもやがて朝になり、同じことの繰り返しが始まるのだ」。

クリストはペンを置いて目をこする。先ほど決断したことを、もう一度じっくりと吟味する。その計画の不透明性に今さらのように打ちのめされ、彼は叫ぶ——「幸いなるマリア様、永遠の処女よ、どうぞ私をお助けください！」。

——クリスピン・サルバドール、『啓蒙者たち』（百六十五ページ）より

＊

姉のシャーロッテが出て行った時、外は激しい雨だった。少なくともそうだったように記憶している。僕はまだほんの十三歳だったが、彼女は僕にだけ本当の気持ちを打ち明けてくれた。それは、バンクー

バーから移ってきたイリガンの家では僕らの部屋が洗面所を間に挟んでつながっていたからだったろう。あるいは、その前から僕ら二人は単に気が合っていたのかもしれない。本当のところはよく分からない。事情を打ち明けてくれた時――既に荷物の準備はできていたのだが――僕は彼女を止めなければと思った。でも、彼女には幸せになって欲しかった。だから、結局僕はその重い秘密を飲み込んだまま誰にも話すことはなかった。後にも先にも、僕が本当に守った秘密はそのことだけである。

その時祖父母は五百五十マイル離れたマニラにいた。飛行機で三時間の距離ではあったが、とにかくまたも不在だったわけだ。グランマとグレイプスの間の口論はさらに激しさを増してきており、シャーロッテや僕やその他の孫にそのとばっちりがいくこともしばしばだった。グランマは、グレイプスには他に女がいることを確信していたので、彼のそばを離れないと言ってきかなかった。彼女は、グレイプスにとっての政治とは全てこの不貞行為のための口実に過ぎないと決めてかかっていた。そういうわけでグランマは、グレイプスが全国知事大会に出席するために首都へ赴くことになった時――それは彼の任期中で最後のことだったのだが――彼と一緒にマニラへと旅立ったのだった。

彼らが帰って来た時、シャーロッテは既にいなかった。

まだ誰も彼女が出て行ったことに気づいていなかった時、僕は持ち物がたくさん残された彼女の部屋の真ん中にぽつんと座っていた。部屋はまだ彼女の匂いがした。的確に言葉で表すには記憶が定かではないが、とにかく彼女のもの以外ではありえないと確信を持って言えるような、すごく新鮮な感じのする匂いだった。置いてあった雑誌『エル』をぱらぱらとめくり、水着の女の子の写真を全部切りぬき、後で聖書の間に挟んでおこうと思ってシャツの下に隠した。

僕はまだ幼かったが、事情はよく分かっているつもりだった。彼女を責めることは誰にもできなかった。彼女は高校時代の恋人と離ればなれにさせられ、そこから世界の一つ分は離れた、この何もかもイメージ通りの陳腐な楽園に拉致されてきたのだ。金色のマンゴー、燦々と光の降り注ぐ白い砂浜、サンゴ礁の海でのダイビング――タガログ語はいまだに外国語のようにしか思えず、話せば現地の人たちに笑われた。孫の僕たちにはボディガードや運転手、靴下にアイロンまでかけてくれる女中が付けられた。そのような贅沢な生活は、初めのうちこそカナダで覚え知った自由の感覚がさらに増したようにすら感じられもしたが、やがてむしろ窮屈でしかないように思われてきた。遊び部屋の隅で長距離電話をしているシャーロッテの涙混じりの声を聞くのは苦痛だったし、何より僕をこんな場所に無理矢理引っ張ってきて新しい学校に行かせた祖父母のことが恨めしかった。シャーロッテを怒鳴りつけるくせに、肝心な時には自分たちはいつもいない、そんな家に僕らを縛りつけておこうとする祖父母のことがどうしても赦せなかったのだ。

シャーロッテの部屋では、ベッドが彼女の去って行った時の状態のまま乱れていた。その脚部に座り、彼女が置いていったCDを調べてみた。彼女の誕生日にグランマが買ってくれたウーハーのスピーカーで、僕はホイットニー・ヒューストンの「グレイテスト・ラブ・オブ・オール」を聞いた。それはシャーロッテの好きな歌のひとつだった。グレイプスが買ってくれた小型のグランド・ピアノを弾きながら、彼女はよく大きな声でそれを歌ったものだった。ホイットニーは歌う――「子供は世界の未来、そう私は信じている。よく教育して、そうして最後には自分で自分の道を選ばせるのよ」。やがてサビに差し掛かる――自分自身の生き方を貫かなければ、というあの部分、そして、失敗するにせよ成功するにせよそれが自分の選んだ道なのだから、と力強く歌われるあの部分。クライマックスで自分の尊厳を守ることの重要性を彼女が高らかに歌い上げた時、僕はこらえきれなくなった。床に崩れ落ち、ひとしきり泣いた。そうする他ない時、僕はよくそうした。

シャーロッテが行ってしまって何週間、何か月、そして一年が経ったが、その間の家の様子は、まるで出来の悪い映画を見せられてでもいるかのようだった。グレイプスは彼女を勘当し、孫全員を、彼女の名前が所有財産割り当てのリストからしっかりと削除された家族の基本定款――彼の家族愛の物的証拠――に署名させた。機会があるたびに、五人しか孫はいないと周りの人に触れまわり始めた。そのような時期にグランマがどうしていたのかはよく覚えていないが、つまりそれは彼女がもっぱら部屋に引きこもっていたということを意味する。息子夫婦の次に今度は孫までも一人失ってしまう――祖父母の気持ちはどのようなものだったろう？

マリオは、グランマがそんな風になってしまったのは僕が思い出せないほど昔――つまり僕の両親が死んだ時――に一度あっただけだと教えてくれた。彼の話では、グレイプスに愛人がいることが判明した時期――その時グランマは僕たちを連れて彼のもとを離れ、最高級ホテルに一か月以上滞在した――でさえ、グランマは孫たちの前ではいつも気丈に振る舞っていたという。その時彼は、グランマはまたすぐに立ち直るから心配しなくてもいい、と僕を安心させようとしていたが、そういう大人の事情を十三歳の僕に教えてしまうということ自体、彼自身が妹の出奔に大きな衝撃を受けていることを示していた。シャーロッテとマリオは年齢が近いせいもあって、多くを共有するもの同士によくある種類の激しい喧嘩が絶えなかった。大学生になると、マリオは問題を起こし始めた。授業にも出なくなった。自分以外全ての学生が自分には理解できない現地語でしゃべり、ある者は金持ちであることや英語しか喋れないことをネタに自分を馬鹿にさえしてくる――そんな大学に誰が行きたいと思うだろう？　ある夜、遊び部屋で祖父母がマリオを叱りつけていた。彼は祖父母の間に座っていた。グレイプスは向こうの壁際に立ち、グランマはビリヤード台にもたれていた。マリオの寡黙は、シャーロッテの傲岸さと同様に祖父母を怒り狂わせた。グランマはこらえきれなくなってビリヤードボールをつかみ、床に投げつけた。するとあろうことか、ボールはワンバウンドしてグレイプスのひたいを直撃したのだ。それを思い出すと、今でも僕たちには笑いがこみ上げてくる。もっとも、祖父母のほうはいまだに笑うことはできないようだが。

激しい状況の変化を最も上手に乗り切っているように見えたのは、最年長のジェスだった。彼は全てにおいてうまくやっているように見えた。スキューバダイビングを始め、長髪を風になびかせ、首にはサメの歯のネックレスをつけていた。彼はグレイプスの下で門弟兼仕事上の右腕としてジッパー工場本部で働き、残りの青春の全てをグレイプスに捧げるつもりでいるようだった。もっとも、グレイプスは僕たちが何をしようと満足したような顔は絶対に見せなかった。おそらくそれは、僕たちに対する彼の献身があまりにも深いものであり過ぎたせいだった。つまりそれは、その真剣さゆえに極めて傷つきやすいものでもあり、その完全な理想主義が同様に完全な愛を見返りとして僕たちに求めた結果だった。グレイプスはジェスに全てを求めたのだ。そういうわけで、彼は人が変わったような真剣さで仕事に打ち込み始め、いつしか楽しそうに遊び回っているように見えた時期のことは、彼の人生における何かうまく辻褄の合わない例外的なものとして忘れ去られていった。まだ小さな僕たちをまとめ上げようと一生懸命に働き、「悲しみの老女」の役割を選ぼうとしているグランマを救うべく弛みない努力を続けたせいで、ジェスの物腰はいつか鋼のような堅さを帯びるようになった。僕はまた昔のジェスが見たいと思い、その鉄の仮面をはがしてやりたいと思った。

クレアもその頃までには家を飛び出しており、口髭を蓄えた魅力的な男の人と結婚し、カリフォルニアに落ち着いていた。時々実家に電話してきては泣き、僕たちもそれにまた涙で応えた。その声には、僕たちを捨てて逃げる形になってしまったことへの後ろめたさが潜んでいた。

二人ともまだ幼かったことが幸いして、ジェラルドと僕とは家族の土台に入ってしまった亀裂の性質を全くと言ってよいほど知らずに育った。荒っぽい地元の方言を使いこなすようにもなった。同じバスケットボールのチームに所属した。お互いの頭をクルーカットに刈りあげた。そろいの金のネックレスをつけた。部下に命じてグレイプスが取りつけさせた低いミニバスケットコートのゴールネットに颯爽とスラムダンクを決め、宙に浮かんでいるお互いの写真を撮り合った。そういう時は、僕がマヌート・ボルで彼がマグジー・ボーグスだった。僕たちはよくグランマと連れだってインゴの店――威勢のいい土地の女性と結婚した鈍重なドイツ系の男が経営するデリカテッセン――に行った。そこは、その周辺何百マイルのエリアの中で唯一スコットランド風スープやブラットウルスト、スモークサーモンやパテなどの料理を食べさせる店だった。そこで僕たちは、革のように固い国産の雌牛の肉のステーキとは一味も二味も違う輸入肉のステーキを楽しんだ。そのような時にグランマは、祖父にはこのことを言わないよう約束させたものだった。

シャーロッテが去って二年が経った頃、祖父母の邸宅の建築工事がついに終了した。建物は、古代からの時の流れを思わせるような風の吹きすさぶ峡谷の端にへばりつくようにして、イリガン・シティを見下ろす丘の上に立っていた。それは七階建てのビルで、下の四階分のスペースは後に僕たちがそれぞれ独立して新しい所帯を持つ時のためにあえて手を付けずに残してあった。内装のために祖父母はフランク・ロイド・ライトと日本の禅に関する様々な本、そして『アーキテクチュラル・ダイジェスト』の全巻揃いを熟読した。彼らにとってはこれこそがまさに夢にまで見た家の実現だったのであり、この中で彼らは静かに色あせ、安らかに死んでいくつもりだった——つまりこの家は、僕たち一族がこれから子子孫孫暮らしていくことになる故郷そのものだった。祖父母はこの家に名前を付け、グレイプスは自筆のアラベスク模様の文字でその名を表札に彫らせた——「アワトピア」。

ペントハウスの祖父母の部屋からは、二つの丘に挟まれるようにして、昼には海の深い青が、夜にはコナーベーションのきらめく夜景が一望できた。グレイプスは僕とジェラルド用にバスケットコート、グランマ用に畳の礼拝部屋、また家族そろってのディナーが楽しめる韓国式焼き肉グリル完備の日本風茶室などを作らせた。射撃場や絵画用アトリエ、さらに四フィートの浅さのプール（僕たちが溺れないように、グレイプスはそれ以上の深さにはしなかったのだ）まで揃ったその建物は、まさに彼の「城」そのものだった。孫はそれぞれ眺めのいい個室を与えられた。クレアの部屋は、主が夫のもとへ行って不在の間には家族全員の古服の一時保管室となった。二度と戻って来ないということがはっきりしたシャーロッテの部屋には、グレイプスがコンピュータと巨大なプリンタを持ち込んで、この「地球の裏側」で過ごした何年かの習い性となった不眠の夜をデジタルグラフィックアート制作に費やした。政治の世界への断ち切りがたい未練の念を紛らわす何かが必要だったのだ。アワトピアに移ってからしばらくした頃、グランマは重度の鬱状態に陥ってベッドから出ないようになった。そのせいで、グレイプスは何かとエネルギーを擦り減らすことの多い政治生活全般と縁を切る誓いを立てさせられたのだった。

当時、グレイプスと少しの間でも一緒に時を過ごすのはかなり大変なことだった。彼はとても怒りっぽく、孫との間に徐々に亀裂が生じていくうち、それぞれと自分との間の関係についてすっかり彼なりの意見を固めてしまうようになっていた。それは根拠のない言いがかりのようなもので、彼の意見に対する僕たちの態度や、あるいは僕たち自身が必死に克服しようとしている個人的な欠点などに基づいた不正確な独断だった。家族揃った夕食の時などはまるで地獄のようで、僕はよく腹の調子が悪いと言っては席を立った。グレイプスが家にいる時は抜き足差し足で歩くか、あるいは自分の部屋に閉じこもったまま外に出ようとしなかった。たくさんの本やギター練習用のギズモ、盗んできた七〇年代の『プレイボーイ』などに囲まれた自分だけの聖域に隠れ、僕はよく部屋の灯りに集まってきた虫を狙う小さなヤモリをぼんやりと見つめたものだった。それらは網戸にへばりつき、上のほうを目ざして登ろうとしていた。一マイル四方に家といえば僕たちの家だけだったので、見慣れぬ星や遠くの街の灯りを除けば、目ぼしい光はここにしかなかったのだ。獲物を平らげたヤモリは、腹が重くて動けなくなったせいか、次の朝もまだ網戸の上に動かずにいた。太陽の光が強い時には、彼らの透明な体の中で爬虫類独特の形をした心臓がまるで胸の中に埋め込まれた豆粒のように動いているのが見えた。僕はよく網戸の横から指を伸ばしてはそのいたいけな生物を弾き飛ばし、それがまるで手裏剣のように回転しながら眼下の底なしの緑に吸い込まれて行くのを見つめた。一匹ずつ、まるで殺戮の味に魅せられるようにそれらを弾き飛ばすことで、僕はそのベッドルームの外でゆっくりと腐敗していく家族のありさまをしばしの間だけでも忘れることができたのだ。

高校時代はイリガンで過ごした。スノビズムのかけらもない、極めて素朴な町だった。そこで覚えた事は、今でも僕の人生における基本的な楽しみの基礎を形作っている。クラスメートの家の裏にある水田のあぜ道を何マイルも歩いた。125ccのホンダのバイクにまたがり、新たに宅地造成が行われてすっかり水平となった丘の頂を見て回った。海の魅力と怖さとを同時に感じながら、長い間砂浜を散策した。それらの行動は単純ではあったが、全てが何らかの意味で「移動」に関わっており、いわば世界の中で自分の位置を見極めるための予行演習だった。

サント・ニーニョ・ヴィレッジの街灯さえない未舗装の街路で、僕たちは一体どれだけの夜を過ごしたことだろう。クラスメートのピン・JとJPとがそこに住んでいた。彼らはともにフィリピン人宣教師の息子だった。この場所で僕は友情の意味を学び、将来同じ道に進むことになろうとなるまいと親友は常に親友であり続ける、ということを学んだ。僕たちは最新のエア・ジョーダンの写真に身悶えした。昼休みには学校を抜け出してジプニーで街へと繰り出し、白と青の制服を着た女の子たちを見つめた。郡で最初のマクドナルドがオープンした時には、連れだって何時間も行列に並んだ。夜には僕の小さなバイクにヘルメットなしで三人押しあい圧しあいまたがり、膝を曲げて地上すれすれのところで足を浮かせながら、通行許可範囲外の、目当ての女の子たちが踊っているオープンエアのディスコへと飛ばした。裸電球の光、あたりに漂うギャンブルの喧騒――それらを取り囲む休閑畑の匂いの中で繰り広げられるお祭り騒ぎのフリーク・ショーを眺めては、羨ましがったり哀れに思ったり身をよじらせたり、踊っているのだか格好をつけてポーズを決めようとして失敗しているのだかよく分からない、何とも煮え切らない時間を過ごした。それぞれが目当ての女の子を外に連れ出し、愛を囁いた。たまには、ショータイムなしのぶっ続けで映画を観せる映画館へと彼女たちを連れて行くこともあった。上映の途中で中に入り、ラストを観終わった後で冒頭部、そして再びラストまで観る。僕は結局、ひどく歯並びは悪いがとても可愛らしいダーリーンを連れ出すことに成功した。彼女にキスする勇気は結局出せなかったものの、自分はバンクーバーでは有名な不良の一団のメンバーとして鳴らし、どのような感じがするのか知りたくて一度人を刺したことさえある、などと嘯いてみせた。彼女はその男が死んだのかどうか尋ねた。僕は分からないと言い、だからこそこれからもきっとその男の顔を夢に見続けると思う、とさえ言った。ガール・グループのウィルソン・フィリップスのヒット曲「ホールド・オン・フォー・ワン・モア・デイ」の歌詞に気持ちを乗せた別れの手紙が彼女の名前で送りつけられてきた時には、いっそこの世ときっぱりおさらばしてしまいたいとさえ思った。愛がそういうものなら愛など二度といらない、と思った。こんなにもうつろな気持ちが同時にこんなにも鋭い痛みを含みうる、ということがどうしても信じられなかった。僕は彼女を取り戻そうと必死になった。彼女に詩を捧げ、ジェスのところに歌詞を持って行って曲を付けてもらおうとさえしたが、彼は音楽はそういう役には立たないということを優しく教え諭してくれた。

そして僕は立ち直った。そのうち、レアンナという女の子を好きになった。それまでの恋が全て取るに足らない嘘ごとに思えるような、本物の恋だった。やがて僕は、絶対に傷つけまいと誓った人をそれでも傷つけてしまうということはどういうことなのかを知った。本気で後悔するとはどういうことなのかを。

つまり、全ては若気の至りだった。僕は学び、そして卒業証書をもらった。高校の卒業式で、僕は帽子を宙に放り投げた。

一九九三年、家族がマニラに移住した。僕を大学に行かせるためであり、またグランマのフレッシュ・スタート・リハビリテーション・リトリート・ホームでの治療のためでもあった。それはまた、ジェスとマリオのためにグレイプスが立ち上げた新しい家族経営のベンチャービジネス――香り付きキャンドル輸出業の走りのようなものだった――のためでもあった。そして、決して口にされることはなかったが、今回のマニラ帰還は、実は再燃したグレイプスの政治にかける夢のためでもあった。新しく成立したエストレーガン政権内の要職を、彼は狙っていた。

こうして、いつもイリガンなど無視し続けてきたように見えるこの国の首都で、僕たち崩壊家族は再び世界と交わることになった。残されたアワトピアは、所在なげにただ立ちつくすばかりとなった。管理人とその夫が全ての部屋を回って必ず日に一度灯りをつけ、水道の蛇口をひねり、錆びて開かなくなってしまわないように扉の開け閉めをしてはいたが、買い手は一向につかなかった。夢というものは、いつもかくまでに個人的なものである。今そこは、日本人の経営になる英語教師養成学校になっている。

＊

クリスピンのベッドルームにある鍵のかかったタンスの中にあった古い旅行カバンの中から、レーナ・サルバドールの日記が見つかった。その中には、あの世界共通のアサンプション高校生の筆跡で、一九四一年十二月二十五日付のこういう記述があった――「今日はマラテの教会で、家族みんなでクリスマスのお祝いをした。顔の見えない知り合いもたくさんあった。ここしばらくのところアメリカ兵がずいぶん街から撤退し続けているから、私たちはなんだか怖くなってきた。ママが言うには、アメリカは私たちを見捨てて日本軍に引き渡そうとしているということだが、パパが言うには、このやり方の方が私たち民間人にとっては安全だということだった。『子供たちを脅えさせせないようにしなければ』とパパは言っていた。まったく、いつまで私たちを子供扱いする気なのだろう？　教会ではその場にいない人たちのこともお祈りしてさしあげた。街で私たちを守るために戦ってくれているジェイソン伯父さんのために使徒信条を一つ余計にお祈りした。ミサの後、オコナー神父さまがサンタクロースの格好をして出ていらっしゃったが、ずいぶん痩せっぽちのサンタで、子供たちにさえすぐにそれは神父さまだということが分かった。家に歩いて帰る途中、クリスピンは私の手に引かれながら、サンタクロースなんてもう信じてないよと言った」。

――執筆中の伝記、ミゲル・シフーコ、『クリスピン・サルバドール――八回目の生』より

＊

ドゥルセとジェイコブは走りながら後ろを振り返った。「だから言った通りだろ？」と喘ぎながらジェイコブは言った。「このままじゃ取って食われちゃうよ！　明るいうちに行けば良かったんだ。ガーデナーじいさんの言うことを聞いてれば、こんなことにはならなかったのに」

フェンスの端まで来ると、彼らはうずくまって身を隠した。満月の青白い光を浴びた路地を、ドゥエンデたちが飛び跳ねながらこちらにやって来る。全部で六頭。踊り狂うホタルのような眼が暗闇で光り、銀色のあご髭が煙のように風になびいていた。六頭は立ち止まって空気を鼻から吸い込んだ。小さな妖精だった。かわいい、とさえ言ってもいいような相貌だったが、縄張り意識だけは相当に強そうだった。

「家には戻れない」とドゥルセは言った。「戻れば、家の場所があいつらにばれてしまう。そうなると家族が危ないわ」

ジェイコブは半狂乱で何か答えたが、それはほとんど答えの体をなしていなかった。「だから言ったんだ、あの木にだけは近づいちゃいけなかったんだよ」

とっさにドゥルセはあることを思いついた。「ついて来て」と彼女はジェイコブに囁き、ドゥエンデたちのいる路地裏の満月の明かりの中へ真正面から躍り出た。ジェイコブは身をかがめたまま、驚いて動けなくなってしまった。ドゥエンデたちは嬉しそうに手を叩き、レーザーのような鋭い牙をむき出して笑ったかと思うと、全速力で彼らのほうに向かって飛び跳ねてくる。「こっちへ来るのよ！」。ジェイコブのシャツをつかんで引っ張りながらドゥルセは言った。二人はドゥルセの家の裏庭に向かって一目散に走り出した。息つぎの音と心臓の音、それから下草がぱきぱきと折れる音以外は何も聞こえなかった。

——クリスピン・サルバドール、『ＱＣの夜』（『カプトル』三部作第二巻）より

＊

われらが主人公の午後の残りの時間は、レーナとともに流れていく。詮索好きの彼は、クリスピンの死

についてさらに尋ねようとする。しかし彼女はそれには答えず、その代わり彼の両親について質問する。素晴らしい方たちでしたもの。お父様は助けにお戻りになるべきではなかった。ボビー・ピンプリチオのことは、あれは救いようがなかったんです。いえ、ごめんなさい。あなたのお父様は、つまり英雄でした。真の愛国者でしたわ。もしもピンプリチオが生きていれば、あの方こそが大統領になっていて、きっとこの国も今とは違っていたでしょう」。こういう意見を聞くことには慣れているが、そう言われるたび、彼は身が引き裂かれるような思いがする――誇りと同時に押し寄せて来る、たとえようもない悲しみ。レーナは小さな真鍮のベルを鳴らす。母屋の影から、ミントグリーンのお仕着せを着た女中が二歳くらいの子供を抱えて出て来る。黒い男の子である――肌の色だけでなく、その外見から推し量られる性質に関しても。赤いオーバーオールを着ている。「ドーナツ」という言葉を何度も繰り返している。その言い方は、まるで何かの警告を発しているようにも聞こえる。赤ん坊を手渡されるとレーナの目が輝く。まるで突然やって来た若さの源からエネルギーを注入されたかのように、背筋が伸びて動きが精彩を帯びてくる。

「私の息子ですの」とレーナは言う。「モーゼス、というんですの。洗濯女の子供なのですが、数か月前にその女は死んでしまいました。彼女自身がまだほんの子供だったのですけれどもね。朝になっても起きてこなかったのです。相手の男のことは分かりません。おそらく小作人の一人でしょう。だから、今はこの子は私の子供。あの娘がつけた名前はすごく馬鹿げたものでしたから、私が変えてやりましたわ。モーゼスのほうがずっと良く似合っています。そう思いませんか？」

後ろに立っている女中はモーゼスに向かってうなずいて見せる。「お母様にちゃんと言いなさい」。女中はさらに続けて言う、「さあ、言いなさいったら」。

「愛してる」とモーゼスはもごもご言う。

「あの連中ったら、何バカなことを教えたのかしらね。聞こえないわよ、もう一度」

「愛してる《アイ・ラブ・ユー》」とモーゼスは言う。

「何？」レーナは言う。「〈島の風景《アイランド・ビュー》〉？　馬鹿なことばかり覚えさせられて」。女中は失望したようである。「あら、おむつの替えどきね。乳母のところに戻りなさい」。レーナがモーゼスを女中に渡すと、彼女は母屋へ戻ってゆく。

「あの子のおかげで、もう手に入らないものとすっかり諦めていた幸せを感じることができていますの。私は結局、父の身のまわりの世話で忙しかった。車椅子を押して回ってね。自分の父親に誇りに思ってもらっていることを誇らしく思う、ということ自体は特に悪いことではないんでしょうけれど。父は五年前に亡くなりました。母が亡くなってから……どのくらいかしら？　ガンで亡くなって、もう十年になりますわ。ナルシシートが亡くなってからは、このクリスマスで三年。クリスピンについてはあなたもよくご存じ、というわけね。そういうわけですから、私が今自分の時間をどう使おうと、誰も文句を言わなくなった。ええ、モーゼスは私の赤ちゃんです。このスワニーに残されたものは、全てあの子のものです。難癖をつけるものなんてどこにもいません。クリスピンの娘だって、おそらく何も言わないでしょう。ドゥルシネアはもうすっかり一人前です。時々、自分を育ててくれた人は実の父親じゃないということさえ忘れてしまっているのではないかしら、などと思いますわ。実際、その人こそが本当の意味での父親なんですからね。あの子の母親が刺されて死んだ時、お通夜にくらいは出席しようと考えたのです。でも、やはり弟の決めたことを尊重せざるを得ず……」

ここでレーナは感受性の鋭いわれらが主人公の微妙な顔つきにやっと気づき、話をやめる。「何です？」彼女は言う。「ご存じないのですか？　公然の秘密だとばかり思っていたけれど」

＊

田舎の高校を卒業すると、世界都市マニラでの目くるめくような大学生活が始まった。毎週が飛ぶように過ぎ、パーティからパーティへと続くいくつもの絶頂の瞬間は、まるでスポーツのハイライトシーンのダイジェスト映像のように僕の頭の中を駆け巡った。初めて行ったパーティでは、サン・ミゲル・ビールとカート・コバーンの歌う欲求不満の子守唄をバックグラウンドに、僕はケソン・シティのクールな夜景を見下ろしていた。誰もがボトルを高く掲げ、ザ・ドーンの「イイサン・バンカ・タヨ」に合わせて声を枯らすほど歌った。そして僕は、生まれて初めて心から惚れ込むに足ると思える大都会の女の子に出会った。目のぱっちりとした、アナイスという女の子だった。その夜、彼女は僕と朝までふざけまわり、クエルヴォのゴールドとシルバーを交互に飲み比べ、最後は家に車で送ってくれと頼んできた。僕はゆっくりと運転しながら、助手席の彼女とグラフィック・ノベルについて、あるいは神学101のクラス担当の教員について、あるいは印象主義についての話をした。彼女は僕がマネとモネの違いについての自説を披露するのに感銘を受けているように見えた。彼女を家の前まで送って車から降ろした後、車体を低くしたカローラの窓を全開にし、ステレオをフルボリュームにしてエドサ大通りをぶっ飛ばした。十代の者にしかできない、命そのものの美しさに酔いしれているような説明不能の喜びの雄叫びを上げながら。その時僕は、つまり愛の崖を転がり落ちていたのだ。しかし三か月後、電話での別れ話がやって来た。あなたって「重い」のよ、そう彼女は言った。あなたは私のことを、自分を包み込んでくれる「地母神」か何かのように思っているのよ、と彼女は言ったのだった。その言葉の意味がよく分からなかったので、辞書を引くためにコードレス電話を耳に当てたまま書斎に行った。その間、僕はずっと黙っていた。それから僕は泣き始めたのだが、事がただややこしくなるばかりだった。僕はそのようにして彼女に捨てられ、何日、何週間とふさぎ込んだまま時が過ぎ、ついに二か月が経った。若さならではの弾力性というべきだろうか、僕はやがて彼女を失ったことから立ち直った。

それから彼女は震えた静かな声で電話をかけてきた。その時の彼女の言葉を思い出せればいいと思う――人間性の暗部について正直に書き記すために。それは「妊娠したみたいなの。そんな感じがする」あたりのものだったと思う。その時僕はすぐに適切な返事をした、と思いたい。若くてもそのくらいの責任感は既に持っていたのだ、と想像したい。僕は英雄に憧れていたのだから。

僕は、彼女がどうしたいのかを尋ねたのだと思う。彼女はその僕の質問が信じられず、とにかく行くところまで行ってみる、という趣旨のことを言ったのだと思う。少なくとも僕がこう言ったこと、これだけは確実だ――「おれは、正しいことをしたいんだ」。はっきり覚えている彼女の言葉――「行くところまで行ってみる」。

4

バコロド空港へと向かうタクシーの中で、キャリーバッグの中からクリスピンの写真アルバムを取り出す。古びたプラスチックのにおいのする皺くちゃのビニールカバーがついている。ぱらぱらとめくる。父のそばでよちよち歩きをするクリスピンの手彩色写真がある。父と子で同じような迷彩服を着て、二人揃ってカメラに向かって敬礼をしている。豊かな毛皮のような緑で覆われた山を背景にした、野戦服を着てあご髭を生やした若きクリスピンのスナップ写真。露出過多である。まるでギターのようにカラシニコフ小銃を手に提げている。チンコス・ブラボスの「会合」の写真もある。腰蓑をまとっただけのミギー・ジョーンズ・マテュートとダニエル・デ・ボルジャを前景に、眼鏡をかけたマルセル・アベラネーダと背の低いムーチャ・ディマタヒミクに挟まれて、ひときわ背の高いクリスピンを後景に配したポラロイド写真である。彼の腕は両隣のものの肩の上に載せられている。家族写真がある——側転をしている十四歳のレーナの赤くて長いスカートが、空に向かってまるで明るい色の花のように開いている。シャーロック・ホームズに扮した九歳のナルシシートは、湾曲したパイプに息を吹き込んでシャボン玉を飛ばしている。父ジュニアと母レオノーラの選挙運動時の写真では、二人とも目の覚めるような紫色の農作業帽をかぶり、ボールドウィン社の蒸気機関車の前でお互いの体に腕を回している。海沿いのリゾートで行われた「いとこ会」でたくさんのルーパス家のいとこたちに囲まれたクリスピン（あるいとこはジュニアの顔の下に選挙スローガンがあしらわれたTシャツを着ている――「われらがサルバドール、必ずや再選！」）。可愛らしい女の子のカラー写真もある。三歳くらいだろうか。ハシバミ色の目をしている。日付はないが、既に色褪せ始めている。

＊

ドゥルセとジェイコブは全速力でプールの周囲を走った。ジェイコブはまるでパンツに火がついたかのように思った。ドゥルセは、激しく揺れるひょろ長い手足と金色のおさげ髪の作る残像そのものだった。彼女はガーデナーが農具を保管している小屋のほうを指さした。「あそこに入るのよ」と彼女は囁いた。「やつらに見えるように」

ジェイコブは信じられなかった。「本気かい？」

ドゥルセはうなずく。「いい考えがあるんだ」

二人は暗い小屋の中に入った。ドゥルセはロープを見つけてドアノブに結びつけ、そのまま部屋の端まで引っ張っていって座った。

「よし」と彼女は言った。「私はこれを持ってここに座ってる。あなたは外に出て、あいつらに見えるようにしてて」

「え……ぼ、僕が？　頭がおかしくなっちゃったの、ドゥル⁉」

「私のほうが半年上なんだから、行くのはあなたよ。それにこないだ言ってたじゃない、『君は女の子なんだから』って」

「いや、それはその……つまり……」。ジェイコブは口ごもった。「その、あれは本気じゃなかったんだよ。それに、このままじゃここに閉じ込められちゃうよ」

ドゥルセはジェイコブの目をじっと見た。「私を信じて」と彼女は言った。

ジェイコブが外に出ると、ドゥエンデたちがちょうど庭にやって来たところだった。彼らはゆっくり周囲を見渡したり、何頭かは咲いている花に見とれたりしていた。ジェイコブは考えた――これはまずい！でもドゥルセには、これまでに何度も彼を窮地から救った実績がある。彼女を信じないわけにはいかなかった。「おおい」とジェイコブは叫んだ、「そこのバカなドゥエンデさんたちよ、こっちへおいで！」

ドゥエンデたちは振り返ると、手を嬉しそうにたたき、アイスピックのような歯をむき出しにして、小屋に向かって一斉に飛び跳ねて来た。ジェイコブは大急ぎで小屋の中に走って入り、ドゥルセの横にうずくまった。

「準備はいい？」とドゥルセは囁くように言った。まるで時間が止まったように思えた。やがて、六対の輝くオレンジの目が小屋の暗闇に現れた。それらは宙を泳ぎ、横にスライドしたかと思うと上を向き、そして下を向いた。ついにそのうちの一対の照準が彼らに合った。身の毛もよだつ笑い声が空気を引き裂いた。六対のオレンジの目玉が血走り、一斉に彼らの方を向いた。

――クリスピン・サルバドール、『ＱＣの夜』（『カプトル』三部作第二巻）より

＊

「自分の子じゃない、と言ったらどうだ？」とグレイプスは言った。「どうしてお前の子だと分かる？」

「分かるものは分かるんです」

「だから、どうやって分かるというんだ？　彼女のところにはハンサムな運転手か召使いかがいるのだろう？」

「グレイプス、やめてください。とにかく僕には分かるんです」

「彼女は今お前の〈全ての全ての全て〉で、だからお前には分かる、とでも言うのだろう？　それでは、

彼女がその〈全ての全ての全て〉ではなくなった時には一体どうなるのだ？」

「グレイプス、僕に物事の是非を教えてくれたのはあなたとグランマの二人じゃないですか」

グレイプスは、洞穴のようなウォークイン・クローゼット内の聖域で、机を前に背中を丸めて椅子に座っていた。戸棚の扉が一つ大きく開いており、両側に押しのけられたハンガーにかかったシャツやパンツの向こう側の壁に、何丁ものピストルが保管してあるのが見えた。グレイプスの冷静で理詰めの話しぶりは、祖母の震えた怒声よりもずっと僕の心をかき乱した。彼女はすっかり声を枯らしてしまい、今はクローゼットの外にあるベッドに座っていた。

「グランマもすっかり気持ちが乱されてしまった。ブランデーを一杯飲んだようだが、それもあまりよいことではない。お前もそう思うだろう？」

「僕にどうしろと言うんですか？」

「私たちの言うことを聞けと言うんだ。青春を無駄にするつもりか」

「お二人のことは信じています、それは本当です。でも、家を出て仕事を見つけて自立しなくちゃいけないというのでしたら、今すぐそうします」

「どうしてお前はいつもそう自分勝手なんだ？」

「何をもって自分勝手だと言うんですか？　僕には、自分の青春なんか全部棒に振ってもいいという覚悟があるんです。それは、生まれてくる子供がきちんとした青春を送ることができるようにするためです」

祖父はただ首を横に振り、溜息をひとつついた。

「僕は行きますよ。そうしなくちゃならないとおっしゃるのなら」

「お前はまだ十七歳なんだ」と彼は言う。それで全てに説明がつくとでもいうかのように。

「子供を作ることができるんだから、その子供を育てるくらいのことだってできます」。それは『ボーイズ・ン・ザ・フッド』という映画で憶えたセリフだった。

「部屋に戻って頭を冷やしてから、もう一度考え直してみなさい」

「いえ、十分考えた上での結論です」

「いいから、もう少し考えてみることだ」

＊

僕は今でも、初めてクリスピン・サルバドールを知った日のことを覚えている。アテネオ大学の二年生の時、異様に無表情なミセス・ルンベラのクラスで短編「一石二鳥」の発表が僕にあたったのだ。今にも破れそうな紙にガリ版で刷られた、色あせた青のインクの文章だった。そのクラスでは、ニック・ホアキンの『メーデー・イヴ』やグレゴリオ・ブリナンテスの『ターラックの洪水』、あるいはあの独創的なパス・マルケス・ベニテスの『滅びし惑星』などといった作品を読んでいた。

「一石二鳥」の主人公はある金持ちの若者で、たまたま名をミゲルといった。彼は、薄暗い路地裏で見知らぬ男が刺されてうずくまっているところに偶然出くわし、その死にゆく男の最期を看取る役を演じる羽目になる。男は「この明暗対照法シーンに至るまでの自分の全人生の象徴ででもあるかのように、自分のはらわたを両手で押えている」。「売春婦の服のような緋色」のフェドーラ帽をかぶっているが、注意深くそれを頭から外すと、「より濃い赤の血に染まってしまわないように」そばの空の段ボール箱の上に載せる。

「この男たちは」とクリスピンは書く、「全くの偶然のいたずらによって引き合わされることとなったのだった。ある二月の夜、二人は同時に似たような不運によってもみくちゃにされるがまま、トンドのうすら寒い路地裏へと辿り着いたのだ。彼らの抱擁には、結ばれ得ぬ愛が夜明けの微かな光の中に一瞬解き放たれたことによって生まれる、ある種の切実さがあった」。しかしこの物語の真のドラマはその後にやって来る。男が息を引き取るその瞬間に警察がやって来て、ミゲルを殺人犯と間違えるのである。「若者は、いきなり押し付けられたこの責任を男らしく背負うのか？　それとも逃げるのか？」

＊

レーナはそれ以上何も言おうとせず、すぐ帰ってくれと言った。われらが主人公は事態のあまりの急展開に動揺の色を隠しきれぬまま、バコロド空港からマニラ行きの最終便に乗った。

彼は窓の外を見る。エアバスは地上を脱出すると、高くなるにつれて濃さを増す青の上を渡っていく。飛行機の影が、まるで表面張力で湾曲した未知の世界の液体の上を走り抜ける水上スキーヤーのように見える。われらが主人公は、肘かけを手のひらで強く握りしめる。しばらくすると、体の緊張が緩んでくる。

彼は歩道のところまで泳いで行き、そこで生温かい汚れた水を口いっぱいに飲み込んでしまう。恐怖が彼を包み込む。遠くにまた別の歩道が見える。レクサスのヘッドライトが水を横切り、まるで彼を嘲るように歩道を照らす。頭上の夜空が赤く、そして青く、それから黄色く光るのが見える。星が落ちてくる。彼の体は垂直になり、足は地面を求めて水中をもがく。腕を頭上で振り回す姿は、まるで今しがたクモの巣を頭にひっかけてきたかのように見える。指が一瞬水面を破り、彼は空気を感じる。だが重い体のせいで息はまだできない。彼の喉頭蓋は急激に閉じる。彼の命は、その乗り物たる体それ自体の重みで窒息させられようとしている。彼は意識を失って流れの中を漂い始める。ゆっくりと閉じようとする手の平を思わせる、安らかな姿勢である。しかし、表情は怒りのあまり凍りついたように見える。

下降する飛行機が緩やかに前方に傾いた衝撃で、彼は目を覚ます。何か夢を見ていたが——彼はひとしきり考える——何も思い出せない。

国内線のターミナルに到着する頃には空は暗くなっている。空港の外に出ると、なんだか妙な気分になる。まるで裸なのだ。自分が自分でなくなったかのように、体の全ての動きがはっきりと意識される。彼はタクシーに乗り込み、マカティまで、と告げる。歯医者の治療台に載せられたかのように、すぐに渋滞で身動きが取れなくなる。暗くなりつつある地平線の上を、摩天楼がゆっくりと近づいて来る。無数にある窓に白い電燈がひとつずつ灯ってゆく。ここ、そこ、あそこ。歩道ではジプニーに向かって人々が手を上げている。工事現場の作業員たちは手伝いの子供たちをからかう。混み合った渋滞の車の列を縫うようにして物売りたちが新聞、タバコ、キャンディなどを売り歩く。中にはまだ幼いものもいる。デンタルフロスでレイ状にしたサンパギータの花を売っている。この風景を目にすると彼はいつも悲しくなる。ちょうど、いつ見ても客のいないレストランの前を横切りながらちょっと中を覗いて、制服を着た経営者の家族たちの期待を込めたまなざしを一斉に浴びた時のように。

そこで曲がってくれ、と彼は運転手に突然言いつける。車はヘアピンカーブを曲がると両側に高い鉄条網が立てられた静かな通りを走る。ここで止まって、と彼は運転手に優しく言う。それから彼は運転手に五十ペソを手渡す。運転手はすまなそうに見えなくもないあいまいな笑顔を作り、外へ出る。われらが主人公はバックシートで物思いにふけりつつ、敷地の白い壁を見ている。まるでX線カメラで向こう側の屋敷まで見通すことができるかのように、大きな鉄の扉を見つめる。壁を高くしたのだろうか？　彼女が四歳の時によく登った木の頂上がちょうど見える高さである。あの時彼は腕を高く上げ、彼女の手が木の幹からいつ滑っても大丈夫なように、その体から少しだけ離れたところへ自分の手を差し伸べていたのだった。いつ門をオレンジ色にしたのだろう？　確かに壁が高くなっている、と思う。まだここに住んでいるのだろうか？

少年はグレイプスのことを考える。父親らしいことは全て彼から学んだのだ。少年はクリスピンのことを考える。彼が娘のことを話したことなど、一度でもあったろうか？

彼は、まるでホーム・ビデオがそこで上映されてでもいるかのように壁をじっと見つめている。扉がいきなり開くことを期待している。本当にそうなったらどうしよう？　自分は、一体どうするのだ？

タクシーの運転手は壁のほうに歩いて行き、まるで銃殺隊への合図を待つ囚人のように顔の正面を壁に向ける。黒い染みが足の間の地面に広がる。まるで影そのものが溶け出しているかのように見える。守衛が顔を出す。彼の覚えている顔である。運転手はジッパーを上げながら小走りでタクシーのほうに戻って来る。そして車は走り去る。

＊

機体を離れて飛行場を後にするやいなや、見られている、と僕は思う。周りは群衆である。まるで花畑のように無数の顔が咲き誇る——むろん、花が顔をしかめたり、唾を吐いたり、あるいは時計を見たりすることができるならばの話だ。

タクシーの群れに合図を送る。見られている感覚はまだ続く。目に留まった最初のタクシーに乗り込む。後ろの窓から、別の車が何台もゆっくりと列を作っては、素早く縁石から離れて後をついて来るのが見える。

マカティの安ホテルに向かう間、タクシーは渋滞で全く進まない。いつものことながら苛立たしい。歯医者の順番待ちのようである。通りの向こう側では、ジョリビー・ハンバーガーの前でミツバチのマスコットがゆっくりと前足を振りながら歩いている。通勤中の人たちがジプニーに手を振るが、ジプニーのほうは決して速度を落とさない。歩道では、二人の少年がノミとカナヅチで舗道の表面を叩いては剝がしている。傍らには警告——「工事中につき徐行のこと」。安全ヘルメットをかぶって紙のように薄いスリッポンを履いた男たちが、魚売りのリヤカーのそばで車座になってタバコをふかしながら噂話をしている。パイプがむき出しになった大きな穴のへりに、掘削機が立ったまま放置されている。そのうちの一人、穴がいくつも開いたアルマーニ・エクスチェンジのTシャツを着た太った男が、少し離れた所に立っている子供たちに舗道上の次の作業場所を大声で指示している。子供たちは眉を上下させる。一人が親指を上げてOKのサインを出す。太った作業員は彼らのところに歩いて行き、黄色い安全ヘルメットを脱いで一人の頭にかぶせる。もう一人に対し大きく手を広げてハイ・タッチを求めるが、子供は応じない。

物売りが渋滞で長く連なった車の間を縫うようにすり抜けて行く。彼らはばら売りのタバコやキャンディの入った箱をいくつも両腕に抱えている。何人かはまるで腕いっぱいに皿を載せたウェイターのような格好で新聞を運んでいる。お好みのニュースをどうぞ――『サン』、『タイムズ』、『ガゼット』、『ティーンビート』、『アバンテ』、『バルガー』。

ある新聞の一面はこう書き立てている――「独占写真！　チャンコの勝訴パーティ、女中殺しの祝宴！」。別の新聞はこう書く――「パシグ川に飲みこまれる！」。冒頭部分は次のように言う、「バランガイ・イログ《イログ村》出身の二十八歳の水泳選手マリアノ・バカコンが、昨日パシグ川で死亡。周辺地域を襲った洪水でマンホールの場所が識別不能になり、誤って転落した模様。脱出には成功したが、汚染物質に感染したものと見られる」。病院のベッドに横たわった死体の写真もある。その横には蓋のないマンホールの写真。フィリピンではよく見かける光景――蓋は盗まれてクズ鉄屋に売られるのだ。

タブロイド紙『バルガー』に目が止まる。第一面はお定まりのように、大きな胸の女の子のセミヌード写真。現在人気絶頂の女優、ヴィタ・ノヴァである。まるでページの上に生命を宿したかのように生き生きとした写真。Tシャツの破れ目は、ちょうど盛り上がった胸の谷間と鍛え上げられた腹筋とがほどよいバランスで露出するように計算されている。一見レイプの被害者か何かと見まがうようなあられもなさだが、それにもかかわらず彼女の媚態には何か決然としたものが感じられる。この生き方こそ力を得るための唯一の武器、とでもいうかのような鋭い視線である。最新流行のダンス「ミスター・セクシー・セクシー」のポーズ――両手をバネのようにしなやかな膝の上に置き、背筋を伸ばして尻を突き出し、こちらに向かって挑発的に微笑みかけつつ、今にも投げキスをくれようとしている。大きな磔刑のペンダントがかかった首。豊かな谷の間にぬくぬくと納まったキリストは、そのやわらかな胸に触れようと手を伸ばしては歓喜に頭を揺らしている。

運転手はヘアピンカーブを曲がって幹線道路から外れる。僕は徐々に緊張してくる。静かな場所に出たところで車は止まる。運転手は少しすまなそうな笑みを浮かべ、言葉もなく車から出る。彼は歩道のあたりをうろうろする。白い壁のところで、まるで銃殺隊を後ろにしてでもいるかのように立つ。正面の壁に黒い染みができる。足の間の地面にそれは広がっていく。まるで地面からの熱のせいで影が溶け出しているかのように見える。運転手は空を仰ぐ。敷地のオレンジのゲートが開いて守衛が顔を出す。運転手はジッパーを戻しながら車のほうへ走って戻って来る。僕たちを乗せた車はその場所を走り去る。運転手は振り返って僕を見る。

「どうかされましたか?」彼は言う。

「いや、別に何も」

「しかし、その……ええと……ティッシュ、お使いになります?」と彼は優しく言う。「ラジオはどうです?」。彼はボリュームを上げる。

アナウンサーがボビーにいくつかのコメントを求めると、アメリカ人の声が興奮を抑えきれぬようにそれに答える。

「……素晴らしい! ついに、あのクソッタレのアメリカに引導を渡す日が来たのだ……」。きついブルックリン訛りで彼はまくしたてている。「アメリカがついに本当に死ぬ時が来た……」

またあの感じがする。あの「見られている」という感じ。ホラー映画を一本初めから終わりまで観た後、誰もいないアパートに帰って来た時のあの感じである。タクシーの暗いシェードを通し、隣に並ぶ車のほうを見る。ひとつの車の運転席では、女がヘアブラシをマイクに見立てて大声で何か歌っている。また別の車の運転手は、まるで念力で渋滞を散らそうとでもしているかのように一心に前を見つめている。バックシートに座っている雇い主らしき男は、退屈そうに鼻をほじっては指の先を見つめている。

ラジオから最近のヒット曲が流れ、続いて異常なほどスピードの速いタガログ語のニュース速報である。「国民のみなさん、たった今入ってきたニュースです。ウィグベルト・ラカンデュラがチャンコ一家を人質に取ったとのこと。ラカンデュラは邸宅に侵入するやいなや発砲し、二人の使用人、それに守衛と運転手を殺害したということです。その直後、夫妻と六歳の長男、それに二人の女中を人質に取りました。現在、付近には非常線が張られ、現場にはSWATの隊員たちが配置されていますが、既に若い女性が大勢現場付近に殺到し、いまや国民的アイドルとなった男の姿をひと目見ようと待ち構えています。警察づきの心理学者は、ラカンデュラは社会に対する積年の恨みを晴らすという強い目的を持っているゆえ極めて危険であり、その行動も全く予測不可能、とコメントしています。当局は、近隣住民に対して現場に近づかないよう呼びかけています」

＊

アーニン・イシップはついにアメリカン・ドリームをつかんだ。初めての休暇にのぞみ、リーマン・ブラザーズ社のテクニカル・サポートの仕事で稼いだアメリカドル札を得意気にちらつかせながら、彼は颯爽と帰国する。しかし、しばらく飲んでいなかった故郷の水のせいでウィルス性胃腸炎に感染してしまう。彼はマカティ・メディカルセンターの医師を訪ねる。医者は彼を診察し、こう言った、「悪い知らせと、良い知らせがある」。それで、アーニンは悪いほうをまず聞く。「悪い知らせは」と医者は言う、「ちょっとした手術が必要、ということだ」。次にアーニンは良いほうを尋ねる。「良いほうの知らせは、それも局部《ローカル》麻酔だけで済む、ということだよ」

とても驚いてアーニンは言う、「ええっ⁉　できれば国産《ローカル》の麻酔薬はやめてもらいたいんですが」。

＊

マカティに着いた頃、タクシーの運転手が彼に尋ねる。「ホテル・ハッピー・インターナショナル・イン、でしたよね？」。これで四回目である。「そうだよ」とわれらが主人公は苛立たしげに言い、窓のほうを向く。これ以上車の中にいるのは我慢できない。

渋滞のタクシーよりもずっと早いスピードで進む歩行者たちが視界の端を不鮮明に動く。見たことのある風景が目の前をゆっくりと通り過ぎてゆく。ギラギラとした大掛かりなモール。フォーブス・パークの入口のガードマン付きの門。われらが主人公は、このあたりでわがまま放題の子供時代を送った。マニラ・ポロ・クラブ。ここで彼と弟のジェラルドはテニスを覚えた。ボールボーイたちが猿のようにフェンスをよじ登っては彼らの打ったボールを追いかけて行くのを見るのが愉快で、いつもあえて奥のフェンス越えを狙ったものだった。防犯カメラと高い壁に囲まれたアメリカ大使の大邸宅が見える。それよりさらに大きな邸宅に住んでいるのは、ブルネイのスルタンの弟の愛人である。サントゥアリオ・デ・サン・アントニオ教会。これまで彼の親戚や友人の洗礼、聖体拝領、結婚、死者のための通夜、埋葬などの儀式は全てここで行われてきた。これからもその伝統は続いていくだろう。十車線もあるエドサ大通りはこれまでに四回もの平和的革命の舞台となった幹線道路だが、今も相変わらずのたくましさで見渡す限り遠くまで延びている。マニラに帰って来ると、人はたいてい何も状況が変わっていないことをあれこれ言い募りたがるものだが、それは真実ではない。陸橋は何層構造にも増え、互いに重なり合うように空を覆い隠している。ローライズのジーンズ姿や下着姿の美しいメスティーソの女をあしらった巨大な広告掲示板が、まるで直立不動のドミノのようにいくつも並んで果てしない列をなす。現在、サントゥアリオ教会の向かいにはスターバックスがある（グランデサイズのモカ・フラペチーノでホスト〔聖餐式において聖別されたパン〕を流し込むもよし）。タクシーに閉じ込められたままの彼の視界の範囲内だけでも、六つの高いクレーンがせわしなく稼働中なのが見える。すでに四つの高層ビルがお互い高さを競い合うように聳え立っている。アジアの発展のペースはまさに驚異的だ。マカティにいる限り、フィリピンが貧しい国だなどとは全く思えない。

昔よく利用したフォーブス・パークの外にあるシェル石油のサービスステーション前には、パトカーと消防車の放つ閃光――青、赤、黒、そしてまた青、赤、黒、と続く――に誘われるように非常線を越えて見物人が大勢集まっている。通勤者たちが安全な距離からガスポンプのそばの物体を見つめている。厚地のバッグだ。二人の警官がおそるおそる近づいてゆく。まるで学校のダンスパーティで壁際ばかりをおずおずと歩き回る少年のように、横ざまに歩く。茶色の制服と帽子のせいでその姿はあまりにも無防備に見える。一人がバッグのそばで膝を落とすと、顔を背け、腕をいっぱいに伸ばしながらこわごわファスナーを開けようとする。「いかん」と運転手は言う、「触っちゃだめだ！　触るな！」。もう一人の警官が首を伸ばしてバッグの中身を見る。運転手は十字を切る。突然両方の警官が飛ぶようにバッグから離れる。誰もがバッグに注目する。何も起こらない。二人はまたゆっくりバッグに近づく。再びバッグをつかむと、慎重にポンプのところから引きずってゆく。フォーブス・パークの壁の近くまで来る。突然閃光がひらめいて煙があがり、タクシーの窓が揺れる。爆音が轟き、二人の警官の姿が見えなくなる。車のサイレンがけたたましく鳴り響く。全ての動きが止まったと思った次の瞬間、一斉に群衆が雪崩を打って動き始める。運転手は寄りかかるようにクラクションを押しながら前方の何台かの車に追突する。その車もまた同じようにその前の何台かの車に追突する。事が起こってしまった今、誰もができるだけ早く現場から離れたがっている。少年は前屈みの姿勢になり、パワーレンジャーをあしらったティッシュボックスホルダーの中に嘔吐してしまわないよう用心深く呼吸する。

＊

ホテル・ハッピー・インターナショナル・インの六階の部屋の窓から外を見る。似たようなたくさんの部屋の一つである。その匿名性がなんとも心地よい。顔のないビジネスマンその他、クレジットカードの旅行者らがもっぱら利用する場所である。薄い純白のシーツやテトリーの紅茶、石灰がふいたような電熱コイルのプラスチック製湯沸かし器――そういう何の個性もないものを眺めていると、むしろ故郷に帰って来たことを奇妙に実感させられる。

外には夜のネオンが咲き誇る。パンティを穿かずに踊るコーラスガールの列さながら、ネオンサインが人を惹きつけてやまない光を放つ。プッシーキャット・カラオケ&グリル、セブン・イレブン、バッカス・ジェット水流マッサージ、エイト・トゥウェルブ、タパ・キング、イチバン・カラオケ・バー――150ccのトライシクルが奏でるブーンというソステヌートに、ディスコから流れてくるベースラインのオスティナートが重なる。こんな時間から、すでにアメリカやヨーロッパから来た白人たちが大股で通りを行ったり来たりしては、あちこちのバーの戸口付近で中の様子を窺っている。まだ十代と思われる女の子たち――彼女たちは見事な婉曲表現でGRO、つまり「接客関係者《ゲスト・リレーションズ・オフィサー》」と呼ばれる――をじっと色目で値踏みしては、その体に腕を回す。一人は、まるで母親の化粧道具でメイクを済ませてきたかのような幼い少女である。送り出す両親のほうにもきっとそうせざるを得ない事情があったのだろう、と考える。

薄板をかぶせられたルームサービスのメニュー――「ハッピー・インターナショナル・インのご馳走。簡単なご注文でハッピーなひと時を」。僕はベーコンチーズバーガーを頼む。ベルボーイが注文の品を持って部屋に入って来ると、まるで僕を日本人と思ってでもいるかのようにお辞儀をし、そのまま立ち去らずにいる。ペソでチップを渡すと少しの間それを見つめ、やがて踵を返して廊下を走るように去る。

クリスピンの子供について分かったことを反芻しながら、機械的にベーコンチーズバーガーを口に運ぶ。べたつくチーズとミディアム・レアのビーフが口蓋に触れた途端、ある震えが体を貫き、噛んでいる途中で全身の動きが止まる。

クリスピンと僕はともにハンバーガーが大好物だった。彼のアパートは有名なコーナー・ビストロの上にあり、彼は一度、いわばお気に入りの売春宿の上で暮らしているようなものだよ、と僕に言ったことがある。書斎で一緒に仕事をしている時などに窓を通して漂ってくる焼けた肉の匂いのエロティシズムに矢も栖もたまらなくなると、僕らはコートをつかみ、二人で作ったニューヨークの名店リスト――スープ・バーグ、ピーター・ルーガー、J・G・メロンなど――のうちまだ行ったことのない店を制覇すべく出かけたものだった。まるで、ハンバーガー屋に行けばアメリカで僕らが探しているものの意味が分かるとでも考えているかのように。

ある暖かい秋の日、僕たちは仕事を中断して西五十七丁目のバーガー・ジョイントでテイクアウトを注文し、チェスの続きをするためにセントラルパークに向かって歩いて行った。前の回では、僕のポーンがクイーンになるためにスプリントをかけている間、ルークとナイトが彼のキングを攻撃しているところで試合が終わっていた。クリスピンは、僕が初めて彼を打ち負かすかもしれないという状況を、僕と同じくらいに楽しんでいた。「まるでボビー・フィッシャーだな」――彼はそう言って僕をからかった。「誰しもアイドルは必要ですからね」と僕はやり返した。

やがて雨が降り始め、まるで出来の悪いラブコメディのように二人でチェス・アンド・チェッカーズ・ハウスまで走った。ドアのところで恨めしそうに空を見上げている三人の子供たちのほか、客は誰もいなかった。ボードをセットするやいなや、雨が止んだ。子供たちはできた水たまりを交互に飛び越していた。一番年長の十一歳くらいの子供が、まるでカモメのような笑い声を上げた。

僕たちはハンバーガーの包みを開けた。僕はナイトをクイーンの8に動かしてクリスピンの出方を待った。そのまま随分と時間が流れたことをよく覚えている。僕はボードから顔を上げた。すると、彼は遊んでいる子供たちを見つめていた。彼は僕の視線に気づくと笑顔を見せ、「時々私はね」と言った。「ああいうものの価値について考えることがある。たぶん、子供を一人育てるだけの勇気をどこかで絞り出しておくべきだったのだろうな」

僕はボードをじっと見ながらこう言った。「あなたはきっと、正しい選択をしたのだと思います」。その後、僕はまた言った。「地球は既に人口過剰です。人にはそれぞれ役割というものがあるでしょう？　本を書くことのほうが、きっと大きな意味を持ちますよ」。僕はハンバーガーにかじりついた。

クリスピンは親指で子供たちのほうを指した。「しかし私の『燃える橋』なんて、次の世代の子供たちのために書いたのでなければ、一体誰のために書いたことになる？」。彼はしばらく子供たちを見つめていた。「いずれ君にも分かる日が来るさ」

「今でも分かっています。あえて賛成はしませんが」

「君にもやがて、文学にさえも限界というものがあることが分かる日が来る。いいことだよ、それが分かるのは」

「限界があるからこそ、人は頑張るのでしょう」

「『トラクタトゥス』を書いた後、ヴィトゲンシュタインは……」と言いつつクリスピンは自分のキングをつまみ上げ、また元に戻した。「小学校の教師になった。ランボーは詩に見切りをつけてアフリカへと旅立った。デュシャンは、今我々がやっているこれのために、芸術とすっぱり縁を切った」。クリスピンはキングを僕のナイトの横に並べた。「年を経るごとに後悔の数がどんどん増えていくばかりだよ、ミゲル。君にもやがて立派なコレクションができるだろうさ」

「ずいぶんと上からの物言いですね」。そう僕は言った。自分自身、そのトゲのある言い方に驚いていた。

「僕にだって、後悔なら人並みにあるつもりですが」

「ご両親のことを知らないのは確かにかわいそうだ。だが、人生にはもっと色々なことがある」

「あなたに分かるはずがない」。僕は彼をまともに見ることができなかった。今僕は、あの時彼の目をちゃんと見ることができていればよかったのに、と思う。そうすれば、おそらく何かに気づいていたはずだ。しかし僕はそのまま続けた。「だからこそ、文学が必要なんです。世界をコントロールできる。創造し、また改訂することができる。もっとよいものを求めて〈作り直し〉をすることができるんです。もしダメでも、自分ひとりが責任を取ればいい」

「最後の部分は必ずしも正しくはない」

「しかし、もしも成功すれば、それで世界を変えることだってできる」。僕はナイトを動かした。「チェック」。僕はボードから顔を上げて彼を見た。

クリスピンの顔には余裕の表情が浮かんでいた。僕の父も、こういう時にはきっとそのような顔をしただろうと思う。「世界を変えるというのも」と彼は言った、「もしもそうできるのならば、それはそれで良いことだろう。だが、子供を持つというのは、世界に対する一つの大いなる肯定の身ぶりではないだろうか？」

「へえ、なんだか妙に感傷的ですね。少なくとも僕の趣味ではありませんね」

「真剣な話だ。私は純粋に論理的な問題としてこのことを話している。いいから、ちょっとだけ考えてみたまえ」

「時々人は、他の選択肢など存在しないような問題にぶつかることがあるんです」。そう話す自分の声が聞こえた。今僕は、その時の自分に深く恥じ入る。

「他の選択肢など、どこの誰にもあったためしはないよ」。クリスピンはビショップをボード越しに移動すると、僕のキングを取った。彼は立ち上がり、むき出しの失望とも激しい憐れみとも取れるような表情で僕を見た。そして手をポケットに突っ込むと、水を撥ねかけ合う子供たちのほうへ歩いて行った。その時彼が口笛で吹いていたメロディーを、僕は今でもよく覚えている。

＊

街が日本軍によって攻略されるほんの数日前のこと、私たちはデューイ通り沿いに並んでいた。何十人もの人々が大通りに立ち、鳥肌が立つほど冷たい港からの風に吹かれていた。私はジェイソン伯父の肩に乗り、長く弧を描く海岸線の上の青い空で鳥たちが激しく争っているのを見つめていた。進軍ラッパが鳴り響き、それを合図に鳥たちは果てしのない空の彼方へ消えて行った。空は、今まさに始まろうとしている恐ろしい殺戮劇のことなど何も知らないような顔をしていた。

それから私は、馬に乗った兵士たちが到着するのを見た。これから勇壮かつ劇的にその出撃を始めるところだったのだ。壮麗で雄々しく、まるで一面の小麦畑を疾走するケンタウロスのように、第二十六騎兵小隊フィリピン・スカウトたちがやって来る。アメリカ兵とフィリピン兵とが長い列をなして横並びになっている。今でも私は、彼らの身に付ける装備品が歩調に合わせて固い音を立て、馬たちの蹄が地表に鈍くゆっくりと鳴り響いていたことを思い出す。馬の磨き抜かれたマーチンゲールに、また兵士たちの胸のバックルや、突撃する馬の上に高く掲げられたサーベルを意匠としてあしらった勲章の上に、まぶしい太陽の光が鋭く反射していた。身に付けている金属という金属が、まるでそれを見守っている私たちの心模様を映すかのように光り輝いていた。日本軍はリンガエンから上陸する見込みで、この騎兵隊はUSAFFEの最初の部隊としてそれを迎え撃つ行軍の途中だった。人々はまず息をひそめ、それから一斉に大きな歓声を上げて兵士たちを迎えた。女たちは兵士のブーツや足、あるいは馬のたてがみや横腹に触ろうとして、皆腕を高く上げていた。それはちょうど、期待に胸を膨らませた大勢の信者が大聖堂で聖者の足に少しでも触れようと必死に手を伸ばすのに似ていた。

私は思い出す、そして残念に思う。あの時私は、群衆の大歓声がうるさくて耳を塞いだ。あの時のような凄まじい歓声を、私はその後二度と聞いたことがない。ジェイソン伯父は、私を騎手の一人である彼の兄、オディセオ伯父に手渡した。いまだに私は革や馬や男の汗の匂いをかぐと、あの時の特別な瞬間を思い出す。

伯父の腕からもう一人の伯父の腕へと再び戻されようとする時、私は自分だけがその場に取り残されてしまうような気がして強く抵抗した。激しく泣いた。私たちの間を騎兵隊の列が完全に通過し終わるのにはずいぶんと時間がかかった。隊が通った後に出来た人の隙間が再び埋まる頃、私たちの周りで人々が十字を切り始めた。涙を流す者も多数いた。ジェイソン伯父は、兄の姿が見えなくなると体を激しく震わせた。彼は来るべき戦闘に備え、異様なほどの扁平足を矯正すべく毎晩のようにコカ・コーラの瓶の上に乗って転がし続けていたのだが、街に残って家族を守って欲しいと父に懇願されたため、その努力も水泡に帰したのだった。私は群衆にもみくちゃにされながら伯父の体にしがみつき、遠ざかる蹄の音に耳を澄ましました。

少年の日の思い出ゆえにいくぶんの誇張も混じっていることは否めないが、少なくとも私はその日のことを次のように覚えている――

一九四二年一月十六日、モロングの街の郊外で、あの勇ましき男たちとその逞しき軍馬たちは、アメリカ軍史において最後となる騎馬突撃を行った。古き伝統の有終の美を飾るように、その多くは、卑劣な日本軍が有利な陣地から乱れ打つ機械的な鉛の弾と迫撃砲の雨のもとで次々に斃れていった。二十六部隊のうち、生き残った者は歩兵隊員ばかりであった。隊は弱体化し、最終的にウェインライト将軍――彼自身も騎兵隊員の一人だった――は軍馬を食料として屠殺する命令を下さなければならなかった。一体、その肉はどれほど残酷な味がしたことだろう。その戦闘を最後に、アメリカ軍とフィリピン軍の装備は全て戦車とヘリコプターに取って代わられた――勇気や責任感などの古き良き美徳とは縁もゆかりもない、ただの機械の塊に。

――クリスピン・サルバドール、『自己剽窃者』（八百六十五ページ）より

＊

ノキアの着信音が鳴る。われらが孤独な主人公はベッドで上体を起こし、暗闇の中を手さぐりする。ディスプレイだけがやたらに明るい。旧友のマルクスからのメールである。**お帰り、兄弟！　懐かしのヒット曲特集@クラブ・クーデターね。チャーリーやみんなも全員集合よ。おれのおごり。DJ Supermodeldiva**

がぶっといリズムでイカせてくれるって。ディスプレイが暗くなる瞬間、まるで部屋全体が縮小するように感じる。

昔の友達に会いに出かける——彼は心の中で叫ぶ——今夜は最高の夜になりそうな予感だ。でも誰かが手にビニール袋を押し込んできたら、とにかく上手に断るしかない。感謝の気持ちをうまく表しつつ、しかしきっぱりと断るのだ。あくまでも感じ良く、しかしダサく見えてはいけない。麻薬中毒から回復途中の人間に特有の、おれはやめておくよ、と言わんばかりの不自然に断固とした態度は逆効果だ。そのことはよく分かっている。彼らは彼のことを知り過ぎている。とにかく——と彼は口に出して言う——まあ、酒を飲んで騒ぐくらいのことはいいだろう。何杯かおごってやったっていい。まったく、ドルが強くて助かるよ。出かけるまでもう少し眠っておこうか。そうでないと、やつらのテンションにはついて行けないからな。とにかく、今夜は遅くならないうちに帰って来なくちゃ。

＊

痛みのせいで意識が朦朧としてくる。なんとか意識を保とうと踏ん張る。「あの野郎」とアントニオはうなるのだった。「今度は肉屋送りにしてやる」。彼は木にもたれ、太ももに刺さった飛び出しナイフを見つめる。抜き取ろうとしても容易に抜けない。叫び声を上げそうになるが、自分の居場所を知られてはまずい。刃が骨に刺さらなかったのは強運だった。丘の上にドミナドールの二人の手下が現れる。あそこだ！　彼らはアントニオを見つけて指差したかと思うと、丘を走って降りて来る。一人がヌンチャクを振り回し、もう一人がジャングル・ボロを抜き出す。アントニオは弾が何発残っているのか確かめる。「サンタ・バナナ」と彼は言う、「一発しかない」。二人の男たちは、叫び声を上げながら接近して来る。彼らの飛行士用サングラスに自分の姿が映り、次第に大きくなっていくのが見える。ヌンチャクが男の体のまわりでぼやけた円を描く。もう一人はカミソリのように鋭利なジャングル・ボロを宙高く振り上げる。アントニオはドミナドールのナイフをつかんで歯を食いしばり、一気に腿から抜き取った。痛みが体の右側を焼くように走り抜ける。意識をはっきり保っておくために、アントニオは銃身の前で刃を固定する。彼は引き金を引く。一瞬の後、二人は胸を押え、痛みに満ちた叫び声を上げながら丘を転げ落ちてくる。アントニオの足元まで転がってきた時、彼らは既に息絶えている。「すまないが、今日は都合が悪い」と彼は言う。「ひどい頭痛でね」。彼はナイフをさやに収めると、他の敵がやって来ないうちに、足を引きずりながら急いでその場を立ち去る。樹木限界線付近まで登り、包帯を巻くための場所を探す。ぐずぐずしてはいられない。愛するムーチャがドミナドールのべたつく魔の手に落ちてしまう前に、なんとしても辿りつかねば。

——クリスピン・サルバドール、『マニラ・ノワール』(百二ページ)より

＊

マルセル・アベラネーダのブログ『漫談・放談』、二〇〇二年十二月三日付の記事より——

メディアが何を焚きつけているのか知らないが、諸君は、今話題の「ミスター・セクシー・セクシー・ダンス」の着メロ売り上げのピンハネ事件にヴィタ・ノヴァとそのやり手のエージェント、ボーイ・バラグタスが関与している、などという報道に惑わされてはいけない。ノヴァが軍の最高司令官と一連の爆破事件とを結び付ける証拠となるセックス・テープを公表するのを阻止するべく、大統領自ら今回の事件への彼女の関与の証拠をでっちあげたのだ、などという噂も決して真に受けるべきではない。私としては、大統領はコトの最中にビデオが回っていることにも気づかずに内務省からの電話を受けるほどおめでたい人間だとは考えられない、とだけ言っておこう。

そういうことに煩わされる暇があれば、聖なる配剤の確かな成り行きにこそ目を向けるべきであろう。今日は、マーティン師の国家に対する忠誠が国民に与えた影響について、二つのレポをもとに考えてみたい。

『豚に真珠』において、フェリックス・レザレクシオンは、エル・オヒムの政治介入が及ぼす悪影響を指摘している。つまり、国王の擁立者として、マーティン師はいまやこの国の事実上の最高権力者である。レザレクシオンは彼のことを「ぼろもうけの座にましますす我らが神父さま」とさえ呼んでいる。『マイ・デイリー・ビタミンズ』では、リカルド・ロクサス四世もこの教会指導者の道義的責任を検証している。彼に言わせれば、マーティン師には、自身の言葉を通して希望と大志の炎を与えた全ての信徒に対する現世的な責任があるという。

掲示板へのコメントは以下のようなものである——

——ヴィタのアソコの割れ目、ナメナメしたい！ (gundamlover@hotmail.com)

——そんなことより、コメの価格のほうが大事だろ！ (edith@werbel.com)

——マーティン師は聖人なの！ だから、どんな豪邸に住もうとかまわないのよ。彼はバラバラになってしまいそうな国民を一つに結びつけて、奮い立たせてくれる。この国の人たちの問題点は、誰か一人だけが成功するのを黙って見ていられないところにあると思う。いつも、人のあらさがしばかりしている。見ていて悲しくなります。嫉妬だけの問題じゃない。どうして自分たちがこんなに苦しんでいるのに一部の人間だけが成功するのか、という問題について仮にも納得できる唯一の説明の方法がそれしかないなんて、なんという料簡の狭さなの？ (ningning.baltazar@britishairways.com)

——ningさん、防衛機制が働くのもよく分かる。だがよく考えてほしい。現在の状況は、どこか深いところでとても深刻な病が進行していることをはっきりと示している。マーティン師は、か弱きものたちを食い物にしているのだ。これは、どう考えても正当化できることではない。(Ricardoroxas4@yahoo.com)

＊

マリア・クララが客人たちにあれこれと別れの言葉をかけている間、クリストは黙っている。握手を交わす時、アニセトは彼を意味ありげに見つめ、両の手で彼の右手を包むようにして握りしめる。フアンは帽子を傾けると、思わず微笑んでしまうほど意気揚々とした大股で階段を下りてゆく。マーティンはクリスト同様に考え込んだ様子のまま、暇乞いの言葉も仕草もなしに馬車に乗り込む。マリア・クララが馬車の中に腕を差し入れんばかりにして手を振るが、彼は物思いにふけったまま動かない。

マリア・クララはクリストの肩に触れ、屋敷の中へ戻る。彼はそのまま、馬の蹄と御者のシーッというかけ声とが聞こえなくなるまで玄関口に立っている。それから自室へ戻ると、今しがた決定した事柄を再び吟味する。

その二、三日後の十一月六日、クリストは知らぬ間に起こっていた出来事について突然知らせを受ける。軽食の最中にクラパロル荘園からの使いがスワニー荘園の屋敷に息せき切って駆けこんで来て、主人を呼ぶよう使用人たちに言い付けたのだ。「クリスト様」と男は言う、「マーティン様からのご伝言です。スペイン軍が降伏条約に調印しました。犠牲者はおりません」。

クリストはその男を問いただし、さらなる情報を微に入り細を穿つように聞き出す。昨日、近隣のいくつかの街での作戦成功に押されるように、フアンとアニセトは部下を従えて他の部隊に合流し、バコロドに攻め入った。装備が十分ではないため、兵士たちは手に入るだけの武器で武装した――ボロやナイフ、それに銃が二、三丁。敵の兵器庫は期待していたものよりも小さかったため、彼らは彫りを施したニーパヤシの枝に黒いペンキを塗り、竹ひごで作ったマットをいくつも丸めて、それをオープンカーの上に目につくように載せた。遠くから見るとそれらはライフルや大砲に見えた。二つの革命軍グループは、バコロドに対する挟撃作戦としてルピト川とマンダラガン川沿いに陣地を張った。スペイン軍の司令官カストロ・イ・シスネロス大将は、偵察隊からフィリピン革命軍の大きさとその重装備の報告を受けると、時を移さずに降伏したとのことだった。

どもりながらクリストは使いの者に礼を言う。彼が部屋を出てドアの扉が閉まるや、クリストはよろめいて椅子に倒れ込む。ついにスペイン支配が終わる！　革命は成功した！　三百七十七年にわたるフィリピンのスペイン隷属に終止符が打たれたのだ。クリストはドアに鍵をかけ、ブランデーをグラスに注いだ。彼はさっそくこの知らせを急信で発し、もう一杯ブランデーを注ぐ。ボトルを手に持ったまま、体を椅子の背に深くもたせかける。

その夜マリア・クララが部屋のドアをこじ開けて中に入ると、夫はひどく酔っていた。シャツも着けずにただ泣いていたのだ。「おれは、男として恥ずかしい」と彼は妻に言った。「ただ事を傍観していただけだなんて」

「クリスト」と言い、彼女は夫の顔を両手で支えて目を正面から見つめる。彼女の声には何か切迫した強いものがあった。「クリスト、聞いて。服を着せて差し上げます。クラパロル荘園に行って下さい。マーティンが自殺を図りました」

――クリスピン・サルバドール、『啓蒙者たち』（百九十八ページ）より

＊

われらが主人公は、ノスタルジックな気分に浸りつつベッドの上にあぐらをかいて座り、もう一度死んだ師の写真アルバムをぱらぱらと見る。ページをめくるたび、彼の気持ちは沈んでいく。

おれの人生は一体どうなってしまったんだ？　彼は考える。あの友達はどこへ行った？　オファーを受けたあの仕事は？　始まったばかりのあのささやかな家族生活は？　言葉が次々と溢れ出てくる前途有望なあの神童は、一体どうなってしまったというんだ？　ロウアー・イーストサイドのアパートのぬめったユニットバスの中で、コカインを吸いながら描いた夢――つまり「最も偉大な小説家」の評価を最年少で勝ち取る、というあの計画――は一体どうなった？　溢れるほどあった自信も、今は手持ちのクスリの量に応じて不安定な浮き沈みを繰り返すだけだ。祖父の何百万ペソもの貯金は、孫の感傷的かつ「より優

れた」外地教育のために、大損を覚悟でほんのわずかのドル札の束に替えられてしまった。その金で、一体何が買えたのだろうか？　完成を見ないいくつもの短編小説集、第二章までしか進まない叙事詩的小説、くそ忌々しい文体の実験。結局大事なことは、一本きちんと筋の通った物語を書くことだ。トリックやギミックは一切なし、それこそが一番のトリックなのだ。基礎に帰れ、『インドへの道』を思い出せ。クリスピンの伝記を書くんだ。大事な物語だけをひとつ紡ぎ出し、そこに徹底的にこだわる。最年少の最も偉大な作家にはもうなれないだろうが、それ以外のものであれば、自分がこれからどうなるのかは誰にも分からないのだ。彼はアルバムを閉じた。

おそらく成熟というのは——彼は考える——単に、どんどん消えてゆく人生の可能性の帳簿の収支バランスをそのものとして受け入れることを意味するのだろう。

だが、彼が何かを「受け入れ」たとして、それは誰が語っていることになるのだろうか？

＊

インタビュアー　ソ連が崩壊した今、どういうお気持ちですか？

CS　ソビエト連邦はつまり、労働者階級を裏切ったのです。権力者たちはいつも高邁なる理想のシステムの後ろに身を隠すものです。「私はマルクス主義者ではない」とマルクスは言いました。まさに私自身もそういう風に思っています。どちらかといえば、今はグルーチョ・マルクシストであるとでも言ったほうがいいでしょう。いいですか、あるイデオロギーが死んだからといって、そのイデオロギーの価値それ自体がゼロになったというわけではありません。当時私が共産主義こそ唯一の道であると考えた理由は、それこそが私の国において唯一可能な革命思想であったからです。私は、もはや共産主義がうまくいくとは思っていません。人類は結局、そこまで高貴ではない。それでも私は、やはり革命だけがこの国の現状を変えうる力であると思っています。それはもっと、人々の心に直接根差したものを通しての革命であるべきです。おそらく人民党によるクーデターのようなものをイメージするべきなのだろうと思います。一般の民衆に深く根差し、どのくらいの達成が民衆にとって十分なものであるのかをきちんと把握できているような、軍部の出身者。共産主義のイデオロギーは、改革を何度試みたところで必ず古い体制を新しい不正で上塗りするだけのことになってしまうこの国の者にとって、やはり大きな魅力でした。共産主義は厚い壁に守られたエリートたちのけばけばしい保守主義に対する私の若さゆえの反応だった、と言ってもかまいません。抑圧された若者というものはいつでも、いやしくもその男らしさを国への愛の証明に賭けた者であれば、胸をはだけて民衆を導く自由の女神に迷わずつき従っていくものでしょう？　私は愚かだった。しかし、革命家とはいつもそういうものなのです。どうしようもありませんね。

――『パリス・レヴュー』一九九一年のインタビューより

＊

戦争で一番大変だったのは、占領の事実でも、またそこからの解放でもなかった。もちろん占領の悲しみは計り知れないものだったし、マニラの解放には巨大な破壊が伴い、多くの点で占領よりもさらに受け入れがたい悪夢ではあった。だが何といっても私たち家族にとって一番つらかったのは、征服の瞬間に起こったことである。

登録のために蒸し暑く混雑した広場に犯罪者のような心持ちで何時間も並んでいる時、父は悪名高いその癇癪を爆発させた。彼は妻と子供たちを列の先頭に引っ張っていき、机上で名前を記録している小さな日本人を自分が罵倒するところを見せようとしたのだ。その日本人は、まるで戦後のハリウッド映画における風刺イメージそのもののように、厚い鼻眼鏡の上からキーボードを覗き込むようにして二本の指でのろのろとタイプライターを打っていた。すると、占領直後の軍部によく見られる傲岸さではちきれんばかりとなった護衛の一人が、腰の日本刀に手をかけ、父を真っ二つに切り裂こうと怒鳴り込んできた。もしも本当にそうなっていれば、その次は当然私たちの番だっただろう。だが、刀が抜かれるまさにその瞬間――まるで金属が鋭利に割かれるような、凄まじい音だった――大きな叫び声があたりに鳴り響いた。兵士は、日本刀を肩の上に高く振りかざしたまま凍りついたようにその動きを止めた。群衆を押しのけて現れたのは、筋骨たくましく姿勢の良い一人の日本軍将校だった。私にはすぐにそれが誰であるか分かった。弥太郎だった。我が家の創意工夫の名手、庭師の弥太郎だったのである。彼はその時、いや、実はそれまでもずっと、日本の憲兵隊の諜報将校だったのだ。私たちが示し続けた優しさに、彼はこのような形で報いてくれた。味方としてこれほど頼りになる存在はなかった。

――クリスピン・サルバドール、『自己剽窃者』（九百九十二ページ）より

＊

アーニンはフィリピンでの休暇を終えてサンノゼの友人のプール・パーティに行き、そこで可愛い女の子と出会う。彼女の名前はロッキー・バストスという。フィリピンでは彼と同じ地方の出身だということである。フィリピン出身の他の女の子と違い、彼女はツーピースの水着を着ている。バーベキューの時、男たちは彼女の平らな腹を見ては称賛の声を上げる。彼女の気を引くため、アーニンはひっきりなしに「キャノンボール飛び込み」をやってみせる。飛び込むたびに彼女はアーニンのほうを見る。アーニンはこれを脈ありの徴と見る。思わせぶりな様子で胸にタオルを這わせながらアーニンは彼女に近づき、デートに誘う。驚いたことに、彼女はＯＫを出す。

レッド・ロブスターでの夕食。まさにこういう時のためにアーニンはクーポンを貯めつづけていたのだった。食事の後、彼女は自分の家でレッド・パッション・アリーゼを飲まないかと誘う。その夜は何かとレッドにまつわる事の多い日だった――エレベーターの中で目が合うと、二人は同時に顔を赤くした。

アーニンは、彼女とならば一生添い遂げられると思う。部屋では、まるでバス停で同じバスを待ってでもいるかのように距離を取ってソファに座る。コニャック・パッションフルーツ・カクテルが頭をぼんやりさせる。しかし、ロッキーは長いアメリカ暮らしの中ですでにアメリカ的価値観を身につけている。

ロッキー――「ねえ、かくれんぼしない？　私のこと見つけられたら、セックスさせてあげる」

アーニン――「もしも見つけられなかったら？」

ロッキー――「大丈夫。上の階のトイレよ」

＊

僕らの関係も最終段階に差し掛かってきた頃、マディソンは僕が何か隠し事をしていると言ってきかないようになった。鍵なんかかけて、中で一体何をやってるの？　仕事をしている、と言っても、彼女は決して信じようとしなかった。「泣いているような声が聞こえるのよ」と彼女は言う。「どうして、もっと私を信じてくれないの？」。そういうわけで、僕は彼女に事情を説明した。

僕は、ポルノを見ているんだ、と言った。もちろん、それがいかにも面白いことであると感じられるように、しゃべり方にも気を配った。僕が面白いと思うものを彼女にも分かってもらおうとしたのだ。実際それまでにも、彼女は何度か僕の打ち明ける秘密の性癖のことを理解し、一緒に楽しんでくれた。一度、リンカーン・センターのまぶしいプールサイドでこっそり一緒にマリファナを吸った後、ニューヨーク・フィル・コンサートの途中休憩時に会場に忍び込み、シューマンの『クライスレリアーナ』だったかヴァントゥイユの七重奏だったかがホールに鳴り響く中で空いている席をせしめた事があった。その時も、はじめは捕まる可能性を考えてかなり躊躇もしたようだったが、結局はわりとすんなりついて来てくれた。セントラル・パークのザ・ランブルでカラフルな胸をした王冠のような頭の鳥を観察することについても、はじめのうちこそ「オタクっぽい」などとバカにして真面目に取り合ってくれなかったのが、だんだんと乗り気になって来てくれた――ただ、折り畳み式椅子と双眼鏡を持って街を歩いているところだけは見られたくない、というのは最後まで変わらなかったのだが。ポルノに関しても、そのような一風変わった趣味の一つと理解してくれるだろうという淡い期待が僕にはあった。

マディソンは妙な笑顔を作った。理解の良さを装おうとしていたのだろう。僕は、時計仕掛けの中の素敵なレバーや歯車、宝石などを説明するその道の目利きのような口ぶりで、ハードディスクに保存してあるビデオのコレクションを次々に紹介した。僕のお気に入りのポルノ女優たち――ジェナ・ヘイズ、ベラドナ、それからフィリピン系のチャーメイン・スター。彼女たちについての本を一流出版社から出す夢について、僕は熱意を込めて話した。彼女は時折、しぶしぶ認めるようにうなずいた――そうね、ジェナ、イケてるよね。そうよね、ベラドナのテク、確かにすごいもんね。それからマディソンは僕を見て、なんで私じゃだめなの、と言った。彼女のためにこれだけは言っておくが、彼女はその後、何週間かにわたって様々な道具を試してくれた――羽毛のついたハケ、乗馬ムチ、ラテックス製のメイドのコスチューム。だが最後にはあきれ果てて、激しく僕を責め出した。それからパラノイアが始まる――たとえば部屋の鍵を閉めている時（実際に仕事をしている時もあったのだが）、それから彼女がベッドに入っても僕が一緒について来なかった時（僕はしばしば不眠症に悩まされていたのだが）。

その後何度かセックスをするムードになりかけたが、いざという時になると彼女は僕を変な目で見るのだった。それはもう愛が薄れたと語っているかのような目だった。恋人同士はお互いに全てを正直に話すべきだ、などと言うものもあるが、やめておくほうがいい。馬鹿を見るだけである。

＊

「いい？」とドゥルセは囁いた。

ジェイコブが囁きで返した――「当り前だよ、もう何時間も前から準備ＯＫ」。

ドゥエンデたちの目が接近して来る。彼らの牙は異様に鋭く、薄暗がりの中でさえきらりと光る。「今よ！」とドゥルセが叫んでロープを引くと小屋のドアがバタンと閉まり、あたりは真っ暗になった。赤い目がきょろきょろと左右、上下に動く。六つの小さな声が、奇妙な、首を絞められたような叫びに変わる。そして目が赤からオレンジに変わり、最後には光そのものが消えてしまう。

「一体何をしたんだい？」。ジェイコブは、いかにも安心したという口調で尋ねた。彼はライトをつけた。ブーンという音と蛍光灯にぶつかる蛾の羽音以外、音の出るものはなにもなかった。地面には六つの帽子が転がっていたが、それらも、二人の見ている目の前でまるで空気のように消えてしまった。

「子供の時ね」とドゥルセは言った、「お継父さんがドゥエンデについて教えてくれたの。覚えてるでしょ、大学で民俗学を教えてた」

「ああ、覚えてるよ」

「ずっと昔、本当に小さかった頃ね、ドゥエンデというのは本当に頭が悪いから、完全な暗闇、星明かりさえない暗闇に入ると消えてしまうんだよ、って教えてくれたの。存在することをやめてしまうんだって。なぜかというと、暗闇を死と勘違いしてしまうからなんだって」

「君のお継父さんがそう言ったの？　じゃあ、なんで昔、僕たちが魔法の木のことを話した時は信じてくれなかったんだろう？」

「それは分からない」。ドゥルセは見るからに答えに窮した様子でそう言った。「本当に分からない」

――クリスピン・サルバドール、『ＱＣの夜』（『カプトル』三部作第二巻）より

＊

僕はクリスピンの写真アルバムを脇に置いてベッドから立ち上がり、ソファまで歩いてどさりと腰を下ろした。スプリングが軋む音がした。ミニバーからサン・ミゲルの缶ビールを取り出して開け、テレビを

つけた。何の気なしにケーブルテレビのチャンネルをいろいろ試してみる。

バスケットボールの試合をやっている。サン・ミゲル・ビアメン対ルーパス・ランド・モーラーズ。二人のアフリカ系アメリカ人選手がリングの下で背をいっぱいに伸ばしてお互いを牽制し合い、残り十秒に突入。背の低いフィリピン人のポイントガードがスリーポイントラインからシュートを放つ。そこでチャンネルを変える。

コマーシャルである。「ジョイ・トゥー・ザ・ワールド」のオーケストラバージョンをバックに、引き裂かれた手の平、ちぎれた指、バラバラの手足の画像が映る。「今度のお休みでは」と落ち着いた男の声が言う。「花火や爆竹を使う際に十分注意してください。フィリピン・ファースト・コーポレーションからの公共奉仕広告でした」。チャンネルを変える。

ニュースのヘッドラインが派手に画面上に現れる――「クラゲの来襲！」。セレベス島沖海底地震の影響でクラゲが大量に川をさかのぼり、ミンダナオ水力発電所の流れをせき止め、付近の島嶼地域が停電に見舞われた模様、とレポーターが言う。ラジャー・トゥワーング発電所駐在の軍大佐が、ブロークンではあるが断固たる調子の英語で、今回の停電とモロ族の反政府分子との関係を否定する説明を行っている。大佐の後ろでは、兵士たちがクラゲをシャベルで掬ってはダンプカーの荷台へ放り込んでいる。あるクラゲの山は八フィートを優に越す高さに達している。チャンネルを変える。

チャンコ邸の門のまわりに人だかりができている。あるものはニュース社のヘリコプターを見上げ、何か届かぬメッセージを叫んでいる。群衆は、千人単位でキャンドルやサンパギータ・レイを手にし、ウィグベルト・ラカンデュラを支持する歌を歌っては様々なメッセージを掲げている。その大音響にかぶさるようにしてレポーターのアナウンスが入る。いくつかの幟には次のように書いてある――「ラカンデュラのおかげで悪者はねずみ算式に粛清」「ウィギー、超愛してる♥私たちと結婚して！――アサンプション高校二〇〇四年クラス」。秩序維持のための機動隊の姿が見える。チャンネルを変える。

ペッドエッグのインフォマーシャルである。モデルが商品を足の裏にあてがってこすると、ナレーションが入る――「彼氏にも彼女にも、お母さんにもお父さんにも、おばあちゃんにもおじいちゃんにも、お姉ちゃんにもお兄ちゃんにも……」。チャンネルを変える。

山岳地帯の棚田の上空をカメラがゆっくりとパンする。まるでガラスでできたジッグラト（古代バビロニアなどのピラミッド型神殿）のように、織りなす傾斜が雲ひとつない空へと吸い込まれてゆく。小屋が集まっているところにカメラがズームすると全体の遠近の感覚がはっきりし、棚田の斜面がどれだけ巨大な広がりを持つ構造なのかがはっきりする。やがて画面がディゾルブすると、小屋の中で話をしているイフガオ族の老人の姿が現れる。革のように黒く日焼けした皮膚をしており、歯はない。彫りの施された箱から材料を取り出し、檳榔子《びんろうじ》を作っているところである。画面の下の字幕――「アメリカ人たちがいつかやって来て、この棚田は世界の八番目の不思議だと言ったのです。ただ、私たちはこうやって棚田で稲を作るやり方しか知りません。四千年もこのやり方でやってきたのですから……」。チャンネルを変える。

さらなるニュースである。マーティン師の有名なショットが画面に映っている。ブルーベリー・プレイドのスーツを着て説教をしているところである。カットバックすると、今度は、テレビカメラの照明と泡のようなマイクを握ったレポーターたちから顔を背け、うなだれて警官に取り囲まれつつ自宅から連行される師の姿が映し出される。赤いシルクのパジャマを着ている。ナレーションが何か早口のタガログ語でまくしたてているが、ほとんど分からない。エル・オヒムにおける横領事件のようである。画面の下にフィリピン株式市場の終値が今日は二ポイント下がった、と出る。チャンネルを変える。

アラネタ・コロシアムで「五十名のエルヴィスそっくりさんコンサート」。同じようなリーゼントとサングラス、スパンコールのジャンプスーツだが、身長や体型にはかなりのばらつきがあるのがいかにも滑稽である。うち二人はドラァグクイーンであり、網タイツとスウェードのハイヒールで全身を飾り立てている。チャンネルを変える。

中国のニュース。上海に関するものである。摩天楼が静かに聳え立つ。作業員と建材とがともにクレーンで吊られて運ばれている。チャンネルを変える。

サントス裁判長があるシンポジウムで発言している。「法律の核心には道徳がある」と彼は言う。「しかし、道徳の核心には精神性がある。全能の神への信仰を持ってこそ、人は初めて正しく人の法を解釈することができるのです」。チャンネルを変える。

F1のレースである。モンザでのレースでモントーヤがトップを走っている。最後から二番目の周回で、シューマッハがすぐ後ろにつけてくる。チャンネルを変える。

ミンダナオ島で再び起こった爆破事件のニュースレポート。ジェネラル・サントス・シティからである。一人のレポーターがカメラのフラッシュの雨の中で立っている。ひしゃげた金属の塊のようなものが後ろに見える。バスの残骸です、と彼女は言う。十二名が死亡、二十二名が病院に運ばれた模様。マニラの様子に画面が飛ぶと、ヌレディン・バンサモロ（眼鏡とポマードの気取らない風貌である）が顔をしかめた部下に取り囲まれている。「今月に入りまして、これで、ええ、六度目です。情報によりますと、今回の事件は、ええ……」。彼はわざとらしい英語でそう言う。いくつかの言葉を特に強調している。「ええ、先週のロトとマクドナルドでの爆破事件と同一犯である、ええ、と考えられる極悪非道のグループによる犯行、と見られております。確かに、このあたりを拠点に活動している、ええ、アブ・サヤフのネットワークの、ええ、過激派グループも、ええ、あるにはあります。ただ、このグループと、ええ、マニラ都市圏での爆破事件との関係につきましては、ええ、いまだにはっきりとして、ええ、おりません。これが、ええ、クーデターの前触れであるという噂につきましては、断固として、それは違うと申しておきます。われらが親愛なる大統領が戒厳令を発令するとの噂については、ええ、ノーコメントです。もしも何かコメントをしなければいけないとなれば、私個人としましては、そのようなことを考えるのは非常に良くないと考える、というものに、ええ、なります。と申しますのも、ええ、私は強く、このような事態に、ええ……」。チャンネルを変える。

美しいメスティーソの女の子が、シャワーの後でブロック&ホワイトのデオドラントを腋の下に塗り込んでいる。シーンが変わり、白いブラウスを颯爽と着た彼女が大学の教室で自信満々に手を上げている。黒い肌のクラスメートがうらやましそうに腕を組んで腋を隠す。次のシーンではその色黒のクラスメートが同じデオドラントを使っており、すぐに使用前、使用後の写真が出て来る。「毎日数週間塗るだけ」で彼女の腋の下は白くなっている。チャンネルを変える。

CNNニュース——トロント、モントリオール、バンクーバー、ハリファックスでの先週の反戦集会についての番組。クイーンズ・パークでは馬に乗った警官が群衆を監視している。一人の若い男が『グローブ&メール』の販売機の上によじ登る。着ていたスキージャケットの前をはだけると、シャツに「大量破壊兵器」と書いてある。馬に乗った警官が身ぶり手ぶりで彼に降りるように指示する。群衆は叫ぶ——「降りるのはお前ら、馬に乗った野獣どものほうだ!」。画面の下のチッカーで「ナスダックとダウ工業は上がり値」と表示される。チャンネルを変える。

ポルトガル人の尼僧が『ヨハネによる福音書』から引用しつつ、至福についての議論を戦わせている。心の弱きものは幸いです、と彼女は言う。チャンネルを変える。

気象情報チャンネルの女のアナウンサーが、現在接近中の台風の動きは非常に奇妙です、と言う。チャンネルを変える。

台湾からのニュース。中華人民共和国、広東。病院の前でレポーターが手術用マスクをつけて立っている。病院内には二人の浅黒い患者がベッドに横たわり、まるでカメラが自分たちを救ってくれるとでも思っているかのような目でこちらを見ている。チャンネルを変える。

ライブ中継のカメラが、リサール公園に集まった大群衆の様子をゆっくりとパンで捉える。誰もがキャンドルを手に持って高く掲げ、信仰復活の賛歌を捧げる姿勢を取っている。まるでだらしないファシストたちの敬礼か、あるいはカラオケで「ストップ・イン・ザ・ネーム・オブ・ラブ」か何かを歌う酔客の群れのようにも見える。アナウンサーによれば、マーティン師の逮捕から二時間と経たぬうちに何十万という人々がここに集まったという。「平和」や「希望」と書かれた幟を手に持っているものが見える。レポーターが群衆の中の女性にインタビューをしている。なぜここにいらっしゃったのですか？　「マーティン師への愛です。あの方は人民の使徒です」。なぜそんなに彼を愛しているのです？　「あの方が生きていらっしゃるから、毎週を生き抜いて行く勇気が出るのです。私は一時ドラッグ中毒に苦しんでいましたが……」。突然筋骨たくましい男が彼女の肩越しに大声で叫ぶ、「おれは昔ゲイだった！」。雷鳴が空に轟く。群衆の何人かが傘をさし始める。盛大なシュプレヒコールが、電波に乗って僕のホテルの部屋にまで届く。チャンネルを変える。

今夜のトップニュースの掲示板――「北アメリカの環境保護団体『世界の番人《ワールド・ウオーデン》』の旗艦ポール・ワトソン、先週の捕鯨船日清丸との衝突事故を受けての日本大使館からの再三の抗議にもかかわらず、今日もまだマニラのドックに停泊中。昨年ルーパス地所のグロリオーラ・モールを蹂躙し、官僚組織の透明化への要求が受け入れられない場合には爆破すると脅迫したSMRの兵士たち、本日エストレーガン大統領により特赦を与えられる。ただしルーパス地所のスポークスマンによれば会社は民事訴訟を起こす意向を表明とのこと。中国系フィリピン人のコミュニティ、ビノンドで記念館の落成式を行う。同館は複層のパゴダで、身代金要求の人質となって殺された、あるいは行方が分からなくなった方たちを悼むもの。今夜の『インサイト』紙で、ピナツボ火山の噴火とクラーク基地、スビク基地の閉鎖から十一年経ったオロンガポとアンゲレスシティの生活レポート。必見。本土外におけるアメリカ最大の二つの軍事基地がなくなった今、私たちの暮らしは果たして良くなったのか？　『ドル箱から砂漠まで』で、その答えが明らかに」。チャンネルを変える。

ラカベイ・テレビチャンネルのオープニング・クレジット――「ミンダナオ島の古代文明」。複雑な織物とかぶり物を身につけたカップルが映っている。花婿の王子は、官能的な襞のついた剣を頭上高く振りかざしている。扇で顔を隠した花嫁は、足元にひざまずく従者たちによって互いに交差しながら高い音を立てて打ち合わされる二対の竹の棒の間で舞いを舞っている。王子は片方の肩に載せた剣のバランスを取り、もう片方の手でしっかりと楯を握りしめ、軽やかにステップを踏みながら断続的に交差する竹の棒に足を取られぬようううまく飛び越しつつ、花嫁の後に続く。花嫁は後ろに下がって花婿の様子を見守る。彼の足は、折り重なった木材を包む激しい炎と煙で霞んで見えない。竹に竹がぶつかる音の織りなすリズムはだんだんと早くなり、まるで徐々にクレシェンドへと向かうラヴェルの『ボレロ』のような催眠効果を帯びてくる。チャンネルを変える。

ＢＢＣワールドニュース。国連武器調査委員長ハンス・ブリックスのインタビュー――彼はサダム・フセイン治下のイラクについてのインタビュアーの発言に苛立ち、首を振っている。チャンネルを変える。

時々見かける奇妙なデジタル・チャンネルの領域に入る。スクリーンの一部分でイレイザーヘッズのミュージックビデオが流れている。名門女子大生の報われぬ恋についての歌である。スクリーンの残りの部分ではリアルタイム・アップデートのメッセージが点滅している。Prettypinay89 のメッセージ――ハーイ、トロパン・マリキナ！　フィリピン女子大の化学17受講のみなさん、明日の試験がんばってね！　Gothgrrrl3000 からは――ここ、デスメタル好きの人いる？　グレイハウンズは神！　イレイザーヘッズ死ね。それから AnAk_Ng_KidlAt のメッセージ、誰か私の話聞いてくれる人いない？

テレビを消す。

＊

「もうひとつ」とクリスピンは言った。「もうひとつだけ、これが最後の話だ」。彼は目の前にあるタイプライターを見つめていた。「私ぐらいの年になると、どうでもいいような思い出にこそ大きな意味が生まれて来る。くだらない理由で人を責めてしまいたくなったこと、全く筋の通らない振る舞い――そういう些細な事を、誰かに話さずにはいられなくなるのだね。昔、こういうことがあった。まだ私が小さかった頃、あの父が、嫉妬で狂ったようになったのだよ」。僕はすでにパーカーを着てリュックを背負い、片腕には投函予定の郵便の束を抱えていた。「父はいつも伯父の農場にある動物園のことを羨ましがっていた。だから、自分の家でも動物を飼うことにしたのだ。もちろんマニラの家での話だよ。多分、母を喜ばせようとしたのだろう。動物を飼えば母がバコロドよりもマニラで長く過ごすようになるだろう、などと考えたのだろうな」。僕はクリスピンのグラスにシェリーを注いだ。彼は顔を上げてうなずいた。「もちろん、父には動物のことなど何も分かってはいなかった。ただ手元に置いておきたかっただけだ。実際の世話に関しては、人を雇えばいいというくらいにしか思っていなかったのだ。誰でも似たようなことを考えるものだろう？　そうして彼はトラに白羽の矢を立て、手に入れることに成功した。当時私はまだ幼かったから父がどうやってそれを手に入れたのかは分からないが、スイミングプールの脇、よく戸外で夕食を取る時に使用するベランダのすぐそばに大きな檻を据えて、その中で飼っていたことはよく覚えているよ。そのトラは、本当はスワニーの伯父の農場へ輸送される途中で一時的にフォーブス・パークの家で預かっていただけのことだったのかもしれない。今となってはよく分からないことだが」

クリスピンはグラスのシェリーをすすった。彼はすっかり古くなったバロンタガログをまだ着ていた。そばの床の上には原稿を入れるための黒い箱が二つ置いてある。僕は扉の側柱にもたれて時計を見た。今頃マディソンは、ヴァレンタインデーのディナーを用意して僕の帰りを待っているだろう。その日の朝、彼女は僕のために豆腐北京ダックのレシピを見つけたと話してくれた。グルテン無添加のホイシン・ソースを買って帰るのがその日の僕の役目だった。僕たちの関係は、いつしかお互いがそういう雑用をきちんと果たせるかどうかにかかってくるようになっていた。僕はスカーフを外し、コートのジッパーを下ろした。

「それはともかく、当時の私にはそのトラはものすごく大きなものに思えた。途轍もないほど、と言ってもいい。もっとも実際はまだ幼かったのだろう、スイミング・プールとベランダの間のスペースはそんなになかったのだから。子供時代の思い出の中では、世界は実際よりもずっと大きく見えるものだからね。近所の人たちがどう思っていたのか、手に取るように想像できるよ。庭でトラを飼うなんて、何という傲慢――ふん！　まさにその通りだよ。ただ問題は、このトラは何も食べようとしなかったということだ。飛行機やトラック、あるいはその他の手段で輸送されてくる際の心的外傷か何かのせいだったのだろう。結局、連れて来たことは大失敗だった。オスだったかメスだったのかもよく覚えていないし、またあのトラがそもそもその後どうなってしまったのか、それもよく思い出せない。とにかく、いつも檻の中の日の当たらない隅をわざわざ選んで、そこに体をすりつけるようにして寝ていた。歩き回れるスペースなど、その檻にはなかったのだからね」

クリスピンは、タイプライターの横に置いてあるケースの中にうず高く積み上がった原稿を一瞥した。

「一度、父が外でトラを眺めながら朝食を食べようと言い出したことがあった。あの時の事はよく覚えているよ。檻のそばはとても臭かったから、私たちとしては気が進まなかった。酸っぱいようなカビ臭いような、とにかくひどい臭いだったのだ。しかし父の言葉には従うしかない。私たちは席につき、テーブルのそれぞれの場所に食事用の皿をまわした。母はペーパーバックのミステリー小説に読みふけっていたからね。父は上機嫌でひと切れのベーコンをフォークで掬い上げると、トラの檻に近づいていった。いかにも男らしいことが好きだった父らしく、素手で餌を与えようとしたのだ。だが、かわいそうなトラは、怯えたまま隅のほうで縮こまったままだった。突然、父は癇癪を起こして怒鳴り始めた。その時の父の言葉を私は決して忘れないだろう――貴様、それでもジャングルの王者か⁉」

クリスピンは、心から、という様子で笑った。それから溜息をついてこう言った。「そう、今思えば面白い話だ。だが、その時の私たちきょうだいにとってはその父の様子はただ恐ろしいばかりで、そのエピソードに何かそこはかとない悲しみのようなものを感じることができるようになったのは、ずっと後になってからのことだった。それから父は持っていたベーコンをトラに投げつけ、その顔を殴りつけた。トラの体の下には、まるで毒物もれのような蛍光色の光を放つ小便だまりができていた。まるで昨日のことのようによく覚えているよ。小便を漏らしながら怯えているトラ。激しく怒鳴りつける父。知らん顔でペーパーバックに読みふける母。お互いに目を合わさないよう、それぞれ目の前のきれいな陶器の上に盛りつけられたマンゴーのスライスにたかろうとするハエを必死で見つめている私たちきょうだい」

クリスピンは灰皿と海泡石製のパイプの位置を変えてみたり、デカンタを左のほうにずらしてみたり、揃いのグラスをその横に置いてみたりしていた。自分の手が動くのを、まるで赤の他人の仕草のような無関心さで見つめていた。「この話は、何年か前に恋人のジジにも話したことがある。あの時は変だった。彼女に話し始めるまで、その時の事を自分が覚えていることさえ知らなかったのだ。その後、なぜだか涙が止まらなかった。あんなに泣いたのは、子供の時以来初めてのことだった。ジジは、この国には革命が必要だと言った。もちろん彼女はそう言うだろうさ、フランス人なのだからね。だが、この国では『革命』とは単なる『父殺し』を意味するものではない。そのことを見極めるのには、この私でさえもずいぶん長くかかったものだ。それは『神殺し』でなければならない。つまるところ、我々の贖罪は、それよりもずっと崇高なものでなければならないのだ。とにかく、私はあのトラの思い出をいつか短編小説、あるいは長編のワンシーンに使いたいと思っていたものだ。しかし結局、思い出に留めておいたほうが良いものもあるものだね」。彼はタイプライターから紙を抜き取ると、積んである原稿の山の上にそれを重ねて箱を閉じた。それから他の二つの箱の上にそれを載せた。「泣いた後で、視界が奇妙に鮮明になっていたのをよく覚えているよ」

クリスピンは僕を見た。その時の彼の目を、僕は忘れない。まるで、聖霊そのものを目の当たりにしてでもいるかのような目だった。これから起こること、起こらなければならないことが全て見えた、とでもいうような感じだった。

「それでは」とはにかんだ笑顔で彼は言った。「ひとつ、盛大にやってくることだ」

マディソンの待つマンションに帰ると、リビングの火災報知機がけたたましく鳴り響いていた。窓がすべて開け放しにされ、部屋の中は戸外の冬の冷気と変わらない寒さだった。

それがクリスピンに会った最後だった。

5

丘の頂上まで来ると、クリストは自らが乗る新しいまだらの軍馬を後ろ脚で立たせた。彼に続く騎兵隊の行進する音が、まるで戦闘開始のドラムの音のように響いている。軍馬は不安気に鋭くいななく。クリストは戦闘で殺された愛馬パロマを思いながら、アメリカ軍への報復を誓う。

遠くの川の湾曲部付近にピーター・マレー大尉の歩兵隊が見えている。彼の宿敵である。テントを張ったり水を補給したり夕食の準備をしたりする兵士たちがその前を横切るたび、キャンプファイアーがまるで遠くの灯台のようにちらちらとまたたく。ルーパス軍曹がやって来て、クリストの真横で馬を止める。

「気づかれてないな」とクリストは言う。

「ああ、大尉。しかし、村の女子供はどうする？」

クリストは黙っている。

「大尉、兵士たちも不安になっている。降伏したほうがよいのではないか、と」

この言葉に、クリストはいつになく低く鋭い語気で答える。「つまり、貴様がそう考えているということだろう？　やつらが、ではなく？」

「クリスト、君への忠誠はあえて示すまでもない」

「リカルド、分からんのか？　まさにこの状況こそアメリカの連中の望んでいることだ。非常線を張って脅せば、村人たちとしても我々を売るしかなくなるだろう、と」

「食料は底をついてきている。補給ラインはどこにもない。非常線のせいで大変な犠牲が……クリスト、村人たちが……女や子供たちが、飢え死にしかけているのだよ」

「三年も頑張ってきて、今さら降伏するというのか？　私は、自分の家族がどうなっても仕方ないと考えている。それぐらいのことが分からないのか？　だめだ、リカルド。敵の手中に落ちてはならん。これまで我々が払ってきた犠牲のことを考えてみろ。思い出せ、同志よ。戦いに勝てばこのような苦しみは全てなくなるのだ」

「敵はさらに兵士を補給してくるぞ、大尉。そのあとはさらに多く、な。アメリカというところは、何せでかい」

「軍曹、お前の考えでは、我々は既に負けているというのだな？　そうだろう？」

「そんなことはない」

「そうならそうと言ってくれ。追い詰められているのはどっちだ？　我々か、やつらか？」

ルーパスは黙っている。彼はただうなずく。

「兵士たちを突撃に備えさせろ」とクリストは低く慎重に言う。「これが最後の戦いになる、と伝えてくれ」


――クリスピン・サルバドール、『啓蒙者たち』（二百二十三ページ）より

＊

父になる時、僕はただ未来に対して漠然と明るい展望しか持っていなかった。初めのうちはしかるべき振る舞いができたとさえ思う。もちろんそれも、十七歳の少年にしては、ということに過ぎないのだが。

十代とは、誰もが自分自身のヒーローであり、またみじめな敗残者でもある年齢だ。大人になるということは、その間のどこかに自らの位置を定めるということである。僕も結局そのような道を選び、その結果として今ここにいる。

だが、常にそうなると決まっていたわけではない。別の道を選んだほうが簡単だと思われるような状況もあった。アナイス。絵画の授業中、僕は彼女を呼び出して話をした。彼女のお腹はスモックの下で既に大きく膨らんでいて、服からは亜麻仁のオイルの香りがした。プラハかブエノス・アイレス、あるいはアンタナナリヴォへ行って子供を育てる、という彼女の夢のような話に耳を傾けた。彼女はフィンセント・ファン・ゴッホの絵やe・e・カミングス、特にあの、愛は小さな手をした雨よりも優しい、という一節がとても好きだった。一緒に超音波診断に行き、ラマーズ法も習った。赤ん坊の名前に関する本も読んだ。二人の未来の可能性を描き出す本のページを、僕たちは並んでめくった。彼女のあらゆる希望の中心にあるその赤ん坊をお互いの心でしっかりと抱きしめながら、僕たちは愛し合った。ある夜更け、彼女の家の女中からの電話で目を覚ました――「破水です」。彼女は病院に運び込まれた。長い分娩の間中、僕は彼女に氷の破片を与えてはその手を握り、なすすべもなく傍らに立っていた。息をして、息をして、と小さく言い続けるだけだった。最後にアナイスは僕のほうを向き、愛してるわ、と言った。まるで映画のワンシーンのようだった。そして医師がやって来て、赤ん坊に問題があると僕たちに告げた。緊急の帝王切開が始まり、僕は病院の廊下を行ったり来たりした。初めて娘をこの手に抱き、自身の幼年時代が終わったことを実感した時、僕は有頂天になった。この子のためならばどんなことでもできる、と思った。おしめを替え、げっぷをさせた。初めて言葉を話した瞬間、初めて歩いた瞬間。小さな、本当に小さな赤ん坊を祖父母のところに連れて行った時のこと。彼らは赤ん坊を片時も離さずに可愛がり、腕に抱いたまま写真を何枚も撮らせた。それからしばらくしてグランマと二人になった時、彼女は涙声でこう言った――「あなたがた二人、まるでママゴトをしているようにしか見えない」。それから、せめて放校処分にならないだけの成績を保っておくための涙ぐましい努力が始まった。「木と森の区別をつける」ため、グレイプスのはからいで、当時ジェスがＭＢＡ取得コース履修のために住んでいたロンドンに送られた。アナイスは放っておかれていると感じたのか、ただ怖かっただけなのか、あるいは僕と同じようにどこにも将来の希望を見出せなかったからなのか、はやく帰って来なければ浮気する、と脅した。夏の終わり頃、予定よりだいぶ遅れてマニラに帰り着いた時、アナイスの脅しは現実のものとなっていた――他の男にキスをしたのだ。

　少なくとも、僕はそのように記憶している。なにぶん昔のことだから、本当のところはよく分からないのだが。

　僕たちのささやかな家庭のために、娘のために、また僕自身のために、僕はアナイスを取り戻そうとした。しかし彼女の背信行為はまるで有刺鉄線のように僕たちの関係に突き刺さり、巻きついてきた。まず僕が彼女のもとを離れ、次に彼女が僕から離れ、お互いが相手にそのことを深く後悔させようとした。結局彼女も、僕と同じように子供を必死で育てようとしているもうひとりの子供に過ぎなかったのだ。アナイスは確かに「ごめんなさい」と言ったし、その言葉に嘘はなかったと僕は信じる。信じられないのはむしろ、僕がそれをどうしても赦すことができなかったことのほうだ。相手の男が彼女にキスをしたと思われる家の中の場所をあれこれと考えては、そこを避けて通るようになった。その男が僕の大事な赤ん坊を抱いたのかと思うと、身の毛がよだつ思いがした。僕らはよく彼女の母が戸外の柱に掛けて育てているランの花の下で抱き合ったものだったが、同じ場所でその男と抱き合っている時のアナイスのまなざしが瞼の裏にちらついた。今僕たちは、そこでまた昔のように抱き合おうと懸命な努力を続けていた。二人で立てたあの計画は、一体どうなってしまったのだろう？　僕たちは、どういう約束を交わし合ったのだろう？　何よりも、ごめんなさい、もう一度キスして私を安心させて、と言う以外、彼女に一体何ができたというのだろう？

僕は赦しを乞うためにこの告白を行っているわけではない。ある朝、僕は気が狂ったふりをした。おそらく、気が狂ったふりをしてしまうということ自体、その時まさに僕は気が狂っていたのだと思う。宙を見つめながら、僕はアナイスにこう囁いた――「ジャック・シラクが僕の後をつけて来るんだよ。耳を澄ましてごらん、声が聞こえるだろう？　僕を追って来ている。隠れなきゃ」。そうして僕はソファの後ろに隠れた。アナイスは僕を抱きしめた。まんまと僕の芝居を信じたのだ。この企ての成功と怒りと不信のカクテルを一気に飲み干して、僕は完全に酔っぱらってしまった。彼女が僕を信じた、だって？　彼女は何も言わず、ただきつく僕を抱きしめた。僕は叫んだ、「ジャック・シラクに気をつけろ！」。アナイスは僕の顔をつかんで目を覗き込み、そして静かに言った――「ジャック・シラクはフランスよ」。彼女は泣き始めた。僕も同じだった。泣きたい理由なら、売るほどあったのだから。

こうして僕の放心状態は日に日に募り、ある日プツリと切れた。

＊

戦争に入って二回目の大晦日、皆で日本酒の入ったグラスを掲げ、弟や義妹、それからその子供たちへの愛と奉仕を誓ったほんの数分後、サルバドールの伯父のジェイソンがいなくなっていた。「彼は確かにそこにいた」――サルバドールは『自己剽窃者』の中でそう回想している。「だが、私たちがお互いに希望に満ち溢れた――それは藁にもすがるような希望だった――新年の祝いの抱擁の陶酔から我に返り、あたりを見回してみると、もうジェイソン伯父はいなかった。私は衝撃を受けた。長い間、私たちはまるで神隠しの現場にでも遭遇してしまったかのような気持ちで過ごすこととなった。その時に実は何が起こったのか分かったのは、戦争が終わった後のことだった。彼が経験したこと、後になって彼自身が私に話してくれたこと――後に自分の人生に関する一連の最終的な決断を下すにあたって、私は図らずも伯父からのそれらの言葉を思い出すことになる」

――執筆中の伝記、ミゲル・シフーコ、『クリスピン・サルバドール――八回目の生』より

＊

建物から流れ出てくる人々が、降りしきる雨の様子を眺めつつ、それぞれグリーンベルト・モールのオープンスペースの風通しの良さを楽しんでいる。カフェやショップには人が混み合い、その喧騒はほとんど耐えがたいほどである。繰り返し鳴り響くクリスマスキャロルがまるで拷問装置のように体にこたえる。息せき切って教室の後ろのドアから入ると、皆が一斉に怯えた顔つきで振り返る――そんな悪夢を見ているかのような感覚。ズボンのジッパーが開いていないか確かめる。歩を早める。いくつかの顔が、目の前のコーヒーや天井の照明器具などに視線を移す。

クラブ「クーデター」の薄暗闇には熱気が充満している。天井の高いダンスホールに煙幕が立ち込め、鳴り響くテクノが空間の密度を上げている。ベースラインが体を貫き、骨を揺らす。メロディーはどこかの国の国歌のようにシンプルで力強く、えも言われぬ魅力がある。ダンスフロアでは赤、緑、青、黄色、そして再び赤、とミラーボールのライトが際限なくあたりに飛び散っている。フライヤーには「クラシック・トランス・ナイト」とある。いつの間に「トランス」は「クラシック」になったのだろう？　知った顔がどこにも見当たらないことを除けば、場所の雰囲気は昔のままである。若い連中ばかりだ。自分たちの体の動きをぎこちなく意識しながら、汗だくになって踊っている。入口近くのサファイア色のネオンの下でカメラのフラッシュが光る――丸々と太ったアルボン・アルカンタラが、『フィリピン・ガゼット』紙に連載中のコラム「アルボナンザ」掲載用の写真撮影のためにフロアをゆっくりと移動中である。被写体たちは、まるでつい今しがた釣り上げられたばかりの大魚のようにポーズを決めている。薄暗いホールの片隅では、いくつかの人影が今にもベルベットとイミテーション・レザーのソファに溶け入ってしまい

そうである。エアコンの送風口の側の暗闇では、カップルがまるでおしとやかな犬のようにお互いの体をすりつけながら愛撫し合っている。童顔のダンサーが棒状のライトで虚空にシンプルな円を描き出す。僕もいくつか技を披露させてもらいたいような衝動に駆られる。未来のみならず過去に関する夢想が頭を過《よぎ》るほどの年になるというのは、なんとも不思議な気がする。

ポケットで携帯のバイブが振動する。旧友のギャビーからメールが来ている。どうして僕がフィリピンにいることが分かったのだろうか？　これを読んでいる間にも、水面下でエドサ5への準備は着々と進行中。今週末エストレーガン政権への抗議集会の予定、連絡が取れるようにしておいてほしい。一人でも多くの参加が必要だ。

太って背の高い用心棒がＶＩＰエリアへの扉の前に陣取っている。中から顔見知りが僕を認め、飛ぶように走って来る。名前は思い出せない。ずっと年下で、僕が大学生だった頃にインターナショナルスクールに通っていた男だ。あまり好きではなかったことはよく覚えている。彼は用心棒たちに、この人は「イケてる」人だから、と説明し、彼らは疑わしそうに僕を見る。中に入ると、旧友たちが振り返って僕を見る。抱きしめたり背中を強く叩いたり、あるいはまるで僕が何かの賞でも貰ったかのように握手を求めてきたり、とにかく盛大に僕を迎えてくれる。「いつ着いた？」と音にかき消されないように大声でミコがそう尋ねる。彼は僕の口に小さな錠剤を押し込もうとする。僕は固く唇を閉じる。笑って首を振り、感謝の気持ちを表しつつ彼と抱き合う。仲間が、みんなここにいるのだ。

タルズ（温かい声で）「おお、兄弟じゃん!?」

ミッチ（僕の後ろにいる女子大生グループを見ながら）「あのコたち、ちょっと見てみろよ」

エドワード「最近どこに行ってたんだよ、悪党《ニガ》？　外国？　いつから？」

アンジェラ「タバコくれない？」

Ｅ・Ｖ「つまりお前、ローマ帝国の衰亡を見物しに帰って来たっつーわけだろ」

ピップ「おお！　元気？」

リア「フレンドスターのプロフィール、最近ずいぶん更新してねえだろ？」

チューチョ（激しく握手しながら）「おいおいおいおいおい‼」

ロブ（冗談っぽく）「おれたちさ、そろそろ次のクラブ行くかってことになってんだけど、お前も来る？」

トリシア「やっぱりトランスよね、トランス」

マルクスも嬉しそうである。「おお、相変わらずイカしてんじゃないの！」

「いや」と股間を軽く押えてよろめきながら僕は叫び返す。「むしろイカされるほうのクチだけど」

僕たちはお互いやっきになって場を盛り上げようとする。彼はビニールの小袋を僕のポケットに押し込もうとする。押し返そうとするが、すでに彼の手のひらは固く握られている。「帰郷祝い。取っとけって」と彼は叫ぶ。このヤク中が、と冗談交じりに僕は言う。彼は答える、「ブツが切れても買う金がないやつのことをヤク中と呼ぶ」。

自分でクスリを買うのをやめてから、そろそろ九か月になる。あのクソッタレの白い粉に実際に触れなくなってからの計算だと、まだ五か月にしかならない。夜そのものが激しく震え出すかのようなあの強烈な感覚――ひりひりするように美しい、しかし結局はあぶくのように消えてなくなるだけの不自然な全能感――に溢れたあの時間には、もう決して戻りたくなかった。それは激烈なまでにセクシーな感覚だった。週末の夜など、マディソンは夜通し白いシーツで巧妙に裸体を覆っては、「ねえ、ハイになろうよ」と言って床を転げ回ったものだった。とにかく、それは簡単に手に入った。二、三百ドルを手に受話器を取って「カー・ディーラー」に電話をかけ、コカインが欲しければ「キャデラック」を、マリファナが欲しければ「メルセデス」を、クエールードが欲しければ「レクサス」を、国立自然博物館でのマインドトリップ用にマジック・マッシュルームが必要ならば「アンブレラ」――摂取すると雨が降っているような気分になるからそう呼ぶ――を一言注文しさえすれば、運び屋がすぐに持って来てくれる。ドミノ・ピザの注文よりずっと簡単だ。チップを渡す必要さえない。

コカインは人生を単純にしてくれた。それさえあれば、僕たちは料理をする必要もなければ疲れもしなかったし、お互いの性格上の欠点なども全然気にならなかった。まるで雷にでも打たれたように夜通し一気に二十ページの短編を書き上げたことも何度かあった。そのようにして得た自信はすぐにあぶくのように消えてしまったが、再びコーヒーテーブルから顔を上げて鼻先を指で拭き取るやいなや、完全無欠の気分がまた戻って来るのだった。そういう時、僕はコロンビア大学一の作家であり、ニューヨーク一の作家であり、ついには世界一の作家となった。この世界の大いなる秘密であり、世に明らかにされる瞬間を待つのみの大天才、祖国の人々のために行動するべく神の勅命を授かった類まれな人物であった。マディソンは、鏡の上にコカインの粉を並べると自分たちのマヌケな顔がよく見える、と言って笑った。その後で二、三回キメて、めくるめくようなセックスを楽しむ。僕たちはそれを愛だと勘違いしていた。ダウンの瞬間と一緒に不安がやって来るのだが、そういう時には酒をグラスに一杯注ぐか睡眠薬を飲むかしてさっさと寝てしまえばよかった。眠りはいつも深く安らかなものだった。

僕はマルクスからもらった袋をズボンのポケットに入れる。ニューヨークのセラピスト、ゴールドマン医師の声が聞こえる――これは破滅への第一歩よ。しかし、こんな高価なプレゼントを断るのはやはり礼儀に反する。実際に使わなければいいのだ。それに、本当にここしばらく全くやっていなかったのだから、ちょっと一回試してみるくらいなら別に問題はない。まあ、二回くらいまでだったら大丈夫だろう。いや、ひとライン分くらいやってもかまわないのではないだろうか。まあこの際、二、三本のラインを吸ったとしても何の問題があるだろうか。いや、袋半分程度なら、仲間と一緒に使うとすぐになくなってしまう。それを言うなら、たとえ一袋全部僕が使ってしまったとしても誰が気にするだろうか？　だいいち、ここは僕のふるさとだ。見知った場所のくつろいだ雰囲気。帰郷の騒動は危険なほどに面白い。誰もが僕を、まるで何かのチャンピオンか何かでもあるかのように扱ってくれる。ちょっとの間、遠く離れて暮らしていただけのことなのに。

＊

哀れないとこのボビーは、景気急落の犠牲となる。彼は病院の職を失い、車体を低くしたスバルに乗ったフィリピン人ギャングの仲間に入る。ある日ボビーは逮捕され、裁判所に連行される。さる友人の女性と『アイズ・ワイド・シャット』を観た後でその女性をレイプした容疑である。アーニンはもちろん応援のために彼のすぐ後ろに座る。新しく買った携帯電話でこっそり法廷の様子を撮影して故郷の家族に送ってやろうと思うが、座っているボビーの背中しか写せない。廷吏たちがやって来て、没収をほのめかす。裁判が始まると、レイプの被害者は検事から質問を受ける。「ジャネル、法廷の方々にレイプ犯の特徴を教えていただけますか？」

レイプの被害者は、泣きそうになりながら答える。「とても黒い肌をしていました。背が低くて、ハリガネのような黒髪でした。細長い目です。厚い耳をしていました。低くて幅広の鼻でした」

アーニンは飛び上がるように立ち上がって、怒りを露わにこう叫んだ――「おれのいとこを馬鹿にするのか！」。

＊

「そんな言い方しないでもいいじゃない」とマディソンは言った。

「どんな言い方だよ？」

「そんな言い方よ」

「マディソンさ、おれはただ話をしようとしてるだけだよ」

「でも、わざわざそういう話し方する必要ないでしょ？」

「勘弁してくれよ、リーブリング。ねえマディソン、だからおれはさ、一体どんな話し方のことを言っているのかって聞いてるんだよ」

「歯磨き粉のことなんでしょ?」

僕たちには何か贅沢な時間が必要だった。それで彼女をランチに連れ出すことにした。チェルシーにある彼女のお気に入りのヴィーガン・レストランで、ステーキ・オブ・ザ・フォレスト・ハンバーガーを食べた。経営者は物忘れの激しいヒッピーのカップルで、そう美味しい店でもなかったのだが、マディソンはどこか欠点のあるレストランに弱かった。彼女は、人の夢が崩れていくのを黙って見ていられないの、と言った。デザートにキャロブ・ブラウニーを食べ、その後美術館まで手をつないで歩こうということになった。銀行のATMのブースで金を引き出す時、壁に貼ってある端がまくれ上がった訪ね人のビラが目についた。彼女は壁から剝がれて落ち葉のようにフロアに散らばっていたビラを集め、もう一度壁に貼り直した。彼女は外に出て行き、僕を待った。MoMAに着いた時には、彼女はかなり不機嫌になっていた。

僕は言った――「歯磨き粉のことじゃないって」。

「じゃあ、何でチャンネルを変えようとしなかったくらいのことであんなに怒ったわけ?」

「リーブリング、頼むからこんなとこで声を荒げないでくれよ」

「じゃあ、ウィリアム王子とハリー王子のテレビのこと?」

「なんでそうなるんだよ?」

「あなたに言うべきじゃなかったわ」

「だから何を?」

「私が昔あの人たちに夢中だった、ってこと」

「頼むよ、どうしてそんなことおれが気にする必要あるわけ? おれ自身フィービー・ケイツに夢中だった時期もあるわけじゃない。まあ、あいつらの何がいいのか全く分かんないけど。単なる王子だろ、あいつら」

「お母さんを失ってしまった悲運の子供たちなのよ」

「それならおれだって同じじゃん」

「まったく、親の話をすればいつでも強く出られると思ってるんだから。分かってるわ、ウィリアムとハリーのことなんでしょ。それとも、そのことプラス歯磨き粉なの？　それから、オーガニックフードのこともでしょ？　なんなのよ、あなた？　母なる地球の未来がどうなってもいいって言うの？」

「そうは言ってない。ただ、だからと言って、なんでそんなに地球ばっかりが偉そうにできるのかよく分からないだけだって。ねえ、もういいから笑えよ。朝のケンカの話なんて忘れようよ。単におれがどうしてあの歯磨き粉を買ったのか聞いたら、君がさ……」

「違うわ。まず私が『ジャーン！　どう、これ？』とあなたを驚かせた。そしたらあなたが……あなた、何て言ったんだっけ？」

「違う。それは違う。おれは、ねえ、もしお茶をいれるならルイボスティーにしてくれるかな、って優しく言った。そしたら君が……」

「違う、間違ってるのはあなたのほうでしょ？　あなた最初からまるで……」

「マディソン。おれだって、自分の言ったことくらい覚えてるよ」

「じゃあ、歯磨き粉の何がいけなかったのよ？」

「だからさ、既に君はクレジットカード使い過ぎてるわけじゃない。分かってる？」

「何？　私が悪いって言うの？　それを言うなら、悪いのは毎週のようにパーティに出かけてばっかかのあなたでしょ？　そういうことさえなければ、今頃は将来のための貯金だって結構できてたはずじゃない」

「なんだよ、おれの執筆活動、応援してくれてるんじゃなかったのかよ」

「それはもちろん応援してるわ」

「いいかい、おれには夢があるんだよ。絶対に実現させなくちゃならないんだ。それなのに、君はいつもタスマニアの飢えた子供たちの話ばかりしてさ」

「タンザニアよ。ほらごらんなさい、あなたは結局自分のちっぽけな世界のことしか頭にない。私はただ、私たちのために良いことをしようと思っているだけ。あと、言っておくけど、私はあなたみたいなクリスピン病には死んでもかからないからね」

「ちょっと待てよ、この話は歯磨き粉の話だったはずだろ。今朝おれが言いかけたのは……まあいいよ、もう忘れよう」

「いいわよ、忘れられれば簡単よね。あなたのことなんか全部忘れちゃえば、簡単どころかすっきりするわ。いつも図書館にこもりっきりでさ。死んだお友達の麗しい思い出にどっぷりと浸りながら」

「仕事なんだよ。『燃える橋』の原稿は、もしも見つけ出せれば必ずおれのキャリアアップにつながるんだ。分からない？　芸術だよ、芸術は大事なんだ」

「はあ⁉　ゲージュツが聞いてあきれるわ」

「死んだクリスピンのほうが、生きてる君よりずっとマシだね」

「芝居がかったセリフはやめて」とマディソンは言った。そして、我慢の気を集中させているかのようにゆっくり息を吸い込んだ。「ミゲル、私はあなたを愛してるのよ。それなのに、なぜいつも物足りないって顔してるの？　私は私なりに、あなたの気に入るように……」。声がそこで叫ぶように割れて、彼女はうんざりしたように首を振った。「あなた、聞いてないでしょ？　何よ、あんなクソみたいな絵」。彼女は僕から離れ、大きなジャクソン・ポロックのところに行った。彼女はポロックが大嫌いだった。しかし僕は大好きで、特にこの絵が一番好きだった。それはまるで、誰かが一度に花火を爆発させたような感じの絵だった。その時のマディソンは、まるで七月四日に夜空を見上げている少女のように見えた。突然、彼女のところに行って手を握ってあげたいような衝動に駆られた。たぶんそうすべきだったのだろう。しかし、僕はもう何を信じればよいのか分からなくなっていた。泣き叫ぶ女を信じることはできない。耳を澄まして声をよく聞けば、隠された意図がどうしても透けてしまう。

僕たち以外のフロアの誰もが、いかにも抗いがたい芸術作品の現前に立ち会っている、という感じで歩いていた。まるでゾンビのようだった。あの時僕はマディソンの立っているところに行くべきだった。その代わり、僕はイヴ・クラインの青い絵の前に立ち、電気信号の満ちた海を思わせる青が高ぶる感情を和らげてくれるのをひたすら待っていたのだ。

すぐ近くで、ある年配の女性の観光客がロシア語で若い連れに何か話しかけていた。すっかり太くなった足首が、重ねた年輪と手に持った「I❤NY」のロゴの入ったいくつかの土産物袋のせいで、ぶるぶると震えているように見えた。彼らは例のゾンビ歩きでじりじりと僕のほうに近づいて来て、すぐ横で立ち止まった。年配の女性はその激しい美に魅入られているようだった。彼女は連れのほうを向く。キャンバスを指さし、なまりの強い英語でこう言う。「ブルーマン・グループ」

やがて彼らはポロックの前に立っているマディソンのところへと移動した。

＊

マルセル・アベラネーダのブログ『漫談・放談』、二〇〇二年十二月四日付の記事より――

今日の井戸端会議。政府は、イスラエル、アメリカ、オーストラリアの爆発物・弾道ミサイル専門家の意見によると、マッキンレー・プラザ・モールでの十一月十九日の爆発は事故ではない、との見解を発表。政府とルーパス地所の間の一連の係争に新たな一ページが加わることとなった。政府は現状維持を望み（「景気悪化！　爆破事件多発！」と彼らは叫ぶ。「だが、この流れの途中で馬を替えてはいけない！」）、ルーパス地所のほうではアルチューロ・ルーパスが「フィリピン・ファースト・ガス社の欠陥のあるLPGキャニスターに、我々には自爆のようなことをするいわれがない。保険金の要求をする必要だってありません。いいですか、我々はあくまでもルーパス一族なのであって、チャンコ一族などではないのです。エストレーガンの煙幕になるつもりなどありません」。

真の信仰者たちに問う。真実は一体どのようなものなのであろうか？　エストレーガンが政権維持のために真の問題の隠蔽工作を行っている？　それとも政府は、冷静さをアピールしつつ権力集中を正当化するために、何かを隠しているフリをしているだけなのか？　あるいはあのデブ猫閣下自身が、ありもしない問題を隠蔽しようとしているフリをしているのか？　あるいは、これが最も不吉なことだが、エストレーガンとデブの子猫ちゃんたちが自ら事件を積極的に仕込んで回り、それに対抗する権力の増強を正当化しようとしているのか？　戒厳令布告までのオードブルはいかが？　というわけか？　そうならば、マルコスの時の状況のあまりにも忠実な焼き直しではないか？　それとも、そのような分かりやすさ自体が仮面に過ぎないのか？　諸君、選挙までもう二年を切った。ありとあらゆる嘘、半真実、半虚偽、隠匿された真実が渦巻くこの現状で、本当の真実は、おそらく単に「先に挙げたもの全てである」ということになるだろう。

それでも、疲れを知らない我らがブロガー諸君は、血眼になってガセネタの中から真実を求め、情報収集を続けている。『モンキー・シー』の考察は、ルーパス・マッキンレー・プラザ・モールの爆破事件の原因であると言われてきた（政府はそれを否定しているが）プロパンガスの欠陥キャニスター説に風穴を開けた。比類なきリカルド・ロクサス四世の『マイ・デイリー・ビタミンズ』は、先述の西側諸国の専門家への地元メディアからのインタビューが許されていないことに疑問符をつきつける。『ワサク』は、また違った角度から、非常に的確にこの議論全体に大きくクギを刺す。そもそも一連の事件はそんなに大事なことなのか、と問うのである。「誰が権力の座にいようと」と彼は言う、「苦しみの毎日は変わらず続くのだ」。

この千変万化の既得権益争いの中で——そして、フィリピン南部で多発している爆破事件には実際にイスラム系の武装勢力が関わっている、との想定の中で——一つだけ人々の注目が届いていない事件がある。フォーブス・パークのシェル石油のサービスステーションでの爆破事件である。ふむふむ、難しい事件だなホームズ君。うむ、もっと突き詰めなきゃならんようだよワトソン君。

最後ではあるが、元ガードマンのウィグベルト・ラカンデュラの挑発姿勢についての賛否の議論をコピーして載せておく。ヌレディン・バンサモロからの批判的コメントについてはココをクリック。年老いてなお実力のあるレスペト・レイエス議員の好意的意見についてはココ。

以上！　真の信仰者諸君、次回またお会いするまで、どうかごきげんよう。

以下は掲示板に書き込まれたコメントである——

——チャンコとルーパスの反目は、やがてエスカレートしてみんなを巻き込むことになる。(bernice@localvibe.com)

——泥棒に名誉なし！　(ningning.baltazar@britishairways.com)

——マルセル、素晴らしい解説！　おれもあんたの言う通りだと思うヨ。ところで、エストレーガンは自分でも何がやりたいのか分かっていないのだと思う。しかし、何か企んでいることだけは確かだネ。おれが思うに、彼は国民にその指導力を肯定的なものとして印象づけようと画策しているだけ。すなわち、彼には指導力など全くないということデス。(gundamlover@hotmail.com)

——国内にも少なくとも同等レベルの知識と経験を持つ専門家はいるのに、なぜわざわざ海外の専門家を呼ぶ必要がある？　(bayani.reyes@up.edu.ph)

——バンサモロが両陣営にいい顔をして、最後に漁夫の利をさらおうとしている、なんてことはないのでしょうか？　ただの思いつきですが。(pe1234@yehey.com)

——バヤニさん、多分、海外の専門家は判断に客観性と信憑性を添えるために連れて来られたのだと思い

ますよ。(theburleyraconteur@avellaneda.com)

——エストレーガン一族がみんないなくなれば、きっと現在進行中の計画はみんなストップする。他の独裁者たちとなんら変わりはないのだから、あいつばかりをことさら毛嫌いするいわれはない。国を軌道に乗せるためには、善意の独裁者が必要なのだ。シンガポールの例を見よ!(mano.s@thehandsoffate.com)

——シェル石油の爆破事件はイスラム過激派の仕業に決まっている。例のイスラム系上院議員が事件に絡んでいないと言い切ることができるものがいるだろうか? 推定無罪の原則はあるとしても、いつも万が一に備えておくことが肝要である。聖霊よ、我々にご加護を! (Miracle@Lourdes.ph)

*

日本軍部の後押しによる第二共和国の存続期間中、ジュニアはキャリアの階梯を順調に昇りつめていった。もっとも、突発的にあちこちで起こる原因不明の暴力事件のせいで彼の神経は常に張りつめていた。バコロドから所用で首都に赴く時、いつも彼はレオノーラと子供たちも同行することを強く所望した。「自分と一緒にいるほうが私たちも安全だ、と彼は思っていたらしい」とサルバドールは回想録に書いている。「だが、多分それは間違っていた。今思えば、むしろそのほうが明らかに危険だったのだ。だが彼は、自分のいない間に何か事件が起きることよりも、むしろ自分も一緒に事件に巻き込まれることのほうを望んだ。あらゆる父親に共通の、完全な欠点である」

セメントが乾くように占領軍がその支配を固めていくにつれ、新たな社会秩序——結局それは古いものと多くの点で似ていたのだが——が次第に根付いていった。当時、サルバドール家のものは親日政府内でのジュニアの高位のせいで様々な特権を享受していた。こうして、サルバドールは生き抜くための偽善行為の魅惑を初めて知ることとなったのである。

マラテの教会のそばにあるサルバドール邸は、三人の子供たちにとって、まるで門の外に吹き荒れる凄まじい嵐からの避難所のようだった。一九四三年、サルバドールはこの屋敷である男と出会うのだが、それをきっかけに、愛国心に関する彼の考えは大いに揺らぐこととなった。老アルテミオ・リカルテは、それまでにもジュニアを幾度か訪ねてきたことがあった。三度目の訪問の際、二人が書斎に入るやいなやナルシシートが二階のクリスピンのところまで階段を駆け上がって来て、その耳元で囁いた。「またあいつが来たぞ、毒蛇野郎がまた来やがった！」。二人は抜き足差し足で階下に降りると、書斎のドアの外に陣取って、その老兵が出て来る姿を一目見ようと待った。

リカルテの革命軍内部でのニックネームは「エル・ビボラ」、つまりスペイン語で「毒蛇」だった。彼はスペイン軍に対してもアメリカ軍に対しても最後まで抗戦姿勢を貫いた不屈の将軍として名を馳せ、敗走した革命軍の中で唯一アメリカへの忠誠を誓うことを断固拒否した人物としても有名だった。最初の抵抗の際に永久国外追放の憂き目にあわされたが、再度徹底抗戦を続けるべく一九〇三年に香港からフィリピンへと密入国した。後にピオ・デル・ピラー将軍――「少年将軍」として知られている人物――によって敵軍に売り渡されて投獄されるが、その伝説的なまでの威光のせいでルーズヴェルト政権の副大統領チャールズ・フェアバンクスを含むアメリカの高官たちの訪問をしばしば受け、一九一〇年には釈放される。だが再びアメリカ合衆国への忠誠の宣誓を拒否したかどで香港へと追放され、結局は妻とともに日本の横浜に降り立つ。第二次大戦開戦までの時間をそこで過ごしたのち、やがて彼は日本政府によって再びフィリピンへと送り込まれることとなった。意気揚々と帰国したリカルテ将軍ではあったが、今や祖国がアメリカと固く同盟を結んでいる様子に驚きを隠せなかった。彼の任務は、西洋の帝国主義諸国よりも同じアジアの同胞である日本の占領軍のほうと手を結ぶことの有用性を同胞に説くことにあった。だが、占領されたフィリピンの大統領ホセ・P・ラウレルは日本軍によるフィリピン人徴用の希望を拒否したため、リカルテはジュニア・サルバドールと親日・反ゲリラ組織を設立すべく密談を重ねていたのだった。組織は「マカピリ」と呼ばれた。

ジュニアとリカルテの密談はしばしば夜更け過ぎにまで及んだ。ある晩、ナルシシートとクリスピンは書斎のドアの外に椅子を持って来て二人で腰掛けていたが、いつの間にか眠ってしまっていた。『自己剽窃者』においてクリスピンは書く――「気がつくと『毒蛇』その人が目の前にいた。私は驚いた！　七十七歳のその心優しき男は、私と兄のほうに身を屈めて両の手をそれぞれの頭の上に置き、髪の毛をくしゃくしゃと混ぜ合わすようにして撫でた。彼は『偵察隊員合計二名、軍法会議に処する』と言うと、溜息とともにうなずいてみせた。びっこを引きながら歩いて行く彼の後ろを私たち兄弟もついて歩き、大広間のソファに座って、彼が私たちのヒーローである有名な戦争の英雄たちと一緒に戦った時のことを話してくれるのに熱心に耳を傾けた。だが最もよく覚えているのは、その時向かい側のソファから私たち――つまり彼の二人の息子のことだ――を誇らしげに眺めていた父の姿である」。

――執筆中の自伝、ミゲル・シフーコ、『クリスピン・サルバドール――八回目の生』より

＊

「いや、実際お前も見ておくべきだった、っての」とミッチは言う。さきほどから完全にラリって、クラブのトイレの外にだらしなく集まっている僕たちの前を行ったり来たりしている。マルクス、E・V、エドワード、ミッチ、それに僕だ。ミッチの口もとには唾液の泡が見える。「おれんちさ、フォーブス・パークの端っこのほうにあるわけじゃん？　つまり、壁の向こうがあのシェル石油のスタンドなわけじゃん？　そうなんだよ、まさにそうなんだって！　いい？　ね、まさにあのスタンドなわけじゃん？　んでさ、そん時おれは家にいなかったんだけど、女中の話じゃさ、爆発のせいで戸棚の中のあのクソみてえな青磁の皿が滑り落ちてきた、って言うじゃねえの。とにかく聞けよ、まあいいから聞けっての。おれと弟で、その次の日の朝早くパーティ明けで家に帰って来たわけよ。E〔エクスタシー〕やらK〔ケタミン〕やらのクソッタレの後味が残ってて気持ち悪くってさ。んで、よく眠れるようにってんで、中庭に行ってメルヴィンの

ジョイント吸ってたのよ。ママがすぐ嗅ぎつけやがってうるせえんだな、家ん中で吸うと。まあ、それ自体がママも若い頃同じようなことをやってたっつー動かぬ証拠なわけなんだろうけど。まあとにかくそういうわけで、メルヴィンとおれとでママお気に入りの噴水のそばのベンチに座ってそいつを吸ってたわけよ。あの漆喰のションベン小僧の噴水ね。空を見ると、溺れかけた夜の闇の最後の指が、今にも明け方の光の中に吸い込まれて消えちまいそうで、そりゃあキレイでさ……」

「こりゃ大した詩人だな」とE・Vが言う。

「当たり前じゃねえかクソッタレ」とミッチは言う。「とにかくそうこうしてると、メルのヤツがひと泳ぎしたいって言い出すわけさ。でもおれたちが帰って来てドアを開けると、下男が、その日は薬品を入れてるからプールは使用禁止ですって言ったから、おれはメルに、あいつの言ってること本当だと思うか？みたいなこと聞いたわけよ。そしたらメルがおれのほうを見て、お前はどう思う？ってなことを言うから、おれは、あいつがおれたちにウソつく必要なんかないだろ？　ってなことを言ったのね。そしたらメルのヤツ、よく分かんねえけど、もしかしたらウソかもしれないじゃん、ってなことを言うから、おれたち二人して中庭の端のほうにいるそいつのほうを見たのよ。ヤツはばかでかい植木バサミで生垣を剪定してるところだったんだけど、なんだかいかにも私ウソついてますから、みたいな感じに見えたわけさ。なんつーか、おれたちが疑ってること自体にも全然気づいてませんから、みたいなフリをしてるっつーかさ。だからおれは、あいつ絶対ウソついてやがる、みたいなことになって、メルの野郎が、なんでそんなことする必要があるんだよ、って言うから、おれも、とにかく見れば分かるじゃねえかってなことを言ったわけさ。だからメルはおれを見て、じゃあヤツの言うこと無視して飛び込む？　って言うから、おれとしては、当たり前よ、ってなことになって、メルはもうさっさとシャツを脱いでトランクスだけになってるわけね。それからおれに詰め寄って、兄貴は脱がねえのかよ、って言うから、おれはやめとくわ、なんか泳ぐ気分じゃねえし、って言ったの。それでメルは走りだして、噴水のところから、そのおそらく薬品たっぷりのプールのとこまでコンドーム柄のトランクスさらして走って行ったわけなんだけど、半分くらい行ったとこで何かにつまずいて転んだのさ。ドサって。ごろごろ転がってやがんのよ。『フラッシュ・ゴードン』かよ、と思ったよ。二人ともあまりにオモシロ過ぎて腹かかえて笑ったわけなんだけど、起こしてやろうと思ってあいつのとこまで歩いて行ってみたら、何につまずいたのかがバッチシ見えちゃったのさ。それがさ、頭だったわけ、頭。ホンモノの、人の頭なわけ。例の警官の一人の頭だったんだわ。警官の、クソッタレの頭。でも、なんつってもすごかったのは、Eやらアシッドやらで完全にイカれてはいたわけだから、そりゃムチャクチャ驚きはしたわけなんだけど、でも、キモいとかそういう風な感じじゃなかったのね。メルとおれは、とにかくそれをじっと見つめるしかなかった。ほとんど荘厳、っていうような感じだった。血まみれの首のあたりがちょうど草に隠れてたから、もしも芝生に顔があって、それがちょうど眠ってたとしたら、まさにそういう感じだっただろう、ってな感じさえした。変だとは思ったさ、でも、キモいとかじゃなかったんだって。なんつーか、命の鎖、みたいな感じ？」

皆あまりにもじっと聞き入っていたので、トイレには誰でも入って来られるということに誰も気づかなかった。後ろにいた男が何か言った。僕たちは、まるでレンタルビデオのアダルトコーナーに忍び込むティーンエイジャーの一団のようにぞろぞろと中に入った。ドアを閉める時、その男が変な目で僕たちを見た。少しの間、なんともいやな感じがした。ほんの少しの間。そして思い出した。ここはマニラだ。僕は懐かしの街に帰って来たのだ。

個室の中でいくつかの袋が全員に回される。鍵の端を使って何度かキメる。僕は自分の袋をポケットの中に隠している。袋が回って来ると僕もキメて、それをミッチに回す。彼はこのために伸ばしてあるピンク色の指先の爪を使う。

「あのヌレディン・バンサモロの仕業に決まってるでしょ」と、残りの量を確かめるべく袋を指で軽くはじきながらE・Vが言う。「いやマジな話さ、あいつ、今政府にチョッカイ出してるって。あいつのやること全てが目くらましだって。国語の授業で習っただろ、『悪魔は優しい伯父さんです』ってアレ」

「何言ってやがんだよフリッガ。違うだろクソッタレ」とマルクスが言う。「ありゃイスラムの仕業だよ、イスラムの。アブ・サヤフに違いないって」

「でもバンサモロとアブ・サヤフはさ」とＥ・Ｖが言う。「お互い穴兄弟みたいなもんなんじゃねえの？」

「みんなすぐお約束のようにそう言うけどさ」とマルクスは言う。「同じようにアラーを崇拝しているからって、すぐオトモダチってわけにもいかねえの」

「噂では」とエドワードが言う。「すべてエストロゲン大統領とあのヴィタ・ノヴァの三角関係が発端だって言うけどさ」

「なんだよお前、オモシロ過ぎだろ！　エストロゲン大統領、ってなんだよ！」とミッチが炸裂するように笑う。

「全ての問題の発端にあるのは」と僕が言う。「結局は愛の三角関係である」

「いや、それを言うなら、やっぱりエストロゲンの男乳だな」とエドワードが言う。「肥満で膨れ上がってくる男乳への恐れこそ、男の欲望の全ての核心にある」

「ヴィタ・ノヴァ！」とミッチは腰をグラインドさせながら言う。「ウォウイエーッ！　あのセックス・ビデオ、早く流出してこねえかな。おれのバスケット仲間の兵隊、ジョーイ・スミスってんだけど、あいつがよく言ってたな――あの女はまさにポルノ・テロリスト、最高のＬＢＦＭ、おれの大陸間弾道ミサイルの発射コード、ぜーんぶ知ってる」

「ＬＢＦＭ、って何だよ？」

「かわいい《リトル》、小麦色《ブラウン》の肌の、ファッキング、マシーン」とＥ・Ｖが説明する。

「フリッガ、アホなこと言ってんじゃねーよ」とマルクスはあくまでも折れない。「アブ・サヤフに決まってんだろ？　もう一発もらえる？」

「大体さ、そのフリッガって何よ?」と僕が言う。

「フィリピーノ・ニガ」とE・Vが言う。

「それで、それからどうなったんだよ?」とマルクスが言う。

「何が?」とE・Vが言う。

「頭だよ、警官の」と僕が言う。

「ああ、だから、どうなったかっつーと」とミッチが続ける。「下男を呼んだのよ。あいつも、そりゃもうぶったまげちまってるわけさ。後ずさりしたかと思うと、突然むこう向いて朝飯のトレイをぶん投げたよ。五フィートは飛んだね、あのトレイ。まるでさ、『エクソシスト』に出てくる、口からこうハデに飛び出すあのゲロッパみてえだった。でも、メルとおれはなんだか気味悪くなってて、ぜんぶあいつに騙されてんじゃねえかって疑っちゃったりして。おれたちは、おれたちが見つけやすいようにあいつがわざとその頭をそこに置いたんだとばかり思ってるから、片づけろってあいつに言うわけさ。でも、あいつ何も言わずにただおれたちを見てるだけじゃん? そしておもむろに立ち去ったかと思うと、運転手連れて戻って来るわけさ。下男はプールさらい用のネット、運転手のほうは靴箱を手に持ってさ。ヤツらはその首を必死で靴箱に詰め込もうとすんだけど、大きすぎてどうしても入らねえから、ヤツらはごろごろ向きを変えてみる、首は首で『何の用だ?』ってな目つきでヤツらを見上げてるでしょ? 結局あきらめて家に戻って、しばらくしてまた出て来ると、今度は女中たちが後からついて来てるわけ。でも、女中たちは階段の上あたりで立ち止まって近寄ろうとはしない。下男はさ、今度はママの帽子箱を手に持ってきてるわけよ。そんで、プールネット使って、首を帽子箱に押し込もうとするわけ。そしたら、何と全てがぴったし! それでメルとおれは部屋に帰って爆睡ね。でも、マジ最高にウケたのはさ、その日の昼過ぎ、ママが教会に行くっておれたち起こしに部屋に入って来るわけよ。メルから後で聞いた話だけど、そん時あいつパメラ・アンダーソンでマスかいてる最中でさ、ママが入って来てぶっ飛びなわけ。でもとにかく、ママとしてはブチ切れてっから、真っ暗闇の中でおれたちにメチャクチャ怒鳴り散らしてんの。なんでビニール袋にしなかったのよ、って。あの帽子箱、バーグドルフだったのよ、って。メルとおれ、毛布の下でメチャヤウケね。ママは電気つけて出て行ったけどね、エアコンが逃げるようにドアも開けっぱなしで。あのクソババア」

*

暗闇に光と音楽がざわめく。われらが主人公は浮かない顔をして突っ立っている。聞き覚えのある声が両側から聞こえてくる。友人が笑うと彼も笑うが、ほとんど内容は聞こえていない。請われるたびに彼はグラスを高く上げてみせる。彼は早くこの場から立ち去る口実が欲しくて、必要以上に早く酒を飲み干し、そそくさとグループから離れる。こんなやり方でいつも場をしのいでいるから、いつも彼は一番初めに酔っぱらってしまう。今夜はいつもよりさらにペースが早い。彼は再びバーカウンターに行く。

バーテンダーは、既にほろ酔いのわれらが主人公の前でラガヴーリンを一杯注ぐ。大学時代の友人のブッチ・カットの女が彼のほうに微笑みながら近づいて来る。「やあ、サラ」――握手を求めて差し出した温かい手を思わせるような声で彼はそう言う。しばらく静かに二人は話す。彼女が彼のそばを離れると、彼も、結局ひと口も手をつけなかったラガヴーリンをカウンターに置いたまま、誰にも気づかれることなくその場を立ち去る。ドアの周りの人混みを、カーテンをかき分けるようにして通り抜ける。皆が何事かと驚いて振り返る。

彼はタクシーでホテルへと急いで帰り、ベッドに横になる。コカイン入りの袋がテーブルの上に置いてある。彼は昔、かかりつけのセラピストに、ドラッグをやめるのはマディソンのためです、と言ったことがある。それは必ずしも真実ではなかった。セラピストには、自分が既に一児の父であることについては何も打ち明けていなかった。彼は、サラから今しがた聞いたことを反芻する。そして、その時すぐに彼女に言うべきだったが、結局は言えないままだったことを反芻する。彼は昔、クリスピンがタイプライターの前に座り、紙の上で文字が単語を作ってゆくのを眺めていたことがある。「階段の精《エスプリ・ド・レスカリエ》」――彼はよくそのフレーズのことを考える。ドアノブが回る雰囲気、鍵がカチャカチャと鳴って留め金が外される、そしてまるで笑い声のように、階段を上る靴音が玄関にこだまする。ハ、ハ、ハ――帰宅時のそういう雰囲気が合図となって、その精霊はこの世に召喚されるのだ。口にされることのなかった答え、確認の言葉、謝罪、言い返しの言葉――自らの過ちを埋め合わせるしかるべき時が来ても、自分は結局何を言えばいいか分からないままなのではないか、と彼は不安になる。

　彼はコカインの袋を持ってトイレに行き、便器の水の上にその手を持って来たところで言う――「こんなことをしたところで、何の意味がある？」。彼は、テーブルの上に何本か白のラインを作る。てんででたらめの方向を指す矢印のように、コカインの白線が横たわる。

　少し後、彼は見張られているように感じる。噂話の槍玉に挙げられてでもいるような感じである。遠くでカラスが鳴く声が聞こえ、空が明るくなってくる。ベッドサイドのテーブルの安っぽい時計の音と心拍音とがシンクロしている。やがて鼓動が通常の速度に戻るにつれ、時間そのものが進行のペースを緩めるように思われてくる。世界がそれまでの輝きを失う。

　彼はアンダーウッドの前に座ってタイプしている。それからラップトップコンピュータに移る。書きかけの短編小説に用いるための磔刑の描写についてあれこれ調べているうち、妙な名前に行き当たる。一九二〇年、セバストーポリ大聖堂のロイヤルドアの表面に逆さまに磔にされた状態で発見された、ニジニノヴゴルド市のヨアキム大司教。事件の性質から考えると、一九二〇年に起こったということが信じられない。その不均衡に興味をそそられ、詳細をウィキペディアで調べてみる。「太った大きな男で、サタンの友じんで赤子を食ろうとの噂のため猿によって磔にさる」という怪しげなスタブ記事しかまだ存在しない。もっと調べると、それも間違いであることが分かる。それはボリシェビキの犯行だった。書斎を離れて廊下を歩いて行くと、青いドアが大きく開いている。外のジェイン・ストリートは埃っぽく、まばゆいほど明るい。目の前で男が一人、まるで月曜の朝に出すゴミのようにして死体を引きずっている。「遅かったな」と男は摑んでいるクリスピンの死体の手首を床に落として言う。男は彼を人混みの中へと押し倒す。シャツが破れるのを感じる。ペニスが勃起していることに気づき、すごく恥ずかしい気持ちになる。青い制服を着たガードマンが重たい梁を彼の両肩に載せる。「これがパティブルム〔十字架の横木〕よ」と女の声が彼に囁く。「これを振り落とせれば、子供に会えるわ」。彼は誰かに押されるようにして行列に加わる。丘の頂上にやって来る。群衆の誰かの持つ錫製のトランジスタ・ラジオからエア・サプライが流れてくる。これは夢だ。その気になれば状況は変えることができる。仰向けにされ、七インチの鋲が橈骨と手根骨の間に打ち込まれる。彼のパティブルムは立てられた杭の上に載せられる。足の中足骨間隙部にもうひとつ鋲が打ち込まれる。群衆の顔に不快と憐れみの皺とが刻まれるのを見て、初めて彼は激しい痛みを感じる。息をすることさえできない。打ちつけられた両の手の平で体を支えて突っ張り、必死で空気を吸い込もうとする。まだ逃げられるはずだ。炎が両腕を、そして両足をめらめらと包む。彼はぐったりとなる。必死で上体を起こし、息を吸い込む。大丈夫、まだ抜け出せる。どこか馴染みのある感覚だが、そのせいでさらに恐ろしく思えてくる。日の光が皮膚に熱い。女たちがそばを通り過ぎながら、彼の祖父の顔が表面にプリントされた団扇で彼の体をあおぐ。「ねえ見てよ。オチンチンしわくちゃ」とアナイスが言う。「鳥ガラみたいな足ね、見てみなさいよ」とマディソンが言う。ゴールドマン医師が時計を見ながら言う、「ヤバい仕事からは確実に距離を置くこと」。ロバート・デ・ニーロ扮するアル・カポネが、タキシードを着てルイヴィル・スラッガーを手に舞台に立つ。カポネは突然グリーンのサテンのボクサー・ローブを着たエストレーガン大統領になる。優雅に二回バットが空を切る。両足の骨が折れる。体を持ちこたえていることができず、息もできない。僕にはまだやり残したことがある。群衆が、寄せては返す波のような音を立てている。彼の両側には二人の盗人が釘で磔にされている。バンバン、バンと、まるで隣の部屋で誰かがタイプライターを打っているような音が聞こえてくる。

　彼は突然ベッドに起き直り、テレビを、部屋の窓とその向かいのビルの窓を、そしてカウンターの上の電気ポットの横に置いてあるティーバッグを見つめる。一瞬自分がどこにいるのかが分からなくなる。外の雨の音を聞いて、やっとわれに返る。

＊

　午後になった。雨の中、僕はタクシーで北へ向かう。ある本の出版記念イベントでポエトリー・リーディングが行われるのだ。そこに行けばクリスピンの情報がさらに得られるのではないかと僕は期待している。土砂降りの中、黄色いビニールのレインコートを着た男たちが梯子に登り、道路沿いの街灯にクリスマスの飾りのランプとリースの取り付け作業をしている。バラバラと砂利のようにタクシーの屋根に落ちてくる激しい雨の中、あの作業員たちはよく梯子から落ちないでいられるな、と僕は考える。運転手が舌打ちをして窓を開け、勢いよく唾を外に飛ばす。

　ラジオからは歪んだ音質でボンボ・ニュース・レポートのジングルが吐き出されてくる。タガログ語でDJがしゃべり始める。「わが国民の皆さん、どうぞしばらくの間お付き合いください、トップニュースの時間です。うち続く激しい雨のせいで、洪水事故が各地で続発している模様です。キャンプ・クレームに拘留されているマーティン師の仮釈放願いが拒絶されました。サン・マテオのフィリピン・ファースト・コーポレーションの武器火薬工場の外で、国際環境保護活動家が抗議行動を行っています。ラカンデュラの人質籠城事件に終止符を打つべくSWATの部隊が建造物破壊用の器具を準備中です。そして我らが誇り、エフレン・『バタ』・レイエスが世界エイトボール選手権で優勝しました。以上、詳細は三時きっかりのニュースでお伝えします」。ポイズンの「エブリ・ローズ・ハズ・イッツ・ソーン」の聖なるコードが流れてくる。

一昨日のコカイン・パーティの影響から回復するのに、昨日の晩と今日の午前中いっぱいを費やした。誰にも会いたくなかった。会うことができなかったのだ。チャンコ邸の外で抗議中の者に食事と水の差し入れを促す何十通かの匿名メールを除き、外界との接触は全くなかった。僕は参考資料文献とともに部屋に閉じこもり、クリスピンの回想録やノート、雑文の寄せ集めの中からなんとかして彼の娘の痕跡を探そうとした。具体的なものは何も見つからなかったが、突然、彼の著作のひとつひとつのうちにそれまでは全く見えなかった意味が見えてきた——そこに登場するヒロイックな主人公たちは全てある種の償いのあらわれであり、あらゆる喪失劇はそれぞれがメタファーなのであって、父あるいは子について少しでも言及される時があれば、それは必ずページ上に書かれている以上のことを意味していた。僕は彼の著作をベッドの上に扇型に広げ、全てがしかるべき場所に嵌まった時に初めて全体像を明らかにするパズルのピースのようにじっと見つめた。さらなる情報を得ようと思えば、ミス・フロレンティーナに頼るしかない。あるいは、販売促進イベントに出席予定の作家たちの誰かが何かを知っているかもしれない。

右へ曲がってタクシーはエドサ大通りに出る。車の流れは全体に速度を落とし始め、やがて完全に止まる。洪水のせいだろうか？　一瞬の後に雨が止む。運転手がワイパーのスイッチを切る。ワイパーが届かずにフロントガラスに残っていた雨のしずくを風が水平にさらっていく。運転手はバックミラーに映る僕をちらちら見ている。まだ若く、髪の毛はまるでウニのように逆立っている。ロッカバラードに合わせて頭を上下させ、よく見ると唇が歌詞を追っているのが分かる。やっと口を開いたかと思うと、まるで自分のおかげだとでも言わん口ぶりで「もう雨は降りませんね」と言って、にやりと笑う。「私はジョーといいます」と何の脈絡もなく彼は言う。

手描きの映画広告が両側に林立する通りを車は走り抜けている。三階建てのビルほどの高さである。セルロイドの幻想風景に出て来るポチョムキン・ヴィレッジのように、広告が不法占拠地帯を車の内部にいる者の視界から覆い隠している。映画業界の知人がいつか僕に言ったところによると、フィリピンはその規模においてハリウッド、ボリウッド、そしてナイジェリアのノリウッドに次いで世界第四位の映画産業市場を擁する。つまりフォリウッド〔「フィリピン」と「フォリー（愚行）」をかけている〕とでもいったところだろうな、と皮肉に笑いながら彼は言ったものだった。ここで目にすることのできる広告群など、あらゆるジャンルを貫いて太く流れるフィリピン人好みのメロドラマ的伝統を形づくる巨大な氷山のほんの一角を示すに過ぎない――『ランブル・イン・マニラ4』『シェイク・ラトル・アンド・ロール・パート9』『主は慈悲深い』『天国でお待ち申し上げます』『先生お願いです、そこはだめなんです』『ハイスクール・ハイジンクス』。日の光を浴びたオークル色のアクリル樹脂もけばけばしい芸能人の顔が、まるでぶくぶくと膨れ上がったその虚栄心を象徴するかのように聳え立っている。八〇年代に流行った僕の青春のシンボルたち――小綺麗に磨かれたような十代向けの女性アイドルや苦虫をかみつぶしたような俳優――は、いつの間にかそのほとんどがいなくなってしまった。何人かは死んだが、たいていは政界に通ずるエスカレーターを登ったか、あるいは政界の大物の息子と結婚して芸能界を引退したかのどちらかだった。

長い伝統に忠実に、まさにこれらの新興勢力たちも、現在のこの国の上層部を占めているものたちから名前の一部を拝借していた――リサ・ルーパス、レト・レト・ロムアルデス、チェリーパイ・チャンコ、ポギ・ボーイ・プリエト、ハート・アキノ。あるものはアメリカ文化を奪い、領有した――ペプシ・パロマ四世、キアナ・リーヴス、マイク・アディダス。しかしその中でも最も際立っているのは、何といっても波打つ胸のヴィタ・ノヴァである。パンパンガの下層階級に生まれた彼女は、そのしなやかな肢体で新興のストリップクラブ「クラスメート」でのセンターステージの座を射止めた。そのクラブでは、ダンサーたちはカトリック系女子大の制服を着て踊った。大ブレイクのきっかけはカラオケ用ビデオ女優としてのデビューだった。最初の曲は「アンチェインド・メロディー」。彼女は池の周りを歩きながら恋人の手のぬくもりに想いを馳せつつ、見る者をその恍惚の表情で魅了した。「ミスター・セクシー・セクシー・ダンス」のさらなるヒットで強烈なセックス・アピールをうまく市場に乗せることに成功した今、彼女はメガスターだった。ポスターによれば、この曲のビデオクリップは「これまで彼女が出演したものの中でも最も重要なものであり、世界デビューへのブレイクを記念する作品」である。だが、それも必ずしも正しくはない。噂を信じるならば、自身のベッドルームに隠されていたところをヴィタ自身が発見したというビデオカメラに残されていた映像こそ、真にその名に値する。つまり、もしもそれが本当にセックスの後の大統領の携帯電話での会話を含む映像であったのならば、ということだ。もしもそうであれば、それは間違いなく大統領の弾劾へとつながる。既に人はそのテープの一件のことを「セクシーセクシーゲート」と呼び始めている。

運転手のジョーがハンドルを急に切り、危ういところで一群の護衛車の群れとの接触を免れる。彼は手で十字を切り、叫ぶ——「このクソッタレが！」。護衛車の群れ（フォード・エクスプローラー、リムジンのBMW、しかめ面の馬鹿どもを大勢乗せたトヨタタマローのオープンカー）はクラクションの「ビー!!」とか「キー!!」とかの激しい音で渋滞の道路にスペースを作ってゆく。他の車はしぶしぶ道をゆずる。「一体何様のつもりだ、ってんですよね」と、バックミラーで僕の顔をじっと見ながら無理矢理に会話に引き込もうとするかのようにジョーは言う。彼の苛立ちを分かち合おうと額にしわを寄せ、僕は笑う。まあ、この手の護衛車なんて、十二台分雇ってもせいぜい一ペソだろうけどね。

しかし、あのBMWには見覚えがある、と僕は考える。あるいは、単に高級車というものは一様に傲慢だからどれも同じように見える、というのに過ぎないのかもしれない。あるいは、単に僕がパラノイア状態になっているだけなのか。BMWは前へぐいと進む。バンパーにステッカーが貼ってある——「銃剣保持賛成——平和維持は銃保持者の責任」。横には「神を信じる——讃え敬い、従え」。僕はまるでウナギのように体を滑らせ、シートに深く体を沈める。顔を両手で隠し、指の間から外の様子を窺う。後ろのフェンダーの右側が凹んでいる。ずいぶん前、まだ家の狭いガレージにトヨタカローラを駐車する技術を覚えるか覚えないかの時、僕自身がまさにああいう凹みを作ったのだった。バックシートの後ろのボードの上方には、頭が小刻みに動くエストレーガン大統領の人形がぶら下がっているのが見える。祖父の七十歳の誕生日の時に僕が贈ったものだった。

ジョーは同情するように僕を見る。「怖がらなくてもいいですよ」と彼は言う。「ＢＭＷ。ビッグ・ママ・ホエール、ですか。ああいう連中は、むしろ私どものようなものが怖いんですから。ちょうど川を泳いでいるようなもんですよ、ナイル川をね」。彼は大声で笑い始め、ギアをしかるべきポジションに入れる。誇らしげに轟音を立て、車は護衛車の群れが通り過ぎた後に空いたレーンに入る。

僕は腰を抜かしそうになった。「やめてくれ！」。そう叫び、自分の声に驚く。彼は僕の言うことを聞かず、むしろ自分の運転の技量を見せつけようとする。渋滞の間を縫って行く護衛車の群れの後について、僕たちの車は飛ぶように走る。やがて護衛車の群れは、路上バリケードを作っている兵士たちの間を特に止められることもなく通り抜け、過去からやって来た亡霊のようにその姿を消す。

＊

この間の夜、クラブでのことである。ラガヴーリンを何フィンガーか注文しにカウンターに行った時、僕はサラに偶然会った。大学時代の友人である。なぜ僕は、今このことを正直に告白しているのだろう。アナイスと別れてしばらく、僕は完全に調子を崩した。やがてなんとか自分を立て直したが、それと同時にサラとの連絡も絶つことになったのだ。もう何年も前のことだ。その夜は、最新流行のバズカットのせいで最初は誰だか分からなかった。彼女はアナイスのいたグループのうちの一人だった。多分僕は、自分の娘のことをしばしば考えていながらそのことを自分自身でどうしても認められないでいることを、心のどこかで深く恥じているのだろうと思う。サラは優しく僕に話しかけてきてくれた。僕たちは静かに思い出話をした。「ねえ、聞いた？」とサラは何気なしにそう言い、アナイスが結婚し、家族とともに別の街に引っ越そうとしていると教えてくれた。ここを発つ前に娘が僕に会いたがっていた、と彼女は言った。新しい学校、新たな人生のスタート――これまでの不在の時を埋め、過去を水に流すには願ってもないチャンスだ。しかも、娘自身がそう考えているというのだ。僕自身もこれまでずっと、この問題は決して「実現できるかどうか」の問題ではなく、「いつ実現するか」の問題であると考えていた。

サラは僕に聞いた――「もしも彼女があなたに会いたがっているとして、どうやって会うのがベストだと思う？」。僕は言葉に詰まった。そして言った――「まずはやはりメールかな」。それはやはり変だった。不適切だった。メール？　サラが去った後、答えるべきだったことを何百となく考えた。スコッチをクラブのカウンターの上に残したままホテルに帰り、ベッドに横になっても考え続けた。どういうわけか眠ることができなかった。鶏が鳴き、空が明るくなってきた。ベッドサイドの安っぽいアラーム時計の音と僕の心拍音が一致していた。

娘との関係を新たな段階に持っていくことにまつわる可能性を数限りなく考えるうち、僕の感覚はいつの間にか完全に麻痺してしまっている。それはよく分かっている。僕はそのひとつひとつを、細部に至るまで徹底的に想像の上で思い描いてみた。まるで古いロザリオのビーズを指でゆっくりと撫でるように、ひとつずつ丁寧に状況を思い浮かべてみたのだ。彼女と僕とでどこかのカフェにいる。彼女のアパートのリビングに立っている。学校の外の駐車場にいる。ショッピングモールの中で彼女の乗る反対側のエスカレーターに偶然乗り合わせる。本のサイン会の机越しに向かい合う。僕の選んだこれ見よがしの小洒落たレストランにいる。カビ臭い死の床にぐったりと横たわる僕の傍らに彼女が立っている。彼女は僕を抱きしめる。あるいは僕を平手で殴る。あるいは、涙を見せて、わずかな僕の希望を無残にも打ち砕く。あるいは、すすり泣いては息を吐き出し、新たな出発への希望を僕の胸に溢れさせる。僕の名を彼女が呼ぶ――冷たく「お父さん」と、あるいは「ミゲル」と、あるいはまさにそのものズバリ「クソッタレ」と。娘は僕が持ってきたプレゼントを見つめ、僕に対する激しい憎悪の気持ちについて話す。娘は目をそらし、赦してあげられるように、せめて努力はしたいと思う、と言う。娘は無表情でコーヒースプーンをかき混ぜている。かわいい娘が僕の目をじっと見て尋ねる。なぜなの？　なぜ捨てたの？　私を愛してないの？　何度となくリハーサルしているにもかかわらず、僕はなにも答えることができない。もし彼女が席を立って走り去れば、僕は渦巻く人混みの中を追いかけていくだろうか？　そのまま放っておくのだろうか？　もし彼女が「失せろ、このクズ」とでも言えば、僕は力なく頭を下げてトイレに行き、そして泣くのだろうか？　あるいは、彼女の前で腕を腰にあてて仁王立ちになり、今回ばかりは絶対に逃げない、と踏ん張るのだろうか？　僕は、お前を愛している、と言うことができるのだろうか？　過去の過ちのせいで未来の希望が疑惑に曇ってしまうことは避けられないとしても？

今僕は、これまでの父親不在に終止符を打つために取り得る方法の多様性に、まさに圧倒されている。それは率直に認める。今すぐに電話するべきだろうか？　あるいは来月？　あるいは、彼女が誇りに思えるような人間に僕がなってから？　あるいは手紙にするべきか？　まずは彼女の母親のほうにメールでも送るべきだろうか？　これほど複雑かつ重大な意味を持つ決断が、それほどまでに単純な手順によって成り立ってしまうことがどうにも理解しがたい。十六歳の誕生日にプレゼントを贈るべきだろうか？　それとも本を書くべきか？　隠れたメッセージをその中に組み込む――僕は間違っていた、本当にすまない、いつも君のことを考えている、もし君がそういう気になりさえすれば、いつでも会いに行くから。

＊

間接的な意味で、弥太郎の存在が再び私たちを救ってくれた。それは日本軍の支配期間が終わろうとしている月のことだった。日本人どもが、その名誉を踏みにじられるように焦土のみを残して退却した時、私たちは比較的安全なスワニーへと戻った。ある夜のこと、退却中の本部隊からはぐれた三人の日本軍の歩兵隊員が、灯りとテーブルの上でかちゃかちゃと鳴る銀食器の音に誘われるように、私たちの家にやって来た。虫の声がジージーとあたりで鳴り響くだけのジャングルの重苦しい黄昏の中、その音は、彼らにはきっと大いなる誘惑だったことだろう。夕暮れ時のコオロギの大合唱を聞くと、私はいつもこの時のことを思い出す。玄関口へと続く道をやって来る彼らにまず相対したのは母だった。その時すでに彼女は、日本軍の他の町での暴虐の噂を耳にしていた。立てた銃剣の刃の上に放り投げられる赤子たち。レイプされて銃殺される女たち。タイミングは最悪だった――父は部下を連れて畑に出て、占領前に埋めておいた銃を掘り起こしている最中だった。

兵士たちは、家に装備してある中でも最強の武器、つまり祖父のホランド&ホランド二連式四十五口径の銃を手にした母が戸口に立っているのを目にして立ち止まった。それを見た兵士たちが笑った。彼女は銃を持ち上げて照準を定めた。何かが詰まっていて引き金が動かず、それを見た兵士たちが笑った。一人が剣を下ろしながら、もう一人が刀を抜き出しながら、そしてもう一人はベルトのバックルを外しながら母に近づいて来た。レーナとナルシシートは正面玄関から様子を窺っているだけだったので、私は物陰から飛び出すと、八歳の自分の体を投げ出すようにして兵士たちの前に立ちはだかった。私はある日本語を叫んだ。それは、自分でもそれらを覚えているということを意識すらしていなかった言葉だった。「ヤガテ死ニ、気色ハ見エズ、蟬ノ声！」。二人の兵士たちは笑いながら近づいて来る。しかし、刀を持った兵士が急に何ごとか考え始めたように見えたかと思うと、二人の兵士たちに何か叫んだ。すると、やがて全員が踵を返し、歩いて屋敷の裏の森の中に消えて行った。何年か経って、その言葉は弥太郎から教えてもらった芭蕉の俳句であることを思い出した。「蟬の鳴き声をいくら聞いても、すぐに来るべき死の影をそこに聞くことはできない」

――クリスピン・サルバドール、『自己剽窃者』（千六十三ページ）より

＊

叙事詩の歌い手のことを考えてみることだ。自分の民族の始めと終わりを全て知っているのは、彼だけだった。彼の子供たちはそれぞれが都市に出て、めいめいビルの管理人や撮影助手やホテル専属のシン

ガーなどになった。やがて彼は声を枯らし、静かに声を失っていった。彼が死んだ時、あらゆることを語ることのできた一つの物語が、消えた。

――クリスピン・サルバドール、一九八八年のエッセイ『タオ（人民）』より

*

上の階で誰かがひどい歌を歌っている。「愛のかげり」である。僕はフィリピン大学のバライ・カリナウに吸い込まれてゆく人の列にいる。その擬古典調の二階建ての多目的ビルには、今日、祝いの言葉や温かい笑い声が溢れている。雨は激しく大きな音を立てて降っており、誰もが大声で話さないとお互いの言葉を聞き取れない。階段の上に並ぶ机の上には、刊行されたばかりの『そしてイナゴがやって来る――英語フィリピン文学におけるメロドラマの社会・政治的有効性』が山積みにされている。歌手が歌い終えるとまばらに拍手が起こり、隙間を埋めるように心地よい電子音楽が流れてくる。壁際に幾人かずつのグループが立ち、がつがつとパンシット・ビーフンを食べている。ジョークを飛ばし合い、おしゃべりをし、仲間うちで交わされる言葉に隙あらば何か差し挟んでやろうと待ち構えながら頬いっぱいに食べ物を溜め込む――これがフィリピンの文学者たち、特権階級の言語で書かれた文学の贅の恩恵に浴する、明るく、円熟した、信念の固い中産階級の作家連中である。その多くはかつて毛沢東主義者であった。僕は批評家のアベラネーダがここに現れることを期待している。

隅にしつらえられた台座のそばに、数年前、大学入学後初めて参加したワークショップで僕が書いた小説を「ブルジョアの罪悪感の表れ」と一蹴した小説家を見つける。彼女はスパークリングワインのグラス――幟の一つによれば、ルーパス地所ブックファンドがスポンサーとなって無料で会場の客に提供している、とのことである――を手にしている。宣伝の本の著者は年老いた赤ら顔の男で、プランターに植えられたヤシの木のそばで若い学生たちと話をしている。学生は、まるでそれこそが自分たちの考えでもあっ

たのだとでも言わんばかりの顔で著者の話を熱心に聞いてはうなずいている。「もちろん、我々の書くものは広く世界中で読まれなければならない」と著者は言う。「もしも彼らが、我々の書くものはすべからくエキゾチックなものであるべきだ、とでも考えているのならば、お望み通りエキゾチックなものを差し出してやればよい。しかしどんな場合でも、我々の社会のリアリティをそこに映し出す責任だけは忘れてはならない……」。彼は耳に触れてくるヤシの葉を、気もそぞろに手で払いのける。「それは、人生の残酷な原型を描くという責任だ。たとえば、国中に溢れかえる貧困の問題。毎日のパンを賄えないがために恋人を失ってしまう少年。説明不可能の病気で、あるいは金持ちの車の車輪の下敷きになって死んでしまう愛すべき水牛たち。全てを破壊する、毎年の洪水。そして……」――彼はまるで実体変化〔聖餐式においてパンとブドウ酒が実体的にキリストの体と血になること〕を告げる僧侶のように両手を高く上げる――「そして、やがてイナゴの群れがやって来る」。

　僕を知っている作家の一群に声をかける。彼らはミルクと一緒に皿に残されたコーンフレークのように、部屋の隅のほうにかたまっている。久しぶりじゃないか！　一人が叫ぶ。いつからここにいるんだ？　二人目が言う。僕は一週間と答える。たった一週間？　三人目が言う。最近何やってる？　四人目が言う。本を書いています。彼らは眉を吊り上げ、取って付けたような笑顔を作る。何についての本？　五人目が尋ねる。話をやめさせようとして、僕はこう答える。「若い小説家が、洪水で死ぬんです。彼の師がその無意味な死を贖うべく、ありえたかもしれない人生の可能性について色々と思考をめぐらすんですね」。素晴らしい！　六人目が叫ぶ。どこが舞台なの？　僕は答える――「フィリピンです」。七人目が答える。ほう、どうして君のような人間にフィリピンのことが書けるんだろうかね？

　ニキビ面の若い女が合板の台座の上に飛び乗ってくれたおかげで、僕はこの気まずさから救われる。よく見かける大型の古いカラオケマシーンにケーブルで接続されているマイクに向かって、彼女は大声で「テスト、テスト」と言う。カラオケマシーンは、赤と緑のタコの触手のようなストラップで手押し車にくくりつけられている。女はアリス・B・トクラスが醜くなったような風貌である。デフォルメされたフィリピンの国旗をあしらい、「AFemAsian」とシルクスクリーンで書かれた白いシャツを着ている。籐でできたリュックサックを肩から下ろし、中からノートブックを取り出す。単語ひとつひとつをゆっくりと引き伸ばすようにして発音しつつ、自作の詩を読み始める。まるで、その行為それ自体が魔術の一環でもあるかのような読み方である。幾人か実際に聞いているものもあるが、たいていは部屋を見渡しながら聞いているふりをしているだけであり、礼儀などおかまいなしにひそひそと会話を再開するグループもある。

飲み物やチーズ、爪楊枝に刺されたハムなどが用意された部屋の隅で、僕は昔いろいろと世話になった二、三人の作家たちと話をする。フリオ・アルモンドは禿げ頭の何でも屋である。この国の最も優れた男となる野望をいまだに燃やし続けており、強烈なその体臭も、彼にかかれば労働者としての崇高な誇りの証となる。書くものからは相変わらずマジック・リアリズム臭が抜けず、マルコスに投獄されて生き延びた者特有の、七〇年代風に大げさな設定がどうしても鼻につく。僕が一番好きなのは、最近出版された散文詩である。タイトルは「ボルヘス、インターネットに失望」。アルモンドの横には、彼の体臭の及ばない距離を微妙に保ちつつ、ミンダナオ島出身のイスラム女性詩人リタ・ジャーが立っている。彼女の眉は、まさに自らの書く詩のように細くシャープに描かれている。その化粧の濃さは、若い時分に偉大なる美貌にわずかながら手が届かなかったものによく見られる、過去の栄光の夢からいまだ醒めきれない様子が如実に表れている。彼女の文学的評価はもっぱら一九七二年、七三年と七九年に書かれた五編の詩に基づいている。

僕は二人に、クリスピンについて尋ねる。

「クリスピンって、どのクリスピンのことだい?」とフリオは当惑したような目で言う。

「もう、悪い人ね、あなたって」と笑って彼の背中を叩きながらリタは言う。

フリオはくすくす笑う。「この部屋の全員が、奴のどてっ腹に蛇口をねじ込んで中の臓物を全部引きずり出してやりたい、と思ってることだろうよ」と彼は言う。「あえて紋切り型の表現で言えばね」
「そんな勇気誰にもないでしょ？　あるいは、勇気があってもその方法がない」とリタは言う。「あるいは、仮にその方法があったとしても、そこまでしたいと本気で思う人間がいない。いいこと？」と彼女はなにか企んでもいるかのように囁く。「ここにいるほとんどの人間は、彼のことがうらやましいのよ」
「おれは違うね。何であんな奴をうらやましがる必要がある？」
リタ　「単に、世界で最も目立つ位置にいるフィリピン人作家には本物のフィリピン人らしくしてもらいたかった、ということかしらね」
フリオ　「タガログ語で、あるいは、少なくともどこかの方言で書くべきだった、ということだな」
僕　「でも、クリスピンはフィリピン人作家以外の何物でもなかったでしょう？」
フリオ　「それはね、君……」
リタ　「あの自伝を書いて以降、全く状況が変わったわね」
僕　「ということは、あのCCPでの騒動は、全て嫉妬が原因だったということですか？」
リタ　「そうじゃないわ。正直に言うと、あれこれと難癖をつけたがるのは、いわば私たちの国民性の一つみたいなもの。だから、次は単にクリスピンが反撃する番だったのよ。私たちは、みんな巣穴に戻ろうとする蟹の一群なんだから。でも、クリスピーだけは、自分はロブスターだと思っていたのね」
僕　「それじゃあ、あなた方は誰かが彼を殺したとは考えない、ということですか？」
フリオ　「少なくともここにいる誰かではない、ということだね」（そう言いながら、彼は自分の顔の前で指をくるくると動かす）
リタ　「何よ、私を見ないでよ」
僕　「ははは、僕のほうを見られても困りますけど。でも、もしかするとあの本の主題のひとつは……」
フリオ　「ウワサの『燃える橋』のことかい？　君、分からんのかい？　もう、誰もクリスピンのことなんか気にもしてなかったんだよ。要するに奴は、すでに場違いだったということさ」
リタ「ええと、同僚が今とても丁寧に述べようとしていることを私が簡潔に要約させて頂くとすればね、要するに、この国では作家なんて何の意味もない、ということなの。悲しい事実よね」
フリオ「違う。おれが言おうとしているのは、あのケバケバしいクソッタレ野郎のことなんかもはや誰も気にかけちゃいない、ということだ」
リタ「クリスピンとアベラネーダは、文学でこの国が変えられると思っていた唯一の作家だったんじゃないかしら……」
フリオ「そこに女が割って入って来る、と。まったくありきたりの話だね」
リタ（フリオをにらみつけながら）「そういう言い方はしたくないけど、でもとにかく、あの二人はまさに最後の砦だったのよ。そう言ってる自分自身で身震いがしてくるけどね。でも、家に閉じこもったまま短編小説をいくら書き散らしたところで……」――彼女はここで眉を吊り上げる――「まさに贅沢以外の何物でもない！　しかもそれが英語の小説、ときた日には……」――彼女は不快そうに頭を振る――「まったく傲岸不遜の極みよ！　それがさらに、グリニッジ・ヴィレッジのアパートの最上階でサルバドール家の遺産を食いつぶしつつ、外国人用の娯楽のためにフィリピンをネタに英語で小説を書く、ということになると……」――彼女は目をぐるりと回す――「……まあ、最近のこの国の若い書き手でさえ、そんな最低のヤカラにぴったりの罵倒語はまだ編み出せていない、というところね」
フリオ「まさに悪の極致だよ」
僕「でも、クリスピンには親の遺産なんてありませんでしたよ。それに、彼のアパートは……」
フリオ「悪行ここに極まれり、だね」
ステージ上の詩人が朗読を終える。誰もが拍手を惜しまない。僕も手を叩く。やっと朗読が終わって嬉しいのである。彼女が台座を降りると、今度は彼女と全く同じシャツを着た太った男がそれに代わる。彼は胸の前でしっかりと手を重ね、やはり彼女と同じような、気取った、大げさな、まるでタフィーをゆっくりと捏ねあげてでもいるようなもったいぶった口調で、散文詩を朗読する。アブダビの溶接工についての詩である。その男は、美しい歌声を得る代わりにイエメンの占い師に魂を売ったらしい。歌の文句があまりに悲痛なので、たまらなくなった同胞がついにその歌手の喉をかき切った、ということだった。その詩人はステージ上で喉をかき切られた仕草をし、頭をうなだれてみせる。僕らの横にいる「AFemAsian」の三人組が熱狂的に拍手をする。群衆の後ろのほうで携帯メールの着信音が鳴る。詩人は天井を見上げ、指を鳴らしてリズムを取りながらもう一つの詩を朗読し始める。今度のものは、車に乗ったカップルについてのジャジーなものだ。

「ほら」と詩人は言う。「ルーパス地所モールでは……」

リタ（形ばかり声をひそめてみせつつ）「ちょっと聞いて。汚職のことを告発する作家は、汚職を根絶できると思う？」

詩人「……トイレのそばで……」

フリオ「セックスについて書く作家がいても、だからといって誰かが妊娠するわけでもあるまい。いいかい、現状は、クリスピンにも、あるいはあいつの有名な『燃える橋』にも、何の関係もない。あの本は、書き上がっていれば確かにある種の暴露本になってはいたかもしれない。もっとも、この国が封建的王国であるということなど既に周知の事実だが」

詩人「……靴屋の店先で……」

リタ「私は、あれは外国で暮らすための口実づくりだったんだと思うわ。〈今ここ〉のリアリティから逃げるために」

詩人「……喜ばしき蜂たちのそばで……」

フリオ「問題は、カッコ、ブ・ン・ガ・ク、カッコトジ、そのものにある。ダメなんだよ、それでは。

何をやっても。ペンは鋤に、そして鋤は剣に変えないといけないのだ」
詩人「……ジューシーなフルーツのそばで……」
リタ「ちょっとちょっと！　地球よりフリオへ——革命は今やネット上にある。同志よ、七〇年代は終わった。神が、マーティン師によって復活させられたのだ。赤旗はとうの昔に投げ捨てられた。誤って子供が読まないように」
詩人「凍てついたスケートリンクのそばで……」
リタ（言葉をつづけて）「私たちは色々なものを抵当に入れてしまったのよ。子供たちの授業料やバレエのレッスン料だってある。エストレーガンの独裁は長くは続かない。マルコスは凍らされたまま、最後の灯火管制が敷かれて私たちの記憶から完全に溶け去ってしまう時をむなしく待っているだけ。おそらくクラゲも……」
詩人「……ストレートの男はみんなゲイで……」
フリオ「まったく分からんよ！　今も、フェルディナンド・マルコス・ジュニアとその末裔が高官の地位を軒並み占めている。畜生、イメルダは国会議員にもなった。おれたちは大事なことをあまりに簡単に忘れすぎ……」
詩人「……クローゼットの中に閉じ込められて……」
リタ「誰が忘れ去られたって？　でも、今日の『ガゼット』紙では、バンサモロが景気は回復の兆しを見せていると言っていたわ」
詩人「……マッチョのさみしさ……」
フリオ「バンサモロは単に自分の王朝を築こうとしているだけだ。景気なんぞ、結局人工的なものに過ぎんよ。海外労働者からの送金で全ては決まるのだから。第一世界のドルが第三世界の豚どもを太らせてる、って寸法さ」

詩人「……ビールをしこたま飲まされた蝶のよう……」

僕「久しぶりに帰って来て驚きましたが、やはり海外労働者の稼ぎによってずいぶん投資が増えている、という感じがありますけど」

詩人「……水晶のサナギの中で……」

リタ「あなたがウィグベルト・ラカンデュラだったら、そういうことは言わないでしょうね」

詩人「……私の目の前に置かれた皿の上には……」

フリオ「あれはかわいそうな奴だ。どこかのファラオのピラミッド建造計画で酷使される奴隷だよ」

詩人「……私の口、私のスプーン、私のペニス、私の震えるフォークよ」

リタ（朗読をかき消すように声を荒げて）「聞きなさい！　いい？　私は、このフリオみたいな老いぼれの反乱分子じゃない。本当のことを言えばね、もしも本当にこの国に変革をもたらしたいと考えているのだったら、ジャーナリストになる他はないのよ。一九八一年にムーチャ・ディマタヒミクが事務所の外で刺されたあの事件以来、この国には一人だって本当の真実の信奉者は育っていない……」

フリオ「あれは一九八二年のことだ。おれは、あれはマルコスが後ろで糸を引いていたと今でも確信しているがね。アベラネーダはあの後、人が変わったようになってしまった。もしも子供がいなかったら、彼もまたクリスピンと同じ道を辿っていただろう。つまり、気が狂っていただろうということだがね」

リタ「昔は、ムーチャの死は無駄死だったと思っていたわ。だって、結局、いまだに命を狙われるレポーターが後を絶たないのだから。でも無法状態の国にすこしでも自由な言論空間が生まれる瞬間は、いつもそういうものよ。でもクリスピンのことはねえ……いえ、つまり、その存在すら怪しい本を執筆中、という噂しかなかったわけでしょう？　つまり、すでに世間から忘れ去られてしまった男を殺しに外国までわざわざ出かけて行くものなんていない、ということ。仮に暗殺者がいたところで、アメリカに着いた途端にアウトレットの特売品の山に度肝を抜かしてどこかに消えちゃうのがオチよ」

フリオ　「しばらく経ってみると、ウエスト・ハリウッドでタコス屋でも始めてたんまり荒稼ぎして、いつの間にかグリーンカードまでせしめてる、ってとこだろうな」

リタ　「クリスピンを殺したいと思っているのは、クリスピンだけってこと」

フリオ　「まあ、ある時点ではこの部屋の誰もがそう思っていただろうが。『自己剽窃者』は、全くとんでもないシロモノだったからな」

リタ　「真実はいつも痛いものよ」

フリオ　「誰かを殺したいというほどの悪意を持っているものがいるとすれば、それはクリスピンだけだね。自分自身を殺す、ということも含めればの話だよ」

リタ　「自分自身こそ特に、だと思うわ」

フリオ　「あれだけの大失敗が続けば、だまって耐えるしかない」

僕　「あなたは、本当に彼のことを敗残者だとお考えなのですか？　いくつも賞を貰っているのに？　彼のおかげでこの国の文学界にも世界の注目が……」

フリオ　「賞などというのは、いわば文学の宝くじでたまたま運が良かったというだけのことだよ。賞を貰ったからといって、簡単に指導者にはなれない。それに、たとえほんの少しの間運転席に座ることができたからといって、あんなに偉そうにとやかく言わなくちゃならんこともないだろう」

三人目の詩人がステージに上がり、タガログ語で詩を読み始める。彼もまた「AFemAsian」のTシャツを着ているが、頭の周りには民族の伝統の飾り帯を巻いている。彼の詩はエミリー・ディキンソンのタガログ語訳である。彼はタガログ語を一言ずつ、怒りを込めてラップのように吐き出し、韻を踏むたびに右手がまるで何かにつかみかかろうとするライオンの爪のように空を切る。

僕　「ということは、お二人は、文学者としての失敗以外の何らかの原因でクリスピンは苦しんでいたのではないか、と考えていらっしゃる？」

リタ　「そういうことなら、聞く相手を間違えているんじゃないかしら。その手の話なら、やはりマルセル・アベラネーダに聞くのが一番よ。彼しかいないわ」

フリオ　（にやにや笑いながら）「そうとも。無事彼と会って話ができるよう、幸運を祈る。つまり、いかにクリスピーがひどいイカサマ野郎だったか、という分かり切った話以外のことを話してもらえるように、ということさ」

僕　「クリスピンの書いたものが好きだったという人はいないのですか？　『君がいればこそ』なんて、傑作だと――」

フリオ　「『ダヒル・サヨ』のことかい？　惜しいけど、今一つ真のフィリピン人のエッセンスをつかんでいない」

リタ　「あの本のダメなところは、必死で新しいことをしようとしているその姿勢それ自体がかえって古臭い、というところね」

フリオ　「おれは、単に評価が欲しくて書いている時の彼は好きだな」

僕　「『エウロパ四重奏』もダメですか？」

フリオ　「エリート主義だよ、あれは！　しかも最高度のね」

僕　「でも、『カプトル』シリーズはよかったのでは――」

リタ　「冗談じゃない。あれは、あまりにもマニラ中心主義的よ」

僕　「それなら『赤い土』は？　あれはマルクス主義を奉じる農夫の話だったわけですが……」

フリオ　「あまりにも視野が狭すぎる」

リタ　「そして、政治色も強すぎる」

僕　「じゃあ『啓蒙者たち』はどうなんですか？」

リタ　「ポストコロニアル的マチズモの露出ね」

僕　「『自己剽窃者』は、もちろんお嫌いでしょう?」
フリオ　「ああ、あれは好きだな」
リタ　「度を越してひどいから。シャーデンフロイデ〔人の不幸を喜ぶ気持ち〕はいつでも甘美なものよ」
フリオ　「違うな、シスター。あれはまさに、手加減なしの真剣勝負に出てしまったから失敗したんだ。いやしくも権力に何かもの申すのであれば、退屈なものを書いてはいけないだろう。少なくともユーモアがないと」
リタ　「『自己剽窃者』の問題は、フィリピン人のために書かれたというよりも、むしろフィリピン人について書かれた、というところにあると思うわ」
フリオ　「あれはいかにもアメリカ人が好みそうなものだった。フィリピン人は当然そういったものを嫌う。おれたちは、同胞のためにこそ書かなければならないのに」
リタ　「いや、むしろ同胞の女たちのために、ね」
僕　「それならば、なぜ海外で発禁になったのです?」
フリオ　「フィリピン人は、作家であろうがなかろうが、いつも海外ではそういう目に遭ってきているのではないかな?」
僕　「クリスピンには、何か人に見せない後悔の念とかそういうものが――」
リタ　「だから、さっきも言ったように、そういうことはマルセルに聞くことよ。七〇年代にチンコス・ブラボスが解散してからというもの、クリスピンは別人になってしまったわ。だからこそ、アメリカへ渡ったのよ」
フリオ　(ステージの上の詩人を眺めながら)「おれはずっと、あいつは隠れホモだと踏んでた。あいつとアベラネーダとはデキてる、ってね。あいつらがあんなにお互いを目の敵にするのはそういうわけだってね」

リタ「そのホモフォビア、いい加減やめたらどうなの？　嫉妬に駆られた時、フィリピンの男はかならずその手に訴える」

フリオ「おいおい、それならクリスピンの死に方のことを考えてみろよ。大した役者だよ！　大したドラァマクイーンだ、って言うのさ。ワシのように手を広げてた、ってんだぜ？　足りないのは十字架だけ、ってとこだろう」

リタ「あるいは、ペンタグラム」

フリオ（くすくす笑って）「おお、そのイメージなら本一冊書けるな」

リタ「すでに誰かの小説にあったんじゃないの？　ペンタグラムなんて、ベストセラー本みたいなものにしか出て来ないでしょ」

フリオ「なんだか不吉な関係が見えてくるじゃないか？　この際、魂売り渡すか？」

リタ「なんのために？」

「イタリアに」とフリオは言う、「別荘を買う。ゴア・ヴィダルの家を見たことあるかい？」

「もう」とリタは言う。「大した裏切りものね」と言って、彼女はフリオの肩をたたく。

「そうできたらいいんだが！」とフリオは笑う。

彼らは満足そうにお互いを見つめる。

「この後、懇親会には行く？」。まるで僕などいないかのように彼女は聞く。

「いや」と彼は答える、「アルチューロ・ルーパスのパーティがフォーブス・パークで行われる。奴が書いたルーパス家の遺産についての本、おれがゴーストライティングしてるんでね。カナッペとブルー・ラベルのスコッチをふるまうってさ」

僕はシャンペンを飲み干し、空のグラスを持ち上げる。フリオとリタは僕を見て眉を吊り上げ、別の話し相手を求めてそれぞれが反対方向に、まるで自動人形のように弧を描きつつ立ち去る。

四人目の朗読者がステージに上がってくる。ひょろ長く茶目っ気のある女の子だ。僕も急いで立ち去る。

階下の本屋でクリスピン関係の本を探す。それぞれの本棚の間の通路には誰もいない。接着剤と防虫剤のにおいがする。本はカテゴリー別に探しやすいように並べられているが、今日のイベントを訪れた客が手に取っては戻しするうちに背表紙が向こう側になっていたり、透明のビニールの包装紙の封が切られて雑に元に戻されたりしている。若くて野暮ったい女の店員が、レジに座って携帯メールを打っている。僕のせいで持ち場を離れられないとでも言わんばかりに、露骨に不機嫌そうな顔をしている。階下にいると、ステージの詩人の声が低くくぐもって聞こえる。彼女の声が大きな拍手と混じり合う。拍手の音はやがて雨の音に代わる。男の声がする――「私の本のインストア・パーティへ、皆さま、本日はようこそおいでくださいました！　この世の終わりをものともせず、はるばるやって来ていただいたことに深く御礼申し上げます！」。笑いと喝采が沸き起こる。

『自己剽窃者』が面出しにされ、棚の上の本の列を二つに分けている。一部取ろうと手を伸ばした時、向こう側に飛ぶように引き出される。両側の本の列がドミノのように崩れる。「ちょっと！」と僕は叫ぶ。本の隙間から『自己剽窃者』が消える。人影が動く。僕は興味を覚えて本のすき間から覗き見る。覗き返してくるのは、顔にかかる黒髪で半分隠されたかわいらしい目である。その目がまばたきをする。耳の後ろにかかった髪を、片方の手が弧を描くようになぞる（ダイアモンドのピアスが耳たぶにきらりと光る）。金のお守りのブレスレットが音を立てる（あぶみ、蹄鉄、サドル、ブーツ）。目が急激にすぼまる。くすくす笑う声。「ヤバっ《ファック》！」。その声は言う。まるで、その言葉を覚えたての少女のように。「ごめんなさい！」

僕は本棚の端まで行って、角のところから向こう側を見る。

とてもかわいい女の子が目の前で笑う。僕に問題の本を差し出してくる。「あなたが最初に取ろうとしてた――んだよね？」と彼女は言う。小柄で、二十代前半だろうか。肩までの髪に指をからませている。

カーキのカプリパンツを穿き、タキシードみたいに見えるTシャツを着ている。「いや、いいんだ」と僕は答える。「いいんだよ、大した本でもないから。もしかすると、あの人の作品の中では一番つまらないものかも」

「それならよかった。ありがと」。彼女は表紙に手を這わせる。表紙はマンガ風である。馬に乗って後続を従えている男がいる。前景には日の光にさらされた頭蓋骨が転がっており、その影がタイトル文字を作っている。「素敵な表紙だね」と彼女が言う。

「それは初期作品だよ。あの人のものなら、やはり後期のものを読むべきだな」

彼女は口元を少しゆがめて笑みを作る。「そうできたらいいけど。卒論の一部で彼の作品を扱うんだ。あと一つゼミの単位が残ってるから、それさえ取っちゃえば解放ってわけ。わあ！」

「実はおれ、あの人のこと、個人的に知ってるんだよ。いやつまり、サルバドールのこと。あの人の作品は全部読んでる。何ていうか、いわばおれの師匠みたいなものなんだ。ニューヨークで」

「あなたニューヨークの人なの？　カッコいい！　本当に彼のこと知ってるの？」

「本当。それから、そう、おれは今ニューヨークに住んでる。いやつまり、もともとここの生まれなんだけど、マンハッタンにしばらく住んでるんだ。修士論文書いてるんだけど」

「ほんとに？　どこの大学？」

「コロンビア。君、作家なの？」

「そうなれたらね！　詩？　みたいなのは書こうとがんばってるけど。それから短編小説もね。でも、さすがにまだ作家とまでは言えないな。今のところはね。むしろ書くための経験が必要ってとこかな」

「そうか。おれのほうは、クリエイティヴ・ライティングで修士を取ろうとしてたんだけど」。手のひらに汗がにじむ。彼女はちらちらと下を向いては本を見る。「実は今おれ、あの人の伝記を書いてるところなんだよ。君の論文の手助けもできるかも」。彼女、赤くなっている？

「ホントに」と彼女は言う、「この本いらないの？　図書館に行けばあるから、私は別にいいんだよ？　本を買うのは、本ならじゃんじゃん買っても赦される気がするから、というだけのこと。つまり、許容範囲内の購買セラピーってとこね。クラシックのCDとかね。他の女の子は靴買ったりするけど、私は本を買う。両親のクレジットカード炎上させても、そういうやり方ならどこからも文句は出ないでしょ？」。少し緊張してるのだろうか？　「買っても読まない本もあるけど。最高のインテリア・デコレーションよ。そこにそれがある、って考えるだけで素敵なのね。無限の可能性、みたいなものかな。分かる？　本屋に最近よく人が集まるのも、そういうわけだと思う。罪悪感の伴わない消費行動なのよ」。彼女はまた例の口元をゆがめた笑みを浮かべる。

「言ってること、たぶん分かる。おれもまさに同じように感じてる、っていうか」。なんてつまらない返事だ。「あのさ、その……」

「セイディっていうの。名前はセイディ」

「セイディか、いい名前だね。それで、なんであの人について論文を書こうなんて思ったわけ？」

「その話か。長くなっちゃうけど、いい？　両親。ママかな、どっちかと言えば。ママが大ファンだったのよ。ヘンな話でしょ？　母親ってのは大体ダニエル・スティールとかそういうのを読むものじゃない？　あるいは、せめてジェイン・オースティンとかね。そういうわけで、私はもっぱら彼の子供向けの小説を読み聞かされて育ったってわけ。おてんばドゥルセとその軍団の『カプトル』シリーズとか。それからミステリー作品に進んで、アントニオ・アスティグに夢中になった。まったくお恥ずかしい年になるまでずっと、彼のことが大好きだったんだ。あの人みたいな探偵になりたかったのよ。あの真珠のグリップのミッドナイト・スペシャル、それからカッコよくピッタリ体にフィットしたバロンタガログのシャツとベルボトム。それからなんといっても彼の『おいお前、まさか自分のことをタフガイだなんて思ってるんじゃないだろうな？　タフとはおれのことよ！〔「アスティグ」はタガログ語で「タフな」という意味〕』っていうあのセリフ。なんてカッコいいセリフなの⁉ ダーティ・ハリーみたいだ！ なんてね。あなた、自分のこと強い男だと思う？ 私の名前って強そうじゃない？ ははは。最近またあの頃読んでた本を読み返してるんだけど、当時は全く理解してなかったダブル・ミーニングなんかがたくさんあって驚いちゃった。メタナラティヴのこともね。両親はピノイ〔「フィリピン人の」を意味するスラング〕語で書かれたものを読め、ってうるさかったの。国粋主義者だったのよ。七〇年代が悪いのね！」

「おれの両親は、なんというか、まあもっと保守的な時代に育ったクチだからな」

「ご家族は、まだここに住んでるの？ それともあなた、ビッグ・アップルからちょっと観光で来てみただけ？」。「ビッグ・アップル」と言う時、彼女は手を大きく広げてジャズ・ハンズのポーズを取ってみせる。

僕はまた首を振る。「いや、誰もいないよ。ここには家族はいない。ただの観光」

「大体、なんで『ビッグ・アップル』だなんて呼ばれてるの？ 本当に眠らない街だったりしちゃうわけ？ そうだ、あなたタバコ吸う？ マリファナじゃなく。はは。ねえ、ちょっと外に出ない？ 雨もなかなかステキだよ」

「君、出版記念パーティに来てるんじゃなかった？」

「もう義理は果たした、ってとこ」と彼女は言う。「詩のクラスの先生への義理。違うよ、そんな関係じゃないって！ ははは。今度会った時には、ロリータ、なんて言われそう」

「ロ、リー、タ」僕は言う、「人生の光、下半身の炎よ」

「何？ それ、『ロリータ』の引用か何か？ 私、クリエイティヴ・ライティング専攻なんだ、アテナオで。パパは猛反対だったけど。まあそれはいいんだけど、つまりね、私、本読むのが好きだから、きっと書くのも好きなはず、っていう安易な道だったわけ。そうだ、まだ名前聞いてない」

「ああごめん、ミゲルっていうんだ。ミゲル・アスティグ。いや、冗談だけど」。彼女は少し笑う。予想よりだいぶウケが悪い。レジの所に行き、本の代金を払う。外に出て、簡易車庫の下に二人で立つ。雨がその端から絶え間ない水流となって落ちている。端正な長方形を作りながら光が闇と出会うその様子を見ていると、エドワード・ホッパーの絵画の世界に迷い込んだような気がしてくる。セイディは僕に本を渡す。彼女は僕の口にマルボロを加えさせ、ピンナップガールの図柄のジッポで火を付けてくれる。僕はタバコを吸うのは好きだが、実際に煙を吸い込んだことはない。元来僕はなんでもすぐに常習してしまう癖があるが、その吸い方のせいか、タバコについてはそうならずにすんでいる。タバコを吸っていると何もしないでいる口実ができる、ただそれだけのことでタバコを吸う。彼女にそれは言わない。その代わり、僕はこう言う――「あのさセイディ、ジョン・チーヴァーがさ、タバコとか生活の些細なディテールについてこんなことを言ってるんだ。いや、インタビューでね、友人のお通夜の時、一人残された奥さんが吸っているタバコが『本当に重そうに見えた』って。それを読んだ時以来、どうしてもその表現が忘れられなくて」。

「素晴らしい話じゃない、それ」と彼女は言う。それで、彼女は実際に重いタバコを吸っているような仕草をしてみせる。ゆっくり指のタバコを口に持って行く。ほんのわずか手を震わせながら。

「ねえ、セイディっていう名前さ、多分……」

「その通り。ビートルズの歌。歌わないでいいからね。大体、私、ビートルズが解散してくれて本当に嬉しいんだから。だって、ビートルズが解散しなかったら、ジョンの、あの信じられないくらいにパーソナルな歌は生まれなかったわけでしょ」

「いや、そうじゃなくてさ、おれが言おうとしてたのは、サルバドールのね……」

「分かってる、彼の小説のキャラクターでしょ。『エウロパ四重奏』。私のママ、それほどの大ファンだったっていうこと。あの本、ママね、妊娠後期の頃に読んだらしいんだ。あの意志堅固かつ挑戦的な女性キャラクターにいたく感じ入っちゃったってわけ。名前がそこから来たっていうの、うなずけるところもあるんだ。あのアバズレから。だって私、ママの子宮から出てきた時、まるで鹿弾に当たった犬みたいに泣き叫んだって言うんだよ。でもパパはビートルズの歌だって言う。少なくとも、なんだか訳の分からない聖人の名前やなんかじゃなくて良かったと思ってるけど。あ、ごめん。ただ私、無神論者だっていうだけのことよ」

「おお、神よ」と僕は笑いながら言った。「おれ自身は『ミゲル』っていう名前、気に入ってるけど。もちろんビールのほうだよ、大天使のほうじゃなく。『神はいない、マリアは彼の母である』っていうの、知ってる？」

セイディは笑って首を振る。

「確か」と僕は言う。「サンタヤナだったと思うけど。違った？」

「ギタリストの人？」。セイディは歌う。「オエ・コモ・ヴァ」

「違うけど……まあいいんだ、忘れてよ。神は死んだんだし。っていうか、一体、神なんて実際にいたことあるんだろうかね？　君さ、完全菜食主義？　それから、フェアトレードのコーヒー豆を愛用してたりするんじゃない？　『妥協とは、誰も満足しない状態を言う』って、聞いたことある？」

「ない」

「実は、クリスピンにはセイディっていう恋人がいたんだよ。セイディ・バクスターっていうアメリカ人の写真家。彼女の写真、実際、すごくいいんだ」。なんだか会話のパターンに繰り返しが多くなってきているのが自分でも分かる。「マジいいからさ、ネットでチェックしてみてよ。『セイディ・バクスター』って入れればすぐ出て来るから。あまりにあの人の愛のほうが強すぎてダメになったみたいだけど。ちょっとした美しくも悲しい恋の物語、ってとこだな」

彼女はうなずき、唇をすぼめる。彼女、引いてないか？　マディソンよりずっとかわいい。そしてずっと小さい。ひょいと片手で抱き上げたまま、男らしくどんなことでもしてあげられそうな感じだ。文学の素養だって、明らかに比較にならない。でも、いつも手の届かない女の子ばかりを好きになってしまうこの性格、どうにかならないものだろうか。

「あ、ヤバっ!」と突然セイディが言う。まるで後ろから突き飛ばされたような感じ。「今何時か分かる?　七時の夕食に間に合うように帰らなくちゃいけないんだ!」

「七時十分前。ねえ、これ、何かの作戦?」

「もちろんよ。あなた、もう私にぞっこんでしょ?」。彼女はタバコを地面に捨て、ビーチサンダルでもみ消す。フィリピンの国旗がプリントされた、流行りの赤いハワイアナズだ。僕は彼女の足に目を留めたまま動かない。足の指はバブルガムみたいなピンク色のマニキュア。華奢な、まるでウサギのような足。マディソンとは大違いだ。僕はうっとりと言葉を失う。

セイディは口にミントを放り込む。「うわ、すごく強い。あ、しまった、ごめんなさい。今ので最後だった。うちの親がね……分かるでしょ、タバコ大嫌いなんだ。いや、パパはちょっと違うか、外向きには嫌いってことになってるのね。最近、タバコ吸う人なんてなかなかいないでしょ?」

「ま、おれも吸わないいし」と、タバコをもみ消しながら僕は言う。

「私も吸わないよ。ねえ、なんか楽しかった。そろそろ帰らなきゃ」。そう言うと彼女は、システィーナ礼拝堂の細密な図柄が内側にプリントされた傘を開く。そして光の中から飛び出し、見えなくなる。彼女のビーチサンダルのパタパタという音が遠ざかる。僕はタバコを完全にもみ消し、ゆっくりと息を整える。大きく息を吸い込む。「セクシー・セイディ」と静かに僕は歌う、ジョンの声を真似てみながら。「ウー、ウォッハヴューダーン?」。そのまましばらく雨を眺めている。

一台の車が突然目の前の路上に停まる。心臓の鼓動が早まる。黒いレクサスである。逃げるべきか?　窓ガラスもすごく暗い。助けを求めて叫ぶか?　窓が開く。初期のヒップ・ホップが聞こえてくる。セイディが運転席から微笑んでいる。ダッシュボードの灯りで顔が明るく見える。

「ねえお兄《ニ》さん《ガ》」と彼女は言う。「私、忘れ物したみたいなんだけど」

ホッとしているのを気取られまいとして、余裕の笑顔を返す。「なに、今のこと？」

「当たり前でしょ。私の本、あなたが持ってるじゃん」

下を見てみると、僕は『啓蒙者たち』を手に持っている。窓越しに渡す。「ごめん、忘れてた」

「うまい作戦ね」

「だいぶ惚れちゃってるみたいだからね、おれに」

セイディは柔らかい灯りの中でとてもかわいく見える。雨に濡れた顔が輝いている。傘を閉じて車に乗り込む間のあのぎこちない瞬間に濡れてしまったのだろう。車内の革張りの匂いが、ミントのエチケットスプレーとセイディのヴァニラの香水と混ざっている。

「ねえミゲル」と彼女は言う、「あなたさ、家族もいないって言うし、なんだか途方に暮れちゃってるように見えるな。良かったら家にご飯食べに来れば？　ねえ、来なよ。うちのコックのチキン・アドボ、最高なんだから。人生変わっちゃうよ」

6

レーナ、ナルシシート、そして両親とともにバコロドからマニラに戻って来た私が目にしたのは、まさにアルマゲドン後の光景だった。私たちの家の前の街路に沿って建つ家のうち、残されているのは私たちのところを含むほんのわずかだった。隣人の多くが死んでいた。どの家族も、少なくとも頭数が一人は確実に減っていた。市の解放の際、少なくとも十万の市民が犠牲となったのだった。

その悲しみの海を割くようにして、ある日ジェイソン伯父がぼろぼろのジープのクラクションをけたたましく鳴らしながら帰って来た。彼は生きていたのだ！ 伯父は溌剌として、あの大晦日に突然いなくなってしまった時とは全く別人のようだった。腰には銃器が光り、皮膚はおろしたての革のようにつやつやとしていた。声は大きく、おびただしい死に囲まれながら、自分にだけは絶対にそれを寄せ付けはしないと言わんばかりの気迫があった。食事の後、彼は和やかな家族の会話から離れ、ベランダでキャメルを吸った。そういう類のものにはもはや馴染めないようになっていたのだろう。私は、そういう彼の横に座って話を聞きながら幾夜を過ごした。彼はゲリラとしての自分の生活のことを話してくれた。特に私が好きだったのは、マニラ解放の際、彼がアメリカの第百四十八歩兵連隊の第二大隊のガイド役として働いていた頃、大隊がバリンタワク・ウイスキー製造所の建物に行き当たった時の話だった。退却する日本軍が残して行った大樽から噴き出す氷のように冷たいビールの海に膝まで浸かり、あるものは泳ぎ、またあるものは踊り狂い、弁当箱やヘルメットでそれを掬っては飲みした様子を語る時、伯父はほとんど泣いているのではないかと思うほど激しく笑った。気分がいい時には、まるで武勲章のような形の銃創を見せてもくれた。質問の仕方がいい時には、どういう男が「いい男」というもので、どうすればそれが「もっと素晴らしい男」になるのかを私に教えてくれた。私に初めて共産主義の思想を教えたのも彼だった。その時私はまだ十歳だったが、いつももう少しで大人になれると夢想していた。彼が教えてくれたような考え方を、私はそれまで誰からも聞いたことがなかったのだ。

彼はその後ジャングルに戻り、フク団の者たちとともに闘った。だが今回の敵は日本軍ではなかった――それは、去ってゆくアメリカ人たちが権力の上層にあえて温存したブルジョワ階級だった。彼が突然去ってしまったのは二回目だったが、その時は不思議と置き去りにされた感じはしなかった。彼は私のヒーローだった。私の若い想像力の中で、彼はいつか実際の彼以上の何者かに変化していた。しかし、そのようなことはおそらくどうでもいい。ターラックで待ち伏せしている間に政府軍に撃たれて死んだと聞いた時、その殉教者としての死によって、彼は私にとっていわば大理石の台座に鎮座する神となった。それ以来私はずっと、父はおそらくその攻撃のことをあらかじめ知っていたのではないか、と考えている。

――クリスピン・サルバドール、『自己剽窃者』(九百八十一ページ)より

＊

いとこのボビーは、先のレイプ訴訟における全ての容疑を晴らされた。しかしその後も何度かにわたって法律と衝突した後、再び牢獄に入れられた。今回は、海賊版のアダルトDVD輸入の容疑だった。

裁判官　イライラさせるじゃないか、二年経ってまた再会するとはな。しかも、またこの法廷で二人きりになるとは!

いとこの後ろに座っていたアーニンは、椅子から飛び上がるようにして立ち上がる。「異議があります、判事！　私のいとこの罪がなければ、あなたの昇進もありえなかったでしょう！」

＊

セイディは自分の部屋に戻ってちょっと休み、僕は階下にある来客用のトイレを使う。

ゴンザレス家はいかにも典型的なフィリピンの上流階級の家だ。グレイプスやグランマが喜びそうな雰囲気である。彼らは二人ともマディソンのことをどうしても好きになれなかったが、それはおそらく彼女の父が外国人だったからであり、また彼女の母がそういうものと結婚することを強く望むタイプのフィリピン人だったからである。

ゴンザレス邸はフォーブス・パークに隣接するきらびやかなダスマリニャス・ヴィレッジの中にある。高い壁で囲われた中はいかにも上流の庭といった風に手入れが行き届いており、その一角にはマリアとキリストを祀った洞窟がある。客用のトイレはバラ模様の大理石でできており、貝をかたどった石鹸や、全体のデザインによく合うキャンドルと、変な書体の注意書きが目につく――「おしっここぼす人、シート拭く人」。消毒剤とベビーオイルとラヴェンダー・ポプリがすべて混ざった独特のにおいがする。

僕は居間のソファに所在なさげに腰掛ける。どことなく既視感がある。このフィリピン化されたプエブロ・スパニッシュ様式は、祖母が昔好きだったものだ――クレヨン画で描かれた壁の絵やナミマガシワガイ製の照明器具。中国風の家具や仏教古美術品。象牙でできた様々な聖人たちの頭部。その顔は、僕を耐えがたくなるほど怪訝そうに見つめている。

あまりの緊張に、自分がいま何をしているのかが分からなくなる。感じのいい女の子と出会ったその日に、その両親にまで会う？　まるで、カラオケでカルーソーの次に順番が回って来たような感じだ。今日の新聞がコーヒーテーブルの上に置いてある。社会欄には、ディンドン・チャンコ・ジュニアがアルボン・アルカンタラやアルチューロとセッティーナのルーパス兄弟、ヴィタ・ノヴァ、そしてティム・ヤップなどと、ロックウェル・モールでの「〈自分だけのハワイアナスを〉週間」開始パーティでポーズを取って写っている写真がある。ディンドンは通常よりいっそう脂ぎって見える。どうしても彼の横で写真に写らなければならない状況になれば、撮り終えた後で一刻も早く家に帰って風呂で体中をこすりたくなることだろう。

セイディが階段を下りてくる。小ざっぱりとした格好である。化粧もしているように思う。「ねえ」と彼女は口元をゆがめた独特の笑みを浮かべながら言う。「だから、早く着いちゃうって言ったでしょ。基本的にうちもみんなフィリピン時間だから。ねえ、私の部屋に来ない？　見せたいものがあるんだけど」

彼女の部屋は、ファッション雑誌の影響で「女」になっていく前の少女だけが持つ、何とも無邪気な匂いがする。部屋の隅にはフェンダーのストラトキャスターが置いてある。「あなたに読んで聞かせたい詩があるんだ。探すからちょっと待ってて」と彼女は言う。「適当に座ってて」。真鍮製のベッドはぬいぐるみで埋め尽くされている。僕は立ったままでいる。壁に貼ってあるスティーリー・ダン、スパイダー・フロム・マーズ、そしてステージ上で汗だくになったニール・ダイアモンドなど、様々なロックの神々がじっとこちらを見つめている。セイディは机の引き出しの中を探そうと前屈みになる、するとズボンが少し下がってヒモ付きのパンティと引き締まった尻の割れ目がわずかに露わになる。机の上のごちゃごちゃしたものの一番上にはハロー・キティの日記帳とスケッチブック。その横にはプラスチックのピストルケースが開いており、黒くなったぼろ布と分解されたグロック自動拳銃が見える。

「お、すごいじゃん」と、ピストルを見ながら僕は言う。「チェーホフがさ、物語の中で拳銃が出て来ると、必ず結末までに一度は発射されなければおさまりがつかない、って言ってたけど」

「あなたもそう思う？」

「もちろん」

「もう、何なの？　私のノート、マジどこに行ったんだろ？」とセイディは言う。彼女は汚れた服を放り投げながら、あたりをくまなく探す。僕は壁際の本棚をざっと見る。アバド、アイスキュロスからザフラ、ゾラまでアルファベット順に並んでいる。ベッドサイドには今彼女が読んでいる本が積んである――ホッブス、ミル、ジョン・C・エヴァンス著『カルヴァンとホッブス』、ベティ・アンド・ヴェロニカ・ダブル・ダイジェストが何冊か、それから『一八八〇年から一八九六年における啓蒙者《イルストラード》たちのプロパガンダ運動』。「授業で読んでる本と、あとは精神衛生のための本、かな」

「現在進行形で読んでるのはどれ？」

「どういう話？」

「あれよ、『サンバードの死』。アメリカの作家のエヴァンスのやつ」

「コロラド在住のスノーボード・インストラクターたちのろくでもない人生についての話、ってとこかな」

「面白い？」

「うまく書いてありさえすれば、内容は何であっても面白いんじゃない？　それに私、基本的に現代アメリカ文学大好きなんだ。植民地主義的って言われるんだろうけど、でもホントに好きなんだから仕方ないよね」

小さなテーブルの上、菊が挿してある花瓶の隣にクリスピン・サルバドール作品がうず高く積んである。まるで『2001年宇宙の旅』のモノリスのように見える。「ああ、それ」。その本の山を見ながらセイディは言う、「ほとんど『饒舌との遭遇』ってとこだよね」。

「宇宙人と言えばさ、おれのような宇宙人みたいなものが君の部屋に侵入してて、ほんとに大丈夫なの？」

「大丈夫よ、安心して。うちはね、私が二十一歳になった時、あらゆる規則が廃止されたんだ。物分かりがいいのよ、うちの親って。時々、あの人たちってまるで七〇年代のヒッピーみたいって思う。げんなりしちゃうイメージだけど。とにかく、私が外でこそこそ隠し事を作るより、家の中でオープンにやってもらいたいみたい。どんなことでもね。大体、結局は何もしないんだから同じことだけど」

彼女が詩のノートを探すためにまた向こうを向いた時、僕は自分のジッパーが閉まっているかどうか確かめる。こんなに彼女と接近していること、それから今まさに彼女の自作の詩を受け取ろうとしていること――それらの事態の推移に今しがたまで感じてきたあらゆる緊張と胸の高まりは、今の彼女の一言で全て雲散霧消する。結局何もしないって？　僕は目の内側をこすり、目やにがついていないかチェックする。今はキスするタイミングじゃない。

「お」と、ポスターを見ながら僕は言う。「スティーリー・ダン、いいよね」

「私、大好き！」

「『バッド・スニーカーズ』のギター、やっぱカッコいいよ」

「どの部分のこと？」

「どの部分って、その、つまり、あの、ギターの部分っていうかさ」

「ああ」

「そうなんだよ」。一体何を言ってるんだおれは？　あまりにマヌケ過ぎる会話だ。

「ねえ！」とセイディが言う。「サルバドールって言えばさ……」と言いながら、セイディは椅子に腰掛けて乱雑な机の上をかき分ける。「今思い出したんだけど、私のママ、彼のおばさんに習ってたのよ、アサンプション高校で。だから多分、ママに聞けば、さっき車の中であなたが言ってた、例の彼の私生児のことが何か分かるかもしれないよ。マニラって、あなたも知ってるように、必ず誰かが誰かのこと知ってるでしょ……？　しかし詩のノート、マジでどこに行ったのかなあ？」

「それ、もしかしてハロー・キティのやつ？　その、目の前にある？」

「これは私の夢日記よ」

「ファビオが表紙についてるやつは違うの？」

「それは私の〈日記〉日記」

「じゃあ、詩日記はどんなノートなの？」

「グリーンで、えっと……あ、ここにある！　下に敷いて座ってたんだ！」。彼女はノートを開き、最後のページをめくる。「いい？　気に入ってくれるといいけど。でも分からない、どう思うか本当に正直に言ってね。でも、言い方には気をつけてよ、いい？　とにかく、あんまり深く考えないでね」


彼女は深く息を吸い込んで、彼女のような女の子のものとも思えないような、ある種必死な声で詩を読み始める。その一言が大変な重量を持つかのように、ゆっくりと声に出す。「夜の帳が下りる／まるで練りあげられた主旋律のように／波がやって来る／気の抜けたメタファーの海を渡って／おお、花／おお、雨／おお、木／おお！　形式ばった詩作品たちよ！／最後のセンテンスまで来れば、偉大なるエピファニーが訪れてくれるとでも言うのか？／それとも、大団円は結局／白けきった見せかけに過ぎない？／もしも啓示はすでに訪れているのに／それを私が見過ごしてしまっているだけだとしたら？／テレビをぼんやりと眺めている間に？」。セイディは黙ったままである。泣き出しそうに見える。僕は考え得る限りの褒め言葉を次々に継ぎ足す。しかし、僕がその詩を好きであるということを彼女に納得させることはできない。

＊

四人の少年には、ひとりずつその手を握ってくるクリストのことが分からない。ナルシソ・ジュニアは体をよじらせ、他の三人は泣き出す。マリア・クララがたしなめる。彼女はクリストの腰に手をおく。

「まず髭を剃っていらしてからでないと」と彼女は言う。

自室の中、湯気の立ちのぼる洗面器の横で彼は剃刀を研ぐ。鏡を覗き込む。顔は所々燃えるように赤いあご髭に覆われていて、表情がよく分からない。おれは——彼は考える——家に帰ってほっとしている、ということの事実を恥じるべきなのか？　彼は顔を水で濡らす。今夜はテーブルにつき、まともな夕食を食べるのだ。カップでクリームを泡立てる。おそらくマリア・クララが歌を歌ってくれるだろう。彼は泡をあごに塗りつける。屋敷の周りを子供たちと散歩することになるかもしれない。左の頬から剃り始める。そして星を見るのだ。剃刀をすすぐ。少なくとも星座くらいはまだ覚えているだろう。右側を剃る。しかし、一体これからどうなる？　負けてしまった今となっては？　もう一度剃刀をすすぐ。味方はほとんどアメリカ側に寝返った。彼は剃刀で注意深くあごの曲線をなぞる。あれだけ不撓不屈でスペインと戦った男たちでさえも、だ。鼻の下を剃る。彼は再び鏡を覗き込み、剃り跡を確かめる。お前は誰だ？　彼は自分に尋ねる。どこかで見たことのある顔だ。

夕食の後、クリストは妻と子供を連れて庭を歩く。夜気の冷たさは屋内の灯りよりもずっと心地よい。子供たちはいまだに彼を警戒しているが、マリア・クララは溌剌としている。彼女は子供たちを軽口で笑わせている。彼は落ち着かない。

戻って来る途中、クリストは立ち止まって母屋を眺める。窓の灯りが煌々とついている。子供たちが先に走って行く。マリア・クララは彼の手を握る。彼は言う、「もう一人作ろう。今度は女の子を」。

彼女は動きを止め、彼をきつく抱きしめる。

「私たちは、アメリカ人になるのだ」とクリストは言う。「あいつらも、アメリカの言葉を話すようになる。大きくなったら、アメリカにやって教育を受けさせるのだ。私が昔ヨーロッパに行ったように。戻って来たら、ここの土地は全てあいつらのものだ。あいつらが国を変えるだろう」

「やっと、色々なことに折り合いをつけられたのね」とマリア・クララは言う。

「そうだ」とクリストは言う。「多分そうなんだろうな」

──クリスピン・サルバドール、『啓蒙者たち』（二百七十ページ）より

＊

関係が終わってしまう直前、良くない状況が何週間も続いていたことをよく覚えている。「私たち、離ればなれになったらどうなっちゃうの？」。マディソンはそう言っていきり立つ。僕は皿の中のアイスクリームが溶けるのを眺めている。

長い間、僕たちはいろんな計画を立ててきた。恋をするということはすなわち、計画を立てるということだ。少なくとも、僕たちに関してはそうだった。あらゆることを綿密に調べ、はっきりとした輪郭を与えては不必要な部分をそぎ落とした。無宗派の結婚式。エコ・フレンドリーな葬式。どこか神聖な場所で結婚式を挙げたいと考えてはいたが、二人だけの愛と少数の近しい人たちとの素晴らしき人間的な交わりこそが僕たちにとっての神であり、そうでない神が二人を見下ろしているような所での式は絶対に嫌だった。僕たちはまた、墓地の外に立つ木々の下で、モスリンの帷子を着てすぐに土に還っていくことができるように埋葬されることを望んだ。親戚たちが無駄な二酸化炭素排出をしないで済むよう、めいめいの住む街で世俗的なお別れ会を開いてもらうことを望んだ。僕たちはそれぞれ人生の節目におけるサウンドトラックを用意していた（ラクメのアリアが彼女の結婚行進曲、エリック・クラプトンの「レイラ」のブリッジ部分が僕の葬式行列の曲）。養子縁組こそが現在の世界における唯一の道徳的選択であると考え、どの国から哀れな孤児を救い出すべきか議論した。だが時々マディソンはこう言った──私たちの子供も一人は欲しい。あるいはこうも──教会で結婚するのも悪くないかも。それに対し、いつも僕は厳密な論理と理性とで答えた。

僕は溶けてゆくアイスクリームから目を上げた。「ねえ、私たち、離ればなれになったらどうなっちゃうのよ？」。彼女は繰り返した。今度は涙声だった。僕は正直に、たとえそうなったとしても、二人とも

きっと大丈夫だよ、と答えることもできた。あるいは不誠実に、つまり彼女が望んでいるようなやり方で、こう言うこともできた――僕たちはきっと大丈夫だよ。彼女がテーブル越しに手を握ってきたのをよく覚えている。彼女の白いシャツの袖にケチャップの塊がついて染みを作っているのが気になった。僕たちの愛のかたちはそれぞれ異なっていた。僕は毎日二人でいること自体を素晴らしいことだと思っていたが、彼女は二人が永遠に一緒にいることを前提としていた。「私たち……つまりこの私たちのことよ」と彼女は言った。「きっと大丈夫よ。信じているもの」

マディソンと僕は二人ともローマ・カトリック教徒として育った。だから、無神論的世界観は二人きりで育ててきたものだった。厄介な問題を、僕たちはお互いに助け合いながらどうにか切り抜けてきた。どのように考えれば造物主がいないと言えるのか？　どのような根拠のもとで、死んだらそれっきりで人生は終わり、ということが成り立つのか？　この合理性への歩みは僕たちを窮地に追い込んだ。僕たちが臓器提供者リストに名前を載せることを選んだ時、両方の家族が霊感に満ち溢れた、あるいは激しい怒りがみなぎったメールを送ってきては僕たちを脅し、孤立させた。だがそのおかげで僕たちはより結束を固めることができた。僕たちは僕たち自身の信念の体系を構築すべく、二人で幾つもの夜を語り合って過ごした。だが幸せではちきれそうになった時など、僕はその信念の体系自体を疑うこともあった。自分が感じているその大いなる感謝の気持ちを捧げるべき上位レベルの存在者がいないということが、単純にどうしても受け入れがたく感じられたのだ。

「言ってみるだけ言ってくれないの？　大丈夫だって言ってよ」。マディソンはそう強く言った。ウェイトレスが二人のアイスティーのお代わりを注ぎにやって来たが、マディソンが泣いているのを見て踵を返し、立ち去った。「泣くなって、頼むから」と、少し大きな声で僕は言った。「大丈夫だよ」。周りの人たちに聞こえるように僕はそう言った。マディソンは人前でその種の感情を露わにすることを何とも思っていなかった。二人は孤立無援の世界における唯一の味方同士なのであり、それ以外の存在のことなど全く問題ではなかったのだ。「ねえ、大丈夫だって約束して」と彼女は言った。しばしば人は他人の心を慮って嘘をつくものである。だが僕は彼女にこう言った――「約束はできない」。僕はその言葉を、まるで人生初のメロドラマ出演のためにそれまでずっと練習してきたセリフででもあるかのように口にした。彼女の涙を見た時、自分の中の何かが喜んでいたのだ。

住んでいたトランプ・タワーの部屋を出て、自分を祖父母の影響下に縛り付けている精神的な糸と仕送りの現実的な糸とを断ち切った後、マディソンと僕は、お互いの暮らしを分析し、そのディテールを必要不可欠なものだけに絞り込むことにある種の倒錯した喜びを覚え始めた。倹約生活――ニューヨークなどの限られた都市だけで可能な、ある種の特権的な欠乏状態――の中で、僕たちは資本主義的消費活動の信仰を捨て去るに至った。これは難しいことだった。なにせ、僕たちはアメリカ合衆国に住んでいたのだから。僕たちはホールフーズマーケットの通路に立った時に感じる一種の畏敬の念を愛し過ぎていたし、また何種類ものマスタードや清涼飲料水の存在にあまりにも慣れっこになり過ぎていた。だから、社会のせいでかくも偽善的な生活に追い込まれてしまった、という考えに至ったのだ。イスラムのテロリスト組織の中にいたらこのように感じるのだろう、と僕たちは思った。なにせ、テレビをつけるだけで、あるいは雑誌を開くだけで、あるいはインターネットにログオンするだけで、外の世界の情報は簡単に手に入ったのだから。しかし、カフェイン依存を断ち切る場合と同じように、必要のないものを買わないで済ますことも、必要に迫られた倹約生活と存在論的ライフスタイルの考察を二年続けた後でなんとか可能になった。それでもマディソンは、ショッピングモールのショーウィンドウでシーズン最新流行の服を眺めることを好んだ。そういうところに出かけて帰って来る時など、いつも物欲しげな顔つきになっていたものだ。僕は、いつもあえて必要のない欲望を自分自身で作り出してしまっている、と言っては彼女を責めた。その代わり、彼女は僕が相変わらず肉を食べたがっていることが理解できず、家畜が生み出すメタンの量がどのくらいになるかをしょっちゅう僕に説いて聞かせた。僕がクリスピンとチーズバーガーを食べに出かけようとしている時など、一つのチーズバーガーのために必要な牛を一頭育て上げるのにどれだけの水と土地と飼料と牛への残虐な仕打ちとが必要なのかについて延々話すのだった。いつしかテンペのソーセージが朝食に出てくるようになり、また低炭水化物巻き《ローカーブ・ラップ》の中には豆腐のミンチが入るようになった。僕が気づかないだろうと踏んでのことだった。実際、僕は全く気づかなかったのだ。

マディソンは僕の手を握って言った。「どうして分からないの？」と彼女は言った。「探し求めているものが今あなたの目の前にあるのに？」。それは彼女の十八番のセリフで、まるで二人の未来がもっぱら僕の現実認識能力の如何にかかっているかのような言い方だった。後ろの席の小さな少年がちらちら座席の背越しに振り返ってはこちらを見ていた。彼はストローの包み紙の片方の端を破って、そのストローを口にくわえていた。マディソンの頭の向こう側で目を細め、まるで吹き矢のようにその包み紙を僕のほうに向けて照準を合わせようとしているようだった。「はじめは単に、あなたは男だから仕方ないって思うようにしてた」とマディソンは言った。「でも、結局あなたは何も話してくれなかった。それから、今あなたは道を見失っていて、誰かが助けてあげないといけないんだ、って思うようになった。今はもう、どういう風に考えればいいのか分からないの」

他の誰しもと同じように、僕たちも、望みを達成することができないでいる後ろめたさを立派に糊塗する口実には事欠かなかった。まだ倫理的な食生活だけでなく、健康的な食生活を維持することさえもままならないんだから、とか。ボランティアをする時間の余裕などまだないのだから、とか。僕らは、南極沖での捕鯨反対運動やカナダの汚れた油砂採掘反対のビラをまいているドレッドヘアのグリーンピース団員を避けるようにして道を通った——ここはニューヨーク・シティだ、立ち止まって話している時間なんかない。

「それかもしれない」とマディソンは言う。「つまり、もしかするとニューヨークが悪いのかも。いつもいつもクールでいなくちゃならないし、流行に遅れないよう、颯爽としていなくちゃならない。そんなことばかりしていて、私たち、どこか大事な部分を見失ってしまっているのよ」。少年が彼女の頭の上で顔をしかめてみせる。マディソンは僕の手を強く握って振る。「ねえ、逃げない？」と彼女は言う。まるでグラスになみなみと注がれたセルツァ水のように、希望が顔全体に行きわたっている。「パスポートを持って逃げるの」と彼女は言う。「今夜ペン・ステーションに行って、どの列車でもいい、適当な列車に飛び乗るの。どこに着くかはお楽しみ、ということでさ。ヨーロッパでもアジアでも、アフリカなんて素敵じゃない！　ずっと行きたいと思ってたんだし」と彼女は言う。「きっとうまくいくわ」

　一緒に過ごした二年の間に僕たちが最も苦心して育ててきたのは、お互いを信じることを通じて人間性の可能性それ自体を信じることだった。運命論の諦念から自由になることに、二人ともが大きな喜びを見出していたのだ。僕たちは、どのような運のめぐりあわせであろうとも、とにかくそれまで同じ時を共有してきたこと、そしてそれからもそうするであろうことをいつも嬉しく思っていた。

「ねえ」と彼女は言った。「お願い《リーブリング》〔「リーブリング」はドイツ語で「あなた」という意味〕」。大粒の涙が彼女の頬を伝った。僕たちがいつ相手に自分を良く思わせようと懸命に努力することをやめてしまったのか、それが明確に思い出せればいいのにと思う。しかしその時、僕の中の何かが自分にこう言わせた――「どこに行っても状況は同じだよ」。僕はよく、恋人同士のケンカのフレーズには数に限りがあり、それらを適当に組み合わせることで口論は成り立っていると考える。すでに使い古された同じ言葉を、その時々の恋人に対して適宜組み合わせて使っているのだ。多分、僕にはその時の状況を打開するような言葉は思いつかなかったと思う。僕は彼女が泣くのをただ見ていた。

　彼女が泣く時、僕はいつも自分がこの世に存在している意味を実感できた。若い時には、恋人とのケンカこそがこの世で一番鋭く胸に迫ってくるものだ。僕はその感覚が好きだった。僕はいつも状況を引っ掻き回し、彼女を苦しめ、彼女の後悔の言葉を受け取る側に回った。一体いつ彼女を思いやる気持ちが枯渇してしまったのかはっきりと思い出せればよいのだが、と思う。もしもそれができれば、僕はそれをここにはっきりと書き記すだろう。そして、そのようなことがもう二度と起きないように努力するだろう。

「じゃあ、一体どうするの？」。両手を引っ込めながら立ち上がって彼女はそう言った。僕は彼女を見つめた。僕のマディソン——今、彼女の態度が硬化しかけているのが見て取れた。ここは毅然とした態度で行かないと、優位を失う。「努力し続けるしかない」と僕は言った。「信じることをやめちゃダメだよ」。ジャーニーのあの懐かしい歌が頭の中で鳴り響くのが聞こえるようだった。僕はマディソンにもう一度手を握りしめて欲しかった。誰かの手を握っていると、見えなくなっていた自分の居場所がおのずから見えてくるものだから。

一週間後、何気なくお茶をいれようとしている時、彼女は全てに終止符を打った。僕は激流に飲み込まれた。

＊

ベボはその時のことをよく覚えている。

それは一九五五年のこと、ドローレスは現職についてから初めてのサミットの準備をしていた。彼が部屋に入って来た。すっかり支度はできているとばかり思ってたけど、と彼女が言う。万事ＯＫだよ、そう彼は言う。あとはバロンタガログをプレスするだけだ。それ、万事ＯＫとは言わないでしょ、と彼女は不機嫌そうに言う。化粧を終えると彼女は外に出て、車のところに向かう。エンジンをかけたままのインパラの中でエルマーが待っている。扇風機が最高速度で回っている。夫はどこ？　車に乗り込みながら彼女はエルマーに言う。分かりません、奥様。ドローレスはハンドルの上に覆いかぶさるようにしてクラクションを鳴らし続けた。やがてベボが走って飛び出して来た。彼は彼女の隣に黙って座る。メモリアルホールに近づいて来た時、彼は彼女にこう聞いた——終わった後、夕食にでも行くかい？　私は行くけど、そう彼女は言った。レスリーのやつ、マドリッドから電報でもよこした？　ドローレスは黙ったままである。船旅が無事に済んでいるといいんだがね。

彼らが到着した時、太陽は既に沈みかけていた。ステージ近くにいるバンドの管楽器の表面に沈む太陽の光が反射して、まぶしい。覆いの掛けられた記念碑の横には、まだ旗の掲げられていない旗竿が二本立っていた。聴衆はすでに全員が席についている。だから言ったでしょう、ドローレスは言う。こうなると思ったのよ。ベボは答えない。彼らは新しい芝生を通り抜け、長い通路を並んで歩いた。ベボは彼女をじっと見つめた。今日はきっと大丈夫だよ、彼は言った。もうずいぶん昔のことだから。ドローレスはまるで侮辱されたとでも言わんばかりに彼を見た。弟と母が殺されたのよ、彼女は言った。分かってる、ベボは言う。分かってるさ。

二人は一番前に用意された席に急いで向かった。ドローレスの秘書のタジオが待っていた。こんにちは、先生。こんにちは、旦那様。これがプログラムです。ドローレスはタジオを彼女とベボの間に座らせた。タジオは今すぐ消え入ってしまいそうにしていた。

誰かが拡声器でアナウンスを始めた。国歌斉唱を行います、全員ご起立を願います。誰もが立ち上がった。群衆の中のフィリピン人は皆、胸に手を当てた。バンドが「ルパン・ヒニラン」を演奏し、正装用軍服を着た軍人二人によってフィリピンの国旗がゆっくりと掲揚された。歌が終わった時、奇妙な沈黙があった。誰もが半旗の位置で止まってはためいている国旗を見つめた。ベボはドローレスの方を盗み見た。彼女は目の前の敷石の上、蟻が長い行列を作っているのを見つめていた。

ドローレスは思い出していた。ホルヘ・ボコボ・ストリートの自宅近くで集めてきた使用済みの薬莢で、弟のマニートと一緒にウィンドチャイムを作った時のことを。それから、戦いに備えて筋肉を鍛えるため、毎日のように新しい紙幣を一杯に詰めた大きな袋を持ち上げていたことを（それはミッキーマウス・マネーと呼ばれていた。大きな袋に一杯に詰めるとカップ一杯分の米が買えた）。時々は、次の日の授業で習う単語の予習さえしたものだった。目を細め、ほとんど金切り声に近い声をあげながら、耳慣れない言葉を彼らは暗唱した。

ああして私たちはイノセンスを守ったのだ、と彼女は今思う。目を上げると、日の丸はすでに半旗の近くまで来ており、バンドは「君が代」の最後の何小節かにさしかかっていた。

ベボは妻を見た。彼女は泣いていた。


——クリスピン・サルバドール、一九七三年の短編「マニラ・バンザイ・ブルース」より

＊

バルセロナでは、クリスピンはゴシック地区のワンルームに住んでいた。学校教育のために費やされた多くの時間と金は、後の彼の人生に決定的な意味を持つことになる全く違うタイプの二人と知り合うことができた点で大いに意義深いものとなった。一人はジジ・ミッテラン、もう一人はマックス・オスクリオである。『自己剽窃者』において彼は、あるピクニック・パーティの際にこの二人と知り合った時のことを語っている。

オスクリオについてはこうである——「公園の入口、階段の上に横たわるアントニオ・ガウディのモザイクの鱗をもつトカゲのそばで、私はバーティ兄弟、ロベルト・パスクアル、そしてエディルベルト・ダリオと待ち合わせていた。エディルベルトとはマニラを出て以降会っていなかった。パスクアルはパリで見たというあるストリップダンサーについて熱っぽく語っていた。ステージ上でコクチョウとのセックスを見事に表現していたということだった。彼らとそのように再び笑いながら言葉を交わすのは心地良いものだった。そこに、彼らの古い友人が一人いた。ぼさぼさの髪の毛とこけた頬にもかかわらず、見られるものを委縮させずにはおかないような鋭い眼光がとても印象的な男だった。ラスプーチンの黒い瞳をさえ思わせた。彼は欄干にもたれ、トカゲの青い頭をペットのように撫でさすっていた。私が一団に挨拶すると彼の顔はぱっと明るくなり、すぐに握手を求めてきた。爪は長く、女のようにチロリアン・グリーン色

にマニキュアが施してあった。私が手を差し出すと、彼はそれを強く握って唇に持っていったかと思うと、指の付け根にキスをした。あまりのことに驚き、私は全く抵抗できなかった。『マックス・オスクリオだ。我が美少年よ』と彼は言った。『どうして君のような麗しきプリンスが、今まで我らがグループに加入せずにいられたのだろうか?』私は瞬間的に反発を覚えた」。

ミッテランについて――「今日もトランペットが鳴り響く。トランペット、またさらなるトランペットが喜びの音を奏でる。彼女はピクニックの一団から離れて鷹揚にタバコを吸っていた。彼女の髪の毛はまるで、錆びが来る直前の金管楽器のような色合いだった。またトランペットの音! 彼女はフランス語のアクセントでスペイン語をしゃべった。Rの巻き舌の発音がうまくできないらしく、口にする時は必ず、フランス人のみに許されるような発音で地を這うように音を引き伸ばした。そのような欠点も、しかるべき人物のもとではむしろ美点となるのだから不思議なものである。彼女は地中海のクラーケンのような形をした長いベンチに横ざまに座っていた。そのルビーのイヤリングは、まるでガウディが制作時からすでにその千里眼でまさにこの瞬間を見越していたのではないかと思われるほど、見事にベンチのモザイクの模様と調和していた。指はとても細く長く、まるで赤い口紅のついたタバコをつまむ象牙の箸のようであり、それを見た瞬間、彼女はヴァイオリニストに違いないと私は思った。胸の鼓動が急激に高まり、胸全体が崩れ落ちてしまうのではないかとさえ思われるほどだった。私は公園のことをどう思うか聞いてみた。彼女は、ガウディの作品が戦火を逃れて生き残ったこと自体が『フランコへの抗議』なのだと述べた。よく聞く類のつまらない頑迷な意見に過ぎなかったが、彼女の口から発せられると、それもどことなく心を和ませるものに感じられた。しかし、大きく開いた白いブラウスからのぞく彼女の胸はまさに記念碑的なものと言ってよく、どちらかと言えば痩せ型の肢体にいかにも居心地が悪そうに見えた。よく日焼けしたふくらはぎの少し上の部分までしか届かない白いズボンから非常に細いくるぶしがのぞき、私は指でその周囲を包んでしまいたい衝動にかられた。そのような繊細な構造が残りの全重量を支えているということが驚異に思われた。彼女は、壁から波打つように突き出してはうねり輝いているそのベンチのくぼみは、まだ乾かないうちに粘土の上にガウディが座らせた裸の女の尻の形なのだ、と説明した。もちろん私はそれを信じなかった。すると彼女は、私の手を引いて横に座らせた。我々はベンチの曲線に合わせて体を摺り寄せた。彼女からはオレンジとタバコの匂いがした。それから彼女は、立ち上がってあたりを見回したかと思うといきなりズボンを下ろし、ミルクのように白い裸の尻を見せて再びベンチに座りなおしたのだ。『ほら⁉︎』。度肝を抜かれた私の顔でそれまでの不信感が払拭されたものと解釈したのか、彼女は誇らしげにそう言った。私は丁重に視線を逸らし、彼女の目を覗き込んだ。その目は、見事なまでにあどけない幼児そのままの輝きに満ち溢れていた。そのようにして私は密かに彼女に心を捧げる決心を固めたのだが、実はまだ彼女の名前さえ聞いていなかった。その日の午後、私はラウルというスペイン人、しかもエストレマドゥーラ出身だというフィアンセに紹介された。それはあまりにも残酷な瞬間だった！」

——執筆中の伝記、ミゲル・シフーコ、『クリスピン・サルバドール——八回目の生』より

＊

L…島沖の地峡部への日帰り旅行から帰って来てからというもの、緊張状態が続いていた。今回の旅は去年のような気楽なものではなかった。一九五八年はまったくとんでもない年だったな、と彼は今思う。二人でひとケース丸々飲んだあのシャトー・ラロゼにとっても、そしておれたちの愛の生活にとっても。

ピポは彼女が歯を磨く姿を眺める。彼は気づかれないように彼女の動作を盗み見るのが好きだった——まさに今この瞬間のように。彼の目はまるでカメラのように彼女の華奢なくるぶしの構造を捉え、彼女が足の親指の付け根で体重を支えて背筋を伸ばし、まるでユリの花の茎のようにしなやかに体を折り曲げながら洗面器に唾を吐く姿を捉え、土踏まずが弓のように曲がる姿を捉え、まるでキスの瞬間を思わせるようにかかとがゆっくりと床のタイルに触れる様を捉える。セイディは長いブロンドの髪を梳かし、シニヨ

ンに結う。体にタオルをきつく巻きつけるとベッドルームに戻り、革のアームチェアで三日前の『カナール・アンシェネ』を読んでいるふりをしている彼を見る。ピポにはどうしても信じられない——あの部屋を出てから本当にもうそんなに経ったのか？

「さっきも言ったように」と彼女は言う。彼は、彼女がブリティッシュアクセントでsやtを発音する雰囲気をいずれ懐かしく思い出すことになるだろう。そのアクセントのせいか、彼女はいつもどこか急いでいるような感じがする。「あなたもよく知っているように、私、嵐に荒れ狂っている空を見ても『この雨も、きっとすぐに止むんだわ』なんて考えているような女なの。そして、これまで仮にも自分が愛した場所には、きっといずれまた戻って来ることになると信じてもいる。世界は狭い、だからまたいつかあなたにも必然的に会うことになる、そう信じているの。私には、今こうしてあなたと共有している何か、それが何であるのかよく分からないけれど、それは次に会った時にもまだ終わらずに続いているってことが分かっている。私の言うこと、分かる？」。彼女は体に巻きつけていたタオルを床に落とすと、ベッドに肘をついて横たわる。意味ありげな視線をピポに向ける。彼は彼女の腰のくびれを見つめる。秋から冬に変わる時の渓谷の色彩のように深く描かれるその曲線を。彼は彼女の視線を捉え、自分が目を逸らすところを彼女に見せる。言わなければならないことがあるが、彼はそれをどうしても言いたくない。

「まるで、おれがそれでも満足だと思っている、とでも前提にしたような言い方だな」と言って、彼は意味ありげに少し間を置く。それから声を和らげる。そうしたいからそうするだけなのだが、そうすべきでないことも分かっている。「問題なのは、愛というものは、誰か他の人間同士が愛し合っているところを実際にこの目で見て、なおかつ自分にはそういう相手がいないということが心底実感できるような時でないとその本質は分からない、ということだ。街で恋人たちを見かける——カフェやレストラン、あるいはくだらない写真の中でも何でもいい、そして思う——ああいうものこそ、愛のあるべき姿だ。おれたちの愛は、全く違う。時々そのような感じになる時もあるにはある。だがお前はまた去ってゆく。スペインの貴族野郎のところへな」とピポは、最後の言葉を吐き出すように言う。「そしておれは途方に暮れる。それだけのことだ」。本当はそれだけではない。しかし彼は口をつぐんだままでいる。

彼は立ち上がり、大きな四角い枕に顔を埋めている彼女を見る。この手の枕を好むヨーロッパ人の趣味が彼にはどうしても理解できない。彼女はベッドに起き上がり、まるで折り鶴のように足を折り曲げて膝を胸のところにあて、あごをその上に載せる。セイディは彼を見つめ返す。挑戦的な目つきである。それから視線を外し、自分の両手を見つめる。まるでそれが新しく買ったばかりの品物でもあるかのように、裏返しては元に戻す。まるで今日が最後ではないとでも言うかのような仕草で。

ピポは躊躇する。この、きっといつまでも彼の心に焼きついて残るだろう瞬間。この時も彼は、彼女が、男に見つめられ、写真に撮られさえすることを好む女であることを愛おしく思う。わざとらしい見せ場を作ろうとすることもなく、ただ自らの身体を男に見せることを純粋に愛しているだけの、この女の媚態を。彼はその純粋さを愛した。たとえそれが、彼とエストレマドゥーラの貴族とを天秤にかけ続けることを意味しているのだとしても。やがてためらいは消え、彼は部屋を後にする。ドアは音も立てずに閉まる。

彼は、これで終わるわけではない、ということを知っている。

〈完〉

——クリスピン・サルバドール、『人生《ヴィダ》』（『エウロパ四重奏』第三巻）より

＊

夕食では、ドクター・エフィとミセス・ラケルのゴンザレス夫妻が温かく迎えてくれる。やがてその息子のトゥーフィ——セイディより何歳か年下である——が加わり、皆で広いテーブルに腰掛ける。壁一面の非常に細密な屏風に僕が見とれているのをミセス・ラケルが見て取り、「江戸時代後期のものよ」と説明する。「ディーラーの話だと、有名な北海道の神話についての絵だそうなの」。彼女はうまく回転テーブ

ルを回し、僕がそれぞれの料理を一番初めに取れるように位置を調節してくれる。その間、家族全員が取り分け用のスプーンやフォークを使う僕を見ている。

突然、吐き気を催すほどの既視感に襲われる。しかしどの顔も見知らぬ顔ばかりである。エフィは初老の熊のような男で、オフィスバロンを着て事務所から帰って来たばかりだ。内ポケットにはモンブランの万年筆を挿しており、タバコとパコ・ラバネの匂いがする。ラケルはポロ・クラブ・ジムで鍛えた健康な体、アン・テイラー風のリネンのスラックスを穿き、オーダーメイドらしい綿のブラウスを着ている。セイディの弟のトゥーフィ（その名前は「エフィ・ジュニア」か、あるいは「エフィ二世《トゥー》」、はたまた「エフィ、再び《トゥー》」をさえ意味するのかもしれない――セイディの微妙な説明のポイントを僕は聞き逃す）は背の低い少年で、下唇を弄ぶ癖がある。僕の差し出した手を握ろうともしない。一刻も早く自室に戻りたい、という感じである。

セイディは僕の隣に座る。テーブルの下で足を僕の足にすりつけてくる。僕は、皿の横でリネンのナプキンが白鳥に変身していくのを見る。彼女の素足が僕のくるぶしに押し付けられる。しまいに彼女は僕の足を強く蹴る。顔を上げると、彼女は僕を苛立たしげに見つめている。彼女は身をこちらに乗り出して囁く――「ママにドゥルシネアのことを聞くの、忘れちゃダメだからね」。

「ひそひそ話す必要はありませんよ！ 恥ずかしがらないで」とテーブルの向こうからラケルが言う。「楽にしてちょうだいね、大歓迎なんですからね！ 本当よ、私たちすごくうれしいの。素晴らしくありませんこと、あなた？」。夫は心ここにあらずで、シャツの腕を捲りあげるのに余念がない。

パジャマのズボンにテリー・クロスのスリッパを履き、「Don't Worry, Be Happy」と書かれた大きめの黄色いTシャツを着た老人がキッチンから足を引きずりながら出て来て、テーブルを一周する。何かぶつぶつ独り言を言っている。誰も気に留めない。スプーンを手に持っている。

ラケルが続ける。「じゃあミゲル君、あなた、ニューヨークから来たのね？ でも、育ったのはここなんでしょう？　アテネオ、それともラサール？　……ああそう、それは素晴らしいわ」
「私はラサールだがね」とエフィが言う。
ラケル「それはあなたのせいじゃないわ。でもねミゲル君、ここにいるトゥーフィは、今度ノースリッジに行ってしっかりオプス・デイの教育を受けてくることになってるのよ。アテネオではラテン語はおやりになった？　そう、いつからやらなくなったのかしら？　まあいいわ、あとでトゥーフィが原語でトゥキディデスを暗誦してくれるから、どうかぜひ聞いてやってね。いいこと、トゥーフィ？」
トゥーフィ（白米に手を伸ばしつつ、口ごもりながら）「トゥキディデスはギリシャ語だ」
エフィ「しかしすごい雨だな。これじゃイスラムの過激派だって参ってしまうだろう」
ラケル「そうなのよ！　今日はマニラのカルチャーセンターのお友達とランチしてから帰って来る途中、渋滞に二時間も引っかかっちゃったの。また道路封鎖かと思ったわ。最近多いでしょ。でも、ただの洪水だと分かってほっとしましたわ。それでも、あのバカのボニファシオったら、流れをうまく突っ切れなくて、危なくエンストするところだったのよ。４ＷＤであなたの運転手を寄こしてもらうよう頼まないといけないかも、って心配だったんだから」
セイディ「地球温暖化だよ。そのうち、私たちの車全部に４ＷＤのエンジン・シュノーケル搭載しないといけなくなるかも」
エフィ「馬鹿げたことを言うな。地球温暖化なんて私は信じん」
セイディ「ペトロンで働いてる人に信じられるわけないよね」
老人が叫ぶ――「聞くんだ！　実際に起こっていることだ。気をつけるのだ」と言って、彼はまるでナイフのようにスプーンを振りかざす。
エフィ「お父さん、戦争はもう終わったんですよ。日本軍は降伏したんです」
ラケル（僕のほうを見て）「お義父様のことは気にしないでね。ちょっとお具合が悪いのよ。女中たちがいつもキッチンでご飯を食べさせて差し上げてるんだけど、途中で歩き回るのがお好きなの」
トゥーフィ（まるでごった返した北アフリカの町の市場に潜入したスパイのように身を乗り出して）「僕たちさ、スプーキー・ロロって呼んでるんだ」
ラケル「ミゲル君、変なこと聞いてごめんなさい。ちょっと興味があるだけよ、許してちょうだいね。ご両親、何をしてらっしゃるの？」
僕は彼女に教える。
ラケル「そうでしたの、そういうことなら、お母様とはアサンプション高校でご一緒でしたわ。少し私よりも上の学年だったわね。お父様のこともね。あの飛行機には、乗るべきじゃなかったのよ」
エフィ（妻をにらみつけながら）「あれは、本当に悲劇だった。あの人たちが生きていれば、この国も変わっていただろうに」
僕「どうもありがとうございます」
ラケル「私、いまだにあれはＣＩＡの仕業だったって思ってるわ。ボビー・ピンプリチオは、あの連中にとっては少し国粋主義的に過ぎたから」
エフィ「人は彼のことを『ボブ・ホープ』と呼んだものだ。彼の選挙運動のテーマ音楽を覚えているが、確かこういうやつだった――『夢をどぶに流すな、ミスター・ホープのもとに集めろ』」
セイディ「歴史の授業では、誰がエンジンを停止させてもおかしくない状況だったって習ったよ。政府、大企業の連中、それから共産主義者の可能性もある、って」
僕「そういう説明には何の興味も湧かないんだ。重要なことは、両親が死に、僕は彼らのことを知らないということだけだから」
トゥーフィ「神様って、意地悪だよね」
僕（笑いながら）「僕もいつもそう思ってしまうよ」

エフィ　「おじい様はどうなさっているんだい？　つまり、お元気かな？　昔はよくマニラ・ゴルフクラブでお見かけしたものだけど？」
セイディ　「あなた、ここには家族はいない、って言ってなかったっけ？」
僕　「元気ですよ。相変わらず精力的に働いていています」
ラケル　「何人兄弟なの？」
僕　「六人です。本当に納得のいく子供ができるまで作り続けたんでしょうね」
ラケル　「それであなたは何番目？」
僕　「五番目です」
ラケル　「面白い！　面白くない、エフィ？」
エフィ　「私たちは運良く、まず女の子、それから男の子だった。それで打ち止めにできたね」
セイディ　「ねえ、ミゲルは作家なんだ。しかも、素晴らしい作家なのよ」
トゥーフィ　「もう作品を読んだって言うのかい？」
ラケル　「まあ！　どんな作品を書いてらっしゃるの？　娘は大変な読書家でね。下世話な話の詮索好きは、まあ私譲りね。昔よくあの子に……」
エフィ　「ミゲル君、それで、君は一体どうやって稼いでいるのかね？　いずれ、君のお金持ちのおじい様がその趣味をサポートしてくれているんだろう？」
ラケル　「エフィ！」
セイディ　「パパ！」
（トゥーフィはスプーンを皿の上に落とした）
スプーキー・ロロ　「もっといい方法を教えたはずだ。わしがお前を叱ったから犬を殺したんだろう。わしは覚えておる」

エフィ「いや、違うんだよミゲル君、私はただ知りたいだけなんだ。もしも娘が君との結婚を望むようなことになったら、娘の暮らしの支えは君の稼ぎだけということになるだろう？　だから、私のほうでも娘にどのくらい残してやるべきなのか、ただそれを知りたいだけなんだ」

セイディ「パパ、お願いだからやめてって」

ラケル「本当にすみません、この人はお金を稼ぐしか能がない人だから」

ミゲル「なかなか花開くことのない才能ですよ。僕は、どうやら自分一人暮らしていける分くらいは稼いでいます。フリーで書いたりして、なんとかかんとか」

エフィ「そういう暮らし方はフィリピンじゃできんだろう、な？　なんせ国に金がないからな。おそらくアメリカなら可能だろう。でも、ここじゃ……」

ラケル「私も作家になりたかったのよ。そしたらあなた、妊娠しちゃって、あれやこれやとやらなきゃいけないことがどんどん増えて、結局ここにこうして留まってるってわけなのよ。家事のまかないや『神の子供たち』財団でのお仕事でしょ、それにクリスマス・バザーやピラティスや、その他何やかやと」

セイディ「ママは昔、詩人やマオイストの革命家たちと付き合いがあったのよ」

エフィ「ああ、革命家と言えば、事務所の誰かがあの噂は本当らしいと言ってたな。セクシーセクシーゲートのことだよ。ヴィタ・ノヴァは、大統領を弾劾に追い込める可能性のあるテープをどうやら本当に持ってるらしい、っていうんだ」

ラケル「まさに『ネグレクト行為の最中で《イン・フラグランテ・デレリクト》』のお手本ってやつね」

セイディ「もう！」

トゥーフィ「それを言うなら『デリクト《不法行為》』だろ〔「イン・フラグランテ・デリクト」はラテン語で「他人の妻（夫）とセックス中で」という意味〕」

エフィ「奴もかわいそうに。新米の愛人に簡単に裏切られて」

セイディ「マーティン師としては、とにかく彼を支持し続ける、っていう話よ。『モラルの問題』はさておき、だって」
ラケル「どうしてフィリピンの男は一夫一妻で我慢できないのかしら。まるでその辺の野良犬みたいじゃない」
エフィ「そりゃもちろん、一緒にいるカミさん連中のせいだろう」
ラケル（夫を無視して）「そのことこそ、マーティン師みたいなカリスマ的な人の問題なのよ。あの人たちは教会に認可されていない。なのに、殺人まがいのことをしても罪に問われない……」
セイディ「票集めの問題でしょ」
エフィ「あの人は人民に希望を与えてるんだよ」
ラケル「一体何百万人がエル・オヒムに属してるのかしら。一千万くらいいる？　まさに大統領製造マシーンね。でも、どんなに人民の味方であったとしても、法王に認められていないクリスチャンってありなの？」
スプーキー・ロロ「聞け。サタンはイエスの姿を借りてこの世にやって来た」
エフィ（いかにもこれで長い間苦しんでいる、といった調子で）「お父さん、冒瀆はやめてください」
セイディ「ママ、ミゲルは今ね、クリスピン・サルバドールの伝記を書いてるのよ。ママ、あの人の作品好きだったでしょ？」
ラケル「地元作家のお気に入りのうちの一人、というだけの話だけどね。パウロ・コエーリョにはやっぱりかなわないわ。『アルケミスト』はまさに私の人生を変えたもの。でも、それはそうとしても、サルバドールの伝記を書いてるなんて素晴らしいことじゃない。全く素晴らしいわ。ついにそういう人が出てきたのね」
セイディ「ママ、知ってた？　クリスピンには……」
エフィ「妻はかつてあの男に惚れていたんだよ、ミゲル君。女学生の時分には、彼の写真をロッカーの内側に貼っていたんだからな」
ラケル「あれは素敵な写真だったわ。まるでサイレント時代の映画スターみたいで。でも、ドクター・ゴンザレスは少し誇張していらっしゃることよ。あの頃私は写真に凝ってたから、高校の先生、あの有名なミス・フロレンティーナにその写真の照明効果を再現するよう頼まれたの」
エフィ「でもその後、彼の作品全てを読破してしまったじゃないか？」
ラケル「まあ変なことを。セイディ、お父さんたらやきもちをやくと変なことを言い出すのね。しかし、きっと面白い伝記になるでしょうよ。サルバドールってなかなかの人物だから。一度あの人が大学に講演に来たのを聞きに行ったことがあるけど、なんというか、人を引きつける力があるのね。いつも何かメランコリックなところがあって、こう……」
僕「ミス・フロレンティーナのところにもインタビューに伺おうと思っています」
ラケル「まあ！　ぜひよろしくお伝えしてね。もしも私のことを覚えていたら、だけどね。もうずいぶん昔のことだから。とにかく、あの人はすごい人だった。詩と、旅と、男たちとで。あの快楽の人生の前では、私たち女学生のほうがむしろ古びて見えたものよ。異様に切れる頭で、いつも馬鹿な真似をしてはその裏で実はみんなを手玉に取ってたわ」
トゥーフィ「ブログで読んだけど、サルバドールって自殺したんでしょ？」
セイディ「ママ、聞いて。サルバドールに……」
ラケル「まあ、本当⁉　なんてことでしょう、悲しいことね」
トゥーフィ「だから新聞読んだほうがいいっていつも言ってんじゃんママ」
エフィ「サルバドールって、ホモだったんじゃないのか？」
セイディ「パパ！」
トゥーフィ（フォークを再び皿の上に放り投げながら）「もう部屋に戻っていい？」

ラケル　「まだ駄目です。まだ半分もお夕食が終わっていないじゃないの」
セイディ　「ママ、行かせてあげてよ。宿題が一杯あるみたいだから」
エフィ（息子のほうを見ながら）「なんだ、どうしたんだ？　ここにもホモセクシャルがいるのか？　そんなはずはないよな」
ラケル　「トゥーフ、じっとしてなさい。学校に行きたくないのなら、クーデターが起きるのでもお祈りしてなさい」
スプーキー・ロロ　「最後には、誰かが真実を口にする。そして全てが変わる」
ラケル（やんわりと声を荒げながら）「お義父様、いい加減におやめになって！　次のお食事の時間ですよ。キッチンへお入りになったらどうです？」
エフィ　「ミゲル君、それで、どこで教育を受けたのだったかな？」
セイディ　「ミゲルはアイビー・リーグの修士課程に行ったの。クリエイティヴ・ライティングのコース。アイビー・リーグにクリエイティヴ・ライティングのコースがあるのなんて、パパ知らなかったでしょ？」
エフィ　「私は修士がハーヴァードで、それからＰｈＤがプリンストンだ。ＭＢＡと、経済学の博士号。君は？」
ラケル　「夫は昔、もらった授業料をいつも全てニューヨークまでの旅費と遊興費に使ってたのよ。プラザホテルに泊まって、親の金を全部売春婦につぎ込んで」
僕　「コロンビアです」
エフィ　「それは嘘だね。いつもじゃない。そんなことは一回だけだ。あれは最後の学期のときだった。既に第三世界出身の学生用の奨学金に受かってたから、授業料はまあボーナスみたいなものだった」
ラケル　「どうして白人の女なんかと付き合えるのかしら？　白人なんて、トイレの後お尻を水で流さないような連中よ」

トゥーフィ「それ、『ドライ・ワイピング』っていうんだよ」
ラケル「トゥーフ！　やめなさい！　お食事中でしょ！」
エフィ「すまんな、ミゲル君。コロンビアといったかな？　まあ、一応アイビー・リーグには違いあるまい」
僕「お言葉ですが、設立時の四大学の一つだったと思います」
エフィ「いや、それはイエール、ハーヴァード、ペンシルヴェニア、そしてプリンストンだ」
僕「いえ、違うと思います。プリンストンじゃなくてコロンビアだったと思いますが。きっと、人によってまちまちなんでしょう」
エフィ「絶対にプリンストンだね」
ラケル「マンゴー食べる人いる？　セブ島から空輸されたてよ」
僕「ありがとうございます、ゴンザレス夫人。少しいただきます」
ラケル「あら、ラキーおばさんと呼んでちょうだいな」
僕「ありがとうございます、ラキーおばさん」
（ミセス・ゴンザレスは回転テーブルの上の繊細な銀のベルを鳴らし、ドアのほうを見る。誰も入って来ないので、もう一度鳴らす）
エフィ「そのベルじゃ駄目だ。音が小さすぎる。電子ベルで呼びなさい」
ラケル「そんな無粋なものはいや。このベルのほうがずっとエレガントじゃない」
（ドクター・ゴンザレスは席の後ろにあるビュッフェ・テーブルの上の呼び出しボタンに手を伸ばす。ボタンを押すと電子音のベルがキッチンに鳴り響く——キン、コン、カン、コン——まるでビッグ・ベンの鐘の音のようである。すぐに女中が盆を持って現れる）
エフィ「システムに問題がないのだから、直さないでいい」

ラケル（セブアノ語で）「インデイ、テーブルを片づけて、マンゴーをスライスして持って来てちょうだい。一人あたり一つをスライスして……」

セイディ（足を僕の足にすりつけ、囁き声で）「ママにドゥルシネアのことを聞いてよ」

僕「ずっとそうしようとしてるんだけどさ」

ラケル「まず半分に切って、それから種の周りの皮をはいで。それから種にナイフを刺して。繰り返してみて」

（女中はセブアノ語で指示を繰り返し、キッチンに戻る）

ラケル「彼女は新人なの。今訓練中よ」

スプーキー・ロロ「若い時は美しかった。理想に燃え、人の心を奮い立たせたものだった」

（ミスター・ゴンザレスが電子ベルを鳴らし、女中が再び現れる）

エフィ（タガログ語で）「親父が次の食事をお待ちかねだぞ」

（女中はスプーキー・ロロの腕を抱えてキッチンに連れてゆく）

トゥーフィ（何かを企んでいるかのように）「あの女中、イナカから出て来たばっかりの時はトイレで足を洗ってたんだ」

ラケル「トゥーフィ！　なんてこと言うの！　クリスチャンらしくしなさい！　ミゲル君、女中にはいつも手を焼かされていますのよ。いい女中なんてなかなかいないでしょ、それにもしもいたとしても、そういうのに限っていつも訓練に随分と手間がかかる。何をやらせるにせよ、三回はしっかり言ってやらないと何もできやしないんですからね。一回目は忘れる、二回目は間違える、三回目でやっと正しいやり方を思い出す、というわけね。友人のジェシカ・ロドリゲス、彼女のお家の女中が……あなた、ロドリゲス家はご存じよね？　あのお宅もフォーブス・パークにあるのよ。ポロ・クラブの裏側だから、プールにいると厩の臭いがたまらないって」

（スプーキー・ロロがキッチンから口を動かしながら出て来る。再びテーブルの周りを足を引きずって歩き始める）

エフィ　「君のご家族は、あそこの大邸宅にお住まいだったろう？」

僕　「祖父母の家です。大邸宅というほどのものではありません、いくらか敷地があるだけですよ」

エフィ　「フォーブス・パークに大邸宅か！　つくづく私もジッパー業界で稼いで、そのあと政界にでも進出するべきだったと思うね」

ラケル　「さっき言おうとしてたことなんだけど、先週ジェシカがディナー・パーティをやって、そこでレチョンが出たの。レチョンって、子豚の丸焼きのことよ」

セイディ　「ママ、ミゲルはフィリピン育ちだって」

ラケル　「そうだったわね、ごめんなさい。すぐ忘れちゃうのよ。あなた、フィリピン訛りが全くないんですもの！　よくがんばったわね。とにかく、そのジェシカ・ロドリゲスなんだけど、家の女中の一人に、大きな銀の皿の上にその子豚をね、口の中に林檎を入れて盛りつけるよう言いつけたの。豚の牙や舌なんて誰も見たくないでしょ？　女中が下がって、お客さんはみんなレチョンを待ち構えてるわけ。そしていよいよ女中が戻って来るんだけど、そうしたらどうなったと思う？　確かに銀の皿の上には立派に子豚が載ってるんだけど、林檎がどこにあったかというと、なんとその女中が顔を真っ赤にして口いっぱいに丸ごと頬張ってるじゃないの！　全くひどい話で、全員腹がよじれるほど笑ったものよ。その可哀そうな女中は何が何だか分からず、子豚を切り分けようとしながらも、林檎は口の中に入ったままだったって言うじゃない」

セイディ　「それってただの都市伝説でしょ。そういうことって、いつも誰かさんのなんとかおばさんのところで起こるものなんだから。嵐の晩にバレテ通りで白衣の美女に出くわす、みたいなものだって」

トゥーフィ　「そう、今日みたいな夜に、ね」

ラケル　「違うわよ、ほんとのことよ。ジェシカの家でのことなんだから。ポロ・クラブのパーラーで会った時に聞いたの。わざわざ嘘つく必要なんかないでしょ?」

（女中がマンゴーの皿盛りを持って現れる。彼女がめいめいに配り終えるまで僕らは黙っている。スプーキー・ロロは動きを止めて女中が給仕するのを眺めている）

僕　（トゥーフィに向かって）「ところでトゥーフィ、大学では何を専攻するつもりなんだい?」

トゥーフィ　「分かんない」

ラケル　「インデイ、右から順に配って、左から順に片づけて。繰り返して」

インデイ　「右から左に配ります」

ラケル　「違うでしょ、右から配って左から片づける、でしょ」

僕　「どこの大学に行くかは決めてあるの?」

トゥーフィ　「まだ。どっか遠くに行きたいよ」

インデイ　「はい、奥様。右から配り、左からお皿を片づけます」

ラケル　「そう。行っていいわ」

スプーキー・ロロ　「右から右手で配り、左から左手で片づける」

エフィ　「ねえミゲル君、私のいとこが国会議員をやってるんだがね。もしかすると君のおじい様の友人かもしれんよ。マノレート・ゴンザレスといって、イロコス・ノルテの第二区選出なのだが」

僕　「すみません、ちょっと存じ上げませんね」

エフィ　「育ちはバコロドなんだが、妻がイロコスの出身なんだ。結婚する前の姓はチャンコ、土地の素封家だ。ディンドンのまたいとこに当たるんだと思う」

セイディ　「ママ、ミゲルはちょうどバコロドまで行ってきたところなんだよ、クリスピン・サルバドールの伝記のリサーチで」

ラケル「ああそうだったわ、彼もあそこの出身だものね。しかし、まさに現代のイルストラードよね。サトウキビ畑からヨーロッパ、そしてアメリカなんて！　ロマンティックだわ！」

セイディ「それで、ミゲルが発見したところによると、クリスピンにはね……」

エフィ「いとこのほうは、バコロドでも有数の金持ちの家の出なんだよ。ちょうどサルバドールの家と似たような家だ。財産と純血を守るためだろうが、親戚同士全てが近親婚でつながっている。おかげで歯並びが悪く、みな覇気がない。そのいとこには副乳がある、とも聞いている。王子様のように甘やかされて育った、というんだな。それで、君はどういう王国を受け継ぐことになっているんだい？　向こうの様子はどうだったかね、ミゲル君？」

セイディ「それでね、ママ、ミゲルはサルバドールのお姉さんに会ってきたんだ。ママ、その人のこと知ってたんじゃなかった？」

僕「バコロドはよかったですよ。実際、暮らしのリズムがのんびりしていますしね」

エフィ（テーブルに身を乗り出して）「そうだろう？　そのいとことその弟はめっぽう銃が好きで、あまりにもあそこでの暮らしが退屈だから、よくボディガードたちを連れて軍隊や警官たちと一緒に狩りに繰り出したんだそうだ。まだ暗いうちに起きだして、暑くなる前の朝もやの中出かけて行く様子をよく私にも聞かせてくれたものだよ。ボーイ・バストス風のジョークを飛ばし合って、リグリーのスペアミント・ガムを口を大きく開けて噛む、というんだな。まさに映画みたいに」

トゥーフィ「それ、ほとんどヘンなマッチョ映画のパロディじゃん」

スプーキー・ロロ「そしてボーイ・バストスの妹が言うんじゃろう、『未来なんてクソにまみれてしまえばいい！』」（スプーキーは一人でくすくす笑う）

エフィ「いとこは正真正銘の変人でね。昔、銃油と腋下の臭いが好きだと豪語していたものだよ。狩りに出かけていたと今言ったが、実際に狩っていたのは共産主義者のゲリラたちで、ＮＰＡ〔新人民軍〕の連中をまるで獣みたいに銃で追い詰めていたというのだからな」
ラケル「またエフィ、そんな大げさな言い方しなくても」
セイディ「ママ、レーナ・サルバドールさんって、ママの大学時代の聖歌隊のリーダーじゃなかったっけ？」
トゥーフィ「どっちが獣なんだか分かりゃしない」
ラケル「セイディ、あなたもよ。そんなことで興奮しなさんな。他人の噂で喜ぶのはイナカものだけよ。イナカものは、他に何も面白いことがないからすぐ噂話に走るんでしょ。それでどうしたの、彼女がどうかしたの？」
（トゥーフィはズボンから携帯を取り出してメールを打ち始める）
ラケル「トゥーフィ、やめなさい。食事の時にはメールはダメです。ミゲル君、ホントにしょうがない息子ですみません。小胞炎を患ってましてね」
エフィ「いや実際、本当にそうなんだよ。十三歳の時からずっとなんだ。弾帯を体に巻きつけて、腰にも武器を提げて。若い時の写真を一度見せてもらったが、まるでランボーかと思ったものだよ」
ラケル「まるでご自分は銃がお嫌いでであるかのような言い方ね、エフィ。あなただったら、息子同伴で撃ちに行くことでしょうに」
セイディ「ママ、レーナさんの話では、サルバドールには娘がいるらしいんだ。ドゥルシネアっていうの。芸術家らしいよ」
（トゥーフィは再びメールを打ち始める。今回はテーブルの下で。見れば明らかにそれと分かるのだが、僕以外は気づいていないようである）
スプーキー・ロロ（注意を引こうとして大声で）「買い物に行くのなら、ペッドエッグをひとつ買って来てくれ。いつも忘れてくるから困る」

ラケル「お義父様、静かにしていただけないなら、女中に言いつけて二階に運ばせますよ」
エフィ「なんでお前はいまだに銃に反対する？　悪い奴らはみんな銃で武装しているんだ。自衛は大事なことなのであって、銃を持つことで初めて平和の意味が分かるようになるのだ。銃を撃つのはまさに雷をぶっ放すようなものだ。癇癪を起こす前に、嫌でもその意味を考えざるを得ない。それはともかく、その変わり者のいとこはだね、今は議会にいるんだが、靴を買った時には必ず、足が痛まないようにまずボディガードに一週間履かせてから履くのだそうだ。実際、いい考えだと思うね。イメルダもそうすればよかったのにと思うよ。六千足を皆なじませるのは至難の業だろうからな」
スプーキー・ロロ（ほとんど聞こえないような声で呟く）「なぜ戒厳令は良くなかったと思うのかが分からん……街路にはまた平和が戻って来た……奴らは奪った、しかし少なくともまた返しに来たではないか」
ラケル「エフィ、いやらしいこと言わないでちょうだい！　リカルドにご自分の靴を履いてもらいたいとでもおっしゃるの？　ご自分のポルシェ、彼には駐車さえさせようとなさらないくせに。それに、あれが履いた靴をそのままお履きになった足でベッドに入ってらっしゃるなんて、絶対にいやよ」
トゥーフィ「中国系の足インフルにでもかかればっての」
セイディ「ねえママ、ママ、ママ、そういうわけでミゲルは今、ドゥルシネアを探してるんだ。彼女が多分、今噂になってるあのなくなった原稿を持ってるんじゃないかって」
エフィ「どうしてそんなに怒る必要があるのか、私には全く分からんね。ラキー、私の足が清潔かどうかなんて、今となっては全くどうでもいいことじゃないか。どうせ一緒のベッドで寝るわけでもなし。そもそも、たとえ私が帰って来なかったとしても君にとっては同じことだろう」
ラケル「もっとマンゴー召し上がらないこと、ミゲル君？　ベルを鳴らしましょう」
（ミセス・ゴンザレスはベルを鳴らす）
セイディ「ママ、聞いてる？　ママ！」

トゥーフィ「もう行っていい？　食事終わりでしょ？」
（ミセス・ゴンザレスはベルをまた鳴らす）
スプーキー・ロロ「わざわざこんな風に怒鳴り合う必要などどこにもない。我々は家族なのだ」
エフィ「お前はいつも気づかないふりをして、いつも先に眠ったふりをしているじゃないか」
（ミセス・ゴンザレスはベルを鳴らす）
エフィ「……手にはロザリオを巻きつけてね。一体、最後のセックスからもうどれくらい……」
ラケル（女中を怒鳴りつけるように）「インデイ！　あのアバズレ女、一体どこに行ったのよ？」
セイディ「私が呼んでこようか、ママ？」
トゥーフィ「夕食、終わったのかって聞いてんだろ！」
（ラケルは突然立ち上がって二階へと立ち去る。エフィは回転盆を回して料理を取る。セイディは今にも泣きだしそうにしている。トゥーフィの携帯電話のバイブが鳴る。新着メッセージである。彼はテーブルの上でおおっぴらに携帯電話を手に持ち、素早く両手の親指でキーを押し続ける。女中がキッチンから出て来てスプーキー・ロロの肘を抱え、食事に連れて行く）

＊

マルセロ伯父が死んだ翌年、遺産を巡って争いが起こった。グレイプスは、間近に迫った上院選挙のためにすぐに動かせる資金が必要だったことや、ちょうどアメリカの本家ＹＫＫとの商品偽造をめぐる訴訟を巨額の費用を投じてどうにか丸くおさめたばかりであったことなどがあり、曾祖父から受け継いだジッパー会社ＹＫＫフィリピンを売り払うことにした（ＹＫＫフィリピンはその筋では記録的な数十億ペソという値でディンドン・チャンコ三世が買い、名前をＹＫＫからＴＫＫに変えた。今も東南アジア東部最大のジッパー製造元として名を馳せている）。

その売却手続きは、グレイプスが考えたほど簡単には進まなかった。彼は自分の会社を、表向きは節税対策として、真の理由としては政敵の財産調査の目を逃れるために、子供たち全員の名義にしていた。そのせいで、グレイプスが会社の資金を運用することに同意する条項に対し、まずおばたちが異議を挟んだ。こうして血族間の争いが始まり、秘密の会合が開かれては派閥が入れ替わり、持ち回りの欠席裁判による誹謗中傷が乱れ飛んだ。全員がグレイプスに対して訴訟を起こした。マルセロ伯父の妻はおばたちを訴えた。このままではストレスでグレイプスが死んでしまうのでは、と考えたあるおばは、先手を打ってグランマに対して訴訟を起こしさえした。孫である僕たちきょうだいも、それぞれ密かに自身の分け前の見積りを立てていた（両親はすでに死んでいたから、僕の父の名前は会社の法人設立定款からは除外されていた。そのためもあって、僕たちきょうだいはその争いに巻き込まれることはなかった）。

結局、その数年前に最高裁判事の一人の就任人事を経済的にバックアップしていたこともあって、グレイプスは全ての訴訟に勝ち、財産は全て彼の手に残った。子供たちは、それぞれが独立して家庭を持つ際にグレイプスに買い与えられた家々――全てが本家から通りを隔てたすぐのところにあった――に住んでいるにもかかわらず、本家との連絡を絶った。グレイプスが選挙活動で不在の際は、彼らのきょうだいの子供として僕たちがグランマの相手をするよう言われた。「きっとお金をくれるよ」――僕たちは互いにそう言い合ったものだが、本当は一人でしょんぼり座っているグランマの姿を思い浮かべると可哀そうだったのだ。彼女が実際にお金をくれることは非常にまれなことで、香港への買い物ツアーから持ち帰ったニセモノのロレックスやオメガが溢れるほど詰まったスーツケースの中から、どれかひとつを僕たちに選ばせるのが常だった。開いたスーツケースの前に立ち、てんでばらばらの時間を指している何百という中古の時計を眺めながら、僕は自分がずいぶん祖父母の世界から遠く隔たってしまったことを感じていた。最初、僕はそれを自分が成長したせいだと考えた。しかしそれから何度か彼女の相手をするうち、僕は再び彼女を避けるようになっていた。僕の寝室のドアを彼女が叩いても、返事をしないようになった。自分の子供たちのくだらなさについてあれこれ聞かされるのが不快だったのだ。

そうこうしているうち、おじやおばたちに道で会った際に挨拶をするべきなのかどうかさえ、僕たちにはよく分からなくなってきた。一体誰の側につくべきなのか？　時々、これこそがグレイプスが意図したことだったのではないかとさえ考えた。

ある日の午後、ポロ・クラブで、ランニングマシーンでトレーニング中の従妹のエズミーを見かけた。昔、僕たちはずいぶん親しかったのだ。「まったく参っちゃうわよ」と彼女は言った。「今グランマと一緒にバンコクから帰って来たばかりなのよ。私とママね、グランマのおごりでご一緒させてもらってたの。グレイプスにはナイショでね！」

「グランマがどっかに出かけてたってことすら、全然知らなかった」と僕は言った。

「それが、ホテルのメイドがね、グランマがペンやら石鹼やらをルームサービス用のワゴンから盗もうとしているところをつかまえちゃったのよ。恥ずかしかったのなんのって。警備員が来て、本当にグランマを連れてっちゃったの。ロビーで支配人と話してたわ。それでいざ帰るって時になったら、グランマったら、カスみたいな安売りのガラクタばかりスーツケース十四個分も溜め込んでるでしょ？　超過重量で四千ドルも払わせられてんだから。それからさ、先週誰に会ったと思う？　ベイビー伯母さんよ。ロスから帰って来てて、うちで五十歳の誕生日パーティをしたの。今、うちのママと伯母さん、仲直りしてるじゃない？　二人ともグレイプスと仲直りして、グレイプスから遺産の頭金みたいなのをもらったのよ。これ見てよ！」

エズミーは手を差し出し、光り輝くテニス・ブレスレットを自慢げに見せた。

「カルティエ。それはともかくね、その時、夕食の後みんなでたまたまトイレにいたのね。私とママとベイビー伯母さんで。そしたら、いきなりベイビー伯母さん、ブラウスの前を開けてみせるじゃない？そしてこう言うのよ、『みんな見てよ、キレイだと思わない？』って」

「どういうこと?」

「見たくなかったわよ、私」

「よく分からないんだけど」

「だから、彼女、マイケル・ジャクソンの美容整形外科医のところに行ったの」

「まさか。グレイプスはいつも、あの人は借金で首が回らないんだって言ってるよ」

「もう払い終わってるのよ」

「それで、キレイだったの、実際のところ?」

「そうなのよ、それが。確かにキレイだった」

*

彼をホテルで降ろす時、セイディはまるで別人のようである。雨の中を運転中、彼らは一言も交わさなかった。われらが頑固な主人公は、今自分が何を言うべきなのかが分からず黙っている。ラジオの音だけが車内に響いている。突然彼女がスイッチを切る。彼女は真剣な声で、いつニューヨークに戻るのかと尋ねる。

「すぐだよ」と彼は言う。「多分」

「向こうって、ホントに『セックス・アンド・ザ・シティ』みたいなの?」

「もっとマシだよ」

セイディは泣き始める。

「どうしたんだよ?」と彼は尋ねる。セイディは首を振り、ハンドルを叩いて顔をそむける。ホテルの前に到着する。「どうした、何があったの?」と彼は聞く。

「あんなところ、見せたくなかった。分かる? なんでいつもあんな風になっちゃうの? 私たちのことを愛してるなら、あんな風にしなくってもよくない？」

「家族なんて、大体どこも同じだよ」と彼は言う。彼は彼女の手を初めて握る。彼女は抵抗しない。「あのさ」と彼は言う。彼女は彼を見る。「今度またママと会って話す時、ドゥルシネアのことを聞き出してくれる？」

セイディはもぎ取るようにして手を離す。「お願いだから行って」と彼女は言う。彼は車から出て雨の中に立つ。彼女がまた車の中に呼び戻してくれるのを待っている。セイディは水しぶきを飛ばしながら車を発進する。マッサージパーラーの入口にかたまっている何人かの「ＧＲＯ《接客関係者》」たちに水が撥ねかかる。彼女たちはまるで沖仲仕か何かのように激しく罵る。

少年はロビーに入ると、体から雨を払う。彼女の携帯に電話をかけるべきなのは分かっている。もっと優しくするべきだった。しかし、今しがたの夕食の光景を思いながら彼は、評判のカップルだった両親の愛も、もしも生きていれば今頃あの夫婦と同じように冷めてしまっていたのだろうか、と考える。そうなる前に死んだことは、もしかして良いことだったのかもしれない。彼は家族に囲まれたスプーキー・ロロのことを考える。それから、完全に一人で生きてきたクリスピンのむなしさを考える。

エレベーターの中で、まるで彼などいないかのように、あるカップルが話をしている。男は言う、「いや、だからあれはイカサマだって。あのクラゲはゴム製だよ。背景も作り物だったし」。女は答える、「じゃ、やっぱり爆破事件と関係してるのかな？」と男は言う、「黒幕のために援助を募ってるのさ。フィリピン・ファーストをかばってるんだな。結局、それはあの〈全国民の友達〉ヅラしたエストレーガンをかばうことになるわけなんだけど」と女は言う、「みんな、フィリピン・ファーストのことはあまり騒ぎ立てないほうがいいのに。あの会社、フィリピン最大の雇用主でしょ？　あの会社のおかげでこの国は動いてるようなもんじゃん」と男は言う、「それは、あいつらのおかげで君がメシを食えてるっていうことに過ぎない。アメリカの奴らは……」と女は言う、「食べられないのかな？」と男は不機嫌な声で言う、

「アメリカ人たちを、かい?」と女は続ける、「いや、貧しい人たちの食糧にならないのかなあ、と思ってさ。あのクラゲのこと」と男は彼女を見る。「もう、勘弁してくれよ」と男は言う、「お前、最低だな」。そうして、二人とも怒りに満ちた目つきでわれらが主人公のほうを見る。

ベッドに入ってもどうしても寝付けない。だんだん体の感覚がなくなってくる。

彼は手をゆっくり綿密に、洗うことそれ自体を楽しんでいるように洗う。ヘッドフォンをつけた女がやって来て、彼の黒いポロシャツとジーンズの上に粘着クリーナーをあてがって転がす。彼女は彼を連れて廊下を歩く。彼はラテンアメリカのトーク番組に出演中であり、イームスのラウンジ・チェアに深く腰掛けている。ホスト役の男の肌は見事に日焼けしており、彼に向かって、パブロ・ネルーダよりもずっと男前ですねと言う。少年はいいえと言う。ホストは会場の観客に向かってスペイン語で語りかける。「ブラン・ネイジェがこんなにいい人だったなんて、知ってました?」。観客は拍手喝采で答える。ライトがまぶしくて観客の顔は見えない。だが、一番前にむっつりと座っているマディソンの顔だけははっきり見える。ホストは立ち上がり、アイロン台のほうへ向かう。彼は黒いポロシャツをプレスし始める。「ブラン・ネイジェは国際的スターだ!」。ホストはポロシャツをひっくり返して裏側をプレスしながら言う。観客は残酷に笑い続ける。ホストはステージを離れ、黒いポロシャツとジーンズ姿で戻って来る。観客は歓声で迎える。「いいかいみなさま」とホストは奇妙な英語で言う、「私がブラン・ネイジェだ!」。観客は嘲りの声をあげる。ショーが終わり、彼はマディソンを探す。ヘッドフォンを付けた女が言う、「あ、彼女なら、ブラン・ネイジェと一緒にトヨタのライトエースに乗ってどっか行っちゃったわよ」。外は強い雨である。森の中に停めてあるライトヴァンが激しく揺れている。彼はスタジオに取って返し、ウサギのような足をひものようなサンダルに包んだ香港出身の中国系の女の子といちゃつく。彼女は砂浜のそばにある洞穴の中で彼にフェラチオをしてくれる。家に帰ってみるとマディソンはおらず、その代わりにクリスピンがタイプライターの前に座っている。彼はクリスピンに言う、「あなたは死んでいるはずだ、何をやっているんですか！」。作家は答える、「まだ死ぬわけにはいかないのだ。私は、君の話を書かなくてはいけない」。彼はそこを離れて青い扉を通り過ぎ、マディソンとの共同経営レストランにやって来る。彼女がいる。美しい。裏手の物置きを掃除している彼女を手伝う。彼らは一緒にサマープレートとサングリアのピッチャーをいくつか運び出す。何か彼女に言おうとするが、言うべきことがどうしても思い出せない。外にタバコを吸いに出かける。戻って来ると、マディソンがベルトで首を吊っている。ベルトはキッチンの棚に結び付けてある。ゆっくりと彼女は揺れ、横に吊るしてある鍋にぶつかる。まるで教会の鐘のような音がする。そんな、彼は言う。ウソだろ、マディソン。ウソだ。彼は彼女の足を両手に抱きかかえる。頭を膝の後ろの部分に埋める。彼にはもう何も残されていない。だが、次にどうなるのかが彼には分かっている。ベルトが彼の首の動脈を締め付け、脳への血流を遮断する。脳が膨張して脊髄の頂上に蓋をし、迷走神経を締め上げ、心臓を停止させる。目が膨れ上がり、括約筋が弛緩する。彼は苦しむ。しかし、そうしなければならないのだ。クリスピンの声が上の階から聞こえる。外で、タイプライターの金属の弾が白い空に大きく文字を撃ちつける。黒い文字が空に残る。「親愛なる旦那様／奥様へ」と文字は続く、「まず、この取引の一切を信用していただきたく存じます。私はフィリピンの政治家であり財務大臣であったものの孫娘ですが、今、神の子としてのあなた様の助力がどうしても必要なのです。父は不可解な死を遂げ、洪水の中、死体で発見されました。父の死後、当方の顧問弁護士クルペア・ルブラから電話がありました。彼の言うには、私の父――当時彼は政府の告発者でもあり、また一族の遺産の筆頭相続人でもあったのですが――が彼のところに電話をかけてきて、アパートに彼を呼び寄せ、三つの黒い段ボール箱を見せた、ということでした。ご存じのように、それから父は謎の死を遂げました。政府は目下私たちの後を追い回し、嫌がらせをし、見張りを付け、銀行口座を凍結させています。父の残したものを継承し、下劣な殺人犯どもを一網打尽にするためにも、ぜひとも皆様の勇敢なご助力が必要です。詳細については、ＴＢＡをお読み下さい」。タイプライターはさらに文字を叩き出し続ける。「海外在住で、私を助けて下さるパートナーをひとり探しています。二千百二十三万ドルを送金しなくてはならないのです。口座の名義人となっていただけるあなたには、二〇％差し上げます。口座番号その他の情報をお教えいただければ……」

われらが主人公は浅い眠りから目を覚ます。誰かがドアの扉を叩いている。薄く光る時計の針が朝の四時を指している。ノックの音が止む。彼は目をこすりながら急いでドアのところに行く。開けても誰もいない。横になって目を閉じた途端、再び夢を見始める。

＊

父、偉大なるあのジュニア・サルバドール――彼に安らかな眠りを――には、政治的な意味において自分の目的が常に明確に見えていました。だからこそ、彼はいかなる政権にも順応することができたのです。下院議員、上院議員、閣僚、相談役――彼の仕事は、無から何かを作り出すことではありませんでした。そのようなことなら他の誰かがやればよかった。むしろそれは、端的に言って、何かから無を生み出すことでした。そのことこそ、ヨーロッパでの大学教育を終えたばかりの一九六〇年代に父の側近として働いていた私に父が教えようとしたことであり、また私が政治を嫌うようになった直接の理由でもありました。彼の専門分野は、交渉において同意の雰囲気をうまく作り出すことでした。直観的にエドワード・バーニーズ――ご存じのようにフロイトの甥で、「ＰＲの父」と呼ばれた男です――の本から引用をしていたとでも言うべきなのでしょうが、父は各地で暴力と恐怖を織り交ぜつつ、いわばバーニーズの教えをフィリピンの状況に合わせてねじ曲げながら適用していたのです。戒厳令、共産主義、極端な社会騒擾、海外からの投資の削減――それら全てが、国民が理性的で妥当な抗議行動や深い思索、そして異議申し立てへ赴こうとする際の強力な抑止力として利用されました。食糧不足、国家予算の横領や腐敗した権力層の存在などの大事な問題も、街路を血に染める爆弾事件や神をも恐れぬアカの連中の発砲事件、あるいは宗教的使命に燃えたイスラムのテロリスト集団のせいでいつも影を薄くされてしまうのです。国民全員が見守るなか――といっても、実際自分たちに何が見えていて何が見えていないのか分かっていないのですが――「政治的外科医」としての父は、あらゆる政権において不可欠の存在でした。いいですか、決して何かを隠蔽するのではないのです。ちょうど手品のようなもので、その姿を消すのではなく、むしろ国民の気をそこからそらすだけなのです。このような権謀がいまだにフィリピンで頻繁に見られるとすれば、それはまさに父の遺産だと言ってよい。私と彼とではずいぶんと違う点がありますが、成長するにつれて彼に固有のものだとばかり思っていた性質が自分の中にも見えてくるにつけ、私はそれらに抵抗しつつも、同時にそれらをある種の里程標として用いるようにもなりました。彼がどのような人物だったかを知るために、つまり現在の、そして未来の私自身の可能性を知るために、です。そのことに関して言えば、今私があるのは全て彼のおかげなのです。

――クリスピン・サルバドール、父の死に際しての『ネイション』誌（一九九七年）でのインタビューより

＊

景気は悪化の一途を辿っていたが、ロッキーとの結婚指輪を買うために貯金する必要のあるアーニンは、いとこのボビーと一緒にウォルマートで警備員の仕事を始める。すでにアメリカで酸いも甘いも嚙み分けてきたアーニンは、労働組合を組織しようと奔走する。しかし、組合の設立を許すくらいならむしろ店をたたむ、という経営者側の強硬姿勢の前に設立をあきらめる。フィリピン人としての習い性か、現状維持が妙に心地よいのである。さらに、アメリカでの生活で、彼にはすでに四枚のクレジットカードに対して未払いがあり、またコストコで留め置いてもらっている商品も複数あった。それに、彼には人々とその財産を守る責任を負っていることが心地よく思われた。

ある日、勤務中に携帯が鳴り、彼らは上司が取り乱した口調で叫ぶ声を聞く。「おい警備員たち、バッグのひったくり事件発生だ。全ての出口をブロックしろ！」

少し経ってから、ボビーとアーニンはおずおず上司に近づく。

ボビー「あの、すみません、犯人に逃げられました」

上司「なんでそうなるんだよ？」

アーニン（恥ずかしそうに頭をかきながら）「いえ、あの、入口から逃げられました」

＊

「それは難問だ」とクリスピンは言った。僕たちはマンハッタンの高台をなすハドソン川沿いのリヴァーサイド・パークを歩いていた。歩道が川沿いから離れたところだった。僕たちは、いくつもの大きな石の上を手と足を使ってカニのように慎重に渡っていた。僕にはクリスピンの答えが予想できた。またフィリピンの同胞たちのことをスキャンダラスにこき下ろすのだろう、と思ったのだ。僕は黙っていた。

しかし実際はそうはならず、彼はむしろ神妙な面持ちになった。大きな石の上で動きを止め、眼鏡を取り（完全な円形の黒いプラスチックのフレーム。最新流行にうるさい医者、あるいはアジア出身の建築家などがよくかけているタイプだった）、念入りにそれを磨き始めた。僕は待った。彼は眼鏡をかけなおすとコートのポケットから櫛を取り出し、ブリリアンティンでかためた白髪交じりの髪をとかした。僕の質問で怒ったのか？　日没直前の太陽の光が、ハドソン川の向こうのニュージャージーに滑り込むように射していた。川面が燃えるように光を反射し、逆光でクリスピンの顔は黒い影になっていた。彼は岩の上を渡り続けていた。そして、まるで直前の会話に途切れなどなかったかのように、再び話を始めた。

「美貌の詩人ムーチャ・ディマタヒミクは、進む戦車の前にその身を横たえた。彼女はその時妊娠五か月だった。戦車は、学生や労働者、共産主義者たちの手からマラカニヤン宮殿を守るべく出動した一連の軍隊車両の列の先頭を走っていたのだ。一九七〇年一月、我々はマルコス政権に反旗を翻していた。そのような時には、まるで自分自身の体を外側から眺めているような、あたかも仲間の英雄たちとともにヒロイックな行為に参加している自分を遠くから楽しんで眺めているような気持ちになるものだ。ムーチャはごく自然に戦車の前に行き、身を横たえた。私は彼女を止めようとした。しかし警官が私を羽交締めにしていた。戦車は彼女めがけて突進する。街路全体に戦慄が走る。戦車は速度を緩めない。そして、小柄な彼女の体のほんの数フィート前まで来て止まった。見ている我々が全て、その場で善きカトリック教徒に生まれ変わってしまいそうにさえ感じた。三人の兵士が戦車から出て来た。彼らは何か叫びながら彼女を引きずって行き、路肩に放り捨てた。叫んでいたのは彼女ではない、彼らのほうだ。ムーチャは終始黙ったままだった。彼らは彼女を激しく殴った。彼女は歯を折って、また身ごもっていた子供も失いかけた。子供が女の子だということを私たちが知ったのはその時だった。病院に行き、ムーチャのそばに立って、私は泣きながら、何故あのような暴挙に出たのか問いただした。彼女は、ホセ・リサールが『ノリ・メ・タンヘレ』のために書いた献辞について考えていた、と言った。分かるか？　真実のために全てを捧げる、というあの部分のことだ。国全体が死にかけている時、ちっぽけな一人の死が一体どれほどのものだろう、というんだよ」

クリスピンは動きを止めた。そしてとても悲しそうな顔をした。

「まったく、ロマンティックなたわごとだよ。今から思えばね」と彼は言った。「しかしそれでも……」と彼は指を激しく振り動かす。「それでも、だ。『詩が戦車を止めた例などない』とシェーマス・ヒーニーは言う。オーデンは『詩は何者も行動に駆り立てることはない』とも言った。ふざけるな、と言うんだ！　そんなふざけた話は、犬にでも食われてしまえばよいのだ。一体、戦車の構造について奴らが何を知っていたというのだ？　言葉の戦闘性や破壊力を、誰が正確に予見することができる？　目に見えない瞬間、目に見えないことが山ほど起こっている。我々作家がそれでも書き続けるのは、言葉のもたらしうる爆発的瞬間の可能性を信じているからに他ならない。そうでなかったら、一体何だというのだ？　百十年前、ホセ・リサールの文章はひとつの革命を引き起こした。もちろんあの頃、戦車はなかった。しかし、『ノリ』と『エル・フィリブステリスモ』を書いた時、彼はこの国の現在ではなく未来をこそ見据えていたのだ。過去のことなどほとんど考えていなかったと言っていい。君のような若い作家が範とすべきところだ。リサールの文章は素晴らしかった。しかし、彼の詩はまず確実にスペイン軍兵士たちに対しては無力だったし、戦車に対しては言うまでもない。でも、若い読者の熱き知性と高鳴る感情に対する効果に関して言えば――ヒーニーさんに言っておくが、あれはまさに戦車破壊装置としか言いようがなかったのだよ。

「さて、翻って、その百十年後の未来、つまり今日に至るまで、この日焼けしたフィリピンでは何か目覚ましいものがひとつでも書かれただろうか。もちろん、マレー諸島のルネサンス人たるリサールは、フィリピンの文学界に新風を吹き込んだ。中国の孫文しかり、ベトナムのホー・チ・ミンしかり。長い間、リサールの本こそが我々の文学・歴史の目指すべき指標だったのであって、だからこそ我々は、いまだに得意気にアジア初の民主共和国を作り上げた先の革命のことを讃え続けているのだし、またいかにそれがアメリカの裏切りと帝国主義によって蹂躙されてしまったのかをいまだに呪い続けているのだ――まるで実際にその場に居合わせてでもいるかのような、レミントン銃の照準を合わせてパン！　とやり、大鉈をふるってスペイン人の頭に叩きつけでもしているかのような、そんな口ぶりでね。くだらん！　これこそが我々の最大の偉業であり、また最大の悲劇でもある――君に聞くが、それ以来、この国で一体何が起こったことになるというのだ？」

太陽は完全に沈んでいた。歩道沿いの街灯はずいぶん遠くにあり、まるで木々の枝でくしゃくしゃにされて分断された月のように見える。葉や小枝が、通り過ぎる僕たちの顔を時折なぜる。街のざわめきも、ここではほんの囁きのようにしか聞こえない。彼の沈黙には、今しがたの最後の言葉は単なる修辞疑問ではないと思わせる何かがあった。「そうですね、たとえば……」

「本当なのだ！」と彼は再び指を激しく振りながら言った。「フェルディナンド・マルコスを忘れてはならんのだよ！　それから彼の鉄の蝶、イメルダのことを！　そして彼女の靴のコレクションを！　あれは何足だった？　千足か？　三千足か？　六千足か？　何千足だろうがかまわない、とにかく、十五年前にその物語は終わりを告げた。十五年だよ！　本当に、ミゲル、この国はあまりにも過去にとらわれ過ぎている。現在の問題に頭を悩ませているように見える時ですら、その実は少しずつ過去の問題に引きずられてしまっているのだ。英語を必死で覚えようとしている田舎者のようなものだ。分かるか？　何かを言おうとする前に、頭の中で、授業で覚えたことを必死で繰り返しているのだ。アアアアップル、ボオオーイ、キャピタリイイズム、デュモオオクラシー。それが問題なのだ。一冊の本を我々は書いた。そしてそれを何度も何度も焼き直し、製本し直してきた。あの戦争の語り直し、持つ者と持たざる者との間の闘争、エドサ人民革命、その他いろいろ。何かをこき下ろすことに余念のないフィリピン人作家たち、飽くことなく論陣を張る批評家連中、失敗に終わった一九七〇年代の革命について、一九九〇年代に国を席巻した劇的変化、あるいは、燃えたぎる野心を胸に秘め狭い部屋で暮らすフィリピン系アメリカ人。彼らは、外国で生まれ育ったことにまつわる文化的遺産の喪失劇について書く。あるいは、肌の色が茶色であることのみならず、女性であること、レズビアンであること、半盲であること、下層中流階級出身であること、などにまつわる差別的待遇について書く。まったく、世界がフィリピン人の書いたものを読まないなんて、なんという人道に反する犯罪的行為なのだ！　いいか、これこそ君が受け継ぐべき遺産だ。かつてサイモン・リースはD・H・ロレンスについての論考において、『人の想像力などというものは、しばしば、詩人が』――彼は『詩人』と言ったか？　あるいは『作家』だったかもしれんが――『ある街について何かを書くまで、その街の真実を摑むことができないほどに乏しい』と指摘した。つまり、自分自身の置かれた状況を理解するにあたって、我々は他人の言葉を必要としているのだ。おそらく我々は、自らの表現力の欠如を他人のせいにすることで、生まれ変わって自己の可能性を実現することから自分をますます遠ざけてしまっている。そうしておいて今度は、一つの国の国民としてはまだ完全に統合されていない、という認識に甘んじるのだ。どうしようもないんだよポッゾ、というわけだ」

物影から声が聞こえた。植物の影、シダや名前も分からない樹木の影だ。ホタルの光が一つ、僕たちの前を横切って消えた。囁き声は続く。僕は無関心を装った。言葉を継ぎ、クリスピンの話の続きを促した。

「あなたが書いていた頃は……」

「書いていた、だって？　私は今も書き続けているよ。フロイト氏のバナナの皮を踏まんように、細心の注意を払うことだ。勢い余って川にザブン、じゃどうにもかなわんからな。何の話をしていたのだったかな？　ああそうだ、世界が共謀している、という話をしていたんだったな。私の本が絶版になってしまっているのも、そういうわけに違いない。そうだろう？　まるで『シオン賢者の議定書』でも読んでいるかのようだ、というんだ。植民地主義的陰謀だよ、フィリピンに対する。まったく可哀そうな我々であることよ、だ。いや、本当のことだ。いいか、君たちは――つまり我々は、ということだ――決してこれまでの我々がそうだったように、ノスタルジーの伝統をのさばらせてはいかん。我々の行ってきたことは、過去の様々な挫折の回顧展のようなものだった。忘れてしまうんだ！　全てはもう終わったこと、過ぎたこと。当たり前の話しだと思うか？　ふん！　この国を変えるには、何をさておきこの国の表象のされ方を変えなければならない。フィリピン人作家が扱うべきテーマとは、どのようなものだ？　辺境の暮らし、過ぎ去りし日々の話、喪失、亡命、独りよがりの苦悩、ポストコロニアル的アイデンティティの収奪、エトセトラ、エトセトラだ。地方色を狙ってタガログ語を際限なくちりばめ、エキゾチックな雰囲気を出すために会話がイタリックで強調される。だらだらと続くセンテンスにマジック・リアリズムのまねごとが加わる。我々フィリピン人はラテン・アメリカの作家たちよりも先にこの手法を使用していたのです、という断り書きの上にいつまでもふんぞり返ったままなのだ。昔、ある有名な書店での話だが、私の本がラテン・アメリカ文学のセクションに分類されていたことだってある。教え子には、課題の小説の中で

『フィエスタ』の語をイタリックにしてきたフィリピン人学生もいた。フィエスタ、だよ? それ来た。レオン・マリア・ゲレーロが昔私にこう言った、『我々フィリピン人は、欠点に関してはすぐ他人のせいにするくせに、長所に関しては自分だけの力で達成したものであるかのような顔をしたがる』。最初私は、彼が本気でそう言っているのか、それともただ皮肉を言っているだけなのかが分からなかった。結局、後者でしかありえなかったんだがね。故郷を思う気持ちがあまりに強く、たとえ一度も故郷を出たことがない者であっても、その思いを振り払うことはできない。我々の想像力には、いわばコケが生えてしまっているのだ。だから、フィリピン人作家の小説と言えば、米を炊くことの素晴らしさや熱帯フルーツの官能性やなんかを強調するシーンがうんざりするほど出て来ることになるわけだ。短編小説の結末も、悲惨なものか、あるいは再生を約束するエピファニーかと相場は決まっている。そうでなくともせいぜいそのヴァリエーションでしかなく、いつもデウス・エクス・マキナ〔作為的な大団円のこと〕に対する文化的信頼が根底にある。空から降りて来る神が最後には物事を正しいほうへ導いて下さる、とね。あるいはもっと悪い方向へ、なのかもしれないが。

「私の一番言いたいことは、いいかい、そういうものは全て乗り越えろ、ということだ。誰だったか忘れたが、あるジャズマンが言っていたように、本当に自分らしく演奏することができるようになるにはすごく長い時間がかかるものだ。フィリピン人であることは単なる偶然に過ぎないとみなされるような、国際的な作家になれ。『変人』のレッテルとうまく付き合っていく術を学ぶのだよ。いずれにせよ、フィリピンというこの真の故郷こそ、君と読者との間をつなぐ文学の沃土となるだろう。実際、誰がわざわざ遠く離れた名もなき熱帯の異国の苦悩の話など読みたいと思う? 人は皆、自分のことだけで手一杯だ。不安とは、人間的状態それ自体のことを指すのではなく、我々の現状と達成不可能な希望との間の煉獄状態のことだ。だから、そのオブセッションの臨界点を越えたところに存在すると自分が信じるものについて書くことが一番大事なのだ。とりあえずは、ディアスポラ、つまり最もフィリピン系らしいグレート・

フィリピーノ・フロアショーがその代表演目となるだろう。それはそれでいい。だが、よく聞け。我々フィリピン人は、懸命に様々なものを思い出そうとしてきた。それでは、そのうち見事に忘れてしまったものは何だ？　そのことを考え抜け、そしてそれについて書け。安全圏内であぐらをかくのはもう終わりにすることだ。むしろ、自分の苦手な分野の真横に正々堂々と立ち、これこそが我々フィリピン人だ！　この問題に自分は取り組む！　と宣言するのだ。真の意味で正直になる方途を考えろ。そうすれば、君の書くものはやがて暦を越え、国境も越える。ゲーテはそういうものをこそ『世界文学』と呼んだのだ。彼は言った、『国民文学というものは、今日ではあまり意味をなさない。我々は今、世界文学の時代に入りつつあるのだから』。彼はまた、その時計の針を回すのも戻すのも我々の手にかかっている、とも言った。どのくらい前の話だ？　ああ、さらにもうひと回りしたオーデン氏の言葉も聞いておくがよい――『名も無き深い谷で作られるチーズのような存在になりたまえ。地方色に溢れていながらどこでも愛される、そんなチーズのようなものに』」

僕たちは川のそばを離れて公園の歩道のところへと再びやって来た。生い茂る木々の枝を文字通り肘でかき分けて戻って来たのだった。

「こんなことを君に話しているなんて、なんとも不思議な気がするよ。忘れちゃだめだ、ミゲル。真の賢者とは、あらゆる愚かな過ちを自らの身をもって経験したもののことだ。なるほど、私にもようやくいま分かってきた。これで私も新しい本がやっと書けそうだ。社会の悪などというものは、結局はちっぽけな人間が犯す悪の総体に過ぎない。もっと『燃える橋』のことを話してあげられればよいのだが、それはできない。まだダメだ。でも、これだけは言っておこう。この本は、書かれなければならない本だ。奴らの全てを告発する本だからだ。希望など無意味だと言った全てのものどもを、表向きだけはいかにも哀れを誘うような目つきで、戦利品の分け前を乞い求めることだけに汲々としてきた全てのものどもを、だ。故郷の空に巨大な覆いをかけ、その内側で徒党を組み、神は行動するものよりも排除するもののほうにより厳しい審判を下す、ということさえ分からぬまま、ただ聖書を眺めては審《さば》きの日を待つだけだったあらゆるものどもを、だ。

「約束するが、私は君が思っているほど復讐の鬼に取りつかれているわけでもない。まあ、そういうことが言える人間こそ、真に『復讐の鬼』と呼ぶに値するのかもしれないがね。でも、とにかく最後にこれだけは言わせてくれ。大事なことだ。私は過ちを犯した。若い時、私は未来の世代から良く思われようとして、夜も昼もなく躍起になってうろつき回っていた。そのようにして私は、その若い時間をむざむざと浪費してしまった。それらは完全に消えてなくなってしまったのだ。全て、自分が忘れ去られてしまうのが恐ろしかったからだ。そうして、やがて激しい後悔がやって来た。恐るべきものの中でも最悪のものだ。しかし、その後悔の中から、私はある貴重な英知を摑み取りもした。人生の究極の目的、と言ってもよい。未来が残り少なくなると、過去の重みは増してくるものだからね。そういうわけで、今私は、全人生の営みのなかで痛みとともに私が学んだあらゆる教訓を未来の世代に残すための本、そのような本を書くための最後のチャンスを買い戻そうとしている。それを心から乞い求めている、というわけだ。そうすれば、未来の若者たちの苦しみもそれだけ軽くなるだろうと考えるからだ。

「私は以前、『燃える橋』こそがそのような傑作となるだろう、と考えていた。今はもう、そのようなことさえどうでもよくなった。そういうことは、できるだけ若いうちに体で分かるほうがよい。現代の問題を生きるのだ。書いて、そして自分自身に対し、そして他の者に対し、この世界を説明してみるのだ。初めてコンバーティブルに乗る夏の日のことだけを考えろ。たとえ君の目の前にあるのは鏡でしかないのだとしても、前だけを見るのだ。いずれ君は振り返ることにばかり忙しくなり、人生にはもはや冬しか残っていないような気分になってくる。それでもまだ分からなければ、はっきりさせておこう。とにかく書け、公正に書け。エズラ・パウンドのことなど気にするな。詩人は嘘をつく。もちろん美しく、だがな。新しいものを作り出すのではない、完全なものを作り出すのだ」

7

ポストに入った重たい小包
頑丈な包装　きつく縛られて
差出人の住所はない
開けても中は空っぽ
でも君は　昔を思い出し　胸がはちきれそうになる
昔の君自身から　秘密の贈り物
未来の自分への贈り物
後悔とは
手遅れの真実を　嚙みしめること

——クリスピン・サルバドール、一九八二年の詩「自分へ宛てた消印のある封筒」

＊

ロッキーは、アーニンとカリフォルニア州サンノゼのイグレシア・ニ・クリスト教会で小さな結婚式を挙げる。出席者は二百人の友人と親戚だけである。ロッキーは、ハイト・アシュベリーの「レフト・アット・ザ・アルター」と呼ばれる掘出し物専門の古着屋でうまく見つけたガウンに身を包み、喜びに顔を輝かす。アーニンは卒業式の時に一度着ただけの緑のバロンタガログを着ている。それはあまりにもタイトで窮屈だったが、アーニンは結婚のうれしさにとびきりの笑顔を絶やすことなく、周りを幸せな気持ちで溢れさせる。新婚旅行はディズニーランドである。シンデレラ城の前で撮ったキスの瞬間の写真がフレームに入れられ、マントルピースの上に飾ってある。それから一年が過ぎる。ある日のこと、二人はカウチに座ってフィリピン語放送のテレビ番組を観ている。

ロッキー「ねえあなた、ちょっと聞いていい？　怒らないで欲しいんだけど、あのね、どうして結婚記念日に何もくれなかったの？」

アーニン「え？　だって結婚記念日には何か驚くようなことをして欲しい、って言ってたでしょ！」

＊

結局のところ、些細なことが全てを決定する。マディソンには、手当たり次第に鏡を買い漁る悪癖があった。二人の関係が最後の何週間かを残すのみになった頃だったろう、僕の怒りは頂点に達した。僕がそう言うと、彼女は決まって、あなたのためにいつもキレイでいたいだけなのに、と言った。でも僕は、パリス・ヒルトンに憧れる女の子がよくやるような、半横向きで口を尖らせた鏡の前の彼女のポーズが嫌いだった。それを見るたびに僕は、夜のセックスの時には――彼女の希望で、僕はよく彼女の首を絞めては呼吸困難に陥らせた――彼女に自分の体を普段よりも強く長い間押し付け続けて、ＢＤＳＭ用に二人で決めた「バナナ！」のフレーズも口に出来ないほど、文字通り白目をむくまで彼女を苦しめてやりたいと強く思ったものだった。

別れる前、僕たちはお互いの良い点のことはすっかり棚に上げ、ほんの些細な癖を針小棒大にあげつらうようになっていた。それによって奇跡が起こり、僕たちの関係に何らかの変化を――本当に、いかなる些細な変化であっても良かったのだ——起こしてくれるよう祈ってでもいるかのように、僕たちは「愛してる」の言葉を繰り返した。その言葉を信じているからというよりも、どちらもそれを言うことで相手がどういう反応を示すかが知りたくてその言葉を口に出している、ということをお互いが分かっていたのではないかと思う。

ある朝のこと、僕たちは同時に、もはやお互い相手に約束することなど何も残っていないということを悟った。その時僕たちは、週末をイースト・エッグのこじんまりとした入江のそばにあるリーブリング家専用の「ビーチ小屋」で過ごした。問題の朝は、そのすぐ後の月曜のことだったと記憶する。湯が沸くのを待ちながらマディソンは、しばらく田舎で過ごしたい、と言った。彼女によれば、僕たちには少し「距離」が必要であるということだった。僕がまだ起きてこない時間帯に一人で行うヨガのセッションを、彼女は「超絶的」と表現した。

ヤカンが高い音を立て始めた時、ついに僕のほうが負けを認めた。つまり、最初に大声で叫んだのが僕だったということだ。僕はまた彼女が泣き始めると思っていた。彼女は自分のマグに紅茶を注いだが、僕のものには注ごうとしなかった。そして、まるで法廷で証言を求められている事件の被害者のように押し黙ったまま座っていた。彼女はいわば振られた側、つまり正しい側だった。だからつまり、家賃がある額を超えない契約がされているのみならず本物の暖炉が完備されまでしたその部屋に、そのまま居残る権利を正当に有する側だった。それから僕はさらに二、三言捨て台詞を吐き、ミドルネック・ロードに飛び出してタクシーを拾った。マディソンが追いかけて来ているような気がして、何度も後ろを振り返った。

家に帰って来ると、すぐに僕は荷物をまとめ始めた。特にＣＤや本を仕分ける作業にずいぶん手間取り、結局昼から夜いっぱいを費やした。全てを終えた時、すでに夜は明けかかっていた。太陽の影がベッドルームのフロアを横切って向こう側の壁にぼんやりとした輪郭を残していた。この目の前の光景をしっかりと覚えておこう、と思った。静かな朝、そしてやがて騒々しい昼がやって来た。窓の外を見ると、通りには誰もいなかった。昼食を作って食べ、そしていくつかのバッグを一か所にまとめた。荷物は思ったより少なかった。何か大事なものを忘れていないか確認すると、彼女の枕の上にまだ一つあることに気がついた。マディソンは僕が脱いだＴシャツを着て寝る癖があったのだが、ちょうどその時枕の上には、前の晩に彼女が着たまま眠っていた僕のお気に入りのレッド・ツェッペリンのＴシャツがたたんで置いてあった。顔にあてると、僕と彼女の匂いがした。僕はそれを枕の上に戻した。これを見れば、きっとおれを思い出して寂しがるだろうな。それから便座の上に小便をわざと派手にこぼし、猫に別れのキスをして、玄関のそばの本棚の上に僕の合い鍵を置いた。後ろ手にドアをカチンと閉めると、その音が「行かないで！」と言っているように聞こえた。

　それからの二週間、マディソンは一度も電話をかけてこなかった。僕はその間、親切な友人のアパートのリビングやベッドルームのソファで寝泊りさせてもらっていた。その後、一人の空間が欲しいと言っていたにもかかわらず、人づてに、彼女は僕と暮らした部屋を引き払った後、あろうことかすぐ上の階に住んでいた家主と一緒に新たに部屋を借りようとしているということを聞いた。彼はキャット・スティーブンスの息子だとかいう噂の男で、黄色いコンタクトと人工の吸血鬼の牙をはめたゴス趣味の男だった。彼とはアパートの住人全体のパーティで一度会って話したことがあった（その時彼は自分の牙について、歯医者にセラミックで補綴してもらったのだと説明してくれた）が、そのバカ野郎がアフリカの野生動物専門のドキュメンタリー作家志望であることを知ったのもその時だった（そのパーティで、このクソ野郎は、女の子たちを相手に「マサイ族は、象という生き物を自分たち以外に唯一魂を持つ存在として認めているんだよ」などと語っていた。「密猟者たちは今も、彼らがずっとそういう風に表現してきた魂の同胞たちを殺戮し続けている。それなのに、どうして僕たちはこんなブルックリンの、ポエングか何かのソファの上にふんぞり返ったままリアリティＴＶなんか呑気に観ていられるんだ？」）。僕にはマディソンの言い訳が聞こえるような気がした――彼は私の気持ちを分かってくれる。彼といると、今までずっと感じてきた心の空洞が埋まるような気がするの。
賭けてもいい。
そうい う風に、彼女は僕たちの暮らしを捨てた。いとも簡単に。

＊

次の朝、セイディは僕の電話に出ない。外ではなぜかタクシーが一台も見つからない。バス停まで歩いてゆく。ミス・フロレンティーナとのインタビューの時間に遅れそうである。ブエンディーア通りとマカティ通りの交差点で、揚げバナナを売り歩いている男のラジオがけたたましく鳴り響いている。

今では僕もすっかり聞き慣れたブルックリン訛りで、アメリカ人が激しく罵りの声を上げている。「あいつらは、この卑怯な行為に対して必ず報復を行う、とかなんとか言い立てるだけだ……」。彼は大声でそう叫び、その後、民主主義などクソ溜めに過ぎん、と言う。男の辛辣な口ぶりには強烈な憎しみが溢れている。彼は、きっとアメリカ人はこの事件をきっかけにユダヤ人排外主義を強めるだろう、とまくしたて、そしてやがて白人はアメリカを去ることとなり、黒人もアフリカに帰り、その結果インディアンたちがかつての自分たちの土地を取り戻すことになる、と言う。

携帯電話がポケットでブルブルと震える。取り出して画面を見ると、メールが一通。待ちわびていたマルセル・アベラネーダからの返信である。「返事が遅くなって申し訳ない、映画の撮影で忙しかったのです。喜んで会いましょう。君の言う時間で大丈夫です。メトロポリタン劇場はいかがかな？　なぜ私が、いや我々全てがクリスピンを赦さないのか、あの男が我々に一体どのようなことをしたのか、教えて差し上げよう」。僕は携帯をポケットにしまう。

ラジオの声は相変わらずアメリカをなじっている。「アメリカよ、死ぬがよい」。彼ははっきりとそう言う。「最悪のうそつき野郎どもと最低のクソッタレ野郎どもの国。全く、今日は素晴らしい日だ」

ちょっと休憩である。女の声が、よく耳にするタバコのCMのジングルを歌う。「ホープを一口、希望の味」

レーザーの音、局の周波数告知、それから低音のよく響く声で「ボンボ・レディオ!」と、さっきとは別のコメンテーターが言う。「今お聞きになっているのは、二〇〇一年九月十一日に行われた伝説的チェス・プレイヤー、ボビー・フィッシャー氏の電話インタビューの模様です。バギオでのライブ録音でした。これに続きまして、みなさん、スポンサーからのコマーシャルを挟んでフィッシャー氏の最新インタビューもお届けいたします」

僕も噂は聞いていた。フィッシャーは逃亡中とのことだった。一九九二年、彼はアメリカによる通商禁止令を破ってユーゴスラヴィアでチェスの試合を行ったのだ。国際メディアの面前でアメリカ当局の試合禁止令に唾を吐きかけたということで、彼はそれ以来ずっとアメリカに指名手配されていた。やがて、ある場所でフィッシャー目撃の噂が流れた。バギオ・シティのバーナム公園で土地の老人たちとチェスをしているところを見たものがいたのだ。超人的な強さだったという。亡命中のフィッシャーは、フィリピン人のチェスのグランド・マスター、ユージーン・トーレの所に滞在中に当時二十二歳のジュスティーヌ・オングに紹介され、彼女は後にジンキーという娘を出産する。

僕は道を歩いていく。フィッシャーの声はやがて路上の喧騒にまぎれ、かき消されてゆく。

クリスピンだったら何と言う? スーザン・ソンタグが9・11事件への問題発言によってメディアで血祭りにあげられた時、彼は口から泡を飛ばしながら荒れ狂った。あれは断じて卑怯な行いなどではない、とソンタグは言った。確かに誤っている、しかし決して卑怯などではない、と彼女は言ったのだった。クリスピンは即座にコンピュータに向かい、彼女への同意と支援を誓う趣旨のメールを送った。彼からそのことを聞いた時、僕自身もソンタグの発言に同意していることに気づいて驚いた。それから恐怖がやって来た。僕たちの時代に特有の勇気と怯懦の概念そのもののあり方に、そしてそれらの間に存在する滑りやすく危険な坂道の存在に思い至ったからだった。自分の考えるようなヒロイズムなどというものが全てあまりにも安易かつ無意味なものであるように思われ、どこか空恐ろしくなったのだ。

リヤカーのそばにうずくまっている女の行商人が僕を見る。笑っている。前歯が三本しかない――上に二本、下に一本。僕は後ろを振り返るが、特におかしなこともない。女はさらに大きく口を開けて笑う。彼女は力を込めて立ち上がり、僕のほうに近づいて来る。

バスがやって来て、速度を緩める。僕は急いでバス停へ向かう。

*

それから数年の間、オスクリオとの関係はどんどん深くなる一方で、ミッテランとの関係は、いったん別れては誰か他の女性と深い仲になり始めたと思った頃にまた会い始め、しばらくしてまた別れる、ということの繰り返しだった。回想録によれば、彼がヨーロッパにいた四年の間の二人の不倫の恋の道行きは、彼女のバルセロナ滞在（それは頻繁なものだった）、クリスピンの二度のパリ滞在の他、二十三回にも及ぶ様々な場所への旅行などが含まれた。シンプロン峠での密会、ツェルマットでのマッターホルンへのスキー旅行、リグーリアでの夏、「何も思い出せないほどつまらない劇を観た、忘れられない二回のロンドン旅行」、コルシカ島のアジャクシオ近郊の片田舎で過ごした一か月間、ロアール高地を巡る長いワイン旅行、エッセンでの食べ物フェスティバル（行程最後のデュッセルドルフでは、飲んだキレピッチの酔いも手伝って二人は激しく口論することになった）――さらに、ジジのコンサートツアーや、あるいはラウルがフォートナム＆メイソンやエル・コルテ・イングレス、フォションなどのデパートの出入り商をしていた関係で可能になった数々の旅があった。

「どうして、あんな無知な男にあのような極上の味覚が備わることになったのだろうか？」とサルバドールはラウルについて書いている。「彼の持っていた貴族の称号などというものは、しょせんは怪しげなオリーブオイル商売で財をなしたアルジェリア移民の父からの譲りものだった。新興成金というものはいつも貴族的なものに強く憧れるものだが、彼の味覚の鋭敏さもやはりそのことに由来した。ジジには不条理なものを好む性癖があり、いつも何か紙に包まれた得体の知れないプレゼントを持って帰ってきたものだった。いわれはよく分からないがそれはだいたい新鮮なハギスで、仲間内では大いに受けた。もっとも、誰も食べようとはしなかったのだが」

——執筆中の伝記、ミゲル・シフーコ、『クリスピン・サルバドール——八回目の生』より

＊

あの新年会の日以降、愛すべき友は変わってしまった。その日ピポは、ちょうどM…にある小さなホテルでのセイディとの密会から、車輪が外れるかと思うほどの勢いで山道を下って来たばかりだった。後に彼が酔っぱらって語ったところによれば、セイディはその密会の際、セックスの後のまだ温かく乱れたベッドの上で、次のようなことを残酷にも言い放ったという——これまでも自分は彼のものになどなったことはなかったが、その週末にはラウルと自分の家族とともに八月の休日を過ごすため北のアイグエス・モルテスに発ち、永遠にピポの手には届かなくなる。それはまるで、ほんの前夜二人の間に起こったことなど全て完全に忘れ去られてしまったかのような、一か月前にラ・コンチャの砂浜で手を握り合って囁き合った言葉などまるで一切存在しなかったかのような言い方だった。あの時彼らは、四日の間ホテル・マリア・クリスティーナで完全に世間と隔絶した二人だけの世界を楽しんだ。帰りの電車の中で彼は、ついに彼女が自分のものになった喜びの笑みを抑えることができなかった——そのようなことを彼は私に語ったのだった。その時私の顔に浮かんでいたであろう嫉妬の表情に、彼はまるで気づいていないようだった。

今、彼はさらにくだらないことを私に語って聞かせていた。「何のためだ？　一体何のためにおれは」とピポは酔っぱらって言った。「あんな〈予約済み〉の女をクソ真面目に信じ続けてきたんだ？　ラウル

の立場に立てば、全てがあからさまな背信行為だったわけじゃないか――あの寝取られ男のエストレマドゥーラの伯爵野郎は、その時ヘンダヤで商談の真っ最中だったんだ。あのでっかい鼻やなんやかんやをさんざん……おい、おれは何の話をしていたんだ？」

「度重なる背信行為の話だよ」と私は言った。

「そう、それだ。まるで、その度重なる夫への背信行為がおれの個人的な魅力による偉業の達成ででもあるかのように感じていたのだから、全く情けない話だ。そうだろう？　本当のところ、禁忌のせいでいっそう激しく焚きつけられた下司な欲情が、まるで純粋な愛ででもあるかのような取りすました顔をしてあたりを練り歩いていたに過ぎない。いや、そうに違いない。もちろん、今はそう思うということだがね。おそらく、おれのほうでもあの女を愛していたのではないのだろう。おそらくおれは、あの男が憎かっただけなのだろうな」

私は彼を赦さないつもりだった。その向こう見ずな鈍感さにはとても耐えられたものではない、と思った。北アフリカから吹く激しい風のせいで砂をたっぷりと含んだ土砂降りの雨の中、ピポはM…から私のブガッティを飛ばして帰って来た。晴れ渡った素晴らしい空の下、我々友人たちの座っているエルス・クアトレ・ガトスの外のテーブル席に突っ込むほんの一歩手前のところで、彼の乗る車は激しくタイヤを軋ませながら停まった。窓は砂塵の雨でほとんど中が見えないほど汚れていた。無責任にも彼女を一人ホテルに置き去りにし、夜中じゅう車を飛ばして下山してきたところだったのだが、酒の勢いは全く弱まっていなかった。だがピポはいつもながらあまりにも魅力的で美しく、私はそのような彼を赦さずにはいられなかった。

それから彼は、既に大きく開いていた私の傷口にさらに塩を塗り込むようなことをした。彼は後に上の階にある彼の部屋に何人もの友人を招待することになるのだが、その中にはマックスという私の昔の恋人がいた。後で分かったのだが、彼が初めてアヘンを経験したのは、まさにこの時マックスと二人でアパートの屋根に上がった際のことだった。次の日の朝、月のない空の下で二人の間に何が起こったのかについて、まことしやかな悪意ある噂が様々に囁かれた。

朝食の時、個人的な気持ちは巧妙に隠しながら、また以前プレゼントしたバスローブの下からのぞいている太ももを見ないように努めながら、私は彼に前の晩のことを問いただした。するとピポはこう答えた――「おれたちは、愛というものは恋人や家族だけに向けられているうちはまだ小さい、というようなことを話し合っていた。あいつはおれに、愛について、つまりセックスとは関係のない愛について、非限定的な、人類全体に対する義務としての愛について真剣に語ってくれたのだ。おれたち全員が背負うべき責任について、奴はおれにはっきりと思い出させてくれた。奴と話していると、なんだか共産主義ゲリラにいる伯父のことが思い出されてきたよ。彼と伯父とでは、見てくれも身のこなしもまるで正反対なんだがな。変な格好をしていたり、いろいろおかしなところもあったりで、どうやらおれはこれまであいつのことを完全に誤解していたようだ」

その次の夜に起こった出来事のせいで、私は――つまり我々は――彼を永遠に失うこととなる。

――クリスピン・サルバドール、『愛《アモーレ》』（『エウロパ四重奏』第四巻）より

＊

タクシーのいない道をバスは順調に進む。それでもロクサス・ブールヴァードに出たあたりで速度が落ちる。マニラ湾の上に見える空はまるで一枚の紙のように白く平らに広がっている。海面には何百となくイワシ大の魚が腹を見せて浮かび、波が上下するに従ってその姿が水面に見え隠れしている。

どこからか音楽が鳴り響いてくる。歯切れのいいリズムである。やがてその主が見えてくる――ポール・ワトソン号である。最近のニュースで頻繁に囁かれているように、この船は「世界の番人《ワールド・ウオーデン》」たちの持ち船であり、それゆえフィリピン政府は躍起になってこの船を国外追放しようとしている。このようにテ

レビで見知った人物や物体を実際に目の前で見ると、いつも不思議な感じがする。マニラ・ヨット・クラブの豪華ボートと並ぶと、それはいかにも無粋な姿である。図体ばかりが大きく、灰色の船体は滑らかに光り輝く周囲の純白のボートとまるで釣り合わない。

ドックには、チャチなプラスチックの椅子の上に背中合わせで二人の警備員が座っている。一人はまるで今しがた発見されたばかりの密入国者のような表情で海のほうを見ており、もう一人は戦争従軍記者を思わせる仕草で携帯メールの作成に余念がない。街の子供たちが五人タラップのあたりをうろついている。最年長の子供は大体八歳くらいであろう。一番体の小さな子が他のものに船内に入るようけしかけている。雨の中、デッキの上では、明るい色のビーチ・チェアに寝そべった四人の番人《ウォーデン》たちがドラムとホーンセクションのみのワールド・ミュージックをかけながら赤ワインを飲み、モノポリーに打ち興じている――しばしの休息の風景である。

子供たちがその外国人たちに声をかける。マトンの肉片にかぶりついていたひょろっとした禿げ頭の白人が、グラスを手元に置いて船室へ入って行く。彼は腕いっぱいにコカ・コーラの缶を抱えてまた現れる。タラップを大きく揺らしながら降りてくる。缶を全員に配る。少年たちはそれをポケットにしまう。すぐに彼らはその保護団体員の制服を引っ張り始め、首に巻いてあるシュマグのスカーフに手をかける。皆が目を大きく見開いている。鼻をすする音が聞こえる。その声はかすれている――「ヘイ、ジョー、アメリカドルおくれ」。そう言って彼らはさらに激しくシュマグの端を引っ張る。「これもくれ！　メイド・イン・USA？」。その隊員は、最初は優しく、しかし徐々に激しく力を込めて彼らを払いのけようとする。スカーフはきつく引っ張られて結び目が外れそうになり、隊員の顔も紅潮している。

警備員の一人が子供たちを大声で追い払う。「シーッ！　いい加減にしないか！《タマ・ナ・ヤン》」。そう叫びながら、彼は小走りでタラップのほうへ向かう。つけている様々な物が落ちないようユーティリティベルト〔小物を装着できるように輪やポケットがついたベルト〕を押えている。完全に追い散らしてしまおうと、速度は落としても依然と早歩きで警告を発し続ける。子供たちはその警備員を指差して笑う。彼は拳銃ホルダーのふたを外す。「おい」と番人《ウォーデン》の一人が言う。「そこまでやる必要ないだろう?」。他の外国人が船首から心配そうに状況を見守っている。子供たちは大通りを走って散ってゆく。乱れたスカーフ、裏返されたカーゴパンツのポケット——環境保護団体員は一人でドックに取り残される。子供たちは十分離れた距離まで行ったところで立ち止まる。一人が振り返り、「ミスター・セクシー・セクシー・ダンス」で警備員をからかう。尻を警備員のほうに向け、腕を頭の上で大きく振り回す。おならの音が大きく鳴り響く。子供たちは文字通り笑い転げる。防波堤の上にめいめい座り、コカ・コーラを飲み始める。波の動きに合わせ、上下する死んだ魚をめがけて空になった缶を投げる。僕はそのような彼らを見つめている。

*

彼はバスに座ったままそれを見つめる。魚の群れは、どうやら夢の中で遭遇する風景の中の一つのディテールのようだ。夢のことがどうにも気になる。夢の中身それ自体も確かに気にはなる。しかし、主としてそれを自分が覚えているということ自体が気になってしょうがない。昔はこんなに詳細に思い出すことなどなかっただろう? もしかして、おれはこれまでもずっとこんな悪夢にうなされていたのか? 昨晩は最悪だった。浮気されたあげくに首吊りの刑に処される夢を見て、夜中の四時に飛び起きたのだった。もう一度眠ると、また夢に連れ戻される。

彼は、しばらくの間トランプ・タワーの窓際に座ってイースト・リヴァーを見下ろしていた。長い間聞いていなかった歌が電話の保留音で鳴っていた。「お前のためなら死んでもいい、でも奴らはお前のことを悪く言うのさ」。彼がノリ始めた頃音楽は急に止まり、代理人が電話に出る。「ええ、シー・ジュー・チー様」。代理人がそう言って、彼は訂正する。「シー・フー・コーですが」と代理人は言う、「シー・ジュー・コック様、口座を解約なさること自体にはもちろん何の問題もございません。ただ、一つご質問がございます。どうして、一〇〇%安全な当行の口座を解約なさろうとお考えになったのでしょう？」。彼は遅刻しそうだと思い、全部聞く前に電話を切る。外に出て、息を切らしながらタクシーをつかまえる。バックシートで、シャトレ＝レ・アルの地下鉄の駅のブースで撮ったひと続きのインスタント写真のシートをポケットから取り出す。彼とマディソンが舌を突き出している。映画スターのように恥ずかしそうに、しかし深くキスをしている。上下逆にした指で片眼鏡を作っている。その時二人は笑いながらそのブースに駆け込んだのだった。彼は、いつかこのようにたった一人でタクシーの中でその写真を悲しげに眺めることになるということがその時既にお互い分かっていた、ということに今さらのように気づく。タクシーの運転手が写真に見入っている彼を見つめている。運転手はフィリップ・グラスである。バックミラーに向かってその作曲家は歌う、「人生の最初の捧げもの、写真でなんかじゃなく、その舌で存分に味わってみたくはないか？」。彼はその質問に答えようとするが、グラスは携帯電話のハンズ・フリーのヘッドフォンに向かって何か話している最中であることに気づく。バーに到着してみると、まさに彼の朗読の順番が回って来ようとしている。マディソンは牙の生えた男と話をしている。「今シェーンベルクを読んでるの。なぜ不協和音は人にストレスを与えるのか、鼓膜の見地から解剖学的に解明しようとしているのよ」。牙の男は言う、「鼓膜に見地なんてあるのかい？」。マディソンは本を取り出して言う、「ここのところ、今読んであげるわ……」。牙の男は言う、「ああ、君って本当に面白いね」。MCが彼の名を呼び、彼はマディソンと牙の男のいるところを去ってステージに上がり、自分のノートから朗読を始める——「三十五歳の時、彼女はサーカスの小人と駆け落ちをする。小人は、実は九十歳の誕生日を間近に控えたトスカーナ地方の伯爵である。神託によれば、九十歳になった時、彼は軍隊を率いて、子供の時分に自分を針の穴に投げ捨てて串刺しにした祖父への復讐のため何度かにわたって戦争を行う、ということだった。血みどろの敗北劇が何回か続いた後、彼はついに奇跡の勝利を収め、それによってローマの壮麗さとギリシャの栄光をともに再現したかのような新たな光に満ちた時代が始まる。もちろん彼女が王妃であり、人々が怖れる王の像と並んでその像は人々の最も愛するところとなる。しかし、あらゆる富と美しい洋服や装飾品を所有する君主の身になった今、彼女はミルクの湯船につかり、戦場から戦場へと飛び回る行軍の途中で六頭の白馬に引かせた馬車のカーテンの中で彼と愛し合ったことなどを思い出しながら一人マスターベーションをしている。その思い出の中では彼はいまだにあご髭もないトスカーナの伯爵であり、彼女はカンザス州トピカのIT企業の初々しい社長令嬢だった」。彼は朗読をやめる。震えている。テーブルの間を歩きながら頭がぐらぐらしてくる。人々が警戒するように彼を見る。彼らの目は大きく見開かれている。口のところには、少年時代に彼がよく科学の本のイラストで見たブラックホールのように、ぽっかりと黒く穴が開いている。旧友のバルデスが立ち上がって彼のほうへ一歩踏み出す。同じく旧友のクリントンもテーブルの端に手をついて体をテーブルにもたせかける。セイディが立ち上がり、椅子が後ろ向きに倒れる。不可解なことに、彼には自分が前のめりに倒れていくところを彼らが黙って見ている様子が見える。まるで空を飛んでいるような気分である。ただ、あまりにも体が重い。誰もが目を見張り、彼の目の前のテーブルを指差す。初めはゆっくりと、それから激しい勢いでグラスが砕けて飛び散る。テーブルの角にこめかみがぶつかる。中硬膜動脈が破裂し、硬膜外出血が起こる。血が脳の中を逆流し、誰もが彼の上に覆いかぶさるようにして彼を取り囲んでいるのが見える。あるものは彼に向けて指を差し、あるものは携帯のカメラで写真を撮り、またあるものはブラックホールのような大きな口に手を当てている。マルクスが言う、「おい、どうしたんだよ兄弟、どうしちゃったってのよ？」とグレイプスが立ち上がって言う、「全ては自分が招いたことだ」。セイディの席には今マディソンが座っており、こう言う——「あなたは全てを台無しにしたのよ」。なんということだ、と彼は思う。これは夢じゃない。要するに、おれは単に、普通に死んでいくだけなんだ。世界を良くするなんて、どだい無理な話だったんだ。

彼は目を覚ました。泣いていた。パジャマのズボンとベッドがぐしょ濡れになっていた。まだ暗いうち、客室係が何と思うかひやひやしながら、彼はバスルームでシーツを必死に洗った。ドライヤーで乾かし終える頃、ミス・フロレンティーナに会いに出かける時間になっていた。

＊

アーニンとロッキー・イシップは何かを変えなければいけない、という結論に達する。彼らは働き、帰国してフィリピンで居を構えるために必要な金を貯める。二人はそれまでの貯金を全てタピオカティーのフランチャイズ事業に投資する。ロッキーには赤ん坊が生まれ、ボーイと名付けられる。それでも十分に相手との距離が埋まらないように感じ、二人はもう一人赤ん坊をつくることにする。赤ん坊は女の子で、タイニーと名付けられる。

子供の世話による睡眠不足で、ロッキーとアーニンは激しく喧嘩するようになる。それでも残されたわずかな愛にしがみつくように、彼らはよりいっそうの努力を誓う。海賊版のＤＶＤを観ては心地よく夜を過ごし、カップルズ・フォー・クライストのカウンセリングを受けに行く。愛情のこもったユーモラスな携帯メールを送り合う。それでも二人の溝はさらに広がっていく。ゆっくり手をつないで歩いていても、もはや全く楽しくない。フィリピンでは離婚は不可能なので、婚姻成立無効の申し立てを提出し、二人は別居する。

アーニンは鬱になり、太る。ロッキーはタエ・ボーのキックボクシングを始めてスリムになり、イベント・プランナー兼ＤＪの男と付き合い始め、やがてその男を捨ててほぼ二倍の年の国会議員と同棲生活に入る。ロッキーは旧姓バストスを名乗り始め、今や非行に走り始めたボーイの親権を獲得する。アーニンはタイニーと暮らしている。彼女は信仰心篤く、アサンプション教会では尼僧たちのお気に入りである。

ある日ゴルフをしている最中、アーニンは脳卒中になる。病院で医師がこう告げる――「イシップさん、これからは泳ぐ生き物しか食べてはいけません」。何週間かが過ぎて追加検診の日になったが、アーニンは病院に現れない。心配した医師は診察の帰りにアーニンの家に寄ってみる。彼らは同じヴァジェ・ヴェルデ地区に住んでいるのである。医師はドアベルを鳴らすと女中がドアを開ける。
女中「はい」
医師「イシップさんはご在宅かい？」
女中「プールにいらっしゃいますが」
医師「それはよかった！　それでご主人、何をしている？」
女中「豚に泳ぎを教えていらっしゃいます」

*

言うのを忘れていたが、昨夜僕はセイディの車からいきなり放り出されたせいでかなりイラついてしまい、ちょっとコークをやってしまった。意識が遠のいたと思うや発作的に眠りに落ちた。四時頃ノックの音を聞いた気がして目が覚めたが、多分同じ階のどこかの人たちのセックスの音だったのだろう。しばらく眠れず、クリスピンの持ち物をもう一度ざっと見直してみた。ある写真の束をよく吟味するうち、変なものが写っているのに気づいた。クリスピンが十字架の上に縛りつけられ、両手を鉄の鋲で打ちつけられているのだ。手の平は大きく開かれており、それは懇願しているようにも、あるいは勝ち誇っているようにも見えた。

裏には「セイディ・バクスター」の名があった。汚い筆跡で「f/2.8&500」と書いてあった。その下には撮影場所と日付──「一九九四年三月、パンパンガにて」。

別の写真は同じ場面のクローズアップ写真だった。クリスピンの顔が天空を仰ぎ、眼球は頭蓋の中に深く入っていて、まるで初めて目の当たりにする自己の精神の表層を凝視したまま固まってしまったかのようだった。

目覚めると、ベッドはぐしょ濡れだった。手にはその写真が握られたままだった。

マックス・オスクリオと一緒にスペインを離れてマニラに帰って来た私には、自分がまるで別人になってしまったように感じられた。より正確に言えば、私自身は変わってはいないのだが、街路を歩きながらも昔は聞こえなかった新しい響きが聞こえ、アカシアの枝がまるで苦しみを背負って垂れ下がっているかのように思え、またブーゲンビリアやハイビスカスの雌蕊がまるで何かを待ち焦がれてその身をよじらせているかのように思われてならないようになったのだ。太陽の光はヨーロッパよりも気だるく、まるで大きな可能性を孕みつつ体にまとわりついてくるようだった。あるいはそれは、単に湿度のせいだったのかもしれない。外国暮らしの中で、何世紀にもわたって名もなき同胞たちの生活の中で流されてきた汗、その汗を存分に吸ったフィリピンの湿度のことを忘れてしまっていただけなのかもしれない。それほどの汗に含まれる塩分は、私のような海外暮らしの長いものにはもう縁遠いものになってしまっていたのだろう。私は友人たちとともに、自らを新時代のイルストラードと呼んでいた――それは「光を与えられし者」という意味であり、物質的に恵まれた運命と引き換えに革命の責任を背負った者のことを言った。

*

私はもちろん不安ではちきれそうだった。もしも我々が革命の父たちの後を追っているのだとすれば、我々はその後の六十年の歴史によって大きく引き伸ばされてしまったその靴をうまく履きこなせるようになるのだろうか？　彼らと同じように、我々もまた外の世界へ赴く祖国の大使であり、また学徒でもあった。大きな志に燃えてマニラへと帰って来た私の胸には、外地での経験がみなぎっていた。私はルナ将軍の歩いた道を辿り、ランブラス通りでロペス・ハエナとリサールが戦わせた議論に一心に耳を澄ませ、かのイルストラードたちが『ラ・ソリダリダード』を発行した場所のすぐ横にある薄汚いカフェでモーニングコーヒーを飲んだ。そういった男たちの偉大さを少しでも自分の存在に浸み込ませたい、と心から願ったのだ。やがて私は恐ろしい不安に苛まれながらマニラに帰って来た。マックスを除けば――我々は二人だけの悲しい前衛党だった――私には友と呼べるものは誰ひとりいなかった。私の家族や友人たちは全て盲目だったのだから。
ほとんど帰国直後のこと、マックスと私は当局ににらまれることとなった。むろん、監獄の中はお世辞にも快適とは言えなかった。

――クリスピン・サルバドール、『自己剽窃者』(千九百八十二ページ)より

＊

ミス・フロレンティーナの眉は、この世のものとは思えないほど見事な弧を描いている。「これを見てみなさい」と彼女は今日の『ガゼット』紙を指差す。「こんなもの、まだまだ序章に過ぎないわね。この人たちのこと、あなた信じられる?」。一面には、キャンプ・クレイムの独房での祈禱会でにやりと笑っているマーティン師を魚眼レンズで捉えた写真が載っている。何人かの警察官や軍関係者、政治家などが狭い構内で手をつなぎ、輪を作っている。幾人かはエストレーガンの取り巻きの高官である。マーティン師の右手を握りしめているのはバンサモロ上院議員、野党の党首。左手を握っているのは僕の祖父である。豊かな白髪ですぐにそれと分かる。下に見出しがある――「不滅の信念、忠節、そして献身」。
横にはフィリピン・ファースト・コーポレーションの兵器工場の前で抗議する者たちを一斉検挙している機動隊の写真。まさに過剰攻撃の典型例のように、機関銃搭載哨戒艇まで一艘パシグ川に停泊している。ピケを張る人々と警察とがもみくちゃになったその上に、長い金髪をたなびかせ、まるで頰と鼻にウォー・ペイントを施したかのように日焼けしている男がひときわ目立つ姿を見せている。七フィートはあるだろうか。背の低い警官が伸び上がって手錠をかけようとしている。巨人は背中に手を回して恭しくひざまずき、顔を空に向けている。古い絵画によく描かれた、杭に縛り付けられて心臓を矢で射抜かれるその数秒前の聖セバスチャンのようである。見出しは言う、「『必ずや復讐を!』――逮捕されても示威行

動を続ける環境保護団体のテロリストたち」。

「正しそうなイメージは、正しさそのものよりずっと大事」。ミス・フロレンティーナはそう言うが、どの写真のことを指してそう言っているのかよく分からない。「そう、あなたの紹介状を預かっていたのだったわ」と彼女は僕の当惑にかまうことなく続ける。「このあたりにあると思うんだけど。つまり、このあたりにあって欲しいということだけれど」と言ってミス・フロレンティーナは笑う。人間の笑いというよりも、むしろ鳥類の鳴き声に近い。彼女が横になっている寝椅子の上には、まるで女性のホームレスがよくショッピングカートにいくつも吊るして歩いているビニール袋の中身をそのままぶちまけたように、乱雑に物がいくつも散乱している。「そうだわ、この話はもうお聞きになった?」。彼女はそう言い、周りのがらくたの中にあちこち手を突っ込んでは探し回る。「ラカンデュラのこと。女中は解放したけれど、子供の解放はいまだに拒否。夫妻と子供は、だからまだ人質に取られたまま。この話、目が離せないわね。素晴らしい事件だわ。ちょっとよそ見している隙に、このウィグベルト・ラカンデュラという男、あるいは国民の英雄になるかもしれない。あるいは国民の敵に、かもしれないわね」。ミス・フロレンティーナの声はあどけなく興奮にうち震えている。彼女のような種類の人間には、しばしば驚かされる。体は間違いなく年齢相応に衰弱しているのに、内なるエネルギーはずっと変わることなくそこに宿り続けているのだ。薄暗い光の中、その姿はほとんど預言者か何かのように思える。まるで父親の大きなセーターを着せられた幼い娘のように、深い皺が顔の上にいくつも襞を作って全体に暗い影をなしている。腕にはまるで古くなったバナナの皮のような斑点がたくさん浮かんでいる。髪の毛は白くて長い。

「ここにあったたわ!」。腹の上で封筒を上手に立ててみせながらそう彼女は言う。「でも、なんだかここはまさに〈闇の奥〉ね」。彼女は手を叩く、するとランプがつく。僕は、彼女の眉毛は刺青であったことに気づく。「これで少しはマシになったかしら」と彼女は言う。改めて見回すと、彼女はまるでがらくたの海に囲まれた孤島のようである。本、くしゃくしゃの手紙、テレビのリモコン、口紅を拭き取ったティッシュペーパー、密着印画紙、トランジスタラジオ、片方だけの靴下が何足か、コードレス電話、メモ用紙。みすぼらしい車椅子が一つ、彼女の手の届くところにある。その時、初めて何か不快な臭いに気づく。タルカムパウダー、ジャスミン、そして何よりも死の臭いである。ミス・フロレンティーナは物の洪水の中からペーパーナイフを取り出し、封筒の口を切る。

けばだった紐で首からぶら下がっている写真家用の虫眼鏡を使って、目を細めながら彼女は中を覗く。僕は待つ。

「これだわ。いい手紙よ」。ミス・フロレンティーナが手を叩くと、ランプが消える。

「何と書いてあるのです？」

「あなたはドゥルシネアを探している、と。彼女が何らかの鍵を握っていると思っている、とね。そう、あなたは何か手がかりになるものを探している。でも、考えてみれば、私たちってみんなそうなんじゃないこと？　たとえばあのかわいそうなラカンデュラだって、そう。この国ではまずお目にかかれない、〈正義〉なる何かを必死で探し求めているのではなくって？　解放された人質の女中の一人の体にね、あるメッセージが留め付けてあったらしいの。民衆に革命を促す声明文。どうやらあのラジオでのレポートの後、警官隊との間で小競り合いがあったようよ。放水砲まで登場していたわ。もっとも水圧が弱いから、群衆は水をかけられてもむしろ跳ね回りながら踊っていたようだけれど。ある人なんか、どこから取り出したのかも分からない石鹸を腋の下にあてがってたりね。まったく面白かったわ。新聞なんてくだらないけど、これだからなかなかやめられない」

「ミス・フロレンティーナ、僕は……」

「もちろん、みんな気になるわよね」と彼女は言う、「人の一生なんて、どの道すぐに終わってしまうものでしょう？　だとすれば、何か事件が起これば、片がつくところまできちんと見届けたくなるのが人情というもの」。彼女にはどこかレーナを思い出させるようなところがある。クリスピンがその年まで生きていれば一体どうなっていたのか、僕は考える。老人というものは、ともすれば生きているだけで何か大事な義務をきちんと果たしており、若い者に何か大事なことを教える権利があると考えているかのように振る舞うものである。だからこそ僕たち若者は、ある時年寄りの話を熱心に聞いたかと思えばまたある時には全くそばに寄りつこうともしない、などということにもなるのだ。「この事件、悲劇的な結末になるわね。賭けてもいいわ」と彼女は続ける。「いつだって結末は同じこと。ある日このアパートで誰かがおかしな臭いに気づく。そうすれば、世界で起きているあらゆる問題も全て自分の知ったことではなくなる。そしてこのビルの部屋が空くのを待っているガキどもが泣いて喜ぶってわけ。若い人たちってみんな天井の高いお部屋が好きでしょう」

「そうですね」と僕は言う。

「どうやったら彼女が見つかるのか、あなたに教えたものかしら。彼女、やっと自由になったばかりなのよ。ご存じ?」

「何ですって?」

「ドゥルシネアのことよ」

「ああ、分かりました。たとえば夜中にふと目が覚めた時や、お父さんの名前を新聞で見つけた時なんかに、彼女ももしかして……?」

「今、彼女は一人で何でもやっているわ。それ以上素晴らしいことってある? 自由こそ私たちが本当に求めなくてはならないものでしょう。他のあらゆる大事なものは、全てそこから生まれてくる。経験上間違いないわね」と言って彼女は車椅子を指差す。「でもいいの。今じゃ、世界のほうが私のところにやって来る。人が欲しがるものを持っていると、必ずそうなる」と言って彼女は笑う。人を不安にさせるような笑い方である。笑うふりをしているだけ、という感じがする。ミス・フロレンティーナは手紙を横目で見る。うなずいてみせ、それを膝の上に載せる。爪がまるで獣のかぎ爪のように見える。

彼女は声を低くして言う。「求婚者たちがみんな盗んでいくのよ、私の本を。どうやってなのかは知らないけれども。でも、本というものはなくなっていくものでしょう。とにかく、私が話すからあなたは黙って聞いていなさい」

「手紙には他に何と……」

「もちろん、人は何かをやり続けなければならない！　立ち止まってはいけないのよ、死の影に追い越されてしまわないようにね。私は『死』のために立ち止まれなかったから……。まあ、私はそんな心配ごときで参ってしまうようなやわな人間でもないけど。レーナは、そう。これまでもずっとそうだったわ。彼女はいつか、努力すること自体をやめてしまった。死後の世界のほうがずっと素晴らしいと言われ続けたせいよ。人生なんて、どうすることだってできたはずなのに。努力する代わりに、最後までお父様のかわいい娘を演じ続けてしまった。お父様の指差すところへ車椅子を移動させるだけの人生。それでいて、実はお父様はまるで少年のようにしなやかに立ち上がることだってできたというんだから、レーナとしては本当にやりきれなかったことでしょうね。そういう時彼女は彼の後ろをついて歩きながら、そのまま消えて行ってしまいそうに見えたわ。空っぽの椅子をじっと黙って押しながら、ね。でも、彼女のように人生の重みを背負っている人のほうが、自分のことをまだ若いと思ってはしゃいでいるような連中よりずっと好ましい。クリスピンのお母様は、まさにそういうタイプだった。きっとガンのことが耐えられなかったのね。対処の仕方は人それぞれ。ここ何か月か、私自身が気づかないうちにそう言っているんだから。今年九十五歳の若さですの、ってね」彼女は顔をしかめて見せる。「この状態はまさに煉獄よ。まだあなたは心配する必要はないけど。太陽の歩みを止めることはできなくても、辟易させ退散させることはできよう」

「マーヴェルですね。『はにかむ恋人へ』」

「あら！　最近の若い人って、女の子を口説く時にお酒にいかがわしいドラッグのスパイスをきかせても、詩のスパイスのほうにはてんで興味がないものかと思っていたけれど」

「多少はかじりますね、そのどちらも」

「あなた、気に入ったわ」と彼女は言う。「ここに来て私の愛人になってちょうだい」

「そして我々は、あらゆる歓喜を味わい尽くすのだ〔クリストファー・マーロウ「若き羊飼いの恋歌」の一節〕」

「あらあら、あなた、本当にクリスピンみたい。あの人は、いわば情熱に焦がれる羊飼いのようなものだったわ。暗い部屋に二人きり、私たちはよく詩の文句をお互いに投げ合ったものよ。エロチックな話じゃないこと？　最初は写真家になりたかったみたいだけど、結局は物書きになった。まあ私のおかげね」

「その書きもののせいで彼は殺された、とお考えですか？」

「若い人って、どうしてそう気持ちの悪いことばかり聞きたがるのかしら」

「僕はただ……」

「そう言うことを言いさえすればみんな真面目に聞いてくれる、とでも思ってるの？　おあいにくさま」

と言ってミス・フロレンティーナは再び手紙を見る。「ごめんなさい、意地悪をするつもりじゃないの。ねえ、外の天気はどう？　もちろんここの窓からでも空は見えるけれど、でも実際に外に出ると全然違うでしょ？　降り始めの雨の感覚、懐かしいわ。いよいよ臨終の時が近づいたら、ぜひ車椅子のまま雨の中に置き去りにして欲しいものね。それからもう一つ、ぜひやりたいことがあるの。何だと思う？　車の運転よ。昔はどこへでも車で出かけて行ったものだわ、かわいらしいＢＭＷに乗ってね。Ａ１９７４　３・０Ｓよ。ジャクリーン・ケネディ・オナシスのものと同じ型。私、車にも詳しいの。もうコレクターに売ってしまったけど。今じゃ、車に乗るのはミサに行く時だけ。人間、先が短くなると若い時の信心がまた戻って来るのね。でも、久しぶりに神様が見えたと思った矢先に足のほうがダメになっちゃった。このビルのエレベーターが故障したのとほぼ同時期。悪魔って、悪さをする時にはいつも誰にも気づかれないうちにさっさと済ませてしまうものだから。今となっては、静かなところであのお方にお目にかかるのを待ちわびているだけの人生。いや、それも違うわね」

「ミス・フロレンティーナ。クリスピンさんは、最後の帰国の際にあなたにも会ったのですか?」

「何かに打ち込んでいる限り、神様はいつも近くにいてくださったものよ。あなた、シモーヌ・ヴェイユ、読んだことおありになって? 彼女は、何かに深く心を配ること、その行為は祈りに似ている、と言ったの。私は、希望も同じようなものなのではないかと思っているわ。どこかに彼女の本もあったと思うけど。彼女は六歳の時、戦場の兵士たちのことを思って砂糖を食べるのをやめた。子供にはたまに驚くほど物事がよく見えていることがあるのに、そういう子供をたいてい大人はませているといって叱るでしょう。大人は年を取ってだんだん子供みたいになっていくけど、それを人は年の功だなんて言うのね。ええ、最後にクリスピンが帰って来た時には私も会いました。CCPでのスピーチの前だったわ、あのおバカさんの。アリストクラットのテイクアウトのお惣菜を買って来てくれて。今あなたがお座りになっているところに座っていたわ。顔を見ると、何か悩んでいることがよく分かった。やめたほうがいいとは思ったけど、結局私はこう言ったの。『ドゥルシネアを探して会ってきなさい』って。怒ったふりをしてたけど、あれはただ怖かっただけ。それもよく分かったわ」

「何が怖かったというのですか?」。僕は気を落ち着けながらノートとペンを取り出す。

「状況を壊してしまうこと、かしらね。あるいは、状況を変えてしまうこと。人生を変えるのは大変なことよ。私は、彼のことは絶対に悪く言いたくない。でも、クリスピーはやはり自由ではなかった。人生がうまくいっていないと、人はどうしてもそのことに囚われてしまって、他のことが考えられなくなるものだから」

「それであの人は彼女を探したいと思った、と?」

「もちろんよ。でも、あれはなんだか奇妙な話だった。彼女のことについて二人で話したことなんてそれまで一度もなかったのに、最後にここに来た時には、いきなり私に、彼女と連絡を取っているか、なんて聞くんですものね。だから私は言ってやったのよ、手遅れになる前に彼女に会いに行ってきなさいって。でも、そういうことって、気づいた時にはいつも既に手遅れになっているものだから」

「それなら、僕が彼女を探すのを手伝ってもらえますか？　彼のためにも？」

彼女は首を横に振って悲しそうに笑う。体を懸命に回し、ミス・フロレンティーナは後ろの窓のカーテンを開く。日の光が斜めに部屋に入って来る。それまでは暗くて見えなかったが、部屋の隅には一台ヴィクトローラがあり、壁は全て本棚や写真フレーム、ガリカーノやヌイダ、オルメダの絵、それからベルリン、バルセロナやブエノス・アイレスでの彼女の一人舞台のポスターなどで埋め尽くされていることが分かる。もはやそれだけのものとなった外界とのつながりに、ささやかな心の慰めを見出しているのだろう。彼女はスカートのポケットからタバコを取り出す。しっかりとした手つきでそれに火を付ける。

「単純な喜びこそが」と彼女は溜息とともに煙を吐き出しながら言う、「人を本当に支えてくれる。あなたもそのうちお分かりになるでしょう。まあお聞きなさい。あなたのがんばりは大したものよ。でも、私には口出しのできない問題があるの」

僕たちは黙ったままである。目が暗闇に慣れてくる。彼女の後ろに白い空が広がる。まるで誰かが文字を書き込んでくれるのを待ちわびてでもいるかのように、マニラ湾を抱え込むようにして深く白が広がっている。

「僕には」と僕は絞りだすように言う。「クリスピンの苦しみが分かるように思うんです」。なぜ自分がこんなことを言っているのか、自分でもよく分からない。

「ワインでも飲んで、楽しくお話ししないこと？　ボトル、持って来てくれてるんでしょう？」

「え？　ああ、持って来ています。でもまだ朝の十一時ですよ？　それに……」

「あなた、全然変わってないんだから。忘れっぽいところなんか特に」

「僕のことですか？　何をおっしゃりたいんです？」

「まあ、ひどいじゃないの！　二人の求婚者がそれぞれ素敵なニュースと食事を持って遊びに来てくれているというのに、三人目のあなたがワインを忘れてどうするの？　あなたは妬いているのよ。認めなさい、クリスピニート。あなた、私にどうして欲しいの？」

「ボトル、取って来ましょうか……？」

「いいえ、やめてちょうだい！　今日一日私に付き合ってくれる？」

「ちょっと予定が……」

「クリスピン……つまり、クリスピンのことならなんでも教えてあげるわ。ええ、教えてあげますとも。私はあの人に大事なことを教えた。たとえば、どこかに焦点が定まる一瞬前の像はどんなに鮮明に焦点が合った像よりもずっと刺激的である、といったことね。ノートにメモなさる？　写真ってのはね、いいこと、結局時間の経過なの。対象を捉えることこそが文学の最終目標でしょう？　時間を止めるのは絵画や音楽の目標ね。でも真の写真は、まるで花瓶が水を溜めるみたいに、時間そのものをその中に貯蔵する。水はもちろんやがて乾いてしまうでしょうし、そうすれば花瓶はその水の記念碑のようなものに過ぎなくなってしまう。スナップショットと傑作写真との違いは、ひとえに忍耐のメタファーの……」

「そうですね、でも……」

「あなた、何をそんなに焦っているの？」

「僕には、どうしてもドゥルシネアを見つける必要があるんです」

「ランチをご一緒しない？　まだゆっくりしていけるんでしょう？　ちょっと待って、どうしたらもう少しここに残ってくれるかしら？　そうね、クリスピンは才能が枯れたから死んだのではなくて、愛が信じられなくなったから死んだのよ。三流のロマンス・ノベルみたいで素敵じゃないこと？　怒りを糧に生きてきた男は、怒りが無意味になると生きていられなくなる」

「つまり、彼の自殺にはドゥルシネアが関係していると?」

「あなたはこの世を去るずっと前に、もう死んでいたのよ」

「ミス・フロレンティーナ、僕にはちょっとよく……」

「つまり彼のことよ……まあ、何を話そうとしているのか分からなくなっちゃったわ。何の話をしていたのでしたっけ?」。彼女はまごついているように見える。突然目の前でしおれて曲がってしまった花のように。それから微笑む。目が何かを企んでいるかのように輝いている。タバコの煙と寝椅子の臭いに吐き気がしてくる。

「ねえ、教えてくださらない? あなた、なぜあの娘を見つける必要があるの?」。彼女は僕を注意深く見つめる。「もしかして、自分でも分かっていないのではないかしら?」

「それは分かっています」と言って僕は彼女を見返す。「彼女に会って、お父さんはどうするべきだったと思っているのかを確かめるんです」

「なぜ?」

「それが大事なことだと思うからですよ」

「あの呪われた本とは特に何の関係もない、と?」

「これはクリスピンさんのためなのです」

ミス・フロレンティーナは動きを止め、沈黙の空気を吸い込む。後ろの空を一羽の鳥が飛んでいる――ここに着いてから初めて見る自然の生き物の姿である。大気の流れに乗って空中に停止するその姿は、まっさらなページの上に書かれた「m」の文字のように見える。ミス・フロレンティーナはとても悲しげに笑う。「よく分かったわ」と彼女は言う。「場所を教えてあげましょう」。その微笑みには、どこか勝ち誇ったようなところがある。

「本当ですか?」

「あなたを信じることにするわ。彼女はリンガエン湾のそばに住んでいます。ハンドレッド諸島の一つの島。フィリピンで最も美しい島のひとつよ。行ったことある？」

「よく覚えてはいませんが、高校の頃に祖父母が連れて行ってくれました。僕の両親が死んだのがまさにそこでしたから。記念碑のようなものがあるんです。森の中の大きな鉄の彫刻です。折れた翼の天使をかたどった」

「それならば、なおさら行かなくちゃね」

「ありがとうございます」。僕はほとんど泣き叫んでしまいそうになる。

ミス・フロレンティーナはうなずいて笑う。「《スポラリウム》の中の人物で、ただ突っ立っているだけで今にも背景に紛れてしまいそうな女が一人いる。コートで顔の半分が覆われているわ。あの女を見ていると、ファン・ルナはきっとドゥルシネアを知っていたに違いない、と思えてくるの」

「ありがとうございます」

ミス・フロレンティーナは周りのがらくたをほじくり返すと、小さなメモ帳を取り出す。

「ペンはどこにいったかしら？」

「僕が持っています」と言い、僕はペンを渡す。

「これ、覚えてるわ」とパーカーを見つめながら彼女は言う。まるで処方箋を書く医師のように何かメモ用紙に書きつける。「一つ質問があるわ、ミゲル」と彼女は言う。「クリスピンが娘を探し出せなかったのはなぜだと思う？」

「怖かったからでしょう」

「私は、それだけではないと思うの。譬え話をゆるしてちょうだい。私、写真狂でしょ？　時々、完璧な瞬間をずっと待つあまり、決定的な瞬間を取り逃がしてしまうことがある。視点を変えればよかっただけなのに、それに気づかないまま。まさにそういうことなのじゃないかしら。クリスピンは、自分では前に進んでいると思っていたようだけど、本当はずっと後退し続けていたのね。外国に住めばもっとこの国のことを正直に書けるようになる、と思っていた。ドゥルシネアが会いたいと思うような男になりたい、と昔言っていたわ。それが結局あのありさまってわけ」

「母親のほうはどうなったんですか？」

「大事なのは子供のほうでしょう。その後も、長い長い人生を生きていかなければならないんですもの」

彼女は意味ありげに僕を見る。

「『燃える橋』のことはどのくらいご存じなのです？」

「そんなことはどうでもいい。とにかく、あなたはドゥルシネアを探すことよ」。そう言うとメモ帳から一枚破ってそれを折り、僕に手渡す。

「あの本のことはどうなるんです？」

「それとこれとは何の関係もない、とあなたがつい今しがた言ったばかりなのではなくて？」。彼女は苛立っているように見える。

「すみません、他に誰に会えばよいのか見当がつかなくて。批評家のアベラネーダに会う予定なんですけど、きっと何の意味も……つまり、あなたが最後の……」

「やめなさいクリスピン、あなた、全然変わっていないわ。ランチのことは忘れて、もうお帰りなさい」

「もうひとつだけ聞かせてください」

「神がかってそう命じられ、その『命令』を御声の独り娘として……」と言って彼女は僕のほうに向き直る。背筋が伸び、挑戦的な顔つきになる。傲然とした微笑みが浮かぶ。「あなたの番よ」

「どういうことですか？」

「なんですって、クリスピニート？　『失楽園』でしょう」

「それはそうですけど、でも……」

「ジョン・ミルトン。あなた、使えない人ね。どうだったかしら、『御声の独り娘として遣わされました。その他のことについては、私たち自身が自らを律する律法であり、私たちの理性が私たちの律法なのです』」

＊

「信じ続ければ可能性はある」とカプは言った。葉巻の煙にその顔は隠れていた。ドゥルセはクローヴとレモンの香りを深く吸い込んだ。足を大きく振り、枝から下を見ないように努めた。しかし、恐ろしいと思わずにはいられなかった。その高さからでは、地上は何マイルも下にあるように見えた。「信じることだよ」とカプは言った。「飛べるというより、空気よりも軽いと信じるんだ。最初はうまくいかないかもしれない。あるいは二回目も。でも、僕がつかまえてあげるから大丈夫」と言って、カプは彼女を熱っぽく見つめる。

ドゥルセは疑わしそうに彼を見た。その目は、冗談を言っているのではなさそうだった。大きくて筋骨たくましい、魔法のルビーのように光る目をしたカプの姿を見ていると、確かに信じてもいいという気になってきた。それに、ドゥルセはいつもカプが木々の枝の上で見せる力に憧れていた。実際、ドゥルセはカプが地上を歩いているのをまだ一度しか見たことはなかった。カプレたちは、決して枝から降りない。一度だけカプが枝を降りた時も、ドゥルセを近所のロットワイラー犬ミリアムの牙から守るためだった。その時だって、ただ歩道の上に降りて来ただけなのに、なんともぎこちなく、ほとんど怖がっているようにさえ見えた。彼は片手でドゥルセを掬い取って一番高い枝に乗せると、ミリアムを恐ろしい目でひと睨みした。するとミリアムはきゃんきゃんと鳴きながら退散した。だが、カプはその後すぐに恥ずかしそうに木に登って来て、ドゥルセに誰にも口外しないよう頼んだのだった。絶対だよ、と彼は言った。もしも裏切ったらすぐにばれるからね、とも言った。空気の波動を伝わってくるからすぐに分かるのさ。彼はその前にも、裏切りとか嘘とか、あるいは意地悪な考えなどというものは、すごく敏感な耳を持つものにだけはっきりと聞こえる衝撃波のようなものを生み出す、と説明したことがあった。でも、本当は地球上のあらゆる存在がそれをいつも感じているんだよ。その体の奥のほうでね。自分では分からない事なんだけど。

だからドゥルセはカプを信じることにした。カプは友達だから、きっと私をがっかりさせたりなどしないはず。ドゥルセは深く息を吸い込んで、言われたとおりにやってみた。枝から飛び降りてみたのだ。落ちませんように、と祈った。だが効き目はない。地面はどんどん近づいて来る。もっと強く祈る。地面はさらに早くこちらに向かって来る。最大の力を振り絞って、彼女は祈った。ドゥルセはカプの大きな手が腰のまわりにかぶさってくるのを感じた。その手は彼女をゆっくりと包み、この上ない優しさで引き戻してくれた。地面につま先が触れた時、彼女はまるでベッドからふかふかのカーペットの上に降りた時のような感じがした。

「もう一度やってみよう」とカプは辛抱強く言った。「飛べるようになるには、大変な訓練が必要だからね」

——クリスピン・サルバドール、『アイ・ナク！』（『カプトル』三部作第三巻）より

＊

一九六〇年代は、サルバドールにとって厳しい時代だった。毛沢東主義とトロツキズムのどちらがフィリピンの現状に合っているのかについての激しい口論の末にオスクリオと仲違いをし、その結果彼は一人でヨーロッパから戻って来ることとなった。そして、当時フィリピン大学の政治学専攻の学生だったペトラ・チングソンと出会った。だが、彼の両親は二人の関係を認めなかった。彼女は、海外資本の流入に反対する有名な活動家だった。両親は彼らの付き合いを悪しざまに罵ったし、クリスピンのほうもジュニア

がマカパガル大統領の土地改革法案に反対していることに苛立ちを募らせ、結局両親と絶縁状態に入った（その後何度か復縁と絶縁とを繰り返すことになる）。彼はエルミタ地区のパンシットレストランの二階にある一部屋のアパートをペトラと借り、貧しくはあっても幸せな同棲生活を始めた。メディアは彼らの暮らしを道徳的見地から手厳しく批判した。

やがて、ペトラがクリスピンに与えた影響が明らかになってきた。『フィリピン・ガゼット』紙の見習い通信員としての彼の仕事ぶりに、特定の傾向が目立ち始めたのである。一九六五年一月二十二日の記事で、クリスピンはフィリピン中央銀行籠城事件を扱った。同年三月二十二日にはあのストーンヒル政府スキャンダルを正面から扱ってその豪胆ぶりを遺憾なく発揮し、シカゴのビジネスマン、ハリー・ストーンヒルとそのいわゆる「黒い本」の存在をすっぱ抜いた。その本にはストーンヒルの手中にある政治家の名前が全てリストアップされていた（『自己剽窃者』においてサルバドールは、この問題をこれ以上深追いするとマカパガル政権を巻き込むことになるからやめてくれと父に言われた、と書いている）。そして若きジャーナリスト、マルセル・アベラネーダとの初の共同の仕事となったその翌月からの選挙に関するルポルタージュが大成功、彼は歓呼のうちにジャーナリズムに迎え入れられることとなった。この選挙では、マカパガル大統領が若きフェルディナンド・E・マルコスに敗れ去った。二人はエッセイ「ザ・リアル・マッコイ」でこの新大統領を熱狂的にほめ讃えたのだったが、その後の長い歴史の中で、それは単に熱に浮かされたナイーブな楽観主義の産物でしかなかったことが痛いほど証明されることとなる。

一九六六年はサルバドールにとって大躍進の年だった。つまり軍部と警察によるキュラティンガンの農夫大虐殺事件のルポが大変高く評価されたのだが、この時初めて彼に対して「共産党シンパ」の呼び名が用いられ、伯父ジェイソンが関係するフク団との繋がりがジャーナリストに必要な客観性を損ねていると批判されることともなった。同じ年、サルバドールはベトナム紛争についてのマニラ・サミットをルポし、他の何人かのレポーターとともに、アメリカ大統領リンドン・ジョンソンが舞台裏で参加国の南ベトナム、タイ、オーストラリア、ニュージーランド、韓国、そしてフィリピンの指導者や代表者たちを恫喝している、と報じた。サルバドールのルポルタージュ戦術は日増しに大胆さを増し、ついには『ガゼット』紙のスタッフメンバーから外される事態に至る。十二月にはアベラネーダと写真家のミギー・ジョーンズ＝マチュートや詩人のムーチャ・ディマタヒミク、映画作家ダニロ・デ・ボルハらとともにチンコス・ブラボスを結成。フィリピン史上最も影響力のある芸術家集団のひとつが、こうしてその歩みを始めたのだった。

一九六七年一月、最愛のペトラがクラーク飛行場の外での反アメリカ軍集会に出かける途中で行方不明となった。様々な憶測が飛び交い、マルコス、マカパガル、アメリカ軍、共産主義者たち、その他の様々な略奪者たちがそれぞれかわるがわる嫌疑をかけられた。やがて滅多打ちにされて両手を切断された彼女の惨殺死体が見つかった時、悲嘆に暮れたサルバドールは死体を確認することさえままならなかった。荷物の整理さえ覚束ぬままパンシットレストランの階上のアパートを引き払うと、彼は友人ディマタヒミクとアベラネーダの住む家に転がり込んだ。

――執筆中の伝記、ミゲル・シフーコ、『クリスピン・サルバドール――八回目の生』より

*

国立美術館へ行く途中で激しい雨に降られ、自分がまるでチキン・リトル〔イギリスの童話の登場人物〕みたいに思えてくる。思ったよりもひどい濡れようで、靴の敷革に当たっている部分がどういう訳かひどく痛む。僕は木々の陰を転々と駆け足で渡り歩く。黒いゴミ袋を頭の上に置いた女とすれ違う。僕をじろじろと見る。緑のマスクをしている。僕は次の木陰を目指して駆け出す。シメコロシイチジクの木である。そのつるは長く下に伸び、舗道の表面を突き破って土へと到達している。その樹皮はまるで蠟人形の皮膚のようである。曲がった所や空洞になった部分には暗闇が水のように溜まっている。カプレやドゥエンデやティアナ

クの姿が見えた気がするが、まばたきと同時に消えてしまう。

美術館の階段を上がる。水が体から滴り落ちる。人々が僕のほうをじろじろと見ている。二人のガードマンも怪訝そうな目つきである。何人かの小学生グループが僕に向かって指を差さないようお互いに注意し合っている。荷物預かり所の前で手をつないでいる男女が僕のほうを見て抱き合う。二人ともマスクをしている。

木造の階段を上って二階に行く。標識に従う。トイレに入り、鍵の上に少しコカインを載せて鼻から吸い込む。もう一度吸い込む。すると少し気持ちが落ち着いてくる。ここ数日あまり眠れていない。展示室では人々が注意書きを順々に見ている——フアン・ルナの「傑作」は「現在修復中のためご覧いただけません」。

大きな白い壁の上には、小さな複製とともに、キュレーターたちが絵の制作過程やその意義、そして現在に至る修復作業の工程を簡単に説明したパネルがかかっている。複製は、クリスピンのオフィスにかかっていたものと同じサイズである。

僕はタブローをじっと見る。

大競技場の真下の部屋で、敷石の上、二人の剣闘士の死体が胸をはだけた召使いたちに引きずられていく。召使いたちは、体が地面に対して四十五度の角度を作るほど必死に足を踏ん張っている。暗闇には既にいくつも死体が積み上げられており、まだ温かい二つの死体の到着を待ち受けている。凹んだ鉄兜や鎧が部屋の隅に積み重ねられるように捨てられている。灰色の髪の男が骨ばった背中を見せて前屈みになり、閃光を放つ石の上で何かを研いでいる。おそらく刀であろう。若い女が疲れ切って床の上に倒れている。彼女の姿勢は灰色の髪の男のものと似ているが、顔にかかる乱れた髪や肩からずり落ちたローブを見れば、圧倒的な絶望か、あるいは悲しみの発作で突然その場に倒れ込んでしまったものということが分かる。光の射している前景に座っているため、白と緑がかった青のローブの効果も相まって、その女は全ての人物中で最も明るく輝いている——絶望の光を放つ灯台と言うべきであろうか。修復に関わるものは全て、この絵の魔力に捉えられてしまうのではないか。

女性の左手には、年老いてやせ細った夫婦が今にも折れてしまいそうな腕でお互いの体を抱きしめ、目の前を引きずられていく死体を気も狂わんばかりの表情で見つめている。死体はその手首を縄で縛られており、頭を力なく後ろにのけぞらせている。ほんの一瞬前まで神のような若さの輝きを誇っていたであろう体には、もはや生気のかけらも見えない。まるで月曜の朝に出すゴミ袋のように死体を引きずっているもう一人の召使いが、老夫婦の横に立つ男を荒々しく払いのけようとしている。払いのけられた男は、顔を近づけて死体の顔を確認して驚くと同時に、あまりの恐怖に後ずさりしている。

修復作業が一インチ進むごとに、あるいは人物像が一人ずつ明確になっていくごとに、修復者は精神のバランスを失ってゆくことだろう。

これらの人物の後ろに位置する薄暗い階段の途中に、おびただしい数の顔が見える。あるものは単に野次馬的な好奇心を露わにしているだけだが、中には積極的に何かを期待しているように見受けられるものもある。自らの表情を意志で制御しようと必死になっているようなそれらの顔を見ていると、ファン・エイクの《アルノルフィニ夫妻の結婚》に描かれている有名な鏡のことを思い出す——鏡に映る像が、描かれた風景全体を貫く真実への鍵となるのだ。

これらの顔は、修復者が仕事を終えて家に帰る時もその脳裏を決して離れない。暗がりに停車しているジープの中に、あるいは夕食時に妻が炊いている米の水蒸気の中に、あるいは眠りに落ちる前、瞼の裏に広がる暗黒の空虚の中に、それらの顔は現れ、そして消える。

やがて僕は群衆の中に彼女の顔を見つける。赤いローブをまとった女である。女の顔は衣服で覆われ、口が見えない。まるで僕を見つめているように思える。無表情——あるいはただ寡黙なだけだろうか。何かを待っている。いや、何かから隠れている、もしくは何かに決然と立ち向かおうとしているのだろうか。

いずれにせよ、はっきり言えることは、彼女こそが答えを握っているということだ。

＊

インタビュアー　それでは、どのようなことをしなければならないとお考えなのでしょうか？　あるいは、どのようなことが可能だと？

CS　もしも現政府の人民に対する義務の不履行と抑圧とが容認されてしまうのならば、それへの対応としては、何らかの政治行動や革命、暴力、そして死さえもが考えられうると思います。あらゆる行動には、すべからくそれと同等の力でそれに対抗する反応が起こるものです。道徳的均衡とは、そういうことを言うのです。もちろん私がここで問題にしている国は、他の国から政治運用のシステムを輸入した。だから、この国（アメリカ合衆国）で重んじられている原理は私の祖国では必ずしも重んじられない。政治的にも宗教的にも、あの国の人々は、何よりもまず信仰という絶対の抽象的価値を信じるよう教え込まれる。これは理論的には正しいことです。しかし、「真実」のように抽象的な価値というものは、常に不完全なものです。自由というものは、もしも全ての人間が享受可能なものであれば素晴らしい。民主主義のシステムはひとつの実験に過ぎず、欠陥も含めることで初めて完璧になる。そのような抽象的な原理の中では資本主義が最もいかがわしいものであって、その強力なエネルギーによって絶対的なものとされているに過ぎない。だって、私的な悪が公共の善に寄与した例などありますか？　今ある他に選択肢がないからと言って、単なる一つの可能性に過ぎないシステムを絶対的に受け入れなければならないというわけでもありません。人類という存在はもっと想像力に富んでいるはずですし、またもっと他者への責任を果たすことができるはずです。

インタビュアー　しかし、あなたは富める階級の出身でしょう？　あなたのことをブルジョア階級の裏切り者と呼ぶ人もいますが？

CS　確かに、私の出身階級に対しては裏切り者でしょう。しかし全人類に対してであれば、私はむしろその忠実なる僕《しもべ》であると思っています。おっと、何やらインチキくさいヒロイズムに聞こえてしまいそうですね。しかし、そもそもヒロイズムや聖者の業というものは、いわゆる崇高さなどとは縁遠いものです。それらはたいていの場合、自己嫌悪や日和見主義、あるいは形を変えた恐怖心などの産物です――つまり誰もが自分自身の中に持っているのですが、他人の中に認められるや、何やら大きなものとして見えてくるようなものなのです。憎しみがアイデンティティの重要な構成要素となってしまうと、毎日首の周りに改正すべき制度や物事のリストをぶら下げて歩いているような状態になる。あらゆる善は、常に悪に反転してしまう可能性と背中合わせです。現大統領のコラソン・アキノだって、表面的には聖者のように見えますが、やはり前任のマルコス独裁政権と不可避的につながっている部分が否定しようもなくある。善のみで成り立つ世界の住人になろうとすることはすなわち自己欺瞞であり、独善でしかない。強欲は我々の一部分なのです。オーウェルはガンジーについて述べる中で、聖者とはいわば「推定有罪」――つまり無罪が完全に証明されるまでは有罪と考えられるべき――の存在であると言っている。同国人から罪人扱いされるという点では、私がまさにそうでした。もちろん、そうだからと言って私が聖人であることの証明などになるはずもない。しかしその事情は、そのように私を告発する者たち自身の存在の何らかの部分を確実に物語ってもいるのです。

――『パリス・レヴュー』一九八八年のインタビューより

＊

われらがナイーブな主人公は美術館を後にして、木陰から木陰、そしてバス停へと雨の中を走る。ずぶ濡れになった彼はリュックサックからノートを取り出す。ペンのキャップを外し、ページの上にさらさらと何か書き始める。

『八回目の生』用――サルバドールは、かつてこの絵を……

ペンの動きが遅くなる。パーカー・ヴァキューマティックの先からインクが流れ出るのを見つめる。まるで雪の中を流れる川のようである。魔術を思わせるように言葉がページの左から右へ横切ってゆく。

……スペイン帝国統治下のフィリピンのメタファーとして用いた。《スポラリウム》はある種フィリピンという国の典型……

ここで動きが止まる。「典型」という語を消す。

……必要条件……

彼は再び手の動きを止め、考える。このフレーズで良いのだろうか？　やがて動きが再開する。

……を示しているのだが、僕を含めたほとんどのフィリピン人は、スペイン政府の管理下にあった時であろうと現在のように国立博物館内に隠されるようにして所蔵されている状態であろうと、その実物を見たことがない……

まるで彫像のようにいくつもの文字が矢継ぎ早に刻印されていく。タイプのバーの動きの素早さが残像を作る。年老いて静脈の浮き出た両の手が魔術師の手のようにキーの上を動き、やがてキャリッジがボディの端に来てベルが鳴る。

……実際、ほとんどのフィリピン人にとって《スポラリウム》の難解さは好ましいものとは映らないし、理解もされにくい。しかし、まさにそのような傍若無人さゆえにこの絵は高い評価を勝ち得たのである。縦十三フィート、横二十二フィートの堂々たるこの絵は、一八八四年にマドリッドで開かれたベラ・アルテス博覧会において本国のスペイン人――彼らはわれわれをインディオ、すなわち野蛮人だと考えていた――を差し置いて金賞を受賞した。

インクの出が悪くなり、彼はペンを振る。再び調子を取り戻す。

失われし文明の深みについてのこの病的な一考察は、わが国の偉大なる野心の発露である。ここに――

つまりその歴史性や不名誉、現在そこに実物がかかっているはずの空白の壁や、お粗末にも色のにじんだみじめな複製品、それからその横にある文法的誤りを多数含んだ宣伝文句、などの全ての中に――人は、サルバドールの祖国の現状についてのアレゴリーを容易に見ることができる。しかし、この絵の中央に静かに立つ一人の人物こそ、おそらくかの〈亡命の豹〉にとって最も大きな意味を持っていたのではないだろうか。

ベルが鳴る。文字はスタッカートでリズムを作り、ページの上にアステリスクが打たれる。

*

ルーパス・プレイス・モールに向かうバスに飛び乗る。アベラネーダに会う前にインターネットカフェを見つけ、メールのチェックをする。スパムメールのボックスはゴミで一杯になってしまっている。crispin1037@elsalvador.gob.sv. からの返事はまだない。

バスは混んでおり、濡れたズボンの裾のような臭いが車内に充満している。ずんぐりとした若い男がハンカチを口と鼻とにあてがって、新型の携帯電話のディスプレイをじっと見つめている。ボン、ボン、と音がする。彼がボタンを押すと、同時にディスプレイが強い光を放つ。そのうち舌打ちのような音を立てながらあからさまに興奮し始めたかと思うと、男は叫ぶ――「ちょっとみんな聞いてくれ!」。彼はディスプレイの文字を読み上げる、「臨時ニュース、ラカンデュラ籠城事件で逮捕者。みな神の変革を告げる船となって、全ての同胞とともに立ち上がれ。続報はAM局にて」。誰かが叫ぶ、「ラジオだ、誰かラジオ持ってないか?」。僕たち乗客全員が運転手のほうを見るが、彼は肩をすくめ、ダッシュボードにダクトテープで固定してある新しい六枚オートチェンジャー付きCDプレイヤーを指差す。先ほどのずんぐりした男が携帯電話をまるで自由の女神のように高く掲げる。電話はスピーカーのモードに切り替えられており、ラジオのコメンテーターがチャンコ夫妻のことについて何かしゃべっているのが聞こえてくる。乗客がみなてんでにシーッ！　という破擦音で近くのものを黙らせようとするので、肝心のラジオの音が聞こえない。

やっと静かになり、レポーターの低いバリトンの声が車内に響き渡る――「建造物破壊器具の前に身を投げ出した若い女性が警察に拘留されたのを受けて、群衆は暴徒と化しました。騒ぎの間、家の中から銃弾が発射される音が聞こえたということです。被害者の報告はまだ入っておりません。ラカンデュラ氏はまだ人質を拘束している模様。警察は目下全力を尽くして暴徒の鎮圧にあたっています。それでは次のニュースです。中国で発生した新型のインフルエンザは……」。

乗客たちは一斉に唸り声を上げる。女性客の一人がヒステリックに喚き、泣き始める。「神さま、イエスさま、マリアさま、哀れなウィグベルトにどうぞご慈悲を！」。バート・シンプソンのクリスマスカラーのネクタイを付けた年配のサラリーマンが彼女の肩を叩いて慰める。小奇麗な身なりの男が叫ぶ――「でもあいつ、本当に男前だよな！」。前の座席の男が運転手に次の角で自分を降ろすよう頼む。他にも五人の男が立ち上がって彼に加わる。そのうち一人が両腕を高く上げて叫ぶ、「ラカンデュラを解放しろ！」。合計六人が、激しい暴風雨の中を頭の上に両手を置いて飛び出してゆく。乗客全員が大きく歓声を送る。

＊

ボーイ・バストスは、アーニンのこうがんの中の精子だった時からすでに大人びていた。ある日のこと、周囲の液体に大きな流れを感じ取った彼は、仲間に準備態勢につくよう呼びかける。まさにボーイ・バストスらしく、一群の先頭を切って泳ぐ。アーニンの棒を勢いよく通過して今まさに外の世界へと飛び出そうとしたその瞬間、彼は叫ぶ――「みんな戻れ！　扁桃腺が見えるぞ！」。次の日、彼は再び大きな流れを感じて群れの先頭を泳ぐ。今回の流れには、はっきりとした目的地へ向かっている感覚がある。だがぎりぎりの瞬間になって彼は再び叫ぶ――「みんな戻れ！　コンドームだ！」。さらに次の日、また流れが起こる。おそるおそる泳いで行くボーイは、それでも今度こそ発射の時だという確信が揺るがない。だが、突然彼は必死の形相で振り返って皆に叫ぶ――「みんな戻れ！　クソにまみれちまうぞ！」。

＊

バスでの会話――

「おい、ニュース速報、聞いたかい？」

「なんだよ、ヴィタ・ノヴァがクラゲにでも食われちまったか？」

「違う！　ヌレディン・バンサモロがエストレーガン大統領と会見した、っていう話さ」

「そんなことはないだろう？　あの二人は仇同士だぜ？」

「それでバンサモロはこう言ったんだってさ、『大統領、どうか仲直りの印にこのメルセデス・ベンツをお受け取りください。つきましては、どうか次の大統領選で私めに副大統領のイスを』ってね」

「それで？」

「それでエストレーガンはこう言ったらしい――『すまないが、私は賄賂の類は受け取らん主義でね』」

「よく言うよなあ！」

「それで、バンサモロのやつはこう言ったというんだよ。『分かりました。それでは一ペソでお譲りする、ということでは？』」

「待て、先を言うな！　オチが見えたぜ。それで、エストレーガンはバンサモロにこう言ったってんだろ？――『よろしい。その値段なら二つ頂こう』」

＊

メールどうもありがとう、兄さん姉さん。フィリピンでは特に変わったことはありません。雨は凄まじいし、クリスマスシーズンのせいで道路はどこも悪夢のような渋滞、というだけのことです。僕はいたって元気ですので、爆破事件のことはどうぞご心配なく。シャーロッテ姉さん、僕の足に関するアドバイス、みんなにｃｃしてくれてありがとう。やっぱり濡れた靴を履き続けたのがいけなかったんだろうね。ただ、アドバイスはありがたいけど、シャワーを浴びながらのおしっこが足の臭いに効く、なんてのはやっぱりなかなか信じられないな。とにかく追って結果を報告します（いたずらだったらただじゃおかないから）。

さて、僕のことを言えば、正直なところ、グレイプスの事にはあまり関心がありません。フィリピン・ファースト事件の関連で、そのうち彼の名前が浮上してくる確率は高いと思いますけど（ところで彼がマーティン師と写っている写真、見ました？）。フィリピン・ファーストとのコネクションのことはまだ新聞沙汰になってはいませんが（きっと大金を使って隠蔽しているに決まっていますが）、彼とディンドン・チャンコ・ジュニアとのつながりの深さは僕たちにとっては周知の事実です。フィリピン・ファースト最大の工場がまさにあの人の選挙区内にあるんですものね、まったく。政治というものがいつもそんなものであることは僕にだって分かっていますよ。それでも希望を捨てたくない時だってある。時々僕は、登場人物の祖父に当たる人物（あるいは、あらゆる父親的人物と言ってもよいのですが）のモデルをグレイプスにして小説を書こうとしている時なんか、なるだけ深みのある人物像を作るために物事をグレイプスの見方で見てみようとします。そういう時には、僕は彼のことを、自分の全ての子供たちのみならず、さらにその子供たちがやりたいと思ったこと、勉強したいと願ったことまで全て経済的な意味できちんと面倒を見た（もちろん時には「しぶしぶ」でもあったのですが）立派な一族の長として見る。小さい時は僕と一緒に遊び、僕のことをいつも誇りに思い、いつも僕のためによかれと思ってくれた人（様々な方向性の違いはあったけど、そのこと自体を疑ったことはありません）。僕らが何をしようと、最終的には必ず受け入れてくれた人（もちろん、ご承知のように僕らはいつもひどく怒鳴られましたけどね。ええ、あれは凄かった）。いくつもの大きな夢に衝き動かされながら、結局は傲慢さのせいでそのほとんどにおいて失敗してしまった人。そのような人物に紙の上で命を与えようと格闘している時、思わず涙を流している自分に気づく時があります。しかし、僕にはまだグレイプスのために泣くことを自分に許せません。それでも、作品を書き終わった時、彼に対して憐れみの気持ちのようなものを、ある場合には共感をさえ感じていることに気づくと、やはり驚かずにはいられませんが。

すみません、なんだか話が脱線してしまいました。僕が言いたいのはつまり、その絆から自分自身を引き離そうとがんばっている時（今だってそうなのですが）などに、つまり大げんかの後で僕を部屋から追い出したあのホテルでの一夜を恨めしく思う気持ちなんかを忘れて、それをむしろ勇気の源になるような静かな感情に変えてしまおうとしている時などに僕が感じるのは、あの人に対する共感のみならず、希望としか呼びようのない何とも奇妙な感覚であるということなんです。僕は絆を断ち切ろうとします。でも、そのうち僕が博士号を取得して帰ったとしても、あの人は決して誇らしくなど思わず（むろん口では一応そう言うでしょうが）、むしろ「ああ、それなら私は四つ持っているよ」などと言うでしょう。もちろんそんなものは田舎の学校の名誉学位でしかないのですけれど。いずれ僕が本を書き上げるようなことになったとしても、そこに至る長年の努力を評価してくれるなどということは決してなく（これも口ではそう言うでしょうが）、むしろ「ああ、私は五冊書いたよ」などと言うということが、僕には分かってしまっているのです。そんなものはむろん、どこかの誰かさんにゴーストライティングしてもらって公金横領で出版したものでしかないわけなんですけどね。もちろんこれはグレイプス相手のゲームでもなんでもない。そんなことは自分でもよく分かっています。仮にもしそうだったとしても、単に気にしなければ自動的に僕のほうが勝つことに決まっているのですから。そういうわけで、僕は今のところそのことをなんとか気にしないように努めているのですが、一体、そもそも「気にしないように努める」なんていうことが可能なのでしょうか？

体制にこびへつらって出世するくらいなら、僕はむしろあの人に威厳を保ったまま静かに消えて行って欲しい。もしもあの人が既得権益だかちっぽけな善意だかのためなどではなく、何か崇高な大義のために公の場ではっきりと自分の立場を表明してくれていたならば、政治についての、あるいは僕のためにあの人が用意してくれた様々な就職の機会についての僕の考え方も、ずいぶん違ったものになっていただろうと思います。あの人がこんな風にフィリピン・ファースト事件に巻き込まれていくことを見るにつけ、また親族の誰もやりたがらなかった知事の職をグランマに無理矢理押し付けて政治の世界に引きずり込んだことを思うにつけ、あるいは、ある年にはエストレーガンとチャンコ側についたかと思えば次の年にマーティン師とバンサモロの――あるいは誰でもいい、とにかく何十年の時を越えて回転ドアを飛び出してくるその時々の権力者の――擁護に回る、などという無節操でうちの家名に泥を塗りたくっていることを見るにつけ、ますます彼のことが信じられなくなっていきます。この国のために戦っている、などというのは、あの人お得意の自己満足に過ぎない（無私の行為には、本当に利己性は全くないのでしょうか？　利己的な男には絶対に自己犠牲的行為はなしえないのでしょうか？）。なるほど、確かにあの人はまだ盗みを働かなければならないほど落ちぶれてはいないのでしょう。グランマはそう言います。それでもなお、なのです。グレイプスという人は、かつては輝かしい将来を嘱望された義の人だった。それが今となっては、単なる妥協の輩になり下がってしまった。

マリオ兄さん。「和を重んじて仲直りする」だなんて、僕には絶対にできませんね。この世に偽善ほど嫌らしいものはありません（もちろん、あの人の失敗は僕らを育てるために国を長年離れてしまったことに起因する、という事実には多少の後ろめたさを感じてはいますが）。共感はしますよ。だから僕は悲しいのです。しかしこのフィリピン・ファースト事件がいよいよ大騒ぎになってくるとして、兄さん、その時あの人は一体どうすると思います？　多分、何もしない。つまり、あの人はただ「だんまり」を決め込むだけだということです。なに、僕らが一番よく知っていることですがね。

だらだらと書きなぐってしまってすみません。でも、どうしているか尋ねてきたのはそちらだったのですからね。

――僕からきょうだいへのEメール、二〇〇二年十二月七日付

＊

バリンビン――スペイン語ではカランボラ、英語ではスターフルーツと呼ばれる――は、草のような緑色あるいは藁のような黄褐色をした、弾力性のあるなめらかな果肉を持つ果物である。大きなもので約四インチ、縦方向に発達する角ばった五つの列片を持つためスライスすると完全な星型となる。酸味の利いたさっぱりとした味をしており、鉄分、ビタミンCとB、蓚酸塩、カリウムを含む。葉から作られる湿布はしばしば白癬治療に使用され、種を用いた茶は喘息と腸内ガスに効くとされる。表面は多くの面――あるいは顔と呼ぶべきだろうか――から成っているため、「バリンビン」いう語はしばしば軽蔑的に政治家や背信者を指す時に用いられるのだが、私の考えではむしろヤヌスのように多彩な才能を持つフィリピン人の特質をよく表すもののように思われる。占領中恣意的にアメリカが決めたことではあるのだが、公式にフィリピンを代表する果物といえばやはりマンゴーとなるだろう。しかしその深遠な象徴性に敬意を表すれば、非公式な意味でフィリピンを代表するのはバリンビンである、とするのもあながち牽強付会ではあるまい。

――クリスピン・サルバドール、『わがフィリピン群島（八十のカラー写真とともに）』より

＊

インタビュアー　あなたは後悔について書いていらっしゃいます。その感情こそ、あなたの書くものの基調をなしているようにお見受けします。これまでで最大の後悔は何ですか？

CS　なんですか、その質問は？　最大の後悔というものは、最も私的なことに関係しているものでしょう。いずれにせよ、私の書いたものに既にそういうものが表れていないのだとすれば、それはここでも

話さないでおくほうがよいということです。

インタビュアー　しかし、もっとうまくやりたかった、とお思いになることはきっとあるでしょう？

CS　分かりました、いいでしょう、ここで話してしまえば少しは罪も軽減されるかもしれません。私の父には政敵がいました。不倶戴天の敵、と言うべきでしょうか。レスペト・レイエスです。後で分かったのですが、非常に気持ちのよい人でした。恵まれた才能の持ち主でしたが、その妥協知らずの厳しい倫理感で多くの敵を作りもしました。あそこまで清廉潔白な性格でなければ、いずれ大統領になった人だと思います。我々の国はそういう国なのです。しかし、私がジャーナリストとしてのキャリアをスタートさせた時——つまり一九六四年、私が両親の住む故郷の家を離れた時です——私はまだ父に自分のことを認めてもらいたいと願っていた。ご存じのように、「ジュニア・サルバドール対レスペト・レイエス」という構図は長い間続いていました。〈マニラのスリラー〉なんて呼ばれてね。そもそも人間というものは結局、親に認められたがり続けてその一生を終えるものなのではないでしょうか？　たとえ親に死に物狂いで刃向かっている時でさえも、です。父は私を教育して、その政敵を憎むように仕向けました。物書きとしての初仕事は、父のスピーチの下書きでした。ありとあらゆる汚い手を駆使しましたね。根も葉もないホモセクシャル疑惑をまことしやかにほのめかしたりしたこともありました。表立って何もスキャンダルの種がないことをむしろ理由にして、そのこと自体が彼の類まれな狡猾さを如実に示しており、他の誰よりも悪事を隠蔽する能力に長けた卑劣極まりない人物である、などと主張したりもしました。見事なまでにねじ曲がった論理でしょう？　家を出てからも私は反レイエスの記事を書いていました。たとえば、七〇年代に彼がマルコスに逮捕されて牢獄で拷問を受けていた時には、卑劣な独裁者も時には善行を施すものである、などと書きまくったのです。つまり、その時の私には単にものが見えていなかった。何十年もの間、一体政治家としてレイエスがどのようなことを目指していたのかが見えなかったのですね。これだけは言えますが、人は、両親を強く憎んでいる時でさえ、結局は彼らを最後まで守ろうとしているものです。それは、義理がたさだとか、あるいは懐柔策を取ろうとしているとかいうこととは何の関係もない。むしろ、あふれる希望です。真実を言えば、たとえ両親に激しい失望を感じたとしても、そのこと自体、かつて彼らに対して大いなる信頼を寄せていたということをこそ証し立てているのです。

ああ、私はいまだに、自分が昔レイエスに対して行ったことへの贖いができていない。自分の人生でもしも真に悔いていることがあるとすれば、まさにそのことです。

——『パリス・レヴュー』一九八八年のインタビューより

＊

最後のインタビューの開始予定時刻まではあと十五分だった。それが終われば、あとはドゥルシネアを探し出すだけとなる。

マルセル・アベラネーダとのこの会合は、それ自体がスクープとなる可能性がある。クリスピンへの彼の敵意の出所についてはっきりと確かめ得たものはまだいない。かつて真の意味で苦楽をともにしたものだけに可能な仕方で、彼らは反目していた。

劇場まで行くジプニーだと思って乗った車が間違っており、途中で降りて歩く羽目となった。迷宮のような街路をあちこち行きつ戻りつしているうちに足が疲れてくる。いよいよ歩けなくなると思い始めた頃、やっと目指す劇場の場所が分かった。まずその大小の尖塔が目に入り、やがてファサードが見えてきた。それはまるで、波打ち際に落ちている灰色の漂着物のようなビルの群れに埋もれた白やピンクの貝殻のようだった。ゴクラクチョウを象った格子が固く締まっていたために中に入れなかったが、錆びた鍵がかかった門を見つけてやっと入ることができた。

携帯電話のディスプレイの光を懐中電灯代わりに用いる。

ロビーに入ると全てがセピア色である。ステンドグラスを通して入って来る太陽の光が高い天井のアール・デコ調の飾りのあたりで揺れている。しかし、電燈があってしかるべき場所に配線がむき出しになっていたり、がらくたが積み重ねられていくつものドアがふさがれたりしていて、そこに入るともう二度と出て来られないような雰囲気を醸し出している。会合の場所としては非常に奇妙な場所である。傾いた彫像の黒い肌の上には、雪のように厚く埃が積っている。いずれかの二重扉の向こうから人の声が聞こえる。老人の声である。

静かに大劇場の扉を開けて中に入る。暗闇の中で振り返ると、ロビーへ続く通路がまるで光のオベリスクのように見える。光の先端はちょうど舞台のアーチのところまで届き、付近を灰色に染めている。携帯電話はロウソク程度の明るさしかないので、あたりの雰囲気は会合というよりも追悼式にこそふさわしい。床の塵の上についた足跡が部屋の最前列のところまで続いている。僕は足跡を辿り、やがて有名なアーチの前に立つ。パランカ賞も受けたクリスピンの短編「一幕もの」が、このアーチにヒントを得て書かれたのだった。アラン・ロブ＝グリエの影響を振り払うようにして書かれた経緯を偲ばせるその作品においては、このステージ上で行われる殺人事件とその犯行の様子についての限りない可能性が思索される。内部の捜索劇を包むようにして展開するのが、事件の背景の描写である。僕はその部分をよく思い出す——「千一個の異なるシーンが千一人の木彫り師によって生み出される。それぞれの木彫り師は、想像力を一杯に働かせて自らの若い頃のことを思い出すよう命じられている——手の届かなかった若い女たち、あらゆる種類の自生の果物、国粋主義的色彩の強い国旗、手の込んだ装飾の施されたカレサ馬車を引っ張る雄牛、ラプ・ラプがマゼランを殺した叙事詩的な戦い、十戒の二枚の石板、島々の様々な動植物、突き上げられたたくさんの拳、教会、イントラムロス、ふっくらとした顔の息子たちやふくよかな体つきの娘たち、革命軍を率いるアンドレアス・ボニファシオ、林檎を口の中に詰められた丸焼きの子豚、十字架にかけられたイエス、棚田の鏡のような水面に稲を植えている一人の女、輝く星を一つ包み込むように弧を描く三日月、巨大なスプーンとフォーク、その他数えきれないほどの物体や事件」。

しかし、虚構はしばしば現実に対する幻滅を生む。実際のアーチには、たった四人の女神――それぞれ詩、音楽、悲劇、喜劇を司る――が彫られているだけである。事実の力によって、人は夢から醒める。クリスピンがそのディスコ・オペラ『世界一周』の短い興行を打ったのもこの場所だった。舞台の初日の夜の写真を見たことがあるが、セットはひどくパターン化されたマゼランの快速船ヴィクトリア号で、タイトなポリエステルのズボンを穿いたコンキスタドーレたちが索具からぶら下がっては歌を歌っていた。ミズンマストの向こうに広がる夜空に浮かぶ月はお粗末なミラーボールだった。

僕は舞台に上がってアベラネーダを待つ。通路の光が弱くなる。がらくたの間を何かが動く。僕は彼の名を呼ぶ。アベラネーダ博士？　声は場内に反響し、いくつものエコーとなって消えてゆく。誰かが僕を見ているような気がする。再び彼の名を呼ぶ。

あれは何だ？

四つの顔がこちらを見ている。悲劇と喜劇がその均衡を保つようにして僕を見つめる一方、詩と音楽は自分のことにしか興味がないとでもいう表情をしている。

アベラネーダは、きっと現れないのだろう。

怒りは、何ものによっても――どのくらいの月日が経っても、またクリスピンが死んでさえも――取り除かれることはないのだ。僕は、必要以上に長く彼のことを待つ。彼は、クリスピンが一体彼らにどのようなことをしたのかを僕に教える、と言ったのだった。

部屋が完全な暗闇になった頃、僕は自分の進むべき道を歩み始める。

8

真理には三つある。まず、知ることができるもの。それから、知ることのできないもの。三つ目は作家のみが感知することのできる真理であり、前の二つのどちらでもない。

――クリスピン・サルバドール、一九八七年のエッセイ「磔刑」より

*

ボーイ・バストスは四歳になった。彼はよくしゃべった。両親が離婚してのちは、母と一緒に暮らした。いつも母を悩ませる子供だった。それでも、最近母が付き合っている国会議員のことをやっと「パパ」と呼ぶようになってくれたことは、母にはとても嬉しいことだった。ある日、ボーイの目の前で母が着替えをしていた。

「ママ、その胸のところにあるのはなあに?」

「スイミング用の救命浮き袋よ」

「いいな! 僕泳げないから、それ持って泳ぎに行きたい!」

「だめよボーイ。私が使うんだから」

そうすると彼は、まだあどけなさの残る乳母のほうを指差してこう言った。「ねえ、それじゃあさ、ナニーの持ってってもいい？」

するとと母親は嘲るようにこう言った。「だめよ、彼女のは中にまだ空気が入ってないんだから」

「そんなはずないよ！」とボーイは言った。「昨日ママがマージャンに行ってるあいだ、パパが一生懸命空気を吹き込んでたもん！」

＊

劇場の近くのベリー・グッドという食堂で夕食を取る。むっつりした顔で突っ立ったままグリルの火に空気を送っている女の店員から、米のケーキ、血で煮込んだ豚のシチュー、それからサーシの缶をひとつ買う。串刺しにされた様々な食べ物がゆっくりと焙られる匂いがする。アベラネーダの携帯電話に電話をかけてみる。出ない。どうでもよいことだが、隅のテレビの音量が大きすぎる。

客は僕と、あとは二人の警官のみである。テレビではバラエティ番組をやっている。甲高いカリフォルニア訛りのある、ゴージャスな体つきのフィリピン系アメリカ人女優が司会である。タガログ英語をしゃべろうとしているが、それはタガログ語というよりむしろずっと英語に近い。動詞の時制にも混同がある。

スタジオの観客の中から選ばれた四人で、ダツ・プティの酢を誰が一番多く飲めるか競争をしている。四人の顔が歪み、スタジオにどっと笑いが起こる。最後に一人が残る。勝者の名はクイーニー。彼女はケソン・シティのバランガイ・キホーテ《キホーテ村》にある食堂の中年調理師である。賞品は彼女の三か月分の給料に相当する一万ペソの現金か、あるいはバヨン——中に何が入っているのか分からない粗末な手織の麻の袋で、農産物あるいは闘鶏用の鶏でも運搬するためのものだろう——かのどちらかである。

例のむっつりした女の店員が僕のそばにやって来て、テレビに見入る。両手を固く合わせ、まるでサイコロでも握っているかのように大きく振る。僕の腕まで摑んでしまうのではないかと思うほどの気合いの入り方である。クイーニーはバヨンのほうを選ぶ。カメラが彼女の唇をアップに映し出す。彼女は何か祈っている。袋を開ける。出てきたのはロリポップ。観衆が歓喜の叫び声を上げる。クイーニーは涙をこらえ、気丈に微笑んでみせる。

むっつりした顔の女は「ジーザスマリアヨセフ!」と言い捨て、飛ぶようにキッチンに戻って行く。皿が床に投げつけられる音がする。彼女の突飛な行動に警官二人は目を丸くする。僕のほうを見る。いかにも腹が減ってたまらないという様子をしているほうは、レッド・ホースのビールを飲み終えようとしているところである。目を細める。テーブルの上には爆弾の薬莢か、あるいは産み散らした嬰児のビン詰めかと思われるほど多量のボトルが散乱している。もう一人は浅黒い肌で映画俳優ばりのハンサムな顔立ちをしているが、今は眉根をしかめて歯茎と頬の間に詰まった食べ物のカスを舌で掻き出そうと必死の形相である。

冷や汗が僕の両腋から流れ落ちる。

やせたほうの警官が立ち上がる。伸びをする。拳銃のベルトに手をかけて位置を調節する。こちらに近づいて来る。その笑顔はぎこちなく、まるで金の入れ歯を見せびらかそうとしているかのように見える。食べ物に視線を落としている僕の前に来る。「すみません」と彼は言う。「ちょっといいですか」とアメリカ訛りを交えながら彼は尋ねる、「チャンネルを変えても?」。唇をすぼめてテレビのほうを示す。僕はうなずいて微笑む。彼はにやりと笑い返す。「お帰りになったほうがいいですよ」と彼は言う。「今夜はちょっと厄介なことになりそうでしてね」。彼は拳銃のホルダーの位置をもう一度調節し、店の外の空を見る。

チャンネルは人気ニュース番組に変わる。ニュースキャスターが困ったような顔つきで言う――「環境テロリズムです。いわばエコ帝国主義ですよ」。大きすぎる眼鏡をかけた禿げ頭の男が言う。「この国では普通の人間が――人間が、ですよ!――毎日の食べ物にも事欠いている。それなのになぜ、動物や植物の生息地がどうしたこうしたなどという問題をあんなに真剣に話し合っていられるのか分からない。フィリピン・ファースト・コーポレーションのリーダシップがなければ一体この国がどれだけ貧しくなってしまうのか、彼らには全く分かっていないのです。この外国人たちは、断固我々の法律によって裁かれるべきです。それなのに、連中は目下、船内監禁程度で大目に見られている。のうのうとワインを飲んではゲームに打ち興じているのです！　これが正義と言えますか？」

　ソバージュの女が答える。「引き渡しに関する条約はどういう規定になっているのでしょうか？」

　男は首を振る。「それが、適用できないのですよ！　実は今、公共の福祉と安全のために私のクライアントが調査を始めております。遅からず、このいわゆる『世界の番人《ワールド・ウオーデン》』たちを我々は起訴し、徹底的に追及することになるでしょうね。そういうことができなくて、一体何のための法律だと言うのでしょう？」

*

　前に試してからずいぶん時間が経っている。ドゥルセは、自分がまだそれを信じているのかどうか不安だった。なにせ、昔は幼かった。今は気持ちの問題も含めて年を取った気がする。十一歳と十五歳――その差は大きい。彼女の人生のほぼ三分の一だ。年を取るごとに周りの世界が少しずつ色を落としていくような気がする。それに何と言ったって今回は、危ない時には必ず彼女を捉まえてくれた頼もしいカプがいない。

　ドゥルセは確かに魔法の法則を覚えてはいる。しかし、学校ではずっと物理の法則を教わってきた。それこそが普遍の法則ということだった。重力はいつも重力としてそこにある。でも、もしも信じる力が十分に強ければ、少しくらいはその力を弱めることだってできるかもしれない。落下の速度をコントロールすることだってできるかもしれない。落ちるということは、もしもその瞬間だけを本当に生きるのならば、少なくとも地面に着くまでは宙を飛んでいるということじゃない？　カプはいつもそう言ってた。それなら、一体何をそんなに怖がる必要があるの？　これは単に意志の力の問題。まだすごく眠い時でもきちんと起きて学校に行くということと、そう違わないはず。

　カプと幾度も練習した時のように、ドゥルセは枝からひと思いに飛び出した。彼女は、自分がまだ大事なことを忘れてしまうほど年を取ってなどいないと信じた。再び空気よりも軽くなれると信じた。地面に落ちっこなんかないと信じた。そう、彼女は信じたのだ。

　ドゥルセは落ちて行く。そのうち速度が緩まる。彼女は優しく、羽毛のように、下を向いたまま沈んでゆく。そして地面に辿りつく。足の裏が、彼女の全体重を受けとめる——しかし、これまでよりもずっと自分が軽くなったような気がする。靴を見てみる。そう、両方の靴は、しっかりと地面を踏みしめている。彼女は、全く新しい人間になったように感じた。

　夜空の星が、まるで彼女を祝福しているかのようにまたたいていた。


——クリスピン・サルバドール、『アイ・ナク！』（『カプトル』三部作第三巻）より

＊

　ホテルに帰る途中、タクシーが路上バリケードによって止められる。初老の運転手はこれ見よがしに首を振りながら窓ガラスを下ろす。頬のほくろから生えている長い毛をつまんだり、指に巻きつけたりしている。レインコートから湯気を立ちのぼらせている兵士が一人、体を曲げ、覗き込むようにして車内の僕らに懐中電灯の光をあてる。塗装工用マスクを口と鼻にあてがっている。「免許証を拝見します」と彼は言い、運転手といくつか言葉を交わす。後ろに回ってトランクをこんこんと叩く。カチャリとトランクが開く音がする。運転手が後ろを振り返り、僕を見て微笑む。「心配いりませんよ」と彼は言う。「今夜はタクシー内の捜索もしてるんですね。マラカニヤン宮殿の近くでタクシーが一台爆破されたもんだから」。兵士はトランクをバタンと閉めて戻って来る。

「スペアタイヤがすり減っているようですね」と彼は言う。再び覗き込むように僕らを見る。顔が雨水

で光沢を帯びている。

「必要な時にはちゃんと使えますから」と運転手は言う。「新しいのを買う余裕がないんでね」

「チケット切らなきゃなりませんね。免許証も没収です」

「罰金じゃだめですか？」

「それも可能ですが」

「いくらで？」

「百ペソです」

僕はバックシートから叫ぶ――「あなた、チケット切る資格、本当にあるんですか？」

「二百ペソですね」と僕のほうを見ずに兵士は言う。

僕は客席の窓を下げる。「おい、どの部隊の所属だ？　お前のこと、しかるべきところに報告しても――」

「四百ペソ」と言って兵士は僕を正面から見つめる。

「わかった、もういい！」。運転手が四枚の札を兵士の手に押し込みながら言う。

兵士は免許証を運転手に返し、懐中電灯の光で車を誘導して先に通す。運転手は溜息をつき、ワイパーがそれに応えるように軋んだ音を立てる。彼はバックミラーで僕を睨んでいる。再びほくろの毛をつまみ始める。僕は、金は自分が払うと言う。彼はうなずく。笑おうとする。「昔は、賄賂の相場だってある程度決まってたもんですがね」と彼は言う。「五十ペソ。晩飯には十分な額です。手頃な値段でした。今はすっかり変わりましたね」

振り返ると、路上バリケードの灯りが小さくなっていくのが見える。タクシーの後ろのガラスにはステッカーが貼ってある。後方の光が白地に黒の文字を浮き上がらせている。中から読むと、ミカンデュミを解放せよ！　となっている。

国中が騒然となった一大裁判の結果、三人の貧しい農夫がペトラ殺害のかどで死刑となった。だがサルバドールは、その被告人たちはスケープゴートに過ぎないとの確信を得て、ある日忽然と行方をくらませた。誰に聞いても当時の彼は精神不安定としか言いようのない状態だったが、自伝によれば、その時彼は明確な意図を持って逃走したのだという。

＊

一九六七年の十二月七日の夜、彼はリュックサックに荷物を詰め、ジプニー、二台のバス、そしてトライシクルと乗り継ぎ、最後には徒歩でバナホー山麓の小さな町に到着した。バナホーは霊験あらたかな火山で、巡礼に訪れる者も多かった。そこで彼はカ・アルセーニョという男に出会った。同志の一人が教えてくれたところによると、その男に会えばNPAのキャンプまで連れて行ってくれるということだった。サルバドール自身の回想によると、「最初、その奇妙な案内人は寝ている間に私の喉笛を掻き切ったとしても、あるいは朝起きたら跡形もなくどこかに消え失せてしまっていたとしても何の不思議もないほどに、私を心底から軽蔑しきっているように見えた。だが、次の日の朝私が目を覚ますと、彼はキャンプファイアーの上で私にコーヒーをいれようと湯を沸かしてくれているところだった。ほとんど言葉を交わすことなく旅をした三日の間、私は彼が後に私の師となり親友ともなるということなど夢にも思わなかった」。

――執筆中の伝記、ミゲル・シフーコ、『クリスピン・サルバドール――八回目の生』より

＊

私の知っているある反逆者のことを考えてみよう。彼は武器を捨て、人里離れた洞窟に居を構える。人生の醜悪な局面をいくつも経験することでその思想に磨きをかけた彼は、やがて菩薩となる。その叡智の噂が世界中に広まる。家族や旧友、かつての戦友などがその言葉を求めてわざわざ彼のもとを訪れてくる。

ところが実際に会ってみると、みなその言葉の表面上の凡庸さに衝撃を受け、奥に潜む金塊のような叡智には見向きもせずに立ち去ってゆく。彼の腰帯や、その禁欲的な物腰が鼻について仕方なかったからである。

——クリスピン・サルバドール、一九八八年のエッセイ『タオ（人民）』より

*

二〇〇二年十二月七日。土曜の夜。今週は幾つもの飛行機や何台ものタクシー、あるいは奇妙な夢と会話とにそのほとんどを費やした一週間だった。久しぶりに今夜は本当に気分がいい。素晴らしい気分だ。ブラッド・シチューを食べ終わろうとしている頃、セイディからメールが来たのだ。雨の中僕を置き去りにしたことを詫びる内容だった。必ず埋め合わせをする、とあった。ホテルで少し仮眠を取り、すっかり気を良くしてクラブに向かった。シャワーを浴びてコカインをキメると、次のステップが明確になったことに胸が弾んだ——ドゥルシネアの居場所はもう分かっているのだ。

だが、今夜だけはそのことは考えないことにしよう。今夜、ポケットには混じり気なしのコカイン一グラムが入っている。胸の動悸は高まる。音楽も完璧だ。Oknard5がニューヨークからクリスマスシーズンに合わせてマニラを訪れている。クラシック・エレクトロの様々な曲のサンプリングによって、彼らならではの音のタペストリーが織りなされるのだ。きっと盛り上がるだろう。

クラブに着く。彼女がいる。セクシー・セイディ。人混みをかき分けるようにして進むと、ダンスフロアのスモークを通して彼女がぼんやりと見えてくる。カウンターに肘を気だるそうに載せて、後ろ向きにバーのカウンターにもたれている。僕が自分を見ているのに気づく。視線をそらさない。彼女の姿が、踊っている人々の体の動きや、赤、青、暗闇、そして緑、それからオレンジへと変化するフロアの照明によって見え隠れする。人の流れが変わり、彼女がまた視界に入ってくる。まだこちらを見ている。そして微笑む。

ワイヤのように細い黒いドレスのストラップの下にまぶしい肩が見える。今にも壊れそうなほど華奢な肩。真ん中で分けられた髪は、サテンの上着の下で誇らしげに鋭く尖った胸の二つのふくらみの頂点をちょうど隠す長さである。その姿はラファエロ前派の絵画を髣髴とさせる――勇敢なヒュラースが妖精によって水際までおびき寄せられる場面。セイディは少しうつむくようにして鼻を僕のほうに向ける。大きな黒い瞳が、まるで手招きをするように僕を見上げている。ウォーターハウスが密かに愛していたのはきっとフィリピン女性だったに違いない。僕はセイディが裸で水に入った姿が容易に想像できる。大きなスイレンの葉が上を向いた乳房の下部のふくらみに優しく触れる。髪には黄色い花が挿してある。喉の渇きを癒すためにアンフォラ〔陶器の一種〕に手を伸ばすと、彼女もそれに応えるようにして細い腕を伸ばす。すぐ傍まで来ると、音楽にかき消されてしまわないよう僕の耳もとで大きく叫ぶ。「ウサギの世話をしたいかい、レニー？」

「どういうこと？」と僕は叫び返す。

「あそこに立ってる時ね、あなた、なんだかすごく頼りなさそうに見えた。ハツカネズミみたいにね。あの男の人、あなたのポケットに袋か何か押し込んで行ったでしょ？」

「誰かに見られてるような感じがしてたけど、まさか君だったとはね。いや、単に、故郷に帰って来たっていう厳然たる事実に打ちのめされてただけ、かな」

「私が？　あなたを見てた？　あなた、私のこと何だと思ってるわけ？　あなたの事でも考えてたって？」。カビの生えたようなセリフだが、その言い回しのせいでかえってかわいらしく聞こえる。

僕はさらに続けて、その線で遊んでみる――「君のほうこそ、おれのことどう思ってるの？　空気みたいなもの？」。

「まさか！　メールちゃんと読んでくれたみたいで、すごくうれしい。雨が降ってたから、来てくれないかと思ってたんだ。親がどうしても外に出してくれなかったし」

「どうして？　クーデターの噂のせい？」

「違うよ、あんなのよくあるガセネタだよ。そうでしょ？　親が心配してるのはさ、もっぱらこのメチャクチャな台風のことだけ。そういうわけで、ママが睡眠薬を飲むまで待ってないといけなかったってわけ。パパはどっちにしろいないんだし。それはいいとして、それ、カッコいいパンツじゃん。あなた、そんなにロックな人だと思わなかった」

「どういう意味だよ？」

「別に。なんていうかさ、こう、ロックだろ！　みたいな」と言って彼女は手を上げ、小指と親指で牛の角のサインを作る。

僕は今夜穿いてきたタイトなレザーのジーンズを見る。マディソンと別れた後で買ったものだった。なにか、自分を変えなくてはいけないような気がしていたのだと思う。セイディはしきりにそれをからかう。しかし、実はすごく気に入っていることが分かる。

「でもセイディ、お父さんが……」

「大丈夫、パパはいつも運転手が玄関口のところで降ろすことになってるから。そして明日はママと二人でゴルフする日。たいていは二人一緒でコースを回るんだ。これ見よがしに一緒にいる、とでもいう感じでね。でもこのひどい天気じゃ、たぶん十一時頃までは家で寝てると思うな」

「一杯おごらせてもらえないかな？」

「おごらせて『もらえる』って何よ？」と彼女は手を僕の胸にあてる。僕の胸の鼓動が感じられるだろうか？　こんなに新鮮な胸のときめきは本当に久しぶりだ。おれたち、結構お似合いのカップルかも。マディソンといる時にはこんな気持ちになったことはなかった。マディソンとの関係は、いわば必要に迫られて一緒になり、単に疲れ果ててもはや離れることができなくなってしまった、とでもいった感じだったのだ。

「ねえミゲル？　私ね、なんだかすごくあなたのことが身近な存在に思えるの。まるで、これまでずっとあなたみたいな人を待ってたみたい。一杯おごって。どこか、永遠の彼方まで連れて行って」。僕は彼女のそんな甘ったるい言葉をほとんど信じてしまいそうになる。彼女は手の甲を額にあてて、気絶しそうな素振りをしてみせる。腋の下もすごくセクシーだ。

僕はバーテンダーを呼ぶ。

「何ですか？」と彼は言う。「スウィンギン・バルザックを一つ」

「違うよ、スウィンギン・バルザック。「シングル・モルトのロックですか？」

「違うよ、スウィンギン・バルザック。少量のコニャックにカルヴァドス少々、そこにグラン・マルニエを入れてレモン汁を振りかける。アイスと一緒にシェイクして、マティーニのグラスに入れて出来上がり」。バーテンダーはちょっと考えて、そしてうなずく。

「それ、どういうお酒？」とセイディが尋ねる。

「クリスピンお気に入りのカクテル。もっと頭のいい人がそう名付けたのを彼が盗んだんじゃないか、とおれは思ってるけどね。彼はよく『スウィンギン・バルザックにしようか？』なんて言って拳をゆらゆらさせてさ、まるであのさ、あの、なんだっけ」

「まるで、何？」

「君は何にする？」

セイディはダブル・ディッケルをロックで注文する。「どうしようもない作家気取りみたいね、私たち」と言って彼女はにやりと笑う。

まさにその通り。素晴らしいじゃないか。

＊

すっかり有頂天のわれらが主人公は、バーテンダーがレジに金額を打ち込む音を聞いている。現金入れが開くベルの音は、彼にあのお馴染の光景を思い起こさせる。書斎に座る一人の老人。パイプの煙でミルクのようにゆらめく光。タイプライターのキーを叩く音がカチカチと鳴り響き、最後にすべてを埋め合わせるかのようにベルが鳴り響く。

バーカウンターの向こうの鏡には、強いストロボの光の中にセイディと並んで自分自身が映っているのが見える。うぬぼれのせいではない、今この瞬間を確かめておきたいがためのまなざしである。大丈夫だ——自分自身の目を見つめ返しながら彼はそう考える——これは現実だ。まるで映画の中にいるように感じるとしても、現実と呼ぶにはあまりに美し過ぎるとしても——ついに、全てを備えた女の子が自分のこの目の前にいる。照明の具合も、まさにこの場にふさわしい。サウンドトラックは天上の調べのように駆け上がり、いよいよクライマックスの瞬間が演じられようとしている。そのひりひりするような予感が彼の喉を強く締めつける。彼は首を振って考える——まったくすごい。おれは今、ここにこうして生きているんだ。

＊

ボーイ・バストスは大人になり、今や自らガーリーと名付けた娘がいる。彼女は彼にそっくりである。お互いの子供を一緒に遊ばせようということで知人と待ち合わせた彼は、ガーリーが学校の友達と一緒に遊ぶのをそばで見守る。みんなでルクソン・ティニクをやって遊ぶ。それは古くから伝わる遊びの一種で、地面に座った二人が両腕を広げてフェンスのようなものを作り、他のものがその上を飛び越えるというものである。最初は二つか三つの手を並べた高さから始め、一人がそれを飛び終えると一つずつ手を加え、徐々に高くしていく。アモルソロはかつてこの遊戯を主題にして一つの絵を描いた。読者の中にも見たことがあるものがいるかもしれない。それは溢れる日の光に包まれた非常に牧歌的なもので、パンフレットや本の挿し絵などで理想的な子供時代の象徴としてしばしば用いられる。

ボーイはある女の子の差し出す手のフェンスを難なく飛び越える。予想以上の喜びに笑みがこぼれる。

やがて娘の番がやって来る。ボーイ自身の手がフェンスの最上部である。ガーリーはまるで鋭利な鋏が刃をいっぱいに開いたような素晴らしい跳躍を決める。

「触った！」とボーイは叫ぶ。

「触ってないわ」と言ってガーリーは譲らない。

「いや、確かに触ったよ」とボーイは言い、激しい口論が始まった。

「パパ、どうしてそんなに確信が持てるのよ？」

ボーイは親指のにおいをかぐ。「ほら！」と彼は言う、「まさに魚のにおいだ！　だから私が言っただろう、お前が触ったに違いないって」。

＊

セイディ「何か臭わない？」
僕らの声が男性用トイレの個室に響く。
僕「トイレだからしょうがないよ」
セイディ「なんかちょっと、気持ち悪い感じ」
僕「早くやって出ようよ」
セイディは初めてのコカインにちょっと緊張している。まるでそれがいま袋から出されてテーブルに載せられたばかりのクッキーのかけらでもあるかのように、ていねいな手つきで粉を吸い込もうとする。僕の鍵を使って彼女に吸わせてやると、今度は彼女が袋を手に取って僕のために用意してくれる。コカインのやり方をみれば、女の子のことはかなり分かる。マディソンときたら、まるでトリュフを探すプロヴァンス地方の豚みたいだった。僕が自分用と彼女用の二本の線を引くと、彼女はたいてい何も言わずに両方とも一気に吸い込んでしまったものだった。いつの間にか彼女はそれをお約束のギャグにしてしまったが、僕はそれが本当に嫌だった。夜中の三時くらいの、コカインの残りも少ない時などは特に。

セイディは背伸びをして僕の上唇についた白い粉を拭き取ってくれる。まるで真夏の草原の真ん中にでも寝転がっているかのような、あるいは高い梯子の一番上の段に立って眼前に見渡す限り広がるヒマワリの畑を見下ろしてでもいるかのような、素晴らしい気持ちになる。愛を感じているものには、あるいは少なくともその始まりの予感を感じているものには、そもそもドラッグをやる必要などないのだ。

「ねえ」と彼女は言う。「今読んでるスノーボーダーの小説にね、こういうフレーズがあるんだ。『客で溢れたバーの中で友人とコークをキメることとは、実際にハイになることとは全く無関係に、ある本質的な意味で極めて愉快なものである。堂々とお咎めなしで悪事を済ませられることから来る感覚――いわばそれは、「プレイボーイ」を買うこともできるし下着姿の女の子を見ることも許されている年の男の子が、あえて公営のスイミングプールの中で人知れずペニスを勃起させたまま何食わぬ顔で泳ぎ続けることに似ている』って。私ね、ミゲル、あなたと二人だけでそういう『お咎めなし』状況を楽しんでみたいと思ってるんだ。ねえ、本当にそう感じてるの」と言うとセイディは僕のあごにキスをし、僕はまるで電子レンジにかけられてスパークするスプーンのような気持ちになる。「もう少しお酒、飲まない?」とセイディが言う。

個室のドアを開け、彼女が先に出るために支えてやる。僕はほとんど取り柄のない男だが、ジェントルマンであることにかけてはそれなりの自負を持っている。すれ違う時、セイディのうなじと肩のラインが交差する部分が素晴らしく甘美に見える。

笑い声やそれを雑ぜっ返す声がいくつもこちらに近づき、突然ドアが開いて何人かの男たちがトイレに入って来る。旧友の一団である。セイディの名誉のためにも、僕は鼻をすすって鼻腔の周りについた粉を指で拭き取る。

「よお、色男じゃん!」とギャビーが言う。「いつ帰って来たってのさ?」。彼に会うのはうれしい。何か大事な秘密を僕とだけ分かち合おうとしてくれているかのようないたずらっぽい目つきが相変わらずである。
リコ「ほんと、うれしいじゃないの！」
チュチョ（僕の手を摑んで激しく振りながら）「おいおいおいおい！」
ギャビー「どのくらいこっちにいる予定？」
僕「一週間くらいかな、多分」
チュチョ「それじゃあ、大団円に立ち合えねえじゃん！　クリスマスまでいればいいのに」
僕「お前たちこそ、どうしてる？」
チュチョ「相変わらずよ、相変わらず」。最後に会った時に比べると風船のように太っている。奥さんが妊娠したせいだろうと思う。「何にも変わらねえよ、ここは」
リコ「まさにその通り」。彼の英語には南ロンドン訛りがある。彼は何年か前にアテネオの法科を退学になり、海外の調理師専門学校に送られた。彼の両親の知り合いに聖ジェームス宮廷かどこかのフィリピン大使がいたのだ。「おれもヒースローから昨日着いたばっかよ。一瞬、帰れないんじゃないかとも思ったけどさ。でも、クリスマスパーティが面白くなるのは分かってたからな。それからフィリピン上空の雲が切れるのを待つ、ってんで成田で六時間足留め食っただろ、まったく大した苦労だったわ。なあ、ところで最近の爆破事件、信じられるか？　クソッタレのイスラムどもが！　イビサ島で冬のヴァカンス決め込む予定だったのにさ、ウチの親がフィリピンのほうが安全だっつーから仕方なく帰って来てやったってのに」。彼はイビサの「サ」を tha と発音する。
ギャビー「でも、こういう考え方もできるぜ。つまり最低な状況がここまで長引けば、もうこれ以上ひどくはならない。メディアのせいだよ。こういうことは、一発でボン！　なんつって膨れ上がっちまうものだって」

意図せぬシャレにみんなが笑う。

セイディ「そこまで言うほど悪くもないと思うな」。どうやら、ここにいるみんなのことを彼女は既に知っているらしい。恐るべきマニラの宇宙論である。「マニラってさ、言わば巨大なロールシャッハテストみたいなものじゃない。この都市をどう解釈するかによってその人間が分かる、っていうか」

チュチョ「セイズ、お前なんでこのフリョーと付き合ってんの？　え、ジョーダンだよジョーダン。おいおいおいおい、っての！　このクソッタレさ、昔アトミック・シャーマンにいたんだぜ。知ってた？こいつがペンライト持って踊るのは、ありゃ必見だったな。でも今はなんだか、すっかりお上品なとこに収まっちまっててさ。見てみ。ミルク・アンド・ハニー・アンド・フェイマス・オリジナル・レイズ・ピザ、ってな感じじゃねえかい？」。彼は気安く僕の腰に腕を回す。僕は彼を払いのけ、その髪の毛をくしゃくしゃにする。

ギャビー（目を輝かせながら）「おい、お前、持ってんだろ？」

リコ「何をさ？」（その後で何のことか気づいたようで、彼は至福の笑みを浮かべ、すぐに間の抜けた期待の表情に変わる）

三人はいかにも物欲しげに僕を見る。

「ごめん、全部やっちゃった」

僕たちはトイレから列をなして出る。ギャビーはセイディの腰に手を回している。僕のことで何か彼女をからかっているようである。チュチョは音楽に合わせて頭を上下させ、頭上に拳を突き上げ始める。

リコ（腕を僕の肩に回して）「なあ、じいちゃんどうしてる？　元気？」

彼のことは昔からどうも好きになれなかった。彼は大学を退学になった後に祖父の付き人をしていたことがあったのだが、そのせいで自動的に僕とも親しくできると思い込んでいるような節があったのだ。政治家にでもなっていればそれなりに出世もできただろうが、結局は最低なクソッタレ野郎で、おだてられるとくだらない自慢話しかしないような男だった。最近コカインの味を知り、それだけで自分のことを最高にクールだと思っているようだった。

僕「元気だよ、まだ現役」

リコ「なあ、お前のじいちゃんはな、おれが今まで会った人間の中でも最高の人だよ。もちろん色々言われてもいるんだろうけど、少なくともあんな嘘だらけの業界の中で唯一正直な人、って言うかな」

僕「そうだな」

リコ「そりゃ実際に働いてた時にはひでえことも言われたけど、それもおれが悪かったわけだから仕方ない話で」

僕「コカインやり過ぎのまま出勤ってやつだろ？　あれは確かにひどかったよ」

リコ「おいおい、あれは仕方なかったんだって。なにせクソみたいなきつい仕事だったんだし。今でも覚えてるけど、ある時フォーブス・パークのゲートの呼び鈴鳴らす男がいてさ、お前のじいちゃんを呼べってきかないわけさ。おれが出て行くと、『私はシフーコ知事に票を入れました。あの方の政策のおかげで看護師の資格を得ることができて、それでマニラに来て働き始めたんです』なんて言うじゃねえの。手なんか、こうムチャクチャ震えてるわけよ。とにかくしゃべり続けるんだぜ、『私は一生懸命やりました。でも何も残っていない、どこにも行くところもない。だから故郷にボートで帰るつもりなんです。どうか助けてください』って。それでおれの目をじっと見て、『もしも知事に助けて頂けないのなら、何をするかわかりません。私、自分でも怖いんです』とかなんとか言ってんだから。あれは本気だったぜ、忘れられない目だった。震える手でシャツの裾を摑んで、何やらごそごそいじり回したりしててさ。それでおれは中に入ってお前のじいちゃんに話したんだよ、そしたらお前のじいちゃん、『連中はいつもそういうことを言うものだよ』ってくるじゃねえの。だからおれ、『僕はどうすればよいでしょう？』って言ったんだけど、そしたらじいちゃん、『なんとかしろ』って言うだけなんだぜ。だからまた戻って、その男に謝ったよ。ひでえ顔してたぜ、そいつ。手の震えも止まって、全身が何というかくしゃくしゃに縮まったみたいになって、地面にへたり込んだね。どうすればいいのか全く分からなかったよ。仕方ねえから、財布の有り金を全部くれてやった。ゲートは閉めなくちゃいけなかったから閉めたけど、そのおっさん、おれがやった金を見つめながらそこにずっと座り込んでたね。あれからあのおっさんがどうなったか、よく考えるよ」

僕「そんなこと、これまで話してくれたことなかったじゃない」

リコ「その時はもうお前とはつるまなくなってたし。あの頃はお前、いつも女と赤ん坊のほうとばっか一緒にいたがってただろ」

僕「とにかく、全くクソッタレの偽善者だな、うちのじいちゃんも」

リコ「違うんだっての。お前、馬鹿にしてる？ 後になってから、おれはあの人を見直したのよ。つまり、正しかったわけ。あんな程度でお前のじいちゃんはビクともしないって。あの人は、自分がやらなくちゃならないことが何かちゃんと分かってるんだって」

僕「どうだか。お前がいつも助けてくれてるからだろ」

リコ「まあ、そりゃそうだけどさ。そうしたいと思ってるよ。どんなことがあっても、な。ところで、お前、やっぱりクリスマスまでいられない？」

僕「ああ、ちょっと今回はダメなんだよ」

リコ「なあ、パーティの時まではいろって。この街がそれなりに楽しくなるのなんて、あの時だけだろ？ マジな話。帰って来るたび、必ず見るんだよ、ユウレイ。この街は正真正銘のゴーストタウンだぜ。そうだろ？」

*

マゼラン　どうか、どうか、どうか、我らが神のために
どうか私めに異教徒をお送りください
そして、マスケット銃の弾丸と剣を研ぐ石をください
我らは船でやって来た、まるで稲妻の一撃のように
生き、そして死ぬために　救いと略奪のために
この島々に、国王にちなんで名を与えようではないか！
ピガフェッタ　どうか、どうか、どうか羊皮紙と鵞ペンをください
私の話、面白いことこれ請け合い
我らが神話を記録し、伝説を作ってお見せしましょう
我らが神への信仰、誰がこれを裂くものか
この島々を、国王にちなんで命名しよう！
——統計地図学者兼翻訳家アントニオ・ピガフェッタの生涯に基づく一九八二年のディスコ・ミュージカル『世界一周』（脚本クリスピン・サルバドール、音楽ビンボン・カデンツァ）より

＊

音楽が腹に蹴りを入れてくるようにずしりと響く。元ネタのよく分からないエレクトロのリミックスである。二人で中二階の手すりにもたれ、ダンスフロアを見下ろす。セイディが指差す方向を見ると、ＤＪブースのそばの台の上でヴィタ・ノヴァが踊っている。

「確かに」と彼女は言う。「セクシーよね」

「ホントだ。でもいったん口を開けば、なんというか……しゃべり方でお里が知れる」

「すごいヤリマンだって噂だし」とセイディが言う。「正真正銘の使い捨てだって。彼女とヤるのはホッ

トドッグを玄関から外に投げ捨てるみたいなもんだ、って友達の男の子も言ってた」

「おいおいミス・ゴンザレス、言葉を慎みなさいよ」

「単なる事実の報告よ、市民の義務。それに私、だいたいヤリマンって大嫌いなの。フェミニズムに後押しされて新しい女を気取ってるけど、結局、単にオトコへの服従の度合いが強すぎて目がくらんでるだけ」

「君さ、ホントに彼女が大統領のスキャンダルネタを持ってると思う?」。僕はヴィタ・ノヴァから目が離せない。これは素直に認める。セイディに気づかれないようにできるだけそうしないようにしてはいるが、どうしてもできない。まさに彼女は舞踏芸術家というか、いわば光り輝く星雲のようなものであって、音楽がその姿から浸み出してくるようにさえ思われる。表情豊かなベースラインに乗る重力そのもののように、魅力的な男の低い声が響く——「奴らはどこから来た?　おれは知らない……」。ヴィタは目を閉じ、顔を一方に向けたまま腰を反対の方向に何度も繰り返してグラインドさせる。まるで蛇のようだ。悩ましい胸の膨らみと驚嘆すべきその尻——まさに、イヴに誘惑の林檎を与えた蛇さながらである。アダムはそれをほおばる。葬式を連想させる男の声が、幸せの絶頂を歌う——「おれは何もいらない、ヘンリー・ジェイムズの百倍の名声だって……」。ヴィタは、完全変態を遂げつつあるその姿を誇示するように、恍惚とした表情で両腕を高く上げる。彼女もまたうっとりするような腋の下をしている。

セイディが尋ねる——「ねえ、ダンスしない?」。

「そうしたいけど、まず何か飲もうよ。足が疲れちゃったよ」

「へえ、ニューヨークの人って歩くのに慣れてるんじゃないの?」

「そりゃそうだけどさ」

「シッポをフリフリさせるの!　出動!」

「まずメチャクチャ酔っぱらってから騒ぐ、ってのもいいんじゃない?」

「私、女の子なんだから楽しみたいだけ。〈ガールズ・ジャスト・ウォナ・ハヴ・ファン〉でしょ」

「酔っぱらってから騒ぐの、ダメ?」

正直なところ、ダンスが面白いと思ったのは本当に昔のことになる。むろん女の子を口説くにはダンスが一番だと分かってはいる。コロンビアでは、学期中にそのためだけにヒップ・ホップ・ダンスのレッスンの三か月分を前払いしたことさえある。ただ最初のクラスでグレープヴァインやロボコップをどうにかこうにかひと通り終えた後、ぱたりと通うのをやめてしまった。昔は途中でやめてしまったことを金の無駄だと思っていたものだが、少し経ってから、むしろそれこそが節約だったのだということに気づいた。

「いや、なんというか、ホントに足が痛むんだよね」

「何? あなた、もしかしてゲイとか?」

「違うよ、ゲイだったら、むしろダンス好きって相場が決まってるでしょ?」

「じゃあ、ダンスしたくない理由をちゃんと言ってよ」と言うと彼女は両手を腰にあてる。そのせいでシャツが胸にタイトに当たり、形が露わになる。乳首が生意気そうに外に飛び出そうとしている。あるいは「性急に」とでも言うべきだろうか。きっとその両方だ。

「その、つまりさ、おれさ……いや、やっぱり忘れて」。こうなったらもう、単に踊るか、それともいつもの言い訳を使うかしかない。実はさ、おれ、目を閉じないとリズムを取れないんだけど、そうやって踊るとまず確実に人にぶつかっちゃうんだよね。

「恥ずかしがらないでいいよ、ミゲル。相手は私よ。生まれた時からお互いのこと知り抜いてる、みたいな関係じゃない」

「わかったよ」。多分、これはもう踊るしかない。ああ、ヤバい。こうなったらもう、やはりあの言い訳しかない。よし、行け。

「いや、履いてる靴の中底がさ、矯正用の特殊なヤツでさ」

「足にはいいのかもしれないけど、私はどうなるっての?」

「いや、ホントに気が滅入ってくるようなシロモノでさ。熱帯の暑気で形が崩れてホントに痛い、っていうか」

「脱ぎなさいよ。その辺に放り投げておけばいいじゃん」

「いや、姿勢が悪くなるのもイヤだし」

「でも痛むんでしょ？　それに、私たち踊りたいわけじゃない」

「高いんだよ、すごく便利で役に立ってるし」

「いいから脱いで。バッグに入れといてあげるから」

「いや、そんなことしてくれなくていいって」

「気にしないでいいんだってば」

「まだ早すぎるよ、まだおれ、君のことほとんど知りもしないのに」

「いいじゃない、これを機にお互いが深く知り合う、ってことで」

「おれはそういう男じゃない。初めてのデートでは、矯正用中敷きには手を触れさせないことにしてる。それに、小便みたいな臭いもするし」

「あなた、面白いよね。分かった、仕方ない。あなたの想像力に敬意を表して、ダンスはあきらめる。ほんと、すっごくかわいい人。こうなったら、飲んで蒼穹に届くほどのハイを目指すか！　でも今度来た時は絶対ダンスよ。逃げちゃだめだよ」。僕たちは手すりのところから離れ、座れる場所を探す。僕は彼女に手を引かれるまま、後ろから露わなその背中を見つめる。彼女に興味を示している男とすれ違う時、僕は勝ち誇ったような薄笑いを浮かべる。

「ねえ、Mさ」と振り返りながらセイディが言う、「そんなにまでお話がしたいって言うなら聞くけど、さっきあなたがリコと話してたのを聞いたんだ。あのね、その、大体、あなたいつ帰るの？」。

「おれが何と答えたか、聞いた？」

「盗み聞きは好きじゃないし」

「聞こえなかったの？　冗談でしょ？　最初は一週間のつもりだったけど、結局は状況に巻き込まれてしまった、っていうかさ。なんでそんなに知りたいの？　おれに長くいて欲しい？」

「その逆。私、カマキリみたいな女なの。早く相手を処理したい、っていうか」

「何だよ、おれの頭を食いちぎるつもり？　そんなことなら……」

「ただ、なんとなく……」と言うと、彼女は急に真剣な顔になる。僕の尻に手を置き、体を近くに引き寄せる。「パパのことなの」。僕の腰に両腕が回る。「パパ、私のことまるで……ああもう」。ベビーパウダーの匂いがする。「パパね、あなたの事、あまり好きじゃないみたいなんだ。あなたが象徴しているもの、と言うべきなのかな。あなたを車から降ろした後、パパとママの部屋に行ったのね。ママにクリスピンの子供のことを聞こうと思って。でも、ママにそのことを尋ねる前にパパが話を乗っ取っちゃって、あなたのことをひどくバカにし始めたのよ。そんな顔しないで。あれはつまり、あなたのことを言ってたんじゃなくて、単に私に対する嫌がらせなの。私の人生設計に対する、ね。私ね、私、どうしていいか分からないんだ。私、なんていうか、どうすればいいのか……ニューヨークなんて行ったこともないし、それに……」

「それに？」

「それに……あ、ヤバっ、あの人まずい」と言って彼女は僕の後ろを指差す。アルボン・アルカンタラがカメラのフラッシュをたきながら部屋中を飛び跳ねるように動き回っている。僕らのほうにまっすぐやって来る。「私、外にいないことになってるから」。セイディは僕の手を引く。アルボンは階段のそばで立ち止まり、カメラを構える。カメラを向けられたカップルは下手な演技をしてみせる。入念に何気ない様子を気取り、新聞の社交欄に出るなんてうんざり、というような顔をしている。「早く」とセイディは言う。「あの柱の後ろが暗くていいかも」。彼女は僕の手を取って強く引く。

「これも計画のうち？」と僕は言う。

物影に入ると僕は彼女のほうを向き、ポケットの中のコカインの袋を探す。突然彼女の唇が僕の唇にかぶさってくる。探るように、噛むように。彼女は揺れるつま先立ちの体を僕に押し付けてくる。彼女の顔が僕の目の前にある。腕が僕の腕に巻きつき、爪がうなじに食い込む。ああ、舌が触れ合う。ああ、何という感覚。単にコカインのせいで大胆になっているというだけではないことを祈る。体を離すと、出会った時に僕が魅かれた内気な彼女に突然戻っている。

しかし、彼女は泣いている。何か言わないといけない。

彼女はまたキスを求めてくる。僕の耳元に何か囁く。「ここに残って欲しい、だなんて思ってないから」

「どうして？」

「むしろ、私を連れてここから逃げて欲しい」

何と言えばよいのか分からない。だからこう返す――「そうか……」。そしてこう付け足す――「とりあえず、学校卒業するまで待つべき、だよね？」。

セイディは僕を押しのける。顔を赤くし、僕を睨みつける。

僕「違うよ、つまりその、単にさ……やっぱり、学位ってのは大事なものだし」

セイディ「おしっこ行ってくる」

僕「一緒に行こうか？　ついでにもう一回コークやってもいいし」

セイディ「もういいよ、パパ。パコ・ラバンヌの付けすぎ。あなた、パパと同じ臭いがする」と言い、彼女はハンドバッグを持って女子トイレに急ぐ。

僕は追いかけようとするが、アルボンが割って入ってくる。僕から数歩離れたところで、まるで何か独創的アイデアの電流にでも打たれたかのように体を後ろにのけぞらせ、僕に向かってシャッターを切る。それから僕を抱きしめ、体を持ち上げて背中を叩く。彼のふるまいは、東ヨーロッパ出身ロス在住アートギャラリー経営者、とでもいった風。

「痛《イテ》っ！」。彼はそう言って体を離し、自分の腕を掴む。「最新型、どうよ？」。彼は手首にタトゥーをしている。「V・I・P」とあり、ナイトクラブの入場の際によくガードマンが押してくれるようなスタンプに似せて彫ってある。まだ新しいが、少し剝げかかっている。「でも、お前さんに会えるなんてさ」とアルボンは言う。「いつ戻ったのよ？ 連絡もしないままで。永久帰国？ 分からない、ってなんだよ？前に会ってからどのくらいになるんだっけ？ そんなに？ まだデカダンやってる？ 最近はどうよ？……そりゃすげえ、どんな本？ おれが刊行記念イベントやってやるって。ここに残ってさ、なんていうか、おれたちを助けてくれよ。シーンもだんだん育ってきてるしさ、みんなパーティのやり方がようやく分かってきたところよ。マニラもまさに洗練の一途を辿ってるってわけ。だからこそ、お前さんのエネルギーが必要なのよ。つまりさ、本当の話、この国の頭脳がどんどん外に流出していってるってのは、本当に深刻な問題なわけ。実は今観光省で働いてるんだけどさ、省のほうでフィリピン人を『アジアのブラジル人』として新しく売り出し直そうとしてんの。ビーチとサンバの代わりにビーチとディスコミュージック。な、とにかく電話くれ。詳しいことはポロ・クラブでバドミントンでもやりながら話そうや。今日のイベントの模様をブログにアップしとかないといけないから、今写真が必要なんだよ。ああ、パーティと言えばうちのクラブでも明日パーティがあるんだ。ダンスパーティ、名付けて『万国のクラバーよ、団結せよ！』。雨が止んでくれればいいんだけどな。スポンサーはプラダだぜ。十時から夜中まで、グレイグースのバーもある。収益はすべてフィリピン識字率向上協会に寄付されることになってるから、あしからず。子供のためにも識字率を上げないとな。ゲストリストに入れとくよ」。アルボンは名刺をくれる。「なあ」と言って彼は僕を真剣な目で見つめる。「今書いてる本な、必ず、ハッピーエンドにしてくれ。おれたちには今、そういうのこそが必要なんだ」。そう言うと、彼はウィンクをしてよろよろと歩き去る。カメラのフラッシュが、撮影を待ち受けているパーティの人々のそれぞれの瞬間の笑顔をくっきりと浮き上がらせる。

＊

フィリピン共産党は非常に厳格なアジェンダを擁していたが、すぐにサルバドールは、それらは実際にいわゆる「人民戦争」に従事している兵士たちの現実からは大きく乖離していることに気がついた。丘陵地帯で過ごした時期は、自身も述べているように「人間性の最高と最低の部分について学んだ」期間であった。

カ・アルセーニョからは、生き延びるための様々な技術を学んだ。国内製のカラシニコフ銃をどうやって手入れし、撃つのか。どの野草が食べられるのか。敵をバタフライナイフで殺す際、どの肋骨のどの隙間を狙えば肺を破裂させることができるのか。どのようにして開いた窓をフライング・パンサー流に飛んで潜り抜けるのか。その代わり、カ・アルセーニョはサルバドールから読み書きを学んだ。

月の見えないある十二月の夜、彼らのいるスパロウ部隊は政府の兵士たちとの会見を終え、自分たちの野営地を目指して隊列を組み、二つの大きな乾田の間を行軍中だった。反乱軍は敵軍――クリスマス休暇用の金を欲しがるフィリピン軍将校たち――から何ケースもの弾薬を購入したばかりだった。取引が友好裡に終わった満足感と安心感とに浸されて――敵軍と一緒に飲んだレッドホース・ビールの酔いも手伝っていたのだろう――同志たちは静かにゆっくりと、冷たい夜の空気を楽しみながら歩いていた。彼らはめいめい肩に弾薬の箱を載せていた。カ・ヘレンという女は頭の上でうまくそのバランスを取っていた。サルバドールが真似をしようしたがバランスを崩し、箱はそばの田の中にがさりと落ちた。

その時突然、銃声が空き地のほうから鳴り響き、遠くの田の堤に沿って明るい光が花のように炸裂した。サルバドールは誰かが飛びかかってきて自分を地面に押えつけようとするのを感じた。弾丸は味方と攻撃者たちとの間の犬走りに低い音を立てて突き刺さった。カ・アルセーニョは彼の耳元に激しい口調で囁いた――「まさかお前、あいつらに情報を売ったんじゃないだろうな？」」。

銃撃は止んだ。彼の目を覗き込むカ・アルセーニョはどうすればよいか途方に暮れているように見えた。何フィートか離れたところにはカ・ヘレンが横たわっていた。生きているのか死んでいるのか分からない。後に彼は書いている――「私は恐怖におののいていた。あれほどまでに深く静寂に支配された夜の音を聞くのは、私には全く初めての経験だった」。

カ・アルセーニョはサルバドールの頰に優しくキスをした。それから彼は指を一本立て、そして二本、三本と続けた。突然彼らは立ち上がり、彼らのほうに向かって来るいくつかの影に向かって銃を発射した。弾丸が彼らの頭の横を閃光とともにかすめた。「使命を帯びたホタルの光、スズメバチの羽音」。サルバドールは近づいて来る影に注意深く照準を合わせた。彼は兵士が「片手でライフルを持ち、もう片方の手で十字を切り」ながら歩いて来るのを見た。どうしても引き金を引くことができない。兵士が膝をつき、照準を合わせる。そこでサルバドールは撃った。兵士は後ろに飛ぶように倒れ、そのまま動かなかった。「動いてくれ、と私は祈った」と彼は『自己剽窃者』に書く。「しかし、それはそこに倒れたまま微動だにしなかった」

彼が人を殺した最初の経験だった。

サルバドールとカ・アルセーニョは弾薬が尽きるまで銃を撃ち続けた。さらに多くの人影が田を横切って動き、素早くこちらに近づいて来た。


――執筆中の伝記、ミゲル・シフーコ、『クリスピン・サルバドール――八回目の生』より

＊

車の中で、彼女はまるで今しがた何も起きなかったかのように振る舞う。「あーあ、まったく出て来てよかった。週ごとにやることは違っても、結局はいつも同じことだよね」と彼女は言う。「さっきあなた

が言ってたパーティ、面白いかな?」

「あいつら、いい奴らだから。それに、あいつらのバンド、ホントいいしね。ザ・クール・キッズ・オブ・デスっていうんだけど、聞いたことある? パンクだね。四時半から始まるって」

「天気、どうなるかな」

「ひとつヒットも出してるんだよ。『サボタージュ・ラブ! サボタージュ・ラブ! これがおれたちのリアリティ、夢と現実のエクスタシー……』」

「ふうん。いいね、ありがと。ねえ、ちょっとすまないんだけどさ……」

「セイディ、大丈夫だよ。心配しなくていい。でも、ちょっと聞いていい? 君のお父さん……」

「ああ、ホントごめんね、私がお昼にCDを変えてから、運転手がカートリッジ入れ直すの忘れちゃってて。ラジオ聞くしかないか」

「ああ」。誰かとあれほど急速に親密になり、同じくらいのスピードでそれが冷める、などということがどうして可能なのだろう? 彼女はラジオをつけ、局を探して雑音を調整する。雨は止まない。「しかし、すごい嵐だよね」

「やめて」と彼女はきっぱりとした口調でそう言う。「いまさらそんな世間話するような間柄じゃないし」それから優しい口調になる。「それで、なんでそんなに遅い演奏スタートなの?」

「リビスにあるカスタマーサービスセンターのクリスマスパーティなんだけど、スタッフが仕事から上がるのがその時間になるんだって。アメリカが顧客だから」

「ヘンな話」

「そう。そのバンドのギタリストの友達が言うにはさ、ああいう所で働いてる奴らって、まるでドラキュラみたいな生活なんだって。彼ら専用のレストランやバーもあってさ、そいつらの仕事が終わってからオープンするって話なんだよね。朝の四時オープンとか」

「そんなの聞いたことない。私、ずっとここに住んでるのに」

「マカティから出たことないからだろ」と僕は冗談っぽく言う。「ねえセイディ、もう一回キメたくない？」

「あなた、あれ、やめたほうがいいと思う」

「大丈夫だよ。やめようと思えばいつでもやめられるから。ねえ、ザ・クール・キッズ・オブ・デス、行く？」

「そうだね、気分を変えてみるのもいいかも。『ウェア・エルス？』とか『ヴェネツィア』なんかに行くより面白そう。しかしさ、ラジオ局はどこに行っちゃったってわけなの？」。セイディはつまみを回してFM帯域を上下させる。

「この辺さ、街灯ってなかったんだっけ？」と僕は尋ねる。「それとも、車のガラスのせいで暗くて見えないだけとか？」

「いつもはちゃんとついてるんだけど。どうしちゃったのかな、また停電か何かかな？」

「またクラゲの大群だなんて言わないで欲しいよな」

「さっき、『クーデター』でもフツーに電気ついてたじゃない」

「多分、あそこはモールの発電機を使ってたんじゃないかな。ルーパス一家のことだから、儲け口があれば一センターヴォだって無駄にしたりしないだろ」

ホテル群には灯りがついている。ザ・ペニンシュラでは、ライトアップされた噴水から勢いよく水が噴き出している。インターコンチネンタルは周囲の世界から超然としつつ、夜空に鈍い光を放っている。シャングリラは、建物の正面に緑と赤のリースを飾っている。しかしその他のビルは、灰色の空を背景に黒い記念碑のように立ちつくしている。窓をほんの少し開けると、発電機の挑戦的な唸りが聞こえてくる。雨水が吹き込む。窓を閉める。

セイディの携帯が鳴る。プー・ティー・ウィート。彼女は携帯を見つめている。「友達から転送されて来てる」と彼女は言う。携帯がまるで月のように光を放ち、彼女の顔が暗闇に浮かび上がる。「今日は家にいたほうがいい、ヤバいことが起こる、だって」。彼女は携帯をダッシュボードの上に置く。

エドサ大通りに出ると、あたりは真っ暗で誰も見当たらない。広い十車線の通りはまるで広大なコンクリートの谷のようである。レクサスのヘッドライトが降りしきる雨に反射して、暗闇の空間から青白く閉ざされた一片の光の板を切り取る。セイディは車を徐行させる。時々バスが電車のような轟音を立て、水しぶきを飛ばしながら僕たちの車の横を通り過ぎる。

「AMはどうだろう」と僕が言う。レディオ・ヴェリタスを見つける。コメンテーターの口調はコカインをやり過ぎてしまったかのように高揚している。

「……厳重に注意をしてください、国民の皆さん、首都では多くの道路が水没しています。それでは今日のトップニュースに戻りますが、マーティン師がキャンプ・クレイムの独房から忽然と姿を消しました。当局は困惑の色を隠せず、現在師の行方を確かめるべく調査が始まっています……」

セイディはつまみを回す。「嫌なニュースばっかで、なんだか落ち着かないね」と彼女は言う。「AMには音楽やってるところはないのかな?」。そのうち、バラード「ダヒル・サ・イヨ」が流れてくる。低くて優しい声がタガログ語で愛を囁く。「君がいるから僕は生きている。君がいるから、死ぬまで僕は」。歌が終わると、DJが英語で恋人を口説くように優しくリスナーに話しかけてくる――「この凄まじい雨の中、あなたに贈る一九七三年の美しいクラシックナンバー。素晴らしいアレンジをバックに歌うのは、フリオ・イグレシアスでした。次の曲――」。

セイディはつまみに手をかけてスイッチを切る。沈黙が、鐘のように響く。

*

その若い男はまず足元の死体を見て、それから段ボールの箱の上に置いてある赤いフェドーラ帽を見る。この路地裏のイメージは、すべて彼の頭の中の出来事、若いミゲル一人の頭の中での出来事である。それでも、手首に金属の手錠がはめられる時にはやはり年齢不相応の堅い決意が必要だった。彼は自分に言い聞かせる——後で僕は、このことを経験しておいてよかったと考えることになるだろう。今回のことすべて、この最後の雰囲気、一つの帽子のイメージ、あの石の重さ、そして道が二手に別れて二度と元には戻らない孤独な人生の交差点に立って、否応なくどちらかの道を選び、一歩一歩進んで行く、この感じのことを。

——クリスピン・サルバドール、一九八九年の短編「一石二鳥」より

＊

マカティを通り過ぎ、エドサ大通りがマンダルヨンに入る丘の上で渋滞にぶつかる。「事故かな?」とセイディが言う。

「どうしてマカティ方面の南レーンには車が全くいないんだろう?」

「多分、大事故か何かあったんじゃない?」

十五分の間、全く動くことができない。最初の五分間ひとしきり悪態をつき、もう五分間下品なジョークを飛ばし合うと、残りの五分はイチャついて過ごす。

「特にこれといって行くあてもないわけだし」。自分のシートベルトを外しながらセイディは言う。「あなたのシートベルトも取ってあげる」

「それはやめといたほうがよくない?」

「じゃあシート倒してよ」

「セイディ、おれがやるから……どのへんまで……こう?」

「次は……あなたの……この……バックル……ちょっと難し――」

「歯を使うよりも、手でやったほうがいいと思う」

「さあ取れた。このベルト、だいぶきついね。次はこのチャックを外す、と……」

「痛っ！」

「ごめんミゲル。このレザーパンツさ、ちょっと……」

「ちょっと待って」

「……マジきついよ。そもそもこんなきついの、よく穿けたよね」

「いや、そうなんだけどさ、ちょっと待ってよ、やりか……」

「引っかかって外れないよ、これじゃ」

「……たがあるんだよ」

「さあ、これで自由！　横になってみてよ」

「うん」

「ミゲル？」

「何？」

「何でもない」

「何だよ？」

「素敵なトランクスだね。ヨットの柄が好きなんて知らなかった」

「今言おうとしたの、そんなことじゃないでしょ？」

「ううん、本当になんでもないんだ。静かにしてて。わあ、見てよ、バルザック君が鳥の巣の中で餌を待ってるみたい」

「気に入った？」

「もちろん。でも、こんなことしちゃったら、あなた、私のこと軽く見るようになるかな」

「どうして？」

「だって、お上品なアサンプションの学生なのに」

「きっと、さらに好きになるよ」

「ほんとかな？　ヤりたくなるだけなんじゃない？　ああ、おいしい」

「うあ、すごいよ」

「それに、すごく硬い！　……ん」

プー・ティー・ウィート。

「セイディ、携帯……おれが取ろうか？」

「やめて」

「ほんと、重要メールだったらまずいって」

「ん……あなた読んで。私、忙しいとこだから。ん」

「分かったよ。えっと、何、サケイおばさん、ってなってるけど」

「ママの妹よ。ん」

「ええと――ああ――みんな、抗議集会に参加して食料と飲み物を提供すべきだ、って――うあ、それ、すご――あるいは少なくともお祈りくらいは捧げるべきだって」

「知ったこっちゃないっての。これから大事なとこなんだから」

「ああ……ちょっ……」

「ん」

「セイディ？」

「何？」

「ギア、パーキングになってる？」

「はふ」

「マジでさ、なんか、ちょっと車動いてるんだけど」

「ゴメン、これでパーキングよ。さあリラックスして。んふ」

「ああ、ちょっ！」

「こういう風にするの、好き？」

「たり肌がとってきたよ」

「ちょっと、それ超ウケちゃうんだけど」

「それ、ほんとにスゴ――ああ、わあ、あああああんんん……ちょ、ちょっと、歯、欠けたかも」

プー・ティー・ウィート。

「飲み込んじゃえば？」

「いやマジ、あまりに気持ち良くて、歯を食いしばり過ぎたみたい」

「ん……んふ……ん」

「ああ」

「ねえ――ん――ニューヨークさ――ん……――私も連れて行ってくれる？　素敵だと思わない、どう？

――んふ」

「うん、もちろんだよ、ぜひ行こう。ああ、それ、素晴らし過ぎ……」

「……」

「……」

「ミゲル、どうしたの？」

「いや、何も。大丈夫だよ、ちょっと休まない……？」

「どうかしちゃったの？」

「大丈夫だよ、ちょっとなんだか……」

プー・ティー・ウィート。

「痛かった？」

「いや、すごく上手だった」

「じゃあ、なんで小っちゃくなっちゃってるの？」

「いや、ちょっと緊張しちゃって」

「私のせい？　私、そんなに下手？」

「違うよ、初めての時はいつも……その、固くなっちゃうんだ」

「……それ、シャレにしてはひどくない？」

「違う、そんなつもりじゃないよ。ちょっと緊張してるみたいでさ。それか、ちょっとコークのやり過ぎかも」

「嫌だった？　もう一回やらせて……ん……」

「こっちに来て、キスして。キスしたい」

「かわいい人ね。赤くなってる。なんでそんなに緊張してるの？」

「まあ、あせらず行こうよ」

「分かった。時間はたっぷりあるんだし」

「本当？」

プー・ティー・ウィート。

＊

三人の女子大生が歩いている。一人はインターナショナル・スクール・オブ・マニラ、もう一人はセント・スコラスティカ、三人目のガーリー・バストスはアサンプションの学生である。三人の目の前を大きなトカゲが横切る。トカゲは三人をにらむ。

I・S・マニラの学生は叫ぶ――「まあいやね、イグアナよ！」。

セント・スコラスティカの学生は悲鳴をあげる――「あら、ブティキ！」。

アサンプションのガーリー・バストスは金切り声で叫ぶ――「あ、ラコステ！」。

＊

僕たちは一緒に携帯メールを読む。

最初はネッドからのもの。セイディの馬術のコーチである――マーティン師が脱獄した！　彼を支援せよ！　我らの報いは天国にあり。彼は「人民の使徒」の地位を返上し、大統領選へ出馬することを約束してくれた。神の言葉を広めよ。

二つ目はセイディのクラスメートのジョージから――国民のみなさん！　ラカンデュラ応援のために街へ出ましょう！　しかし、あくまでも平和裡の行動こそ大事です。静かなる抵抗は猛り狂う怒号にはるかに勝る――レスペト・レイエス。

渋滞がほんの半マイルほど進む。

三人目はセイディのヨガのインストラクターのパイから――バンサモロ、エストレーガン、そしてマーティン師がヴィタ・ノヴァと演じるクリスマス劇！　でも、残念ながらショーはキャンセル。なにせ、台本によれば出演者は三人の「賢者」と「処女」らしいですからね！　ふぇふぇふぇ。君にバラの花を一本プレゼントしよう@}-;-------。

丘を上がるとエドサ大通りが下り坂になり、パシグ川にかかる橋のところまで来る。

四人目は彼女のもう一人の叔母ダキィから――エストレーガンと厚生省の発表によると、人混みの中にいると中国発の新型インフルに感染の可能性が高まるとのこと。みなさん自宅待機して、この国のために祈りましょう。できるだけ多くの人にこのメッセージを転送願います。神の御加護を！

赤いテールランプの一大饗宴が僕たちを待ち受けている。打ち捨てられた広告掲示板や灯りの消えたネオンサインが、ありったけのヘッドライトの光を浴びて輝く。列の先頭の何台かが投げる光が油の浮いた川面を浮かび上がらせている。

「もう、何なの？」と彼女は言う。「橋はどこなのよ？」

「そこにあると思うけど。あそこに街灯がいくつかあるの、見える？」

バスが勢いよく水中に入り、ゆっくりと動く。水面はタイヤの上まで来ている。

「うわ、あんなに水位上がっちゃってるの？」

バスが向こう岸に辿りつく。急な勾配を上がり切ると、再びエドサ大通りを北に向かう。セミトレーラーが一台、下水パイプを山積みにした荷台を引いて後に続く。次は一台のジプニーだが、川の真ん中で動きが止まる。人が二人、外に出て来る。慎重にその動きを見守る後続の車のヘッドライトに照らされ、青白く光っている。二人はジプニーを押して動かそうとする。一人が転んで視界から消える。立ち上がると、何ヤードか下流に流されている。二人はジプニーの屋根によじ登って腕を振る。

「これは戻ったほうが――」

「そうだね」。ギアをバックに入れながらセイディは言う。「でも、中央分離帯の向こうの南行きのレーンに移る道がないよ。このレーン内でUターンしちゃう？」

「雨で前がよく見えないからな。ヘッドライトなしのトラックか何かがいきなり来たらどうする？　橋の下の道で南レーンに乗る、という方向で行こう」

窓を開けて顔を外に突き出す。とてつもない大きさの雨粒が顔を叩きつける。橋の下を通る道ではコンクリートの堤防がやっと水を防いでいる。「まだ水没はしてないみたいだ、いずれ時間の問題だろうけど」

水流に閉じ込められた他の車をよけながら車は進む。何台かはおそるおそる別の道を探し始めている。二、三台がハザードランプを激しく点滅させながら列のずっと後ろのほうまでバックしている。いくつかは対向車に突っ込むことも辞さぬ勢いでUターンを始める。まるで遊園地のバンパーカーである。実際に衝突するまでは、どの車も大変威勢がよい。バスが一台橋を渡ってゆく。ジプニーの横で速度を緩め、屋根に乗った二人を救出しようとする。その動きのせいで波が立ち、橋の下の道を防御している堤防に寄せて来る。水が堤防を越えて入って来る。

「よく分かんないけど、ミゲル、橋の下もさ、あのちっぽけなセメントのせいでどうにかまだ浸水はしていないってだけでしょ？　私、あんなところで立ち往生になるのはイヤだよ」

「ちょっと行ってみなって。もし浸水してたら戻ればいいから」

セイディは車を進める。車は橋の下の道を通り抜け、向こう側に出る。うまくいったのだ。「ほら見ろ、まさにプラトンの洞窟だったな」と僕は軽口を叩きたくなる。セイディは答えない。道は傾斜して川の水面の高さに来る。右側の堤防の向こうに水面が見えている。窓を開ければ水面に手も届くだろう。

「ちょっと、あれ何？」と左のウィンカーを消して僕の横腹をつつきながらセイディが言う。「あんなの無理だよ」。エドサ大通りの南レーンに入る脇道が完全に浸水している。ハイウェイにはもう戻れない。

「心配ご無用」と僕は言う。「直進すればいい。そのうちこの道はJ・P・リサール通りになる。高台からこの川に沿って下って、最後はマカティ通りにぶつかるんだ。そこまで行けばおれのホテルは向かいだから、君もしばらくそこにいればいいし」

セイディは車を走らせる。少し道が高くなる。これで水没の心配はとりあえずない。彼女は安堵の溜息をつき、ラジオのスイッチを入れる。「ああもう」と彼女は言う。「ちょっと休みたい。怖かった」。音楽チャンネルに合わせる。

「ニュース聞いたほうがいいと思うけど」と僕は言う。「いい?」

彼女は、勝手にして、という風に手をひらひらさせる。

ヴェリタスかボンボかに周波数が合う。興奮した男の声が叫ぶ——「暴徒たちは銃撃を受けましたが、マーティン師に率いられた一団が警官隊を圧倒して屋敷を占拠し、ウィグベルト・ラカンデュラを解放すべく……」。

道は続いている。後ろを振り返って川の様子を確かめる。堤防付近の完全な暗闇を背景にすると、ほの暗い川面も明るくゆらめいて見える。時々通過するバスやトラックのヘッドライトで橋が闇に浮かび上がる。何マイルか離れたところに工場の灯りが見える。おそらくフィリピン・ファースト・コーポレーションの弾薬工場だろう。特に「世界の番人《ワールド・ウオーデン》」たちとのトラブル等に備えて緊急用の自家発電機を持っているに違いない。

セイディの携帯がプー・ティー・ウィートと鳴り響く。運転中、という仕草をして見せながら彼女はそれを僕に手渡す。僕はディスプレイの文字を読み上げる。「マキィ、って誰?」

「ママのさらにもう一人の妹。読んでくれる?」

メッセージ——抗議行動は慎むこと。バンサモロは武装反乱と反政府暴動の警告を発しています。過激な行動は流血に直結しそうな気配。

「おれたちも行ければいいけど」

「本気? 意味ないよ」

道はマカティ方面に折れる。道の両側にぼんやり浮かび上がってくる住居には灯りがついておらず、そのせいで川の景色は全く見えない。重そうな鉄の扉や高い金属の門を見ていると、ゴーストタウンを走り抜けているような気分になってくる。やがて水没して道路が途切れてしまっている地点へとさしかかる。

「……補強の軍隊が派遣され、ザカテロス通りのチャンコ邸からクラロ・M・レクト通りに沿ってマラカニヤン宮殿のほうへと向かい始めた暴徒の動きを止めようとしています……」

雷鳴が轟く。風雨の集中砲火の影響で、水没した部分には大きな渦巻きができている。セイディは水際で車を止め、両手に顔を埋める。

「セイディ、大丈夫だよ。これは川の水とは関係ない。家の敷地の壁と壁に堰き止められて水が溜まってるだけだ。だから浅い。水が動いてるの、見えるだろ？　エンジンをずっとふかしてれば、水は入って来ない。向こう岸に行ける。あっという間の話だよ。とにかく、排気管から空気をめいっぱい放出しておかないと水が入って来るから……」

「やっぱりさ、今通り過ぎたあの高台あたりで待機してようよ」

「……当初流された略奪事件の報道は誤りであることが確認されました。今のところ、群衆は極めて平和的に秩序を……」

「こんなとこで？　何にもないとこだぜ？　セイディ、しっかりしろって、このままだとどんどん水かさが増してくる」

「大丈夫、銃ならあるし。あなたの座ってるイスの下に」

「セイディ、絶対大丈夫だって、渡れるって。ためらってる場合じゃないって」

「分かった」と言うと彼女はギアを入れ、エンジンをふかし始める。車が水に入る。フェンダーの内部に水が入る音がする。下部の車台の中にも水は入ってゆく。

「やっぱ分からないよ……」

「大丈夫、セイディ！　がんばれ！」

＊

キャンプに戻ると、サルバドールはびっこをひいたカ・アルセーニョを古い建物の中に連れて入った。

そこはかつてスペイン軍の前哨基地として使われた建物だった。人影はどこにもなかったが、同志が調達してきた米が火にかけられた釜の中でぐつぐつ煮えていた。二人は窓のそばに寄った。外を見ると、人影が近づいて来る。

「行け」とアルセーニョはサルバドールに言った。「裏口から逃げろ」。サルバドールは友の顔を見た。回想録で彼はこう書いている──「彼の目は、自分はそこに残るという選択肢以外を考えていないことをはっきりと物語っていた。あるいはその印象も、自分の行動を正当化するために後から私が作りだしたフィクションに過ぎないのかもしれない」。サルバドールは自分のライフルをカ・アルセーニョに手渡した。それから彼はフライング・パンサーのジャンプで開いた窓に頭から突っ込み、樹木限界線まで必死に走った。「逃げながら、後ろからいくつも銃声が聞こえてきた。そう、私は逃げた。銃声の大合唱に一人で立ち向かう友を後に残して」


──執筆中の伝記、ミゲル・シフーコ、『クリスピン・サルバドール──八回目の生』より

*

荒れ狂う川の水の向こう側で、マカティ通りを車のヘッドライトが列を作りながら通り過ぎていく。「しっかり！　うまくいくって！」と僕は言う。この道は、しばらく行くと部分的に川に沿って走る場所がある。でも僕はそれを彼女に言わない。コンクリートの堤防があるのだから絶対大丈夫だ。

「……国民の皆さん、群衆はミランダ広場前にも大勢集まり、即席の集会が開かれている模様です……」

「もしもこのままここに取り残されたらさ」と、重苦しい空気を軽くしようとして僕は言う。「おれのこと助けてくれる？　おれ、泳げないからね」

「ふざけるの、やめてくれない？」

「ごめん」

車は水の中をゆっくりと、しかし着実に動いてゆく。足元で水が渦巻く音がする。

「……群衆の中には著名な国家の、あるいは地方の指導者たちも混じっている模様です。たとえば……」

「もう、何なの⁉　勘弁してくれってのよ、もう！」とセイディは言う。「いい加減にしてよ！」。彼女は激しくハンドルを切り、バックで方向転換する。「ちょっと様子を……」――彼女はギアをバックに入れる――「しばらく」――エンジンがうなる――「見るしかない」。車はちょっと前のめりになったかと思うとガクンと止まり、そのまま動かなくなる。

僕たちは凄まじい沈黙の中に置き去りにされる。セイディはエンジンを再スタートさせようとする。しかし動かない。もう一度試す。もう一度。明らかに無理である。しかし、もう一度試す。

「もおおおおおおおおっ！」と彼女は言う。ハンドルを激しく叩く。「どうすればいいってのよ？」

僕は努めて平静を装う。「よし、こうしよう。家に運転手がいるだろ？　いる？　よし。彼の携帯に電話して、４ＷＤで応援に来させよう。車ごと引っぱってくれるかもしれないし、それが無理なら、車は仕方がないから、おれたちだけでも安全なところまで運ばせればいい」

セイディは電話をかける。唇を嚙む。しばらくして、やっと運転手が出る。彼女は怯えた声で運転手に指示を出し、命令する。彼女は場所を伝える。

「スゴいよ」と彼女は言う。「眠ってたとこだって。すぐ来るって」

彼女は前を向いたまま、肩越しに携帯電話を後部座席へ投げ捨てる。明らかに安心を取り戻し、僕に抱きついてくる。「ああいう人間たちって基本的にはどうしようもないけどさ、こういう時には頼れるよね」。彼女は落ち着かない様子でくすくす笑う。その笑い方もとてもチャーミングである。まるで、よく磨かれたバスケットコートのフロアで靴がキュッと鳴るような感じ。

僕たちは苦労して後部座席に移動し、そこで抱き合う。彼女の髪の毛からは「うわ、君の髪の匂いサイコー！」シャンプーの匂いがする。僕らが子供の頃、乳母がよくそれで僕たちの髪を洗ってくれたものだ。

僕はセイディに言う——「君、もっとオシャレなシャンプーを使ってるのかと思ってた」。

「ああ、そうだった？　私、シンプルな女なんだ」

僕は顔を彼女の髪の中に埋める。耳元で囁く——「なんか、子供の時の匂いがする」。

「いい思い出だといいけど」

「もちろん」

「ねえ、ひとつ聞いてもいいかな？」

「どうぞ」

黒い影が僕たちの窓の横を流れてゆく。僕たちが静かに話している間、雨脚はますます強くなる。「初めて会った時、あなた、ここに家族はいないって言ってたよね？　その後で、うちで夕食を食べてる時にはパパとおじいさんの話をしてたでしょ？　なんで嘘ついたの？」

「ちょっとややこしい話だったからさ」

「でも、嘘つかれるのって、あんまり気持ちのいいものじゃないでしょ？」

「分かってる。ごめん」

何かが前方に大きく立ちはだかる。よく見ようとするが、暗くて何も分からない。

「ミゲル、私には何を話してもいいんだから。あなたを裁こうだなんて全く考えてないんだし」

「ほんと、ごめん」

何かが車の前部にぶつかった音がする。近くの家の塀の上から樹の上部が覗いており、それが人影のように見える。誰かに見張られているように感じる。

「もうひとつ聞いてもいい？」

「もちろん」

「ドゥルシネアを見つけたら、どうするつもりなの？」

「なくなった原稿が見つかる」

「それだけが探す理由？」

「そう」

何かがぶつかる音が続く。樹々が大きく傾き、揺れている。屋根に落ちて来る雨粒は、まるで骨壺を激しく振ってでもいるかのような音がする。

「だったら、彼女のことはそっとしておくべきだと思うな」

「なぜ？」

「もしも、お父さんと何らかの形で連絡を取りたいと彼女自身が思っているとすれば、彼女、きっと自分でそうしてると思うもん」

「そんなに単純な問題じゃないよ」

右側のフェンダーに何かが擦れる音がする。誰かがドアをこじ開けようとしているかのような音だ。木製の手すりが車のすぐ横に浮かんでいるのが見える。

「あなた、おじい様やおばあ様には、今回会うつもり？」

「いいや」

「どうして？」

「どうしてって、そのほうがいいからだよ」

「へえ、こっちの話はそんなに単純でいいの？」。セイディは僕の顔にかかった前髪を払いのける。「ごめんなさい」と彼女は言い、僕の額にキスをする。「あなたがマニラを離れた理由って、彼らのせいなの？」

「違う」

「じゃあ、なぜなの？」

バンパーに何かがどすんとぶつかる。サン・ミゲルのビールの箱が流されてゆく。暗闇を切り裂くように稲妻が光る。雷鳴が轟くのを待つ。音はない。

「ただ、自分自身が嫌になった、っていうか」

前方の黒い塊が動く。まるで夜そのものがこちらに近づいて来ているかのようである。

「あれ、うちのトラックかな？　水に入らなきゃなんない状況にはしないで欲しいんだけど。怖いよね、肝炎とかになっちゃうかも」

「多分違うよ。水に浮かんでる何かだろう」

雨脚がさらに強くなる。声を大きくしないと聞こえない。

「なんて言うかさ」と僕は言う、「別に、帰って来たくないってわけじゃないんだよ。この国には貢献なんかしたくない、とかも思ってないし。ただ、何と言うかその……よく分かんないけど」

「何をやっても無駄に思える、とか？　別に、みんなと同じようにやればいいんじゃないの？　あまりいろいろ悩まないで」

「そういうのも嫌なんだよ」

「じゃあ、キスしてよ」

僕は彼女にキスをする。

「私、ニューヨークでうまくやれるかな？」

「やれるよ」

「私、逃げてるだけかな？　責任とか、放っぽり出してるんじゃない？」

「いや」と言い、僕は彼女を見つめる。「それはおれにも分からない」。僕は彼女の完璧な顔を見つめる。そして完璧な鼻を。だが、下の歯がほんの少しばかりゆがんでいる。やはりこれは現実だ。

「私がいくら言っても、ドゥルシネアのこと探しに行くつもりなんだよね？」

「うん」

「いつ?」

「明日」

＊

バン! 車が爆発の衝撃で揺れる。セイディと僕は手をバタバタさせてあたりを引っ掻き回す。ああ、あれは何だろうか……フィリピン・ファーストの工場が燃えている。炎が激しく揺れ、あらゆる方向に広がろうとしている。花火がまず一つ、そしてまた一つ、さらにそれに続いて、多くの花火が夜空を飛んでゆく。緑。青。黄。ポン、ヒュー、シュー。そして全てが一斉に爆発する。それから、何かにせき立てられるようにおびただしい数の花火がどんどん空へ向かう。大きなオレンジの花が雨にしぼむ。真珠がちりばめられた星が破裂し、真ん中の青い光の塊が、僕たちの近くにあるヴィタ・ノヴァの広告を明るく照らし出す。真紅の光が横ざまに螺旋を描くように飛び出し、「イエス様だけが我らを救いたもう」と書かれた広告に突っ込む。ネオンの文字が粉々に砕けてガラスの残骸となる。長く光の筋を残す花火が一つずついくつも垂直にしゅるしゅると夜空に上がり、砕けて白く光る燃えさしのようなかすかな光を放つ。ロケット花火がどんどん打ち上がる。工場の建物の一つが火の海になる。今しがたまで何事もなく存在していたものに火の手が襲いかかり、一瞬で跡形もなくなってしまう。白熱した光を放つ基礎構造がよろよろと揺れたかと思うと、脆弱な骸骨のように川の水の中に崩れ落ちる。火のついたガソリンのように川の表面を炎がクモの巣状に走る。オレンジと黄色の炎の房があたりに広がり、汚染された水の上で着実にその高さを増してゆく。川は今や全て炎に包まれてしまう。水が燃えているのだ。焦げついた髪の毛のような、硫黄のような、焼け焦げた砂糖のような臭いがする。まるで地上の炎という炎が化学薬品の太陽となり、低く垂れこめた雲にさえその炎を飛び移らせてしまったかのようである。遠くの地平線も、この偽りの夜明けのせいで赤く色づいているのが分かる。

＊

「私、ヤク中じゃないんだから！　なにやってるの？」とドゥルセは彼らの手をふりほどこうとして叫んだ。「お願い、なんでこんなことするの？」

彼女は母と継父の方を向き、まなざしで嘆願した。ママは泣いている。パパは首を振っている。医師と男の看護師が彼女の両腕を拘束衣の袖に通し、そしてベルトのバックルをしっかりと締める。動くことができない。

「だって本当なんだもん！」とドゥルセは言った。ママは日記を手に握っていた。

「ドゥルセ、私のドゥルセ、白状しなさい。作り話なんでしょう？」

パパは彼女の前にひざまずき、肩に手を置いた。

「かわいい私のベイビーガール、お前は病気なんだよ。このおじさんたちが病院に連れて行ってくれるからね。お前のことを治してくれるんだよ」

「あんたなんか、ほんとのお父さんでも何でもないくせに！」とドゥルセは言った。この言葉は、自分が考えつく限り最悪の言葉だということが分かってはいた。でも、何もしてくれないなんてあまりにひどすぎる。

パパは全く動じずにこう言った。「お前は私の娘だ。私は、お前に良くなってもらいたいんだよ」

ママは日記を彼女の目の前で振ってみせ、嘆願するようにこう言った。「ドゥルセ、お願いだから、こんなものは作り話だって言って。いつもあなたが作るくだらないおとぎ話の一つだって。信じてなんかいないって言うのよ」

ドゥルセは何と言ってよいのか分からなかった。もしも本当に信じていることを口にしたとしても、彼らは絶対に信じてくれないだろう。しかし、もしも彼らが言って欲しいことを自分が口にすれば、二度と自分が信じられなくなってしまう。でも、もしかすると、彼らの目の前でそのことを証明してみせることができるかもしれない！

彼女は眼をきつく閉じ、空気よりも軽くなっていく自分を想像した。信じるのよ、彼女は考えた。ただ信じるの。

一瞬、彼女は自分が宙に浮かぶように感じた。足が地面を離れた。

できてる！　できてるじゃないの！

しかしそれは、医者と看護師が彼女を抱えて運んでいるだけだった。彼らは救急車のところまで彼女を抱えて来ると、奥のベッドに彼女を運び込んで横たえた。


――クリスピン・サルバドール、『アイ・ナク！』（『カプトル』三部作第三巻）より

＊

セイディは運転席に飛ぶように戻り、ラジオをつける。女の声が歌う――「ホープを一口、希望の味」。「大丈夫かな」と彼女は言う、「車のバッテリーを使っても？」。

僕は何も答えない。車の後ろで繰り広げられている光景に釘付けになっているのだ。川は、もはや曲がりくねった炎の道である。地獄というものがもしも存在するのならば、それはまさにこのような光景を指すのだろう。「ねえミゲル？」と彼女が言う。僕は我に返る。

「……マーティン師は、つい先ほど、コマーシャルの直前、群衆に向かってある声明文を発表しました」とラジオのコメンテーターが言う。「再び生中継でお届けいたします。ただ今大群衆が集会に参加すべくジョーンズ橋とマッカーサー橋を渡ろうとしていますが、機動隊がレクト通りとレガルダ通りの交差点付近でバリケードを築き、大統領官邸への行進を阻止しようとしています。先ほどバンサモロ上院議員に電話インタビューを行いましたが、議員は現在の状況を『極めて危機的』と表現していました。一つでも石が投げられれば、あるいは一発でも銃声が鳴り響けば全てが爆発してしまいかねない、そんな極度の緊張

状況です。当局のレポーター、ダンヘン・アダポンが只今現場におります。すみません、アダポンさん⁉聞こえますか?」

プー・ティー・ウィート。

「読んで」とセイディは言う。アスキー・アート付きのメッセージである——君が笑えば世界も笑う。君が落ち込めば世界は君の味方になってくれる。でも君がおならをする時、君は一人ぼっちになる。そんな時、誰も君のことを守ってはくれないだろう。ただしイエス様だけは別。あのお方は、おれたちの罪のために亡くなった。

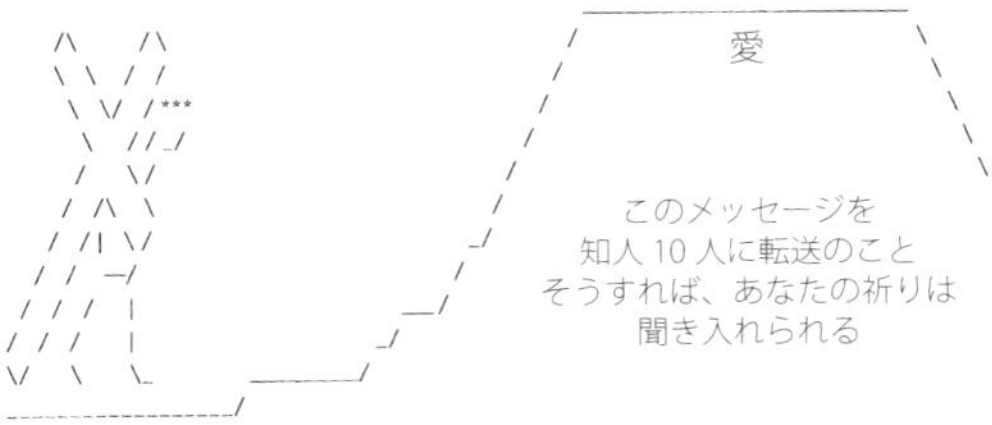
愛
このメッセージを
知人10人に転送のこと
そうすれば、あなたの祈りは
聞き入れられる

僕は彼女に携帯を返す。「セイディ、ラジオで情報を……」。しかし、彼女はすでに必死の形相で何度も運転手の番号を押し続けている。

「なんなのよ、一体⁉」と彼女は言う。「バッテリー切れちゃった！」

「参ったな、おれのやつはホテルに置いてきてるし」

「よく聞こえていますロリーさん、よく聞こえています。現場は筆舌に尽くしがたい状況です。今私はC・M・レクト通りにあるレストラン、チョウ・キングの屋上にいるのですが、おそらく群衆は二十万人を下らないのではないかと推定されます。あるいは五十万人以上かもしれません。とにかく凄まじい人の海です。様々な派閥の人間が詰めかけてお互いに反目し合っている、などという報告も乱れ飛びましたが、私の見る限り、集会は極めて平和的に行われている模様です。ほとんどの人は、何時間もここに居座ったまま指導者の動きを待っている、という雰囲気です。さらに多くの人がどんどんやって来ます。人々は傘や食べ物を分け合い、歌を歌っている人も多く見受けられます。ちょうどカーニバルの……あ、ちょっと待ってください、あの……ちょっと待って、マーティン師とウィグベルト・ラカンデュラの間に何か小競り合いが起こっています。トラックの上の臨時ステージで何か激しく言葉をぶつけ合っています。あっ、なんということでしょう、マーティン師がラカンデュラを突き飛ばし、ラカンデュラがフロア上に転倒しました。ラカンデュラは断固として暴力を拒否している模様です。何人かのサポーターに抱えられ、現場から連れ去られていきます。国会議員のレスペト・レイエスの姿が見えます。ラカンデュラの手を握っています。あ、ちょっと待ってくださいロリーさん」。そう言った後、レポーターはマイクの届かないところで誰かと何か話している。早口で聞き取ることができない。「ロリーさん、たった今入った情報によりますと、ラカンデュラは群衆を静かにどこかに移動させようとしているとのことです。これは大変です、騒ぎが起こっている模様です。群衆の端にいたものが、付近の店の窓ガラスを割りました。マカティ方面に向かっている大きなグループがあるようです。乗用車が、いや、タクシーです、タクシーが横転させられています。一部の群衆が警官隊に石を投げています。電気がついている付近のビルにもさかんに石を投げています。あっ、私たちのところにも石が……」

＊

ラジオを聞きながら、われらが主人公は興奮して考える。もしかして、今夜が、クリスピンのあれほど待ち望んだ革命の夜なのだろうか？　彼は群衆の中に自分が交じっていないことを後悔している。

彼は人生のひとつの選択肢のことを考えている。タイプライターの前に身を屈め、静かに座っている一人の老人。世界は彼とは無関係にどんどん変わって行く。老人は、猛烈な勢いでタイプライターを叩く。とても勇敢な行為とは呼べない、単に暴力的な所作である。今まさに彼自身が感じているような若い時の一瞬一瞬を、想像でもう一度生き直す老人。嵐の夜、一人で部屋に閉じこもったまま。やがて死ぬべきその運命の音は、どこにも聞こえない。結局はいつも選択されることのなかった、賭け金を積まれることもなかった、いくつもの人生の可能性たち。

＊

川の水が突然温かくなるとともに、水かさも増してくる。パシグ川の水がゆっくりとこちらに近づいて来る。もはやこれまでのように穏やかな水面を保つことができなくなった、という様子である。車の周りの水が川の流れとは逆に流れ始める。ここから先のどこかで堤防が決壊したり、あるいは水が溢れたりしている場所があるに違いない。水位が上がる。車のボンネットがどんどん水に隠れて見えなくなっていく。工場からは明るい光が閃き続け、あたりの全てを様々な色で包み込む。街路は赤、黒、緑、黄色、オレンジ、そしてまた黒、それからオレンジ色へと変化する。椅子が一つ、すぐ近くまで流されて来て車のバンパーにぶつかり、左の窓の外を流れ過ぎていく。セイディは携帯電話のバッテリーを付けたり外したりしている。「もう、何してんのよ」と彼女は言う、「出なさいよ、頼むから出てよ、このクソッタレ！　お願い、ねえ。ああ、バッテリーほんとに切れちゃったよ、どうしよう？」

「車の中にいるのが一番安全だよ。運転手がそのうち来てくれるって」

黒い塊が近づいて来る。セイディは息を飲む。ヘッドライトを付けるが、すでに水没している。光が水面までわずかに届き、まるで月の光が映る池の端に車を寄せてでもいるかのようである。何かが目の前にのしかかって来るように大きくなる。やがて、それが何か分かる。

ベルを鳴らしながら売り子が街中を引いて回っているのをよく見かける、アイスクリーム屋のカートである。白地に明るい青と赤で飾りが施してあり、横にはSTARBUCKSとステンシルで刷り上げた文字が入っている。カートはいったん止まり、着実に早くなっている流れに再びさらわれてゆく。カートの後部で影が動く。緑の閃光が走ると、そこに二人の子供が乗っているのが分かる。青い閃光の中でもう一度確かめる——よちよち歩きの弟を抱えた十歳くらいの少女である。

＊

彼が目の前の光景を見ている間も、遠い夢の中から聞こえてくるかのようにタイプライターのキーの音が響いている。言わなければならないことを想像し、タイプで打ち続ける一人の老人。

さあ、哀れな田舎のお坊っちゃんよ、自分の立場を明確にするのだ。生まれながらの道を自然に選べば、抑圧や兄弟殺し、それに無関心の伝統を受け継ぐことになる——それにはお前は決して満足できない。なあ、お金持ちの少年よ。だからといって、もう一方の道——それは反逆と父殺し、そして裏切りの道だ——を選んでも、全く育ちの違う者どもの蠢く中、本当の意味でお前がそこに受け入れられることは決してないだろう。宗教は家族を尊ぶことを教えた。教育は多数決の原理を教えた。何かをしなければならないのだ、ポッゾよ。今度ばかりは、手をこまねいて見ているわけにはいかない。お前の乗る飛行機は、既に目的地に着陸した。乗客は全て拍手を送った。最後にぐっと息を吸い込む。さあ、いよいよ上演の時間だ。

彼は今、ライトの下に座っている。そして、これとは違う第二の選択肢について考えている。だが、忍耐強さは時に怠惰を意味する。

＊

僕は、子供たちを乗せたカートが、沈んでいる道路上の物体に所々でぶつかりながらゆっくりと流されていくのを見守っている。明かりに照らされると彼らの顔の寄る辺なさがよく分かっていたたまれなくなるが、暗闇だと何も見えず、少し気持ちが落ち着く。

＊

色々と思いを巡らしつつ、彼は三つ目の選択肢について説明を試みる。

バシャン！　と飛び込んで子供たちの救出に向かう。数ヤード離れた安全な場所へと彼らを移動させるだけだ。プライドで胸をいっぱいにしながら、歓呼のラッパの音を全身に浴びて、彼はアメリカに帰還する。ささやかながらも自分にやれるだけのことをきちんとやり遂げ、若くて感受性豊かなセイディとパーク・スロープで新しい生活を始める。若く美しい女の子に愛されているという自信に満ち溢れ、彼は静かに机の前に座って私の伝記の最後の部分を書き上げる。彼は漸く人生の満足を得る。迷いから解放されたものだけが持ち得る力強さで、彼は全てを書き終える。たった一度だが、水に濡れながら勇気ある行動を取ったことによって、彼は私たち全てが背負わされた罪から自分自身を贖ったのである。

＊

「ドア開けたりなんかしたら、車がダメになっちゃうよ」とセイディは言う。「パパに殺されるって」

二人とも後ろを振り返る。ほんの数ヤード離れた道路は、既に水没してしまって見えない。

「運転手の車がもうすぐ来るはずなんだから……」

僕は水位を確かめる。深すぎたらどうする？　父のことを考える。炎上する飛行機に走って飛び込んで行った時のことだ。もしもあれほど向こう見ずでなかったなら、あの人は一体どうなっていたのだろう？僕は、こんな洪水の中に入って行きたくない。あの人が、もしも自分の子供たちのことなんか考えもしないような利己的な人間ではなかったら、一体どうだったのだろうか？　いや、違う。人は、愛する人には、いつも英雄的であって欲しいと望むものである。自分などよりもずっと優れた人が必ずどこかにいて、いつかきっと僕たちのことを救ってくれる、と信じる必要があるのだ。

「お願いだからやめて」とセイディは泣き叫ぶ。まるで救命ボートのようにハンドルにしがみついている。「誰も見てないんだから。仕方ないよ」

僕は行きたくない。でも、もしもここで行かなかったら、僕はこれまでと変わりなく生きて行く自信がない。「セイディ、一緒に来て」

「嫌だよ」と彼女は言う。「あなただって、行く必要ないって」

ドアは重く、なかなか開かない。彼女のほうが正しかったらどうする？　全体重をかけてみても、ほんの少ししか動かない。水が入って来る。温かく、足の裏とくるぶしのあたりが不思議と心地よい。ドアは開かない。これはダメだ、これでは出られなくてもしょうがない。セイディを見る。彼女は両足を折り曲げて胸に押し当て、足の甲の先を折り重ねるようにしている。マノロ・ブラニクのサンダルが両手に握られている。車内の床の窪んだ部分に水が溜まり、だんだん水かさが増してくる。僕はドアを強く引いて閉める。窓を開けようとする。電気のモーターが軋むような音を立てる。開いてほしいと思う反面、開かないでほしいとも思う。窓は開く。水位は、開いた窓の高さとほぼ同じところまで達している。花火が光ると、水面がまるでガラスのように陰鬱にあたりの光景を映し出す。僕の顔がそこに映る。水面はまるで鏡のようである。僕は、自分自身の体が窓を這い出し、前のめりに水の中に突っ込んでいくのを見る。顔が自分の顔に近づき、茶色のどろりとした汚水の中に入っていく。足がバタバタと底を探す。セイディが何か叫んでいる。多分、彼女が正しいのだろう。足場が見つかる。彼女の嘆願の声を聞くと、僕はますます前へ進まねばならないと感じる。水は胸の高さである。

オレンジの花火が夜空を染め、そして消える。水の流れは速い。足元はしっかりしている。僕は子供たちのほうによろよろと進んで行く。赤い花火が僕と彼らの間に横たわる水面を染め上げる。姉のほうがうつろな表情で僕を見ている。彼女の姿が消える。次の花火が光るまでの暗闇が、耐えがたい孤独を付近にみなぎらせる。少女と小さな弟の姿が明るい黄色に染まる。僕は笑って手を振る。僕は何をやっているんだ？　彼女は肩のところに抱いている弟をさらに高く引き上げ、手の指と両足とをアイスクリームのカートにさらにきつく絡ませようとして体を動かす。弟は姉の肩に顔を埋める。また暗闇である。見えない何かが僕の足にぶつかり、腰の周りに巻きついたかと思うとまた流されて行く。子供たちはまるで幽霊のようである。周りの驚異的な水の力に圧倒され、恐怖と疲れも手伝って、とても声など出せる状況ではない。「もうすぐ行くから」とタガログ語で僕は叫ぶ。あたりの全てが、神々しいばかりの青に浸される。ほんの近くに僕はやって来る。あと五歩だ。少女は弟に何か囁く。弟は顔を上げる。彼は笑う。ふっくらとした頬と丸い額が薄れていく藍色の中で輝き、そして明るく深い黄色に変わる。少女の歯が青白いレモン色に染まる。あと三歩。子供たちはまるで彫像のようにじっと動かずに僕を見つめている。空の饗宴を映し出す顔は、濡れて真鍮のような色になる。何かが足にぶつかる。子供たちが腕を僕のほうに伸ばす。あと二歩。彼らの顔は片方がオレンジ色、もう片方がエメラルド、イースト川の岸でよく見る、建国記念日の花火の光を一身に受ける子供たちのように笑っている。あと一歩。
足の先が地面を探す。全身が空っぽの暗闇の中へと落ち込んでいく。

9

　何もない暗闇に包まれている。唯一見える光は、日食の際のコロナのような長方形をなしている。ドアのノブを握ると濡れている。いや、濡れているのは彼の手のほうなのかもしれない。手のひらに皺が二本、同じ系をなす川のように伸びている。あるいは、同じ川の別の部分のように、というべきだろうか。ドアが開く。部屋にいる私は、彼の名を呼ぶ。「お入りなさい、私の本の主人公よ」

　ざらついた床の上に、彼が威勢よく入って来て立つ。私はデスクの周りに円を描く光の中で椅子に座っている。「夢はパリンプセスト〔書いたものを消した上にまた書けるようにした古代の羊皮紙〕」と私は言う。目の前のタイプライターから湯気が立ちのぼっている。右手の指先が、しっかりと抱きしめるようにいくつかのキーに触れている。私はもう片方の手を彼のほうに差し出す。手の平に開いた穴から血が流れている。以前、ここには傷があった。いつものようにくだらないジョークを飛ばす。「イエスはＭ＆Ｍを食べられない。どうしてだか分かるか？」。若者は首を振る。「手の平にあいた穴から、握ったもの全てが下に落ちるだろう」

　彼は踵を返して駆け出そうとする。しかし動きは遅い。まるで水の中を歩いているかのようだ。玄関の鏡に映った姿を見ると、裸である。彼は鏡のほうに身を屈める。そこに映っているのは私の像である。以前の私の姿だ。彼は手を伸ばす。あるいは、彼の手のほうが私の手の動きに従っているだけなのかもしれない。指先が触れ合う。鏡の表面が波立つ。

＊

ガラスのような空の表面が震える。底に足が届く。彼は体を上方に押し上げる。腕が水をかいて外に突き出たと思うと、指が鳥のくちばしのように開き、あたりにあるものをつかむ。勇敢なわれらが主人公は、立ち上がって咳込む。空気を得て、胸が何かに感謝するかのように波打っている。温かい水は、誰かの吐いた痰のような味がする。水は胸の高さである。子供たちは数ヤード向こうにいる。アイスクリームのカートは動かない。葉の生い茂る木の枝が流れて行く。毛のないバービー人形の頭部、シルバー・スワンの醤油の瓶、クラゲのようなビニール袋。彼はぬかるみを必死で歩く。動きはますます遅くなる。新聞紙が腕と胸に張り付いて、ちぎれていく。いつの間に――彼は思う――こんなに離れてしまったんだ？

彼は腕を子供たちのほうに伸ばす。花火は続く。顔が緑、青、赤、黄と変化する。彼はよちよち歩きの赤ん坊をしっかりと胸に抱きとる。姉のほうは背負う。少女は、手足を必死に動かして体の位置を調節する。驚くほど軽い。彼女たちというより、むしろわれらが若者のほうが安心したようである。

川と化した道路が強烈に白く光る。彼の作る影はシンダーブロックの上に長く伸び、子供たちとともに三つの頭を持つモンスターのように見える。振り返る。ヘッドライトの二つの光。４ＷＤ車である。

＊

ムーチャはアントニオの裸の胸に手を這わせる。「ねえ、アスティグさん」。いくつもの傷跡に触れながら彼女は言う。その傷のことを尋ねる隙を彼女に与えぬよう、彼は素早く上体を起こす。彼女の肩にかかったサテン地のシーツの乱れを少し直す。今しがた愛し合ったばかりの汗が、彼女の豊かな胸の谷間でまだ細い小川を作って流れている。彼は身を屈め、その汗を舌で舐めて取る。

「こうやって、小娘をひとり救ってあげたりして」とムーチャは言い、彼の髪の間に手を差し入れて優しく撫でる。「その後はどうするつもりなの？」

「一つ、古びた親指締め機がある。『ドミナドール』って書いてあるやつだ」

「それが物語の終わりってわけ？」

「あいつにとってはね。おれにとっては、まだ物語は終わっちゃいない」

「トニー、前に一度あの人を缶詰機にかけて、あの人、大事なものをひとつ失くしちゃったことがあったでしょう？」

「でも、結局は逃げられた！ それでたくさん女たちが死んだんだ。ああいう女どもがいなくなっても、奴の人生は変わりなく続くというのか？」

「堕落と戦う気なら、まず自分で鏡を見ることから始めないとね」

アントニオは立ち上がって窓のところに行く。その高さから見ると、メトロ・マニラも穏やかな顔をしている。

「アントニオ、ごめんなさい」。ムーチャは体にシーツを巻き付け、彼のほうにやって来る。彼の肩に頬をもたせかけ、灰色の街を見つめる。「ドミナドールのことだけじゃない。そのことはもちろん分かってるわ。でも、勇敢に振る舞っているつもりでも、実は臆病をカムフラージュしているに過ぎないって時もある。ただ黙って見ている事こそが一番勇敢な道、って時もあるのよ」

「おれには、やらなければならないことがたくさんある」

「英雄ぶらないで」

「英雄になりたいだなんて、一度も言ったことはないな」

——クリスピン・サルバドール、『マニラ・ノワール』（百八十二ページ）より

＊

セイディはＦ１５０の中で終始無言である。いまにも激しく嗚咽を始めそうな雰囲気のまま、ずっと座っている。眼のあたりがほの暗く見える。まるで眼球そのものがえぐり出されてしまったかのようである。運転手には顔がない。彼はホテル・インターコンチネンタルの後ろの交番で車を停める。二人は濡れ鼠のような三人をそこで降ろし、何も言わずに轟音を立てて走り去る。テールランプが雨に霞んでやがて見えなくなり、あとは暗闇に降りしきる雨のみとなる。警部補は驚いている。あるいは、彼のおかげで今起こされたばかりなのかもしれない。子供たちのために毛布を持って来て、ひざまずいてその髪や肩を拭いてやりながら、若い男を見上げる。毛羽立ったスリッパを履き、ノースリーブ《ワイフ・ビーター・シャツ》に制服のズボンという格好のもう一人の警官が、机の向こう側の椅子に頭を深くもたせかけてギターを弾いている。昔流行ったロッカバラード「ペイシェンス」である。三人目の警官は机の端に腰をかけ、裸足の片足を両手で包むようにして爪を切っている。警部補は子供たちを抱え、彼らが横になれる場所に運んでゆく。それから彼は、われらが勇敢な主人公にこう言う――「あなたは早くお家にお帰りなさい」。

　青年は雨の中を走る。手足がすっかり軽くなっていることを感じる。歩道に溜まった水を軽い足取りで撥ね上げながら、抑えようのないほどの嬉しさが胸にこみ上げてくるのを感じる。気がつくと、もうホテルの前に着いている。電源は落ちている。フロントにも人気はない。階段を上がって自分の部屋に到着すると、ろうそくの光でシャワーを浴びる。両腕を上に伸ばす。暗闇で見る浴室は、そのペンキの剝げかけた感じといい、窓の傍らにかかったチベットの祈禱旗といい、マディソンと一緒に暮らしたブルックリンのアパートの浴室そのもののように思える。水は冷たい。どうにか我慢するのがやっとの冷たさで、冷たいと感じることさえできない。しかし、この冷たい水を浴びながら、彼は不思議な安らぎを感じている。全てが清められ、頭が明確になっていくように思う。

＊

「何を書いているの？」とミリセントが囁く。

「まあ、いろいろとね」とドゥルセは答える。

彼らは遊戯室の隅にある、鉢植えのプラスチック製の菩提樹の下に座っている。他の患者たちはテーブルでプソイ・ドスをやったり、アート・テーブルのところで生き物の写生をしたりしている。

「だから、たとえばどんなもの？」とミリセントはさらに尋ねる。

「とにかくいろいろと、よ」

「当ててあげようか。本当のお父さんへの手紙でしょ？　それとも、ううんと、ここからの脱出計画？」

「ただの作り話よ。お話を考えてるの」

近くにいたセフェリーナが顔を上げる。彼女は三つの頭を持つ猫のスケッチをしている。彼女はドゥルセをしばらく見つめ、やがて声を上げる。「エルリンダさん！　ドゥルセ、また独り言いってるよ」

部屋の皆が、手に持っている鉛筆やカードや絵筆の動きを止めてドゥルセに注目する。アート・テーブルのところに腰をかけているエルリンダ看護婦も、彼女のほうに目を向ける。悲しげに彼女は笑う。「セフェリーナ、ドゥルセは静かに何か書いてるだけなんだから」と彼女は言う。エルリンダ看護婦の隣で絵を描いているジョージーが付け加える、「もしかしたら、お祈りをしてるのかも」。

やがて、部屋の皆は静かにそれぞれの作業に戻る。何秒かののち、ドゥルセが注意深く囁く。「ミリー、静かにしてって言ったでしょ？」

「ごめん！　ほんと、ごめん！」。ミリセントはカールした紫の髪の毛を引っ張り始める。動揺した時によくやる仕草である。「多分セフェリーナは、そのうちあなたの本当のお父さんがここにやって来て私たちを元のところに連れ戻してくれる、ってことに勘づいてるんだと思うな」

「誰も、何にも勘づいてなんかいない。私はどこにも行かないよ」

「ねえドゥル、ここを出たらどうしたい？」

「別に何も」

「私、パイロットになりたいな」

「無理よ、パイロットになるの、すっごく難しいんだから」

「ちぇ、嫌なこと言うなあ」

ドゥルセはノートを下に置き、友達が縮れ髪をその指にきつく巻きつけてはほどくのをじっと見ている。ほどかれた髪は勢いよく跳ね、元の形に戻る。

「ごめんミリー」とドゥルセは言う。「あなたの言うとおりだよ。嫌なこと言ってごめんなさい」

「それで、ここから出たら何がしたいの？」

「私、作家になりたいな」

「何を書くの？」

「本」

「どんな？」

「いくつもの可能性についての本、かな」


——クリスピン・サルバドール、『アイ・ナク！』(『カプトル』三部作第三巻）より

＊

彼は昼下がりに目を覚ます。夢との境目がないようで、現実世界へと自然に移行したように感じられることにも全く驚きはない。まるで、ほんの少し目を閉じている間に夜が昼に変わっていたかのようである。耳の中に残った水が、ぬかるみに足を踏み入れた時のような音を立てている。聞き慣れた残響のようであ

る。階下に行くと、デスクではいつものコンシェルジュが宿帳の上に顔を突っ伏して居眠りしている。われらが主人公は晴れやかな顔で外へ出て行こうとする。その足音でコンシェルジュは驚いて飛び起き、挨拶の言葉をひねり出す。「こんにちは、士官殿」。人通りの多い濡れた往来の向かい側にはタパ・キングがある。朝食を食べに行くのだ。

今日の『ガセット』紙の見出しはこう言っている——「二〇〇二年十二月八日、民主主義の未来を担うエドサ5革命に群衆が押し寄せた朝」。一番大きな写真はマラカニヤン宮殿のもので、バンサモロ上院議員がエストレーガン大統領の横で身を護るようにして立っている姿が写っている。バンサモロはジーンズに防弾チョッキ、片手で頭上にアーマライト銃を振りかざしている。エストレーガンはボクサー時代から愛用している緑のフード付きのローブに身を包んでいる。笑顔は豚さながら、突き出た太鼓腹にローブがはち切れそうである。戦闘服と武器に身を固めた特殊工作兵が二人の護衛についている。記事によると、その時群衆は、いつ機動隊を圧倒して宮殿に雪崩を打って襲いかかってもおかしくない、まさに一触即発の雰囲気に包まれていた。催涙弾やゴム弾が銃に装塡された。人々はそれぞれポケットに入れた投石用の石を握り、火炎瓶の芯のところでライターの炎が合図を待っていた。流血は誰が見ても避けられない状況だった。その時、かつて自らが指揮を執った軍隊を従えてバンサモロが宮殿の外に出て来て、腕を高く上げ、ピストルを一発発射したのだ（タブロイド紙はその一発のことを「国を救った弾丸」と書き立てていた）。すると群衆は、まるでその合図を待っていたかのように波を打って後退した。夜が明け始める頃、すでにあたりに人影はなかった。

日の出と同時に——別の記事が言う——警察はチャンコ邸を占領したが、既に夫妻は射殺されていた。息子は邸内の大型冷凍庫の中に隠れているところを発見された。銃撃戦が始まるとすぐに大きな七面鳥の下に潜り込んだ、とのことだった。軽い低体温症を患っていた。「太っていたのが幸いだった」とフィリピン総合病院の担当医マニュエル・マナバットはコメントしている。

三ページ目の記事は、フィリピン・ファースト・コーポレーションの工場での爆発事故の原因はいまだに不明であると報じた。CEOディンドン・チャンコ・ジュニアの事務所が発表した声明文では、屋根からの雨漏りと発電機の電気系統配線不良が原因とされた。

＊

私は、彼と最後に交わしたジョークのことを覚えている。

ボーイ・バストスの娘ガーリーは父に尋ねる。「パパ、政治って何？」。ボーイは娘の好奇心を誇らしく思う。年を重ねるにつれ、彼は父が残してくれた多少の財産を元手にしてそれなりの財を成し、やがて政治の世界にも進出した。娘の成長を喜ぶ一方で息子の誕生にも恵まれたが、結婚生活の輝きが薄れていくのを感じながら、彼は、人間の最大の不幸は子供を作ることによって自らの過ちを次世代でも繰り返すことにある、と考えるようにもなっていた。これは自分の望むことではない、という確信。

だから彼は言う、「ガーリー、それについてはこういう風に言ってみることができるね。まず、私は一家の長だね。だから、私のことを大統領と呼ぶ。規則を作ってるのはママだろう？ その時、ママのことを政府と呼ぶんだ。私たち二人は、君たち子供の面倒を見るために存在しているね。だから、君たちが国民だ。乳母のインデイは、私たちみんなのために働いてくれている。私たちは彼女の働きに見合ったお金を彼女に払う。それで、彼女たちのことを労働者階級と呼ぶんだ。その上で、君の弟ジュニアを未来と呼んでみよう。このことをよく考えてみて欲しい。どうだろう？」。

ガーリーは今しがた聞いたことをよく考えながらベッドに入る。夜中に彼女は目を覚ます。弟のジュニアが泣いている声がする。見てみると、おしめがうんちで一杯になっている。両親の部屋に行ってみると、母はぐっすり寝ている。毎日睡眠薬を飲んで寝ているので、いくら呼んでも起こすことができないのである。ガーリーは乳母の部屋に行く。しかし、ドアには鍵がかかっている。鍵穴から覗いてみると、父がベッドでインデイと一緒に寝ている。ガーリーは自分のベッドに戻る。

次の日の朝の食卓で、ガーリーは父に言う。「パパ、私、政治のことがよく分かったと思う」

ボーイは誇らしく思う。「そうか！」と彼は叫ぶ。「さすが、頭がいいなあ、お前は！　自分の言葉で説明してみてごらん、政治の仕組みを」

「ええとね」と彼女は説明を始める。「大統領っていうのは、労働者階級をファックしているのね。政府っていうのは、ぐっすり眠るだけで何もしようとはしないの。国民には誰もかまってくれない。未来はね、うんとね、クソの中で溺れてるんだわ」

ボーイ・バストスは誇らしい思いで彼女のおでこにキスをする。

やがてガーリーは大人になる。著名な弁護士アレイコと結婚し、フィリピンで最も有名な経済学者との名声をほしいままにした後に上院議員となり、副大統領の地位にまで上り詰める。大統領が再度勃発したエドサ革命で退陣させられると、ガーリーが彼の後を継ぐ。大統領宣誓式で誓いを立てながら、彼女は偶像破壊的な父親と勤勉な祖父アーニンから教わった叡智の言葉の数々を思い出す。ガーリー・バストス・アレイコ大統領は国の希望となる。しかし果たせるかな、最後にはたちの悪い冗談が彼女の身に降りかかる。むろん、オチは読者の知っての通りである。

＊

タクシーの運転手が陽気に尋ねる。「フォーブス・パークで？」

「そう」と若者が答える。「どうして分かった？」

運転手は開けた窓の外に突き出した手でゆったりとした波を作り、口笛を吹く。マルボロのコマーシャルの音楽である。「太陽はまだですね」と運転手は言う。「でも、雨は止んでます」

「そうだね。だからそんなに陽気なのかい？」

「そうです。それに、ラカンデュラがまだ頑張ってますからね」

車はエドサ大通りを走ってゆく。浸水した所で大きく水が撥ね飛ばされる。若者は、彼らに伝えるべきことを頭の中で確認する。

＊

フォーブス・パークは、フレイム・トゥリー・ロードに沿って、赤みがかったオレンジ色の花絨毯が一面に敷きつめられたかのようである。真紅の花びらがいくつか、房のまま暴風雨に耐えて枝から垂れ下がっている。タクシーは炎のトンネルを走ってゆく。

まだ小さかった頃、彼は父母とともに、この通りを横切ったところにあるグレイプスとグランマの家をよく訪れた。数少ない両親との思い出の一つは、次のようなものである――フレイム・トゥリーの花びらが足の裏にしっとりと柔らかく、見上げれば炎が空へ舞い上がって行くように見える。花びらについた幾千もの自然のレンズが午後遅い光を集めて、子供時代とともに過ぎ去ってしまうだろう幾千もの〈未来の午後〉を映し出している。

彼は運転手に料金を支払い、祖父母の住む家のドアへゆっくりと向かう。涙をぬぐう。ドアベルを鳴らす。玄関の壁越しにスリッパの音が聞こえる。片目の召使いの少年フロイドが門を開ける。彼を見て驚く。祖父母とも中でメリエンダ〔午後のスナック〕を食べている、と彼に告げる。フロイドは彼のスーツケースを受け取る。われらが主人公は万感の思いに胸を詰まらせる。小さい頃によく登った中庭のアカシアの木が倒れている。その見事な枝は激しい暴風雨にもぎ取られ、根の部分の白い幹の内部がむき出しになっている。だが、家自体は昔と全く変わりはない。

次の瞬間は、私がこれまでにタイプしてきた数々の場面の中でも最も苦労の少なかったものである。引き戸のガラスにとても複雑な表情が映っている。何か大きな感情のかたまりを隠した表情である。決意に満ちた足取りは、かすかに震えている。大きな音を立てて網戸をわざと激しく引き、彼はリビングに入る。グランマが、誰が来たのかとテーブルから顔を上げて彼のほうを見る。嬉しさのあまりわれを忘れたように、グレイプスの腕をたたく。とうの昔に失ったと思っていた子供を迎えるべく、二人は同時に慌てて立ち上がる。彼は何かしゃべろうとするが、練習しておいた言葉がどうしても出てこない。しかし、結局何を言う必要もないということに気がつく。

彼は思う——言葉は後で出てくる。その時、僕にはきっと自分が今何を言いたかったのか、既に分かっているだろう。これまでずっと二つの道の間で引き裂かれてきたけれど、その時になれば、きっと真ん中の三つ目の道に歩を踏み出す決意が出来ていることだろう。幸せでもないが不満足でもない人間を生み出す、それが妥協というものだ、と昔彼は自分に言い聞かせたものだった。しかし今、彼はその時とは違ったニュアンスで、全く同じ言葉を繰り返す。やがてその見解の真偽を見極めなければならない時が来る。まさに今自分が故郷に帰って来たという事実は、少なくとも、そのことを真に見極めるために自分がついにその重い腰を上げて働きかけを始めた——祖父母に対しては子として、そして、そう、ずいぶん遅くなってしまったとはいえ、自分の娘に対しては父として——ということの証明となるだろう。ずっと経ってから、彼はまさにこの後自分がどうなったのかを思い出すことだろう。そして、そのことについて可能な限り率直に書き記していることだろう。

10

しかし、その前に解いてしまわなければならない問題が残っている。

飛行機が朝の太陽を背にして降下する。窓から眼下の景色を見下ろしながら、われらが主人公は、ついに解答に手が届くところを想像する――手を伸ばしてそれを拾い上げ、裏返し、内部に刻まれている微細な文字を読む。あの島々のうちの一つに彼女は住んでいる。ミス・フロレンティーナが判別不能ぎりぎりの走り書きで描き出してくれた場所――ドゥルシネア島。

今日の始まりに際し、彼は次のように考えた――今回乗るのが最後のタクシーだ。飛行機も、これで最後になる。この道行きを終えれば、謎は完全に解ける。昨夜は胸がはやって一睡もできなかった。だが彼は今、巨大な指のように彼を包む夜明けの光に後押しされ、窓に押し付けた額に離陸する機体の振動を感じつつ、流れゆく外の景色を見つめている。

様々な景色が目の前を通り過ぎ、一瞬で視界から消えていった――まず、いくつもの光が灯った立体派の風景画のような無数の掘立小屋の薄暗い屋根。遠くまで広がるサトウキビ畑が作る地平線。ほの暗い背景に青白い傷をつけるように長く無秩序に伸びてゆく道路。ピンと張りつめた朝の太陽光線を受け、割れた鏡のように乱反射する水田。パンパンが地方に陽が昇る。ピナツボの噴火による破壊のあとの光景に、彼は息を飲む。

＊

あらゆる未完の物語には無数に結末が考えられる――そう考えると、とても解放的な気分になる。

こういうのはどうだろう？

新聞の一面の見出しが告げる――「携帯メール革命――エドサ5の後日談！」。写真にはフェルナンド・V・エストレーガン大統領の目の前に手錠をはめられて立つマーティン師の姿がある。最高司令官の顔は怒りに震えている。二人のそばに、厳めしい表情のバンサモロ上院議員が付き添う。見出しによると、上院議員自ら今回の反乱を指導したこの聖職者を取り押えたとのことである。下の記事にこうある、「バンサモロ――エストレーガン政権の闘鶏が次期副大統領か？」。隣は風刺マンガである――バンサモロが「実際に革命が起こったのはエドサ大通りじゃなかったのに、なんでエドサ5だなんて名前がついてるんだろうね？」と尋ねた直後、隣の吊革につかまっている通勤途中のサラリーマンに鈍器で頭を殴られる。添え物記事にはこうある、「ウィグベルト・ラカンデュラはいまだ逃走中とのこと。バギオからミンダナオ島までの範囲に目撃者多数」。

＊

われらが主人公は、万年筆を取り出し、ノートにしきりに何か書きつけている。一九九一年のことを思い出しているのだ。

四世紀の眠りを破る大噴火だった。キノコ雲が立ちのぼった。灰は遠くシンガポールやプノンペンにまで到達した。付近全域が地震に見舞われた。台風が山肌を直撃し、灰をラハールと呼ばれる火山灰泥流に変えた。悪魔のような粘質の泥流は、じりじりと一インチずつ進みながら、最終的には五百マイル四方の耕作地をテフラと軽石の堆積物の下に完全に飲み込んでしまった。流れをせき止めるべく緊急のスーパーダムがいくつも作られたが、やがて強い反動が起こって、氷河のように執拗に攻め立てるラハールの圧力の前にもろくも外壁が崩れ落ちてしまった。

あのあたりでクリスピンは、消毒用アルコールに浸した脱脂綿で自らの手首を拭き、釘に自らの肉を貫かせ、ハンマーが打ちつけられるバン、バン、バン、という音を聞き、そして十字に重ねられた板に載せられ、群衆の頭の上を運ばれていったのだ。イースターの儀式である。一年の行いを悔い改めるためというより、もっぱら新たなる年への希望と祈りを込めた祭りだ。われわれが神にかける祈りのほうが、神がわれわれに課す願いよりも大事だとでもいうのだろうか？　自然に変わって行くに任せておくべきことを、われわれ自身の意志で変えることが許されるのだろうか？　お前をこの世に送り出してくれた女も、原因も分からないままにやがて消滅する。お前を育ててくれた男も、その力が衰えるにつれ、その弱った赦しの手を差し伸べてくるようになる。お前はおそるおそる自分の手を差し出す。しかし、その手は途中で止まる。昔、お前には自分にふさわしい恋人がいた。もっとうまく愛することができればよかったのに、とお前は思う。その女も、やがてお前の手から奪い去られてしまうことだろう。そしてお前は、自分を死の世界から可能態としての生の世界へと連れ出してくれたに違いない、ある決定的な判断をし損ねたことを、永遠に後悔することになるだろう。神が自らの手で与えてくれたものを再び奪い去る時、それに対するわれわれの怒りは果たして正当なものなのか？

眼下に広がる見慣れた砂漠地帯を眺めながら彼が考えていたことは、以上のようなことだった。彼は、デジャ・ヴの体験は出来事の秩序を狂わせてしまうのではないかと考えた。ひとつひとつの瞬間がそれぞれその真価以上のものと知覚されることを主張してくる——それがデジャ・ヴの本質である。デジャ・ヴにおいては、あらゆる瞬間が思い出すに値する価値を帯びてくるのだ。

彼はフォルダーから何枚か写真を取り出した。粗く、色のコントラストがはっきりしたダブルトーン写真。露出過多のカラー写真。アディダスのスニーカーを履いたローマ帝国軍兵士。頭巾を除いて上半身裸の苦行僧。リーバイスの腰のあたりが血で黒く染まっている。血のついた竹刀のクローズアップ写真――ほんの少しだけ曲がっており、揮っているものの渾身の力が感じられる。キリストの格好をした男女の列。四旬節の宗教劇の臨時代役のように自分の順番を待っている。赤と青の長旗がいくつも掲げられ、その端は「キリストの二回目の堕落の場所――サン・ミゲル・ビール提供」と書いてある広告に結び付けられている。ペンタックスを首から下げたセイディ・バクスター。彼女のブロンドの髪は、両隣りを埋める群衆の褐色の肌との対照から、まるで白色人種であることを象徴する頭光のように見える。

彼はある写真を見つめた。それは、これまでずっと彼を悩ませてきた写真だった。十字架の上で両腕を空に向かって広げ、白目をむいているクリスピン。この時、一体彼に何が見えていたのか？　足元では二人の老女と指のない癩病患者が、彼の体から流れる血をハンカチで拭き取ろうとしている。初めて気づいたことだが、よく見ると背景の群衆の中に一人、両手の親指を両耳に入れ、指を動かしながらカメラに向かって舌を突き出している男がいる。

われらが義に篤い主人公は、窓の外を見る。これはまた――彼は自分に話しかける――両親が人生の最後にあたって見た景色でもある。もっとも、今は完全に別の風景になっているけれど。

眼下にジプニーが一台、荒野を突き進みながら砂塵を立てている。埃の柱が高く舞い上がり、やがて雲の中に消えていく。その前方にある教会は、上半分がすっかり砂塵に覆われてしまっている。彼は、「ピナツボ」とは、タガログ語とサンバル語で「育て上げる」という意味であることを思い出す。

見よ！　われらが飛行機の影だ。どうしていまだに、あれを見るとこうまで心が騒ぐのだろうか？　おそらく、影を見つけることで自分がまだ地上に結び付けられていることを確かめたいのだ。たとえそれが影によるつながりに過ぎないとしても。

あるいは、このようなものは？

＊

新聞の一面の見出しが告げる――「携帯メール革命――エドサ5の後日談！」。一番大きな写真には、警察に手を引かれてキャンプ・クレイムの独房に入ろうとしているディンドン・チャンコ・ジュニアの姿が写っている。ずっと下に二枚目の写真――フェルナンド・V・エストレーガン大統領とマーティン師とが、群衆に囲まれたステージの上で互いの腕を取り合い、高く掲げている。記事によれば、暴動の後で大統領は非常事態宣言をし、軍部は、大統領を救ったヌレディン・バンサモロを含めた様々な政界の要人たちを逮捕したとのことである。バンサモロは妻や子供たちと朝食を食べているところだったらしい。身柄を拘束されたものたちは全員が陰謀罪と反逆罪とに問われ、さらに最近の爆破事件との関連も追及されている。ページの一番下の「独占！」のコーナーでは、マーティン師が、大統領の精神的アドバイザーとしての自らの地位はまさに「天からの授かり物」である、というコメントを寄せている。信者たち――宮殿の外で行われた「神に感謝せよ」集会に参加した何百万人もの信者たちである――を従えて行進している時に感じたという異言の衝動についての描写がそれに続く。添え物記事には、ウィグベルト・ラカンデュラが大統領による特赦を受け、人民の英雄であると宣言されたことが書かれている。もうすぐ引退予定のレスペト・レイエスの後継としての指名を受け、国会議員選挙に出馬の予定、とある。

＊

飛行機が降下し始めた。彼は機体の下降を胃のあたりで感じた。同時に彼は、このような途中通過目標地点のようなものをいつも見過ごしてしまうわれわれの認識力のあり方について思いを巡らせている。人生には、大きな意味を持つ目標地点や危機的な状況、あるいは啓示のような瞬間がいくつか存在する。だが、それらの間に起こるごく当たり前の些細な瞬間においても、われわれの状況は常に変化を遂げ続けているのである。それらの無数の瞬間は、彼の目の前からあっという間に過ぎ去ってしまった。青春時代、いくつかの恋、配偶者とともに過ごした日々、子供が小さかった頃のこと――それはつまり、われわれの人生そのもののことである。

以前彼は、七年ごとに体細胞は完全に新しいものに入れ替わっているという事実にもかかわらず、意識や記憶や人格が同一のまま保持されることの神秘について読んだことがあった。ノスタルジア――以前いたところから遠く離れてしまったことに対するあの当惑と悲しみの感覚――というものは、脱ぎ捨ててきた過去の自分への弔いとして直観的に把握されるものなのだろうか？　細胞ひとつひとつにおいて完全なかたちで感じられるために知的に把握することは不可能で、とにかく「感じる」ことしかできない、そのようなものなのだろうか？　父が子供にしたこと、しなかったこと、あるいは想像したこと、あるいはやってはいけないと思ったこと――これらのことはすべて永遠に過ぎ去ってしまったことだが、何度も思い返されるうちに無駄な部分がそぎ落とされ、現在のかたちとなった。娘の年齢を数える指が、一本ずつゆっくりと折れ曲がってゆく。数はいつも途中で疑わしくなり、最初からやり直さなければならなくなる。インターネットで名前を検索する。自分と娘の両方を知っている友人からの質問――「彼女、どうしてる？」「今、どんな顔になってるんだろう？」。学校を訪れた彼のもとから妻が娘を引き離した時、振り返って彼のほうを見た娘の困惑した表情。書こうとして書かなかった手紙。あるいは、書いておきながら結局出すのをやめた何通もの手紙。いつか大きくなった時に彼女が読むことを祈りながら、自分の書く文章の中に密かに込めた彼女へのメッセージ。

昔に戻って、間違ってしまったことは正しくやり直し、それなりにうまくいったことはさらに良いものにすることができればいい。だが、それは不可能である。時間がそういう方向には動かないからではなく、そのようなことが可能になった場合、われわれ自身が全く別の人間になってしまうからだ。それは不公平である。チャンスはあった。そして今、お前はもう舞台から降りてしまった。拍手は鳴りやんだ。トランペットは静寂の中でケースにしまわれ、その上には埃が降り積るだけである。

＊

あるいは、このようなものはどうか？

新聞の一面の見出しが告げる――「携帯メール革命――エドサ５の後日談！」。一番大きな写真には、赤いパンツスーツに身を固めて、ヌレディン・バンサモロ上院議員の横で記者会見に応じているヴィタ・ノヴァの姿が写っている。上院での調査に際し、ついに彼女は決定的な証拠を提出するに至った。悪名高きセックス・テープに記録されていた性交後の会話の写し書きによれば、エストレーガン大統領は、昨今多発していた一連の爆破事件のみならず、ウィグベルト・ラカンデュラ主導の暴動をも裏で首謀していたのであった（軍はラカンデュラの死亡を報じているが、いまだ死体は発見されていない）。バンサモロは「この国の政情を不安定化させて戒厳令を発動し、次の選挙を回避することが大統領の狙いだったのだ」とのコメントを残している。目下、弾劾裁判の手続きが進行中である。別の記事は、マーティン師がキャンプ・クレイムから携帯電話で祈禱集会の呼びかけのメッセージを発信し、「この国の歴史上最も深いこの暗闇の時期」だからこそバンサモロを支持するように信者たちに呼びかけた、と説明している。添え物記事によれば、カトリック教会は、不正行為の証拠の内実如何にかかわらず、これまで通りエストレーガン大統領を支持し続ける意向を表明している、とのことである。理由については、「堕落した諸行為を推奨するような映画への出演経歴や、最近においても避妊を支持するテレビコマーシャルに出演している事実などからも明らかなように、ノヴァは倫理的に疑わしいからである」としている。

＊

飛行機が高度を下げた。冷たく引き締まった空気の中、そのような朝によく見られるような完全な青の世界が広がっていた。海岸沿いに走る象牙色の滑走路の所から、緑の丘が遠く視界の果てまでうねるように続いていた。西に広がるのは東シナ海である。透明の沿岸から沖合に離れるにつれ、海は徐々にグリッサンドするように深い藍色へと移行していく。

彼はタラップをよろめくように降り、タールマカダム舗装の滑走路に立った。その他の乗客たちは既に迎えの者と抱き合ったり、誰かに携帯電話でメールを送ったりし始めている。彼は軽く体を震わせると、両腕を自分の体に回した。

外に出て分かったことだが、滑走路はただの埃っぽい道路に過ぎず、あたりにはサリサリストアが一軒、それからレストランが一軒あるのみだった。どちらの店にもカウンター付近に人影が見えない。映画でよくあるゴーストタウンのような雰囲気だった。狙いを定めた蝿がたくさん飛びまわり、野良犬が二匹残飯を求めてあたりをうろついていた。他の乗客の姿はいつの間にかどこかに消えてしまっていた。携帯電話の画面には電波の信号が出ていない。頭上のまぶしい太陽のせいで影はなかった。道は彼の両側に果てしなく延びていた。空は魚の匂いがした。どこからか海の音が聞こえていた。

戸口に人の姿が現れた。「お前さん、どこへ行くんだい?」と小柄な女が尋ねた。

彼女は犬のような顔で彼を見つめていた。あまりに力強く凝視するので、虹彩が微かに震えていた。どこかで見たことがある、と彼は思った。夢か、あるいは?

「どこへ行くんだい?」と女はふたたび尋ねた。

彼は答えた。

「連れて行ってあげるよ」。そう言って女は暗がりの中に消えた。

彼は待った。

女が用意してくれたトライシクルの客室に座り、リュックサックを床に下ろして、その上に両足を載せた。車の窓から身を乗り出す犬のように、ドアから外に顔を出す。風の冷たさは徐々にやわらいできた。道は埃っぽかったが、見渡す限り真っすぐで、よく知られた聖書の表現〔旧約聖書「箴言」二十八章六節、「貧しくても誠実に歩む者は、富んでいても曲がった道を歩む者にまさる」を踏まえている〕を思わせるほどだった。彼は目を閉じた。トライシクルのエンジンがぶんと唸った。運転手は、輪郭の定まらない、しかしなんとも忘れがたいメロディーを口笛で吹いた。あたりの空気は2サイクルエンジンのオイルと海藻の匂いがした。彼は眠りに落ちた。

*

あるいは、このような結末なら最終的に全てに筋が通るだろう。

空白の紙が上がり、黒い文字がその上に刻まれてゆく。何本かの指が丸く温かみのあるアンダーウッドのキーをいくつか叩いては、その上でしばし休む。キーを叩くたびにテーブルのシェリー酒のデカンタと水の入ったピッチャーとが鐘のような音を立てる。私は記憶を物語へと変換する。窓の外の通りでドアが開く音がする。何人かの声が折り重なる。肉の焼ける音。食器が皿の上で擦れる音。ジュークボックスから聞こえて来る音楽。二小節と進まないうちに何の曲か分かる。男が歌っている――「君のためならおれは死ねるさ、みんな言うよ、奴は君にふさわしい男じゃないって」。ドアが閉まる。静寂が広がり、あとは冷ややかな都市が私の顔に息を吹きかけてくるだけである。私は記憶を物語へと変換する。

*

車は徐行運転になり、彼は眠りから醒めた。沸騰したヤカンが立てるようなブレーキの音がする。もう少し夢を貪っていたいと思い、目は閉じたままである。その夢の隠された意味が分かるような気がしたが、そう思った途端に内容を思い出せなくなっていた。風向きが変わっており、空気はじめじめと肌にべたついた。トライシクルは止まった。彼は眩しい光の中に降り立った。道沿いにはうっそうと樹々が生い茂っていたが、所々よく踏みならされた道があり、そこだけポッカリ空いていた。ずっと遠くに郵便切手ほどの大きさで青く光っているものが見えた。彼は運転手に料金を払おうとして振り返った。だが、トライシクルはもうそこになかった。リュックサックもどこにも見当たらない。こういう場合にお馴染のあのパニック状態に陥り、多少残っていた眠気も吹き飛んだ。彼は思った――そもそも、リュックサックなど持って来ていたのだろうか？ 海の青が、何か大事なことでも言いたげな沈黙でそれに答えた。仕方ない。西のほうに長く影が伸びていた。彼は道に沿って歩き出した。

　砂浜からひと繋がりになった島が見える。アウトリガー・ボートの船首に男が一人立っていた。船体に気取った書体で名前が書かれていた――「ピークォッド」。船頭は、彼が浅瀬を渡って来るのをじっと見つめていた。彼が乗り込むとエンジンをかける。彼は船頭に告げた――「ドゥルシネア島まで」。しかしすでにエンジンは全速力で回転し始めている。海の水をかき分け、ボートは後ろに傾きながら波を乗り越えてゆく。彼は思う――おれは夢を見ているのだろうか？

　彼らのボートは、長い砂州で繋がった島々のそばを通り過ぎて行った。どの島も無人島だった。彼は不思議に思う――いまだに人の全く住まない場所が存在しているなんて。やり残した仕事など全て放り出してここに移住し、一からやり直せたらどんなによいだろうか？ しかし――彼は怖くなる――一人になるのは危険だ。全てが思いのままになるなんて。彼は数える――一、二、三、四、五、六。そして、七番目。その島は、いわば文章の中のコンマの役割を果たしているようだった。ボートは島の突端の部分で止まった。陸地に一番近い所である。彼は、水底に深く突き刺さった杭のある石造りの船着き場に降り立った。つぶれたタイヤが繋がれていた。波に洗われて灰色に変色し、半分水面に沈んでいた。

　島は完璧な美しさだった――日なたに大きな影を作る高い樹々、その多くには豊かに果物が実り、島の周りをぐるりと取り囲む他の島々の石灰岩の岬が見える。船がタイヤにこすれて小刻みに震えた。船頭が、たこやみみず腫れですっかり固くなった厚い手を彼のほうに差し出した。冒険好きのわれらが主人公には、今ポケットに持っているもの以外少しの持ち合わせもない。財布、携帯電話、パスポート——そういったものは全てリュックサックの中だった。そもそも——彼は考えた——どんなリュックサックだったのだろうか？　この男に頼んで、もう一度あの砂浜まで連れて帰ってもらうべきなのか？　家が見える。窓は完全に開け放されていた。そよ風を受けて白いレースのカーテンが揺れていた。よし、ここにいよう。ついにここまで辿り着いたんじゃないか。あれは何だ？　あれは……あれは、音楽だ。彼はポケットを探り、最後のコインを男に渡した。

家は、セメントの壁の上にのろが塗られた何の変哲もないバンガローだった。全体にどこか見覚えのある風景だった。正面の窓には濃いワサビ色の雨戸があったが、今は畳まれていた。灰色の煙が煙突から北の方角にたなびいていた。サリマノク〔ミンダナオ島の民間伝承に出てくる架空の鳥〕の風見鶏は南を指していた。

彼は家のほうに歩いて行った。足を前に運ぶたび、砂が風で飛沫を上げるように飛ばされて行くのが見えた。これは楽園だ——彼はそう考えた。ここは、おれの天国なんだ。

正面のドアは大きく開いていた。彼はノックする。声を出す。ごめんください！　返事はなかった。誰かいますか？　あの歌だ。タンゴである。知っている、ビンボン・カデンツァのクラシック・ヒット、「愛にとらわれて《カデメス・デ・アモール》」。思い出のベッドの上で美しい女が横になっている姿を思わせるような音楽。部屋の隅の蓄音機がはっきりとした声で歌っている——「テニア・ウナ・カラ・タン・ボニータ・コモ・ウナ・ベンディシオン・イ・エラ・メ・ディホ、トダ・ラ・ヴィダ・エス・ウン・スエノ。パラ・ログラル・ロ・インポシブレ、アイ・ケ・インテンタル・ロ・アブスルド」。

彼はもう一度ノックをし、叫んでみた。ごめんください！　来客用のマットには次の言葉があった——「ハンサムな方はどうぞ」。カデンツァがスペイン語でリフレインを繰り返していた。「神の恵みのような顔の女／彼女は私に言った／人生は全てが夢／不可能を可能にするために／私たちは馬鹿げたことに命をかけるのよ」

この光景にはたしかに見覚えがある、と彼は思った。

バンガローの中は質素だが快適な造りになっており、彼は外の景色に劣らず興味をそそられた。オープンプランの大きな小屋、といった感じだった。部屋の中央に意匠を凝らした鉄製の寝椅子があり、その前にはドアがあった。ドアの向こうに二つの島が見え、さらにその島の向こうには海が見えた。もしも水の上を歩くことができたら――彼は考えた――まずアジア、そしてアフリカに行き、それからアメリカへ行き、最後にはまたここに戻って来るのだろう。寝椅子の上にはマキノーの毛布が丸めてあり、床の上には本が一冊伏せて置かれていた。真鍮製のボウルの中にはマンゴスチン、グヤバノ、それからドリアンが盛られていた。コンロの上ではステンレスのヤカンに湯が沸いていたが、壊れていて音は出なかった。鉄製の円筒形の容器についた蛇口から水が滴り落ちていた。彼はそこに近づいて側面を弾いた。まるで水中でベルの音を聞くような音がした。部屋の隅には、街角のコンビニの外をうろついている不良少年のような風情のショットガンが寝かせてあった。奥に机がある。その上に、短波のラジオ、書類の山、目の覚めるような赤いフェドーラ帽、そして写真立てがひとつ置いてあった。

ドアの傍には画架があり、その上には描きかけの肖像画が載っていた。表情がまだ描き込まれていないものだった。優れた才能を持つ者の手になるものとすぐに分かった。絵の傍らには丈の高い鏡が立ててあった。

外の砂浜には、戸口から足跡がずっと続いていた。彼はそれを辿り、やがて温かい海の中まで入って行った。イワシくらいの大きさの魚の群れが潮の流れの中を静かに揺れていた。触ろうとすると急に生気を取り戻し、素早くあたりに散らばった。彼はバンガローの周りを歩いてみた。発電機がある。屋外便所がある。ディーゼル用のドラム缶がある。よく見かけるものばかり、いかにも現実のものだ。鳥小屋の中で何羽かの鶏が鳴いていた。彼は何度もコンマの突端のほうを見た。あれは、彼女のボートなのか？　違う、杭に繋がれたタイヤだ。いつの間にかあたりが暗くなってきた。

彼はベッドに腰掛けた。アウトリガー・ボートでこれを運んで来る時はさぞ大変だったことだろう——分解された板をロープで縛り、トランクや段ボールの箱の上にマットレスを丸めて置く。ボートは重みで沈みそうになっている。船首には美しい女が一人、海の風を受けて静かに立っている。処女のような素足の指先を尖らせ、足の裏が波に触れている。

彼の足元に本がある。ボンベイの法律家ミル・バハドゥル・アリ作、『アル・ムタージムを求めて』。開け放されたフランス戸の枠に縁取られ、ストーンヘンジの夏至の日の太陽のように、ブラッド・オレンジのような太陽が層積雲の谷に落ちていく。

蓄音機からの声が嘲るように歌う——「不可能を可能にするために《パラ・ログラル・ロ・インポシブレ》／私たちは馬鹿げたことに命をかけるのよ《アイ・ケ・インテンタル・ロ・アブスルド》」。

コンロのヤカンがジュッと音を立て始めた。彼は急いで止めに行った。水が全て蒸発してなくなっていた。持ち上げると、ヤカンは溜息をつくように音を止めた。

彼は肖像画の前に立った。赤い覆いの下の顔はまだ未完成だった。ギリシャの彫像には、時に人を激しく責めるような、野獣のような静けさを伴ったまなざしを見る者に向ける瞬間があるが、この未完の顔もまた彼をそのように嘲笑しているようだった。鏡に映っている自分の顔が、その完全さのゆえむしろより空虚なものに思えた。

彼は助けを求めるように机上のラジオのところに行った。短波ラジオだった。バッテリーが切れていた。

赤い帽子の横には写真立てがあった。あのハシバミ色の目をした女の子、クリスピンの写真アルバムの中で見た少女の写真だったが、アルバムよりも何歳か年を取っていた。最初の聖体拝領の時のものである。

彼女の後ろにはマルセル・アベラネーダとムーチャ・ディマタヒミクが立っている。どちらも彼女の肩に愛情を込めつつ手を載せている。三人とも、誇らしげな笑顔を浮かべている。

彼はオレンジ色のノートを机の上から拾い上げた。柔らかくて手触りのよい表紙は、所々が擦り減って温かいキャラメル色に変色していた。その下には三つの黒い段ボール箱があった。彼は心臓の鼓動が速くなるのを感じた。砂浜にはまだ何も見えなかった。水平線は、まさに空っぽの感じがした。遠い水平線を見ている時にしかありえない、凄まじいほどの空虚さだった。音楽が止んだ。レコードプレーヤーがカタカタと音を立てた。まさか、今まで演奏が続いていたのだろうか？　針が執拗に摩擦音を出していた。古い時計の小さなほうの針がどこかに引っ掛かって動かなくなってしまったような音だった。

あれはモーターボートの音だろうか？　彼は窓から外を見やった。蓄音機の立てる規則的なリズムが彼の心拍音とぴったり一致した。落ち着け。落ち着くんだ。聞け。

あれはボートのエンジンの音だ。

違う。

いや、そうだ。

それは聞こえたかと思うと、すぐに聞こえなくなった。また聞こえ、そしてもう一度聞こえなくなった。実際に聞こえたにせよ、あるいは想像に過ぎなかったにせよ、いずれそれは波の音に埋もれてしまった。消えてしまったのだ。彼はノートを強く腕の中で抱きしめた。指がノートの背に触れた。ある一つの目的のためだけに長い時間をかけて滑らかにされた、固い部分。彼は窓の外を見た。もう一度耳を澄ました。両の親指はブックカバーの山になった部分をさすっていた。彼は振り返った。誰かが見ている。彼は原稿の箱を見つめた。

ドゥルシネアの行方は、きっと分からないのだろう。

われらが主人公は、最初の箱を開けた。空だった。二つ目を開けた。それも空だった。三つ目も、空だった。

彼は特に驚きも失望もしなかった。消えたものは、消えずに残ったものの存在を単純に強調した。その三つの箱の中の空白は、それまで実際に生きられてきた様々な経験、それらが現実に、確実に終わりを告げたその終わり方、われわれのひとりひとりにとってのある事象の必然的な終わり方、そういったものの総体を含むものだった。何度も訪れる何かの終わりの瞬間の中でも本当に最後の時、光のほうへと歩き出す直前に、もう一度だけ後ろを振り返る時のまなざし、夜明けの光が針の先のように見える瞬間、水平線が横一直線に見え、太陽と月が同時に空に浮かんでいるのが見える瞬間。自分自身の呼吸のリズム、完全に止まる前の最後の何回かの心拍音。凹む天空、隆起する地表、その間に織りなされる湾曲部分に一本のロープが横たわっている。長い、生命のひもである。両端がほつれ、個々のままでは無意味な瞬間の繊維が無数に絡み合い、お互いを支え合っている。

始まりと終わりとが出会うこのような場所に立つ時、人は、まさに完全なものとして今自分の目の前に出現したものを、そしてそれを価値あるものにしている全ての些細な事柄のそれぞれを、ただ茫然と見つめ続ける他はない――最後に訪れるエピファニー、痛みからの解放、過去の悔恨を慰めてくれる言葉、机の前の座り慣れた椅子、インクを詰めたタイプライター、時間の流れの中で味わいをいや増す思い出、通りを隔てた向こう側の住人の様子が見える窓、深い経験を経たことによる自信、誰も犠牲にすることなく得られる満足感、広げた新聞、愛のエントロピー、ラジオのチューニングキーの回転、自分をすでに男としては見ていないことがはっきりと分かる若い女への熱っぽいまなざし、似合いのカップル、自分勝手な赦しの秘跡、グリニッジ・ヴィレッジの精神の躍動、高級なボルサリーノの手触り、罪に起因する事件の錯綜、出した後で慌てて取り戻した郵便物、カチャカチャと鳴る家の鍵、上質のタバコ、固い握手、合理的な責任転嫁に成功した時に感じる安堵感、靴墨、図書館の書架の間に漂うムスクの匂い、そもそも尋ねること自体が間違っているような質問への答え、初めて聞く曲、悲しみを分かち合おうとして抱き合うカップル、エディプス的不満を増進させる要因、香水を振りかけられて遠い国の消印が押された愛の手紙、宗教が人に与える複雑な癒し、彼女の腰の上の見事なくびれ、安全性を疑わぬ飛行機旅行、シャーデンフロイデ、大西洋横断の旅、アフォリズムの有効性、カルヴァドス、政治理論を口にする時に伴うユートピアの味、冷や汗、勝敗が決まる前の息詰まる瞬間、バレリーナの群れ、立ち聞きした噂話、外国で訪れるスーパーマーケット、ビールの最初の一口、タクシー旅行の自由、新しく芽生えた野心、初めて自分で服をあつらえる瞬間、空白のノート、ファースト・キスの味を思い描く時の胸のときめき、ハンバーガーと切りたてのサトウキビの匂い、思春期における身体変化の諸事情、愛しきマニラ、鉛筆を削る音、鐘の音、夕食を告げる母の声、注意深く行う朗読、頬に浴びる冷気と自転車のギアチェンジ、未決の課題、霜のついたガラス越しに選ばれ、掬われてコーンの上に載せられるアイスクリーム、生まれ育った家の庭で助走をつけて思い切り飛んだ瞬間、抑えきれない想像力のほとばしり、昼寝からふと目覚めた時に光の中を舞っているのが見える埃の粒子、シャンプーの豊かな香り、自分の名前が誰かの歌の中に聞こえる瞬間、今後の人生において大きな意味を持ってくることがはっきりと分かるいくつかの表情、温かみ、初めの言葉が見つかる瞬間、最後の言葉がまだ見つからない時にふと見える忘却の淵。

エピローグ

あの何の変哲もない二月の朝、私はスーツケースを玄関口に置いたまま、留守中に届いた郵便物の束を調べていた。その手紙は薄いもので、消印はなかった。大学のロゴマーク入りの封筒だった。差出人が自らここまで持って来たのだろうと思いながら、私はその場ですぐにそれを開けた。それは驚くべき内容だった。私は、玄関の鏡に映った自分の姿を呆然と見つめる以外何もできなかった。そのような種類の知らせを受け取る時、人は、自分自身のいずれ死すべき運命が眼前に一瞬のうちに鈍く照らし出されたように思うものである。

私はいわば、自分自身の姿を彼の中に見ていたのだった。その感情には、同じ国の同じ地方の出身であること、そしてその場所から遠く離れるということがどういう意味を持つのかをお互い暗黙のうちに理解していること、などの事実を越えたある種の重みが含まれていた。彼の死——それは溺死ということだった——のニュースを受け取り、私は、自分で思うよりも自分が彼のことをよく知っていたのだということを今さらのように確信した。おそらくそれは私の年齢や、それに呼応するように深まる孤独のせいだったのだろう。あるいはその両方だったのかもしれない——その二つは、結局のところはいつもお互いに分かち難く結びついているものだからである。実際、私はもっと彼のことを知っておくべきだった。授業、オフィスでの二、三回の面談、それから彼がいつか書きたいと申し出てきた私のプロフィール――確かに私たちは、二度、チーズバーガーを食べながらいくぶん気取った会話を行いはした。だが、それが彼と過ごした時間の全てだった。私にとって彼は単に私のワークショップに参加している学生の一人、つまり、私がいつも変わらぬ羨望と憐憫とをともに抱くことになる数ある対象のうちの一人に過ぎなかった――もっとも、彼に対してはその両方の感情が他の学生よりも多少は強いという事情はあったのだが。だから、その手紙が自分に与えた衝撃の大きさに私はたじろいだ。偶然の事故の連鎖は、その圧倒的な単純明快さにおいてしばしば人を耐えがたいほどに打ちのめしてしまう。こうして私には、その事件の真相が気になり始めていた。

しかし実際のところ、私の生活はいつものように何事もなく続いていった。新学期始めの儀礼的な仕事があり、不安を抱えながら何度か直腸ガンの専門医の診察を受け、手足が昔ほど自由にきかなくなった身ゆえに毎日の昼寝を欠かすこともできなかった。まるで妻に対して後ろめたさを感じる夫のような心境ではあったが、長い間付き合い続けてきていた原稿とも変わらぬ格闘を続けていた。その間も、インタビュー用に事前に目を通しておくよう彼から頼まれていた質問事項を記した紙が、机の上の書類の山の上に放置されたままだった。結局は実現しなかったインタビューのための質問用紙――それから何週間かが過ぎ、いまだに彼のこと、そして彼が授業で提出した短編小説のことが気になっている自分に気がついて、私は狼狽した。その短編小説の一つは、孫を育てる祖父母の話だった。もうひとつはガールフレンドとの壊れゆく関係についての話。もうひとつ、これが最も力強いものだったのだが、会ったことのない自らの子供との面会についての可能性をあれこれと考え尽くす男の話があった。

ある午後のことだった。気がつくと私は使っていなかった万年筆のキャップを開け、その若い学生からの質問書に答えを書き込んでいた。そこに記された彼のごく一般的な質問と、かつて『フィリピン・サン』紙が誤って紙面に載せた私の死亡広告――それは額縁に入れて机の横に飾ってあった――とが、ふたたび私の心に重くのしかかってきたのだ。ふたたび巡って来た春の喜びを感じながら――バスの窓際の席に座って外の景色を眺めながら、あるいは授業に向かう途中、あるいは授業中に話をしている最中――私は、ほとんど法外と言えるほどの時間を費やし、自らの人生の冬の時期を通り抜けて現在に至るまでの短い道のりを思い返そうとした。その時期のことをそのように考えたことはそれまでなかった。私は机に座り、言葉の刻印を受けた原稿のページがひとまとめに入れてある三つの黒い箱を見つめた。私の傑作――故郷への回帰、故郷への思いを素直に綴った歌。

自分に起こりつつあることの意味を理解するためもあって、私は一体彼の身に何が起こったのかを執拗に考え始めた。彼に関して書かれた唯一のオンライン記事を何度も読み返した。あまりにも短いその人生の要約は、彼の生死と全く無関係に動き始めるこの世界の瞬間を赤裸々に捉えていた。私は道路を横切るのが怖くなった。シャワーを浴びながら、足の裏に石鹸を付けて洗うことを避けるようになった。その一方、シジュフォスのような粘り強さで土牢めいた仕事部屋に閉じこもり、長い間その出版が待ち望まれてきた本の改訂作業――救出作業と言うべきか――に取り掛かった。私には自分が、毎日きちんとスーツに身を包み、朝食では子供たちと他愛のない冗談を交わし、妻にキスをして家を後にしながらも、実はとうの昔に職を失ってしまっている、といった種類の男になってしまったような気がした。そのような男に残されたものはただ一つ、習慣の力のみだった。

そのようにして、さらに何週間と時は過ぎていった。一章ずつ着実に仕事は進み、いつか何か月と時が経った。しかし、一ページを完成させるごとに、そのように過去の過ちを克明に記録していくことの意味そのものを訝しく思う気持ちが強く働き始めもしていた。落ちて枯れていくだけの木の葉のような空しい原稿、それを書くためだけに費やされる日々――一体それが何だというのだ?

ある夜のこと、私は机から離れてよろめき、ごみ箱の中に激しく嘔吐した。その日は一日中調子がすぐれず、立ち上がることさえままならなかった。ぐるぐるあたりを回っているような夢は、抗いがたい力で、これまで自分が決して誰にも話したことがない諸々の事柄へと思考を誘っているようだった。若返った目で――いや、それはもはや私の学生であったあの若者の目であったろう――私は、自分自身の現在の姿の核を見た。それは、失敗を運命づけられた苦渋の男の姿、怒りを運命づけられた男の失敗の人生のありさまだった。

その時、月は沈んでいた。あるいはまだ昇っていなかったのかもしれない。あるいは、そもそも月など最初から出てはいなかったのかもしれない。とにかくその時私は、ハドソン川沿いにあるごみ箱のそばで、原稿の入った三つの箱――あの憎きアホウドリ《心の重荷》、あの〈時〉を食い尽くすという強欲の鵜〔シェイクスピア『恋の骨折り損』の中の台詞に基づいている〕、あの屍を狙うハゲタカ――を燃やしていた。私は、自分の本が炎に包まれて消えていくのを見つめた。もしもそれが本当に書かれてしまえば、それは私たちの子供たちに私たち一族の恥辱のリストを残すことになるだけであるということが私には分かっていた。その夜、私は眠った。それまで何年も経験したことのなかったような、死そのもののような深い眠りであった。

朝がやって来た。私は机に向かうと、まっさらの紙を信頼すべきアンダーウッドのタイプライターに差し込み、巻き上げた。何を書こうとしているのか自分でも分からなかったが、ただ、それがある種のメモリアル――今度こそは、ついに――となって欲しいと強く願った。未来への希望に徴づけられた、完璧なメモリアルに。

私は机の前に座り、目を閉じて、両手の指先がタイプライターのキーボードの温かいぬくもりに包まれるのを感じた。窓の外、階下の往来で、ある一つのドアがどこまでも開いて行くような音がした。そこからいくつもの声が、音楽と混じって互いに折り重なるように溢れ出てきた。食器がぶつかる音。馴染みの深い、愛すべき匂い。あの学生に関する記憶がまるで水門から迸る水のようにそこから流れ出て、一つの明確な思い出の中へと収斂されていくのを感じた。それはそのまま私の目の前に道を削り出していき、やがて、それまで一度も足を踏み入れたことのないような地形が見えてきた。

それは、彼には青春時代の経験しかなかったからだった。青春時代と老年時代とが継ぎ目なく連続するよう運命づけられた者ならではの仕方で、彼は、少年時代そのままの不安定な自意識を抱えつつ、いったんテーマを摑むや迸るエネルギーで次々と書きまくった。それはほとんどいつも、あまりにも過剰に過ぎてむしろ悪い効果を生み出す種類の、凄まじいエネルギーの奔流だった。彼は破れたベルボトムのジーンズを穿き、ピンストライプのダブルベンツのジャケットを好んだ。そこから自分のアイデンティティを読み取ってほしいと考えていたと思われるようなTシャツ――〈シーバス、君んちで飲む？〉〔よくある口説き文句をもじったもの〕あるいは〈ジム・レーラーを大統領に！〉等のスローガンをあしらったもの――を好んで着ていた。いつもワークショップに遅刻してきたのみならず、その理由がいつも言い訳じみていた。口調はいつも早過ぎたし、話す時にも人の目をまともに見ることはなかった。クラスメートの執筆への考え方に対しても、激しく攻撃的な姿勢を崩すことはなかった。当然、クラスメートには好かれていなかったと思う。

気づくと私は、激しく屋根に襲いかかる台風の雨のようなリズムで、文章を次々とタイプしていた。そこで私は、彼を父として、子として、さらには聖霊として描き出していったのだった。彼の人生の神秘を十分に想像するために、まず彼の死の確実性から手をつけ始めた。彼は、パシグ川の氾濫のあと、その汚水性の水面に仰向けに両手を広げた形で浮かんでいるところを発見されたのだ。

考えられ得るいくつかの可能性から一つのものが選ばれ、肉付けを与えられた。その複雑な相関力学の中で彼という一人の人物を失ってしまったこの世界が、様々な照応や、均衡の形を取りつつ、そのあるがままの姿を私にほのめかし始めた。それはおそらく、物語を語るという事は、そもそも人生の混沌にいくばくかの優雅さ、理解可能な美しさを与えることに他ならないからであったろう。だいいち、年老いてもはや道を見失ってしまった男が、自分の人生を総括するために多少の因果関係のようなものを見出そうとして一体何がいけないというのだ？

少年は成長し、やがて大人になる。一人の若い男――そう書くだけで、人生が約束してくれるあらゆる希望が脳裏をよぎる。巡る四つの季節をタイプライターの前で過ごし、へとへとになりながらついに作品を書き終えた時、彼の存在は、既に私の存在と不可分なまでに結び付いていた。フィクションのいくつもの可能性と深く結び付いた、この可能性についてのフィクションの中に、私は私自身の生きられなかった人生を織り込むこととなったのだ。

だから、それは結局、私にとってまさに故郷への帰還をも意味していた。久しぶりに故郷で過ごす日が近づいて来るのを感じながら、私はこれらの最後の言葉を書きつけた。

僅かながらも故郷に残る、私の一族。

故郷に残る、私の娘。彼女の心の準備ができた時、私は彼女に会いに行くことだろう。

私は今、故郷に帰る。本当の叡智の光は、新しく何かが始まる、あるいは全てが終わると感じられる瞬間にしか訪れてはくれないという思いとともに。

謝辞

謝辞を述べるにも、一体誰から始めるべきであるのか途方に暮れてしまうし、限られたスペースには収まりそうもない。それでもあえて真の意味でフィリピン風のユーモアを込めつつ述べてみれば、次のようになるだろう。

最も深い感謝の念は、なんといっても僕に生を与えてくれた父と母とに捧げられる。それから、その生に深い愛情と足場を与え、笑いで満ち溢れたものにしてくれた僕のきょうだいたち（義きょうだいたちも含めて）に。

僕の師であり同志、また友人でもあるジョン・C・エヴァンズ氏は、辛抱強く全ての草稿を読み、編集作業にも付き合ってくれた。彼との対話の中からこの物語は始まった。文章の書き方を僕に教えてくれたのは、彼をおいて他にない。

何人かの編集者たち――文学の塹壕の中で常に僕と苦楽をともにし、ペンを剣に変え、この本を世に送り出すべく叱咤激励を与えてくれたエリック・チンスキー氏。この本の価値を常に信じて疑わず、僕の不安に啓蒙の光を与えてくれたニコル・ウィンスタンレー氏、ポール・バガリー氏、そしてメレディス・カーナウ氏。英語以外の言語での編集者たちには、タガログ語でこう言わせてほしい――「サラマット」。

それからもちろん、草稿を単行本の形にするために労を惜しまぬ力添えを下さった様々な人々（編集部員、助手、翻訳者、装丁家、その他）のことを忘れるわけにはいかない。

そしてエージェントたち――ピーター・ストラウス氏とメラニー・ジャクソン氏は出版業界の事情に関する信頼のおける助言者であり友であった。それから、ロジャーズ・コールリッジ・アンド・ホワイト社のローレンス氏とスティーヴン氏、そしてその素晴らしきスタッフたちのおかげで、この本は世界を股にかけた航海の旅路につくことができた。

僕を導いてくれた師たち――アテネオ・デ・マニラ大学には、暗闇で行うドミノゲームへの光を与えてもらった〔「神（ドミノ）の光」が大学の標語であることをもじっている〕。コロンビア大学の創作科は、作家になるために必要な道具を具体的に与えてくれた。そしてもちろん、いつも変わらぬ支援を続けてくれたアデレード大学。この本になにがしかの見るべき達成があるとすれば、それは全てわが師ポール・ゴー氏、ロフェル・ブリオン氏、DM・レイエス氏、ダントン・レモト氏、ジン&トニー・ヒダルゴ両氏のものである。修士号取得の際にアドバイスを下さった指導教授のジェシカ・ヘゲドン氏、ジェイミー・マンリケ氏、ジョナサン・ディィー氏、ヴィクトリア・レデル氏、アラン・ジーグラー氏。博士号取得プログラムの指導教授ディ・シュウェルト氏、ブライアン・カストロ氏、ベン・マルクス氏、そして特にニック・ホセ氏。

また、出版前から僕の本に過分の評価をいただき、パランカ賞とマン・アジアン文学賞受賞に力を添えて下さった方がた。

デボラ・S・ゴールドマン博士は、非凡なるナンバーワンの中にこそ真に日常的なるものが宿ることを教えてくれた。マニュエル・ケソン三世氏は、僕たちの国のことを弛みない努力をもって解き明かし続けてくれた。クリントン・パランカ氏は、いつも変わらぬ戦友でいてくれた。コンラッドとローレントは、「無条件の愛《ラムール・サン・コンディシオン》」を僕に捧げてくれた。優しいメリー・ジェーンからは、いつも大事な忘れものがあることを思い出させてもらった。友人たちからは、この人生の大きな部分をともに過ごしたものとして多くのインスピレーションをもらった。

そしてもちろん、最大の感謝を捧げるべき相手のことは最後まで取っておいた。僕のイーディス——僕の伴侶、「マ・ヴィ《僕の人生》」、「アキン・パンガラプ《僕の夢》」——のことである。彼女がいなければ、この作品は一語たりとも書かれ得なかっただろう。この世界がどんなに素晴らしい場所になり得るのかを僕に教えてくれたのは、他でもない彼女だったからである。

訳者あとがき

二〇〇七年に設けられた「アジアのブッカー賞」こと「マン・アジアン文学賞」の二〇〇八年度受賞の本作『イルストラード』（*Ilustrado* by Miguel Syjuco, Picador, 2010）は、原因不明の死を遂げた作家クリスピン・サルバドールの書斎から消えた原稿を探し、その弟子「ミゲル・シフーコ」（作者と同姓同名である）がマンハッタンから故郷フィリピンまで旅をする一編のミステリーである。入り組んだ迷宮をくぐりぬけた果てのエンディングには、パズルのピースが魔法のようにはまる驚きと同時に、「故郷」の意味に関するずしりと重い感動を与えられることだろう。だがこれはまた、ミゲルが恋人のマディソンと過ごす日々の始まりと終わりをリアルに――というよりも赤裸々に、ほとんどサリンジャーの『ライ麦畑でつかまえて』クラスに痛々しく（だからこそ信じられるものなのだが）――追いかける一編のみずみずしい青春小説でもある。とくに、「特権階級のお坊ちゃん」に過ぎなかった主人公ミゲルが、死んだ師の人生の足跡を辿りなおす中でフィリピンの百五十年にわたる近代史を生きなおし、やがては自分自身の人生に関わるある重大な倫理的選択をなすに至るさまは、この小説がイノセンス（無垢）からエクスペリエンス（経験）へと移行するプロセスを描きだす正統的な「教養小説」であることを物語るだろう。そのようなプロットの太い幹から枝分れするように、クライム・ノベルに歴史大河小説、ジョーク、YAノベル、ハーレクイン・ロマンスにソフトポルノ等々多種多様な物語ジャンルが断片的に散りばめられており、最後まで読者が十分に楽しめるような重層的な作りになっているので、訳者としてはここで余計なことを言わずに黒子に徹し、そのニュアンスが十分に伝わることだけを祈りつつ筆をおきたいところだ。

だが、せっかく与えられた紙面でもあるので、多少言い添えておきたいことがある。コロンビア大学でクリエイティヴ・ライティングの修士号を取得、現在はアデレード大学で同博士号申請中のこの若き学者の処女作は、先に述べたようなふところの深い小説作品であると同時に、事情があって故郷を離れてニューヨークに住むフィリピン人の小説家（と小説家志望の若者）をその主要登場人物とすることで、これまでのフィリピン近代文学全体のあり方を一身に引き受けながらそこからの大きな跳躍を企てる、極めて野心的かつ挑戦的な現代フィリピン文学論ともなっている、ということである。

黄昏どきのマンハッタン、リヴァーサイド・パークをゆっくりと歩きながら、フィリピン文学の現状についてクリスピンは次のように言う――「一冊の本を我々は書いた。そしてそれを何度も何度も焼き直し、製本し直してきた」。その「一冊」とは、カトリック教会を含む植民者スペイン人たちの制度の腐敗をえぐり出し、のちのフィリピン独立の精神的支柱となったホセ・リサールの処女作『ノリ・メ・タンヘレ――われに触るな』（原題 *Noli Me Tangere* by José Rizal, 1887）のことである。おそらく作者はここで、クリスピンの口を借り、この国民的英雄の手になる革命的小説は、まさにその革命性のゆえに、これまでのフィリピンの文学者たちにとって強力な呪縛になってきた、と言っている。文学が人々の集合的な夢をどこかでかならず代弁するものならば、「支配／被支配」の二極構造に対する被支配者側からの（正しい）怒りに満ちた告発、というこの作品の基本構図が、たとえばジェシカ・ヘゲドン『ドッグ・イーターズ』（原題 *Dogeaters* by Jessica Hagedorn, 1990）のような作品に至るまで、フェミニズムやポストコロニアリズムなどの二十世紀後半の欧米に生まれた様々な左翼的文学理論にも支えられつつフィリピン（系）の近／現代文学を「支配」してきたのも当然のことと言えるだろう。

フィリピンをいまだに苦しめている貧困や政情不安定、教会の専横や政治家の汚職、アイデンティティの混乱などの諸問題の根には、十六世紀からの五百年近くにおよぶ収奪――旧宗主国スペイン、アメリカ、日本、さらには第二次大戦後のアメリカによる直接的／間接的支配――が確実に横たわっているし、そのような状況を変革しようとする意思それ自体はこの作品にも強力に存在する。題名にもなっている「イルストラード」とは

「知識人たち」という意味のスペイン語であり、具体的には、先述の独立の英雄ホセ・リサールをはじめとする、十九世紀後半に留学先のヨーロッパで西洋的自由主義を学び、その目から見た故郷フィリピンの政治や教会制度の腐敗に対する怒りを革命の光に変えていったものたちのことを指す。この作品でも、宗教界の混乱や腐敗、政治家と警察や財界の癒着など、フィリピンの現代社会を覆う様々な不正の現実が取りあげられることになるだろう。その意味でも、ここで作者自身が「現代のイルストラード」たらんとしていることは間違いない。

しかし、あるいはだからこそと言うべきか、この作品がこれまでのフィリピン文学や往年の「イルストラード」たちのあり方から決定的な飛躍を試みるものとなっているのは、ひとえにそのような一見「否定的」に見える現実を見つめるまなざしの性質による。それは決して「怒り」や「絶望」を基調とするものではなく、場合によってはそのような目の前の現実となれあう――つまり現実を積極的に受け入れ、肯定し、ともに生きる――ことをも許容する、取りようによっては無責任とも反動的とも批判されかねないような、しかしまたある意味では確信的な優しさにつらぬかれた独特のまなざしである。この作品において「祖国の窮状」は、決してこれまでのフィリピン文学においてそうだったように「悲惨」なものとして、つまりどこか遠くの高みにある（とされる）「理想」――その基準はたいてい欧米にある――から「見下ろす」ようにして否定的に見つめられるのではないのだ。愛すべきフィリピンをより生き生きと肯定的に描き出すため、作者は自らも共有する欧米産の「理想」のフィルターをあえていったん取り払う。そして、植民地主義の負の遺産としての「社会」の不正や「貧しき民衆」の苦しみを声高に告発するのではなく、むしろ若き「お金持ち」の主人公のあくまでもパーソナルな、身勝手でさえあるその青春の苦悩の息づかいのほうに忠実に寄り添いながら、ささやくように、またユーモラスに――つまりエレガントに――目の前のフィリピンに歌いかけるのだ。たとえばマンハッタンのレストランとマニラのクラブ「クーデター」とのあいだに肌触りの違いがほとんど感じられないことには、だから必然的な理由がある。著者の見るところ、全ての人々がそのような仕方で現実そのものを見つめ、いったんそれを受け入れることを通してしか真の意味でのフィリピン社会の変革はなしえない、ということなのである。

以上、なくもがなの「解説」となるのを躊躇したが、ここまで野心的な作品であれば、参考までに以上のようなことだけは書いておくべきであろうと判断した。一読者としては、そのようなフィリピン文学に関する総括的議論は、全編を流れる「長い間離れていた故郷への帰還」という真に切実な問題と響き合うからこそ意味があるのであって、その痛烈な響きを、娘との再会を夢想するミゲルの内面を思いやるクリスピンの存在のうちにまざまざと追体験することこそが、この作品を味わうことにほかならないと思う。メタフィクション的な物語の入れ子構造も、クレバーでスリリングな知的遊戯としてではなく、本来人を思いやるとはどういうことなのか、そして小説の本来の楽しみとはどういうものなのかを一瞬の転調のうちにあざやかに照らし出す「魔法」ととらえてこそ、本作の真摯な試みに対する礼儀となるように思うのである。なお、作品中、マーヴェル、ミルトンの詩からの引用の翻訳は平井正穂編『イギリス名詩選』（岩波文庫、一九九〇）、平井正穂訳ジョン・ミルトン『失楽園』（岩波文庫、一九八一）によった。

最後になったが、積み重なってゆく大量の疑問点にすべてEメールで真摯かつ的確に答えて下さったミゲル・シフーコ氏、気軽な立ち話の中で数え切れない叡智を下さった東京女子大学の同僚諸氏、文化横断的な様々な助言を下さった東京大学のロバート・キャンベル先生、光栄にも本書を訳者に紹介して下さったのみならず、すべての校正読みにも丹念にお付き合い下さった白水社編集部の藤波健氏、そして誰よりも、東京大学で未熟な訳者を文学の世界に導いて下さった恩師柴田元幸先生に、心から感謝申し上げたい。ありがとうございました。

二〇一一年四月

中野学而

訳者略歴
一九七二年生まれ
東京大学大学院人文社会系研究科
欧米系文化研究専攻単位取得退学
東京女子大学現代教養学部専任講師

〈エクス・リブリス〉
イルストラード

二〇一一年六月一日　印刷
二〇一一年六月二〇日　発行

著者　ミゲル・シフーコ
訳者 ©　中《なか》野《の》学《がく》而《じ》
発行者　及川直志
印刷所　株式会社　三陽社
発行所　株式会社　白水社
東京都千代田区神田小川町三の二四
電話　営業部〇三（三二九一）七八一一
　　　編集部〇三（三二九一）七八二一
振替　〇〇一九〇-五-三三二二八
　　　郵便番号　一〇一-〇〇五二
http://www.hakusuisha.co.jp
乱丁・落丁本は、送料小社負担にてお取り替えいたします。

誠製本株式会社

ISBN978-4-560-09016-9

Printed in Japan

EXLIBRIS

エクス・リブリス

■D・ジョンソン　柴田元幸訳
ジーザス・サン

■D・ジョンソン　藤井 光訳
煙の樹

■P・トーディ　小竹由美子訳
イエメンで鮭釣りを

■P・トーディ　小竹由美子訳
ウィルバーフォース氏のヴィンテージ・ワイン

■R・ボラーニョ　松本健二訳
通話

■R・ボラーニョ　柳原孝敦／松本健二訳
野生の探偵たち（上・下）

■L・ジョーンズ　大友りお訳
ミスター・ピップ

■A・ラヒーミー　関口涼子訳
悲しみを聴く石

■C・キーガン　岩本正恵訳
青い野を歩く

■W・ゲナツィーノ　鈴木仁子訳
そんな日の雨傘に

■O・トカルチュク　小椋 彩訳
昼の家、夜の家

■P・ペッテルソン　西田英恵訳
馬を盗みに

■S・スタニシチ　浅井晶子訳
兵士はどうやってグラモフォンを修理するか

■O・オラフソン　岩本正恵訳
ヴァレンタインズ

■M・シフーコ　中野学而訳
イルストラード

■M・ラウリー　斎藤兆史監訳　渡辺／山崎訳
火山の下【エクス・リブリス・クラシックス】

■E・ゾラ　竹中のぞみ訳
パリ（上・下）【エクス・リブリス・クラシックス】